Inhalt

Vorwort

Führende Nation in Sachen Todesstrafe weltweit mit mehreren Tausend Hinrichtungen pro Jahr ist China, gefolgt von Iran, Saudi-Arabien, Pakistan, Irak, Jemen, Sudan, Ägypten, Somalia und Nordkorea. Doch die Tendenz einer immer größer werdenden Ablehnung der Todesstrafe ist deutlich: Mittlerweile haben mehr als zwei Drittel aller Länder die Todesstrafe mindestens in der Praxis abgeschafft. Die USA bilden den einzigen westlich-zivilisierten Staat, der in 31 der 50 Bundesstaaten an der Todesstrafe festhält. Doch auch hier haben in den letzten Jahren sieben Bundesstaaten die Todesstrafe abgeschafft.

Sobald ein brutaler Mord, besonders in Verbindung mit Kindesmisshandlung, Schlagzeilen macht, wird schnell der Ruf nach der Todesstrafe laut. Dahinter steckt zunächst eine verständliche und berechtigte Empörung über eine in keiner Weise zu verharmlosende Gewalttat. Jedoch muss gefragt werden, welchen Nutzen die Todesstrafe bringen soll und ob sie dazu überhaupt imstande ist.

Vor allem wird zu Recht gefordert, dass ein Gewalttäter keine Chance erhalten soll, seine Tat zu wiederholen. Auch Gegner der Todesstrafe fordern den Schutz unserer Gesellschaft vor Verbrechern und eine durchaus strenge Bestrafung der Täter. Jedoch halten wir eine langjährige – gegebenenfalls auch tatsächlich im wörtlichen Sinne lebenslange – Freiheitsstrafe in einem Hochsicherheitsgefängnis für ausreichend, um die Gesellschaft wirksam vor Verbrechern zu schützen. Die Antwort auf manche Fehler, die in unserem Staat hinsichtlich der Freilassung von Straftätern passieren, ist nicht die Todesstrafe, sondern eine deutlich strengere Regelung hinsichtlich Freigang und Entlassung – bis hin zu deren völliger Streichung.

Um zu verdeutlichen, von welchen Dimensionen wir sprechen: Die Rate der Wiederholungstäter bei Mördern liegt unter 3 %

– es ist also um ein Vielfaches wahrscheinlicher, von einem Auto überfahren zu werden als einem Wiederholungsmörder zum Opfer zu fallen.

Gerade die Fehler, die im Strafvollzug passieren, verbieten aber im Grunde die Anwendung der Todesstrafe. Weil Menschen immer auch Fehler machen, wird die Todesstrafe immer wieder Unschuldige treffen – ein vollstrecktes Todesurteil kann aber nicht mehr rückgängig gemacht werden. – Ein inhaftierter Mörder dagegen könnte im Gefängnis einer Arbeit nachgehen und so zum einen zu seinem eigenen Unterhalt beitragen, und zum anderen könnten die Angehörigen der Opfer mit dem Erlös aus der Arbeit des Täters unterstützt werden.

Verbreitet ist die Auffassung, dass die Todesstrafe eine höhere abschreckende Wirkung habe als eine lebenslange Haftstrafe. Das ist aus mehreren Gründen zu bezweifeln. Wer kaltblütig einen Mord plant, glaubt daran, nicht erwischt zu werden. Hier schreckt nicht die Höhe der Strafe ab, sondern das Risiko, gefasst zu werden. Wer im Affekt tötet – und das ist bei vielen Tötungsdelikten der Fall –, denkt ohnehin kaum über die Folgen nach.

Auch die Statistiken können keinen höheren abschreckenden Effekt der Todesstrafe nachweisen. So haben bei benachbarten Bundesstaaten der USA diejenigen mit der Todesstrafe eine höhere Mordrate zu verzeichnen als Staaten, die keine Todesstrafe haben. Und in Kanada beispielsweise ist die Mordrate nach Abschaffung der Todesstrafe nicht etwa angestiegen, sondern gesunken. Dass die Todesstrafe Leben zu retten imstande ist, kann und muss also bezweifelt werden.

Welchen Nutzen bringt die Todesstrafe demnach? Man sollte meinen, dass sie zumindest den Angehörigen der Opfer eine Art von innerer Befriedigung gibt. Doch zahlreiche Beobachtungen und Äußerungen betroffener Personen belegen, dass dies in der Regel nicht oder kaum der Fall ist. Die Hinrichtung eines Täters lindert im Allgemeinen nicht das

Leiden der Opfer bzw. deren Angehöriger. – Im Gegenzug wird aber neues Leid erzeugt, weil auch der Täter zumeist eine Familie und Freunde hat, die die Hinrichtung eines ihnen nahestehenden Menschen nur unter großen seelischen Schmerzen verkraften werden.

Wir möchten uns gern von Menschen, die sich einer brutalen Gewalttat schuldig gemacht haben, distanzieren, indem wir sie als „Monster“ oder „Bestien“ bezeichnen. Wir vergessen dabei leicht, dass viele Täter vor ihrem Verbrechen selbst in irgendeiner Form Opfer waren – dass die Gesellschaft also vielfach ihren Anteil daran hat, wenn aus einem Menschen ein Verbrecher geworden ist. Den Täter einfach so zu „entsorgen“, kann nicht die geeignete Antwort auf gesellschaftliche Missstände sein, die nicht selten Verbrechen begünstigen.

Und schließlich: Wer die Todesstrafe für Mörder und Kinderschänder fordert, weil er deren Gewalttaten zutiefst verachtet – enthüllt er damit nicht, dass auch in ihm ein Hang zur Gewalt vorhanden ist? Denn der Befürworter der Todesstrafe fordert nichts anderes als – eine Gewalttat.

Quelle:
Gabi Uhl, Todesstrafe –„Handout“ für Vorträge,
Copyright 2001 – Update 2015

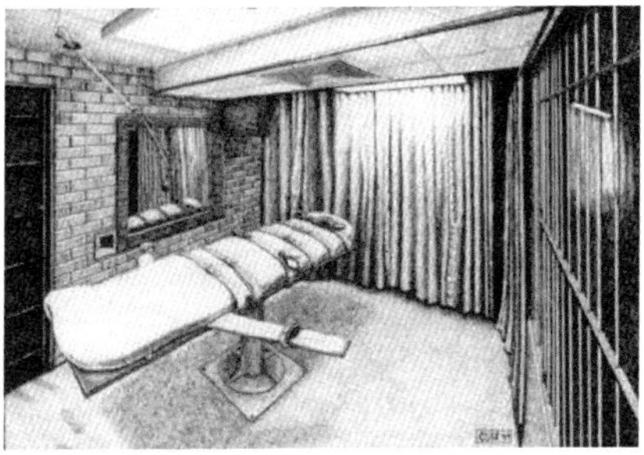

11. Juni 1998, 18.21 Uhr: Häftling Nr. 887 wird für tot erklärt

Die Akten des TDCJ (Texas Department of Criminal Justice) geben Auskunft über seine letzte Mahlzeit: 2 doppelte Cheeseburger, Salat, Pommes Frites, 1 Liter eisgekühlte Pepsi, Chocolate-Brownies, 1 Becher Blue-Bell-Ice-Cream – und ein Stück Geburtstagskuchen. Die 153. Hinrichtung im US-Bundesstaat Texas seit Wiedereinführung der Todesstrafe trifft an seinem 33. Geburtstag

Clifford Boggess

Das Verbrechen

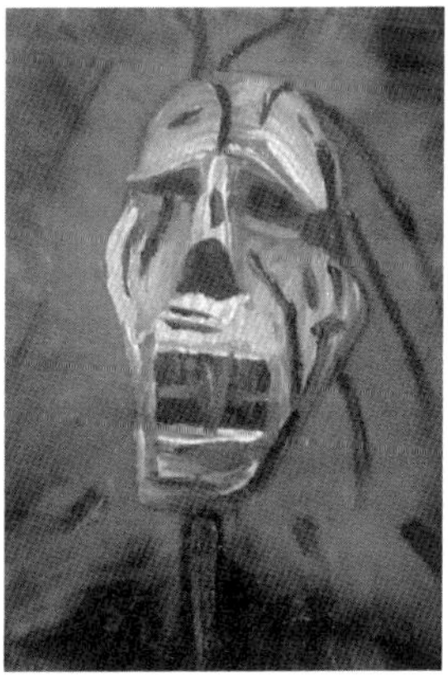

Das Todesurteil erhielt Clifford H. Boggess für den am 23. Juli 1986 bei einem Raubüberfall verübten Mord an Frank Collier, dem 86-jährigen Inhaber eines Lebensmittelgeschäftes in Saint Jo, Texas. Die Autopsie ergab, dass Colliers Kehle durchschnitten war und er verschiedene Verletzungen aufwies, von denen eine im Gesicht wie der Abdruck eines Tennisschuhs aussah. Einen Monat später erschoss Boggess den Ladenbesitzer Ray Vance Hazelwood ebenfalls bei einem

Raubüberfall, wofür er eine lebenslängliche Freiheitsstrafe erhielt.

Die Biographie

Cliff Boggess wurde am 11. Juni 1965 als achtes Kind einer manisch-depressiven und alkohol- sowie drogenabhängigen Mutter geboren, die lange Jahre ein Verhältnis mit dem Chef ihres Mannes hatte. Boggess war das fünfte Kind dieser außerehelichen Beziehung; der leibliche Vater beging noch zur Zeit der Schwangerschaft Selbstmord. Als Cliff 11 Monate alt war, wurden der Mutter staatlicherseits alle Kinder wegen Vernachlässigung und Missbrauchs weggenommen. Erst als die Mutter in ihr Leben wieder eine gewisse Ordnung gebracht hatte, erhielt sie ihre Kinder nach und nach zurück. Als die Reihe an Cliff kam, erklärte die Mutter, sie habe genug Kinder und könne ihn nicht brauchen, und überschrieb ihre Elternrechte dem Staat. (Das weitere Schicksal der leiblichen Mutter brachte er erst in den Jahren im Gefängnis in Erfahrung: Sie wurde 1979 von einem betrunkenen Ex-Mann vergewaltigt und zu Tode geprügelt.) Nach Aufenthalt in zwei verschiedenen Pflegeheimen wurde Cliff im Alter von zwei Jahren von einem 20-jährigen Seemann und seiner Frau adoptiert, die sich zwei Jahre später scheiden ließen. Mit vier Jahren kam Cliff daher schließlich nach Saint Jo zu den Eltern seines Adoptivvaters, die ihm nur wenig Liebe und Verständnis entgegenbrachten.

Als Jugendlicher fühlte Cliff sich weder zu der Boggess-Familie noch zu seinem Heimatort Saint Jo wirklich zugehörig. Engere Kontakte zu Gleichaltrigen oder Freunde hatte er kaum; die nächsten Kinder seines Alters lebten mindestens fünf oder sechs Blocks

entfernt auf der anderen Seite des State Highway im anderen Teil der Stadt, und Boggess' Adoptivgroßmutter ließ ihn kaum von zu Hause fort. Seine ehemaligen Lehrer und Schulkameraden erinnern sich an ihn als guten Schüler, guten Klavier- und Footballspieler, höflich, aber mit aufbrausendem Temperament.

Als junger Erwachsener fühlte er sich bald in der Gesellschaft von Alkoholikern und Drogenabhängigen daheim, nahm selbst Drogen wie LSD und trank Unmengen von Alkohol. Wegen Drogen- und Alkoholmissbrauchs flog er zunächst vom College und wurde später aus der Armee entlassen. Auf einen missglückten Versuch, sein Leben wieder in den Griff zu bekommen, folgte der Entschluss, sich um gar nichts mehr zu kümmern, gleichgültig der Folgen, die dies für ihn und andere haben würde. „Ich ging und kaufte einen Kasten Bier, LSD für fünf Trips, etwas Speed für intravenösen Gebrauch, ein paar Zigaretten und begann eine ausgesprochen selbstzerstörerische Sauf- und Drogentour, die mich 65 Tage später ins Gefängnis brachte, verdächtigt (und schuldig) zweier Morde."

Meine Geschichte mit Cliff

Ich lernte Cliff im Dezember 1997 dadurch kennen, dass ich eine Freundin, die mit ihm bereits mehrere Jahre in brieflichem Kontakt stand, nach Huntsville, Texas, begleitete, als sie ihn dort besuchen wollte. Der Mensch, der uns dort begegnete, machte auf mich einen außerordentlich sanften und mitfühlenden Eindruck – kaum vorstellbar, dass dies derselbe Mann sein sollte, der elf Jahre zuvor auf brutale Weise zwei

Menschen getötet hatte. Erst nach diesem Besuch begann ich selbst, Cliff zu schreiben. Ein paar Dinge, oder besser: Empfindungen, die er über seine Kindheit geäußert hatte, konnte ich für mich persönlich in ganz ähnlicher Weise nachempfinden. Bereits beim Lesen seines dritten Briefes hatte ich das Gefühl, dass mich nie zuvor in meinem Leben jemand in der Tiefe meines Wesens so gut verstanden hat wie er. So entstand in erstaunlich kurzer Zeit eine sehr enge Freundschaft. Im April 1998 flog ich ein weiteres Mal, diesmal allein, nach Texas, um Cliff zu besuchen. Zwei Wochen später erreichte mich die Nachricht, dass der Termin seiner Hinrichtung auf den 11. Juni festgelegt worden sei, zusammen mit der Frage, ob ich kommen würde, um ihn in seinen letzten Tagen zu besuchen und bei der Hinrichtung dabei zu sein.

Ich hatte zu der Zeit bereits darüber nachgedacht, was ich tun würde, wenn diese Frage auf mich zukäme, und war – wie auch meine Freundin – zu dem Ergebnis gekommen, dass die Vorstellung, zu Hause zu sitzen, auf die Uhr zu schauen, zu wissen, was passiert, und rein gar nichts tun zu können, noch entsetzlicher war als der Gedanke, dem allem zuzusehen und dabei Cliff mit meiner bzw. unserer Anwesenheit wenigstens das Gefühl geben zu können, dass er in seinen letzten Minuten nicht allein sein würde. So sah Texas uns ein zweites bzw. mich ein drittes Mal, und das Erleben, einen Menschen, einen Freund, vor meinen Augen sterben zu sehen, hat sich unauslöschlich in meine Seele eingegraben.

Kunst und Malerei

Nach allem, was ich weiß und selbst erfahren habe, bin ich davon überzeugt, dass Cliff Boggess sich in den 12 Jahren, die er im Todesstrakt von Huntsville zubrachte, sehr verändert hat. Laut seiner eigenen Aussage trug seine Beschäftigung mit Kunst und Malerei wesentlich zu dieser Veränderung bei. Er begann zu zeichnen und zu malen, probierte dabei die unterschiedlichsten Techniken und Stile aus, von Realismus über Impressionismus bis hin zu abstrakten Werken. Seine Malerei brachte ihn dazu, in sich selbst hinein zu sehen, sich zum ersten Mal mit der Tiefe seines eigenen Wesens zu beschäftigen. So entwickelten sich nicht nur seine künstlerischen Fähigkeiten mit den Jahren in der Todeszelle; auch er selbst wurde ein anderer. „Seine Kunst war ein Weg, sich selbst zu verändern: von einem zornigen, bösen Jugendlichen zu einem jungen Mann, der Einfühlungsvermögen und Liebe für andere Menschen besitzt", äußerte Cliffs Anwalt.

Sein Verhältnis zu seinen Werken beschreibt Cliff selbst so: „Wenn ich hier sterbe, werde ich keine Kinder nach mir haben, niemanden, der meinen Namen tragen wird.

Meine Gemälde sind meine Kinder. Sie werden geboren in der Tiefe meiner Seele und meines Verstandes, ich sorge für sie und bringe sie zur Reife, und dann sende ich sie in die Welt, hoffe, dass man sie gut behandelt und dass jemand sie so liebt, wie ich sie liebe."

Obwohl die Motive seiner Werke sehr verschieden waren, lagen ihm die Bilder, die seinen Gefängnisalltag widerspiegeln, am meisten am Herzen: „Meine Death Row Serien sind mir am wichtigsten, mein Vermächtnis, das für mich sprechen soll, wenn ich nicht mehr da bin. Ich möchte der Welt den Schmerz, die Isolation und die Grausamkeit des Todestrakts zeigen und wie es ist, hier zu leben. Und ich möchte zeigen, dass die Männer hier keine Tiere sind, sondern menschliche Wesen."

Im Januar 1998 schrieb die New York Times über eine Kunstausstellung mit Werken von 75 verschiedenen Gefängnisinsassen: „Nur ein paar wenige Werke hier reichen an das Niveau des allgemeinen Kunstmarktes heran, unter ihnen das farbenreiche, fast ausschließlich aus Papier gemachte Modell eines Trawlers von Arnold Davila; die kleinen Wasserfarben- und Bleistiftwerke von Arnoldo Tavita Jr.; die Tintenzeichnungen von Clifford Boggess, der im Todestrakt lebt und Bilder vom Todestrakt macht; und die kleinen Skulpturen von Alvin Kravitz."

Der andere Cliff

Ein weiterer für Cliff wesentlicher Aspekt, der maßgeblich zu seiner Veränderung beigetragen hat, war sein Glaube an Gott, zu dem er in den Jahren im Gefängnis fand. Wie immer man persönlich dazu stehen mag, Tatsache bleibt, dass dieser Glaube Cliff ein ungeheures Maß an Kraft und innerem Frieden geschenkt hat. Aus diesem Glauben heraus hatte Cliff sich für Ehrlichkeit entschieden und seine Verbrechen zugegeben, wohl wissend, dass dies Geständnis ihn das Leben kosten würde. Und ich bin überzeugt, dass Cliff seine Taten ehrlichen Herzens zutiefst bereute und alles getan hätte, um das von ihm verursachte Leid ungeschehen zu machen. Cliff hat die Verantwortung für das, was er getan hatte, voll und ganz übernommen, niemand anderem als sich selbst die Schuld gegeben, auch keinen äußeren Umständen wie seiner

Kindheit. In den Tageszeitungen der Orte seiner Verbrechen ließ er – adressiert an die Familien, Freunde und Bekannten seiner Opfer – veröffentlichen:

„Wenn jemand irgendwelche Zweifel hat, die Antwort ist: Ja! Ich bin schuldig an beiden meiner Verbrechen. Niemand trägt die Schuld als ich allein. Niemand hat mich an diesen Ort gebracht als ich selbst. Ich habe schreckliche Entscheidungen getroffen in meinem Leben und entsetzliche Dinge getan. Es tut mir leid. Ich bitte jeden einzelnen von euch aufrichtig um Vergebung. Ich wünschte, ich könnte die Zeit zurückdrehen und allen Schaden und alle Zerstörung, die ich angerichtet habe, ungeschehen machen. Leider ist das unmöglich. Mein Herr und Retter Jesus Christus hat mir vergeben, aber ich verstehe, dass ihr es nicht könnt. Und so – wie der Verbrecher am Kreuz auf dem Kalvarienberg – gehe ich bereitwillig, meinen Schöpfer zu sehen. Ich werde hingerichtet werden am 11. Juni. Ich hoffe und bete, dass euch dies etwas Frieden bringt.“

Zu seiner Hinrichtung hatte Cliff lange Zeit ein eher ambivalentes Verhältnis. Bis der Oberste Gerichtshof seine letzten Eingaben im April 1998 abgelehnt hatte und das Hinrichtungsdatum festgelegt war (die Festlegung auf seinen Geburtstag war Cliffs eigener Wunsch), war er zwar bereit gewesen, die Möglichkeit oder sogar Wahrscheinlichkeit seiner Exekution zu akzeptieren, hatte die Hoffnung jedoch nicht aufgegeben und forderte uns in seinen Briefen auf, dafür zu beten, dass der Supreme Court seinem Berufungsantrag stattgeben würde. Als das Gericht anders entschied, akzeptierte Cliff dies nicht nur, sondern sah seinem Tod als einer Befreiung bereitwillig entgegen. „Susie, Du wirst doch nicht wirklich wünschen, dass ich noch weitere 40 Jahre in diesem Höllenloch hier zubringe, oder?", sagte er einer Freundin aus England, die ihn im Mai noch besuchte.

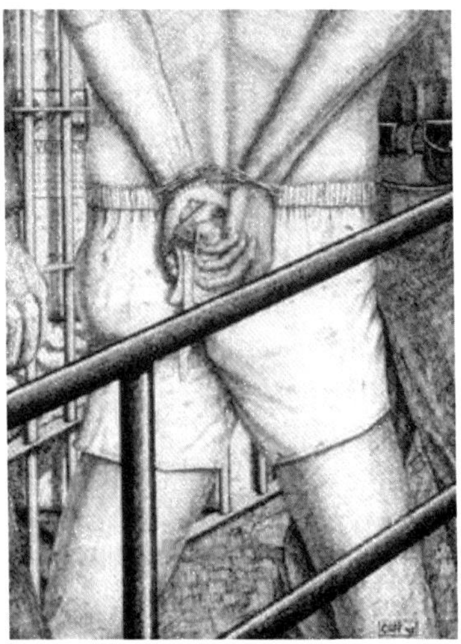

Das Höllenloch war eine etwa 1,5 x 2,7 Meter große Zelle, ausgestattet lediglich mit einer Schlafbank (und Toilette). Die Schlafbank nutzte er als Arbeitsplatz und Ablage für seine Mal-Utensilien; Schuhe, Schreibzeug und Bücher deponierte er darunter. Die ca. 5 cm dünne Matratze stand tagsüber aufgerollt in einer Ecke, um zum Schlafen auf dem Fußboden ausgerollt zu werden. Jeder noch so kurze Weg aus der Zelle erfolgte in Handschellen und mit Strip-Search (Durchsuchung unter Ablegen sämtlicher Kleider) vor- und nachher.

Es trifft den Kern der Sache nicht, zu sagen, Cliff hätte sich mit seiner bevorstehenden Hinrichtung abgefunden, denn diese Wortwahl enthält etwas Resignatives, und der Begriff Resignation trifft – trotz sicherlich auch mancher Anfechtung – Cliffs Verfassung in seinen letzten Tagen und Wochen in keiner Weise. Seine Glaubensüberzeugung gab ihm bis ganz zuletzt eine ungeheure Kraft und Zuversicht, ja, sogar Fröhlichkeit, an der er uns teilhaben ließ; er war „anxious to go". Seine einzige Sorge in seinen letzten Tagen war, wie wir mit seinem Tod und der Zeugenschaft seiner Hinrichtung fertig werden würden. Immer wieder versicherte er uns, dass sein Tod eine Befreiung für ihn sei, der Weg in ein anderes, ein besseres Leben, dass unser Abschied kein endgültiger, sondern nur einer auf Zeit sei, er in dem anderen Leben auf uns warte und wir – trotz des verständlichen Schmerzes über die Trennung – uns mit ihm und für ihn freuen sollten. Und immer wieder erinnerte er uns mit schier unglaublicher Überzeugungskraft an den Satz, den Jesus dem Verbrecher am Kreuz sagte: „Heute wirst du mit mir im Paradies sein!" Nicht morgen und nicht irgendwann, sondern HEUTE! Und doch blieb auch bei Cliff wohl ein Rest Traurigkeit, seine Freunde verlassen zu müssen und so manches seiner geplanten Bilder ungemalt zu lassen. Das vielleicht einzige, was ihm in den letzten Wochen seines Lebens fehlte, war Zeit.

Die Hinrichtung

Der erste schwere Teil des Tages war am Mittag vorüber: der Abschied von Cliff nach unserem letzten Besuch, ein Abschied nicht ohne Tränen, aber ohne die Möglichkeit, einander auch nur

die Hand zu reichen. Sogenannte Kontaktbesuche gibt es nicht für Todeskandidaten in Texas; immer war Glas und Gitter zwischen uns.

Erst Tage oder Wochen später hatte ich zu Hause den Gedanken, ob ich nach Cliffs Hinrichtung in das Leichenschauhaus von Huntsville hätte gehen sollen. Es wäre meine einzige Chance gewesen, Cliff einmal ohne Drahtgitter und Glas zwischen uns zu sehen.

Am Nachmittag suchte uns der zuständige Gefängnispfarrer, Chaplain Brazzil, auf, teilte uns zunächst mit, dass es Cliff gut ginge, er uns grüßen und ausrichten ließe: „Remember: TODAY...", und erklärte uns dann in allen Einzelheiten, was auf uns als Zeugen der Hinrichtung zukäme. Es war sicher wichtig für uns, so gut wie möglich vorbereitet zu sein, allerdings begann an dieser Stelle für mich ein Gefühl, das mich bis zum Schluss nicht mehr verließ: Alles wirkte wie ein Ritual, jeder Schritt und Handgriff war bis in alle Einzelheiten vorausgeplant. Es war das Empfinden, diese Situation müsse absolut irreal sein, und gleichzeitig das klare Bewusstsein, sehr wohl zu wissen, dass dies wirklich geschieht und kein böser Traum ist.

Kurz nach 17.00 Uhr fuhren wir weisungsgemäß an der Rückseite des Verwaltungsgebäudes vor, wurden dort von zwei Bodyguards in Empfang genommen, die von nun an bis zum Schluss nicht mehr von unserer Seite wichen, wurden in einen Raum geführt und verbrachten dort den größten Teil der Zeit mit Warten. Für einen Pat-Search (Durchsuchung durch Abtasten) wurden wir von weiblichen Beamten in einen anderen Raum geführt, denen ihre Aufgabe allerdings nicht sonderlich angenehm zu sein schien, weshalb sie sie relativ oberflächlich durchführten. Im Stockwerk über uns, erfuhren wir, befanden sich zwei Angehörige von Cliffs Opfern, um der Hinrichtung als Zeugen beizuwohnen. Es wurde peinlichst darauf geachtet, dass beide „Parteien" sich nicht über den Weg laufen konnten.

Es muss um 18.00 Uhr herum gewesen sein, als man uns – vorbei an ein paar Fernsehkameras und wenigen Demonstranten – den kurzen Weg über die Straße in das gegenüberliegende Gebäude, die Walls Unit, in der die Exekutionen durchgeführt werden, eskortierte. In einem Büroraum mussten wir erneut fünf oder zehn Minuten warten, bis wir schließlich in den Zeugenraum geführt wurden. Ich weiß nicht mehr, ob nur meine Knie vor Angst zitterten oder mir das Herz bis zum Hals schlug. Der Zeugenraum ist so klein, dass keine Stühle darin stehen; nebenan, durch eine Wand links von uns getrennt, befinden sich die Angehörigen der Opfer. Zu viert – drei Freunde Cliffs und sein geistlicher Beistand, ein Franziskanerpater, (von Cliffs Familie war niemand da) – stehen wir eng gedrängt unmittelbar vor einer Glasscheibe, hinter uns die Bodyguards und wohl auch noch ein paar Reporter, die ich gar nicht wahrgenommen habe.

Vor uns der Hinrichtungsraum mit seinen blau gestrichenen Wänden, so, wie wir ihn schon wiederholt auf Bildern oder im Fernsehen sahen, aber in Wirklichkeit ist er viel kleiner, als er auf Bildern wirkt. Buchstäblich zum Greifen nah – wenn das Glas nicht wäre – liegt Cliff vor uns auf der Liege, festgeschnallt mit unzähligen Gurten – nur den Kopf kann er leicht drehen –, die Arme mit den Infusionsnadeln ausgestreckt, die Hände völlig umwickelt, bereit für die tödliche Injektion, bereit eingeschläfert zu werden, wie man einen alten oder kranken Hund einschläfert. Zu seinen Füßen steht der Gefängnispfarrer, eine Hand auf Cliffs Bein.

In diesem Moment empfinde ich die Menschheit als unglaublich überheblich, weil hier Menschen im vollen Bewusstsein dessen, was sie tun, einem anderen Menschen das Leben nehmen. Gewiss, das hat Cliff auch getan, und das war schlimmstes Unrecht. Aber dies hier soll im Namen von Recht und Gesetz geschehen!? Wem nützt dieser Tod irgendetwas? Mir nimmt er einen Menschen, der mir in kürzester Zeit zu einem unschätzbar wertvollen Freund wurde. Und wer von uns allen hier, die wir zusehen, wie Cliff getötet wird, wird wohl mit solch einer Kraft, Zuversicht und Würde in den Tod gehen wie er?

Als wir den Zeugenraum betreten haben und Cliff uns sieht, begrüßt er uns und lächelt dabei breit über das ganze Gesicht. Irgendwie bin ich überrascht. Ich weiß nicht, was ich erwartet habe; eigentlich passt das genau zu ihm, ist typisch; und vielleicht ist mir sein breites Lächeln nur deshalb so unbegreiflich, weil meine Gesichtszüge sich in dieser todernsten Situation wie eingefroren anfühlen. Am nächsten Tag erfahre ich durch die Zeitung, dass Cliffs Lächeln und seine positive Haltung ihm von den Angehörigen der Opfer negativ ausgelegt wurden, er habe die Sache nicht ernstgenommen und überhaupt sei alles viel zu einfach gewesen. Ich habe Zweifel, dass sich Cliffs Wunsch, seine Hinrichtung möge den Angehörigen seiner Opfer den ersehnten Frieden bringen, erfüllt hat.

Cliff beginnt seine letzten Worte und wendet sich zunächst an die Angehörigen seiner Opfer, erklärt, dass ihm leid tue, welchen Schmerz er ihnen zugefügt hat. Dann schaut er uns an und sagt:

„Meine Freunde, ich liebe euch und bin glücklich, dass ihr ein Teil meines Lebens gewesen seid. Ich werde euch vermissen. Vergesst nicht: HEUTE werde ich mit Jesus im Paradies sein, und ich werde euch wiedersehen."

Während er so zu uns spricht, ist sein Lächeln verschwunden und die Mundwinkel zucken, als kämpfe er mit den Tränen. Dann blickt er nach oben, spricht ein Gebet, schaut noch ein letztes Mal in unsere Richtung, flüstert: „I love you", dreht den Kopf zurück, und das Gift strömt in seine Adern.

Es geht sehr schnell, und er ist bewusstlos, rührt sich nicht mehr; nach Sekunden hören wir ein einziges Mal das einem Schnarchen ähnliche Geräusch, wenn die Lungen kollabieren und die Luft entweicht, das uns der Gefängnispfarrer am Nachmittag noch demonstriert hatte. Dann passiert eine Ewigkeit lang nichts. Vier Minuten, so wurden wir zuvor informiert, werde nach Verabreichung der Infusionen gewartet. Vier endlos scheinende Minuten starren wir auf den leblosen Körper vor uns, bis ein Arzt den Raum betritt, Cliff untersucht, den Tod feststellt und den Todeszeitpunkt als 18.21 Uhr verkündet.

Wir werden aus dem Zeugenraum herausgeführt, müssen an irgendeiner Stelle warten, um der anderen Gruppe, den Angehörigen der Opfer, genug Vorsprung zu lassen, überqueren noch einmal die Straße, vorbei an den Kameras, und werden im unteren Stockwerk des Verwaltungsgebäudes schließlich entlassen. Es ist vorbei.

Nachtrag

Wir wussten nicht, dass uns dieses Erlebnis noch einmal einholen würde. Ohne dass wir davon Kenntnis hatten, war zur selben Zeit von Cliffs Hinrichtung ein Team der Zeitschrift „Stern" und des TV-Magazins „sternTV" in Huntsville für einen Bericht zum Thema Todesstrafe und ein Portrait des ehemaligen Gefängnispfarrers, des Vorgängers von Chaplain Brazzil. Aufhänger sowohl für den Zeitschriftenartikel als auch für den Fernsehbeitrag war die damals gerade aktuelle Hinrichtung von Clifford Boggess, und eine der Kameras, die unseren Hin- und Rückweg über die Straße zwischen Verwaltungsgebäude und Walls Unit begleitete und aufzeichnete, war die eines deutschen Fernsehsenders gewesen. Ein Vierteljahr später erreichte mich ein Anruf: Man hatte uns ausfindig gemacht und bat uns um ein Live-Interview in der Sendung „sternTV". In einem Vorgespräch konnten wir den Filmbeitrag vorab anschauen. Ich sah die Bilder, und die Zeit war wie zurückgedreht. Weil der Beitrag gut gemacht war und die Öffentlichkeit immer wieder auf die Realität der Todesstrafe hingewiesen werden sollte, nahmen wir die Chance wahr und sagten zu.

Und noch einmal setzte ich mich mit dem Erlebten auseinander. Im Februar 1999 sendete das US-Fernsehen unter dem Titel „The Execution" eine 90-minütige Dokumentation über Cliff, die ich als Video erhielt. Zusätzlich zu der Sendung gibt es eine umfangreiche Website im Internet (PBS - Frontline).

Die Dokumentation ist grundsätzlich gut gemacht, versucht verschiedene Seiten aufzuzeigen und lässt daher neben ihm selbst alle zu Wort kommen, die etwas über Cliff zu sagen hatten. Der Korrespondent wirft mit dem Film die Frage auf, ob es einen Sinn gemacht hat, Cliff Boggess hinzurichten, und lässt die Antwort am Ende offen, überlässt es dem Zuschauer, eine eigene Antwort zu finden.

Entsprechend gegensätzlich waren die Reaktionen in den Zuschriften nach der Sendung. Von: „Boggess war ein Monster, er soll in der Hölle brennen", über sachlich differenzierte Äußerungen pro und contra, bis zu Todesstrafe-Befürwortern, die aufgrund des Films für sich erkannten, dass die Todesstrafe keinerlei Gewinn bringt, und demzufolge ihre Meinung änderten, reicht die Palette. Doch es waren nicht diese Zuschauer-Beiträge, sondern die Auffassung des Korrespondenten, Cliff habe sich nicht wirklich geändert, sei lediglich ein guter Schauspieler gewesen, was für Psychopathen typisch sei, die mich nachdenklich machte. Cliff habe zwar alles versucht, sich zu ändern und menschlich zu werden, gesteht der Korrespondent ihm zu, sei aber nicht erfolgreich gewesen. Ich habe mich mit dieser Möglichkeit auseinandergesetzt, sie tatsächlich an mich herangelassen, sehr ernsthaft darüber nachgedacht, die Argumente abgewogen – und bin anderer Meinung. Ich bleibe davon überzeugt, dass Cliffs Veränderung echt war; der Cliff, den ich kannte, war nicht mehr derselbe Cliff, der die furchtbaren Verbrechen verübt hatte. Und dass er vor einem ihm im Grunde fremden Reporter nicht in Tränen ausbricht, wenn er über seine Taten spricht, heißt nicht, dass er sie nicht zutiefst bereut.

Ich bin wiederholt gefragt worden, wie ich mit dem Erlebnis der Hinrichtung Cliffs fertig geworden sei. Ich denke, ich habe großes Glück gehabt, dass die zu erwartenden Alpträume und psychischen Probleme oder gar Schäden nicht eingetreten sind. Die Gründe dafür liegen einerseits vielleicht in der Tatsache, dass ich aufgrund aller Fakten so realistisch war und nie die Hoffnung hatte, die Geschichte könnte anders ausgehen; ich war mir von Anfang an über das Ende im Klaren. Zum anderen hat Cliff erfolgreich versucht, es uns so leicht wie irgend möglich zu machen. Hätte er seinem Tod nicht so positiv und zuversichtlich gegenüber gestanden, wäre er verzweifelt und depressiv gewesen, hätte er resigniert oder sich innerlich gesträubt und gewehrt, wäre es für mich bzw. uns mit Sicherheit sehr viel schwerer gewesen. Aber obwohl ich meine Freundschaft mit Cliff in keiner Weise bereue und alles genauso wieder täte, wenn ich noch einmal da hineinschlittern würde: Ich habe lange gezögert, einem anderen Häftling im Todestrakt zu schreiben, weil ich nicht selbst aktiv etwas dazu beitragen wollte, eine solche Situation unter Umständen noch einmal zu erleben. Meine Kontakte zu ein paar wenigen von Cliffs Freunden im Todestrakt von Huntsville sind daher auch bei weitem nicht so intensiv. Aus nur einem Brief eines seiner Freunde: „Von allen Leuten, die ich in meinem Leben verloren habe, vermisse ich Cliff am meisten. Jeden Tag wünschte ich, er wäre hier und ich könnte mit ihm über das eine oder andere reden. Er war wie ein Bruder für mich.“ Ja, ich vermisse ihn auch. Cliff hat auch in meinem Leben seine Spuren hinterlassen.

Clifford Boggess (1992)

Nach anfänglichem Zögern entwickelten sich weitere Brieffreundschaften mit zum Tod verurteilten Häftlingen in Texas.

Etwa zweieinhalb Jahre schrieb ich Jeff Doughtie, bis er im August 2001 hingerichtet wurde.

Daneben gab es kürzere Kontakte zu Freunden von Cliff Boggess, z.B. mit James Beathard, Cliffs bestem Freund, dessen Geschichte im Anhang zu finden ist.

Im Dezember 2002 / Januar 2003 kam ich erstmals wieder nach Texas zurück. Ursprünglich nicht zur Veröffentlichung, sondern um meine Erlebnisse und Gefühle für mich selbst festzuhalten, verfasste ich über die Reise einen persönlichen Bericht.

Weitere Reisen und Berichte folgten. Noch zwei weitere Male begleitete ich einen Freund auf seinem letzten Weg in die Hinrichtungskammer.

TEXAS – FÜNF (und mehr) JAHRE SPÄTER

- DER ERSTE BESUCH -

(Donnerstag, 26. Dezember 2002, bis Samstag, 4. Januar 2003)

Nach 11 Stunden Lufthansa-Flug von Frankfurt nach Houston und zwei Stunden Schlange-Stehen an der Passkontrolle machen Tina und ich uns schließlich per Mietwagen auf den restlichen Weg. Immer den Highway 59 North entlang und endlich erreichen wir Livingston, wo wir statt unseres Econo-Lodge-Hotels auf Anhieb den Weg Richtung Gefängnis finden. Kurzerhand biegen wir in die Straße ein, die eigentlich erst morgen unser Ziel ist, und nach ein paar Meilen taucht aus dem Dunkel der Nacht in orangefarbenes Licht getaucht rechter Hand der riesige Komplex der Polunsky Unit auf. Hier also ist der Todestrakt von Texas, über den wir schon so viel gehört und gelesen haben.

Trotz Müdigkeit nach der langen Reise sind wir am andern Morgen wegen der Zeitverschiebung schon um 5 Uhr wach – aber das ist gut so, denn für diesen Tag stehen für mich insgesamt sechs Stunden Besuche auf dem Programm: ein Regular Visit von zwei Stunden mit Granville, der für den 30. Januar einen Hinrichtungstermin hat, und ein Special Visit von vier Stunden mit Kevin... Tina wird für zwei Stunden ihren Brieffreund Marion besuchen und muss dann vier Stunden auf mich warten. Ich bin super-nervös – der Flug und der Rest der Reise waren ein Klacks dagegen. Die paar Meilen zum Gefängnis kommen mir viel kürzer vor, als dies auf der Rückfahrt der Fall sein wird. Da ist sie wieder, die Polunsky Unit, diesmal im Tageslicht, und ich biege langsam in die Zufahrt zum Parkplatz ein. Obwohl ich sonst ziemlich lauffaul bin, suche ich mir einen Parkplatz so nah wie möglich an der

Ausfahrt und bringe es nicht fertig, bis nach vorne zum Eingang vorzufahren. Irgendwie brauche ich noch Zeit, und wenn es nur die vielleicht 100 Meter sind, die mir eine Gnadenfrist einräumen, bevor ich das Innere dieses schrecklichen und unheimlichen Ortes betrete. Tina neben mir witzelt über irgendeinen Spruch, der über der Tür des Anmeldungsgebäudes steht, und ich kann darauf nur erwidern, dass mir nicht nach Witzen ist, weil ich den Platz derartig „scary“ finde. Später sagt Tina mir, dass ihr erst in diesem Moment bewusst geworden ist, dass sie wohl innerlich abgeschaltet hatte, um derartige Emotionen nicht an sich heranzulassen.

Nachdem wir durch die Anmeldung durch sind, kommen wir in den Besucherraum und müssen dort auf „unsere“ Gefangenen warten. Nun wird auch Tina nervös und muss ständig auf und ab gehen, während ich wie angenagelt auf meinem Stuhl sitze und innerlich mindestens genauso nervös bin, auch wenn man mir das wohl weniger ansieht. Marion wird gebracht, und damit beginnt Tinas erster Besuch. Kurz danach kommt auch Granville, und nach ein paar Minuten lässt meine Nervosität etwas nach. Wir reden miteinander, und ich bin ehrlich überrascht, wie gut Granville die deutsche Sprache beherrscht, wann immer er einen Satz auf Deutsch in unsere Unterhaltung einfließen lässt. Das stimmt dann nicht nur grammatikalisch, sondern ist auch von der Aussprache her sehr gut – was besonders beachtlich ist, da Granville sich seine Deutsch- und Französischkenntnisse ganz allein selbst durch Bücher angeeignet hat. Hier habe ich nun leibhaftig einen Menschen vor mir, dem ich seit knapp anderthalb Jahren schreibe – und der vermutlich in gut vier Wochen nicht mehr leben wird. Wir sprechen über verschiedene Dinge, am stärksten bleibt jedoch bei mir haften, was er mir über seine Mutter und seine Kindheit erzählt. Granville hat einen Bruder, mit dem er als Kind immer in Konkurrenz gestanden hat, weil die Mutter den Bruder bevorzugte und Granville das Gefühl gab, ungeliebt und nutzlos zu sein. Sie sagte ihm, er sei gar nicht ihr Kind, obwohl sie seine leibliche Mutter ist, oder setzte sich beispielsweise einmal ein Messer an die Kehle und fragte ihren Sohn, ob er wolle, dass sie sich umbringt, und dergleichen mehr. Dennoch scheint Granville keinen Hass und keine Wut ihr gegenüber zu empfinden. Sie sei – damals wie heute – alkohol- und drogenabhängig gewesen. Wenn sie ihm hin und wieder schreibe, antworte er ihr, sie sei schließlich seine Mutter.

Der Besuch hat nur zwei Stunden gedauert, aber schon nach dieser Zeit fühle ich mich einigermaßen ausgepowert. Auch Tina ist geschafft nach ihrem ersten Besuch – ich begleite sie noch bis zum Ausgang, wo ich mich erneut anmelden muss, diesmal für den vierstündigen Besuch bei Kevin. Eigentlich ist mir eher nach einer Pause, weil es an Eindrücken schon jetzt genug zu verarbeiten gibt, aber es hilft ja nichts – Teil 2 für diesen Tag beginnt, und schon nach wenigen Minuten bin ich wieder im Besucherraum und warte nun auf Kevin. Mit ihm, dachte ich, wird die Unterhaltung vermutlich am einfachsten, weil er in den jetzt bald zwei Jahren unserer Brieffreundschaft von meinen drei Brieffreunden den lockersten und unkompliziertesten Eindruck gemacht hat. Im Grunde stimmt das auch, aber zunächst muss ich erst einmal feststellen, dass Kevins Englisch für mich schwerer zu verstehen ist als das von Granville, mir die Unterhaltung mit Kevin also noch mehr Konzentration in dieser Hinsicht abverlangt. Das wird sich in den folgenden Tagen aber stetig verbessern und mir leichter fallen. Kevin ist sehr offen und kontaktfreudig, lacht gern und viel, kann aber auch ernst sein, wenn er beispielsweise über die Situation und das Leben im Gefängnis spricht. Wir reden über alles Mögliche, teilen Kindheitsgeheimnisse miteinander, und als das Gespräch gerade ein besonders persönliches Level erreicht, ist die Zeit vorbei.

Ich mache mich auf den Weg nach draußen, einerseits habe ich es eilig, weil Tina schon so lange auf mich wartet, andererseits bin ich vollkommen platt mittlerweile. Mein linkes Ohr ist sicher puterrot, weil ich die ganze Zeit den Telefonhörer am Ohr hatte, und meine Brille hat da auch eine Druckstelle hinterlassen, das fühle ich genau. Denn die Besuche mit

Todeskandidaten laufen grundsätzlich so ab, dass sich eine Scheibe zwischen dem Häftling und dem Besucher befindet und man sich nur über Telefonhörer verständigen kann. Ich laufe also bis zum Ende des Parkplatzes, wo Tina an unserem Auto wartet – und kann nur sagen, dass ich schon sehr lange nicht mehr ein so starkes Bedürfnis hatte, jetzt einfach nur von jemandem in den Arm genommen zu werden...

Wir fühlen uns beide ziemlich mitgenommen und ziehen uns zunächst in unser Hotelzimmer zurück und reden so nach und nach, bis uns der Hunger in das nächste Fast-Food-Restaurant treibt. Langsam legt sich die Anspannung, aber ich bin froh, dass ein Wochenende bevorsteht, für das wir keine Besuche im Gefängnis geplant haben – ich glaube, ich brauche erst einmal Abstand von dem heute Erlebten. Kevin hat mich überreden wollen, ihn auch noch am Samstag zu besuchen und seine Familie zu treffen, aber das wird mir alles zuviel, und ich denke, dass es richtig ist, meinen Bedürfnissen hier Vorrang zu geben – obwohl ich auch ein bisschen ein schlechtes Gewissen dabei habe.

Am Samstag fahren wir nach Huntsville, mit dem Auto eine Strecke von einer knappen Stunde. Das Wetter ist super – Sonnenschein und warm wie im Frühling (21°C). Auf dem Weg kreuzen wir den Lake Livingston, wunderschöne Gegend – leider ist das Anhalten mitten auf der Brücke verboten. Schließlich kommen wir in Huntsville an, und schneller als erwartet taucht linker Hand das Administration Building mit der Walls Unit dahinter auf das Gefängnis, in dem in Texas seit 1982 nicht weniger als 289 Hinrichtungen durchgeführt wurden, deren 153. ich vor viereinhalb Jahren wie in einem bösen Traum miterlebte. In dem Moment, wo ich diese mir so vertrauten und gleichzeitig beängstigenden Gebäude sehe, läuft mir eine Gänsehaut kalt den Rücken herunter, und ganz spontan biege ich um zwei Ecken in die nächste Seitenstraße ab, in der sich das Hospitality House befindet, in dem wir damals Quartier und Unterstützung gefunden hatten. Obwohl ich dort jetzt nicht anhalte, ist das Abbiegen in diese Straße und das Vorbeifahren dort doch irgendwie so etwas wie eine spontane Suche nach Zuflucht. Wir fahren weiter bis zum Postamt, weil ich Briefe aufzugeben und Geld zu wechseln habe, und über diese Banalitäten habe ich mich schnell wieder auf der Reihe. Auf der Suche nach der Public Library laufen wir schließlich um die Walls Unit herum. Es schaut alles so friedlich aus, als ob außer uns niemand wüsste, was hinter diesen Mauern mit steter Regelmäßigkeit geschieht. Schließlich finden wir die Public Library, von wo aus wir kostenfrei ins Internet können, um unsere Mails abzurufen etc.

Nun steht das neue Prison-Museum auf unserem Programm, das erst vor wenigen Wochen von der Innenstadt in ein neues Gebäude auf einer der Ausfallstraßen von Huntsville umgezogen ist. Für einen so monumentalen Neubau – auch äußerlich in Form eines Gefängnisses mit Wachtturm etc. gebaut – hat der Innenraum nicht übermäßig viel zu bieten. Größte Attraktion dürfte der originale elektrische Stuhl sein, auf dem zwischen 1924 und 1964 nicht weniger als 361 Männer ihr Leben ließen – er steht inmitten der nachgebauten Wände des Death Chamber der Walls Unit. Von der Walls Unit gibt es ein Modell, das einen guten Überblick bietet, nebst einigen geschichtlichen Informationen. Auch die jüngste Geschichte ist dokumentiert, so der missglückte Ausbruchsversuch aus dem Todestrakt von 1998, der zur Folge hatte, dass der Todestrakt von Ellis Unit One in Huntsville nach Livingston verlegt wurde, sowie die Hinrichtungen von Karla Faye Tucker und Gary Graham, die für weltweite Aufregung gesorgt hatten. Weiterhin gibt es die Nachbildung einer Gefängniszelle, in der sich der Besucher für ein paar Dollar fotografieren lassen kann – in typischer Sträflingskleidung. Einen Souvenir-Shop gibt es natürlich auch – zu Tinas Entsetzen muss ich im Auftrag des Webmasters von todesstrafe.de fünf Baseball-Kappen mit Death-Row-Texas-Emblem einkaufen. Bücher gibt es auch – merkwürdigerweise aber fehlt die Biographie von Carroll Pickett, dem ehemaligen Gefängnispfarrer und Death Row Chaplain der Walls Unit, obwohl das Buch von Don Reid zu haben ist, der auch zum Gegner der Todesstrafe wurde, nachdem er als Journalist unzählige Hinrichtungen auf eben jenem „Old Sparky“ miterlebt hatte, den das Museum als die Attraktion ausstellt. Am makabersten aber ist ein Kugelschreiber mit Werbe-Aufdruck für das Prison-Museum – in Form einer Injektionsspritze!

Zurück in der Innenstadt von Huntsville suchen und finden wir schließlich mit einiger Mühe den Gefängnisfriedhof. Ich weiß bereits aufgrund von Fotos, dass man inzwischen dazu übergegangen ist, nicht mehr nur namenlose weiße Kreuze, die Häftlingsnummer und Datum enthalten, zu verwenden, sondern kleine weiße Grabsteine gebraucht, die nun doch den Namen des Verstorbenen enthalten. Wir gehen durch die Reihen und finden hier oder da einen uns bekannten Namen. Da der Friedhof für alle Verstorbenen der Gefängnisse Huntsvilles besteht, deren Leichnam nicht von Angehörigen abgeholt und bestattet wird, befinden sich unter der Vielzahl der Kreuze und Grabsteine nur einige, deren Namen uns durch die Hinrichtungslisten geläufig sind. Schließlich stehe ich an der Stelle, an der ich vor knapp fünf Jahren stand und blicke hinter mir den Hügel hinunter – all diese Kreuze und Grabsteine sind in diesen Jahren hinzugekommen...

Schließlich machen wir noch beim Hospitality House halt, weil ich gern Hallo sagen möchte. Uns machen fremde Gesichter auf. Wir erfahren, dass Bob und Nelda Norris gerade in Urlaub sind, wir aber am Montag die Chance hätten, sie anzutreffen. Jean, diese Seele von Mensch, so hören wir, arbeitet nicht mehr im Hospitality House, weil sie in der Zwischenzeit geheiratet hat und nach Austin gezogen ist. Wir haben ihre Nachfolgerin vor uns und eine Urlaubsvertretung für Bob und Nelda. Wir dürfen kurz hereinkommen, und ich kann Tina ein Bild zeigen, das Cliff gemalt hat. Weitere Drucke von Cliffs Kunstwerken finden wir an den Wänden. Wir verabschieden uns mit der Absicht, es am Montag noch einmal zu versuchen.

Für den Sonntag haben wir uns einen Besuch in Shiro vorgenommen. Shiro ist ein kleiner Ort ca. 30 Autominuten westlich von Huntsville. Dort wollen wir den Gottesdienst der

Presbyterianischen Gemeinde besuchen. Wir fahren also am nächsten Tag erneut nach Huntsville – diesmal bei ziemlich nebligem Wetter, obwohl es trotzdem noch 18°C warm ist – und weiter über Huntsville hinaus nach Shiro. Grund für unser Vorhaben ist, Reverend Carroll Pickett, dem Pastor der Gemeinde, dort zu begegnen. Pickett war bis 1995 der Gefängnispfarrer der Walls Unit und hat in dieser Zeit fast einhundert Hinrichtungen als Seelsorger begleitet. Abgesehen davon, dass Pickett mittlerweile ein bewegendes Buch geschrieben hat über seine Erfahrungen und Erlebnisse „Within the Walls“ und sich heute aktiv gegen die Todesstrafe einsetzt, ist mir Pickett schon aus meinen eigenen Erfahrungen damals bekannt. Auch wenn Pickett zur Zeit von Cliffs Hinrichtung bereits im Ruhestand war und sein Nachfolger Jim Brazzil Cliffs Hinrichtung begleitete, so ist er mir – wenn auch nicht persönlich – doch im Zusammenhang mit Cliff schon begegnet. Denn als im Juni 1998 der Stern seinen Bericht über Pickett drehte, war ja Cliffs Hinrichtung der Aufhänger gewesen, sodass wir an derselben Fernsehdokumentation Anteil hatten. Nun will ich die Gelegenheit ergreifen, Pickett einmal persönlich kennen zu lernen.

Wir sind natürlich zu früh, weil wir die Fahrtdauer nicht haben abschätzen können, treffen dann auf dem Parkplatz einen Gottesdienstbesucher, dem wir den Grund unseres Besuches erklären und der uns daraufhin in die Kirche begleitet und Carroll Pickett vorstellt. Wir nehmen am Gottesdienst teil – werden der Gemeinde, die wegen Nebel, Krankheit, Urlaub nur aus vielleicht einem Dutzend Leuten besteht, gleich als Besuch aus Deutschland vorgestellt. Aber ohnehin werden die Gemeinden dort nur recht klein sein. Da es so viele verschiedene christliche Denominationen in den USA gibt und mindestens an jeder zweiten Ecke eine Kirche steht, egal wie klein der Ort ist, ist es ziemlich logisch, dass jede Gemeinde nur aus einer relativ kleinen Zahl von Mitgliedern besteht. Pickett jedenfalls zeigt sich im Gottesdienst als guter Prediger, dem es nicht an Humor fehlt. Witziger Zufall ist noch, dass das erste Lied, das im Gottesdienst gesungen wird, genau das ist, das die kurze Filmsequenz aus dem Stern-Beitrag aus eben dieser Kirche gezeigt hatte.

Nach dem Gottesdienst haben wir die Gelegenheit, uns noch eine Weile mit Pickett zu unterhalten, was interessant und aufschlussreich ist. Er erzählt uns zum Beispiel, er habe in einer Baptisten-Gemeinde, deren Kirche sich direkt neben der Walls Unit in Huntsville befindet, zu Highschool-Studenten gesprochen, und nicht einer von ihnen habe gewusst, dass die Walls Unit nebenan ein Gefängnis ist, geschweige denn, dass dort Menschen hingerichtet werden. Ähnliche Erfahrungen machen Tina und ich mehrmals in den Tagen in Texas – offenbar wissen viele Menschen erschreckend wenig über das, was dort quasi vor ihrer Haustür passiert, und wir aus dem fernen Europa sind da viel besser informiert. Auf das Gefängnismuseum und die schockierenden Souvenirs angesprochen, erzählt Pickett, dass er seinerzeit selbst zu den Initiatoren des Museums gehört habe, das Museum jedoch habe seine Zielsetzung im Lauf der Zeit verändert. Was früher einmal „educational“ sein sollte, hat heute einen fragwürdigen Charakter bekommen. Auf meine Frage nach Chaplain Brazzil und seiner Einstellung zur Todesstrafe erklärt Pickett, für Brazzil sei das nur ein Job und er habe auch nur zwei Stunden Zeit mit dem Hinzurichtenden zu verbringen, während Pickett bis zu 18 Stunden jeden zum Tod Verurteilten begleitet hatte. Brazzil habe den Job übernommen, weil er keine Gemeinde gefunden habe, die ihn hätte haben wollen. Das klingt ziemlich negativ, und ich kann Brazzil wirklich nichts Negatives nachsagen aus meiner Erinnerung von damals. Allerdings macht Pickett auch nicht den Eindruck, als wolle er Brazzil eins auswischen, er spricht nicht abfällig über ihn, sondern äußert sachlich seine Ansicht. Der Abschied von Pickett ist herzlich und wir haben das Gefühl, einen wirklich interessanten Menschen kennen gelernt zu haben. Pickett hat uns seine Visitenkarte gegeben und sie auf Tinas Bitte hin signiert – die werde ich in sein Buch hineinkleben.

Wir fahren zurück nach Huntsville und dort in Richtung Ellis Unit One – die Gegend sieht aus wie damals; ich erkenne vieles wieder. Ich möchte Ellis Unit One gern noch einmal sehen. Wir fahren bis in Sichtweite der Schranke, aber die ist geschlossen und bewacht. Ich wäre gern auf den Parkplatz gefahren, aber daran ist so nicht zu denken, und wir kehren unbehelligt und unverrichteter Dinge wieder um. Wir fahren weiter bis über Riverside hinaus und suchen das Mobile Home von Dorothy M.E., weil Tina in Erwägung zieht, dort ein paar Tage zu wohnen. Irgendwann kapieren wir dann auch mal, wie das mit den Hausnummern funktioniert, aber Dorothy M.E. finden wir trotzdem nicht und geben es schließlich auf, um nach Livingston zurückzufahren.

Für Montag und Dienstag stehen für Tina und mich jeweils vierstündige Special Visits mit Marion bzw. David auf dem Programm. Mich macht das wieder nervös – diesmal aber weniger das äußere Prozedere. Hinsichtlich dessen bemerke ich vielmehr, wie schon fünf Jahre zuvor in Ellis Unit One, dass das „scary“ Gefühl des ersten Mals bereits einer Routine des Bekannten weicht. Dem stehe ich irgendwie ambivalent gegenüber. Denn einerseits hilft es mir, das Gefängnis mit seinem ganzen Drumherum nicht mehr so beängstigend zu empfinden; es macht die Situation weniger belastend. Andererseits möchte ich mich eigentlich nie an den Todestrakt als etwas quasi Normales gewöhnen. Meine Nervosität an dem heutigen Montag bezieht sich aber, wie gesagt, nicht auf die Äußerlichkeiten, sondern auf David an sich. Er ist der Brieffreund, über den ich im Grunde am wenigsten weiß, über den ein dritter gesagt hat, er könne gar nicht lesen und schreiben, sodass mir nicht wirklich klar ist, wie viel er von unserer ganzen Korrespondenz tatsächlich weiß. Deshalb hatte ich für ihn ursprünglich nur zwei Regular Visits geplant, bis Granville seinen Hinrichtungstermin bekam und seine Special Visits für seinen Vater aufheben wollte.

Nach der üblichen Zeit des Wartens wird David schließlich in den Käfig mir gegenüber hereingeführt, und ich warte, dass man ihm die Handschellen abnimmt. Er macht ein sehr ernstes Gesicht dabei, während Granville und Kevin mich dabei schon breit angelächelt hatten am Freitag. So ist dieser Moment eher unangenehm, und da ist noch einmal das unsichere Gefühl, wie sich dieser Besuch wohl entwickeln wird. Doch nach wenigen Minuten beginnt das Eis zu tauen und wir unterhalten uns ganz gut. David, von dem ich bislang nur ein einziges Foto besitze, ist auch der einzige, den ich nicht erkannt hätte, weil ihm sein Foto nicht so wahnsinnig ähnlich sieht. Leider können wir bei unseren Besuchen auch keine Fotos machen lassen, weil das nach neuer Regel nur noch in der ersten Woche jeden Monats geht und wir heute und morgen den 30. und 31. Dezember haben.

Ich hatte mir überlegt, ob ich David auf diese Geschichte ansprechen sollte, dass mir ein anderer Häftling seinerzeit enthüllte, dass er für David die Briefe schreiben würde, weil dieser nicht lesen und schreiben könne. David nimmt mir die Entscheidung ab, indem er recht früh in unserem ersten Besuch selbst das Thema darauf bringt. Er könne lesen und schreiben, seine Schreibmaschine würde jedoch nicht funktionieren, und deshalb habe sein Freund die Briefe lediglich getippt. Tatsächlich zeigt sich auch im Gespräch, dass er durchaus viel aus meinen Briefen weiß. David betont, dass er möchte, dass ich mich wohl fühle bei unseren Besuchen, was ich sehr nett finde, und er verhält sich auch sehr höflich und rücksichtsvoll. David ist eher ein Ruhiger, kommt meinem eigenen Naturell vielleicht am nächsten. Auch er ist nicht so leicht zu verstehen, aber ich höre mich allmählich rein und bin auch ein bisschen stolz darauf, dass ich das meiste dennoch verstehe. Und das Reden geht bei mir auch zusehends flüssiger.

Zum ersten Mal erfahre ich von ihm selbst etwas über seinen Fall; David sagt, er sei unschuldig. Er habe ein paar schlechte Sachen gemacht, aber den Mord nicht begangen. Das muss ich so stehen lassen. Viele beteuern ihre Unschuld und nur ein Teil wird wirklich unschuldig sein. Solange ich nicht mehr als eine

Version kenne, kann ich das nur zur Kenntnis nehmen, dass David sich als unschuldig bezeichnet. Auf die Freundschaft hat das jedoch ohnehin keinen Einfluss. Immerhin spricht David davon, dass er jetzt einen sehr guten Anwalt habe, und er rechnet damit, dass er eines Tages freikommt. Mehrfach sagt er mir, dass es Fälle gibt, wo Brieffreunde nicht mehr schreiben, wenn jemand entlassen wird, und lässt sich von mir versichern, dass es dann in unserem Fall nicht das Ende der Freundschaft bedeuten wird. Nach dem ersten Besuch bei David habe ich den Eindruck, jetzt haben wir alle Themen eigentlich schon durch, aber auch am Dienstag unterhalten wir uns über alles Mögliche, und das Gespräch gerät nicht für längere Zeit ins Stocken. Außerdem hatte ich ihm versprochen, ihm etwas vorzusingen, bevor der Besucherraum zu voll würde. Als es auf das Ende des Besuches zugeht, merke ich, dass David ein bisschen traurig ist, jetzt Abschied nehmen zu müssen, und das berührt mich dann auch – zumal ich darauf innerlich nicht vorbereitet bin. Er sagt ausdrücklich, dass er mich gern wiedersehen möchte, ich weiß jedoch zu dem Zeitpunkt noch nicht, ob und wann das sein könnte. Sich zu verabschieden und nicht zu wissen, ob und wann man sich wiedersieht, macht schon ein kleines bisschen traurig.

Am Montagnachmittag fahren wir noch einmal nach Huntsville, um Bob Norris im Hospitality House aufzusuchen. Er erkennt mich nicht mehr auf Anhieb, was aber zu erwarten war, weil ich im Gegensatz zu damals inzwischen lange gelockte Haare statt einem Stoppelkopf habe. Aber auf Cliff angesprochen, weiß er mich dann doch richtig einzusortieren. Wir bleiben ungefähr zwei Stunden und reden. Dass Bob einen angenehmen Humor hat, ist mir aus der Vergangenheit gar nicht so bewusst gewesen – vermutlich, weil die Zeit damals auch keinen Raum für Humor gelassen hat. Wir sprechen aber auch über ernste Dinge. Bob, der offensichtlich die Todesstrafe nicht befürwortet, hält nach eigener Aussage 99% der Verurteilten für schuldig. Er erzählt von einem Fall, wo ein Verurteilter, der jahrelang seine Unschuld beteuert hatte, 10 Minuten vor der Hinrichtung dem Gefängnispfarrer seine Schuld eingestand, wovon aber um alles in der Welt seine

Mutter nichts erfahren sollte. Die Mutter mache noch heute die Regierung bzw. Gerichte für einen Justizirrtum verantwortlich. Bob berichtet auch von der Hinrichtung Karla Faye Tuckers, zu der Tausende Menschen gekommen waren, sodass die ganze Innenstadt abgesperrt werden musste, und dass zur nächsten Hinrichtung eines Mannes, der genauso gläubig geworden war wie Karla Tucker, in der Woche drauf gerade mal sechs Leute kamen, um auf der Straße zu demonstrieren. Dann sprechen wir über Sue aus England, und Bob berichtet, dass Sue bei einem ihrer letzten Besuche eine heftig negative Erfahrung machen musste, als ein Gefangener vor ihr sämtliche Kleider fallen ließ, woraufhin Sue die Wärter alarmierte. Wir schauen uns gemeinsam das „Schwarze Brett" an, auf das im Hospitality House die Fotos der Hingerichteten geklebt werden, sofern die Angehörigen durch das Hospitality House betreut wurden. Zur Zeit von Cliffs Tod war das erste Brett annähernd voll, nach einem Zeitraum von 16 Jahren – nun ist schon das zweite über die Hälfte gefüllt, in nicht einmal fünf Jahren. Als Andenken an unseren Besuch überredet Bob uns noch, aus den Weihnachtsüberresten zwei Koala-Zwillinge aus den Stofftierkästen mitzunehmen.

Kaum zurück in unserem Hotel, bekommen wir am Montagabend die Ausläufer von zwei Tornados mit, die laut Fernsehberichten gerade über Houston und Umgebung wüten. Es hat einen heftigen Wind und Regen draußen und gewittert darüber hinaus noch in einer ganz ungewohnten Weise, da man nicht einzelne Blitze sieht, sondern der Himmel komplett sekundenlang immer wieder gleißend hell ist. Den Silvesterabend am Dienstag lassen wir recht ruhig zugehen, fahren aber rechtzeitig vor Mitternacht an den Lake Livingston hinaus, um da ein bisschen Feuerwerk über dem Wasser zu sehen. Es beschränkt sich wirklich auf ein bisschen, aber die Ruhe am See hat auch ihren Reiz. Mittwoch schlafen wir ausnahmsweise etwas länger, um uns am Mittag mit Felicia und Pete kurz vor Houston zu treffen. Beide sind mit Jeff befreundet gewesen, mit dem ich zweieinhalb Jahre und Tina ein paar Monate vor seiner Hinrichtung im August 2001 in brieflichem Kontakt standen. Felicia und Pete sind beide, was ich bis dahin nicht gewusst habe, Zeugen der Hinrichtung gewesen. Pete äußert, er sei vorher für die Todesstrafe gewesen, aber durch Felicia in den Fall von Jeff hineingezogen worden. Nun ist er gegen die Todesstrafe, weil sie niemandem etwas gebracht habe. Die Welt sei eine Viertelstunde nach Jeffs Tod keine bessere gewesen als Minuten vor seinem Tod. Nach dem Treffen mit den beiden suchen Tina und ich noch den Weg zurück zur Alamo-Station, wo ich übermorgen meinen Mietwagen wieder abgeben muss. Schließlich haben wir sie gefunden und den Weg durchblickt, was doch eine Beruhigung für mich ist, weil es am Freitag schnell gehen muss.

Am Donnerstag stehen wieder sechs Stunden Besuche für mich auf dem Programm. Heute habe ich zum ersten Mal einen Blick für Makaberes auf dem Parkplatz: Die Reservierung eines Parkplatzes für den Direktor ist ja nichts Besonderes, aber daneben gibt es noch einen reservierten Parkplatz für den „Employee of the Month“ und den „Non-security Employee of the Month!“ – den Arbeitnehmer des Monats im und außerhalb des Sicherheitsbereichs! Das wäre ein Foto wert – wenn ich hier fotografieren dürfte. – Zunächst will ich mich mit Lundy, einem guten Freund von Granville, vor dem Gefängnis treffen und dann mit ihm zusammen Granville für zwei Stunden besuchen. Ab heute ist eine andere Wärterin im Besuchsraum tätig, die aber im Grunde noch netter und hilfsbereiter ist, als diejenige, die wir bisher dort angetroffen hatten. Lundy scheint recht bekannt zu sein im Gefängnis und unterhält sich mit den Bediensteten freundschaftlich, während wir warten. Schließlich wird Granville gebracht, und es ist schön zu beobachten, wie Lundy und er sich gegenseitig aufziehen. Granville macht einen durchaus gefassten Eindruck, obwohl sein Hinrichtungstermin wieder eine Woche näher gerückt ist. Bei unserem ersten Besuch hatte er mir gesagt, dass er seine Lage als sehr ernst einschätzt. Er habe jetzt zwar einen guten Anwalt, der schlechte Pflichtverteidiger habe dem aber nicht viele Möglichkeiten gelassen, noch etwas zu erreichen. Heute spricht er davon, dass er auf einen Aufschub hofft. Inwieweit er selbst zwischen Hoffnung und realistischer Einschätzung schwankt, was durchaus verständlich wäre, oder primär auf Lundy Rücksicht zu nehmen versucht, den die Situation sehr mitnimmt, obwohl er es während unseres Besuchs nicht zeigt, kann ich nicht beurteilen. Immerhin bittet er Lundy konkret, seinen Anwalt zu fragen, ob er direkt den Staat verklagen könne, weil er den Pflichtverteidiger die ganze Zeit nicht loswerden konnte, der seine Arbeit so schlecht gemacht hat.

Heute können wir nun auch Fotos machen lassen – Polaroid-Sofortbilder zum Stückpreis von 3 Dollar. Wir machen fünf Bilder, von denen mir eines besonders gut gefällt. Lundy wird die Fotos mitnehmen, um davon Abzüge zu machen, damit Granville sie möglichst rasch bekommt, und mir dann die Originale schicken. Die zwei Stunden sind viel zu schnell vorbei – Lundy hat für Granville so viel zu essen gekauft, dass der das in der Zeit gar nicht bewältigen kann und sich die Taschen seines Overalls damit vollstopft – obwohl ich eigentlich dachte, das wäre nicht erlaubt. Ist es vielleicht wirklich nicht und sie versuchen es trotzdem. Jedenfalls wird Kevin später auch irgendetwas von den Essensresten in seinen Hosentaschen verschwinden lassen und am nächsten Tag mehrere Zeitungsartikel und einen Bleistiftstummel in den Besucherraum mitbringen. Am Ende der Besuchszeit sitze ich auf heißen Kohlen, weil ich keinen Ärger will, nachdem die Wärterin schon zweimal das Ende der Besuchszeit angekündigt hat und Lundy und Granville immer noch munter weiter schwatzen. Als die Aufsicht ein drittes Mal kommt und sagt, jetzt sei wirklich Schluss, wir seien schon 15 Minuten über die Zeit, verabschieden wir uns nun tatsächlich, und ich bedanke mich bei der Wärterin noch ausdrücklich für ihre Geduld – und bin ihr wirklich dankbar.

Vor dem Abschied von Granville war mir bange im Vorfeld, denn bei realistischer Einschätzung ist die Wahrscheinlichkeit äußerst groß, dass ich ihn nie wiedersehen werde. Da Granville aber recht gefasst ist und ich im Gegensatz zu meinem Abschied von David mit der emotionalen Schwierigkeit dieser Situation schon vorher gerechnet habe, kommen gar nicht so starke Gefühle auf – offenbar hat mein Inneres emotional mal wieder dicht gemacht. Von Kindheit an erlernter Schutzmechanismus, dem ich aber ambivalent gegenüberstehe. Denn im Grunde ist es auf den ersten Blick betrachtet unlogisch, dass mich der Abschied von David eher berührt als der von Granville. Nur mit der Kenntnis der psychologischen Mechanismen und Zusammenhänge kann ich diese scheinbare Unlogik akzeptieren. Schwerer umzugehen ist im Grunde mit Lundy, den ich noch auf den Parkplatz begleite. Er nimmt es sehr schwer, weil er ein sehr emotionaler Mensch ist. Er fragt mich, wie ich mit Cliffs Hinrichtung damals umgegangen sei, sucht offenbar nach Rat und Hilfe, und im Grunde bin ich hilflos und nicht in der Lage, ihm wirklich zu raten. Ich bedaure kurze Zeit später, dass ich ihm sage, dass ich nicht viel Hoffnung für Granville habe – allerdings entspricht das schon einer ganz realistischen Einschätzung der Sachlage, wie ich denke. Jedenfalls fühle ich mich ziemlich hilflos, als Lundy dort auf dem Parkplatz die Tränen laufen. Ich kenne ihn ja kaum, bin unsicher, ob ich ihn einfach in den Arm nehmen soll, und lasse es daher sein, ärgere mich aber nachher genau über meine Unsicherheit, die mich mal wieder zur Untätigkeit bewogen hat. Ich kann es nicht mehr ändern, nehme mir aber vor, Lundy eine Mail zu schreiben, wenn ich wieder zu Hause bin.

Ich fülle meinen Geldbeutel wieder auf – wir dürfen nur 20 Dollar in Münzen mit hinein nehmen, und ich möchte auch mit Kevin noch Fotos machen – und gehe zurück zur Anmeldung, um jetzt meinen vierstündigen Special Visit mit Kevin anzutreten. Während ich auf ihn warte, habe ich die Möglichkeit eine ältere Lady anzusprechen, die auch Besuche macht. Ich habe sie schon bei der Anmeldung vor dem ersten Besuch heute Morgen gesehen und gleich erkannt. Sie arbeitet für die Heilsarmee, und ich kenne sie aus der Fernsehdokumentation über Cliff. Sie hat geholfen, Cliffs Kunstwerke zu vertreiben. Ich spreche sie an und frage, ob sie Clifford Boggess kannte – obwohl die Antwort klar ist. Wir unterhalten uns ein paar Minuten, und sie ist so dankbar, dass ich sie angesprochen habe, dass sie mich spontan ganz herzlich in den Arm nimmt. Witzigerweise hat sie mit dem Gefangenen, den sie im Moment besucht, auch gerade über Cliff gesprochen. Sie erzählt mir noch, wie einmal jemand hartnäckig ein Bild von Cliff habe kaufen wollen, das gar nicht zum Verkauf stand. Sie habe es ihm schließlich für eine 50-Dollar-Spende überlassen, meinte aber, der hätte sicher 500 Dollar bezahlt, wenn das Bild regulär zu verkaufen gewesen wäre.

Schließlich kommt Kevin und lächelt wieder über das ganze Gesicht. Heute erzählt er mir unter anderem über seinen Fall – einiges weiß ich bereits aus dem Internet. Offenbar mangelt es auch bei ihm an einer guten Verteidigung. Kevin erzählt, er sei zwei Jahre oder so im Gefängnis gewesen, bis ihm der Prozess gemacht wurde, und sein Pflichtverteidiger habe ihn ein einziges Mal persönlich aufgesucht, und zwar drei Tage vor Prozessbeginn. Dementsprechend wurden Nachweise, dass Kevin sich zur Tatzeit ganz woanders befand, vor den Geschworenen gar nicht erbracht. Es wird zwar auch deutlich, dass Kevin polizeilich kein unbeschriebenes Blatt war. Er hat mehrere Strafen wegen Autodiebstahl oder Besitz von Marihuana und dergleichen abgesessen. Einen Mord bestreitet er jedoch. Beim Einkauf von Getränken und Essen für Kevin aus den Snackmaschinen ist mir die Wärterin, eine Afro-Amerikanerin namens Ms. Williams, sehr behilflich – sie weiß recht gut, was Kevin mag, und so überlasse ich ihr quasi den Einkauf. Ich darf die Sachen aus Sicherheitsgründen ohnehin nicht anfassen. Sie macht die Tüte so voll, dass es für Kevin fast zwei komplette Mahlzeiten sind, aber das ist ihm zu gönnen, denn die meisten Sachen, die ich hier für ihn kaufen kann, bekommt er sonst nie. Allerdings bleibt nun gerade noch Geld für zwei Fotos übrig, aber morgen ist ja auch noch eine Gelegenheit. Wir unterhalten uns gut und ganz zwanglos – Kevin stellt fest, dass ich heute viel gelöster sei als während des ersten Besuches, womit er zweifellos Recht hat, obwohl ich auch den ersten Besuch nicht unangenehm fand. Aber nun unterhalten wir uns schon wie langjährige Freunde, und ich fühle keine innere Barriere, mich einfach so zu geben, wie ich bin. Es fällt mir auch zusehends leichter, ihn zu verstehen, sodass ich diesen Tag mit ebenfalls sechs Stunden Besuch weit weniger anstrengend empfinde als meinen ersten Mammut-Besuchstag vor fast einer Woche.

Während Tina noch zwei Wochen bleiben wird, heißt es für mich an diesem Abend schon Koffer packen. Am nächsten Tag wird die Zeit knapp bemessen sein, und daher will ich alles schon am Abend so weit wie möglich erledigt haben. Das Wetter ist am Freitagmorgen schön, aber kalt. Zum ersten Mal sind die Scheiben des Autos mit einer Reifschicht bedeckt. Da die Texaner keine Eiskratzer kennen und ich vergessen habe, einen von zu Hause mitzunehmen, kratze ich das Eis mit einer meiner Scheckkarten von den Scheiben. Später unterhalte ich mich mit Kevin darüber und bin mal wieder empört über die amerikanische Mentalität, die tatsächlich keine Eiskratzer kennt, sondern stundenlang den Wagen warm laufen lässt, während man genüsslich frühstückt. Da lobe ich mir doch das Umweltbewusstsein der Deutschen – wenn auch nicht deren Spritpreise. Jedenfalls fahre ich an diesem letzten meiner Tage in Texas so früh ins Gefängnis, dass ich hoffe, diesmal ausnahmsweise als erste – vor dem Pfarrersehepaar Wilcox, das täglich Häftlinge besucht – da zu sein, aber keine Chance. Sie sind wie immer vor mir und schon eingecheckt, sodass es auch keinen Sinn macht, sie zu bitten mich vorzulassen. Aber ich bin die dritte und Kevin wird tatsächlich schon um ca. 8.10 Uhr gebracht, sodass wir unsere vier Stunden nutzen können, bevor ich mich in Windeseile in Richtung Flughafen aufmachen muss. Heute klären wir erst, wie viele Fotos wir machen wollen und schauen dann, wie viel Geld noch für Essen und Getränke übrig bleibt. Die Wärterin ist auch diesmal behilflich, obwohl sie heute nicht so gut gelaunt erscheint wie gestern. Kevin hatte mir gestern schon erzählt, sie habe zwei Gesichter und könnte sich auch weniger freundlich verhalten. Dass Kevin sie heute allerdings mit dem Vornamen anredet, was sie sich prompt verbittet, halte ich wirklich nicht für so klug. Er meint, das wäre nur, weil er ein Gefangener und sie die Wärterin ist, und empfindet das wohl als abwertend. Ich versuche ihm den Unterschied, den wir

Deutschen im "Du" und "Sie" haben, zu erklären, denn ich finde das Verhalten der Wärterin durchaus korrekt.

Kevin bekommt auch diesmal eine reichliche Mahlzeit, ich gebe mich mit einer Vanilla-Coke zufrieden. Ich hatte ja schon ein kleines Frühstück im Hotel und bekomme nachher im Flugzeug wieder etwas. Das Gespräch verläuft ähnlich ungezwungen wie am Tag zuvor. Als wir uns verabschieden, bin ich mir im Grunde doch recht sicher, dass wir uns wiedersehen werden. Als ich mich vor drei Tagen von David verabschiedet habe, war mir das noch eher ungewiss, aber nun glaube ich, dass ich zurückkehren werde, wenn ich auch nicht weiß, wann das sein wird.

Ich fahre noch kurz im Hotel vorbei, um mich von Tina zu verabschieden – ich denke, wir sind beide froh, dass wir dieses Abenteuer gemeinsam angegangen sind. Schneller als erwartet, nämlich schon nach einer knappen Stunde, bin ich am Flughafen in Houston und gebe mein Auto an der Alamo-Station ab, was problemlos und schnell geht. Der Shuttle-Bus bringt mich dann zum Terminal D, von dem aus mein Flieger gehen wird. Einchecken und Sicherheitskontrolle laufen auch flott, und so sitze ich bereits um 14.00 Uhr in der Wartezone für meinen Flieger, der erst um 16.35 Uhr geht. Tina und ich schicken uns noch mehrere SMS, bevor ich endgültig den Heimflug antrete.

Am nächsten Abend telefonieren wir lange. Tina wird am kommenden Montag David für zwei Stunden besuchen, da er sie auf seine Besucherliste gesetzt hatte, als noch die Rede davon war, dass wir beide zusammen ihn besuchen könnten – bevor Granville seinen Hinrichtungstermin bekam und wir die Besuchspläne ändern mussten. Ich sage Tina, sie solle David ganz lieb grüßen und ihm mitteilen, dass ich mich sehr gefreut habe, ihn persönlich kennen zu lernen. Und ich bitte Tina, von David Fotos machen zu lassen, damit ich wenigstens welche von ihm habe, auch wenn ich nicht mit drauf bin. Ja, und schließlich überlegen wir allen Ernstes, wann wir wieder gemeinsam unsere Brieffreunde in Texas besuchen – vielleicht im Sommer von Ende Juli bis Anfang August…

- DER ZWEITE BESUCH -

(Donnerstag, 24. Juli 2003, bis Freitag, 8. August 2003)

Mit vier Stunden Verspätung – weil unser Lufthansa-Flieger wegen eines Gewitters über Houston dort zunächst nicht landen konnte und zu einer Zwischenlandung in Dallas gezwungen war – kommen Tina und ich reichlich müde am Donnerstag nach 21 Uhr Ortszeit in unserem Econo-Lodge-Hotel in Livingston an. Draußen ist es schwülwarm, unser Hotelzimmer dafür eiskalt, sodass wir erst einmal die Klima-Anlage außer Gefecht setzen...

Während wir am Flughafen in der Schlange auf das Erledigen der Einreiseformalitäten gewartet haben, ist in der Walls Unit von Huntsville ein Mann hingerichtet worden. Die Überlegung, zunächst nach Huntsville zu fahren, um uns vor der Walls Unit zu den Demonstranten zu stellen, hat sich durch unsere Verspätung erübrigt. Wie wir später erfahren, sind viele Ordensschwestern unter den Demonstranten gewesen, während von der Hinrichtung am Vortag kaum jemand Notiz genommen hat. Für den 6. und 7. August sind drei Hinrichtungen geplant – das lässt eine stressige Zeit im Besucherraum erwarten, wenn wir unsere letzten Visits zusammen mit den Familien der Hinzurichtenden haben werden.

Am Freitag fahren wir gleich morgens um 8 Uhr ins Gefängnis, um gemeinsam meinen Brieffreund David zu besuchen – Tina steht ja auch auf seiner Besucherliste. Am Eingang des Gefängnisses treffen wir erwartungsgemäß auf Irene und Jack Wilcox, das Pfarrersehepaar, das jeden Tag zum Tod verurteilte Häftlinge besucht. Wir erfahren, dass Irene an diesem Tag unter anderem James A. besuchen wird. Ich habe wenige Wochen zuvor James geschrieben, weil ich ihm mitteilen wollte, dass ich eines seiner Gemälde so wunderschön finde und einen Druck davon gerahmt und dem

Arrangeur meiner letzten CD „Alive on Death Row“ geschenkt habe, der von dem Bild ebenfalls begeistert ist. James hat mich in seiner Antwort gleich um einen Gefallen gebeten, ob ich ihm einen Song für seine Website aufnehmen könnte, was ich gerne zugesagt habe.

Natürlich war klar, dass ich James nicht würde besuchen dürfen, weil er mich so kurzfristig nicht hätte auf seine Besucherliste setzen können. Da seine letzte Berufung 10 Tage vor unserer Texas-Reise abgelehnt wurde, ist natürlich fraglich, ob ich jemals zu einem späteren Zeitpunkt die Gelegenheit haben werde, James persönlich zu sehen. Nachdem sich die heutige Aufsicht, eine Ms. Marshall, im Besucherraum sehr freundlich zeigt – obwohl die Gefangenen diesen Eindruck offenbar nicht teilen und sie als „asshole“ bezeichnen –, frage ich Irene Wilcox, während wir noch darauf warten, dass die Gefangenen herausgebracht werden, ob sie glaubt, dass die Aufsicht mir erlauben würde, vielleicht fünf Minuten mit James zu sprechen. Irene ist so nett selber die Aufsicht zu fragen, weil sie der Anfrage so bessere Chancen einräumt. Und ich bekomme die Erlaubnis!

Wir starten nun also zunächst unseren zweistündigen Regular Visit mit David. Ich überlasse Tina weitgehend das Reden, weil ich mich einerseits erst wieder in Davids wenig deutliche Aussprache reinhören muss und andererseits Tina sowieso das bessere Englisch spricht – eine Unart von mir, mich dann immer auf andere zu verlassen... David vergewissert sich, wie schon mehrfach beim letzten Besuch vor einem halben Jahr, dass ich auch weiterhin zu ihm halte, wenn er aus dem Todestrakt entlassen würde. Schließlich lasse ich die beiden allein, um ein paar Worte mit James zu wechseln, während Irene für ihn Essen und Getränke aus den Snackmaschinen holt. James fordert mich auf, ihm etwas zu singen – es langt nicht mal für eine Strophe in der kurzen Zeit, aber zumindest hat er mal für einen Moment die Stimme derjenigen gehört, die er um die Aufnahme seines Songs gebeten hat. Schließlich kommt Tina herüber, um mir zu sagen, dass sie David gerade herausbringen; so muss ich das kurze Gespräch mit James etwas abrupt beenden – um mich doch von David nicht mehr verabschieden zu können, weil man ihm schon Handschellen anlegt und er den Telefonhörer nicht mehr greifen kann. Die Besuchszeit war abgelaufen, aber niemand hatte die übliche Vorwarnung 5 bis 10 Minuten vor Ende gegeben. Dumm gelaufen! James abgewürgt UND David doch nicht „good-bye“ gesagt... Naja, aber über die alles andere als selbstverständliche Möglichkeit, mit James zu sprechen, kann ich ohnehin nur dankbar sein, und David sehe ich nächste Woche wieder.

Tina tritt nun ihren zweistündigen Besuch mit Marion an, während ich am Eingang auf Kevins Mutter warte, mit der ich für 11 Uhr verabredet bin, weil wir den Besuch gemeinsam machen wollen. Kevin liegt viel daran, dass ich seine Familie kennen lerne, und nachdem mir das zu hektisch war bei meinem letzten Aufenthalt und ich äußerst ungern mit mir fremden Leuten auch noch auf Englisch telefoniere, hatten wir vorher alles per E-Mail abgeklärt. Kevin hatte mir schon geschrieben, dass seine Mutter SEHR unpünktlich ist – Tatsache ist aber, dass sie überhaupt nicht kommt an diesem ausgemachten Freitag. Nach gut zwei Stunden des Wartens im klimatisierten Anmeldungsraum erklärt mir die Aufsicht, ich müsse draußen weiter warten. Offenbar hatte ein Sergeant etwas gesagt und die Aufsicht hatte bis dahin nur netterweise ein Auge zugedrückt und mich nicht raus in die Hitze geschickt. Ich warte noch, bis Tinas Besuch vorbei ist, was nun nicht mehr lange dauert, und fahre sie in unser Hotel, kehre dann zum Gefängnis zurück und trete meinen zweistündigen Besuch mit Kevin ohne seine Mutter an.

Kevin ist enttäuscht, dass seine Mutter nicht gekommen ist, aber nicht wirklich überrascht. Es ist wohl doch eher typisch für sie, so unorganisiert zu sein. Ansonsten „überfällt“ Kevin mich gleich mit einem ziemlich ernsten Thema. Für den Fall, dass seine Berufungen keinen Erfolg haben – und es ist gerade die vorletzte in seinem Fall abgelehnt worden –, will er sich nicht vom Staat hinrichten lassen, sondern seinen Tod in die eigenen Hände nehmen. Er möchte etwas Sinnvolles tun und denkt über Organspende nach, die nach der tödlichen Injektion nicht möglich ist. Er will sich erkundigen, welche Form von Suizid eine Organspende zulässt, mir außerdem mit Hilfe seines Wörterbuchs einen Brief auf Deutsch zu dem Thema schreiben. Ich bin skeptisch, ob das mit der Organspende funktioniert, weil ein (hirn-)toter Körper ja künstlich „am Leben" gehalten wird, damit die Organe für eine Transplantation verwendet werden können. Würde man Kevin eines Tages tot in seiner Zelle finden und die Familie würde den Leichnam abholen, wären die Organe zu dem Zeitpunkt vermutlich nicht mehr verwendbar, denke ich. Erst nach dem Besuch überlege ich mir, was es für die Angehörigen bedeuten wird, wenn Kevin Suizid beginge, statt sich hinrichten zu lassen. Würde es für die Angehörigen nicht noch schwerer, wenn sie sich nicht einmal von ihm verabschieden könnten? Ich weiß es nicht.

Kevin merkt selbst, dass er den Besuch mit ziemlich heftiger Materie begonnen hat, und wir reden weiterhin über andere Dinge, z.B. Literatur: „Herr der Ringe" und „Harry Potter" – und ausführlich über „Das Leben des David Gale". Ich habe den Film zweimal im Kino gesehen und Kevin das Buch schicken lassen. Er hat sich erstaunlich viele Einzelheiten aus dem Buch gemerkt, die wir besprechen – und dabei auch einige Unterschiede zwischen Film und Buch entdecken. Beispiel: Kevin fragt, wer im Film denn die schwarze Reporterin gespielt hat – Antwort: Kate Winslet!

Am Ende des Besuchs kommt es noch zu einem Zwischenfall. Während üblicherweise der Besucher mit Ablauf der Besuchszeit geht und der Gefangene noch kürzere oder auch längere Zeit in seinem Käfig warten muss, bis er zurück zur Zelle geführt wird – David muss an einem der folgenden Tage über zwei Stunden warten und Kevin einmal ähnlich lang –, werden die Gefangenen heute direkt vor den Augen des Besuchers abgeholt. Kevin meint, das könnte seine Ursache darin haben, dass ein Gefangener gerade die Tage einen Wärter angepinkelt hat. Jedenfalls: Als Kevin aufgefordert wird, seine Hände durch den Schlitz zu stecken, um mit den Handschellen gefesselt und dann abgeführt zu werden, gibt es irgendeine Diskussion mit den Wärtern, weil Kevin einen Lolli im Mund hat, den er offenbar aus seiner Zelle mitgebracht hatte. Ich bekomme nicht genau mit, worum es geht, weil man ja nur über die Telefonhörer kommunizieren kann. Ich bleibe auch nicht länger, weil ich den Ärger nicht vergrößern will – die Besuchszeit ist schließlich abgelaufen. Aber ich habe natürlich jetzt ein ganzes Wochenende Zeit, mir darüber Sorgen zu machen, ob sie Kevin wegen des Lollis auf Level 2 abstufen – das würde bedeuten, dass unsere Special Visits gestrichen und von 18 geplanten Besuchsstunden nur 6 übrig bleiben würden!

So war der erste Tag in Texas bereits wieder gespickt mit Eindrücken – am folgenden Samstag gehen wir die Dinge daher gemütlich an. Wir fahren nach Huntsville, um in einer Bank, die dort auch an Samstagen geöffnet ist, eine größere Menge Geld in Quarters zu wechseln für die Maschinen im Gefängnis. Außerdem wollen wir in die Public Library, um unsere E-Mails zu checken, aber die hat ausnahmsweise geschlossen. Der Rückweg führt uns zunächst nach Onalaska, einem kleinen Ort ca. 20 Minuten von Livingston entfernt. Dort hat Christa H., eine Frau aus München, ein Haus gekauft, wird in Kürze dorthin übersiedeln und dann Quartier und Betreuung anbieten für Besucher im Todestrakt. Wir suchen uns das Haus, das ganz idyllisch quasi mitten im Wald liegt – vielleicht unser nächstes Quartier, wenn wir wieder hier sind?

Am Sonntag fahren wir nach Shiro, um den Gottesdienst von Rev. Carroll Pickett zu besuchen – dort waren wir vor einem halben Jahr ja auch schon, weil wir den ehemaligen Gefängnispfarrer der Walls Unit von Huntsville, in der die Hinrichtungen durchgeführt werden, kennen lernen wollten. Nicht nur er selber, sondern auch eine Reihe der Mitglieder der kleinen Gemeinde erinnert sich noch gut an uns. Pickett predigt über Matthäus 25 („Was ihr einem der geringsten meiner Brüder getan bzw. nicht getan habt, das habt ihr mir getan bzw. nicht getan!“). Zu dem in der Bibelstelle aufgeführten Beispiel des Besuches im Gefängnis passen wir natürlich gut, die wir einen über 5000 Meilen weiten Weg gekommen sind, um unsere Freunde im Gefängnis zu besuchen. Nach dem Gottesdienst gibt Pickett uns seine Telefonnummer und fordert uns auf, uns nach dem kommenden Dienstag bei ihm zu melden – wir könnten uns dann mal treffen. Leider erfahren wir später, dass sein Enkelkind krank geworden ist, sodass aus dem Treffen dann doch nichts mehr wird.

Im Übrigen verbringe ich das Wochenende damit, Kevins Briefe alle noch einmal zu lesen. Bei meinem letzten Aufenthalt in Texas kam ich nur dazu die Briefe von Granville und David zu lesen – diesmal ist also nun endlich Kevin an der Reihe. Es ist gut, sich so manche Dinge wieder in Erinnerung zu rufen, über die man früher mal geschrieben hat.

Am Montag und Dienstag haben wir unsere ersten jeweils vierstündigen Special Visits – Tina mit Marion und ich mit Kevin. Ich bin erleichtert, dass die Special Visits nicht gestrichen sind, frage Kevin aber, was denn da eigentlich los war am Freitag. Es war nicht, wie ich dachte, die Tatsache an sich, dass er den Lolli hatte, sondern die Guards hatten gesagt, er könne nicht mit dem Lolli im Mund abgeführt werden. Daraufhin hatte er versucht, den Stiel des Lollis abzudrehen, um den Lolli als Bonbon zu lutschen. Diese kurze Zeitspanne wurde von einer Wärterin so interpretiert, als wolle Kevin sich weigern, den Besucherkäfig zu verlassen – darüber ging die Diskussion. Zum Glück ist aber nichts weiter passiert.

Ansonsten sprechen Kevin und ich diesmal nicht über derartig ernste Dinge wie letzten Freitag, sondern unter anderem über ganz banale Sachen, z.B. wie Root Beer schmeckt, das ich noch nie getrunken habe, oder was „grits“ sind, die es in den USA gern zum Frühstück gibt – entpuppt sich schließlich als

Grießbrei, als ich beim Wal-Mart danach suche, aber ich konnte mit der Vokabel und Kevins Erklärung einfach nichts anfangen... Während unseres Besuches kommt auf einmal die Aufsicht (diesmal eine wirklich nette – auch nach Meinung der Inmates!) und sagt, Kevins Mutter sei am Telefon, sie sei aber noch zwei Stunden von Livingston entfernt. Bis dahin wird mein Besuch vorbei sein. Kevin lässt seiner Mutter ausrichten, sie solle am nächsten Tag kommen, Kevins Mutter gibt der Aufsicht ihre Telefonnummer und lässt mir sagen, ich solle sie nach dem Besuch anrufen. Genau das wollte ich vermeiden! Aber was bleibt mir übrig? Ich rufe Dorothy, Kevins Mutter, also an, und es ist auch viel einfacher als ich dachte, weil sie am Telefon sehr nett klingt und ich sie gut verstehen kann – letzteres ist meine größte Angst bei solchen Gesprächen. Letzten Freitag sei ihr Auto kaputt gegangen, sie habe in allen Hotels – nur nicht im Econo Lodge – angerufen. Weshalb sie nicht auch da schon im Gefängnis angerufen hat, um mir Bescheid zu sagen, weiß ich nicht. Jedenfalls will sie sich am nächsten Morgen um 8 Uhr am Gefängnis mit mir treffen. Ob sie dann mit mir gemeinsam Kevin besuchen kann, ist unklar, weil ich einen vierstündigen Special Visit habe, auf den sie kein Anrecht hat – Special Visits sind nur für Besucher, die mindestens 300 Meilen weit entfernt wohnen. Dorothy wohnt aber im ca. 70 Meilen entfernten Houston. Deshalb hatte ich den Freitag mit dem Regular Visit vorgeschlagen, weil ich wusste, dass es dann keine Probleme geben würde. Da Dorothy aber außer ihrem Sohn noch einen anderen Inmate im Polunsky-Gefängnis besucht, würde sie morgen im Zweifelsfall statt Kevin dann eben den anderen besuchen und so zumindest im Besucherraum sein.

Am Nachmittag des Montags fahren wir noch einmal nach Huntsville – diesmal ist die Public Library offen und wir können eine Stunde lang surfen. Heute sehe ich auf dem Hinweg im Vorbeifahren gegenüber der Walls Unit zum ersten Mal den Imbiss, den ich aus einer Fernsehdokumentation kenne und bislang immer vergeblich suchte – keine Ahnung, wieso ich den immer übersehen habe. Und tatsächlich: Dort steht das Schild mit dem Text: „Try the Killer-Burger!“ Auf dem Rückweg halte ich an, um dieses geschmacklose Teil zu fotografieren.

Am nächsten Morgen bin ich pünktlich um 8 Uhr am Gefängnis, warte aber diesmal nur eine halbe Stunde auf Dorothy, bevor ich den Besuch mit Kevin ohne sie antrete. Kevin hatte mir sogar gesagt, ich solle gar nicht warten. Seine Mutter habe seine Freundin Barbara aus Europa einmal vier Stunden zu spät vom Flughafen abgeholt. Er hatte mit mir wetten wollen am Tag zuvor, um wie viel seine Mutter zu spät sein würde – gemessen daran ist sie noch früh, als sie um 9.10 Uhr in den Besucherraum kommt. Die nette Aufsicht vom Vortag hatte mich schon bei meiner Ankunft heute gefragt, ob ich Kevins Mutter erreicht hätte, und mir erzählt, dass Dorothy manchmal erst so spät am Nachmittag käme, um ihn zu besuchen, dass von den zwei erlaubten Stunden mitunter kaum eine bliebe, bis das Gefängnis um 17 Uhr für Besucher schließt. Nun ist sie also da, und die Aufsicht sagt nichts, als sie mit Kevin ein paar Worte spricht, während sie auf den anderen Gefangenen wartet, den sie besuchen wird.

Außerdem hat Dorothy Kevins zehnjährige Tochter Amina mitgebracht. Da Kinder nicht zählen in dem ganzen Reglement, darf Amina bei mir und Kevin sitzen für die zwei Stunden, in denen Dorothy ihren Besuch macht. So lerne ich also an dem Tag Mutter und Tochter kennen. Kevin fordert Amina auf, mir zu beschreiben wie Root Beer schmeckt, und sie erklärt: „Wie Medizin!“ Nun probiere ich eine Dose – und muss Amina Recht geben! Eklig! Dabei ist es kein Bier, sondern ein Softdrink wie Cola oder Limo, schmeckt aber sehr streng. Mir persönlich bringt der Besuch heute nicht so viel, weil Kevin und ich uns nicht in Ruhe unterhalten können. Ich freue mich aber, dass er durch meinen Besuch heute die Möglichkeit hat, sein Kind zu sehen. Die Mutter kommt ihn häufiger besuchen, bringt Amina aber nur alle paar Monate mal mit. Kevin liebt seine Tochter sehr, das merkt man. Er möchte gern viel mehr für sie tun und kann es doch nicht in seiner Situation. Als Amina gerade mal nicht dabei ist, erzählt

Kevin mir, dass seine Tochter ihn bislang nichts darüber gefragt habe, wie es hier im Gefängnis ist. Sie habe nur ein einziges Mal gefragt, warum er denn im Gefängnis sei, und er habe ehrlich gesagt, weil der Staat behauptet, er habe jemanden getötet. Amina habe riesengroße Augen gemacht und dann nie wieder etwas dazu gesagt oder gefragt. Wenn ich mir das vorstelle: Amina kennt ihren Vater im Grunde nicht anders als im Gefängnis – ob ihr bekannt ist, dass er sogar zum Tod verurteilt ist, weiß ich nicht. Langsam ist sie in einem Alter, in dem sie Fragen stellt – was muss das für ein Kind bedeuten!? Aber mir fällt auch an Kevin auf, dass seine fröhliche Art, mit Amina umzugehen, nur die eine Seite der Medaille ist. Wenn Amina von ihrem Stiefvater als „Daddy" spricht, dann habe ich schon das Gefühl, dass ihm das wehtut, wenn er sie erinnern muss, dass ER ihr Vater ist.

Als diesmal die Vorwarnung für das Ende des Besuches kommt, ist das eine Viertelstunde zu früh – ich hatte extra die Zeit gecheckt, als Kevin hereingebracht wurde. Ich frage Kevin, ob ich der Aufsicht das sagen solle, doch er lehnt das zunächst ab, weil die Aufsicht so großzügig war, Kevins Mutter mit ihm sprechen zu lassen, denn eigentlich ist es nicht erlaubt mit einem anderen Gefangenen zu sprechen als mit dem, den man gerade offiziell besucht. Außerdem hätte eine andere Aufsicht auch das Telefongespräch vom Tag zuvor nicht unbedingt ausgerichtet, als Kevins Mutter angerufen hat. Doch als die Aufsicht wieder kommt, um den Besuch zu beenden, sagt Kevin ihr selbst, dass die Zeit nicht stimmt, erklärt dabei, dass er in den Besucherraum gebracht wurde, als eine bestimmte andere Person vom Gefängnispersonal da war. Die Aufsicht telefoniert daraufhin kurz, um das abzuchecken, und gibt uns den verbleibenden Rest der Zeit. Kevin sagt mir, er habe vor allem gewollt, dass sie eingesteht, dass sie einen Fehler gemacht hat. Naja – mir ging's mehr um die Viertelstunde...

Dorothy und Amina haben draußen auf mich gewartet, weil ich noch einen Sack mit Sachen von Kevin, die er mir am Vortag für sie hatte geben lassen, in unserem Wagen habe. Den

Vorschlag, mit ihr nach Houston zu fahren, verschiebe ich auf nächste Woche. Dorothy will kommenden Montag, wenn ich meinen nächsten Besuch mit Kevin haben werde, wieder kommen. Sie fragt eigens an der Anmeldung des Gefängnisses noch einmal nach, ob sie den Besuch mit mir machen darf, erklärt, dass sie in der Vergangenheit auch schon bei einem Special Visit mitkommen durfte, wenn sie nach den ihr zustehenden zwei Stunden ging. Die durchaus nette Frau am „Empfang" (ein Gefängnis ist kein Hotel, aber wie soll man das sonst nennen?) telefoniert daraufhin mit dem Warden und Dorothy bekommt die Erlaubnis. Zur Sicherheit wird das noch kurz schriftlich festgehalten.

Ich verschiebe den Besuch bei Dorothy in Houston deshalb auf die kommende Woche, weil ich an diesem Nachmittag noch einen eiligen Brief schreiben will. Grund dafür ist Ted, der ebenfalls im Todestrakt von Texas sitzt. Einige Wochen vor unserer Texas-Reise hatte ich ein Buch gelesen über Lesley Gosch, Todeskandidat in Texas, der noch vor Cliff Boggess, meinem ersten Brieffreund dort, hingerichtet wurde. In dem Buch begegneten mir viele „alte Bekannte"; von den Gefangenen ist Ted jedoch der einzige, der noch am Leben ist. Nach Cliffs Tod und zuletzt vor über zwei Jahren hatte ich schon mal jeweils kurz Kontakt mit Ted, jedoch nicht im Sinn und in der Absicht einer Brieffreundschaft. Das Buch war aber nun Anlass genug, mich bei Ted zu erkundigen, wie es ihm denn mittlerweile geht. Er schrieb sehr ausführlich zurück und ich beschloss, den Kontakt diesmal nicht wieder abreißen zu lassen, zumal ich den Eindruck hatte, dass ihm meine Briefe willkommen sind. Gern wollte ich auch Ted besuchen, aber wie im Fall von James war es zu kurzfristig – Ted schrieb mir, er könne seine Besucherliste erst im September ändern. Die Besuchsliste darf bis zu zehn Namen enthalten und kann von den Gefangenen nur alle sechs Monate geändert werden.

Am Dienstagvormittag frage ich also, während ich auf Kevins Mutter warte, eine andere auch sehr nette Frau am „Empfang", ob irgendeine Möglichkeit besteht, einen Gefangenen zu besuchen, auf dessen Liste man nicht steht. Erwartungsgemäß sagt sie natürlich nein, fragt mich aber, ob ich denn sicher sei, dass ich nicht auf der Liste stehe, und ruft die Liste in ihrem Computer auf. Ich stehe wirklich nicht drauf, aber sie erklärt mir, Ted könne seine Liste derzeit ändern, die letzte Änderung läge deutlich mehr als sechs Monate zurück. Sie empfiehlt mir, Ted sofort einen Brief zu schreiben, es benötige zwar üblicherweise ein bis zwei Wochen, bis die Liste geändert wäre, aber ich solle es mal versuchen. Deshalb schreibe ich Ted an diesem Nachmittag einen Brief, erkläre ihm, was ich erfahren habe, und teile ihm mit, ich würde an meinem letzten Tag in Texas noch einmal nachfragen, ob ich mittlerweile auf der Liste bin, und falls ja, ihn dann für einen Regular Visit von zwei Stunden besuchen. Ich habe keine Ahnung, weshalb der Computer etwas anderes erzählt als Ted selber. Ich habe jedenfalls keinen Grund ihm zu misstrauen. Möglicherweise hat er seine persönlichen Gründe, weshalb er die Besucherliste erst im September ändern will – das will ja alles immer gut überlegt und geplant sein, weil es die Gefangenen für ganze sechs Monate festlegt. Die „Glücklichen" mit einer größeren Familie, die – wie beispielsweise auch James – gar nicht alle Angehörigen und Freunde auf ihre Liste setzen können, müssen da besonders umsichtig planen. Die Chancen, dass ich nächste Woche auf Teds Liste stehen werde, sind verschwindend klein, aber ich will es wenigstens versuchen.

Den nächsten Tag haben wir „frei" – keine Besuche im Gefängnis. Wir fahren mit dem Auto ein paar Stunden in der Country-Side südöstlich von Livingston herum. Ist ganz nett, sieht aber alles mehr oder weniger gleich aus, sodass es nicht besonders spannend ist. Immerhin ist das Auto klimatisiert, so ist der Trip doch ganz angenehm.

Am Donnerstag habe ich den ersten meiner beiden Special Visits mit David. Diesmal bin ich weniger schweigsam, ist ja auch keiner da, der mir das Reden abnimmt, und außerdem habe ich mich inzwischen wieder besser ins Amerikanische reingehört... Wir reden über alle möglichen Dinge, es ist auch viel Belangloses dabei. David genießt offensichtlich vor allem meine Gesellschaft, und das ist ja durchaus in Ordnung. Irgendwann geht hinter mir ein Mann in Mönchsgewand vorbei, und David erklärt mir, dass das Father Walsh sei, den er gut kennt und sehr schätzt. Das ist eine Überraschung, denn Father Walsh kenne ich auch. Er war Cliffs geistlicher Beistand und stand während Cliffs Hinrichtung links neben mir im Zeugenraum. Ich hatte schon zwei Tage vorher einen Mann in Mönchskutte auf dem Parkplatz gesehen, aber auf die Entfernung nicht feststellen können, ob es Father Walsh war. Nun habe ich also die Gelegenheit ihn im Besucherraum anzusprechen – er erkennt mich zwar nicht vom Aussehen her, aber weiß sehr wohl Bescheid, als ich Cliffs Namen nenne. Wir verabreden uns für 13 Uhr vor dem Gefängnis, weil ich ihm gern eine von meinen CDs geben will, und unterhalten uns dort auch noch ein paar Minuten. Es ist schön und bewegend, ihn wiederzusehen. CDs bin ich an dem Tag im Übrigen noch mehr losgeworden – ich hatte Irene Wilcox gleich morgens eine gegeben als Dankeschön für ihre Hilfe mit James, und ich hatte Kathryn Cox von der Heilsarmee am Eingang getroffen und ihr auch eine CD in die Hand gedrückt. Mit Pickett und Bob Norris vom Hospitality House, die schon bei meinem letzten Texas-Aufenthalt eine CD bekommen haben, ist jetzt bald die ganze „Prominenz" von Texas versorgt... Schade nur, dass meine Brieffreunde mich nicht hören können, aber ich habe da eine Möglichkeit im Hinterkopf, wie ich vielleicht einen Radio-Sender von Houston dazu bringen kann, einen Song von mir zu spielen – das werde ich eventuell versuchen, wenn ich wieder zu Hause bin.

David hat nach dem Special Visit mit mir noch einen Besuch von einem seiner Anwälte, wie ihm mitgeteilt wird. Er erklärt mir am nächsten Tag, dass die Anwälte erwarten, dass man ihm einen Deal anbietet. Da der Anwalt mehrere Gefangene besucht, kann David ihn mir schon im Besucherraum zeigen. Ich bekomme noch mit, dass der Anwalt vor David „Ted" sehen möchte. So verpasse ich Ted ganz knapp. Wäre ja zu schön gewesen, es hätte mit ihm so geklappt wie mit James... Als unsere Besuchszeit abgelaufen ist, gehe ich ganz brav und artig ohne Extra-Aufforderungen – um der Aufsicht zu zeigen, dass wir vorgestern nicht aus Prinzip um Zeit gefeilscht haben.

Heute erfahre ich übrigens im Besucherraum, dass zwei der drei für nächste Woche angesetzten Hinrichtungen nicht stattfinden werden, weil die Verurteilten einen Aufschub bekommen haben. Das ist eine erfreuliche Nachricht, die auch uns entlastet. Drei Familien im Besucherraum, die sich für immer von ihrem Angehörigen verabschieden müssen, das ist eine heftige Vorstellung.

Für Freitag steht ebenfalls ein Special Visit mit David auf dem Programm. Vorsichtshalber hatte ich Tina für diesen zweiten Special Visit mit angemeldet. David wollte sich aber in den vorherigen Besuchen partout nicht entscheiden, ob er mich lieber alleine oder Tina und mich zusammen sehen will an diesem Tag. Entweder ist es ihm wirklich egal, oder er möchte mich lieber alleine sehen, ist aber zu höflich, um das so klar zu sagen. Also entscheide ich, dass ich den Besuch alleine wahrnehmen werde. Ich befürchte, wenn Tina mitkommt, überlasse ich doch wieder ihr die Gesprächsführung, und es tut mir einfach gut, mich alleine im Gespräch zu üben. Da heute der 1. August ist, können wir diesmal auch Fotos machen – das geht ja nur am 1. bis 7. jeden Monats. Drei Polaroid-Sofortbilder à 3 Dollar sind drin, dann bleibt noch genug Geld für ein ausreichendes Frühstück für David. (Nur schade, dass nicht an einem einzigen der Tage, an denen ich David besucht habe, Bananen in der Snackmaschine sind, die er so gerne isst – während Kevin sich während eines unserer Besuche den Chiquita-Aufkleber auf die Stirn geklebt hat und ihn beim nächsten Besuch auf dem Foto seiner ID-Card kleben hatte...) Mehr als 20 Dollar in Münzen darf man ja nicht mit hinein nehmen. David hat sich den Bart, den er schon vor einer Woche hatte, stehen lassen, weil mir das gut gefallen hat. So bekomme ich Fotos von David mit Bart – allerdings lächelt er kaum, verspricht aber Besserung, wenn ich ihn am Tag unseres Abfluges noch einmal besuche. Die heutige Aufsicht im Besucherraum ist zwar nicht unfreundlich, aber doch strenger.

Sie weist darauf hin, dass David Ärger bekommen kann, wenn er sich nicht rasiert.

In den Tagen spreche ich sowohl mit David als auch mit Kevin über die Zustände im Gefängnis. Befragt nach dem Grund für den Rasur-Zwang, meint David, man wolle den Gefangenen ihre Identität nehmen, Kevin fällt dazu nichts ein. David erklärt, man unterziehe die Gefangenen nicht, wie wir immer annehmen, jedes Mal einem Strip-Search – die wüssten schon, wen sie zu durchsuchen hätten und wen nicht. Kevin sagt, die Guards sollten das wohl tun, aber machten das eben nicht immer. Er hielte den Wärtern üblicherweise seinen ausgezogenen Overall hin, und dann würde er entweder durchsucht oder nicht. Kevin erklärt mir auch, dass „going to Commissary" – wie ich mir schon dachte – nicht bedeutet, dass sie tatsächlich einkaufen GEHEN, sondern dass sie in ihrer Zelle einen Bestellzettel ausfüllen, nachdem anhand der ID-Card festgestellt wurde, wie viel Geld der Gefangene auf seinem Konto hat. Kevin bringt mir zum nächsten Besuch einen solchen Bestellzettel mit, damit ich ihn mal anschauen kann. David bestätigt mir, dass in Zeiten eines Lockdowns die eine Stunde „recreation" – die auch nur in einem größeren Käfig stattfindet – entfällt, die Inmates also 24 statt 23 Stunden des Tages in ihren Zellen verbringen. Duschen gibt es dann nicht mehr täglich, sondern nur noch dreimal in der Woche, und das Essen besteht nur noch aus Erdnussbutter-Sandwiches statt warmen Mahlzeiten.

Am Freitag fahren wir am Nachmittag noch einmal nach Huntsville in die Public Library – aber irgendwie verpasst man nicht wirklich etwas, wenn man nicht jeden Tag im Internet ist, stellen wir fest. Abends treffen wir uns mit Petra H.K. aus Hamburg und ihrer Freundin aus Arizona, die auch gerade zu Besuchen ihrer Brieffreunde in Texas sind. Petra ist ALIVE-Mitglied wie Tina und ich. Auf der Rückfahrt vom „Dry Dock" gelingt es uns, den Radio-Sender mit der „Prison-Show" zu empfangen. Dort können jeden Freitag Angehörige von Gefängnisinsassen anrufen und ihren Lieben ein paar aufmunternde Worte sagen. Immerhin bekommen wir gerade Sandy mit, die „ihrem“ Max S. eine Botschaft übermittelt – Insidern sind die Namen geläufig...

Den Samstag hänge ich völlig ab – der gewaltige Kontrast zwischen der Schwüle draußen und der Kälte in allen klimatisierten Räumen, inklusive dem Besucherraum des Gefängnisses, hat mir schon den zweiten Schnupfen in diesen Tagen beschert, der aber zum Glück nach jeweils drei Tagen wieder verschwunden ist. Am Sonntag fahren wir nochmals mit dem Auto in der Gegend herum, diesmal nordöstlich von Livingston.

Am Montag hat Tina wieder einen Special Visit mit Marion, und ich muss diesmal wirklich warten, bis Kevins Mutter auftaucht, denn wir können ihn nur zusammen besuchen, wenn wir gemeinsam den Besuch antreten. Immerhin dauert es „nur“ eine Stunde bis zu ihrer Ankunft. Dann teilen wir wie geplant die ersten zwei Stunden des Besuchs. Kevin fragt gleich nach seiner Tochter, aber Aminas Mutter hat diesmal nicht erlaubt, dass sie mitkommt. Dorothy ist besorgt, weil Kevin abgenommen hat – er ist aber keineswegs zu dünn jetzt, sondern sieht richtig gut aus. Kevin isst seit Juni kein Fleisch mehr und will das für ein halbes Jahr durchziehen, um danach zu entscheiden, ob er dabei bleibt. Kevin zeigt seiner Mutter seinen letzten Kontoauszug: Ein Dollar und zwölf Cent sind darauf. Kevin hatte ihn mir schon am ersten Tag gezeigt, weil er da schon seine Mutter erwartet hatte. Ich hatte daraufhin Money Orders gekauft und meinen Brieffreunden jeweils 50 Dollar aufs Konto geschickt, obwohl ich das von zu Hause erst vor kurzer Zeit getan hatte. Aber in den USA ist es einfacher, an Money Orders zu kommen – ich habe sogar noch welche auf Vorrat besorgt. Kevin ist dankbar, ich weiß aber auch, dass der Kontoauszug an seine Mutter gerichtet war, von der er sich offenbar eine größere Zuverlässigkeit wünscht. Wenn Kevin davon spricht, wie ernst seine Lage ist, sagt Dorothy, er solle die Hoffnung nicht aufgeben. Ich kann nicht beurteilen, ob sie ihn nur beruhigen will, wie jede Mutter das tun würde, oder ob sie die Ernsthaftigkeit der Lage in ihrem ganzen Ausmaß tatsächlich selber nicht wirklich erkennt oder wahrhaben will.

Die gemeinsamen zwei Stunden verlaufen angenehm. Dorothy will danach noch den anderen Gefangenen besuchen, weil ich später ja mit ihr nach Houston fahren will und sie deshalb noch Zeit hat. Das erzeugt für einen Moment eine Missstimmung, deren Grund ich nicht ganz durchschaue. Einerseits erklärt Kevin seiner Mutter, sie solle vorsichtig sein und nicht alles glauben, was andere ihr erzählen, andererseits sagt er: „ICH bin dein Sohn!" Dorothy geht nicht weiter darauf ein, aber sie tut mir in dem Moment ein bisschen leid, weil Kevin so einen harschen Ton anschlägt. Heute muss Tina länger auf mich warten, weil sie ihren Besuch früher begonnen hat – und weil die Aufsicht (eine andere, nämlich weiße Ms. Williams) Kevin und mich vergessen und uns somit 15 Minuten extra beschert hat. Als sie erklärt, der Besuch sei vor 15 Minuten zu Ende gewesen, verabschieden wir uns wirklich schnell. Glücklicherweise wird morgen wieder eine andere Aufsicht (die nette schwarze Ms. Williams, die auch die Inmates mögen) da sein, die sich dann nicht zwangsläufig dran erinnert, dass wir heute zu viel Zeit bekommen haben.

Am Nachmittag holt Dorothy – ihr zweiter Gefängnisbesuch hat sich verzögert, weil der Besucherraum so voll war – mich im Hotel ab, und ich folge ihr mit meinem Wagen nach Houston. Da Dorothy noch Verschiedenes zu erledigen hat, geht es kreuz und quer durch die Stadt, und mehr als einmal hätte sie mich beim Spurwechsel fast abgehängt – einmal habe ich mich vor einen Bus geworfen, um an ihr dran zu bleiben... Schließlich kommen wir aber doch heil bei ihr zu Hause an. Das Haus liegt in einer durchaus schönen Gegend im Südwesten von Houston und sieht von außen gepflegt aus, innen wird aber gerade renoviert. So lerne ich auch Kevins Vater noch kennen, der schwer krank das Bett hüten muss, sowie Kevins Schwester und Nichte, die gerade zu Besuch sind. Und eine ganze Hundefamilie, nicht zu vergessen! Einen der 12 Wochen alten süßen Welpen hätte ich mitnehmen dürfen, wenn ich gewollt hätte. Erst nach 21 Uhr mache ich mich auf den Rückweg und bin gegen 23 Uhr wieder in Livingston im Hotel, wo Tina sich schon langsam Sorgen gemacht hat.

Weil Tina sich in den Kopf gesetzt hat, einmal in ihrem Leben vor dem Ehepaar Wilcox am Gefängnis zu sein, um für den letzten Besuch mit Marion einen der begehrten hinteren und damit ruhigeren Plätze im Besucherraum zu bekommen, sind wir am Dienstag schon um 7 Uhr am Gefängnis. Das bringt auch mir für meinen letzten Besuch mit Kevin einen guten Platz, und Tina und ich sagen nachher beide, dass der letzte Besuch der beste war. Kevin holt zu Beginn meines Besuches einen kleinen Zettel aus seiner Hosentasche und hält ihn so an die Scheibe, dass ich ihn lesen kann. In deutschen Worten ist dort die Frage zu lesen, ob ich ihm helfen und ihn aufnehmen würde, wenn er aus dem Gefängnis entkäme – oder ob ich ihn der Polizei ausliefern würde. Die Frage ist illusorisch und das weiß Kevin auch. Ehrlich gesagt, ich habe keine Ahnung, weil ich über solch eine Möglichkeit noch nicht nachgedacht habe. Ich glaube nicht, dass ich ihn der Polizei ausliefern könnte. Aber ich weiß nicht, was ich tun würde, wenn das in Amerika geschähe. Ich sage ihm das, und dass ich ihm sicher versuchen würde zu helfen, wenn er nach Deutschland käme. Abgesehen davon, dass ein Ausbruchsversuch aus diesem Gefängnis sowieso das Unwahrscheinlichste ist, was man sich vorstellen kann, erklärt Kevin, er würde natürlich ohnehin nicht zu seiner Familie fliehen oder zu den Freunden auf seiner Besucherliste, weil man ihn da logischerweise zuerst suchen würde. Er will wohl im Grunde nur theoretisch wissen, wie weit ich zu ihm stehe.

Ich empfinde diesen Besuch mit Kevin als sehr schön, weil wir einerseits über sehr persönliche Dinge sprechen und andererseits auch viel lachen und ich die ganze Zeit über wirklich ganz relaxt und ungezwungen bin. Es ist einfach eine richtig gute Stimmung. Kevin freut sich sehr, als er hört, dass ich in Houston bei seiner Familie war. Und Kevin ist richtig gerührt und glücklich, als ich ihm am Schluss ehrlicherweise sage, dass ich ihn schon ziemlich mag – ohne in ihn verliebt zu sein. Das haben wir vorsichtshalber auch geklärt – immerhin ist seine engste Beziehung die zu seiner langjährigen Freundin Barbara aus Europa, und das ist auch gut so. Ein bisschen Wehmut nach dem Abschied macht sich aber schon breit – gerade weil der Besuch so schön war. Hilft nur das Bewusstsein, dass es wohl nicht meine letzte Texas-Reise war... Oh! Natürlich haben wir in den zwei Tagen auch Fotos machen lassen – Kevin muss man ja nicht eigens dazu auffordern, dabei ein fröhliches Gesicht zu machen.

Der Rest des Dienstags bleibt verschiedenen Einkäufen und dem Kofferpacken vorbehalten. Einem Freund von mir, der mich regelmäßig bereitwillig zum Flughafen bringt und dort abholt, soll ich ein Messer mitbringen, wenn ich ein schönes sehe – er sammelt Messer. Als ich so etwas ziellos durch den Wal-Mart laufe, finde ich mich auf einmal – überrascht und erschrocken zugleich – in der Waffenabteilung wieder: In einem zylinderförmigen Glasschrank stehen mehrere Gewehre. Auch Messer gibt es dort, und ich finde tatsächlich eines mit einem schönen Holzgriff. Bei der Erkenntnis, dass man in Texas sogar Schusswaffen offenbar einfach so im Supermarkt kaufen kann, gefriert mir schon irgendwie das Blut in den Adern. Ich kann es mir nicht verkneifen, den Verkäufer zu fragen: „Is there anything you do not sell at Wal-Mart's?" – „Yes", antwortet er mir wie aus der Pistole geschossen: „Stamps!" – Briefmarken!

Am Mittwoch bin ich um 7.30 Uhr am Gefängnis. Ich stehe nicht bei Ted auf der Liste, besuche daher David noch einmal für zwei Stunden. Ich hatte ihm zugesagt, ihn wenigstens für eine Stunde zu besuchen, falls der Besuch mit Ted geklappt hätte. Um 12 Uhr macht das Gefängnis am Mittwoch zu, weil der Nachmittag den Vertretern der Medien vorbehalten ist – außerdem müssen wir dann zum Flughafen. Dennoch wäre die Zeit knapp geworden auch nur für anderthalb Besuche, weil heute alles unheimlich lange dauert. Da sie nur wenig Betrieb haben am Mittwoch, ist offenbar nur ein Team eingeteilt, um die Gefangenen aus den Zellen zu holen. Es ist fast 9 Uhr, bis David da ist.

Doch wird die Zeit nicht lang, denn als ich um 7.30 Uhr beim Gefängnis ankomme, sieht mich als erstes Kathryn Cox und sagt, sie würde jetzt schon das dritte Mal denken, dass ich vom Aussehen her eine Schwester von Cliff sein könnte. Wir unterhalten uns nun recht ausführlich über Cliff. Ich nehme meinen Mut zusammen und frage sie nach der Bemerkung, die der Reporter in der Fernseh-Dokumentation über sie und Cliff gemacht hat – dass Cliff sie von seiner Besucherliste genommen habe, nachdem er mit ihr nicht mehr zufrieden war. Kathryn Cox stellt das ganz anders dar. Sie trägt Cliff in keiner Weise etwas nach, jedoch dem Reporter, der sie nicht richtig zitiert habe. Sie war offenbar diejenige, die Cliffs leibliche Familie ausfindig gemacht hat – und über die Ergebnisse dessen, was er vor allem über seine leibliche Mutter erfahren musste, konnte er nicht glücklich sein. Kathryn Cox ist der Auffassung, dass Cliff aufgrund seiner Herkunft genetisch vorbelastet war und er deshalb zu einem gewalttätigen Mörder wurde. Ich bin da eher – auch aufgrund meiner eigenen Biographie – der Meinung, dass die Sozialisation den wesentlichen Teil beigetragen hat, wozu Irene Wilcox, die den ersten Teil unseres Gesprächs mit anhört, zustimmend nickt. Jedenfalls ist es eine interessante und auch bewegende Unterhaltung.

David, immer noch unrasiert, freut sich sichtlich, dass seine Gebete in Erfüllung gegangen sind und ich für ihn volle zwei Stunden Zeit habe, weil das Wunder nicht eingetreten ist, das hätte passieren müssen, um Ted zu sehen. Wir machen noch einmal Fotos, und diesmal lächelt David wirklich, wie er es versprochen hat. Während unseres Gesprächs fragt er mich einmal nach meinem Verhältnis zu Kevin. Ich erkläre ihm, dass wir enge Freunde sind, aber nicht mehr – kein romantisches Verhältnis. Ich sage David auch, dass ich generell kein romantisches Verhältnis mit einem Gefängnisinsassen möchte. Ich hoffe, das hat im Zweifelsfall auch die Situation zwischen ihm und mir für ihn geklärt. Kevin und David sind für mich „nur" kumpelhafte Freunde, nicht mehr, auch wenn mir Kevin zugegebenermaßen wichtiger ist als David. Aber das finde ich in Ordnung, man hat im Leben nun mal engere und weniger enge Freundschaften – wieso sollte das mit Brieffreunden anders sein? David möchte, dass ich nächstes Mal seine Schwester kennen lerne – wir gehen offenbar beide davon aus, dass wir uns wiedersehen. David möchte mich nicht gehen lassen, bettelt der Aufsicht (wieder die nette schwarze Ms. Williams) noch ein paar Extra-Minuten ab, und wir bekommen wirklich zehn Minuten dazu, nachdem David der Aufsicht gesagt hat, dass das mein letzter Tag ist. Nach dem Besuch plaudere ich noch ein paar Minuten mit der Aufsicht, bedanke mich, erzähle ein bisschen über Deutschland und das momentane Rekord-Hitze-Wetter dort, von dem wir per Telefon erfahren haben, sie wünscht mir einen guten Flug und reagiert erfreut, als ich sage, dass ich vielleicht im Dezember zurück bin. Wirklich nett!

Erst heute bekomme ich übrigens etwas mit von dem dritten Verurteilten, der an diesem Abend hingerichtet werden soll. Er hat keine Familie oder die kümmert sich nicht, und er hat deshalb fast nur Besuch von Irene Wilcox – so fällt im Besucherraum gar nicht weiter auf, dass unter den Gefangenen einer ist, der seiner geplanten Hinrichtung unmittelbar entgegen sieht. Zurück in Deutschland lese ich dann erfreut, dass auch dieser Mann einen Aufschub erhalten hat – drei Stunden vor der Hinrichtung und nachdem er seine Henkersmahlzeit bereits zu sich genommen hatte!

Wir checken schließlich aus dem Hotel aus und machen uns auf den Weg nach Houston zum Flughafen. Wir ahnen noch nicht, dass unseres Bleibens dort länger sein wird als gedacht. Während wir noch am Check-In-Schalter stehen, erfahren wir, dass unsere Maschine drei Stunden Verspätung haben wird, weil sie in Frankfurt wegen zuvor zu behebender mechanischer Probleme erst mit mehrstündiger Verspätung gestartet ist. Schließlich kommt die Maschine in Houston an – und wir hören, der Flieger sei kurz vor Houston in starke Turbulenzen geraten, es habe Verletzte gegeben, und jetzt müsse die Maschine erst einmal gründlich untersucht werden. Wenn sie in Ordnung sei, fliege man weitere zwei Stunden später, wenn nicht, müsse der Flug gestrichen werden. Nun, nach insgesamt fünf Stunden Wartens auf dem Flughafen erfahren wir, dass der Flieger nicht mehr in die Luft gehen wird. Es folgen drei Stunden Wartens in der Schlange – und wir sind im vorderen Viertel, würde ich sagen –, um den Flug umzubuchen. Wir bekommen schließlich ein nobles Zimmer im Flughafen-Hotel mit Dinner und Frühstück, alles auf Kosten der Lufthansa, die der Spaß allein für uns über 300 Dollar gekostet haben dürfte, wenn sie keinen Mengen-Rabatt für die Zimmer gekriegt haben. Mit ziemlich genau 24 Stunden Verspätung kommen wir also am Freitag schließlich wohlbehalten in Frankfurt wieder an. Na dann, auf ein Neues in einem halben Jahr?

- DER DRITTE BESUCH -

(Mittwoch, 31. Dezember 2003, bis Mittwoch, 7. Januar 2004)

Diesmal muss ich schon um 4 Uhr am Silvestermorgen aufstehen, weil ich zum ersten Mal mit Air France über Paris nach Texas fliege. Vor 6 Uhr ist am Flughafen noch kaum etwas los, und den Terminal 2 in Frankfurt mag ich sowieso lieber. Beim Einchecken bekomme ich genau erklärt, wo ich in Paris ankommen werde und wo ich dann hin muss – das Umsteigen ist tatsächlich kein Problem, ich finde mich in Paris gut zurecht. In jeder Sicherheitskontrolle muss ich mein Handgepäck öffnen, weil die Rolle mit den 50 Ein-Dollar-Münzen wie ein Stück massives Metall in dem Scanner aussieht – auf dem Rückflug zeige ich die deshalb jeweils gleich separat vor... Diese Münzen sind meine eiserne Reserve für die Snackmaschinen im Besucherraum, falls der Wechselautomat außer Betrieb sein sollte – man darf ja keine Geldscheine mit hinein nehmen. Auch der Weiterflug von Paris nach Houston ist problemlos, es gibt sogar ein deutlich vielfältigeres Unterhaltungsprogramm an Bord der Maschine, weil jeder seinen eigenen Bildschirm vor sich hat und unter zahlreichen Programmen selbst wählen kann – und das Essen ist auch besser als bei der Lufthansa...

Wir kommen mit einer Stunde Verspätung in Houston an, doch das wird dadurch ausgeglichen, dass ich nicht die gewohnten zwei Stunden am Einreiseschalter warten muss, wo es diesmal überraschend schnell geht. Am Zoll wird zum ersten Mal mein Koffer untersucht – wohl eine reine Stichprobe. Ich werde zunächst auch gefragt, ob ich es eilig hätte, sonst hätten sie offenbar darauf verzichtet. Ist aber natürlich ohne Beanstandungen – ich habe ja nichts zu verbergen. Meine CDs „Alive on Death Row" haben sie nicht genauer angeguckt, aber die hätten auch schlimmstenfalls nur zu dummen Fragen Anlass geben können. Ich verabschiede mich noch von einer netten Frau, die ich im Flugzeug kennen gelernt habe, und lasse mich per Shuttle-Bus zu dem neuen Rental Car Center bringen, wo ich mein Auto bekomme – ist wie gewohnt ein deutlich größeres Modell, als ich gebucht und bezahlt habe... Den Weg zum Highway 59 finde ich leicht, die Beschilderung rund um das Rental Car Center ist gut. Angenehmerweise ist es auch noch hell, als ich losfahre.

In Deutschland knallen jetzt schon die Sektkorken und die Feuerwerkskörper, während ich um 5 Uhr nachmittags texanischer Zeit auf dem Weg nach Livingston bzw. nach Onalaska bin, wo ich diesmal mein Quartier haben werde. Nachdem bis hierher alles prima geklappt hat, bin ich schon irgendwie ein bisschen stolz, das alles diesmal allein gemacht zu haben, und fühle mich ein bisschen wie ein Routinier – am Abend vor dem Abflug war ich doch etwas nervös geworden...

Ich komme also am frühen Abend bei Christa H. in Onalaska an, lerne sie nun nach längerem E-Mail-Kontakt endlich persönlich kennen und natürlich auch ihren Mann sowie einen weiteren Gast. Christa hat geplant, um Mitternacht ein Feuerwerk gegenüber der Polunsky Unit zu veranstalten – obwohl ich ein bisschen bange bin, dass wir da Ärger kriegen könnten, komme ich mit, nachdem ich vorher noch knapp zwei Stunden geschlafen habe. Sonst wären mir nach der langen Reise vermutlich die Augen zugefallen bei der Aktion... Während Christa, ihr Mann und ihr weiterer Gast das gute Dutzend Feuerwerkskörper abfackeln, mache ich davon einige Fotos. Immerhin zeigen einige Rückmeldungen später, dass ein Teil der Insassen das Feuerwerk sehen konnte und sich darüber gefreut hat.

Da am Donnerstag das Gefängnis wegen dem Neujahrstag geschlossen ist, steht für mich für diesen Tag nichts auf dem Programm. Das heißt also, bis Mittag schlafen und auch sonst nur relaxen, sich unterhalten etc. Ich habe bei Christa statt Frühstück oder Vollpension jeweils das Abendessen gewählt und bekomme nun bereits den ersten Eindruck von Christas guten Kochkünsten, die ich auch in den nächsten Tagen noch sehr genieße. (Das ist der erste Texas-Besuch, der essensmäßig nicht ständig durch Chicken-Burger und Pommes charakterisiert ist. Und der Cheese-Cake ist wirklich eine Sünde wert!)

Am Freitag wird es dann ernst, insgesamt sechs Stunden Besuche im Gefängnis stehen auf dem Programm. Ich finde mich kurz vor 8 Uhr in der Polunsky Unit ein und treffe als erstes am Eingang Kathryn Cox von der Heilsarmee, die mich gleich freudig begrüßt. Ich habe zunächst einen vierstündigen Besuch mit David. Er erzählt mir über seinen Fall, was er vermieden hat mir schriftlich zu geben: Er rechnet ziemlich fest mit der Umwandlung seines Urteils in eine lebenslängliche Haftstrafe, die Staatsanwaltschaft wolle das aber noch hinauszögern wegen der anstehenden Wahl – Richter und Staatsanwälte werden in den USA bekanntlich gewählt und müssen dazu an ihrem Image arbeiten, wozu eine Umwandlung eines Todesurteils offenbar nicht gerade beiträgt.

David überlegt bereits, in welche Unit man ihn verlegen wird, wenn es zu einer Umwandlung des Urteils kommt – er meint, möglicherweise in die Walls Unit nach Huntsville. Er hofft auf jeden Fall in der Gegend zu bleiben, in der auch seine Schwestern wohnen. David erzählt mir, dass dann Kontaktbesuche möglich seien, also nicht getrennt durch eine Glasscheibe, allerdings nur für Familienangehörige. Er meint, er würde es mir überlassen, ob ich ihn heiraten würde, um dann solche Kontaktbesuche mit ihm haben zu können. Das werde ich natürlich nicht tun, weil das für mich eine völlig unzureichende Basis für eine Heirat wäre. Da David nicht konkret fragt, sage ich ihm das aber nicht derartig deutlich. Noch ist es ja gar nicht spruchreif, dass er wirklich aus dem Todestrakt kommt. Ich kann nicht beurteilen, ob er sich da einfach zu viele Hoffnungen macht oder ob die Umwandlung seines Urteils tatsächlich realistisch ist.

Im Übrigen sprechen wir in diesem Besuch zum ersten Mal auch über sehr persönliche Dinge. Ich merke, dass er meine

Ehrlichkeit bzw. Offenheit in der Beantwortung seiner Fragen zu schätzen weiß. Ich rechne ihm umgekehrt hoch an, dass er sich nach wie vor sehr höflich und respektvoll verhält – was ja nicht unbedingt eine Selbstverständlichkeit ist. – David erzählt auch von seinen gesundheitlichen Problemen, sein rechtes Bein wird teilweise bis zur Hüfte hoch taub. Die Ärzte haben festgestellt, dass das Hüftgelenk kaputt ist. Unklar ist noch die Art der Behandlung und ob man ihn operieren wird. David hatte die Probleme zunächst mit seinem Zucker in Verbindung gebracht. Dass er sehr dick ist, ist offenbar auch auf seine mangelnde Gesundheit zurückzuführen, er zeigt mir ein Foto von sich von früher, das er hinter seine ID-Karte gesteckt hat, auf dem er rank und schlank ist. Ich frage David, ob die Probleme mit seiner Hüfte der Grund sind, dass man ihm die Hände vorne mit Handschellen gefesselt hat, als man ihn gebracht hat, anstatt wie üblich hinter dem Rücken, doch das wiederum hat mit einer früheren Operation seiner Schulter zu tun. Von einem der Besuche letztes Jahr noch wissend, dass David auch noch eine Operation eines Tumors an seiner Stirn hatte, ist er hinsichtlich seiner gesundheitlichen Probleme schon zu bedauern, zumal man sich als Gefängnisinsasse in medizinischer Hinsicht nicht unbedingt besonders gut aufgehoben fühlen muss im texanischen Gefängnissystem. Allerdings klagt David nicht darüber – da er ein ganz verträglicher Insasse ohne jeden disziplinarischen Makel ist, behandelt man ihn vielleicht auch in einer Weise, dass er weitgehend keine Klagen zu haben braucht.

David fragt mich irgendwann nach Tina, mit der ich die letzten Male zusammen in Texas war. Ich erzähle, dass sie zurzeit auch in den Staaten ist, Anfang der Woche ihren Brieffreund besucht hat, jetzt irgendwo anders herumreist und Anfang der nächsten Woche zurück in Texas sein will. Ich erzähle gerade, dass Tina zunächst im Hospitality House in Huntsville untergekommen ist, für die zweite Hälfte ihres fünf- oder sechswöchigen Aufenthalts Quartier bei Dorothy M.E., der Frau eines zum Tod verurteilten Insassen, in Erwägung zieht, sie aber schwer zu erreichen sei, weil alle von ihr bekannten Telefonnummern nicht funktionierten – als David mir signalisiert, dass Dorothy M.E. gerade direkt rechts neben mir sitzt! Da sie noch auf ihren Besuch wartet, hat sie natürlich ihren Namen gehört, und ich sage Hallo und erkläre ihr kurz, worum es geht. Sie schreibt mir ihre aktuelle Telefonnummer auf die Rückseite meines Flugtickets, nachdem ich die Aufsicht um einen Stift gebeten habe. Glücklicherweise hat David mir sofort gesagt, dass Dorothy M.E. neben mir sitzt, bevor ich mehr sagen konnte – ich hätte sonst leicht peinlicherweise in ein Fettnäpfchen getreten und in ihrem Beisein erzählt, dass die Schweizer, die oft bei ihr zu Gast sind, sie zwar einerseits loben, aber andererseits auch sagen, dass sie nicht übermäßig zuverlässig sei und dass sie nicht besonders soziale Preise von ihren Gästen nimmt. Das verkneife ich mir also bis zu meinem nächsten Besuch mit David.

Natürlich habe ich wie immer beim ersten Besuch vergessen auf die Uhr zu schauen, sodass ich nur auf den Zeitraum von 10 Minuten genau sagen kann, wann sie David gebracht haben. Aber ich merke doch, dass die Zeit mittlerweile auf jeden Fall abgelaufen sein muss, ohne dass die Aufsicht – heute die als streng bekannte weiße Ms. Williams – etwas gesagt hat. Nachdem es ca. 15 bis 20 Minuten über die Zeit sein muss, kommt sie schließlich und bemerkt recht vorwurfsvoll, die Zeit sei schon lange abgelaufen. Wir kommen dann auch rasch zum Ende, und ich entschuldige mich beim Rausgehen noch einmal bei ihr, erkläre, dass ich vergessen habe auf die Uhr zu sehen – dabei ist es ja eigentlich ihr eigenes Problem, wenn sie uns vergisst. Aber man muss sich mit den Leuten gut stellen, und da kann ich schon ein gewaltiges Maß an Diplomatie aufbringen. Diese Aufsicht hat mich und Kevin letzten Sommer ja auch einmal vergessen – aber heute kann ich mir das mit Kevin natürlich nicht noch einmal leisten, nachdem ich schon bei David überzogen habe. – Im Übrigen kann ich auch mit der strengen Aufsicht recht gut, nehme selber wahr, dass ich sogar locker genug bin, mit ihr scherzhafte Bemerkungen zu tauschen – wie war das: Langsam werde ich zum Routinier?

Ich lasse mir nur wenige Minuten Zeit, dann gehe ich für meinen zweistündigen Besuch mit Kevin wieder hinein. Obwohl ich mich bei David in keiner Weise befangen gefühlt habe, fällt mir auf, dass ich Kevin gegenüber noch dreimal so locker bin, und das gleich beim ersten der Besuche mit ihm diesmal. Das fühlt sich gut an – und mein Englisch wird, glaube ich, auch von mal zu mal besser und das Verstehen immer leichter.

Kevin erklärt mir die Hintergründe des Vorfalls, die ihn im November auf Level 3 brachten. Er wurde angeklagt wegen „masturbation in public" und ohne dessen für schuldig befunden worden zu sein auf Level 3 verlegt. Ich hatte davon erst erfahren, als ich Anfang Dezember telefonisch die vierstündigen Specials Visits anmelden wollte und mir sagen lassen musste, ich bekäme keine, weil Kevin auf Level 3 sei – lediglich zwei zweistündige Besuche statt der geplanten vier vierstündigen. Daraufhin hatte ich mein zunächst für den 28. Dezember geplantes Abflugdatum um drei Tage verschoben, den Flug, den Mietwagen, das Quartier und die Special Visits mit David umgebucht. Zwölf Tage später erfuhr ich dann, dass Kevin zurück auf Level 1 sei, wollte aber nun nicht wieder alles rückgängig machen, die Dezember-Besuche waren daher jetzt weg, aber die für Januar hatte ich dem ursprünglichen Plan gemäß noch einmal geändert angemeldet. Was ich nicht hatte begreifen können, war die Tatsache, dass Kevin mich nicht sofort davon informiert hatte, was vorgefallen war. Hätte er mir mitgeteilt, dass er zu Unrecht angeklagt wurde und deshalb damit rechnete, rechtzeitig zu meinem Besuch zurück auf Level 1 zu sein, hätte ich wahrscheinlich nicht meine Reise um drei Tage verschoben. Nun bekomme ich von Kevin die Antwort, und ich glaube ihm das unbesehen: Er erklärt mir, er habe seine Mutter beauftragt, sowohl seiner Freundin Barbara in der Schweiz als auch mir mitzuteilen, was vorgefallen sei, und mir darüber hinaus noch zu sagen, ich solle nicht im Gefängnis wegen der Special Visits anrufen, bevor sein Disziplinarfall geklärt sei. Die Mutter hat offenbar Barbara informiert, denn die wusste das schon eine Woche, bevor ich es durch die Sekretärin im Gefängnis erfuhr. Aber zu mir gelangte die Nachricht nicht. Soviel zu der Zuverlässigkeit von Kevins Mutter, von der ich mich letzten Sommer schon überzeugen konnte... Jedenfalls hatte die Wärterin, die Kevin beschuldigt hatte, schließlich selber zugegeben, dass er komplett angezogen und überhaupt nichts vorgefallen war, sodass man ihn zurück auf Level 1 brachte. Ein Minimum an Gerechtigkeit scheint es also doch dort zu geben. Aber die drei Wochen Level 3 für Kevin und die verpassten Dezember-Besuche gibt ihm niemand zurück, und Kevin sagt auch, es sei nicht rechtens, ihn auf Level 3 zu bringen, solange er lediglich angeklagt, aber noch nicht für schuldig befunden sei in einem Disziplinarfall.

Die zwei Stunden mit Kevin vergehen wie im Flug, er redet im Gegensatz zu David auch wie ein Wasserfall... Als ich gegen 16 Uhr aus dem Gefängnis komme, ist mir noch nicht nach Gesellschaft, und deshalb fahre ich nicht gleich nach Onalaska, sondern zunächst in das Econo Lodge, in dem ich die letzten beiden Male Quartier hatte. Mir war im Vorbeifahren am Mittwoch schon aufgefallen, dass die ihren Namen in Super 8 Motel geändert haben, und ich will nun gern für meinen Leitfaden für Texas-Besuche wissen, ob die Telefonnummer noch stimmt und welche Preise sie jetzt haben. Die Dame an der Rezeption, die ich noch nicht kenne, ist sehr freundlich, und ich unterhalte mich nett mit ihr. Dann drehe ich noch eine Runde durch den Wal-Mart, weil mir grad mal nach Shopping ist, bevor ich gerade rechtzeitig bei Christa und ihrem Mann zum Dinner erscheine...

Am Samstagmorgen fahre ich nach Huntsville. Ich gehe zuerst Geld wechseln, damit ich genug Münzen habe, dann zur Post, um einige Money Orders zu kaufen und sie im Auftrag mehrerer ALIVE-Mitglieder für deren Brieffreunde an den Inmate Trust Fund zu schicken. Deposit Slips, die beizulegenden Formulare, habe ich mir in den Tagen mehrfach an der Anmeldung des Gefängnisses geben lassen – immer wenn jemand anders dort Dienst gemacht hat –, sodass ich nun jede Menge davon habe... Nach diesen formalen

Schreibarbeiten im Huntsviller Postamt mache ich kurz in der Public Library halt, um im Internet meine Mails zu checken. Dann besuche ich noch einmal das Prison-Museum in Huntsville. Wie Christa mir schon berichtet hat, haben sie diese makaberen Kugelschreiber in Spritzenform nicht mehr als Souvenir. Eigentlich würde mich interessieren, ob die nur ausverkauft sind oder ob sie sie aus dem Programm genommen haben, weil das einfach pietätlos ist, aber ich habe keine Lust zu fragen – mir ist heute nicht nach Reden. Im Museum selbst gibt es erwartungsgemäß nichts Neues. Ich beobachte einen vielleicht zehnjährigen Jungen, der seinem kleinen Bruder den elektrischen Stuhl zeigt und erklärt. Es ist, als ob das das Normalste von der Welt sei, aber das ist es für die Texaner offensichtlich ja auch.

Auch den Gefängnisfriedhof von Huntsville besuche ich noch einmal. Es sind schon wieder derartig viele Gräber – allerdings nicht ausschließlich und nicht einmal vorwiegend von Hingerichteten – hinzugekommen, dass man am Ende des Hügels angelangt ist und nun oben am Hang, aber weiter von der Straße weg, die nächsten Gräber aushebt. Ich glaube, man hat auch einige Bäume entfernt, um neue Fläche für Gräber zu erhalten. Ich entdecke das Grab von Jim Vanderbilt, der im Todestrakt eines natürlichen Todes gestorben ist und an den ich mich aus der Dokumentation über Cliff noch gut erinnern kann. Auch ein paar wenige andere Namen auf den seit dem Jahr 2000 statt der Kreuze verwendeten Grabplatten sind mir von der Hinrichtungsliste geläufig. An manchen Grabsteinen auf dem Friedhof stehen Blumen, doch der größte Teil scheint vergessen...

Am Abend habe ich meinen ersten Samstagsbesuch im Gefängnis. Vorher fahren Christa und ihr Mann noch auf meinen Wunsch bei ihrem Gästehaus vorbei, das sich in der Nähe des Gefängnisses befindet und in dem sie neben den zwei Räumen in ihrem Haus in Onalaska noch drei weitere Zimmer vermieten. So kann ich mir auch von dem „Blue Shelter“, wie das Haus heißt, ein Bild machen. Es liegt tatsächlich mitten im

Wald, allerdings nicht allein, da gibt es eine ganze Siedlung von Häusern.

Dann geht es zur Polunsky Unit. Früher wurde einem von den Samstagen abgeraten, weil es da immer so voll gewesen ist. Daher muss man seit einiger Zeit die Besuche für den Samstag anmelden. Es gibt zwei Schichten, von 17.30 bis 19.30 Uhr und von 20 bis 22 Uhr. Auf Rat von Christa habe ich mich – wie sie selbst es immer macht – für die 2. Schicht angemeldet. Die erste ist ziemlich stark gefragt, wovon ich mich überzeugen kann, während wir auf dem Parkplatz noch darauf warten, dass die Besucher der 1. Schicht das Gefängnis verlassen. Es sind viele Besucher und auch zahlreiche Kinder dabei. Anders als an den normalen Werktagen befinden sich die Gefangenen schon im Besucherraum in ihren Käfigen, sodass die Kinder nicht sehen müssen, wie ihr Vater (oder Onkel, Bruder, Großvater oder was immer) in Handschellen hereingeführt wird.

Im Anmeldungsgebäude steht ein männlicher Wärter am Metalldetektor, um die Kontrolle durchzuführen – sonst macht das immer die Frau von der Anmeldung mit. Überrascht höre ich, wie Christa sich mit dem Guard auf Deutsch unterhält. Wie sie mir später erzählt, habe er auf die Frage, warum sie hier Leute hinrichten, dann aber wohl doch vorgegeben, sie nicht zu verstehen...

David ist also schon da, als wir kommen, und die anderen Gefangenen auch. Von der Aufsicht – eine sehr nette Ms. Nelson, die ich heute zum ersten Mal sehe – werden wir nach Abgabe unserer blauen Zettel den Plätzen zugewiesen. Es sind, wie Christa später bestätigt, noch weniger Besucher da als sonst um diese Zeit, es sind vier oder fünf Gefangene – so gesehen ist es sehr ruhig. Allerdings ist der Besuch für alle gleichzeitig pünktlich um 22 Uhr zu Ende, diesmal gibt es keine Draufgabe.

Schon zu Anfang des Besuches sagt David mir, ein paar Plätze weiter unten säße der, von dem er mir mal einen Brief weitergeleitet hat, Anthony H. Ich bin überrascht. Ich hatte Anthony H. vor knapp zwei Jahren mal geschrieben und ihm meine Brieffreundschaft angeboten, doch er schreibt nur Leuten, die keinem anderen im selben Gefängnis schreiben, weil das leicht Ärger geben kann unter den Gefangenen – ich wusste schon damals, dass einige sich diese Regel gegeben haben, deshalb bin ich auch von Anfang an offen und ehrlich hinsichtlich dessen, wem ich noch schreibe. Kurz vor meiner Abreise hatte ich von Yvonne aus der Schweiz, die seit einigen Monaten einen Newsletter für Todestraktinsassen herausbringt und mit der ich Kontakt habe, erfahren, dass Anthony H. ihr wichtigster Brieffreund ist – und sie hatte mir aufgetragen, falls ich ihn im Besucherraum sehen sollte, ihm Grüße auszurichten. Das habe ich natürlich für ziemlich unwahrscheinlich gehalten, zumal ich erst im Sommer so ein Glück mit James hatte. Ich erzähle David also davon, dass ich von Yvonne Grüße an Anthony H. bestellen soll, und er ruft ihm das den Gang hinunter zu. Ich frage, in welchem Käfig Anthony H. sitzt, weil ich denke, ich könnte ihm wenigstens mal winken. Dann erklärt David mir, dass Anthony H. seinen Besuch schon hinter sich hat und nur darauf wartet, von den Wärtern zurück in seine Zelle gebracht zu werden. Daraufhin – weil ich ja keinen Besuch stören würde – möchte ich natürlich zu gern meine zu bestellenden Grüße selbst ausrichten, und ich frage David, ob er denkt, ich könne die Aufsicht um Erlaubnis fragen. David hatte schon gleich gesagt, die heutige Aufsicht sei eine ganz Nette. Ich frage sie also, ob ich dem Insassen in der Nummer 31 kurz einen Satz sagen dürfe, und sie erlaubt es. So gehe ich also hin und richte meine Grüße schnell selber aus, frage Anthony H. auch kurz, wie es ihm geht: „I'm alive!“. Er weiß, wer ich bin, und erklärt mir nochmals, dass seine Ablehnung einer Brieffreundschaft mit mir nicht persönlich gemeint war, und ich versichere ihm, dass ich das verstanden habe.

Was mich am meisten an dieser kurzen Begegnung betroffen macht, ist die Tatsache, wie jung Anthony H. aussieht. Ich weiß, dass er so Anfang bis Mitte zwanzig ist. Ich kenne von ihm zwei Fotos: eines, wo er wirklich noch ein Teenager zu sein scheint, weil es offenbar zu Hause aufgenommen ist, und eines, wo er sich im Besucherraum des Gefängnisses befindet, auf dem er wie ein junger Erwachsener aussieht. Doch in dem Moment, wo ich ihn nun real vor mir sehe, erkenne ich, dass er dem ersten Foto, auf dem er noch ein Teenager ist, viel ähnlicher sieht, und ich denke erschrocken: „Mein Gott, die schicken Kinder in den Todestrakt!“ Obwohl ich das weiß, dass in Texas zu dieser Zeit noch Siebzehnjährige zum Tod verurteilt werden können, war ich noch nie so dicht damit konfrontiert. Als ich Kevin zwei Tage später von der Begegnung mit Anthony H. erzähle, muss er einen Moment überlegen, wen ich meine, weil die Häftlinge sich untereinander besser mit ihren Spitznamen kennen, und sagt dann: „Ach, der Youngster!“ Das ist offenbar sein Nickname, und der spricht ja auch schon für sich...

David und ich haben eine angenehme Zeit; er erklärt mir, wie sehr er meine Offenheit vom Tag zuvor zu schätzen weiß, und ich erkläre ihm umgekehrt, dass ich seine Höflichkeit und seine respektvolle Art sehr schätze. Er respektiert, dass ich in unserer Beziehung nicht mehr als Freundschaft sehe, und auch wenn er deutlich macht, dass ich für ihn mindestens so wichtig bin wie seine Familie, versucht er keine weitergehenden verbalen Annäherungsversuche – was nach allem, was man so zu hören bekommt, unter den Todestraktinsassen nicht unbedingt selbstverständlich ist.

Für den Sonntag habe ich eigentlich einen Besuch im Gottesdienst von Pastor Carroll Pickett in Shiro vorgesehen, den ich ja von den letzten beiden Texas-Besuchen bereits kenne. Da ich noch nicht weiß, ob ich am Sonntag Tina und ihren Bekannten, mit dem sie zurzeit unterwegs ist, treffen werde, und ich außerdem am Samstagabend mit Christa noch ein langes und gutes Gespräch habe, das bis fast nachts um 3 Uhr geht, bin ich am Sonntag doch zu faul, um früh aufzustehen, schlafe lieber bis gegen Mittag. Nach dem heiter bis wolkigen 23°C warmen Wetter der letzten Tage regnet es heute, die nächsten zwei Tage werden für texanische Verhältnisse sogar empfindlich kalt mit nachts nur noch 4°C oder so. Trotzdem will ich am Nachmittag mal raus und beschließe einfach so ein bisschen durch die Gegend zu fahren. Zuerst kundschafte ich eine Abkürzung zum Gefängnis und den Weg zum Gästehaus „Blue Shelter“ aus, weil ich schauen will, ob ich das auch alleine finde, dann suche ich mir das „Post-Net“ in Livingston, das ich in meinem Leitfaden empfehle ohne jemals dagewesen zu sein – leider hat es sonntags geschlossen, sodass ich jetzt auch nur weiß, wo es ist, aber nicht drin war. Schließlich fahre ich in die andere Richtung und suche mir Riverside Harbor und dort die Michael Street 73. Dort soll meinen Informationen zufolge Dorothy M.E. wohnen – ich hatte keine Möglichkeit, sie zu fragen, ob die Adresse (noch) stimmt. Ich finde das Haus, obwohl an der Straße nicht einmal ein Schild mit einem Straßennamen steht, immerhin steht der Straßenname am Haus. Tina bestätigt mir später, dass es wirklich das Haus von Dorothy M.E. ist. Nach einem kurzen Abstecher zur Ellis Unit, wo früher der Todestrakt war, mache ich mich wieder auf den Heimweg. Die Schranke vor Ellis One ist wieder zu und bewacht, sodass es keine Möglichkeit gibt, bis auf den Parkplatz vorzufahren. Vielleicht sollte ich es irgendwann mal nicht ausgerechnet am Wochenende versuchen...

Für den Montag ist mein Programm ziemlich voll. Zunächst habe ich einen vierstündigen Besuch mit Kevin. Die nette Aufsicht hat heute Dienst im Besucherraum – den ersten Tag wieder nach sechs Wochen Urlaub, wie sie erzählt. Kevin und ich reden über alle möglichen Dinge, profane wie ernste. Weil ich weiß, dass Kevin generell gerne flirtet, klären wir rein vorsichtshalber noch einmal, dass ich grundsätzlich keinerlei romantische Beziehung zu jemandem im Todestrakt will.

Gegenüber von Kevin befindet sich ein Insasse im Besucherraum, dem er eine kurze Nachricht zukommen lassen will, und er bittet mich, das über dessen Besuch mündlich weiterzugeben. Die Frau kann sich die Nachricht so schnell nicht merken und hält mir den Hörer hin, damit ich es selbst sage. Ich mache das dann auch, obwohl das Ärger geben kann, aber es ist ja wirklich nur ganz kurz und die nette Aufsicht ist bekanntlich auch kein Drachen – wenn sie es überhaupt mitbekommen hat. Außerdem ist eben dieser Inmate einer von denjenigen, für die ich im Auftrag seiner deutschen Brieffreundin eine Money Order besorgt habe, und ich erkläre ihm schnell noch, dass ich mit ihr in Kontakt bin – und da weiß er bereits, mit wem er redet, weil sie ihm offenbar von mir geschrieben hat. Er hat einen Hinrichtungstermin für Anfang März.

Nach den vier Stunden mit Kevin steht nun ein zweistündiger Besuch mit David auf dem Programm, der zusammen mit seiner Schwester Lela geplant ist. Wir sind für 13 Uhr am Gefängnis verabredet. Sie kommt eine halbe Stunde zu spät und ist darüber sehr zerknirscht, aber ich finde es nicht so schlimm. (Kevins Mutter nimmt ihre eigene Unpünktlichkeit viel selbstverständlicher hin.) Es dauert eine ganze Weile, bis David gebracht wird, aber um ca. 14.10 Uhr kommt er dann schließlich. Wir besuchen David also gemeinsam, lassen auch Fotos machen – wie bei allen meiner diesmaligen Besuche, denn sie fallen ja alle in die ersten sieben Tage des Monats. Diesmal ist es übrigens Kevin, der sich einen Bart hat stehen lassen, weil mir das gefällt... Und natürlich haben meine Brieffreunde auch bei jedem Besuch eine Menge zu essen und zu trinken aus den Snackmaschinen bekommen – David endlich auch seine heißgeliebten Bananen. Sowohl David als auch Kevin schwärmen von dem Carrot Cake, den ich dann schließlich auch probiere – der ist wirklich lecker, ich gönne mir am nächsten Tag noch einen und nehme einen mit nach Hause.

Die nette Aufsicht, die schwarze Ms. Williams, sagt, nach ihren Unterlagen hätte ich mit David heute einen Special Visit, also vier Stunden. Das war mir morgens bei der Anmeldung schon aufgefallen, dass ich auf der Liste mit zwei Special Visits stand, einmal mit Kevin und einmal mit David. Ich hatte da schon bemerkt, dass das nur ein Regular sei, und sage der Aufsicht jetzt auch ehrlicherweise, dass offenbar nach dem Umändern der Termine der Special Visit mit David für Montag (und Dienstag?) nicht gelöscht worden ist. Ich hatte ja schon am Freitag einen vierstündigen Besuch und die müssen immer an zwei aufeinander folgenden Tagen sein. Doch die Aufsicht erklärt daraufhin, Davids Schwester müsse zwar nach zwei Stunden gehen, ich könne jedoch bis zum Ende der Besuchszeit um 17 Uhr bleiben, wenn ich das wolle, auf ihren Papieren stehe nun mal Special Visit. Natürlich könnte ich das David nicht antun, das nicht zu wollen! Also haben wir noch fast eine Stunde mehr als gedacht, worüber David sehr zufrieden ist, zumal er wohl nur zu gerne noch ein bisschen mit mir allein ist, so gern wie er auch seine Schwester gesehen hat und wollte, dass ich sie kennen lerne. Die Aufsicht sagt mir schließlich noch, sie wisse nicht, ob ich morgen auch den Besuch mit David bekäme, aber ich erkläre ihr, dass für morgen ohnehin nur Kevin geplant ist, weil ich danach direkt zum Flughafen muss.

Nachdem es nun schon nach 17 Uhr ist, reichlich später als gedacht, ist die Post schon zu, in der ich von meinen restlichen Dollars noch ein paar Money Orders kaufen wollte, und die Zeit reicht auch nicht, um im Wal-Mart von dem leckeren Cheese-Cake was zu holen, um es mit nach Hause zu nehmen. Ich fahre direkt nach Onalaska und bin gerade recht zum Abendessen, fahre eine Dreiviertelstunde später nach Huntsville ins Hospitality House, um mich dort mit Tina und ihrem Bekannten zu treffen. Wir tauschen unsere Erlebnisse aus und unterhalten uns auch ein bisschen über ein Internet-Diskussionforum, woher Tinas Bekannter und ich uns schon kannten. Um vor den Gastgebern des Hospitality House nicht unhöflich zu erscheinen, weil wir auf Deutsch reden wollen, gehen wir auf Tinas Vorschlag hin in ihr Zimmer. Durch die Gespräche abgelenkt, kommt es nicht so nah an mich heran, wie es vermutlich sonst der Fall wäre, aber das Zimmer ist exakt das, was ich in der Woche hatte, als ich fünfeinhalb Jahre zuvor zu Cliffs Hinrichtung in Huntsville war. Natürlich kommen Erinnerungen hoch: Wo Cliffs Bild stand, das er für mich gemalt hatte, das ich mir anschaute und dabei einen Musiktitel auf dem Discman hörte, den ich seitdem immer mit Cliff verbinde und nur noch zu besonderen Gelegenheiten angehört habe. Dass mir auf dem Bett, auf dem ich nun sitze, die ersten Tränen nach Cliffs Hinrichtung kamen. Und anderes mehr... Es wird mir aber auch einmal mehr in diesen Tagen bewusst, dass sich die Zeiger der Zeit unbarmherzig weiterdrehen und man nichts davon wirklich festhalten kann.

Nach drei Stunden bei Tina und ihrem Bekannten fahre ich nach Onalaska zurück, leiste Christa und ihrem Mann noch etwas Gesellschaft, bevor ich mich am nächsten Morgen in aller Frühe verabschiede. Ich bin diesmal schon um 7.15 Uhr im Gefängnis, weil ich so früh wie möglich meinen Besuch mit Kevin beginnen will, um pünktlich in Richtung Flughafen aufbrechen zu können. Tatsächlich ist nur Irene Wilcox vor mir – die ist einfach kaum zu schlagen – und wir unterhalten uns ganz angeregt, sodass die Wartezeit rasch vergeht. Kevin wird bereits um 8.20 Uhr gebracht, sodass das Frühaufstehen erfolgreich war. Heute erzählt er mir viel von seinem Bruder und von seinem Verhältnis zu ihm, als beide noch Teenager waren. Er hat seinem Bruder mal eine Kreditkarte weitergegeben, auf der nicht sein Name stand, sodass dem hätte klar sein müssen, dass sie gestohlen war. Der Bruder hat die Karte benutzt, ist erwischt worden und hat wegen anderer Vorstrafen, die er bereits hatte, darauf zwei Jahre Gefängnis bekommen. Sein Bruder hat ihm das Marijuana-Rauchen beigebracht – im Gegensatz zu Kevin hat er aber auch vor anderen Drogen und Alkohol nicht haltgemacht. Kevins Bruder, der ein oder zwei Jahre älter ist, hatte immer schon Freundinnen, wohingegen Kevin sich unattraktiv fühlte, weil er zunächst bei Mädchen nicht so ankommen konnte, der Bruder immer der Erfolgreichere war, sei es im Sport oder was immer. Sein Bruder hat ihn zuletzt im September besucht, davor ein ganzes Jahr lang nicht.

In den drei Tagen meiner Besuche mit Kevin spricht er irgendwann auch über seine Mutter: Er wirkt ziemlich enttäuscht, hat das Gefühl, sie kommt eher, um den anderen Gefangenen zu sehen, den sie noch im Todestrakt besucht, als wegen ihm. Seiner Meinung nach macht sie sich auch etwas vor und erkennt nicht den Ernst seiner Lage. Seine Tochter Amina hat er zuletzt gesehen, als sie mit mir im Sommer den Besuch geteilt hat. Außer einem einzigen Brief hat sie ihm auch nicht geschrieben seitdem. Kevin ist nicht sicher, ob Aminas Mutter seine Briefe vielleicht zurückhält. Mindestens weiß er wohl, dass die Mutter seine Briefe an Amina liest.

Nachdem ich weiß, dass Kevin und David seit kurzem in zwei Zellen Wand an Wand untergebracht sind – was mich im ersten Moment gefreut und im nächsten Moment bedenklich gestimmt hat, dass das doch zu Problemen führen könnte –, spreche ich mit Kevin heute darüber. Ich sage ihm, der schließlich weiß, dass er für mich der wichtigere Brieffreund von beiden ist, dass ich das David nicht so deutlich gesagt habe – auch wenn ich ihn nicht anlüge, muss ich ihn doch nicht unnötig kränken. Ich erzähle Kevin auch, dass David sich im letzten Sommer bei mir erkundigt hat, was für ein Verhältnis ich zu Kevin habe, und ich wahrheitsgemäß gesagt habe, es ist eine enge Freundschaft, aber nicht mehr. Es ist mir einfach wichtig, dass diese Dinge geklärt sind, damit es nicht zu Missverständnissen kommt, wenn die beiden nun öfter miteinander reden. Ich glaube, dass ich mich auf beide verlassen kann, dass es nicht zu völlig überflüssigen Eifersüchteleien kommt.

Die vier Stunden vergehen schnell. Um 12 Uhr tauchen mehr Guards als üblich in dem Gang hinter Kevin auf, und schnell wird der Grund dafür klar. Für den heutigen Abend hat ein Gefangener einen Hinrichtungstermin – es ist ein sogenannter „Freiwilliger“, der seine Berufungen niedergelegt hat. Gestern und bis zu diesem Augenblick ist von der bevorstehenden Hinrichtung nicht mehr wahrzunehmen gewesen, als dass der Gefangene so viele Besucher hatte, dass immer mehrere um einen Tisch herum saßen und warteten, während ein oder zwei andere mit ihm sprachen. Es war ruhig und unspektakulär. Nun aber holen die Wärter den Gefangenen ab, was den Moment des endgültigen Abschieds für die Familie bedeutet – auch das geht nicht laut zu, aber ich sehe doch, wie man sich mit Taschentüchern die Tränen abwischt, sich umarmt und zu trösten versucht. War mir vorher schon kalt, so habe ich jetzt erst recht eine Gänsehaut. Natürlich ist da neben dem Mitgefühl für die Familie die Erinnerung an das eigene Erlebnis dieser Situation, als wir uns von Cliff verabschieden mussten. Ich könnte jetzt auch jemand brauchen, der mich mal grad in den Arm nimmt. Schade, dass Kevin hinter einem Glasfenster sitzt... Ich sage ihm nicht viel darüber, was gerade in mir vorgeht, schließlich muss ich ihn nicht extra noch daran erinnern, dass es für ihn auch eines Tages soweit sein wird. Mir geht wieder durch den Kopf, dass es mir unbegreiflich ist, wieso man einer Familie das antun muss, wenn dazu doch gar keine Notwendigkeit besteht, weil die Hinrichtung niemandem etwas bringt und eine lebenslange Gefängnisstrafe die Gesellschaft ebenso gut vor dem Täter zu schützen imstande ist.

Eine halbe Stunde später muss ich mich von Kevin verabschieden. Nach zehn Minuten über der Zeit, die wir im Stehen verbringen, um zu signalisieren, dass wir dabei sind, das Gespräch zu beenden, gehe ich dann wirklich, bevor die Aufsicht mich noch einmal extra auffordern muss. Es ist kein besonders wehmütiger Abschied, denn ich weiß schon jetzt, dass ich im Sommer wiederkommen werde. Ich fahre zum Flughafen, gebe mein Auto ab, checke ein und warte auf den Flieger, der mich wohlbehalten und pünktlich über Paris wieder nach Hause bringt – es ist ein angenehmer Flug.

Ach ja, da ist noch etwas: Im Flieger von Houston nach Paris sehe ich irgendwann eine junge Frau in Richtung Toilette gehen, die ich morgens noch in der Polunsky Unit gesehen habe. Als sie zurückkommt, spreche ich sie an: "Didn't I see you at Polunsky Unit?" Wir tauschen dann aus, wen wir besucht haben, stellen fest, dass uns die Namen nicht wirklich etwas sagen. Ich frage sie dann, wo sie herkommt – aus Deutschland! Na, da können wir unser Gespräch ja nun auf Deutsch fortsetzen. Sie erzählt mir, dass sie aus Konstanz kommt bzw. in Konstanz studiert. Ich sage dann: „Wir hatten aber nicht schon mal per E-Mail das Vergnügen?“ Ich hatte mal Kontakt zu jemand, die in Konstanz studiert, aber die wohnt in Meersburg... Naja, kurz gesagt: Es stellt sich raus, sie ist es! Die Welt, zumindest die, die sich gegen die Todesstrafe engagiert, ist eben doch ein überschaubares Dorf...

- DER VIERTE BESUCH -

(Mittwoch, 28. Juli 2004, bis Donnerstag, 5. August 2004)

Nach meinem zweiten Texas-Flug mit Air France komme ich – diesmal nicht ganz so von denen begeistert, weil ich trotz Reservierung meinen Gangplatz nicht bekommen habe und wir fast wieder wegen Gewitters über Houston wie vor einem Jahr einen Abstecher nach Dallas gemacht hätten – schließlich mit einer Stunde Verspätung in Houston an. Einreiseformalitäten und Mietwagen abholen geht auch dieses Mal erfreulich schnell. An der Mietwagen-Station treffe ich Sarah, die ich von ALIVE e.V. kenne und mit der ich vereinbart hatte, dass ich sie jeweils mitnehmen kann. Wir wohnen beide im „Blue Shelter", dem Gästehaus von Christa H., das sich in Livingston nur fünf Autominuten von der Polunsky Unit entfernt befindet. Ich habe dort das Einzelzimmer mit eigenem Bad. Die beiden Einzelzimmer in ihrem Haus in Onalaska vermietet Christa nicht mehr, weil sie mehr Privatsphäre haben möchte – durchaus verständlich. Und obwohl ich ansonsten Onalaska den Vorzug gegeben hätte – nachdem ich nun auch für einen Texas-Aufenthalt im „Blue Shelter" war, gefällt mir beides gleich gut. Während unserer Tage dort sind noch zwei weitere Gäste in dem Gästehaus untergebracht – eine Frau aus Colorado und Myriam aus Belgien, mit denen wir uns gut verstehen.

Am Donnerstag sind wir gleich früh am Gefängnis, wo ich zunächst Kathryn Cox von der Heilsarmee wieder treffe. Sie erzählt mir, ihre Tochter sei von meiner CD „Alive on Death Row" ganz begeistert – und ihre Kinder haben, wie ich sie verstehe, immerhin professionell mit Musik bzw. Singen zu tun. Ich nutze direkt die Gelegenheit und schenke ihr auch noch die Volume-2-Fortsetzung meiner CD. Kathryn Cox meint, Ray Hill von der Radio-Prison-Show müsse das unbedingt hören und senden: „And tell him from me: It's a MUST!" Obwohl ich das letztes Jahr vorhatte, habe ich mich doch nie mit der Prison-Show von KPFT in Verbindung gesetzt. Jeden Freitag gibt es dort eine Sendung für Gefängnisinsassen – deren Angehörige und Freunde können dort anrufen und ihre Liebsten grüßen. Aber üblicherweise wird dort kaum Musik gespielt. Naja, vielleicht nehme ich das nun doch mal in Angriff. – Außerdem treffe ich vor dem Gefängnis eine Frau aus England. Ich habe bislang nur über sie im Internet gelesen, sie ist die Brieffreundin von John Alba, über den ich 1997 die erste Fernseh-Dokumentation über die Todesstrafe in Texas gesehen und aufgezeichnet und die ich in der Vergangenheit wiederholt Schülern gezeigt habe. So habe ich also Gelegenheit, ihn in diesen Tagen im Besucherraum zu sehen. Leider ist seine juristische Lage (wieder) ziemlich ernst, nachdem sein Todesurteil nach dessen Aussetzung schließlich doch bestätigt wurde.

Mein vierstündiger Besuch an diesem Morgen gilt Kevin – wir sprechen unter anderem über seine Familie. Über Kevins Freundin in der Schweiz hat seine Mutter – die ihren Anruf völlig gedankenlos um 4 Uhr morgens europäischer Zeit tätigte! – mir kurzfristig noch ausrichten lassen, ich solle sie anrufen, damit wir einen Besuch gemeinsam machen könnten. Da ich darauf nicht besonders scharf bin, habe ich damit erstmal gewartet, um mit Kevin darüber zu sprechen. Wenn er selber das möchte, bin ich ihm zuliebe dazu bereit, aber wirklich nur dann – mir selber ist die Zeit eigentlich zu kostbar. Ich erfahre erst jetzt, dass Kevin seine Mutter allen Ernstes von der Besucherliste genommen hat, weil sie nicht seinetwegen gekommen sei, sondern ein anderer der Gefangenen, den sie regelmäßig besucht, sei „mehr als ihr boyfriend“. Kevin hatte das zwar mal angekündigt, dass er das vorhabe; da er hin und wieder danach aber seine Mutter gesehen hatte, war ich davon ausgegangen, er habe das doch nicht wahr gemacht. Doch offenbar war sie immer nur im Besucherraum, um den anderen zu besuchen, und um mehr konnte es – was mir zuerst nicht klar war – bei ihrer Anfrage jetzt auch nicht gehen. Kevin macht deutlich, dass ihm nicht daran gelegen ist, seine Mutter zu sehen, und deshalb beschließe ich, sie gar nicht anzurufen. Da ich vor der Reise nach Texas sowieso in Urlaub gewesen war, ist es ohnehin reine Glücksache gewesen, dass ich die Mail überhaupt noch gelesen hatte. Kevins Mutter ist leider – wie sich inzwischen mehrfach gezeigt hat – die Unzuverlässigkeit in Person. Ich habe in diesen Tagen wirklich anderes im Kopf als ihr nachzulaufen, wenn Kevin daran gar nichts liegt.

Im Übrigen wird deutlich, dass Kevin zwar in keinen disziplinarischen Schwierigkeiten mehr war, aber das doch mehr eine Frage des Nicht-Erwischt-Werdens als des Brav-Seins bei ihm ist. Hinter seiner ID-Karte hat er Geldscheine versteckt – angeblich das bessere Versteck als irgendwo in seiner Zelle. Über Bargeld dürfen die Gefangenen nicht verfügen. Ich wünschte nur, Kevin wäre wenigstens etwas vorsichtiger und würde auch mir das nicht so deutlich zeigen, denn es könnte ja auch ein anderer einen Blick darauf erhaschen. Das Geld benutzt er z.B. dazu, sich hin und wieder illegal Marijuana besorgen und rauchen zu können. Konkret fragt er mich, ob ich ihm 300 Dollar leihen würde, die er in dieses „Geschäft" investieren wolle. Das Geld hätte ich dann an irgendeine Privatperson schicken müssen, nicht an den Inmate Trust Fund. Ich lehne ab und will damit nichts zu tun haben, was Kevin ohne Groll oder Enttäuschung akzeptiert. Ich habe weniger ein Problem damit, dass er hin und wieder Marijuana raucht, als damit, dass das Ganze illegal ist und ihm großen Ärger einbringen kann. Der Konsum von Marijuana, erklärt er mir, sei ein Weg, der Realität des Gefängnisses wenigstens für ein paar Stunden zu entkommen.

Ein anderes Thema des Besuches betrifft die gesundheitliche Versorgung. Kevin glaubt, er habe einen Tumor im Bauch – der Bauch werde unverhältnismäßig dicker, obwohl er insgesamt nicht an Gewicht zunähme. Letzteres glaube ich zwar nicht – Kevin war im letzten Jahr relativ dünn, weil er kein Fleisch mehr gegessen hatte, hat aber inzwischen doch wieder zugelegt. (Er isst nun auch wieder Fleisch und pickt nicht jedes einzelne Stück aus dem Salat – den gibt es heute allerdings nicht: Am Vortag waren die Maschinen nicht aufgefüllt worden, sodass die mit den Sandwiches, Salaten,

Obst etc. völlig leer ist! Die Gefangenen können heute also nur Chips und Süßigkeiten zu essen bekommen – eine herbe Enttäuschung! Obwohl die auf meiner Seite vielleicht größer ist, weil ich Kevin eine gute Mahlzeit gewünscht hätte – ihm ist mein Besuch natürlich wichtiger als das Essen.) Allerdings glaubt Kevin auch, etwas tasten zu können im Bauchbereich. Er habe schon vor zwei Jahren seine Beschwerden geschildert, man würde jedoch nichts unternehmen und ihn nicht zu einer Untersuchung schicken. Das passt in das allgemeine Bild, was wir Außenseiter so von der medizinischen Versorgung der Gefangenen häufig haben. Dazu passt allerdings weniger mein anderer Brieffreund David, der regelmäßig zu Untersuchungen nach Galveston gebracht wird, was im Folgenden noch eine Rolle spielen wird.

Um 13 Uhr warten am „Blue Shelter" bereits zwei Leute aus Houston auf mich, die im Auftrag des deutschen Fernsehsenders Pro 7 für die Sendung „taff" einen Bericht über Huntsville drehen sollen. Christa hatte mich dafür vorgeschlagen, und obwohl ich von der Qualität unserer privaten Sender nicht unbedingt immer überzeugt bin, hatte ich meine Mitwirkung zugesagt. Auch Sarah begleitet uns. Zunächst drehen die beiden ein Interview mit mir vor dem „Blue Shelter". Ich bin gedanklich noch ziemlich mit dem Besuch bei Kevin beschäftigt und mit dem, was ich da vor der Kamera von mir gebe, gar nicht wirklich zufrieden. Ich hoffe nur, dass es für den fünfminütigen Beitrag reicht, dass sich da ein paar vernünftige Statements zusammenschneiden lassen. Dann werden noch so Sachen zum Füllen gefilmt: Wie wir (angeblich) ankommen, Koffer auspacken usw. Dann geht es weiter nach Huntsville, wo wir im Gefängnismuseum eine Verabredung mit Jim Willett, dem jetzigen Direktor und ehemaligen Warden der Walls Unit, in der die Hinrichtungen durchgeführt werden, haben. Zunächst wird ein Interview mit Jim Willett aufgezeichnet, dann gefilmt, wie Willett uns im Museum herumführt und Dinge erklärt oder unsere Fragen beantwortet. Mich interessiert, weshalb die Kugelschreiber in Spritzenform nicht mehr als Souvenirs verkauft werden – Willett erklärt mir, das sei das bestverkaufte Souvenir des

Gefängnismuseums gewesen, aber man habe es aus dem Programm genommen, weil das doch einen schlechten Beigeschmack hatte. Eine Antwort, mit der ich zufrieden bin – ich hatte mich ja bei meinem letzten Besuch schon gefragt, ob die Dinger lediglich ausverkauft waren oder man bewusst keine mehr anbietet. Kurz nach unserer Ankunft hatte ich, während die Kameras aufgebaut wurden, Jim Willett gefragt, ob er sich an Cliff Boggess erinnern könne, doch der Name sagte ihm nichts. Immerhin war Willett noch als Warden in der Walls Unit tätig, als Cliff dort hingerichtet wurde. Am Ende unseres kurzen Aufenthalts im Gefängnismuseum erkläre ich Jim Willett den Grund meiner Frage. Er fragt noch einmal nach, wann genau die Hinrichtung von Cliff war, und ich ergänze einer Eingebung folgend, dass das Cliffs 33. Geburtstag gewesen ist – und jetzt weiß Willett, von wem ich spreche, erzählt die Geschichte, wie er ihm gratuliert hat – was dann für die Kamera gleich noch wiederholt wird. Ich frage Willett nach seinem Buch, das schon so lange angekündigt ist – er hat mal angefangen eines zu schreiben und kürzlich den zweiten Anlauf unternommen. Vielleicht würde es bis Weihnachten fertig, und er ist erfreut, dass er in mir quasi den ersten Interessenten dafür gefunden hat. Als Willett mich nach einer Visitenkarte mit meiner Adresse fragt, verehre ich ihm auch gleich noch eine CD von mir – es ist schön, den Mann mal kennen gelernt zu haben. Obwohl er sich im Interview recht neutral geäußert hat, was der Politik des Gefängnismuseums entspricht, ist doch bekannt, dass Willett der Todesstrafe skeptisch gegenübersteht.

Dann geht es weiter nach Shiro, wo wir Carroll Pickett treffen, den ehemaligen Gefängnispfarrer der Walls Unit, der nach den fast einhundert Hinrichtungen, die er bis 1995 begleitet hat, heute ein klarer Gegner der Todesstrafe ist. Pickett erinnert sich natürlich an mich, und obgleich wir im Zeitplan hoffnungslos verspätet sind, erklärt er, für mich nähme er sich alle Zeit der Welt... Stolz zeigt er mir einen Brief, den er gerade erhalten hat – ein deutscher Verlag hat die Rechte an seinem Buch „Within the Walls“ gekauft, sodass es in absehbarer Zeit wohl auf Deutsch erscheinen wird. Die beiden aus Houston nehmen nun ein ausführliches Gespräch zwischen mir und Pickett auf – obwohl ich jetzt sogar auf Englisch reden muss, klappt das nach meinem subjektiven Gefühl nun schon viel besser vor der Kamera. Pickett redet sehr ausführlich, aber macht dabei so wichtige Statements, dass die Fernsehjournalisten ihm offenbar gern viel Raum geben, das Interview als ausgesprochen „powerful" beurteilen und durchblicken lassen, sie überlegten sich, unabhängig von dem Kurzbeitrag für Pro 7 aus dem Thema vielleicht eine 60-Minuten-Doku zu machen. Zurück in Huntsville gibt es ein paar Aufnahmen von mir vor der Walls Unit – wir bekommen gleich einen Anpfiff von einer Wache, als wir uns dem Gefängnis zu sehr nähern, erhalten schließlich Erlaubnis von der gegenüber liegenden Straßenseite aus zu filmen.

Dann nutzen wir das letzte Tageslicht auf dem Gefängnisfriedhof in Huntsville. Im oberen Bereich stehen lauter Kreuze, auf denen gar nichts – nicht einmal Nummer und Datum – zu lesen ist. Ich wundere mich einigermaßen und mir ist nicht klar, ob das entfernt wurde oder in diesem Teil des Friedhofs immer nur nackte Kreuze standen. Abschließend geht es auf Wunsch von Pro 7 noch zu dem Imbiss gegenüber der Walls Unit, in dem der „Killer-Burger" verkauft wird. Die Leute, die dort arbeiten, wollen nicht gefilmt werden. Immerhin gibt es „off the record" ein paar Diskussionen zwischen den Einheimischen und dem Texaner von dem TV-Team, der sehr kritische Fragen zur Todesstrafe stellt. Die befragten Einheimischen sind offenbar einfache Arbeiter und zeigen die (vielleicht) typische Mentalität der Texaner dieser Gesellschaftsschicht: Die Todesstrafe ist in Ordnung, weshalb sollte man für die Verbrecher noch Geld ausgeben, sie sind ja selber schuld usw. Einmal mehr stellt sich mir die Frage, wie ich wohl denken würde, wäre ich dort aufgewachsen – vielleicht hätte ich dann die gleiche Einstellung. Die Umwelt prägt einen einfach zu sehr, als dass ich so überheblich wäre behaupten zu wollen, ich wäre in jedem Fall und immer gegen die Todesstrafe, auch wenn ich unter ganz anderen Umständen groß geworden wäre. – Schließlich filmen die beiden noch das Material ab, das ich mitgebracht habe: Fotos mit Kevin und mir, Gemälde und Zeichnungen und Fotos von Cliff, Infos von ALIVE etc. Ich gebe den beiden auch noch meine CDs und einige Faltblätter von ALIVE mit – der eine meint, die CDs könne er bei Ray Hill vorbeibringen, wenn ich das wolle. Na, das wäre ja dann gleich noch eine Chance...

Als wir uns dann nach einem interessanten Nachmittag verabschieden, ist es schon fast 22 Uhr. Mal sehen, ob wirklich etwas aus der umfangreicheren Doku wird. Ich denke jedenfalls, wenn das TV-Team Erlaubnis bekäme Kevin zu interviewen, womit er einverstanden wäre, gäbe ihm das zum einen die Möglichkeit sich öffentlich zu äußern, und man hätte auch jemanden, der für das Fernsehen ein ebenso typischer wie interessanter Fall wäre. Speziell die mangelhafte Arbeit der Anwälte wird in Kevins Fall deutlich: Der jetzige hält ihn nicht einmal über seine Schritte auf dem Laufenden. Kevin hat – nachdem er von seinen Freunden den aktuellen Stand seines Falles aus dem Internet ausgedruckt bekam! – allen Ernstes geglaubt, er bekäme noch im Juli einen Hinrichtungstermin, weil ihm keiner erklärt hat, dass das angegebene Juli-Datum nicht der Termin der Entscheidung des Obersten Gerichtshofes war, sondern nur die Frist für die Stellungnahme der Gegenseite, und außerdem der Oberste Gerichtshof bis Oktober nun erstmal Sommerpause macht. Das heißt, vor Oktober passiert gar nichts, aber der Anwalt hat Kevin in dem Glauben gelassen, er bekäme im Juli sein Date genannt!

Am Freitag habe ich erneut volles Programm – zunächst wieder einen vierstündigen Special Visit mit Kevin. Es beginnt ganz locker und durchaus humorvoll, aber dann sprechen wir auch über sehr ernste Themen. Kevin bleibt von seiner juristischen Situation her nicht mehr viel Zeit – in den letzten Monaten sprach er in seinen Briefen häufig davon, dass er etwas „Drastisches“ tun wolle, um zu zeigen, dass man ihn zu Unrecht in diese Lage gebracht hat – er sprach davon, sich bei einem Ausbruchsversuch oder einer Geiselnahme töten zu lassen. Ich habe mir alle Mühe gegeben ihm aufzuzeigen, dass ein Akt der Gewalt genau das Gegenteil von dem bewirkt, was er beweisen möchte, weil er damit im Grunde nur bestätigen würde, dass er eine Gefahr für die Gesellschaft wäre. Inzwischen scheint das Thema vom Tisch zu sein, allerdings will er immer noch um alles in der Welt sein eigenes Ding machen und nicht auf der Todesliege sterben. Jemand hat ihn mit Infos aus dem Internet versorgt, und nun glaubt er, das Sterben mit der Giftspritze sei ein sechsminütiger Todeskampf. Ich erkläre ihm, dass das so nicht stimmt, dass das Verabreichen der verschiedenen Chemikalien nicht einmal zwei Minuten in Anspruch nimmt, man dann aber weitere vier Minuten wartet, bis der Arzt den Tod feststellt. Ich erkläre ihm, wie viele und welche Chemikalien verabreicht werden, dass man mit einer mehrfachen Überdosis des Narkotikums beginnt, sodass ich wirklich davon überzeugt bin, dass man von dem Rest nichts mehr mitbekommt. Dass, wenn ich sterben wollte oder müsste, die Giftspritze die Methode meiner Wahl wäre. Dem, was im Internet geschrieben wird, kann ich nur entgegenhalten, was ich bei Cliff mit eigenen Augen sah. Und ergänzen, was mir von einer angehenden Anästhesistin mitgeteilt wurde – dass nämlich das Narkotikum innerhalb von wenigen Sekunden seine Wirkung entfaltet. Kevin erzählt mir darauf allerdings, dass er bei einer OP einmal eine doppelte Dosis erhalten habe und davon immer noch wach war, worauf man den Eingriff abbrechen musste. Das macht seine Skepsis verständlich, und ich werde mich nochmals weiter erkundigen, um seine Befürchtungen, wenn möglich, zu zerstreuen. Er selber will seinen eigenen Weg gehen, allerdings einen friedvollen – er hat illegal seit mehreren Jahren bereits Tabletten gesammelt und über 100 Stück in seinem Besitz. Er erhofft sich davon ein friedliches Einschlafen – wovon ich wieder alles andere als überzeugt bin, nach allem, was mir darüber bekannt ist. Ich hoffe, er kann mir den Wirkstoff mitteilen, damit ich mich erkundigen kann.

Wir sprechen auch über seine letzten Besuche, wenn es denn zu einem Hinrichtungstermin kommt. Kevin schrieb in dem letzten Brief vor meinem Besuch, er habe damals noch in Ellis Unit geschworen, dass er niemanden sehen will in seinen letzten Tagen, weil er die Trauer seiner Familie und seiner Freunde nicht ertragen könne. Kevin ist immer sehr betroffen und berührt, wenn er erleben muss, wie Angehörige leiden, die sich im Besucherraum von ihrem Gefangenen vor einer Hinrichtung verabschieden müssen. (Das zeigt sich an einem der folgenden Tage, als jemand von einer Familie beim Abschied weint und Kevin sofort Tränen in den Augen stehen und er fragt, ob denn einer heute ein Date habe – was aber nicht der Fall ist. Ich versuche jedenfalls ihn rasch davon abzulenken und das Gespräch auf andere Dinge zu bringen.) Ich versuche Kevin zu erklären, dass seine Angehörigen und Freunde nicht weniger leiden, wenn sie ihn nicht mehr sehen und sich verabschieden können, sondern eventuell diese Situation noch schlimmer für sie ist. Ich erzähle von meiner Freundin Jessi und warum sie und ich uns damals entschieden haben, Cliff nicht nur in seinen letzten Tagen zu besuchen, sondern auch seiner Hinrichtung beizuwohnen – und weshalb das für uns, obwohl es so schwer war, dennoch besser war, als überhaupt nichts tun zu können. Kevin bleibt dabei, dass er niemanden von seiner Familie sehen will in seinen letzten Tagen, zieht aber immerhin Barbara aus der Schweiz, jemand aus den USA und mich in Erwägung – als seine drei besten Freunde. Zu der Überlegung, dass er sich und seine Freunde um seine letzten Besuche bringt, wenn er seinen eigenen Weg geht, meint er, er könne ja warten bis zum Tag vor der Hinrichtung. Er brauche seiner Schätzung nach acht Stunden, in denen er nicht entdeckt würde. Meine Zweifel bleiben bestehen, denn gerade kurz vor einer Hinrichtung passen die Wärter ganz besonders auf, dass keiner dem Staat zuvorkommt. Es hat schon Fälle gegeben, wo einer nach einem Suizidversuch reanimiert wurde, um anschließend hingerichtet zu werden...

Der Besuch mit Kevin ist aufgrund seiner ernsten Themen nicht einfach. Zu sehen, wie ihm die Tränen übers Gesicht laufen, lässt mich diese verdammte Glasscheibe verwünschen – zumal ich ohnehin, wenn jemand weint, nicht der Typ von großen Reden bin, sondern die wortlose Art, einen anderen einfach in den Arm zu nehmen, bevorzuge. Ich überlege einen

Moment, ob ich ihm sagen soll, dass ich ihn jetzt gern in den Arm nehmen würde, wenn ich es schon nicht tun kann, aber ich lasse es dann doch, weil ich denke, dass es damit für ihn vielleicht noch schwerer wird. Jedenfalls nehme ich mir nach dem Besuch mit Kevin erstmal 20 Minuten Zeit für mich, bevor ich mich für einen weiteren Special Visit mit David wieder am Eingang des Gefängnisses anmelde. Bis man David dann bringt, ist es schon 14 Uhr, sodass nur drei Stunden bleiben, bis das Gefängnis schließt. Kevin ist fast die ganze Zeit über noch da und wartet, dass man ihn zurück in seine Zelle bringt. Da die Aufsicht (die nette schwarze Ms. Williams!) mir den Platz für meinen Besuch mit David genau neben dem Cage anweist, in dem Kevin noch wartet, können wir uns durch Zeichensprache und Lippenlesen noch zu verständigen versuchen, solange die Aufsicht nicht hinschaut – was sich als nicht einfach herausstellt, aber immerhin kapiere ich irgendwann, dass ich für Kevin Schreibpapier besorgen soll. Die Aufsicht hat sich übrigens wirklich von sich aus Mühe gemacht, für David einen guten Platz im Besucherraum zu finden, obwohl auf der einen Seite gerade keiner frei war, David aber nicht gern auf der anderen Seite sitzt, wie sie weiß. Diese Frau ist eben wirklich nett!

David begrüßt mich gleich damit, dass wir ein Problem hätten – unter der Hand, denn eigentlich darf er das aus Sicherheitsgründen nicht wissen, hat er erfahren, dass er am kommenden Mittwoch, für den ich einen Special Visit mit ihm angemeldet habe, nicht im Gefängnis sein würde, weil man ihn nach Galveston zu einer ärztlichen Untersuchung zu bringen beabsichtige. David spricht mehrere Wärter an und bittet, die Majorin für ein kurzes Gespräch zu holen, die ist aber gerade nicht da, ich selber spreche schließlich den Warden an, der sich gerade im Besucherraum befindet. David schlägt vor, seinen Besuch mit mir für Mittwoch einfach mit dem von Kevin am Montag zu tauschen. Damit bin ich nicht so glücklich – zum einen erwartet Kevin mich ja nun am Montag, zum anderen bekomme ich am Mittwoch nicht die vollen vier Stunden Besuchszeit, weil das Gefängnis um 12 Uhr schließt. Mit Kevin möchte ich aber keine Minute verlieren, weil wir doch sehr viele wichtige Dinge zu bereden haben. Ich schlage daher vor, einfach den Besuch mit David zusätzlich auf den Montag zu legen. Das jedoch wird schließlich abgelehnt, der Montag sei bereits voll mit Special Visits – es wird pro Tag nur eine bestimmte Anzahl genehmigt. Weil Davids Enttäuschung, einen Besuch weniger mit mir zu haben, denn doch zu groß wäre, stimme ich dann schließlich einem Tausch zu – muss ich eben ca. eine halbe Stunde mit Kevin drangeben. Der Tausch wird auch erlaubt, und die nette Aufsicht versichert mir von sich aus gleich zweimal, das gehe in Ordnung. Nun bin ich nur noch besorgt, dass Kevin am Montag vergeblich auf mich warten könnte, doch David beruhigt mich: „Vertrau mir! Ich kümmere mich darum, dass er es erfährt!“ Dieses väterliche „Trust me!“ ist schon ein bisschen anrührend, und wie sich im Nachhinein herausstellt, brauchte ich mir darum wirklich keine Sorgen machen.

Mit David rede ich über verschiedene, meist eher alltägliche Dinge. Ich nehme einmal mehr wahr, dass mein Verhalten gegenüber meinen Brieffreunden durchaus unterschiedlich ist. So verschieden, wie die beiden von ihrem Charakter her sind, so verschieden verhalte ich mich auch. Bei Kevin gehe ich stärker aus mir heraus, bei David passe ich mich eher seinem Charakter an, dessen ruhige Art mir ja eigentlich auch mehr entspricht, und rede selber deutlich weniger oder weniger ausführlich. Ich kann Kevin, der im Grunde seines Wesens eine ausgesprochene Frohnatur ist, aber auch eher zum Lachen bringen – mit Kleinigkeiten, die bei David gar keine Wirkung zeigen. Um 17 Uhr ist die Besuchszeit zu Ende, und ich habe nun doch zwei recht anstrengende, weil ausgefüllte Tage hinter mir, sodass ich erstmal recht gern einem eher erholsamen Wochenende entgegensehe.

Am Samstagvormittag fahre ich nach Huntsville – ich habe etliche Dinge im Postamt zu erledigen. Nicht nur für mich selber, sondern im Auftrag von ALIVE e.V. und einzelnen Mitgliedern muss ich über 20 Money Orders besorgen sowie mehrere Hundert Briefmarken. Neben der Post, die ich für

ALIVE mitgenommen habe, sind da noch fast 200 Briefe, die ich als Staatenbetreuerin von ALIVE für diejenigen texanischen Insassen vorbereitet habe, die ein Brieffreundschaftsgesuch in unserer Website haben. Die muss ich nun noch alle frankieren, und dann fülle ich damit den Briefkasten bis zum Rand... Außerdem hole ich in der Bank gegenüber noch Rollen mit Quarters. Im Grunde habe ich genug Dollar-Münzen in Reserve, und der Wechselautomat in der Polunsky Unit funktioniert bislang auch einwandfrei, aber ich soll für einen Freund von mir die neuen Quarters mitbringen, und da brauche ich schon genügend, um die gesuchten auch zu finden. Dann tätige ich noch zwei Anrufe, fahre kurz bei der Public Library vorbei – die ist tatsächlich wieder ausnahmsweise geschlossen, sodass ich nicht ins Internet kann. Offenbar ist das immer so am letzten Juli-Samstag, dass sie da eine Feierstunde haben. Dann suche ich mir den Weg zum Inmate Trust Fund – finde ich leicht nach der Beschreibung einer guten Bekannten aus München. Natürlich ist der geschlossen am Samstag, aber ich wollte auch nur die genaue Adresse für meinen Leitfaden haben. Ich fahre dann ein weiteres Mal zum Gefängnis-Museum, um mir die dort zum Verkauf stehenden Bücher noch einmal anzusehen. Mir war am Donnerstag dort eines aufgefallen – aber da war ja keine Zeit. Im Gegensatz zu früheren Besuchen gibt es nun auch das Buch von Carroll Pickett oder das des Owens-Ehepaars, sodass nicht mehr der einseitige Eindruck entsteht, Anti-Todesstrafe-Bücher seien dort nicht zu finden. Diese guten Bücher habe ich aber schon, mit gemischten Gefühlen kaufe ich das über die letzten Mahlzeiten der Hingerichteten. Einerseits möchte ich so ein voyeuristisches Werk mit meinem Geld nicht unterstützen, andererseits sammle ich alles, was sich um die Todesstrafe in Texas dreht. Beim späteren Lesen fällt mir dann aber doch auf, dass die Kommentare des Autors die Todesstrafe durchaus kritisch beleuchten, sodass das Buch nicht gar so bodenlos schlecht ist, wie ich zunächst annahm – dennoch kann ich es nicht empfehlen.

Am Abend habe ich einen weiteren Besuch mit David - der Warden hatte ausnahmsweise genehmigt, dass ich zusätzlich zu dem einen Special Visit am Freitag noch einen zweistündigen Besuch am Samstag machen dürfe. Im letzten Winter war das gar nicht anders möglich gewesen, weil der Donnerstag ein Feiertag war. Diesmal wollte ich mir nur nicht alle Tage mit zwei Special Visits vollpacken. Da mir aber signalisiert wurde, dass der Warden daraus keine Gewohnheit machen wolle, werde ich mir diese Konstellation in Zukunft verkneifen müssen – allerdings empfinde ich mittlerweile zwei Special Visits, also sieben bis acht Stunden Besuche an einem Tag, auch weit weniger anstrengend als vor anderthalb Jahren noch sechs Stunden Besuche. So habe ich also heute einen Besuch mit David von 20 bis 22 Uhr. Wie an Samstagen üblich, ist David schon da. Heute ist es voller als an meinem bisher einzigen Samstagsbesuch im letzten Winter. Und obwohl wir erst den 31. Juli haben, werden heute Fotos angeboten. Doch David und ich beschließen, die Fotos auf nächste Woche zu verschieben. Es fotografieren nicht alle Aufsichten gleich gut – und diese heute kenne ich gar nicht. In der kommenden Woche jedenfalls lasse ich bei jedem Besuch auch zwei Polaroid-Fotos machen.

Christa ist auch anwesend und besucht ihren Brieffreund; wir haben uns für anschließend verabredet und fahren nach Onalaska in die „Lone Star Bar“. Mich wollen die erst gar nicht reinlassen – in Texas muss man überall gleich „member“ (Mitglied) sein, wenn man in solche Lokalitäten will. Aber nachdem sie meinen Pass geprüft haben, darf ich Christa und ihrem Mann Gesellschaft leisten. Das Bier ist dünn, aber das mag ich so oder so nicht, sondern beschränke mich auf Cola – die gibt's dafür umsonst! Sind schon komisch, die Texaner! Die Musik ist wahnsinnig laut, sodass ich Christa fast anschreien muss, um mich mit ihr zu unterhalten, und das, obwohl ich direkt neben ihr sitze. Christa erzählt, dass sie dieses Land wirklich liebt und nicht mehr nach Deutschland zurück möchte. Es wird im Gespräch aber auch deutlich, dass es schwer ist Freunde zu finden, wenn man mit jedem Einheimischen gleich über die Todesstrafe zu diskutieren beginnt. Ich bewundere ja Christas Mut in dieser Hinsicht. Mein Ding ist das aber nicht – vielleicht bin ich da zu feige, aber irgendwie denke ich auch, wenn ich – im Gegensatz zu Christa nur für ein paar Tage – in dem Land dort zu Gast bin, muss ich nicht ungefragt jedem gleich meine politische Meinung aufdrängen. Aber vielleicht ist das nur eine Ausrede, denn – wie gesagt – ich bewundere auch diejenigen, die dazu einfach so den Mut haben. Wir bleiben in der Bar, bis die um 2 Uhr morgens schließt – von der zu lauten Musik abgesehen, ist es durchaus keine unangenehme Atmosphäre dort. Wir unterhalten uns noch eine Weile vor der Tür, ein Polizeiwagen hält kurz an und der Beamte erkundigt sich, ob alles in Ordnung sei. Ich fahre schließlich noch die wenigen Kilometer bis zum Lake Livingston, weil ich den Vollmond gern noch über dem See bewundern möchte, bevor ich mich auf den Heimweg mache und irgendwann gegen 3.30 Uhr im „Blue Shelter“ ins Bett falle.

Am Sonntagmorgen schlafe ich demzufolge relativ lang. Irgendwann höre ich neben einer bekannten auch fremde Stimmen im Haus – offenbar hat ein Gast noch Leute mitgebracht. Christa möchte das mit Rücksicht auf die anderen Gäste nicht, und obwohl ich das zwar verstanden, aber selber erst nicht so streng gesehen habe, mache nun die Erfahrung, dass das wirklich unangenehm sein kann. Ich liege noch im Schlafanzug und ungekämmt im Bett, und der Weg in mein Bad führt zwei Meter über den Flur, der wiederum zum Wohnzimmer hin offen ist. Ich habe also die Wahl, im Schlafanzug vor fremden Leuten herumzuspringen oder wer weiß wie lange im Bett zu bleiben. Zum Glück bleiben die Leute nur kurz, allerdings benutzt jemand noch meine Toilette – das Papier, mit dem sich die Person die Sch**** vom Hintern gewischt hat, ziert anschließend den Abfalleimer in meinem Bad. Das finde ich jetzt wirklich nicht mehr sooo toll, und von nun an schließe ich mein Bad IMMER ab, nicht nur von innen.

An diesem Tag habe ich wirklich nichts weiter vor, und so mache ich mich gegen Mittag in aller Ruhe auf den Weg nach Onalaska, um dort in einem Supermarkt einzukaufen – ich suche vor allem nach dem Cheese-Cake, den ich bei Christa im Winter bekommen hatte und der so unverschämt lecker war. Netterweise finde ich den dort auch, nachdem ich bei Wal-Mart in Livingston schon dauernd vergeblich danach Ausschau gehalten hatte. Drei Portionen sollen das sein in dem kleinen Topf, naja, das schaffe ich doch locker alleine – das wären dann fast 1000 Kalorien. Irgendwo muss der tolle Geschmack ja herkommen! Amerika ist im Übrigen auf der „Low-Carb"-Welle – keine oder wenig Kohlenhydrate. Was im Prinzip auch Sinn macht. Aber so ein „Low-Carb"-Joghurt, der gleichzeitig auch noch „low fat" ist, ist im Endeffekt dann auch „low taste" - ausgesprochen geschmacklos! Aber probieren kann man ja mal, was die Amis da so auf den Markt werfen – und die mit „Low-Carb"-Schokolade umhüllten Mandeln schmecken sogar gut, sind nur viel zu teuer. Das sind der Cheese-Cake und der kleine Salat, die ich mir heute z.B. gönne, allerdings auch... Egal!

Am Spätnachmittag unterhalte ich mich im „Blue Shelter" mehrere Stunden lang mit Myriam aus Belgien. Das ist sehr interessant und kurzweilig. Wir reden über alles Mögliche, auf Englisch natürlich, weil ich kein Französisch und sie kein Deutsch kann – die Gesprächsthemen gehen uns nicht aus. Myriam ist als Vertreterin ihrer Organisation in Belgien zu dem für kommendes Frühjahr geplanten ALIVE-Kongress eingeladen.

Da ich mich in den Tagen diesmal wieder (essens-technisch) gänzlich selbst versorge und zum Teil den ganzen Tag über im Gefängnis bin, kaufe ich mir mehr als sonst selber im Besucherraum. In der neuen Woche gibt es auch meinen geliebten Carrot Cake wieder – den hatte ich doch schon vermisst! Am Montag besuche ich also David anstelle von Kevin für vier Stunden. Die Snackmaschinen werden in diesen Tagen früher als sonst aufgefüllt, und offenbar hat eine andere Firma dafür die Verantwortung übernommen, denn es gibt erstmals auch frische Wassermelonen und Erdbeeren – ein Festmahl für David, der gleich zwei Portionen Wassermelone haben möchte. Und eine Portion Erdbeeren – die ersten frischen Erdbeeren, die er isst, seitdem er vor rund 19 Jahren in den Todestrakt kam! Unglaublich...

Bei der Anmeldung zu diesem Besuch am Montagmorgen schiele ich übrigens auf die Liste mit den Special Visits, die der Dame am „Empfang“ vorliegt, weil ich sichergehen will, dass der Tausch zwischen Kevin und David auch wirklich aktenkundig ist. Und dann sehe ich gleich Kevins Namen auf der Liste! Aber es stellt sich heraus, dass ich ein Problem draus mache, wo gar keines ist. Ich denke, die Liste sei nur für den Montag, aber dem ist nicht so. Auf Blatt 2 steht David und die Daten wurden verbessert – also alles in Ordnung. (Obwohl ich am letzten Besuchstag noch zufällig mitbekomme, wie die Aufsicht im Besucherraum einen Anruf tätigt, weil nach ihren Unterlagen ich Montag und Dienstag Besuche mit Kevin gehabt hätte und nun am Mittwoch schon wieder für Kevin da sei. Zu mir sagt sie nichts, erfährt aber wohl am Telefon von der Änderung.) Jedenfalls: Als ich so neugierig auf die Liste schiele am Montag früh, da sehe ich doch mit Leuchtmarker angestrichen: Sister Helen Prejean für James A.! Wow! Dieser Frau mal persönlich zu begegnen, das wär's natürlich! Leider kann ich das Datum so schnell nicht lesen, schaue mich aber am heutigen und am nächsten Tag dauernd mal wieder im Besucherraum um, ob ich sie sehe.

Nach dem Besuch versuche ich erneut, Davids Anwalt telefonisch zu erreichen. Wie schon am Freitag geht nur der Anrufbeantworter dran. Diesmal hinterlasse ich die Nachricht auf dem AB – David hätte mich gebeten, dem Anwalt mitzuteilen, dass dieser ihn anrufen solle, es sei wichtig. Das funktioniert so, dass der Anwalt im Gefängnis anruft und sagt, dass er seinen Klienten XY sprechen möchte. Dann bekommt der Anwalt einen Termin für frühestens am nächsten Tag, an dem der Gefangene dann vom Besucherraum aus (früher war das im Büro üblich, doch weil da jeder mithören kann, wurde das wohl geändert) seinen Anwalt zurückrufen kann. Der Gefangene kann aber nicht (mehr) von sich aus den Anwalt telefonisch kontaktieren, die Initiative muss von letzterem ausgehen.

Am Montagnachmittag fahren Sarah und ich noch einmal nach Huntsville. Wir haben sonst nichts Wichtiges zu tun und können heute dann mal in die Public Library, um unsere E-Mails zu checken. Die erste Nachricht ist dann erstmal eine schockierende: Ein Mitglied von ALIVE e.V., mir durch die letzten beiden Jahresversammlungen und darüber hinaus persönlich bekannt, hat sich das Leben genommen. Das geht mir dann doch erstmal durch Mark und Bein. Im Übrigen lese ich einen Artikel, der am selben Tag im Houston Chronicle erschienen ist – über James und seine Kunst, die er über das Internet verkauft, was hier stark kritisiert wird. Ich bin ja selber mit James in Kontakt, der einen Hinrichtungstermin für Ende August hat und der alles Erdenkliche für seine Begnadigung tut. Dieser Artikel dürfte ihm allerdings eher schaden. Nach dem Besuch der Public Library suchen wir uns dann noch in Huntsville das Office Depot, einen Supermarkt für Büroartikel. Wir haben keine Zeit mehr reinzugehen, weil wir uns um 18 Uhr im „Blue Shelter" mit Christa treffen wollen, aber zumindest weiß ich nun für die Zukunft, wo ich den Laden finde. Denn wie mir Myriam aus Belgien sagte und meine Brieffreunde bestätigen, dürfen nur bestimmte Firmen Briefpapier etc. an Gefangene liefern – sodass es über das „Post-Net" doch nicht funktionieren könnte, obwohl ich dachte, das geht.

Am Dienstag habe ich nun erneut zwei Besuche auf dem Programm – zunächst wieder vier Stunden mit Kevin. Wir sprechen heute auch über seine kriminelle Vergangenheit und das Verbrechen, für das er zum Tod verurteilt wurde. Weil im Vorgespräch mit Pro 7 die Frage im Raum stand, wofür meine jetzigen Brieffreunde denn verurteilt wurden, hatte ich mir die diesbezüglichen Informationen, die von den texanischen Justizbehörden ganz ungeniert ins Netz gestellt werden, aus dem Internet geholt. Da war mir aufgefallen, dass Kevin neben Autodiebstahl und Drogenhandel auch einmal wegen versuchten Mordes angeklagt war. Kevin erzählt mir also von dem Hergang der einzelnen Fälle. Er habe mit einem Kumpel an Autos die Räder geklaut – was ein ziemlich einträgliches Geschäft war: 500 Dollar für eine Viertelstunde „Arbeit". Dabei sei er einmal erwischt worden, er habe den Fluchtwagen gefahren und sein Kumpel habe auf den sie verfolgenden Polizeiwagen geschossen. Der war jedoch ein so schlechter Schütze, dass er mehr Schüsse in das eigene Auto gesetzt habe, als dass er den Verfolger getroffen hätte. Kevin selbst habe also überhaupt nicht geschossen, dennoch zählt das offiziell als versuchter Mord. Man könne aber an der Tatsache, dass er nach wenigen Monaten auf Bewährung freikam, leicht ablesen, dass der Vorfall nicht so gravierend gewesen sein könne, wie es im ersten Moment den Anschein habe, wenn man nur hört „versuchter Mord". Die Verurteilung wegen Drogenhandels brachte ihm 15 Jahre ein, von denen er immerhin gut zwei Jahre abgesessen hat. Wie er sagt, hat er sich gleich beim ersten Mal erwischen lassen, indem er den Stoff einem verdeckten Ermittler verkauft hat: zwei Pillen für je 20 Dollar.

Räder klauen war ein lohnendes Geschäft, aber Kevin erklärt, er habe vielfach auch Dummheiten gemacht, von denen er heute im Grunde nicht weiß, wieso eigentlich. Ich frage ihn, ob er in der Zeit, die er in London verbracht hat, wohin er und seine Schwester für ein oder zwei Jahre zur Schule geschickt worden waren, auch kriminell aktiv war. „Shop-Lifting" ist seine Antwort, also Ladendiebstahl, ja. Weshalb, kann er selber nicht mehr sagen. Er hat z.B. Schallplatten geklaut, zu denen er zu Hause Zugang hatte, sodass das im Grunde völlig überflüssig war.

Wir sprechen schließlich auch über das Verbrechen, für das Kevin das Todesurteil erhielt. Er sagt ja, er sei unschuldig, er habe zur Tatzeit in einem Pizza-Hut gearbeitet. Außerdem hatte er zwei Jobs, hatte Frau und Kind und wollte mit krummen Sachen nichts mehr zu tun haben, sondern ein anständiges Leben führen. Seine Cousine, so das Urteil des letzten Berufungsgerichts, hat allerdings behauptet, Kevin habe in Notwehr gehandelt, was nicht zu seiner Version passt. Die Cousine habe ihren eigenen Hals retten wollen, sagt Kevin, und ihn deshalb zunächst belastet. Insgesamt habe die Cousine eine ganze Reihe verschiedener Versionen der Geschichte erzählt. Was tatsächlich geschehen war, sei dieses: Die Cousine habe ihn gerufen, damit er helfen solle, Diebesgut wegzuschaffen – insgesamt seien noch mehrere Personen beteiligt gewesen. Als er an den Tatort kam, sei das Opfer bereits tot gewesen. Ich frage ihn, ob er den Toten gesehen habe und was er dabei empfand – wenn Kevin tatsächlich nie gewalttätig war, muss das für ihn doch ein ziemlicher Schock gewesen sein. Ja, es sei der erste Tote gewesen, den er gesehen habe, und er habe nur den einen Gedanken gehabt, nämlich so viel wie möglich von dem Zeug zusammenraffen und dann nichts wie weg. Es gab also eine Phase des Verbrechens, in der er angeblich noch nicht anwesend war, in der auch der Mord passierte, dann die Phase, an der er beteiligt war, um das Diebesgut wegzuschaffen. Es habe aber noch eine dritte Phase gegeben, es müsse danach noch etwas passiert sein. Denn auf den Polizei-Fotos habe die Leiche eine ganz andere Lage gehabt als zu dem Zeitpunkt, als er sie gesehen habe – das hätten auch andere bestätigt, aber das sei nie bei Gericht zur Sprache gekommen.

Kevin redet offen und ohne zu zögern über all diese Dinge, macht mir fast zum Vorwurf, dass ich nicht früher gefragt habe, wenn ich doch Fragen gehabt hätte – ich muss ihm erstmal versichern, dass diese Fragen zum Großteil jetzt erst aufgetaucht sind. In der vergangenen Woche haben wir irgendwann auch über seine juristischen Aussichten gesprochen – er hofft, dass die aktuelle Entscheidung im Tennard-Fall ihm einen Zeitgewinn bringt. Es gibt Aspekte, die als mildernde Umstände hätten gelten können, aber nie vor Gericht angeführt wurden. So habe seine Mutter ihn irgendwann als beginnender Teenager in eine Art Heim oder Klinik stecken lassen, weil er angeblich so aggressiv war. Dabei habe er nur ganz normal mit anderen Jungen gerauft, wie es allgemein üblich war – eine bestimmte Clique hätte ihm und seinen Leuten regelmäßig nach der Schule aufgelauert und er habe sich eben gewehrt. Der Aufenthalt in der Anstalt hätte nichts besser gemacht, die meisten anderen dort seien älter gewesen und hätten ihn schikaniert oder zu bestehlen versucht, worauf er sich wieder zur Wehr gesetzt habe. Sein Vater habe ihn schließlich da herausgeholt, die Mutter hatte ihn noch länger dort lassen wollen. Kevin fragt sich auch, ob er die Frage der geistigen Behinderung anführen könne – doch im Grunde weiß er, dass das Unsinn ist. Kevin ist viel zu intelligent, um als geistig behindert zu gelten – und was er aus seiner Kindheit erzählt, wird kaum ausreichend sein, um als mildernde Umstände Erfolg zu haben. Da müsste schon eine fortlaufende Kindesmisshandlung nachweisbar sein und nicht nur ein einmaliger Aufenthalt in einer Anstalt.

Ein anderes Thema, das Kevin von sich aus zur Sprache bringt, betrifft das Verhalten seiner Mutter und seiner Tochter im Gästehaus „Blue Shelter" vor ein paar Monaten, das unangenehm aufgefallen sei. Er kennt nur die Version seiner Freundin aus der Schweiz, ich kann ihm nun eine andere mitteilen, die mir inzwischen bekannt ist. Ich habe das im Vertrauen erfahren, aber da Kevin jetzt selber davon spricht, machen wir diesbezüglich reinen Tisch. Er weiß zu schätzen, noch eine andere Sichtweise kennen zu lernen, und hätte sich gewünscht, das früher schon gewusst zu haben. Ich teile ihm auch meine eigenen Erfahrungen mit den fremden Leuten im Gästehaus mit, und er versteht durchaus, wie er sagt, dass das unangenehm für mich war. Schließlich kommen wir noch zu einem Punkt seines Verhaltens gegenüber einer mir bekannten Person – ich wusste davon schon, hatte aber nichts sagen sollen, aber er erzählt nun selber davon. In einer Hinsicht kann ich in dem Zusammenhang ein Missverständnis aufklären, ansonsten sage ich ihm klar, dass sein Verhalten respektlos und reichlich unüberlegt war. Er sieht das ein – offenbar nicht erst, weil ich das jetzt sage, sondern ich scheine nur zu bestätigen, was er selber schon dachte. Jedenfalls entschuldigt er sich für sein Verhalten, und ich verspreche ihm, diese Entschuldigung weiterzugeben.

Nach diesem Besuch checke ich – es ist 12.55 Uhr – gleich wieder für meinen zweiten Besuch mit David am „Empfang" ein. Auch diesmal muss Kevin noch ziemlich lang warten, bis man ihn zurück in seine Zelle bringt, doch wir können schlecht miteinander per Zeichensprache kommunizieren. Zum einen ist Vorsicht geboten, weil heute die strenge Aufsicht, die weiße Ms. Williams, das Regiment führt, zum anderen ist mir für David nicht gerade der Nachbarplatz von Kevin zugewiesen worden. Allerdings gehe ich noch mehrmals zum Mülleimer oder zur Toilette und komme so an Kevin vorbei. Auf einmal spricht mich ein Mann an, der genau neben Kevin seinen Besuch absolviert und von daher vorhin schon neben mir gesessen hat. Der Mann kommt aus der Schweiz. Offenbar haben Kevin und der Brieffreund des Schweizers kurz miteinander gesprochen, weshalb der jetzt mich anspricht. Er ist sehr interessiert an meinen Erfahrungen, die ich ihm in Kürze schildere, und notiert sich noch meine Web-Adresse. Kevin sieht unserer Unterhaltung sichtlich erfreut zu und sagt mir am nächsten Tag, es habe ihm gefallen, wie locker ich in meiner Muttersprache rede, und ich solle doch mehr auf andere Leute zugehen. Naja, von seiner kontaktfreudigen Ader könnte ich mir schon eine Scheibe abschneiden, aber ich mache ja doch auch schon Fortschritte...

Auf David muss ich diesmal extrem lange warten, fast anderthalb Stunden! Es ist 14.20 Uhr, bis er endlich gebracht wird. Das finde ich dann schon irgendwie eine Unverschämtheit, denn das geht jetzt alles von den vier Stunden ab – um 17 Uhr wird ja geschlossen. Auch David, der sonst sehr geduldig ist, ist darüber verärgert. Er hatte in unseren Briefen im Vorfeld Verständnis gezeigt, dass ich an den Tagen mit zwei Special Visits Kevin jeweils zuerst besuchen wollte, um mit ihm die vollen vier Stunden zu bekommen, weil Kevin derjenige ist, dessen juristische Situation sehr ernst ist. Dieses Verständnis von Davids Seite aus weiß ich durchaus zu schätzen. Zumal er ansonsten nicht scharf darauf ist, dass ich noch anderen schreiben könnte. So hat er mich in der letzten Woche wegen dem ALIVE-Newsletter gefragt, den ich noch an zehn mir fremde

Gefangene in Texas schicke. Aber da konnte ich ihn beruhigen, dass ich das unter der ALIVE-Adresse mache, nicht unter meiner eigenen. Vergessen habe ich in dem Moment die zehn Geburtstagskarten, die ich pro Monat an texanische Insassen schreibe im Rahmen des ALIVE-Geburtstagskarten-Projekts. Da steht dann doch meine eigene Adresse drauf, weil ich es sonst zu unpersönlich fände. David muss sich im Zweifelsfall damit abfinden, wenn ich noch jemandem schreiben würde – zurzeit sind es neben ihm nur Kevin und James, aber wenn sich daran etwas ändert, werde ich, wie bislang immer, mit offenen Karten spielen und das nicht verheimlichen. Jedenfalls: David meint, nächstes Mal würden wir aber die vollen vier Stunden Besuchszeit bekommen. Ich erkläre ihm, dass ich sehr wohl daran dächte, im Dezember/Januar wiederzukommen, dass sich dann an Kevins Lage aber wohl nichts geändert haben dürfte. Auch dann werde ich versuchen, die volle Zeit mit Kevin zu bekommen. Ich fürchte, damit wird David leben müssen.

Ich weiß, ich bin für David sehr wichtig: Er sagt einmal in diesen Tagen, ich sei das Beste, das ihm je im Leben passiert ist. Das macht mir einerseits fast ein schlechtes Gewissen, weil er für mich in meinem Leben keine ähnlich wichtige Rolle spielt. Andererseits habe ich ihn nie belogen oder ihm falsche Hoffnungen gemacht. Er verhält sich auch nach wie vor wie ein Gentleman mir gegenüber, was ich sehr zu schätzen weiß. Im Übrigen hat er deutlich abgenommen, was man richtig sieht. Ich weiß ja von Fotos, dass er mal geradezu dürr war als junger Mann. Er ist jetzt immer noch dick, aber der Unterschied ist deutlich – vielleicht bleibt er dran und speckt noch etwas mehr ab. Während ich mir mit „Low Carb“ aber das Abnehmen (oder zumindest Nicht-Zunehmen) angenehm gestalten kann, geht es bei ihm nur über die Schiene, tatsächlich Hunger zu schieben, was eine entsprechende Willenskraft voraussetzt. Aber in den Besuchstagen darf er seine Diät ruhig mal vergessen und genießen, was er sonst nicht bekommt. Leider sind die frischen Sachen schon wieder weg, sodass es keine Neuauflage von Melonen und Erdbeeren gibt – vielleicht hat

Kevin morgen noch Chancen, weil die Maschine dann wieder aufgefüllt wird.

Am Abend habe ich ein langes persönliches Gespräch mit Sarah, sodass es viel später wird, als ich im Sinn hatte. Egal – aber Duschen und Koffer packen muss jetzt trotzdem noch sein. Morgen will ich in aller Herrgottsfrühe raus. Denn wenn ich schon keine vollen vier Stunden bekommen kann, weil das Gefängnis nur von 8 bis 12 Uhr offen ist am Mittwoch und die Gefangenen erst nach 8 Uhr gebracht werden, dann will ich wenigstens Nummer 1 sein, um so wenig wie möglich Zeit zu verlieren.

Gewonnen! Ich bin um 6.45 Uhr am Gefängnis und schlage damit Irene Wilcox knapp, die ca. 10 Minuten nach mir kommt. Nun habe ich immerhin Gesellschaft und kann die Wartezeit mit Unterhaltung verkürzen. Wir sprechen über James – Irene berichtet, dass er sehr optimistisch sei und mit einer Bewilligung seines Gnadengesuchs rechne. Gott habe ihm das zugesagt. Ich bleibe skeptisch, obwohl ich es James so wünschen würde, dass er Recht behält, denn er ist wirklich das beste Beispiel für Rehabilitation, das man sich denken kann. Irene stimmt mir zu und ist besorgt, er könne angesichts seines Optimismus' für den anderen Fall eventuell nicht bereit sein. Ich erzähle u.a. von Kevin und seiner beschämenden juristischen Vertretung. Irene fragt mich nach dem Namen des Anwalts, und ich sage ihr: Gary Taylor. Obwohl es sicher schlechtere Anwälte gibt, die nicht einmal fristgerecht die Berufungen einreichen, stimmt sie mir klar zu, dass Taylor – wohl weil er einfach zu viele Fälle übernimmt – seine Klienten nicht informiert und nicht genügend tue. Sie selber habe schon wiederholt bei ihm angerufen oder ihn zu kontaktieren versucht – er melde sich einfach nicht. Ganz offensichtlich hat Irene Wilcox kein gutes Bild von ihm.

Ich checke heute also als Nummer 1 für Kevin ein, und diesmal gelingt mir erneut ein Blick auf die Liste mit den Special Visits – ja, wirklich, da steht „Sister Helen Prejean“ für James. Und heute kann ich auch das Datum entziffern: Freitag, 6. August. Wie schade, das ist erst übermorgen, und ich fliege doch schon heute! Immerhin kann ich Myriam aus Belgien das noch stecken, die noch länger in Livingston sein wird. Sie meint, sie würde alles versuchen, und wenn sie zwei Stunden vor dem Gefängnis warten müsste – und mir dann berichten. (Gelesen habe ich inzwischen nur einen Bericht von James über seinen Besuch mit Sister Helen – sie hat sich bereit erklärt, als sein geistlicher Beistand zu fungieren. Sie wird also in den kommenden Tagen James noch öfter treffen. Die Schauspielerin Susan Sarandon, die in dem Film „Dead Man Walking“ die Rolle von Sister Helen spielte, hat James irgendwann in den letzten Wochen auch besucht.)

Kevin wird etwa um 8.20 Uhr gebracht – wir verlieren also nur ca. 20 Minuten. Das hätte schlimmer ausgehen können, nach den langen Wartezeiten der Vortage. Gestern war der erste Häftling um 8.30 Uhr noch nicht da. Die Maschinen werden wieder aufgefüllt – so kann ich auch Kevin mal mit Wassermelone verwöhnen, aber leider gibt es heute keine frischen Erdbeeren, dabei mag Kevin Erdbeeren doch so gern. An einem Tag letzte Woche hatte ich ihm immerhin Erdbeermilch besorgen können – er war ganz überrascht und erfreut, dass ich mir das gemerkt hatte. Im Vorbeigehen kann ich Luis Ramirez einmal kurz winken – er hat den Bericht über die „braune Papiertüte“ (über seinen ersten Tag im Todestrakt) geschrieben, den ich so anrührend fand, als ich ihn damals gelesen hatte. Irgendwie sprachen Myriam und ich die Tage darüber, und es stellte sich heraus, dass sie eben diesen Mann heute besuchen würde – und dass im Übrigen sie es war, die den Bericht über das Internet verbreitet hat. Ich hatte ihr schon gesagt, sie solle ihm Grüße von mir ausrichten und bestellen, dass mir sein Bericht so gut gefällt – jetzt kann ich auch noch selber ein Hallo winken.

Kevin äußert sich in unseren Gesprächen heute über die Haftbedingungen des Todestraktes – aber anders, als erwartet. Ihm ist nicht verständlich, weshalb sie als inhuman bezeichnet werden. Er sagt zwar klar, ein Problem sei die Verwaltung und Durchführung mancher Sachen, aber im Grundsatz hält er die Haftbedingungen für in Ordnung – und seine Erfahrungen bei seinen früheren Gefängnisaufenthalten waren wohl eher schlimmer. Interessant, das mal so ganz anders zu hören als die gewöhnlichen Klagen. Die Zellen seien fast doppelt so groß wie in der Ellis Unit, es stimme auch nicht, dass es keine Air Condition gebe, nur funktioniere sie eben manchmal nicht richtig. Ich kann Kevins Gedankengang schon nachvollziehen, aber es ist sicher auch eine Frage, wie man den Begriff „inhuman" definiert. Jedenfalls ist Kevin keine Heulsuse, keiner, der nur herumjammert – sonst würde er die Situation dort auch kaum ertragen, denke ich mal.

Ich erkläre Kevin, dass ich ihn wiedersehen möchte und Ende Dezember, Anfang Januar wiederkommen will. Er macht ein total ernstes Gesicht daraufhin. Er hatte mir in einem der letzten Briefe geschrieben, er rechne damit, dass dies sein letzter Besuch sei. Ich erkläre ihm, dass bis dahin nicht mit einem Date für ihn zu rechnen sei. Er bedeutet mir, dass er mich nur zu gern wiedersehen möchte, merkt aber auch an, dass – für den Fall, er bekäme einen Hinrichtungstermin für relativ kurz danach oder im Februar/März – er doch nicht erwarten könne, dass ich dann schon wieder käme. Ich versichere ihm, dass das kein Problem sei und ich schlimmstenfalls auch noch umbuchen könnte. Aber ich möchte von ihm wissen, ob ich das Flugticket besorgen soll. Er sagt schließlich ja – und ich hoffe, damit hat er nun erstmal wieder ein Ziel. Ich will auch nicht gehen in dem Bewusstsein, das wäre das letzte Mal Kevin zu sehen. Ich will nicht denken oder glauben, dass der heutige Abschied einer für immer ist.

Irgendwann signalisiert Kevin mir, James wäre schräg gegenüber in einem der Käfige und würde telefonieren – also wohl mit seinem Anwalt. Ich drehe mich um, kann aber nichts sehen. Ich gehe also mal zum Mülleimer, etwas wegwerfen, und werfe einen Blick in den Cage, den Kevin mir bezeichnet hat. Tatsächlich sitzt James dort auf dem Fußboden und telefoniert – ich winke ihm kurz zu. Als es 12 Uhr ist und ich mich von Kevin verabschiedet habe, ist James immer noch in dem Cage, aber telefoniert nicht mehr, wartet nur noch darauf, in seine Zelle zurückgebracht zu werden. Ich kann also jetzt noch einmal winken ohne zu stören. James signalisiert mir, ich solle den Hörer abnehmen und mit ihm sprechen. Aber das traue ich mich nicht und flüstere nur, sodass er mir das hoffentlich von den Lippen ablesen kann, dass ich befürchte, die Aufsicht könne böse werden. Obwohl heute die strenge weiße Ms. Williams Dienst tut, von der ich keine Gefälligkeiten erwarte, nehme ich meinen Mut zusammen und frage sie. Ich würde mir später in den Hintern beißen, es nicht wenigstens versucht zu haben, das weiß ich einfach in dem Moment. Ich erkläre ihr also, dass James ein Brieffreund von mir ist, und frage, ob ich ihm schnell Hallo sagen dürfe. Der Besuchsraum ist inzwischen leer, James wartet auch nur noch, und die Aufsicht hat es offensichtlich nicht eilig. Dennoch: Nein, darf ich nicht. Ich darf ihm nur winken – danke, das habe ich gerade schon getan. Es ist die Antwort, die ich erwartet habe – bei der netten schwarzen Ms. Williams wäre ich mir nicht sicher gewesen, hätte mir aber eine echte Chance ausgerechnet, dass sie ein Auge zudrückt. Diese hier ist nicht unfreundlich, solange man sich an die Regeln hält, aber darüber hinaus kalt wie Eis – oder gibt sich wenigstens so. Natürlich weiß sie auch, dass James ein Date hat und die Wahrscheinlichkeit damit groß ist, dass ich nie wieder eine Chance haben werde, ihn zu sehen...

Ich hole Sarah im „Blue Shelter“ ab, und wir fahren gemeinsam nach Houston zum Flughafen, wo wir das Auto abgeben und uns dann trennen müssen, weil wir von unterschiedlichen Terminals aus die Heimreise antreten. Beim Check-In für meinen Flug ist eine ewig lange Schlange, sodass danach nicht mehr viel Wartezeit vor dem Abflug verbleibt. Diesmal bekomme ich meinen reservierten Gangplatz, und der Rückflug ist ziemlich angenehm – wir sind sogar eine gute halbe Stunde zu früh in Paris. Leider wird dort mein Weiterflug nach Frankfurt wegen technischer Probleme gestrichen, sodass ich gut drei Stunden auf den nächsten Flug warten muss und letztlich erst am späten Nachmittag nach Hause komme. Das nervt zwar, aber damit kann leben...

Das Gnadengesuch von James wurde nicht bewilligt. Er wurde wenige Wochen nach meinem Texas-Aufenthalt durch den Staat Texas hingerichtet. Was für eine Belastung muss das vor allem für seine Eltern gewesen sein – sie hatten bereits einen Sohn durch eine Hinrichtung verloren und machten diese Hölle mit James nun ein zweites Mal durch.

- DER FÜNFTE BESUCH -

(Mittwoch, 29. Dezember 2004, bis Mittwoch, 5. Januar 2005)

Nachdem Kevin einige Wochen zuvor signalisiert hat, dass er meine Freundin Christiane gern kennen lernen würde – sie könne doch schon im Dezember mitkommen, anstatt mich lediglich zu seiner möglichen Hinrichtung als Unterstützung zu begleiten –, fliegen Christiane und ich also gemeinsam am Mittwoch nach Texas – glücklicherweise habe ich für sie noch ein günstiges Ticket für dieselbe Maschine bekommen, nämlich wieder mit der Air France über Paris. Der Flug verläuft planmäßig und einwandfrei, allerdings werden mein Handgepäck und ich in Paris gleich zweimal gründlichst durchsucht – bei den Stichproben haben sie's heute offenbar auf mich abgesehen. Die Einreise am Flughafen von Houston dauert zwar eine gute Stunde, aber bei der Länge der Schlange hatte ich Schlimmeres befürchtet. Immerhin ist es nervig genug, zumal es Temperaturen von deutlich über 20°C hat, wofür wir viel zu dick angezogen sind. Erstmals erlebe ich, wie bei der Einreise nun die Fingerabdrücke der beiden Zeigefinger abgenommen werden und man für ein digitales Foto in eine Art Webcam schauen muss. Die Einreiseformalitäten werden dadurch allerdings kaum verlängert. Wir holen unseren Mietwagen – wie gewöhnlich einen größeren als gebucht und bezahlt –, und gegen 18 Uhr Ortszeit und 20 Stunden nach unserer Abreise kommen wir am „Blue Shelter“ in Livingston an, für das ich diesmal das Doppelzimmer reserviert habe.

Am Donnerstag finden wir uns gegen 8 Uhr morgens am Gefängnis ein – erster Schreck: Ich hätte zwar für nächste Woche Special Visits, aber nicht für diese Woche. Ich erkläre, das könne nicht sein, ich habe die Visits am 1. November angemeldet und am folgenden Tag die Bestätigung erhalten, dass sie genehmigt seien. Die Aufsicht am Eingang telefoniert daraufhin mit dem Warden's Office – und schließlich stellt sich heraus, dass nur der obere Teil ihres Zettels durch einen anderen zugehängt war – Gott sei Dank! So steht dem ersten Besuch von Christiane und mir bei Kevin nichts mehr im Wege – es ist ein guter Besuch, in dem ernste Themen mit lockerem Small-Talk abwechseln. Kevin hat seinen Plan, seinem Leben selbst ein Ende zu setzen, noch nicht aufgegeben. Nachdem ich zu den Tabletten, die er gesammelt hatte, in der Zwischenzeit herausgefunden und ihm mitgeteilt habe, dass sie für einen Suizid völlig ungeeignet sind, nennt er mir jetzt ein neues Medikament, das ich für ihn in der Hinsicht checken soll – er habe jetzt davon fast hundert Stück. Selbstverständlich reden wir nur quasi verschlüsselt darüber, als ginge es um ein Medikament, das sein Vater erhält, und inwieweit er um seinen Vater fürchten müsse im Fall einer Überdosis. Ein weiteres ernstes Thema ist die gerade aktuelle Flutkatastrophe in Asien – verbunden auch mit der Frage nach Gott. Im Übrigen erzählt Kevin davon, dass er beinahe wieder einen Disziplinarfall am Hals hatte. Es gibt jedoch einen Wärter, der bezeugen könne, dass die Anschuldigung nicht den Tatsachen entspreche. Es ging darum, dass Kevin seine Hand aus dem unteren Schlitz seiner Tür gesteckt hatte, um Wäsche in Empfang zu nehmen, während die Wärterin diese durch den oberen Schlitz schob. Er habe das einfach nicht sehen können und nicht zu anderem Zweck seine Hand durch den unteren Türschlitz gesteckt. Kevin erzählt, dass er aus Wut über die ungerechte Anschuldigung sehr böse Gedanken hatte – was mir seinen letzten Brief erklärt, bei dem ich aus einigen Dingen nicht hatte schlau werden können. Hinsichtlich seines Falles berichtet Kevin, man habe nun endlich seinen früheren Chef von dem Pizza-Hut gefunden, in dem er zur Tatzeit gearbeitet habe. Ob das nach über einem Jahrzehnt allerdings etwas bringt, da habe ich doch meine Zweifel. Zu den lockeren Themen gehört, dass Christiane erklärt, dass sie ein echtes texanisches Steak essen möchte, und Kevin sogleich beginnt, Wärter und Mitgefangene zu fragen, wo man in der Gegend das beste Steak bekäme... Weniger erfreulich ist, dass die Snackmaschinen wieder einmal leer sind, sodass es keine frischen Sachen gibt und wir Kevin fast nur mit Chips und Süßigkeiten versorgen können. Dafür probiert Christiane das Root Beer, das wir hier nicht kennen – da es ihr, im Gegensatz zu mir, schmeckt, meint Kevin, wir sollten die Firma anschreiben und anbieten, wir wollten das Zeug in Deutschland vertreiben. Exakt nach Ablauf der vier Stunden wird Kevin zurück in seine Zelle gebracht – vor unseren Augen bereits abgeholt.

Nach diesem ersten Besuch fährt Christiane in unser Quartier, um mich um 17 Uhr wieder abzuholen. Ich selber habe einen weiteren Besuch mit David – von den guten Nachrichten, seinen Fall betreffend, habe schon gehört: Sein Urteil ist in eine lebenslängliche Gefängnisstrafe umgewandelt worden. Teil des Deals ist aber das Anerkenntnis eines weiteren Falls, sodass er – selbst wenn man ihm die annähernd 20 Jahre im Todestrakt anrechnet – bis zum Jahr 2025 im Gefängnis verbleiben muss bzw. frühestens für das Jahr 2020 für eine Bewährung in Frage kommt. Im Laufe der nächsten Monate dürfte David aus dem Todestrakt heraus in ein normales Gefängnis verlegt werden – er hofft inständig darauf, dass er in der Gegend bleibt, damit ich ihn auch bei zukünftigen Texas-Reisen besuchen kann. Im Besucherraum tun heute wechselweise zwei neue weibliche Guards Dienst. Die Supernette, die schwarze Ms. Williams, von sonst sehe ich stattdessen als Teil der Crew, die die Gefangenen aus den Zellen und zurück bringt. David sagt mir, dass ihr der Job im Besucherraum wohl zu anstrengend war und sie deshalb quasi um Versetzung gebeten habe – sie tue jetzt nur noch selten Dienst dort. Das ist wirklich schade.

Der Freitag verläuft in der Planung ganz ähnlich – zunächst besuchen Christiane und ich Kevin für vier Stunden. Der Schwerpunkt der heutigen Gespräche liegt stärker auf den lockeren Themen. Wir amüsieren uns gemeinsam über Kevins Versuche, die Namen meiner Ratzen auszusprechen – Pünktchen und Anton. Pünktchen klingt bei ihm definitiv mehr nach Puschkin. Kevin hat tatsächlich noch weitere Anstrengungen unternommen, das beste Steak House für uns zu finden: Wir sollen es bei „Texas-Pepper“ versuchen, das in der Nähe von Wal-Mart sei. Ansonsten ist Kevin anzumerken, dass er davon ausgeht, ich würde für ihn zukünftig weniger Zeit haben aufgrund meines privaten Glücks, das er mir aber unumwunden gönnt. Ich versuche ihn davon zu überzeugen, dass das nicht grundsätzlich der Fall sein wird – weshalb uns Christiane auch mal für eine Zeit alleine lässt, damit wir ungestört reden können. Heute sind die Snackmaschinen aufgefüllt worden und ich kann Riesen-Portionen für Kevin besorgen, zumal wir zu zweit doppelt so viel Geld mitnehmen dürfen. Allerdings ist die neue Aufsicht nicht so super-gut organisiert – bis ich für Kevin sein Essen holen kann und er es bekommt, bleibt nur mehr eine gute Stunde. Die nutzt Kevin aber wirklich und schafft das meiste. Auch heute wird Kevin vor unseren Augen nach Ablauf der vier Stunden zurück in seine Zelle gebracht. Das Obst und eine Flasche Gatorade nimmt er mit in seine Zelle. Das ist zwar eigentlich nicht erlaubt, aber offenbar lassen sie die Flasche durchgehen. Das Obst hat Kevin in seine Socken gesteckt.

Dann folgt für mich wie am Tag zuvor ein weiterer Besuch mit David – nachdem wir bis 9 Uhr hatten warten müssen, bis Kevin gebracht wurde, und es demzufolge schon recht spät ist, dachte ich, für David könnten deutlich weniger als vier Besuchsstunden herausspringen heute. Ihn bringt man jedoch ungewöhnlich schnell heraus, sodass genug Zeit bleibt. Wir sprechen u.a. über die Unkalkulierbarkeit, wann jemand einen Hinrichtungstermin bekommt. David meint, es sei ein offenes Geheimnis, dass die Verantwortlichen z.B. darauf schauten, wie viele Hinrichtungen für das jeweilige Jahr vorgesehen sind bzw. schon durchgeführt wurden. Von David erhalte ich auch die traurige Nachricht, dass Father Walsh kürzlich verstorben ist. Father Walsh, Cliffs geistlicher Beistand, hatte nach wie vor regelmäßig die Gefangenen im Todestrakt besucht. Das muss ein großer Verlust für diejenigen sein, die er betreut hat. Father Walsh habe schon länger Krebs gehabt. Ich bin dankbar, dass ich ihn bei einem meiner vorigen Besuche noch getroffen habe.

Christiane holt mich wieder um 17 Uhr ab, und diesmal fahren wir im Anschluss nach Huntsville. Christiane möchte eine englischsprachige Bibel kaufen, und Kathryn Cox, die wir morgens im Gefängnis getroffen haben, hat ihr eine interessante Ausgabe gezeigt. Also sehen wir uns bei „Hastings“ in Huntsville um, wo es ein riesiges Regal nur mit Bibelausgaben aller Art gibt. Bei „Brookshire“ in Onalaska halten wir kurz auf der Rückfahrt - an meinem sagenhaft leckeren Cheese-Cake kann ich einfach nicht vorbei!

Den Samstag lassen wir gemütlich angehen – da Neujahrstag ist und ich deshalb nicht meine geplanten Aktivitäten bei der Post, vor allem das Besorgen von Money Orders und Briefmarken, erledigen kann und wir gestern schon in Huntsville waren, machen wir lediglich in der Mittagszeit einige Besorgungen im Wal-Mart. Ich erledige einige Telefonate – unter anderem rufe ich Kevins Mutter an, weil er seine Tochter gern gesehen hätte. Sie zeigt sich von ihrer üblichen unzuverlässigen Seite: Sie hat vergessen, dass ich komme, um Kevin zu besuchen, will seine Tochter nächstes Wochenende mitbringen. Ich erkläre ihr, dass Kevin nächstes Wochenende keinen Besuch bekommen kann, weil ich ihn Montag und Dienstag noch sehen werde. Sie will schließlich versuchen, seine Tochter am Montag zu bringen.

Am Abend suchen wir uns das „Texas-Pepper“ und freuen uns auf das texanische Steak. Da „in der Nähe von Wal-Mart“ entsprechend den texanischen Verhältnissen beileibe nicht in Sichtweite meint und wir erstmal vergeblich suchen, fahren wir zurück bis zu einem Schild, an das wir uns vom gestrigen Abend erinnern, und folgen der dort angegebenen Wegbeschreibung. Endlich am „Texas-Pepper“ angekommen, ist es geschlossen. Statt Steak gibt es nun kurzerhand einen Burger... Im Übrigen reden Christiane und ich viel über die Eindrücke. Es ist schwer zusammenzubringen – das gnadenlose Justizsystem einerseits und die durchaus freundlichen Angestellten im Gefängnis andererseits, um nur ein Beispiel zu nennen. Wir überlegen auch, über welche (ernsten) Themen wir denken, dass wir mit Kevin noch sprechen müssen.

Für den Sonntag ist in Shiro ein Besuch im Gottesdienst von Carroll Pickett, dem ehemaligen Chaplain der Walls Unit, vorgesehen. Christiane hat sein Buch, das inzwischen in Deutsch veröffentlicht ist, gerade gelesen und möchte Pickett gern kennen lernen. Leider kommen wir vergeblich. Wir können zwar einen Blick in die Kirche werfen, weil eine Seitentür unverschlossen ist, jedoch hält, während wir im Auto warten, ein anderer Wagen neben uns, und eine freundliche Frau erklärt uns, der Gottesdienst finde nur noch am jeweils zweiten und vierten Sonntag im Monat statt. So fahren wir also gleich zurück nach Huntsville, besuchen dort das Gefängnismuseum, fahren am Hospitality House vorbei, laufen zu Fuß um die Walls Unit herum, suchen dann den Gefängnisfriedhof auf und suchen uns schließlich die katholische Kirche, in der ich im Juni 1998 einmal war. Das sind für Christiane erstmal genug der Eindrücke, und ich muss nicht unbedingt noch einmal an der Ellis Unit vorbei, auch wenn das zuvor als Überlegung im Raum stand.

Ich versuche zum wiederholten Mal Christa telefonisch zu erreichen, weil wir uns eigentlich treffen wollten am Wochenende. Es nimmt nie jemand ab. Später stellt sich heraus, dass das Telefon kaputt gewesen ist. Hätte ich doch auf der Rückfahrt vielleicht einfach mal in Onalaska reinschauen sollen. Ansonsten steht jetzt erneut das Steak auf dem Programm. Ich überrede Christiane, es nochmals beim „Texas-Pepper“ zu versuchen, da ich denke, es war nur am Neujahrstag wegen des Feiertags geschlossen. Christiane denkt zwar, es sei auch heute zu, aber wir versuchen es trotzdem – schließen sogar noch eine verrückte Wette darüber ab. Jedenfalls: Es ist immer noch geschlossen! Die vordere Tür ist zwar offen, aber vor der nächsten Tür, bis zu der wir am Abend vorher gar nicht gelangt sind, steht dann schließlich ein Schild, dass man von Freitag bis Dienstag geschlossen habe. Kaufen wir uns schließlich im Supermarkt ein gebratenes Huhn...

Am Montag vor dem ersten Besuch kommt ein Anruf von Kevins Mutter: Seine Tochter sei am Wochenende außerhalb der Stadt gewesen und erst spät heimgekommen, habe außerdem heute Schule. Sie wolle es für den Dienstag versuchen und mich abends nochmals anrufen. Das ist das letzte, was ich von ihr hören werde – es kommt kein Anruf mehr und sie erscheint auch am Dienstag nicht. Kevin hat übrigens bereits am Donnerstag erzählt, dass seine Mutter den Gefangenen im texanischen Todestrakt, mit dem sie schon länger ein Verhältnis hat, mittlerweile geheiratet habe – ein Mitgefangener habe eine Bemerkung zu ihm gemacht über die Scheidung seiner Eltern. Ich fragte ihn, wie das funktioniere, da seine Eltern doch tatsächlich seit 40 Jahren verheiratet sind. Kevin vermutet, seine Mutter habe die Scheidung eingereicht, alle Papiere selbst unterschrieben und die Sache Kevins blindem Vater schlicht verheimlicht. – Christiane und ich teilen uns zunächst wieder den vierstündigen Besuch bei Kevin – nun hat die strenge Aufsicht, die weiße Ms. Williams, Dienst im Besucherraum, aber im Grunde empfinde ich das als angenehmer. Solange man sich an die Regeln hält, ist mit ihr gut auszukommen, auch wenn Kevin sie als „böse Hexe" bezeichnet. Und immerhin hat sie viel mehr Routine und tut ihren Job deutlich strukturierter als die Neulinge. Ich kann mich mehr auf das Gespräch konzentrieren und muss nicht dauernd schauen, dass Essen (und jetzt auch Fotos) nicht zu kurz kommen. Durch Kevin bekomme ich mit, dass neben uns Anthony Graves sitzt. Da ich dessen Brieffreundin in Deutschland kenne, die eines meiner Konzerte gegen die Todesstrafe zugunsten ihrer Anthony-Graves-Stiftung ausgerichtet hat, lasse ich ihm dies durch Kevin ausrichten und winke mal hinüber. (Graves ist tatsächlich Jahre später als unschuldig aus dem Todestrakt entlassen worden.)

Ich ergreife die Gelegenheit, mit Kevin nochmals das sehr ernste Thema seines Todes aufzugreifen. Kevin befragt Christiane nach ihrer Haltung zur aktiven Sterbehilfe, die sie eindeutig ablehnt. Obgleich ich da eine andere Meinung zu habe, kann ich Kevins Einstellung aus anderen Gründen nicht bejahen. Mein Hauptargument besteht eher darin, dass meiner

Auffassung nach niemand allein sterben sollte – die Haltung, die auch Carroll Pickett ganz klar vertritt. Christiane und ich haben in der Vergangenheit bereits viel über den Tod gesprochen, sodass unsere Positionen dazu recht deutlich reflektiert sind. Kevin möchte keinesfalls durch die Hand des Staates sterben, würde dem Tod durch eine Asthma-Attacke oder durch einen Herzanfall den Vorzug geben, auch wenn das unangenehmer ist. Kevin hört sich unsere Argumente an und lässt die Frage schließlich offen, erklärt, dass er im Moment keine Antwort hat. Den Rest des Vormittags verbringen wir bei angenehmeren Themen – Kevin möchte die Zeit seiner Besuche vor allem in positiver Stimmung verbringen, was verständlich ist.

Als ich diesmal für meinen Besuch mit David wieder in den Besucherraum zurückkomme, wird mir zum ersten Mal in diesen Tagen nicht mehr der Platz 32 zugewiesen, an den ich mich mittlerweile gewöhnt habe – denn Kevin ist noch da und wird erst weit über eine Stunde später abgeholt und zurück in seine Zelle gebracht. Ich kann ihn jedoch nicht mehr sehen, da die Nummer 32 zu weit hinten ist – nicht sichtbar von Toilette oder Mülleimer, die man mal aufsuchen kann. Also kein Winken oder Zeichensprache wie einmal im letzten Sommer, aber das traue ich mich bei der strengen Aufsicht ohnehin nicht. Mit David ist dies heute bereits der letzte Besuch. Auch ihm muss ich deutlich sagen, dass die geänderten Verhältnisse in meinem Leben nichts an meiner Freundschaft zu ihm ändern – auch wenn ich im Moment nicht weiß, wann ich das nächste Mal nach Texas kommen werde.

Christiane hat am Nachmittag meine Aufgaben auf der Post für mich erledigt – da ich wegen des Feiertags am Samstag dazu keine Gelegenheit hatte. Am Abend ist dann bereits das Packen unserer Koffer angesagt – nachdem wir die Reste von Hühnchen etc. vertilgt haben. Mir ist das bislang nicht so aufgefallen, aber in Texas bekommt man kein anständiges Brot, alles lapprig und hell. Etwas Festes, Dunkles in Sachen

Brot gibt es nicht – und das, obwohl man bei Wal-Mart doch (fast) alles bekommt...

Am Dienstag sind wir schon um 7 Uhr vor dem Gefängnis, weil wir nach dem Besuch rechtzeitig in Richtung Flughafen aufbrechen müssen. Obwohl das Ehepaar Wilcox in den vergangenen Tagen vergleichsweise spät war, will ich kein Risiko eingehen. Auf der Fahrt hören wir im Autoradio die Nachrichten – drei Meldungen, drei Tote, so wirkt es jedenfalls: In Houston wurde ein Polizist bei einer Verkehrskontrolle von einem bewaffneten Fahrer erschossen, ein High-School- oder College-Student wurde ermordet – und in Huntsville soll heute Abend ein Täter durch die Giftspritze sterben. – Während wir vor dem Gefängnis warten, wird Christiane von jemandem angesprochen, wie das Steak gewesen sei – Kevin muss das halbe Gefängnis befragt haben... So sind wir an diesem Morgen Nummer 1 und 2, und nur die Familie des heute Hinzurichtenden hat selbstverständlich Vorrang. Kevin erzählt uns viel aus seinem Leben, wie er auf die schiefe Bahn geraten ist, bis hin zu dem Verbrechen, an dem er zwar beteiligt, aber für dessen Mord er nicht verantwortlich sei. Mir ist das alles schon bekannt, aber für Christiane ist es neu. Ich nehme immer wieder zur Kenntnis, dass Kevin davon spricht, er habe keine schlechte Kindheit gehabt, was ich so nicht nachvollziehen kann. Zweifellos hätte sie schlimmer sein können im Vergleich dazu, was andere erlitten haben, aber ich denke, er nimmt gar nicht wahr, was in seiner eigenen Kindheit alles nicht in Ordnung gewesen ist. Seine eigene Geschichte plus die beispielsweise seines drogenabhängigen Bruders – keine wirklich gute Kindheit kann m.E. derart massive negative Resultate hervorbringen. Ich sage jedoch nichts dazu, beschließe nur, ihm dazu mal etwas zu schreiben.

Um Punkt 12 Uhr wird der Gefangene, dessen Hinrichtung für 18 Uhr angesetzt ist, vor unseren Augen abgeführt. Den Abschied der Familie habe ich verpasst, sie sind bereits vor 12 Uhr verschwunden, aber Christiane hat mitbekommen, wie die

Angehörigen gegangen sind. Es ist dieselbe Prozedur wie vor einem Jahr, als ebenfalls für den Tag meines Abflugs eine Hinrichtung angesetzt war – auch ein sogenannter „Freiwilliger“, der seine Berufungen aufgegeben hat. Kaum ist der Gefangene in Gefolgschaft der ganzen Gefängnis-Prominenz hinter Kevin vorbei abgeführt worden, geht für einen Moment im Besucherraum das ganze Licht aus. Das Zeichenhafte daran hinterlässt ein unheimliches Gefühl. Mein ursprünglicher Gedanke, Kevin möglichst von diesem Geschehen abzulenken, erweist sich als unmöglich – er nimmt sehr genau wahr, was passiert, ruft dem Hinzurichtenden noch einen Abschied zu. Kevin spricht auch darüber, dass man den Warden sonst nicht zu Gesicht bekomme, wenn man ein Anliegen hat, aber wenn einer zu seiner Hinrichtung abgeführt werde, dann laufen der Sergeant und der Warden usw. alle persönlich auf.

Ich habe mitbekommen, dass Christas Brieffreund Troy drei Plätze weiter von uns sitzt und Besuch von Irene Wilcox hat – er lässt über Kevin fragen, wie mein Treffen mit Christa war, die ich ja leider doch nicht gesehen habe. Ich nehme mir vor, Troy beim Rausgehen zu winken, vergesse es aber nachher über den Abschied von Kevin, was mich einen Moment lang ärgert. – Ich möchte mir nicht vorstellen, dass dies das letzte Mal sein könnte, dass ich Kevin sehe, und sage ihm das auch, dass ich ihn wiedersehen möchte. Er schaut sehr ernst, aber sagt: „Okay!“ – Ich weiß, das ist kein Versprechen, ich kann nur hoffen...

Christiane und ich reden kaum auf dem Weg zum Flughafen. Jeder ist mit seinen eigenen Gedanken beschäftigt. Der Rückflug verläuft so problemlos wie der Hinflug auch – nur stellt sich später heraus, dass mein Koffer geöffnet wurde und meine Reiseapotheke verschwunden ist. Als uns im Flugzeug das Abendessen serviert wird, schaue ich allerdings dauernd auf die Uhr. In diesen Minuten wird in der Walls Unit die erste Exekution des Jahres 2005 vollzogen. Zu Hause suche ich mir im Internet den Artikel des „Huntsville Item“ über die erfolgte

Hinrichtung und bringe ihn Christiane zu lesen mit. Eines wird dabei einmal mehr deutlich: Es handelt sich um eine absolut verkorkste Lebensgeschichte – und Texas hat darauf nur die übliche Antwort...

- DER SECHSTE BESUCH -

(Samstag, 25. März 2006, bis Freitag, 31. März 2006)

Mein nächster Texas-Besuch lässt länger auf sich warten, als vorher gedacht. Wegen unseres Umzugs mit Renovieren von zwei Wohnungen hatte ich die übliche Sommer-Reise nach Texas bewusst auf Oktober verschoben, den Flug aber schließlich storniert. Da ich aufgrund der Schulferien im Herbst keinen Monatswechsel einplanen konnte, war ohnehin nur an einen Regular und zwei Special Visits gedacht, statt der üblichen vier Special Visits aus zwei Monaten. Nachdem Kevin mit einer größeren Schmuggelgeschichte aufgeflogen und deshalb auf Level 2 gekommen war, sagte ich meine Oktober-Reise ab, denn ein oder höchstens zwei Regular Visits von je zwei Stunden, statt der ursprünglich geplanten insgesamt immerhin zehn Stunden, waren mir doch entschieden zu wenig, um dafür den zeitlichen Aufwand einer Fünf-Tage-Reise und den finanziellen Aufwand einer vierstelligen Summe zu rechtfertigen. Und ziemlich sauer war ich zugegebenermaßen auch, weil ich Kevins Verhalten, unseren Besuch mit seinen illegalen Machenschaften aufs Spiel zu setzen, enttäuschend und rücksichtslos fand. Die Storno-Gebühren von 180 Euro für den Flug waren auch gerade mal für den Müll.

Erste Überlegungen, die Reise eventuell auf den Dezember-Januar-Wechsel zu verschieben, erledigten sich ebenfalls bald, da Kevin einerseits immer noch nicht zurück auf Level 1 war, er andererseits Ende November seinen Hinrichtungstermin mitgeteilt bekam: 29. März 2006! In einem Brief kündigte er mir noch an, er würde nach Houston gebracht, um dort den Termin zu erfahren – ich solle im Internet nach dem Datum schauen –, dann hörte ich wochenlang nichts mehr von ihm. Erst im Januar dann endlich Antwort – auch auf meine Frage, ob ich denn nun Ende März komme solle –, JA, er möchte, dass ich komme. Also buchte ich für Christiane, die mich auch dieses Mal begleiten würde, und mich zwei Flugtickets. Erneut ließ Kevin danach nichts mehr von sich hören. Jede Menge Fragen blieben ungeklärt im Raum stehen: Widersprüchliche Angaben, wie viele Leute ihn in den letzten Tagen besuchen können, wer auf die Zeugenliste darf, ob er mich als Zeugin seiner Exekution dabeihaben möchte usw. Dazu gesellten sich schließlich noch Gerüchte, er wolle doch keine letzten Besuche – und anderes mehr.

Da ich meinem Chef nur mit äußerster Mühe die Erlaubnis hatte abringen können, mich während der Schulzeit für eine Woche zu beurlauben, wurde mir die Sache unter diesen Umständen zu heikel. Einerseits war klar, ich würde nur ein einziges Mal diese Sondererlaubnis erhalten, andererseits war da das Risiko, vergeblich zu fliegen, im Falle, es würde einen Aufschub geben – damit musste ich leben. Nun kamen vermeidbare Unwägbarkeiten hinzu, weil Kevin sich nicht äußerte, was er eigentlich wollte, und außerdem wohl nicht wenig dazu tat, sich die letzten Vergünstigungen noch selbst zu nehmen. So erreichten mich Gerüchte, man habe mit Hunden seine Zelle durchsucht, 1000 Dollar und Drogen gefunden, er sei nun in einer Isolationszelle, überwacht von Video-Kameras und Mikrofonen, müsse Fußketten tragen beim Weg aus der Zelle, und er habe gedroht, jeden umzubringen, der in seine Zelle käme. Es klingt, als sei er am Durchdrehen – und das, seitdem er seinen Hinrichtungstermin habe. Auch hatte er von seinen früheren Suizidabsichten niemals Abstand genommen.

All das machte die Situation derart unberechenbar, dass ich Kevin in einem Brief schrieb, unter diesen Umständen könne ich es nicht verantworten, den riesigen organisatorischen Apparat anzuwerfen, um während der Schulzeit nach Texas kommen zu können – hätte ich Ferien, okay, ich würde das Risiko eingehen, vergeblich zu fliegen. Aber meine Kollegen eine Woche lang meine Arbeit machen zu lassen, von der erforderlichen Planung ganz abgesehen, um am Ende festzustellen, es war für nichts – das schien mir nicht verantwortbar, nachdem es so ein Kraftakt war, überhaupt eine Erlaubnis zu bekommen. Auch konnte ich nicht warten bis zum 24. März, um dann zu entscheiden, ob wir am 25. März fliegen würden – mein Fehlen in der Schule und ebenso hinsichtlich weiterer Verpflichtungen musste schließlich vorgeplant werden, wenigstens ein paar Tage. Ich schrieb Kevin also, dass ich mich zu dem Zeitpunkt nicht in Texas sah, bat ihn um Verständnis und erklärte, ich würde spätestens am 20. März den Flug stornieren müssen, wenn ich nichts anderes von ihm hören würde bis dahin. Als ich am 19. März den Computer anwarf – im Grunde in der Absicht, die Reise jetzt offiziell abzublasen –, fand ich eine E-Mail von Kevin. Er hatte einen kurzen Brief für mich an eine Freundin in Livingston geschickt, die ihn abgeschrieben und mir per Mail gesendet hatte. Er könne meine Position verstehen und würde meine Entscheidung respektieren, wie immer sie ausfiele, würde mich aber gern am 27. und 28. März sehen. Über den 29. März könne er noch nichts sagen, aber er würde mich für alle Fälle auf die Zeugenliste setzen. Das genügt – wir fliegen doch!

Am Samstag, 25. März, treffen Christiane und ich plangemäß Susanne am Flughafen. Susanne und ich kennen uns schon länger und verstehen uns sehr gut, telefonieren regelmäßig und arbeiten in der Anti-Todesstrafen-Bewegung gut zusammen. Susanne hatte eigentlich schon zwei Wochen früher fliegen wollen, aber aus privaten Gründen musste sie die Reise verschieben – und fliegt jetzt gemeinsam mit uns im selben Flieger, bekommt auch noch einen Platz in unserer Nähe. Es ist mal wieder ein Lufthansa-Flug, und sogar das Essen ist besser als gewöhnlich – allerdings nur auf dem Hinflug... Susanne ist nicht ganz frei von Flugangst, was man nur in der Startphase merkt – ich labere sie mit irgendwelchen Belanglosigkeiten zu, um sie abzulenken, frage mich gleichzeitig, ob das jetzt richtig ist oder sie am Ende denkt, ich nehme ihre Flugangst nicht ernst. Ich nehme auch mal ihre Hand und Susanne signalisiert mir, ich soll weiterreden – die Ablenkungsmethode ist also wohl doch nicht verkehrt. Im Übrigen ist der Flug weitgehend ruhig und kurzweilig, also nicht unangenehm, von zeitweiligem lautem Gequatsche auf Spanisch hinter uns mal abgesehen. Wir landen plangemäß in Houston, das Warten bei der Einreise hält sich trotz der langen

Schlange in Grenzen, und die mangelnde Freundlichkeit der Beamten zipft uns auch nicht weiter an. Allerdings kommen mir die Örtlichkeiten am Flughafen so verändert vor, ab der Gepäckabholung und der Zollkontrolle sogar richtig unbekannt. Schließlich bestätigt sich meine Vermutung, dass wir gar nicht – wie sonst bei Flügen aus Europa – am Terminal D gelandet sind, wir befinden uns in Terminal E. Macht aber nichts, die Busse zum Rental Car Center fahren an jedem Terminal ab. Bei der Autovermietung trennen sich vorerst Susannes und unsere Wege. Nach Jahren bei der Firma „Alamo" habe ich jetzt erstmals ein Auto von „Dollar" – da die Autovermietfirmen seit einiger Zeit alle im selben Zentrum untergebracht sind und nicht mehr verschiedenen Standorte haben, ist das kein Problem.

Dafür sind wir umso mehr verunsichert, als wir das uns zugeteilte Auto sehen! Dass man ohne Aufpreis einen größeren Wagen bekommt als bestellt, wenn sie keine kleineren vorrätig haben, ist ja nichts Neues, aber was da vor uns steht, ist ein Jeep! Besser gesagt, ein Grand Cherokee von Jeep. Ein Nummernschild vorne hat er auch nicht, aber der Angestellte der Firma „Dollar" erklärt uns, das läge daran, dass der Wagen aus einem anderen Staat (Pennsylvania) käme, es habe seine Richtigkeit, und bezüglich der Größe des Wagens: „You made a good deal!" Na denn, wir müssen zwar fast klettern, um überhaupt hineinzukommen, aber fahren lässt er sich sehr schön... In Livingston besorgen wir im Wal-Mart ein paar Vorräte und treffen dann am Gästehaus „Blue Shelter" Christa H., die uns einlässt und die Schlüssel gibt. Nachdem wir Christa letztes Mal verpasst haben, ist es schön, sie nach so langer Zeit wiederzusehen. Nicht lange nach unserer Ankunft fallen wir hundemüde ins Bett. Das „Blue Shelter" haben wir bis Mittwochnachmittag für uns allein – dann erst werden weitere Gäste erwartet.

Für den Sonntagvormittag ist meinerseits ein Besuch bei David geplant, den ich in der Vergangenheit regelmäßig im Todestrakt der Polunsky Unit besucht habe, dessen Urteil vor einiger Zeit umgewandelt wurde und der sich jetzt in der Wynne Unit in Huntsville befindet. Wir fahren also früh nach Huntsville – die Wynne Unit ist zwar auf dem Stadtplan eingezeichnet, aber mehr das Gebiet als Ganzes, und die Adresse beinhaltet keinen Straßennamen. Wir fahren also erst einmal in die grobe Richtung, und als wir ein Gefängnis sehen, denken wir schon, wir wären am Ziel – aber es ist das falsche. Ich spreche die Besucher an, die auf Einlass warten, und jemand erklärt uns den Weg zur Wynne Unit. Huntsville hat entschieden zu viele Gefängnisse! Noch ein bisschen Sucherei, und schließlich sind wir am Ziel – eigentlich wäre es gar nicht so schwierig, hätten wir gleich gewusst, dass man auf der Straße zum Prison-Museum nach der Tierklinik rechts abbiegen muss, dann ist es gleich linker Hand – das muss ich mir für die Zukunft merken. Christiane kommt noch mit zum Eingang, und das ist mein Glück. Ganz naiv habe ich einen 20-Dollar-Schein dabei, aber hier gibt es gar keinen Wechselautomaten – Scheine sind aber dennoch verboten. (Und ich Dussel habe nicht einmal meine Rolle Dollar-Münzen dabei, die ich als Notnagel sonst immer im Auto habe – die liegt im „Blue Shelter"...) Die Beamten sind streng, ich solle auch mein Flugticket, meine zwei Hustenbonbons und meinen Rosenkranz im Auto lassen, andererseits auch hilfsbereit, denn der eine bietet mir seine Münzen zum Wechseln an. Da er nicht sehr viel Kleingeld hat, beschließen wir aber doch, noch einmal weg zu einem Store oder einer Tankstelle zu fahren, und lassen uns dort Geld wechseln. Christiane setzt mich also ein zweites Mal bei der Wynne Unit ab, und jetzt werde ich nach den üblichen Sicherheitskontrollen eingelassen – einer der Beamten führt mich bis in den Besucherraum, weil ich zum ersten Mal hier bin und mich nicht auskenne. Kontaktbesuche gibt es nur für Familienangehörige, sodass mein Besuch mit David ein „Regular" ist. „Normal" sind Kontaktbesuche also nicht!

Ähnlich wie in Ellis Unit One damals gibt es hier keine Telefonhörer, sondern eine 25 bis 30 Zentimeter hohe Scheibe, in der in der Mitte ein paar Löcher sind, durch die man sprechen kann. David ist ohnehin nicht leicht zu verstehen, weil er undeutlich spricht, aber durch diese Scheibe ist es noch schwieriger. Wir müssen unser Ohr unmittelbar an die Scheibe halten, um bei dem Lärm der anderen Besucher um uns herum etwas zu verstehen. Schließlich stellen wir uns und sprechen durch das engmaschige Gitter oberhalb des Fensters – da sieht man sich zwar nicht mehr gut, aber man hört sich deutlich besser. Weil ich mich nicht traue, mich auf den Tisch zu setzen, stehe ich die meiste Zeit unserer vier Besuchsstunden. David, der früher sehr dick war, hat deutlich abgenommen – das sieht gut aus. Wenn er wegen seiner gesundheitlichen Probleme nicht daran gehindert ist, arbeitet er hier im Gefängnis in einem Büro – Akten herumtragen, kopieren oder ähnliche Handlangerdienste. Außerdem besucht er innerhalb des Gefängnisses Kurse, in denen er seine fehlende Schulbildung nachholen kann. Das war ja seinerzeit ein Problem zwischen uns, die Frage, ob er seine Briefe überhaupt selber schreibt. Seit er weg ist vom Todestrakt, bekomme ich statt handgeschriebener Briefe wieder maschinengeschriebene, und die Wortwahl und der Stil sind zweifellos nicht seine – ich spreche ihn aber nicht darauf an. Es ist in Ordnung, dass er Hilfe hat beim Schreiben, solange er weiß, was in den Briefen steht, und das ist der Fall, das merkt man im Gespräch.

Nach seinen Aussichten befragt, erklärt David, bei guter Führung habe er in zehn Jahren gute Chancen, auf Bewährung entlassen zu werden, so sein Anwalt. David, der schon im Todestrakt nie Schwierigkeiten gemacht hat, ist hier noch mehr darauf bedacht, sich gut zu führen und sich aus illegalen Sachen herauszuhalten. – Obwohl ich nicht viel Kleingeld habe, reicht es dennoch locker aus – Fotos werden keine gemacht heute, und die Snackautomaten geben nicht arg viel her. Anders als in Polunsky Unit gibt es keine frischen Sachen wie Salate, Sandwiches oder Obst, sondern nur Süßigkeiten oder Chips-Kram und Getränke. Das hängt vermutlich damit zusammen, dass in allen Gefängnissen außerhalb des Todestraktes nur an den Wochenenden Besuchszeit ist. Aus demselben Grund bleibt dieser Besuch bei David auch der einzige während dieser Reise. Ich merke aber durchaus, dass sich der ruhige, zurückhaltende David über den Besuch sehr freut. Erzählt er mir doch, dass Mitgefangene vermutet haben, er würde mich nicht wiedersehen, nachdem er aus dem Todestrakt entlassen wurde – eine Befürchtung, die David seinerzeit tatsächlich auch selber hatte. Nun konnte er ganz stolz sagen: „Sieh her, sie ist doch gekommen!“

Christiane ist in der Zeit meines Besuchs bei David in Huntsville im katholischen Gottesdienst gewesen – die Kirche hatten wir ja letztes Mal gesehen – und holt mich nun an der Wynne Unit wieder ab. Ich möchte am Nachmittag in die Radio-Show von KDOL in Livingston, erreiche aber Susanne nicht vorher. Susanne wohnt bei Joy – Jim und Joy betreiben diesen lokalen Radio-Sender in Livingston, der u.a. am Sonntagnachmittag eine Shout-Out-Show für Insassen der Polunsky Unit und deren Angehörige macht. Das bedeutet, Angehörige können während der Sendung anrufen und den Insassen etwas mitteilen oder auch E-Mails schicken, die dann verlesen werden. Auch die Gefangenen können Briefe senden und vorlesen lassen – die Angehörigen können den Sender über das Internet hören. Nachdem wir im „Blue Shelter“ etwas gegessen und ein bisschen ausgeruht haben, bringt Christiane mich zu der Radio-Station nach Livingston. Susanne wartet schon draußen auf mich und nimmt mich dann mit rein – es ist ein winziger Raum in einem uralten Haus, in dem die nötige Technik aufgebaut ist. Im Garten steht eine riesige Satellitenschüssel. Joy und Jim sind sehr nett, haben zwei süße Hunde, und überhaupt geht alles sehr familiär zu. Gäste sind immer willkommen und werden gleich eingespannt, Shout Outs vorzulesen. Ich habe das Gefühl, ich stottere da ziemlich herum vor dem Mikro, und Susanne macht das viel besser. Sie hat, wie sie mir später sagt, auch das Gefühl zu stottern, na ja, offenbar stottert sie auf höherem Niveau, mein' ich nur dazu... Jedenfalls nutze ich während der Show die Gelegenheit, das zu tun, was ich sicher besser kann, als fremde englischsprachige E-Mails vorzulesen – ich singe live, a cappella und unplugged eine Strophe meiner Version des Songs „Somewhere Down The Road“...

Als die Show nach 19 Uhr zu Ende ist, rufe ich Christiane im „Blue Shelter" an, damit sie kommt – wir wollen noch gemeinsam etwas essen gehen. Die Telefonverbindung ist schlecht, Christiane hört mich zwar einwandfrei, aber ich verstehe sie kaum. Joy stecke ich eine Spende für KDOL zu – sie freut sich so sehr, dass sie mir gleich um den Hals fällt. Nachdem Christiane da ist, fahren wir in ein mexikanisches Restaurant – Christiane, die sonst nur Pfeife raucht, aber ausnahmsweise hier in Texas ein paar Zigaretten selber dreht, überredet mich zu meinem ersten und einzigen Zug an einem Glimmstengel – Susanne dokumentiert ihn gleich per Foto, und Joy und Jim haben ihren Spaß daran. Das Restaurant schließt schon um 21 Uhr, sodass wir wieder relativ früh im Bett sind.

Am nächsten Morgen – Montag – fahren wir vor 8 Uhr zur Polunsky Unit. Heute und morgen hat Kevin seine All-Day-Visits, Besuchszeit also von 8 bis 17 Uhr. Wie mir schon berichtet wurde, werden jetzt auch wochentags die Autos kontrolliert. Das heißt, die Schranke, die geradeaus auf den Parkplatz führt, ist geschlossen, und man fährt den Weg rechts schräg am Parkplatz entlang, bis man vorn von einem Gefängnisbeamten aufgehalten wird. Er will einen Ausweis sehen, schaut in den Kofferraum, den Wageninnenraum, das Handschuhfach, unter die Motorhaube, notiert den Namen des Fahrers und das Kennzeichen. Der Fahrer muss noch unterschreiben und dann erst dürfen wir auf den Parkplatz. Im Gefängnisvorraum wechsle ich schon mal Geld am Automaten, aber ansonsten müssen wir noch draußen warten. Mir fällt gleich auf, dass da jetzt zwei Metalldetektoren stehen und alle Bediensteten, im Gegensatz zu früher, ebenfalls durch die Sicherheitskontrolle müssen. Als Irene Wilcox kommt, die jeden Tag „Minister Visits", also geistliche Besuche, mit mehreren Häftlingen hat, spreche ich sie darauf an. Die Fahrzeugkontrollen seien erst seit ein paar Wochen und angeblich auch nur vorübergehend – sie vermute, es sei wegen Kevin. Dass die Bediensteten kontrolliert werden, sei schon seit letzten Sommer so – auch das könnte Kevin zur Ursache haben, denke ich, denn in die Schmuggelgeschichte waren vermutlich auch Gefängnisangestellte verwickelt, sonst würde das gar nicht funktionieren.

Schließlich kommt Barbara, Kevins Frau aus der Schweiz. Ich sehe sie zum ersten Mal, obwohl wir seit langem per E-Mail und auch mal telefonisch in Kontakt sind. Wir gehen durch die Sicherheitskontrolle – bevor man durch den Metalldetektor geht, muss man Geld, Schlüssel usw. ablegen, ebenfalls die Jacken, die von den zusätzlichen Beamten, die es früher dort nicht gab, untersucht werden. Am „Empfang“ sagen Barbara und ich, dass wir zu Kevin wollen, und dann kommt der große Schock! Ich darf nicht rein! Barbara erklärt mir, sie habe am Samstag ein Gespräch mit Warden Hirsh gehabt, der festgelegt habe, dass nur unmittelbare Familienangehörige Kevin besuchen dürften. (Normalerweise werden neben den zehn Personen, die auf der regulären Besuchsliste stehen, noch zehn weitere Personen zugelassen, sofern nicht mehr als zehn insgesamt im Besucherraum sind, so meine Information.) Barbara habe Warden Hirsh darauf hingewiesen, dass ich extra aus Deutschland käme, jetzt auch nicht mehr zu erreichen, weil schon auf dem Weg sei, und dass ich schließlich als einzige Person auf Kevins Zeugenliste stehe! Warden Hirsh habe daraufhin gesagt, naja, vielleicht würden sie bei mir eine Ausnahme machen, ich hätte ja in der Vergangenheit nie Probleme gemacht. Barbara sagt dies der Bediensteten am Empfang, die daraufhin im Warden's Office anruft. Es sei kein Warden da, und die Bestimmung laute: Es dürften nur Barbara sowie Kevins Vater und Schwester hinein. Ich bin völlig vor den Kopf geschlagen und weiß nicht, was ich machen soll. Barbara rät mir, mit dem Warden zu sprechen, wenn er kommt. Während sie hineingeht, warte ich also. Christiane ist dabei – sie kommt auf keinen Fall hinein, sie steht nicht mehr auf der regulären Besucherliste. Nach ein paar Minuten kommt ein Mann, dem von den Angestellten signalisiert wird, dass ich auf ihn warte und mit ihm sprechen will. Das muss also der Zuständige sein – dass es Warden Hirsh selber ist, begreife ich erst am Tag darauf. Jedenfalls bleibt es dabei, es dürfen nur Barbara, Kevins Vater und Schwester hinein. Dass ich aus Deutschland komme und als einzige Person auf der

Zeugenliste stehe, interessiert offenbar nicht. Ich könne ab 15 Uhr anrufen und Warden Messie (keine Ahnung, ob der sich so schreibt) fragen, wie es für den morgigen Tag aussieht, für heute bliebe es so.

Vor dem Gefängnis steht Karin, die Freundin von Barbara, deren Besuch ihres Brieffreundes erst später beginnt, weil sie noch auf jemanden wartet. Wir reden zusammen, Christiane, Karin und ich, erst vor dem Eingang, dann im Auto. Ich kann es nicht fassen, bin fast am Heulen. Wir sind skeptischer als Barbara, die Schuld nur dem System zuzuschreiben – ich persönlich denke, dass Kevin manches provoziert hat. Ich bitte Karin, Barbara im Besucherraum auszurichten, was man mir gesagt hat – obwohl ich weiß, dass neuerdings auch die Gespräche der Besucher untereinander verboten sind. Ich hoffe einfach, dass sie eine Gelegenheit findet, z.B. an den Snackmaschinen. Christiane und ich fahren in den Wal-Mart, ich muss mich irgendwie ablenken. Dann doch ins „Blue Shelter“, ich will mich am liebsten ins Bett legen. Im Bett kann ich dann nicht schlafen und halte es auch da nicht lange aus. Ich kann einfach nichts mit mir anfangen! Der Gedanke, Kevin nicht mehr sehen zu können, lässt mich nicht los. Schließlich mache ich mir Notizen für meinen Anruf – Argumente, die ich vorbringen will. Kurz nach 15 Uhr rufe ich mit dem Telefon vom „Blue Shelter“ in der Polunsky Unit an – ich verstehe die Frau am anderen Ende der Leitung klar und deutlich, aber sie hört mich offenbar nicht! Ist das Telefon kaputt? Ich schnappe mir mein Handy und fahre ein Stück mit dem Wagen aus dem Wald raus, wo der Handy-Empfang besser ist, und probiere es noch einmal. Diesmal funktioniert es, wenn es nun auch ein teures Auslandsgespräch ist. Aber: Der zuständige Warden ist noch nicht da! Die Sekretärin fragt mich nach einer Nummer, wo er mich zurückrufen könnte. Ich will ihr meine Handy-Nummer geben, aber Auslands-Handy geht nicht. Also gebe ich ihr die Nummer vom „Blue Shelter“, obwohl das Telefon nicht in Ordnung ist – aber was soll ich machen! Ich fahre wieder zurück ins „Blue Shelter“, denke mir, wenn der Anruf dann kommt und ich werde nicht gehört, dann muss ich eben nochmals rausfahren und mit meinem Apparat anrufen.

Scheiß-Technik, wo die Sache an sich doch schon schlimm genug ist und ich Manschetten vor dem Gespräch habe!

Schließlich nehme ich das „Blue-Shelter“-Telefon einfach mit und fahre erneut aus dem Wald heraus. Das ist ja auch ein Mobil-Telefon, und wenigstens kann ich dann sofort mit meinem zurückrufen, wenn man mich wieder nicht hört. Ich warte also irgendwo am Straßenrand im Auto – als das „Blue-Shelter“-Handy endlich klingelt. Zum Glück funktioniert die Technik jetzt, und ich werde gehört – offenbar ist das Telefon nicht defekt, sondern nur der Empfang im „Blue Shelter“ so schlecht, aber dass man den einen Weg hört und den anderen nicht, ist merkwürdig. Meine ganzen überlegten und notierten Argumente kann ich mir jedenfalls sparen: Ich erfahre, morgen dürfen alle hinein, die auf der Besucherliste stehen, aber – auch das anders als bislang üblich – immer nur zwei auf einmal, nicht bis zu zehn gleichzeitig. Auf meine Frage, wie es für Mittwoch aussehe, bekomme ich gesagt, das wisse man noch nicht, es sei erst einmal nur für den morgigen Tag festgesetzt.

Mir fällt ein Stein vom Herzen! Dieser Tag ist so beschissen gewesen! Nicht hineinzudürfen und nicht zu wissen, ob sie es überhaupt noch erlauben werden! Ich hole Christiane und wir stellen uns in einiger Entfernung von der Polunsky Unit an den Straßenrand, um Barbara eventuell abzupassen, aber wir sehen sie nicht. Inzwischen ruft Susanne an – ich habe sie noch nicht erreicht. Sie hatte auch einen Besuch in der Polunsky Unit und sich natürlich gewundert, dass ich nicht da war. Wir reden eine Weile am Telefon, dann schlägt Susanne vor, wir könnten noch zu ihr und Joy in die Radio-Station kommen, was wir auch tun. Das ist nach dem Scheiß-Tag wenigstens ein versöhnlicher Ausklang. KDOL sendet um die Zeit nur Musik, und wir bekommen jede Menge unserer Musikwünsche erfüllt. Ich verspreche Joy, ihr eine CD mit guten Titeln, die KDOL noch nicht im Archiv hat, zu schicken.

Am nächsten Morgen klingelt um 6 Uhr das Telefon im „Blue Shelter“ - eine Nummer aus Houston. Beim ersten Mal bin ich zu spät dran. Beim zweiten Mal höre ich Barbara – sie versteht mich nicht, aber immerhin bekomme ich ihre Nachricht mit, nachdem sie zumindest verstanden hat, dass ich selber am Apparat bin: Ich solle schon reingehen zu Kevin, sie käme später, Kevins Mutter Dorothy habe einen Zusammenbruch gehabt gestern und liege irgendwo im Krankenhaus, sie wisse nicht wo, und ich solle Kevin davon noch nichts sagen. Am Gefängnis dieselbe Prozedur wie gestern – Christiane setzt mich dort ab und wir verbleiben, dass sie mich um 17 Uhr wieder abholt, sofern ich nicht vorher anrufe. Im Gefängnisvorraum gibt es einen Münzfernsprecher und Christiane kann das „Blue-Shelter“-Handy mitnehmen, da wir noch die einzigen Gäste dort sind. Ich checke also ein, um Kevin zu besuchen, bekomme aber erklärt, ich müsse mit Barbara zusammen reingehen – normalerweise ist das so, wenn zwei Leute zusammen einen Besuch machen, müssen sie gemeinsam „einchecken“ am Eingang. Die Aufsicht am Eingang sagt mir, ich könne ja nach einer Stunde gucken kommen, ob Barbara dann da sei. Ich bitte sie, doch im Besucherraum anzurufen, wenn Barbara da sei, dann käme ich raus. Das sagt sie nun auch zu. Offenbar ist diese Regel für All-Day-Visits, dass in Kevins Fall nur immer zwei Leute gleichzeitig hineindürfen, so neu, dass man sich über die Umsetzung nicht ausreichend Gedanken gemacht hat. Jedenfalls ist es im weiteren Verlauf des Tages dann doch so, dass nicht zwei Leute gleichzeitig reingehen müssen, sondern auch ein einzelner hineingehen kann, während ein anderer noch drin ist.

Ich komme schließlich in den Besucherraum und begrüße die weiße Ms. Williams, die heute und morgen Dienst tut. Noch bin ich der einzige Besucher, und so reden wir ein bisschen – sie ist heute sehr freundlich. Ich erzähle, ich sei gestern so enttäuscht gewesen, dass man mich nicht zum Besuch zugelassen hat. Ms. Williams ist es offenbar wichtig, mir zu versichern, dass das nicht an mir oder den anderen Besuchern liege, sondern Kevin selbst zu verantworten habe, dass man so massive Sicherheitsvorkehrungen aufgeboten hat für ihn – er muss den Laden ganz schön aufgemischt haben. Ms. Williams erklärt mir – ohne dass ich sie danach gefragt hätte, ich würde ums Verplatzen keine Diskussion über die Todesstrafe mit ihr anfangen wollen –, dass sie der Todesstrafe gegenüber gemischte Gefühle habe, dass sie versuche, die Sache von verschiedenen Seiten zu betrachten, und sich manchmal vorstelle, wie es sei, wenn ein Kind von ihr zum Tod verurteilt wäre und dort sitzen würde. Ich höre nur zu und staune – das ist die strenge weiße Ms. Williams, die so ein Drachen sein kann? Okay, ich hatte nie mit ihr Probleme, weil ich mich an die Regeln halte, aber ich weiß, wie sie mitunter schon Besucher zur Schnecke gemacht hat und wie gnadenlos sie eine Bitte ablehnen kann – z.B. damals, als ich James nicht für einen Moment grüßen durfte, obwohl niemand sonst mehr da war. Die Strenge ist vielleicht nur eine Seite von dieser Frau, die letztlich auch unter dem Druck ihrer Vorgesetzten steht und schon deshalb auf Einhaltung der Regeln achten muss, um selbst keinen Ärger zu bekommen. Ich bin jedenfalls angenehm überrascht – und auch nicht einfach bereit, das als verlogenes Getue abzutun.

Während ich noch auf Kevin warte – und schon auch nervös bin, weil ich nicht weiß, in welcher Verfassung er jetzt ist, einen Tag vor seiner Hinrichtung und nach all den Gerüchten, die ich über ihn gehört habe –, kommt eine junge Frau in den Besucherraum, stellt sich als eine Brieffreundin aus Houston vor, die Kevin seit kurzem schreibe. So teilen wir uns also die erste Zeit des Besuchs, als Kevin schließlich gebracht wird. Erleichtert stelle ich fest, dass Kevin sich in seinem Wesen nicht sehr davon unterscheidet, wie ich ihn in der Vergangenheit kennen gelernt habe. Gefragt, wie es ihm geht, macht er zwar eine Handbewegung, die signalisiert, dass es eher „naja“ als „okay“ ist, aber ich habe nicht den Eindruck, dass er nur verzweifelt Trübsal bläst, sondern er genießt den Besuch, redet auch über ganz banale Dinge und lacht immer wieder.

Nicht lange, dann kommt ein Anruf vom Eingang, Barbara sei jetzt da. Ich will schon quasi aufspringen, damit Barbara kommen kann, aber Kevin signalisiert, wir wären doch kaum da, Barbara solle noch warten. Kevin tut es wirklich leid, dass ich gestern nicht zugelassen wurde. „I am special - ich bin was Besonderes“, erklärt er, und auch wenn das als Entschuldigung gemeint ist, glaube ich doch, dass er ein ganz kleines bisschen stolz darauf ist. Kevin sieht es aber wohl doch eher so, dass er nicht wirklich etwas gemacht hat. Er schimpft zwar nicht auf das System, sondern scheint sich damit abzufinden, aber er erklärt, er wäre auf dem besten Wege gewesen zurück zu Level 1, da hätte jemand eine falsche E-Mail an die Justizbehörden geschickt und behauptet, seine Eltern und seine Frau beabsichtigten ihn aus dem Gefängnis zu befreien.

Auch wenn ich denke, dass Kevin durchaus selbst für genug Regelwidriges verantwortlich ist, was die verschärften Sicherheitsvorschriften nach sich gezogen hat, halte ich diese E-Mail keinesfalls für eine Erfindung von ihm, denn in dieser Hinsicht sind mir noch andere Fälle bekannt. Eine Frau aus Deutschland, die offenbar gestört ist, ist aus mindestens zwei Anti-Todesstrafen-Gruppen allein hierzulande ausgeschlossen worden wegen ähnlicher Vorfälle, und dass immer wieder vornehmlich Frauen anfangen, ganze Zickenkriege anzuzetteln, sei es aus Eifersucht oder was immer, finde ich mehr als schlimm. Anstatt gemeinsam an einem Strang zu ziehen, redet einer den anderen schlecht, kann dieser jenen nicht leiden usw. Man muss ja nicht alles optimal finden und in den Himmel heben, aber mehr Toleranz und Respekt bei aller Verschiedenheit, wenn man schon dasselbe Ziel verfolgt, wäre m.E. doch angebracht.

Ich erinnere Kevin daran, dass Barbara draußen wartet, und weil sein Gast aus Houston nur bis 10 Uhr Zeit hat, gehe ich – nachdem wir noch Fotos gemacht haben – hinaus, um Barbara hereinzulassen, bis die Brieffreundin aus Houston weg muss. Vor dem Gefängnis treffe ich wieder auf Karin, die auch heute erst später ihren Besuch antreten wird, sodass wir die

Wartezeit gemeinsam im Auto verbringen. Von Karin erfahre ich etwas mehr über Kevins Mutter – mir ist schon bekannt, dass sie in die Schmuggelgeschichte vom letzten Sommer verwickelt ist und ein Verfahren gegen sie läuft. Sie hat aber wohl schon immer solche krummen Dinger gedreht: Geld oder Zigaretten ins Gefängnis geschmuggelt, was dann dazu geführt hat, dass das Papiergeld verboten wurde und man die Waren aus den Snackautomaten, die man für die Gefangenen kauft, nicht mehr selber anfassen darf. Oder Sachen unter Briefmarken versteckt, andere Briefmarken oder Drogen – was auch immer. Irgendwie wundert es mich nicht, dass Kevin in dieser Hinsicht kein wirkliches Unrechtsbewusstsein hat, er hat es vielleicht nie anders erlebt in seiner Familie. Jetzt ist noch irgendein Verfahren anhängig, damit die Mutter überhaupt eine Besuchserlaubnis bekommt.

Nachdem die junge Frau aus Houston den Besuch beendet hat, gehe ich wieder hinein in den Besucherraum. Neben Barbara sitzt ein mir unbekannter Mann – ich erfahre, dass es Chaplain Heart von der Walls Unit ist – offenbar der Nachfolger von Chaplain Brazzil. Mit Erlaubnis von Ms. Williams setze ich mich an den freien der beiden Tische hinter den Besucherplätzen, um dort zu warten. Genau gegenüber von Kevins Platz (Nr. 23) sitzt an dem anderen Tisch eine Extra-Aufsicht, die offenbar nur dazu abgestellt ist, Kevin genau zu beobachten. Dass die Gespräche abgehört oder mitgeschnitten werden, ist auch zu vermuten – Barbara macht mich später darauf aufmerksam, dass man ein Summen im Hörer vernimmt, wenn man darauf achtet, das wie das Mitlaufen eines Bandes klingt und das man sonst nicht hört. Nach ein paar Minuten verabschiedet sich Chaplain Heart von Barbara und Kevin und kommt zu mir, stellt sich vor und erklärt mir, dass ich als Zeugin morgen um 15 Uhr im Hospitality House in Huntsville sein müsse zu einem Vorgespräch. Ich signalisiere, dass ich das Ganze schon einmal mitgemacht habe, es mir also nicht völlig neu ist. Barbara sagt mir später, sie habe den Mann als kalt und gefühllos empfunden, das kann ich nicht bestätigen. Professionelle Sachlichkeit, ja, aber auch hilfsbereit – ich finde ihn in Ordnung, soweit ich das in der Kürze beurteilen kann. Ich teile dann mit Barbara den Besuch für die nächste Stunde oder so. Kevin wird nun endlich Barbara ebenfalls auf die Zeugenliste setzen – es war schwer für sie gewesen, dass ich auf der Liste stand und sie nicht. Kevin geht von sich selbst aus: Er würde nicht einen geliebten Menschen sterben sehen wollen. Ich erzähle ihm von Cliffs Hinrichtung damals 1998 – obwohl ich ihm das schon früher gesagt habe, kommt es jetzt vielleicht eher an – und von dessen Freunden: Wie Jessi und ich uns dafür entschieden hatten, Zeugen zu sein, und Conny dagegen, und wir alle nachher sagten, dass wir – jeder für sich – richtig entschieden hatten. Dass es für manche Menschen schlimmer ist, irgendwo zu warten und sich vorzustellen, was passiert, als dabei zu sein.

Wieder ein Anruf vom Eingang: Kevins Onkel und Tante stehen draußen. Kevin möchte zwar erst, dass nur einer von uns geht, um einen der beiden hineinzulassen, aber als die Tante kommt und ich höre, dass die beiden nur eine knappe Stunde Zeit haben, folge ich Barbara nach draußen, damit auch der Onkel hineindarf. Hatte ich doch gleich so vorgeschlagen... Ich sitze derweil mit Barbara im Auto und wir reden. Weil Barbara fragt, erzähle ich eine Menge persönlicher Sachen von mir – dafür, dass wir uns heute zum ersten Mal begegnet sind, schon sehr offen, aber uns schweißt auch Außergewöhnliches zusammen. Barbara berichtet mir noch einmal ausführlicher von dem Wochenende – sie hat J.B., einen Häftling aus der General Population der Polunsky Unit, der auch ein Freund von ihr und Kevin ist, am Samstag besucht und wurde anschließend zu Warden Hirsh zitiert. Der für Sonntag geplante Besuch mit J.B. wurde gestrichen, weil man irgendwelche Machenschaften befürchtete, dann sei es um die Zulassung zu den Besuchen und dabei auch um mich gegangen. Was Barbara über das mir schon von gestern Bekannte hinaus noch erzählt, ist, dass Warden Hirsh quasi achselzuckend gesagt habe im Hinblick darauf, dass man nur Familienmitgliedern den Besuch erlauben und mir damit verweigern wolle, ich würde ihn ja dann als Zeugin im Hinrichtungsraum sehen! Mir bleibt die Spucke weg angesichts einer solchen Kaltschnäuzigkeit! Gerade das wäre eines meiner Argumente gewesen: Wie ich denn, bitte, einem Mann beim Sterben zusehen solle, den ich vorher nicht einmal mehr besuchen darf???

Was ich außerdem noch erfahre und mich auch schockiert, ist die Tatsache, dass Kevins Mutter sich, obwohl Barbara ihr schon seit Tagen zuredet, immer noch nicht um die Beisetzungsangelegenheiten gekümmert hat. Kevin möchte verbrannt werden, aber die Mutter hat noch kein Funeral Home damit konkret beauftragt. Ich erzähle Barbara von dem Funeral Home in Van, Texas, das damals Cliffs Einäscherung übernommen hat und das deutlich preiswerter ist als alle hier ansässigen Institute. Kevins Mutter betreibt offensichtlich eine totale Verdrängung – anders kann ich mir nicht erklären, dass sie sich um nichts richtig kümmert. Karin hat mir am Vormittag ja auch nochmals erzählt, dass Kevins Mutter einen anderen Gefangenen, der zuvor wie Kevin im Todestrakt war, geheiratet hat. Das wusste ich, hatte aber nie verstanden, wie das überhaupt funktioniert, da sie doch mit Kevins Vater verheiratet ist. Karin meinte dazu: Bigamie – die haben es einfach nicht überprüft. Ich halte die Frau für einigermaßen gestört, und Barbara selbst sagt, die Mutter habe seit Jahren schwerste Depressionen.

Nach dem Besuch von Onkel und Tante gehen Barbara und ich zurück in den Besucherraum. Das Gespräch mit Kevin kommt noch einmal zurück auf die Frage, inwieweit es zu verallgemeinern ist, dass niemand einen geliebten Menschen sterben sehen möchte. Kevin hat seine Tante und seinen Onkel gefragt: Die Tante stimme ihm zu, aber der Onkel habe erklärt, er würde dabei sein wollen. Das hat Kevin wohl doch beeindruckt – von Onkel und Tante bestätigt zu finden, dass jeder in dieser Frage seinen eigenen Weg finden muss. Jedenfalls scheint es von nun an für Kevin nicht mehr in Frage zu stehen, dass Barbara und ich Zeugen seiner Hinrichtung sein werden. Und ich bin schon erleichtert, meinen Namen nicht mehr als einzigen auf der Zeugenliste zu wissen.

Einige Zeit später – wieder ein Anruf in den Besucherraum – Kevins Schwester sei draußen. Barbara geht hinaus, um mit ihr zu tauschen, sodass ich die nächste Besuchsstunde mit seiner Schwester teile. Kevin ist recht fröhlich, und ich habe nicht den Eindruck, dass sein Humor gespielt ist. Er erinnert seine Schwester an Geschichten von früher, erzählt dann ausführlich eine Begebenheit aus seiner Jugend, bis – gerade als ich vorschlage, Barbara wieder hineinzulassen – diese vom Eingang aus anrufen lässt, dass sie wieder zurück in den Besucherraum möchte. So gehe ich nun hinaus – Barbara fragt extra noch, ob es für mich okay ist. Natürlich, ich hatte es ja selbst Kevin gerade vorgeschlagen, und wenn seine Geschichte nicht so lange gedauert hätte, wäre ich sicher schon früher draußen gewesen.

Barbara bittet mich noch, per Handy Kevins Mutter Dorothy in Houston anzurufen und ihr den Namen und Ort des mir bekannten günstigen Bestattungsinstituts durchzugeben. Barbaras Freundin Karin, die jetzt auch wieder draußen wartet, hat Telefonnummer und Handy. Ich bin zwar nicht begeistert von dem Gedanken, aber ich übernehme die Aufgabe natürlich. Ich gebe der Mutter also die Daten durch, und gerade als sie beginnt, in ihrer Verständnislosigkeit auf das ungerechte System zu schimpfen, bricht das Gespräch ab – das Telefon hat ein Einsehen, und der Akku ist leer. Es dauert nicht lange und Barbara kommt wieder nach draußen, wo Karin und ich auf einer Bank sitzen. Kevins Freundin Sylvia aus Livingston, die mir die entscheidende E-Mail geschickt hatte, wolle den Rest der Besuchszeit zusammen mit seiner Schwester bei ihm verbringen. Es ist noch nicht 16.30 Uhr, Christiane wird mich erst in einer halben Stunde abholen, wenn ich nicht anrufe. Ich probiere es, aber sie nimmt nicht ab. Während wir überlegen – ob Barbara und Karin mich zum „Blue Shelter“ fahren, was wir aber machen würden, wenn wir Christiane dort verpassen sollten –, ist sie auch schon da.

Nur kurze Zeit bleibt zum Ausruhen nach dem langen Tag, denn um 19 Uhr wird es eine Radio-Show bei KDOL geben –

speziell für Kevin, denn das ist so üblich am Vorabend jeder Hinrichtung. Ob er sie hören wird, wissen wir nicht. Er hat um Rückgabe seines Radios gebeten, damit er die Sendung hören kann, aber die letzte Antwort des Wardens war, er habe es noch nicht entschieden. Das Radio habe ja eine Schnur, mit der man sich etwas antun könne. Um 19 Uhr finden wir uns also erneut bei KDOL in dem winzig kleinen Studio ein. Kevin hat eine riesige Liste mit Liedwünschen zusammengestellt, die seine Schwester auf mehreren CDs mitbringt. So wechseln in der Show Kevins Musikwünsche mit Shout Outs für ihn, die per Mail oder Brief und auch telefonisch übermittelt werden. Kevin hat am Nachmittag erklärt, was er sich bei einigen der Lieder gedacht hat – wir sollen auf die Texte hören. Das fällt mir schwer, ich werde wohl später die Sendung mal in aller Ruhe hören, wenn ich einen Mitschnitt bekomme.

Ich habe Kevin gefragt, ob ich zwei Lieder zu seinen ergänzen darf, die ich ihm gern vorspielen würde – er ist einverstanden, und so stelle ich ihm in der Sendung zunächst einen Song der King's Singers vor, von denen ich ihm so oft erzählt habe: deren A-Cappella-Version von Billy Joels „Lullabye (Goodnight, My Angel)“, das ihm schon deshalb gefallen könnte, weil er selber Kinder so liebt. Der zweite Song ist von meiner eigenen CD meine Version von Amy Grants „Somewhere Down The Road“, diesmal also nicht live vor dem Mikro, sondern die richtig professionelle Fassung. KDOL hat den Titel schon öfter gesendet, aber Kevin hat ihn immer verpasst. Ich wünsche ihm Kraft und Frieden, wie er in dem Song zum Ausdruck kommt, und erkläre, dass ich dankbar und glücklich bin, dass er ein Teil meines Lebens ist, und für einen Moment kämpfe ich mit ein paar aufsteigenden Tränen. „Ist“, sage ich, nicht: „war“! Nicht, weil ich Hoffnung auf einen Aufschub hätte, sondern weil Kevin mit seinem Tod nicht einfach so Vergangenheit werden wird.

Neben Joy und Jim von KDOL sind Barbara und Kevins Schwester da, auch Susanne, die sich als Nicht-Angehörige mehr im Hintergrund hält, Karin und Christiane sind natürlich auch anwesend. An sich hatte auch Kevins Mutter hier sein sollen, aber sie ist wie immer viel zu spät. Als die Sendung nach bald drei Stunden fast schon zu Ende ist und nachdem Barbara sie per Handy sehr bestimmt geheißen hat, jetzt endlich zu kommen, sehe ich Kevins Mutter Dorothy nach langer Zeit zum ersten Mal wieder. Ihre Begrüßung aller Anwesenden fällt trotz Umarmung nahezu mechanisch aus, die Frau ist fix und fertig. Nun ist sie endlich hier, aber sie sitzt nur da und bringt kein Wort an ihren Sohn heraus. Für den morgigen Vormittag hat Dorothy eine Sonderbesuchserlaubnis von 7 bis 9 Uhr in der Früh. Barbara und ich verabreden, dennoch um 8 Uhr beim Gefängnis zu sein, man weiß ja nie, ob die Mutter wirklich kommt. – Schließlich Abschied von Susanne: Sie fliegt morgen nach Oklahoma und wird daher nicht mehr zu Kevins Hinrichtung da sein. Ich weiß aber, sie wird an uns denken, keine Frage!

Als Christiane mich am Mittwochmorgen zur Polunsky Unit bringt, erleben wir eine Fahrzeugkontrolle, welche die der beiden vorangegangenen Tage bei weitem übersteigt. Dass wir Besucher für Kevin sind, wissen sie inzwischen, und dann durchsuchen nicht weniger als vier Männer unseren Wagen, fragen, ob wir Waffen dabeihaben, klappen die Rückbank um und sehen überall hinein. Offenbar finden die Sicherheitsvorkehrungen für Kevin heute ihren Höhepunkt. Ich gehe durch den Sicherheits-Check am Eingang und erfahre dort, dass Kevins Mutter drinnen ist und bis 9.30 Uhr bleiben darf – also ist sie auch heute Morgen wieder zu spät gekommen, wenn auch „nur“ vielleicht eine halbe Stunde. Und das, wie ich später erfahre, obwohl sie gar nicht von Houston kommen musste heute früh, sondern mit Barbara und Karin in Livingston im Motel geblieben ist vergangene Nacht! Die Frau ist wirklich unglaublich...

Barbara kommt doch erst kurz vor 9 Uhr, weil sie definitiv wusste, dass die Mutter im Gefängnis ist – kein Problem. Wir überlegen, wie wir die relativ kurze verbleibende Besuchszeit aufteilen können. Barbara möchte Kevin am Schluss noch für eine Zeit alleine haben, ich selber möchte ihn auch lieber kürzer und allein, als gemeinsam mit einem Familienmitglied sehen. Angekündigt sind noch Kevins Vater und Kevins Tochter sowie seine Nichte. Die kommen glücklicherweise gerade um 9.30 Uhr, als die Besuchszeit der Mutter endet. Die Nichte darf nicht hinein, steht nicht auf der Liste, gilt nicht als Kind, weil sie schon 16 Jahre alt ist. So lösen der fast blinde Vater und Kevins 13-jährige Tochter Amina die Mutter ab. Barbara schärft ihnen ein, sie möchten um 10.30 Uhr wieder hier sein, damit noch Zeit für sie und mich bleibt.

Wir warten draußen, Kevins Mutter will noch eine Freundin der Familie überreden, den Versuch zu machen, ob sie sie zu Kevins hineinlassen, und dann taucht auf einmal Kevins Bruder C. auf. Ich begreife erst gar nicht, wer er ist, denn er geht, quasi ohne Begrüßung seiner Familie und ohne von denen recht beachtet zu werden, an uns vorbei durch den Eingang. C., der sich sonst um Kevin kaum gekümmert hat, versucht jetzt in letzter Minute, einen Beamten zu überreden, ihn hineinzulassen – vergeblich: C. steht nicht auf der Liste, außerdem ist er gerade erst aus einem Gefängnis entlassen worden. Keine Chance! Mein Mitleid hält sich in Grenzen. Barbara ist ohnehin schon verständlicherweise langsam sauer, weil die für uns verbleibende Zeit immer kürzer wird. Als es 10.30 Uhr ist, lassen wir drinnen anrufen und bitten Vater und Tochter heraus. Es dauert noch mehrere Minuten, da der Vater den Weg vom Besucherraum bis zum Eingang nur langsam zurücklegen kann. Und aufgrund der idiotischen Regelung, dass – so wie gestern – nur zwei Leute auf einmal besuchen dürfen, muss man vorne immer warten, bis die vorherigen Besucher hier wieder angekommen sind. Das kostet wertvolle Minuten, in denen Kevin drinnen alleine sitzt. Ich bin nun die Nächste, will meinen Pass schon abgeben, damit der Wechsel gleich schneller geht, da werde ich geheißen, draußen im Freien zu warten, ich dürfe nicht im Vorraum bleiben. Ich weiß nicht, wie oft ich an diesem Morgen durch die Sicherheitskontrolle gehe – am Schluss fasst der Beamte, der eigentlich meine auf dem Tisch abgelegte Jacke untersuchen muss, diese gar nicht mehr an.

Es ist 10.45 Uhr, als ich endlich bei Kevin im Besucherraum bin; wir haben nur eine halbe Stunde, damit für Barbara noch vielleicht 40 Minuten bleiben. Kevin erzählt von seiner Vorstellung, nach der Hinrichtung in einem Privat-Pkw nach Houston gefahren und auf der Fahrt von Barbara im Arm gehalten zu werden – das klingt schon ziemlich makaber. Ich erfahre erst später, dass es ihm damit tatsächlich ernst ist. Wir machen noch zwei letzte Fotos, Kevin möchte irgendeine geheime Geschichte hören, die sonst niemand von mir weiß. Mir fällt nichts ein, nur eine Sache, die zumindest meine Mutter nie erfahren hat: Wie ich als Teenager mal mit Streichhölzern gespielt und ein Papiertaschentuch angezündet habe, das so schnell zerfiel, dass danach der Teppichboden angesengt war. Wie ich die angesengten Fasern aus dem Teppich geschnitten habe, sodass es schlussendlich nur noch nach einer Delle im Boden aussah... Noch bevor unsere halbe Stunde um ist, lässt Barbara anrufen – obwohl ich mich auch ohne das zuverlässig an die vereinbarte Zeit gehalten hätte. Aber Barbara ist von der Familie ja anderes gewöhnt, sodass ich ihre Angst verstehen kann.

Kevin hat am Vorabend – das habe ich bereits draußen erfahren – nichts von der Radio-Show bei KDOL hören können. Da er in einer Isolationszelle ist, konnten ihm auch die Mitgefangenen nicht helfen, wie es bei der vorherigen Hinrichtung der Fall war. Ob es wirklich nur das Kabel war? Man hätte ihm ja auch ein batteriebetriebenes Radio geben oder eines vor die Tür stellen können – zweifellos hätte es eine risikolose Möglichkeit gegeben, wenn man es denn gewollt hätte. Kevin ist ruhig und gefasst, er nimmt die Dinge hin, lehnt sich nicht dagegen auf. Er hat meinen letzten Brief bekommen und spricht an, dass ich dort geschrieben habe, dass ich ihn liebe – nicht in romantischer Weise, aber als Freund. Ich wiederhole, was er gestern von mir nicht hören konnte: Dass ich in der Radio-Show gesagt habe, dass ich froh bin, dass er ein Teil meines Lebens IST (!), dass er immer ein Teil meines Lebens bleiben wird – und dass meine freundschaftliche Liebe für ihn nur anders, aber nicht weniger wert ist als eine romantische Liebe.

Ich muss mich losreißen, um Barbara die letzte Zeit mit Kevin zu geben, eile zum Ausgang – wissend, dass Kevin heute Nachmittag im Hospitality House anrufen wird, sodass es noch nicht das allerletzte „good-bye“ war soeben. Karin und Christiane, die in der Zwischenzeit irgendetwas besorgen waren, kommen zurück. Ich habe Barbara versprochen, dass wir noch gemeinsam auf sie warten. Punkt 12 Uhr ist die Besuchszeit zu Ende, draußen stehen schon die Wagen, die Kevin von hier nach Huntsville bringen werden, außerdem noch mehrere Autos mit der Aufschrift „State Trooper“ – ich weiß noch nicht, ob letzteres jedes Mal so ist, erfahre am nächsten Tag aber aus der Zeitung, dass auch dies eine besondere Vorsichtsmaßnahme im Fall Kevin ist. Ich würde noch bleiben wollen, aber Barbara möchte nicht sehen, wie Kevin abtransportiert wird, und so verlassen wir gemeinsam das Gefängnisgelände. Auch beim Rausfahren werden wir von den Wachen angehalten und man wirft einen Blick in den Kofferraum – wir könnten ja einen Gefangenen im Gepäck haben?

Kurze Zeit danach halten wir am Straßenrand hinter Barbara und Karin an. Sie sollten eigentlich von Sylvia abgeholt werden, Kevins Freundin aus Livingston. Da sie nicht gekommen ist, versuchen wir gemeinsam über Anruf erst bei KDOL und dann bei Susanne die Telefonnummer zu bekommen, und schließlich klärt sich die Sache. Wir trennen uns nun und wollen uns ab 14 Uhr am Hospitality House in Huntsville wieder treffen. Christiane und ich fahren noch für eine kurze Verschnaufpause ins „Blue Shelter“ und dann weiter – das heißt, Christiane fährt den Wagen, wie die ganzen Tage schon, und ich nehme diese Entlastung dankbar an.

Kurz nach 14 Uhr treffen wir am Hospitality House ein. Barbara, Karin und Sylvia sind noch nicht da. Auch wenn das Vorgespräch mit Chaplain Heart erst um 15 Uhr stattfinden soll, denke ich, kann ich höflich fragen, ob wir schon hinein und drinnen warten dürfen. Der neue Chaplain Walters, der das von Baptisten getragene Haus jetzt leitet, öffnet die Tür, und ich erkläre, dass ich zu den Zeugen heute gehöre, und frage, ob wir bereits eintreten dürfen. Der Mann antwortet: Zeugen und Familienmitglieder, ja, sonst niemand. Will heißen, Christiane, die neben mir steht, muss draußen bleiben! Ich glaube fast, ich höre nicht richtig. Aber sie ist zu meiner Unterstützung hier! So mein Einwand. Nein, nur Zeugen und Familienangehörige. Vielen Dank, dann warten wir lieber draußen.

Ich bin vor den Kopf geschlagen von dieser Ablehnung – ich hatte fest damit gerechnet, dass unsere Freunde hier mit rein können! Und das heißt dann „Hospitality“ (Gastfreundschaft)! Mir fällt die Anekdote ein, wo sich ein Tourist für die Gastfreundschaft bedanken wollte und etwas schräge Blicke erntete, als er sich versehentlich für die „Hostility“ (Feindschaft) bedankte! Christiane hat gute Lust, dem Mann das tatsächlich zu sagen. Nachdem sie Kevin nicht besuchen konnte und es ihm ehrlich leid tut, dass er sie von der Besucherliste genommen hat, haben wir darauf gebaut, dass Christiane wenigstens mit ihm reden könnte, wenn er nachher anruft. Nun steht auch das in Frage. Ich weiß nicht, ob es eventuell eine weitere Anweisung des TDCJ ist, der Gefängnisbehörden, und das Hospitality House vielleicht nichts dafür kann? Was würde aber eine solche Sicherheitsvorkehrung hier, außerhalb der Gefängnisse, für einen Sinn machen? Aber macht nicht so vieles hier keinen Sinn?

Schließlich kommt Barbara mit den anderen beiden an, wir erzählen, was vorgefallen ist. Barbara klingelt an der Tür – mit demselben Ergebnis. Und derselben Konsequenz: Wir warten draußen, sind schockiert über die Behandlung, die uns hier zuteilwird. Sylvia, die sehr gläubig ist, sagt, sie schäme sich dafür, dass diese Haltung von Christen vertreten wird. Wir warten also bis 15 Uhr und beobachten, wie Chaplain Heart und ein Begleiter zunächst einmal alleine ins Haus gehen. Wir lassen uns Zeit, bis wir ihnen folgen – nur Barbara und ich natürlich. An Chaplain Walters, der uns die Tür öffnet, gehe ich grußlos vorbei, so sauer bin ich. Ich empfinde das Haus in diesem Moment wirklich als feindlich und nicht mehr als den sicheren Hafen, der es für mich damals zu Cliffs Zeiten war. Wir setzen uns im Küchenbereich an einen Tisch. Chaplain Heart von der Walls Unit stellt seinen Begleiter als seinen Kollegen, Chaplain Mayfield, vor. Letzterer wird uns für den Rest des Nachmittags betreuen.

Wir bekommen die notwendigen Informationen und Abläufe erklärt und können Fragen stellen. Barbara erkundigt sich, dass sie nach der Exekution Kevin im Funeral Home sehen kann. Chaplain Heart sagt das zu, er ruft nach unserem Gespräch auch dort an und klärt die Einzelheiten. Dort sei man immer noch ganz im Dunkeln über das Weitere – kein Wunder, da Dorothy offenbar immer noch kein Beerdigungsinstitut beauftragt hat. Barbara telefoniert später vom Hospitality House mit ihr deswegen – es ist schon unglaublich, was alles an ihr hängen bleibt. Jedenfalls frage ich Chaplain Heart, ob ich auch in das Funeral Home dürfe. Ja, selbstverständlich, bestätigt er. Worauf ich ihm erkläre: „I'm not sure about anything anymore!" Und dann sage ich ihm, wie schockiert ich darüber bin, dass man unsere Freunde draußen vor der Tür stehen lässt. Chaplain Heart informiert uns, dass er und die Justizbehörden damit nichts zu tun haben – das sei allein die Entscheidung des Hausherrn. Also gibt es für das christliche Haus und seinen baptistischen Herrn keine Entschuldigung in Form einer Anweisung von höherer Seite!

Barbara fängt im Vorgespräch ansatzweise eine Diskussion über den Sinn der Todesstrafe mit den beiden Geistlichen an bzw. über deren Mitwirkung daran. Die beiden reagieren weitgehend professionell-sachlich-zurückhaltend. Peinlich ist aber schon die Rückfrage eines der beiden, ob Deutschland denn die Todesstrafe habe – immerhin, dachte ich, ist es allgemein bekannt, dass so ziemlich ganz Europa die Todesstrafe mittlerweile abgeschafft hat oder zumindest nicht mehr praktiziert. Wie wenig sie von Europa wissen, zeigt sich aber auch daran, dass die beiden erstaunt-amüsiert feststellen, dass Barbara und ich, obwohl sie aus der Schweiz stammt und ich aus Deutschland komme, dieselbe Sprache sprechen – Barbara spricht natürlich Hochdeutsch mit mir. Sie muss den beiden erst erklären, dass die Schweiz dreisprachig ist, man in ihrer Heimat zwar Schweizerdeutsch spricht, aber in Hochdeutsch liest und schreibt.

Nach Beantwortung all unserer Fragen verlässt Chaplain Heart das Haus, und sein Kollege bleibt bei uns zurück. Ich überlege mir inzwischen, wenn Kevin nachher anruft und ausdrücklich Christiane sprechen möchte, ob Chaplain Walters vom Hospitality House das dann wirklich verweigern wird, indem er ihr weiterhin den Zutritt verwehrt. Barbara rät mir, nicht abzuwarten, bis es so weit ist, sondern den Mann gleich zu fragen. Das mache ich also auch – Chaplain Walters sagt sofort zu, dass wir das schnurlose Telefon mit nach draußen nehmen können. Also, wenigstens das geht!

In dem Zusammenhang erklärt Chaplain Walters mir – und zu sehen, dass er dabei halbwegs verlegen ist, schmälert meinen Zorn und meine Verachtung ein bisschen –, dass es in der Vergangenheit Probleme gegeben habe, weil Familienangehörige sich gestört gefühlt hätten durch quasi fremde Anwesende, deshalb habe man entschieden, nur Zeugen und Familienangehörige einzulassen. Es ist aber von der Familie überhaupt keiner da! So wage ich einzuwenden. Man wolle aber eine klare Regel, damit sich die nächsten nicht darauf berufen können, dass in diesem und jenem früheren Fall auch andere gedurft hätten... Auch wenn es logisch klingt, überzeugen tut's mich nicht. Denn eine klare Regel wäre auch zu sagen, Leute, die über den engsten Kreis hinausgehen, dürfen nur mit Einverständnis der Familie und Zeugen. Aber das diskutiere ich nicht mit dem Mann. Vielleicht werde ich ihm später dazu mal schreiben und diesen Vorschlag machen – damit in Zukunft der Schuss nicht, wie bei uns, nach hinten losgeht. Denn uns schadet die Regel nur: Die beiden einzigen Leute, auf die es ankommt, Barbara und ich, wollten gerade die Freunde zur Unterstützung dabeihaben – nun dürfen wir nicht, weil Familienangehörige sich gestört fühlen könnten, die überhaupt nicht anwesend sind!

Ich verbringe weitere Zeit wartend, gehe in den Gang, in dem auf einer Tafel die Fotos der Exekutierten aufgeklebt sind und wo auch Gemälde von Cliff hängen. Chaplain Walters ist aufmerksam genug, mir Licht zu machen – eine versöhnliche Geste? Dann bin ich eine ganze Weile draußen bei Christiane – Barbara telefoniert und streitet mit Dorothy herum. Sie soll die Beerdigungsinstitute fragen, inwieweit Barbara und Familie Kevins Leichnam privat nach Houston fahren können. Barbara selber findet es zwar makaber, aber weil es Kevins Wunsch ist, versucht sie das zu regeln. Christiane rät ab, selbst wenn man einen Toten auf den Rücksitz eines Autos bekäme, wie will man ihn dort festhalten, wie wieder herausbekommen, wenn die Totenstarre inzwischen einsetzt, von möglichen austretenden Körperflüssigkeiten nicht zu reden.

Schließlich kommt der erwartete Anruf von Kevin. Zunächst spricht Barbara mit ihm, dann ich. Kevin nimmt mir das Versprechen ab, dass ich Barbara helfen werde, so gut es geht, was seinen Transport nach Houston betrifft. Er möchte auch gezielt, dass wir darüber hinaus einander ebenfalls beistehen und unterstützen. Dann kann Christiane Kevin sprechen, bevor Barbara das Telefon wieder übernimmt. Wir warten weiter. Irene Wilcox, die von Kevin als geistlicher Beistand gewählt ist, kommt von der Walls Unit zu uns. Sie teilt uns mit, dass Kevin friedlich und gefasst sei. Ich erkläre ihr, weshalb wir hier draußen stehen, und auch sie hat nur Unverständnis dafür übrig, zumal ihr diese Regel völlig neu scheint. Ich sage, dass ich es bedauere, dass Bob und Nelda Norris, die früher die Leitung des Hospitality House hatten, nicht mehr da sind. Da stimmt Irene mir allerdings gar nicht zu. Die seien rassistisch gewesen, und außerdem hätten sie ihre und ihres Mannes Arbeit abgelehnt. Also, irgendwie nervt mich das, dass ständig über andere abfällig geredet wird – der eine mag diesen nicht, der andere jenen, manche haben Vorbehalte gegenüber KDOL oder gegenüber dem „Blue Shelter“, andere finden es wieder ganz toll, während diese und jene nicht mehr miteinander reden... Das ist zum Kotzen. Aber offenbar überall das Gleiche, ob hier oder in Deutschland.

Ich gehe zurück ins Haus. Um 17 Uhr ist es Zeit, dass wir uns auf den Weg in die Walls Unit machen. Barbara telefoniert immer noch mit Kevin, hat sich dazu in ein Zimmer zurückgezogen. Sie müssen zum Ende kommen. Chaplain Walters bietet uns Papiertaschentücher an, die wir mitnehmen dürfen. Christiane fährt uns zum Verwaltungsgebäude an der Walls Unit, wir fahren Chaplain Mayfield nach. Karin trifft ebenfalls ein, sie und Sylvia hatten nicht mehr am Hospitality House bleiben wollen. Barbara und ich „verabschieden" uns von Karin und Christiane – wir wissen, sie werden in Gedanken bei uns sein und bei Kevin natürlich auch. Zusammen mit Irene und Chaplain Mayfield werden wir am rückwärtigen Eingang des Administration Building in Empfang genommen und in einen Aufenthaltsraum geführt, in dem mehrere Getränkeautomaten stehen. Ich erkenne den Raum wieder – am 11. Juni 1998 saß ich hier mit Jessi vor Cliffs Hinrichtung. Heute sitzen wir zu viert an einem quadratischen Tisch. Barbara und ich sowie Irene Wilcox und Chaplain Mayfield jeweils einander gegenüber. Letztere reden miteinander über Belanglosigkeiten – ich habe gemischte Gefühle dabei.

Jemand fragt – war ich das? Ich weiß nicht mehr, zumindest hatte ich die Frage im Kopf –, ob von den Angehörigen der Opfer jemand da sei. Chaplain Mayfield weiß es nicht genau, er denkt aber, eher nicht, er habe nichts darüber gehört. Ich erfahre erst am nächsten Tag aus der Zeitung, dass doch fünf Opferangehörige anwesend gewesen seien. Anders als damals, waren sie wohl nicht im Stockwerk über uns untergebracht, sondern schon viel früher als wir in der Walls Unit selbst.

Von einer Aufseherin werden wir während der Wartezeit in den Vorraum einer Toilette geführt, wo wir mit Metalldetektoren abgetastet werden. Sicherheitsmaßnahmen.

Kommt mir aber nicht übermäßig gründlich vor. Irene ist hier bestens bekannt. Sie macht Small-Talk mit verschiedenen Angestellten, die uns begegnen. Wieder zurück in den Aufenthaltsraum und weiter warten... Schließlich heißt es: Es ist so weit! Wir sollen einer Aufseherin folgen, die vorangeht. Ich folge als nächste – an sich nicht meine Art, aber irgendwie habe ich das Gefühl, ich solle Barbara vorausgehen, weil ich den Weg schon kenne. Es geht zum Aufzug, mit diesem einen Stock höher, aus der Tür heraus über die Straße. Irene irgendwo hinter mir spricht wieder irgendwelche Guards an, die sie kennt, die uns die Türen aufhalten, „How are you doing?", oder so. Ich weiß nicht, ob ich das jetzt passend finde. Auf dem Weg über die Straße vom Verwaltungsgebäude in die Walls Unit geht mein Blick die Straße hinunter. Hinter dem gelben Absperrband steht nur ein kleines Häuflein von Leuten. So sehr Kevin auch die Sicherheitsvorkehrungen in der Polunsky Unit herausgefordert und damit die Aufmerksamkeit dort auf sich gelenkt hat – hier scheint kaum jemand Notiz von ihm zu nehmen. Als ich die Treppe zur Walls Unit hochgehe, hebt bei den Leuten unten hinter dem gelben Absperrband am Ende der Straße jemand beide Arme: Christiane, ja, ich sehe dich, ich weiß, du bist da! Danke!

Wir werden nach links in einen Büroraum geführt, wo wir erneut warten müssen. Es ist nach 18 Uhr mittlerweile. Barbara fragt mich, wie ich es schaffe, so ruhig zu sein. Ich erkläre ihr, das ist meine äußere Fassade, in mir drin sieht es anders aus. Okay, damals bei Cliff hatte ich viel mehr Angst: vor dem, was wir zu sehen bekommen würden und was es mit uns machen könnte. Ich habe es damals verkraftet, und deshalb ist meine Angst heute nicht so stark. Aber so ruhig, wie es scheint, bin ich nicht. Im Hintergrund des Büroraums dudelt leise ein Radio, die anwesenden Gefängnisbeamten unterhalten sich, leise zwar, aber doch so, als wäre nichts Besonderes. Barbara fragt mich, was mir durch den Kopf geht: Es ist diese Ambivalenz – ich weiß nicht, soll ich mich abgestoßen fühlen davon, dass alle um uns herum – Irene eingeschlossen – sich so normal verhalten, als wäre nichts Besonderes? Oder ist das die einzige Überlebensstrategie für eine solch absurde Situation? Ich selber habe in den vergangenen Tagen immer wieder über banale Dinge geredet und gelacht, weil es gar nicht auszuhalten wäre, immer nur an diesen bevorstehenden Augenblick zu denken. Und habe ich nicht Susanne mit Banalitäten vollgelabert, um sie von ihrer Flugangst abzulenken? Ist es wirklich Pietätlosigkeit, was ich hier erlebe, oder ist es nur eine Schutzfunktion?

Wir werden wieder geheißen, der Aufseherin zu folgen, die gemessenen Schrittes vorangeht. Jetzt, so weiß ich, gibt es keine Wartezeit mehr. Es ist so weit. Wir kommen durch den Besucherraum der Walls Unit – richtig, ich hätte es so nicht mehr gewusst, aber ich erinnere mich, dass Jessi und ich seinerzeit auch hier durchgegangen sind. Damals schlug mir das Herz bis zum Hals, heute ist es weniger schlimm. Wie oft muss man das durchmachen, bis man Routine hat? Geht das? Ist es nicht schrecklich, dass es Leute gibt, die sich daran gewöhnt haben mögen? Ist das vielleicht der einzige Weg, dass sie ihren Job verrichten können, ohne daran zu zerbrechen?

Nun geht es durch eine Tür ins Freie, durch mehrere offen stehende Gittertüren den schmalen Weg zwischen zwei Gebäuden entlang, dann links durch eine Stahltür, und wir sind im Zeugenraum. Der ist länglicher, als ich ihn in Erinnerung habe, aber das ist logisch – es ist ja nur die rechte Hälfte des ursprünglichen Raumes, in den 1995 eine Wand eingezogen wurde, damit Täter- und Opferangehörige getrennt werden können. Ich gehe vor bis zur Scheibe, lasse links neben mir Platz für Barbara, damit sie Kevin am nächsten sein kann, aber wäre die Scheibe nicht, wir könnten ohnehin fast hinübergreifen. Irene ist rechts neben mir, aber ich nehme nicht viel von ihr wahr, ebenso wenig wie von den Guards und Reportern, die sich hinter uns befinden dürften. Barbara und ich stehen an der Scheibe, uns quasi aneinander festhaltend, die andere Hand an die Scheibe gelegt. Vor uns auf der Liege mit ausgebreiteten Armen festgeschnallt liegt Kevin, der ein Lächeln andeutet, als er uns sieht. Die Hände sind mit Bandagen umwickelt, in den Armen sieht man die

Infusionsschläuche. Der Körper ist bis zur Brust mit einem weißen Tuch bedeckt, sodass man von den riesigen Ledergurten, mit denen er festgeschnallt ist, nur den obersten sieht. Chaplain Heart steht neben Kevin zu dessen Füßen. Eine Stimme sagt: „Warden, you may proceed!“ – Ist da ein Mann, der das sagt, vor der gegenüberliegenden Tür, in der er dann verschwindet? Ich weiß es nicht mehr. – Der Warden steht hinter Kevins Kopf. Ich muss den meinen drehen, um ihn zu sehen, eine Strebe in der Scheibe verdeckt die Sicht auf ihn. Jetzt begreife ich, weshalb ich in Erinnerung an Cliffs Exekution kein Bild von dem Warden mehr in meiner Vorstellung habe – ich stand damals exakt an derselben Stelle, und von der aus kann man den Gefängnisleiter der Walls Unit schlicht nicht sehen.

Kevin wird gefragt, ob er noch letzte Worte sagen wolle. Es dauert einen Moment, bis er mit „yes“ antwortet. Kevin dankt seinen Freunden und seiner Familie für deren Liebe und Unterstützung und nennt alle ihm wichtigen Menschen einzeln und namentlich. Ich muss ansatzweise innerlich fast ein bisschen schmunzeln, als er meinen vollen Namen komplett und korrekt wiedergibt. Beim Besuch gestern hatte er in irgendeinem Zusammenhang nachgefragt, wie mein Nachname richtig ausgesprochen wird, und er hat es sich offenbar gemerkt. Kevin adressiert weder die Angehörigen der Opfer, noch schaut er in den Zeugenraum links neben uns – für mich wirkt es immer noch so, als sei dort niemand anwesend. Kevin wirkt ruhig und gefasst, kein Wort oder Anzeichen davon, dass er ein Opfer der Ungerechtigkeit des Systems und unschuldig ist. Er möchte wohl einfach im Frieden gehen – ganz anders als von mir im Vorfeld befürchtet, nach so vielen seiner Äußerungen, die von Suizidabsichten bis hin zu offenem Kampf gereicht hatten.

Mit „that's it“ signalisiert Kevin, dass er seine letzten Worte beendet hat. Chaplain Heart nickt, was im uns gegenüberliegenden Raum hinter der Hinrichtungskammer als Zeichen zum Beginn gedeutet wird. Kevin sieht zu Barbara und formt mit seinen Lippen einen Kuss, den Barbara erwidert. Auch ich deute ihm gegenüber einen Kuss an und er erwidert ihn. Dann schaut er zurück zu Barbara. Seine Lider beginnen zu flattern, als ob es ihm schwerfiele, die Augen offen zu halten. Als die Luft aus den Lungen entweicht, ist das der schrecklichste Moment: Er schnaubt und prustet durch die Lippen, die unglaublich zu flattern beginnen, wie ein Pferd. Es wirkt beängstigend, weil man nicht weiß, was noch alles kommt. Dann ist Stille, Bewegungslosigkeit. Kevins Augen sind geöffnet, das rechte ganz, das linke halb. Nichts geschieht mehr für eine Ewigkeit – ich weiß, dass nach Verabreichen der Chemikalien noch weitere vier Minuten gewartet wird, die sich unendlich hinzuziehen scheinen, aber es kommt mir noch länger vor. Ich werfe einen Blick um die Ecke zu dem Warden, er scheint über Kevin hinweg auf die nächste Wand zu starren. Ich schaue zu Chaplain Heart, er bewegt lautlos die Lippen – im Gebet, nehme ich an. Ich schaue zurück zu Kevin, der uns reglos mit leeren Augen ansieht. Das ist nicht mehr der lebenslustige Kevin, der trotz der ernsten Situation gestern noch herzhaft mit uns lachen konnte, dieses Gesicht wirkt auf mich jetzt wie die Figur in einem Horrorfilm, in dem Menschen von Außerirdischen umgepolt werden und nicht mehr sie selber, sondern irgendwelche Monster sind.

Nach nicht nur einer Ewigkeit tritt von links ein schmächtiger Mann in einem schwarzen Anzug an Kevin heran, er hört mit einem Stethoskop Kevins Brust ab, dann sucht er am Hals nach dem Puls und prüft schließlich die Pupillenreflexe mit einem kleinen Lämpchen. Er erklärt Kevin für tot, und der Warden wiederholt in das Mikrofon über der Liege hinein den Todeszeitpunkt: 6.26 p.m. – 18.26 Uhr.

Barbara hatte am Nachmittag im Vorgespräch in ihrer Diskussion mit den beiden Geistlichen die Todesstrafe als barbarisch bezeichnet. Das war in dem Moment für mich ein Wort mit nur einem theoretischen Inhalt. Was ich im Zeugenraum vor der Hinrichtungskammer jetzt empfinde, ist genau das: Das Wort „barbarisch" ist auf einmal bis an den

Rand mit Leben gefüllt, aber es ist gleichzeitig gerade die Abwesenheit, die Auslöschung von Leben, die den Begriff erst so lebendig macht. Es ist mir unbegreiflich, wie eine fortschrittliche Demokratie wie die USA und die Menschen, die in ihr leben, nicht erfassen können, welcher archaischen und barbarischen und vor allem sinnlosen Prozedur sie hier anhängen. Das sind die ersten Worte, die ich Barbara zuflüsternd zustande bringe: „Du hast so Recht: Es IST barbarisch! Und so sinnlos!“ Meine Mundwickel zucken, weil ich mit den Tränen kämpfe.

Chaplain Heart zieht das weiße Laken bis über Kevins Kopf hinüber, schließt ihm vorher noch die Augen. Wir stehen da und warten. Ob sie so pietätvoll sind und uns einfach noch einen Moment Zeit geben wollen? Wir ansonsten schon gehen könnten? Nein, auf einmal höre ich hinter uns, wie sich die Stahltür öffnet, Irene fasst mich am Arm und bedeutet mir, dass wir den Raum nun verlassen sollen. Am nächsten Tag verstehe ich, dass man uns nicht rücksichtsvoll noch Zeit ließ, sondern wohl zunächst die Opferangehörigen aus dem Raum nebenan geführt wurden, bis man bei uns überhaupt die Tür geöffnet hat.

Ich drehe mich um und gehe vor Barbara und Irene in Richtung Tür, merke, ich muss langsam tun, weil meine Beine nicht gehorchen wollen. Ich habe das Gefühl zu zittern, auch wenn man das vermutlich von außen nicht sieht. Es geht den kompletten Weg zurück: den Weg zwischen den Gebäuden, durch den Besucherraum. Barbara sagt, Kevin ist jetzt frei und er habe es gut gemacht. Weiter durch den Büroraum und nach draußen, Treppe runter und über die Straße. Irene hinter mir unterhält sich wieder mit jemandem – jetzt finde ich es wirklich daneben. Barbara sagt, die sollen keine Tränen von ihr sehen, sie hat wohl sogar hinter mir das Victory-Zeichen gemacht, als wir aus der Walls Unit kamen. Mir ist es egal, ob jemand meine Tränen sieht, wahrscheinlich spricht mein Gesichtsausdruck ohnehin Bände. Wir werden noch bis zum Ausgang des Verwaltungsgebäudes geführt und dort entlassen.

Christiane, Karin, Sylvia und Christa erwarten uns dort schon – ich ignoriere erst einmal förmlich alle anderen und falle Christiane in die Arme. Es war schrecklich, hat mich stärker an meine Grenzen gebracht, als ich es vorher empfand, aber das muss ich ihr nicht sagen. Schließlich sind auch die mitfühlenden Umarmungen der anderen okay, die ich nicht gleich zu Anfang gut hätte ertragen können. Gesprochen wird nicht viel, was soll man auch sagen. Ich freue mich, dass Christa gekommen ist – schließlich fällt ihr das nicht leicht, nach ihren eigenen Erfahrungen mit der Hinrichtung ihres Brieffreundes Troy. Schön ist, dass Barbara, die sich mit Christa früher mal überworfen hatte, ihr Bedauern darüber äußert und Christa ebenfalls einlenkt. Eine versöhnliche Geste von beiden, weil wohl jeder empfindet, wie nichtig Streitereien unter diesen Umständen werden.

Ich verabschiede mich von Christa, die ich vielleicht morgen früh noch sehe – wir fahren mit zwei Autos Kolonne zum Hospitality House, damit Barbara Kevins Sachen dort abholen kann: immerhin fünf von den bekannten roten Netzsäcken für Property. Dann fahren wir voraus zum Funeral Home in der 15. Straße. Wir finden es nicht sofort, aber im zweiten Anlauf dann doch. Es gibt noch Diskussionen vor der Tür, weil Barbara sich in den Kopf gesetzt hat, Kevins letzten Wunsch zu erfüllen, und Karin nicht mit einer Leiche im Wagen fahren möchte. Vor der Kapelle des Funeral Home wartet man bereits auf uns, und so gehen wir erst einmal hinein. An der hinteren Wand, wo sonst in einer Kirche der Altar ist, steht eine Bahre mit Rollen darunter, auf der Kevin liegt. Wir setzen uns zunächst über den Raum verteilt in die hinteren Bänke – es ist wohl jeder irgendwie mit sich beschäftigt. Christiane sagt mir später, dass sie in dem Moment erst mit aller Macht begriffen hat, was geschehen ist – nun, das Erlebnis hatte ich natürlich schon im Zeugenraum. Wir alle lassen Barbara als seine Ehefrau allein zu Kevin gehen, ihn berühren und küssen – was ihnen zu Kevins Lebzeiten nie vergönnt war. Liebevoll entfernt Barbara die Klebstreifen von seinen Armen, mit denen die Infusionsnadeln befestigt waren, und legt schließlich ein aus Rosen geflochtenes Herz auf seine Brust.

Nun können auch die anderen nach vorne kommen – Karin dreht sich nach mir um, sie möchte nicht alleine, ich aber möchte gerade nicht mit jemandem zusammen und warte noch. Sylvia geht schließlich mit. Erst danach gehe ich nach vorn. Kevin sieht wieder wie er selbst aus, nicht wie ein seelenloses Monster aus einem Science-Fiction-Film. Er wirkt ruhig und friedlich. Ich berühre seine Schultern, seinen Kopf, sein Gesicht, seine Lippen. Es ist nichts Beängstigendes. Er ist noch so warm, wie ein lebendiger Mensch. Dass er erst sterben musste, damit man ihn so spüren kann!

Barbara spricht mit dem Inhaber des Funeral Home – sie würde Kevin gerne selber umziehen, die Gefängniskleidung gegen Hemd und Hose tauschen. Man erklärt uns, dass das schwierig sei, weil man auf der schmalen Bahre Kevin nicht drehen kann, aber wir dürfen es versuchen. Christiane verspricht zu helfen – sie hat als Altenpflegerin Erfahrung. Und sie ist wirklich eine unschätzbare Hilfe in diesem Punkt. Sie übernimmt die Führung, bindet uns alle ein, so weit wir das möchten, sagt genau, wer was machen soll, und es gelingt tatsächlich, Kevin mit vereinten Kräften die Kleider zu wechseln, ohne dass etwas passiert und er uns von Bahre purzelt. Während beim Wechseln des Hemdes zwei von uns Kevins Oberkörper stützend im Arm haben und andere seine Arme halten, erklärt jemand, Kevin sehe gerade aus, als ob er lächle, und es würde ihm zweifellos gefallen, von so vielen Mädels begrabbelt zu werden...

Es ist eine entspannte und keineswegs todtraurige Atmosphäre, während wir Kevin gemeinsam umkleiden – manche fassen mehr an, manche weniger, aber jeder hat eine Aufgabe, und wenn es nur ist, die Bahre am Wegrollen zu hindern oder an der Seite zu stehen, damit er dort nicht von der Bahre fallen kann. Ich spüre die Ambivalenz der Situation: Es wirkt nicht derartig ehrfurchtsvoll-heilig, wie man bei uns den Umgang mit Toten vollziehen mag. Insofern wirkt die Situation für europäische Verhältnisse unnatürlich. Und doch scheint das der wesentlich natürlichere Umgang mit dem Tod zu sein. Mir jedenfalls, das merke ich, tut diese Natürlichkeit gut, nach den schrecklichen Bildern in der Walls Unit. Wären das meine letzten Eindrücke von Kevin gewesen, ich wäre deutlich schwerer damit zurechtgekommen. Auf Barbaras Bitte hin mache ich ein paar Fotos, von ihr und Kevin und von ihm allein.

Kevins Familie (Mutter, Schwester, Onkel, Tochter, Nichte) ist auf dem Weg – gemeinsam soll dann für den Transport nach Houston zu einem dort ansässigen Beerdigungsinstitut gesorgt werden, das die Kremation übernehmen wird. Es ist offenbar tatsächlich rechtlich kein Problem in Texas, einen Leichnam privat im Pkw zu transportieren, ohne Sarg und nur auf einer herkömmlichen Decke liegend. Ich stelle mir die makabere Situation vor, so in eine Polizeikontrolle zu geraten... Der Bestatter, dreimal befragt, ob es legal sei, bestätigt es jedes Mal und erklärt, in den USA wolle man den Angehörigen die größtmöglichen Freiheiten lassen. Das ist im Grunde auch gut so – nur so ungewohnt für uns Europäer.

Christiane sagt mir, dass sie schon häufiger Tote umgezogen habe, aber noch nie so kurz nach Todeseintritt, wo der Körper noch derart warm gewesen ist. Sie erklärt mir, in Deutschland dürfe die ersten zwei Stunden niemand etwas anrühren, damit nichts verändert würde, um ggf. eine unnatürliche Todesursache noch feststellen und belegen zu können. Ich platze geradezu heraus: Da habe man hier auf die Wartezeit getrost verzichten können, denn die Todesursache ist bekannt und eine unnatürlichere gebe es ja wohl kaum!

Schließlich trifft die Familie ein: Dorothy gibt wieder ein eindrucksvolles Beispiel von Verdrängung, indem sie ganz geschäftsmäßig ankommt und gleich arrangieren will, wie man Kevin denn transportieren könne. Barbara unterbricht sie fast harsch und fragt: Willst du deinen Sohn nicht erst einmal sehen? – Wir lassen die Familie allein und halten uns draußen in der Einfahrt auf, wo mittlerweile die beiden Autos stehen, beides große Vans mit zwei Rückbänken. In dem einen werden beide Rücksitzreihen umgeklappt, sodass eine so lange Ladefläche entsteht, dass Kevin dort hineingelegt werden kann. Die Bestatter helfen mit, und es gelingt schließlich ohne weitere Probleme. So fahren die Familienmitglieder in dem einen Wagen, Dorothy fährt den anderen Wagen mit Kevin und Barbara nebeneinander auf den umgeklappten Rückbänken liegend.

Für Karin war die Sache heute Abend zu viel – sie ist mit den Nerven am Ende, möchte lieber gar nicht zurück in Kevins Familie, muss aber stattdessen doch mit nach Houston fahren. Christiane und ich nehmen Sylvia mit zurück nach Livingston, wie es vorher abgesprochen war. Von Barbara verabschiede ich mich herzlich, sie hat sich sehr tapfer und stark gezeigt, ich habe aber auch das Gefühl, dass ich ihr durch meine Erfahrung und meine ruhige Art eine Hilfe war. Ich weiß jedenfalls, dass uns das gemeinsam Erlebte und Durchlittene für immer in einer besonderen Weise verbinden wird.

Als wir am späten Abend im „Blue Shelter“ ankommen, sind neue Gäste da: Eine junge Frau aus England begrüßt mich gleich mit einer Umarmung und sagt, die sei von Sue Fenwick – Texas-Sue – von „Human Writes“. Mit Sue bin ich schon seit Jahren in Kontakt, sie war eine enge Freundin von Cliff. Myriam aus Belgien, die fast gleichzeitig mit uns am Gästehaus eintrifft, kenne ich noch vom Sommer 2004. Sie ist eine sehr impulsiv-fröhliche Natur. Ich habe den Eindruck, den beiden ist nicht klar, woher wir gerade kommen, und ich möchte auch gar nicht darüber reden. Ich kann mich der fröhlichen und lockeren Stimmung gut anpassen und mehr will ich im Moment nicht. Christiane unterhält sich am anderen Morgen mit Myriam – offenbar ist ihr am Abend in dem Moment klar geworden, weshalb wir hier waren und woher wir kamen, als sie von uns hörte, dass wir am nächsten Morgen abfliegen würden und ich keine Ferien habe. Ich finde es gut, dass sie dennoch nicht weiter gefragt hat.

Christiane und ich haben zwar keine Alpträume in der Nacht, aber wie wir unabhängig voneinander feststellen, sind uns beiden die Bilder des gestrigen Tages in der Nacht ständig vor Augen gestanden. Zweifellos werden sie uns noch weiter begleiten.

Wir verabschieden uns am anderen Morgen von Myriam und der Engländerin, die ihre Besuche in der Polunsky Unit antreten. Wir packen in Ruhe unsere Sachen, ich rufe Christa an und verabschiede mich – wir wollen doch ein bisschen früher los. Am Wal-Mart kaufen wir eine Zeitung. Den Huntsville Item bekommen wir zwar dort nicht, aber im Houston Chronicle steht ein längerer Artikel – die übrigen finde ich im Internet am Flughafen. Wir bringen ein reichlich schmutziges Auto zurück zum Autoverleih – die Straße zum Gästehaus „Blue Shelter“ war gerade frisch gemacht, will heißen, neu mit einer Mischung aus rotem Lehm und Schotter belegt. Bei unserem letzten Besuch waren die Schlaglöcher so tief, dass man befürchtete, sich einen Achsbruch zu holen. Nun also war bei unserer Ankunft alles bestens gewesen, dann kam der große Regen, und wir rutschten derartig im Schlamm, dass derselbe aus den Radkästen unseres Jeeps tropfte wie hierzulande im Winter der Schneematsch.

Wir haben einen ruhigen Flug zurück, das Essen ist wieder gewohnt Lufthansa – nämlich mäßig. Zu Hause schlafen wir erst einmal ein paar Stunden. Aber alle Banalitäten und Alltäglichkeiten täuschen nicht darüber hinweg, dass wir die Welt einmal mehr von ihrer grausamsten Seite kennen gelernt haben. Weshalb der Mensch in einer Welt, in der es schon genügend Leid gibt, mutwillig noch weiteres hinzufügen muss, das sinnlos ist und vermeidbar wäre – ich werde es nie verstehen und will es auch gar nicht.

Ich weiß nicht, wann ich Texas das nächste Mal sehen werde – fast fünf Jahre wie nach Cliffs Hinrichtung wird es sicher nicht dauern. Denn abgesehen von David ist da noch Greg, ein neuer

Brieffreund, den ich dieses Mal nicht sehen konnte, weil er seine Besucherliste erst im Juni ändern kann...

Ein Nachtrag wäre noch zu ergänzen: Nachdem ich im Sommer 2004 Sister Helen Prejean knapp verpasst hatte in Texas – sie besuchte James genau zwei Tage nach meinem Abflug –, nahm ich die Gelegenheit wahr, sie zwei Wochen nach Kevins Tod in Dresden zu treffen. Sie ist eine ebenso beeindruckende wie liebevolle und mitfühlende Frau – die Reise hat sich gelohnt!

Gabi + Kevin (2004)

- DER SIEBENTE BESUCH -

(Samstag, 6. Januar 2007, bis Mittwoch, 10. Januar 2007)

Im August nach Kevins Hinrichtung habe ich seine Frau Barbara in der Schweiz besucht – das war natürlich bewegend, zumal sie die Urne mit seiner Asche in ihrem Zimmer aufbewahrt, wir gemeinsam Fotoalben angeschaut haben und sie mir die Möglichkeit gab, Kevins Stimme noch einmal zu hören: Barbara hatte in den alten Zeiten von Ellis Unit mal ein Diktiergerät in den Besucherraum geschmuggelt...

Zu dieser Zeit war mir noch völlig unklar, wann ich wieder nach Texas reisen würde. Ich fing an, noch einem weiteren Häftling namens Willie zu schreiben, kam in Kontakt mit einer anderen Brieffreundin von ihm, die ihn gern besuchen wollte, sich aber allein nicht traute. So gewannen Pläne Gestalt für eine gemeinsame Reise im Januar 2007. Wegen gesundheitlicher Probleme musste Willies Brieffreundin die Reise schließlich absagen – das änderte allerdings nichts an meinen eigenen Reiseplänen.

So finde ich mich einmal mehr am Frankfurter Flughafen ein, um diesmal allein per Lufthansa-Direktflug meinen Weg nach Houston anzutreten. Da die Reise nur für drei Tage geplant ist, habe ich lediglich ein kleines Köfferchen dabei, das ich als Handgepäck mit an Bord nehmen kann. Flüssigkeiten bis maximal 100ml habe ich vorschriftsmäßig in einen durchsichtigen Plastikbeutel gepackt. Nachdem mir zwei Angestellte von Lufthansa bzw. Flughafen nicht die richtige Auskunft geben konnten, entdecke ich selbst, dass ich auch mit einem Papierticket die Quick-Check-In-Automaten benutzen kann und mich NICHT in die elend lange Schlange derer, die ihre Koffer aufgeben wollen, einreihen muss.

Der Flug ist ruhig, wir kommen zwar mit einer halben Stunde Verspätung in Houston an, aber bei Einreise und Zoll geht alles sehr schnell – auf einen Koffer muss ich ja zum Glück nicht warten. Ich mache nur den Fehler, dem Beamten bei der Einreise auf seine Frage nach der Länge meines Aufenthalts wahrheitsgemäß zu sagen, dass ich nur drei Tage bleiben würde. Das macht mich offenbar verdächtig, denn er reitet mehrfach darauf herum. Es passiert nichts Schlimmeres, aber nächstes Mal werde ich mich wieder unbestimmter ausdrücken und von ein paar Tagen oder ungefähr einer Woche sprechen... Ach ja: Nachdem ich letztes Mal dachte, wir seien im Terminal E angekommen, weil mir das alles so unbekannt vorkam, merke ich jetzt, dass wir schon im Terminal D gelandet sind, aber man von dort aus über eine in Glas eingefasste Brücke zum Terminal E zu den Einreiseschaltern läuft – offenbar ist also der Einreisebereich umgezogen und der mir letztes Mal unbekannte ist nun der reguläre Weg... Jedenfalls: Auch den bestellten Mietwagen habe ich bald, und so erreiche ich schon vor 17 Uhr Ortszeit Livingston.

Ich bin wieder im „Blue Shelter" von Christa H., und zwar ganz allein. Den Schlüssel finde ich am vereinbarten Ort. Christa hatte das Gästehaus letzten August geschlossen, doch nun soll es renoviert und ab März neu eröffnet werden. Ich darf die drei Nächte im gewohnten Quartier zubringen, obwohl das Haus offiziell zurzeit nicht geöffnet ist. Ich hatte eigentlich in einem anderen privaten Gästehaus reserviert, darüber neben positiven Stimmen aber derart viel Negatives gehört, dass ich meine Reservierung dort nicht aufrechterhalten wollte. Ich hatte noch das Angebot, bei Connie, der Frau von meinem Brieffreund Greg, Unterschlupf zu finden, aber noch lieber bin ich dann doch im „Blue Shelter", das mir so vertraut ist.

Ich habe ein bisschen Zeit zum Ausruhen, rufe daheim und auch bei Christa an, um zu sagen, dass ich gut angekommen bin, und dann trete ich zum ersten Mal in meinem Leben bereits am Tag meiner Ankunft noch einen Besuch im Gefängnis an. Gegen 19.30 Uhr fahre ich an der Polunsky Unit beim Parkplatz vor – der Beamte, der sich Ausweis und

Kofferraum zeigen lässt sowie Kennzeichen und Nummer des zu besuchenden Gefangenen notiert, ist ausgesprochen freundlich. An der Anmeldung am Gefängniseingang treffe ich erwartungsgemäß Gregs Frau Connie – sie wird ihren Mann besuchen, den ich erst Montag und Dienstag treffen will, während ich jetzt gleich Willie für zwei Stunden sehen werde. Auch die Dame an der Anmeldung ist sehr freundlich – wünscht mir eigens noch einen schönen Besuch. Dann dürfen wir bereits in den Besucherraum, wo die Gefangenen – wie an Samstagen üblich – schon auf uns warten. Es ist erst 19.45 Uhr – wir bekommen also eine Viertelstunde geschenkt.

So sehe ich also Willie, dem ich erst ein paar Monate schreibe, zum ersten Mal, und wir verbringen zwei kurzweilige Stunden miteinander. Ich bin recht müde, sodass Willie während der zweiten Hälfte des Besuchs das Gespräch fast allein bestreitet, aber er hat Verständnis dafür, dass ich seit fast 24 Stunden auf den Beinen bin, und ich höre ihm gern zu. Wir sprechen über unsere Haustiere und alles Mögliche – was mir aber am besten in Erinnerung bleibt, ist die Tatsache, dass Willie nur selten Besuch bekommt, wie er mir erzählt. Den letzten habe er im vergangenen August von jemandem seiner Familie bekommen – und das, obwohl der große Teil seiner Familie in Houston wohnt. Sein Vater wohnt im Nachbarstaat Louisiana. Als Anfang November Willies bester Freund hingerichtet wurde, fuhr sein Vater nach Livingston, um ihn zu besuchen – damit er gleichzeitig mit seinem besten Freund im Besucherraum hätte sein können während der letzten Besuche. Jedoch hat man seinen Vater nicht hereingelassen. Bei der Kontrolle vor dem Parkplatz wurden Drogen in seinem Auto entdeckt. Sicher nichts Schlimmeres, sonst hätten sie die Polizei alarmiert, wohl nur ein bisschen was zum Rauchen für den Eigengebrauch. Aber man schickte den Vater wieder weg, und er hatte die weite Fahrt von Louisiana umsonst unternommen.

Weil wir uns noch in der ersten Woche des laufenden Monats befinden, können heute Fotos gemacht werden. Nachdem sie zwei Fotos von mir und Willie gemacht hat, frage ich die weiße

Ms. Williams, die heute Abend Dienst tut, ob sie auch von Greg Fotos machen würde, weil das am Montag nicht mehr möglich ist – sie machen die Fotos ja nur vom 1. bis 7. des Monats. Ms. Williams stimmt zu, fragt Greg und Connie um deren Einverständnis, und dann kann ich Greg zuwinken und mich mit ihm, den ich erst am Montag besuchen werde, zumindest jetzt schon fotografieren lassen. Sprechen darf ich mit Greg nicht – dass Ms. Williams das nicht erlaubt, ist bekannt –, bevor sie uns zwischen den beiden Fotos für einen Moment allein lässt, weil sie die Sofortbild-Kamera erst neu laden muss, sagt sie zu mir: „Don't pick up the phone!" Aber sie sagt es wohl nur, weil sie es sagen muss – ihrem Ton kann ich entnehmen, dass sie mich gut genug kennt, als dass sie nicht ernsthaft befürchtet, ich würde gegen die Regeln verstoßen.

Nach dem Besuch sehe ich, dass auch Joy von KDOL im Besucherraum war, und wir begrüßen uns herzlich. Ich erzähle ihr, dass ich die CD mit einer Zusammenstellung einiger meiner Lieblingssongs dabeihabe, die ich ihr letzten März versprochen hatte, und Connie gebe ich auf dem Parkplatz ein Exemplar des neuen ALIVE-Abreißkalenders, in dem auch Greg verzeichnet ist. Ich verspreche, dass ich morgen in KDOLs Shout-Out-Show kommen werde, ich weiß nur noch nicht genau, um welche Zeit – jedenfalls werde ich Joy und Connie dort wiedersehen. Ich fahre die fünf Minuten ins „Blue Shelter", und dann falle ich dort relativ bald todmüde ins Bett...

Am nächsten Morgen stehe ich um 6 Uhr auf – ich will um 8 Uhr in der Wynne Unit in Huntsville sein, um David zu besuchen. Zuvor fahre ich allerdings noch diverse Banken an. Ich will für den ALIVE-Shop eine große Anzahl Money Orders mit nach Hause bringen, und dafür brauche ich die entsprechende Menge Dollars. Da die Geldautomaten nur 20er und 10er ausspucken und offenbar für große Summen nicht ausgelegt sind, muss ich bestimmt ein halbes Dutzend der Automaten ausprobieren, bis ich das Geld zusammen habe, das ich brauche. Eine halbe Stunde später als geplant erreiche ich schließlich die Wynne Unit.

Nach meinen Erfahrungen vom letzten Mal lasse ich gleich alles im Auto und nehme nur einen Beutel Münzen, den Autoschlüssel und meinen Ausweis mit. Am Eingang erkläre ich, wen ich besuchen möchte, werde flüchtig untersucht und gefragt, ob ich etwas in den Hosentaschen hätte. Ich frage, ob es sich um einen Kontaktbesuch handeln würde. David hatte mir im letzten Brief geschrieben: „... and it will be contact!" Allerdings sind Kontaktbesuche an sich nur engen Familienangehörigen gestattet. Bei meinen zwei Telefonanrufen im Gefängnis wegen der Anmeldung des vierstündigen Special Visits hatte ich auch schon danach gefragt, aber keine zustimmende Antwort erhalten – wobei ich sagen muss, dass von der Wynne Unit alle immer sehr nett waren, mit denen ich zu tun hatte. Ich habe mit meiner Frage aber auch nicht gedrängelt, sondern sachlich erklärt, wie ich überhaupt darauf komme und dass ich mich selbst gewundert habe, dass David schrieb, es werde ein Kontaktbesuch sein.

Auch jetzt bekomme ich zunächst die Auskunft, es sei kein Kontaktbesuch. Dann aber bemerke ich, dass das mehrköpfige Personal am Eingang auf einmal selbst etwas verwirrt ist. Es stellt sich heraus, dass sie für meinen Besuch ZWEI Formulare vorliegen haben – auf dem einen steht: „four hours non-contact", auf dem anderen: „two hours contact"! Ich schöpfe Hoffnung – schließlich geht einer der Beamten mit den beiden Zetteln in den Nebenraum, um die Sache zu klären. Nach wenigen Minuten kommt er zurück und erklärt sinngemäß, er nehme das auf seine Kappe: „Give her the four hours – contact!" Ich kann es kaum glauben, bedanke mich artig und versichere, dass ich das zu schätzen weiß.

Dieses Mal kenne ich den Weg in den Besucherraum, gebe dort meinen Ausweis ab und werde nach dem Nummernschild meines Autos gefragt. Hilfe! Ich habe doch das Kennzeichen meines Mietwagens nicht im Kopf! Aber zum Glück steht es auf dem Anhänger des Autoschlüssels. Nun muss ich noch gut 20 Minuten warten, bis David gebracht wird – ich bin richtig aufgeregt: Zum ersten Mal in meinem Leben ein Kontaktbesuch in einem Gefängnis! Schließlich wird Davids Name aufgerufen, und ich darf in den Bereich des Besucherraums, in dem die Kontaktbesuche stattfinden. David kommt auf mich zu und darf mich vor den Augen der Wärter zur Begrüßung einmal in den Arm nehmen und drückt mich kräftig. Dann begeben wir uns zu der uns zugewiesenen Platznummer. Wir sitzen uns gegenüber wie an einer langen mittelalterlichen Tafel, die allerdings auf einer Mauer steht, sodass man nichts unter dem Tisch durchreichen oder sonst was anstellen kann.

Ich frage David natürlich fast als erstes, wie er das zu Wege gebracht hat, dass wir diesen Kontaktbesuch haben können. Ich weiß zwar, dass das Offender's Handbook, in dem alle Regeln verzeichnet sind, die Möglichkeit vorsieht, dass ein „Special Friend“ einen Kontaktbesuch bekommen kann, wenn der Warden es erlaubt, aber das scheint ja die absolute Ausnahme zu sein. David erzählt, er habe den Antrag gestellt und damit begründet, dass ich ihn schon seit Jahren unterstütze und das schon in der Zeit, als er noch im Todestrakt war, getan habe usw., dass es kein romantisches Verhältnis sei, aber ich für ihn eben sehr wichtig bin. Dass David es geschafft hat, liegt aber sicher auch daran, dass er sich vorbildlich führt und keinerlei Anlass zu Klagen liefert.

David hatte immer wieder gesundheitliche Probleme in der Vergangenheit, und ich weiß, dass es unter denen in der Polunsky Unit, die ihn kennen, schon wieder Gerüchte gibt in dieser Hinsicht. Ich lasse mir von ihm berichten: Zurzeit leidet er unter einem Nierenstein, und im November hat er tatsächlich vier Wochen im Krankenhaus zugebracht wegen einer Herzgeschichte, weil da was entzündet war. Immerhin konnte seine Schwester ihn jeden Tag besuchen dort.

Wir verbringen vier angenehme Stunden und genießen es, dass wir dieses Mal nicht die Verständigungsprobleme haben, die uns letztes Mal Glasscheibe und Gitter beschert hatten, sondern uns direkt gegenübersitzen. Hier darf man im Übrigen selbst und mehrmals für den Gefangenen Getränke und Chips oder Snacks aus den Maschinen holen – nur gibt es leider nichts Frisches wie in der Polunsky Unit. Nach drei Stunden geht mir langsam der Gesprächsstoff aus – das geht mir mit David immer so, aber das ist schon okay. Da ich wie bei dem letzten Texas-Aufenthalt erst Samstag angereist bin, ist es mir erneut nicht möglich gewesen, ihn schon am Samstag für vier Stunden und am Sonntag für weitere vier zu sehen – er muss sich wieder mit dem Sonntag zufriedengeben. Wenn ich allerdings die Wahl gehabt hätte zwischen acht Stunden Nicht-Kontakt- und vier Stunden Kontaktbesuch – ich würde immer wieder den Kontaktbesuch wählen! Am Ende unserer vier Stunden dürfen wir uns durch eine weitere Umarmung verabschieden – mein Verhältnis zu David ist rein freundschaftlicher Natur, aber durch die Seltenheit bis Einmaligkeit dieser Möglichkeit hat die Umarmung zweifellos etwas sehr Besonderes.

Weil ich Sue in England versprochen habe, ein Foto des Grabes eines bestimmten Häftlings zu machen, suche ich mir zunächst meinen Weg zum Gefängnisfriedhof in Huntsville. Hätte ich doch auf die Karte geguckt – ich verfranse mich sowohl auf dem Hin- als auch auf dem Rückweg, weil ich mir einbilde, ich kenne den Weg. Nicht schlimm, kostet nur Zeit. Und leider kann ich das betreffende Grab nicht finden, sodass die Aktion noch umsonst war – und ich mir fast meine Schuhe ruiniere, denn der Friedhof steht reichlich unter Wasser und ist matschig...

Ich mache mich auf den Rückweg nach Livingston und lege nach etwa zwei Drittel der knapp einstündigen Strecke eine Pause ein, indem ich Christa in ihrer Boutique in Onalaska besuche. Natürlich haben wir einiges zu erzählen. Ich berichte von meinem Kontaktbesuch bei David und von Willie, den

Christa per Brief ebenfalls kennt. Als ich sage, dass Willie seit August keinen Besuch mehr hatte, meint Christa, das stimme aber nicht, denn Myriam aus Belgien habe ihn doch im Oktober besucht – stimmt! Das hatte mir Willie selbst geschrieben, vermutlich hat er gestern ebenso wenig daran gedacht wie ich... Das Geld, das ich aus den Automaten besorgt habe, lasse ich nun bei Christa. Sie wird mir die Money Orders bei der Post besorgen, da ich morgen den ganzen Tag über im Gefängnis sein werde und die Post danach geschlossen hat. Nach zwei Stunden und einem halben Käsekuchen fahre ich den Rest des Weges bis nach Livingston, um noch für eine Stunde bei KDOL reinzuschauen.

Schon auf dem Weg kann ich den lokalen Radio-Sender empfangen und höre ihn, bis ich an Ort und Stelle bin. Connie und Sylvia, die ich letztes Mal als eine Freundin von Kevin kennen gelernt hatte, wechseln sich mit dem Lesen von persönlichen Nachrichten für die Gefangenen ab, Joy nimmt die Telefonanrufe entgegen, und zwischendrin kann ich alle begrüßen. Ich sage allen Hörern am Radio ein Hallo, besonders Greg, der mich gestern gesehen hat, jetzt hört und morgen dann endlich sieht UND hört. Ich sage nichts speziell zu Willie – er hat mir gestern erzählt, er könne KDOL nicht hören. Man kann das Radio so manipulieren, dass man den Ton von Fernsehsendern empfangen kann, aber dann funktioniert KDOL nicht mehr. Ich grüße noch alle diejenigen über den Sender, die David kennen und um seine Gesundheit besorgt sind – ich richte ihnen auf diesem Weg von David aus, dass es ihm gut geht und ich ihn heute Morgen besucht habe.

Ich gebe Joy die versprochene CD und sie will gleich einen Titel spielen. Ich wähle „If You're Gonna Play In Texas You've Got To Have A Fiddle In Your Band“ in der Fassung meiner geliebten King's Singers, sage vorher ein bisschen was zu dieser wohl weltbesten A-Cappella-Gruppe, von der ich fast 80 Konzerte besucht habe im letzten Jahrzehnt. Diesen speziellen Song gibt es auf keiner CD, es ist ein Rundfunk-Mitschnitt eines ihrer Konzerte. Joy lässt den fast minutenlangen Applaus nach dem Lied in voller Länge laufen und meint, Applaus hören die Insassen ohnehin höchst selten.

Ich bekomme ein Stück Käsekuchen angeboten – ich liebe Käsekuchen –, aber nach den Süßigkeiten bei David und dem halben Cheese-Cake bei Christa – ich glaube, mir wird schlecht, wenn ich noch mehr Süßes esse! Connie lädt mich und Sylvia ein, dass wir noch etwas essen gehen – ich nehme einen großen Fried Chicken Salad mit doppelt Honey Mustard Dressing. Schmeckt super – und ist vor allem nicht süß. Aber ein großes Stück von dem Käsekuchen haben sie mir für den nächsten Tag mitgegeben! Joy musste nach der Radio-Sendung leider schnell weg, deshalb war sie beim Essen nicht dabei – ich konnte ihr gerade noch etwas Geld für die Show zustecken. Nach dem Essen und den guten Gesprächen verabschiede ich mich von Sylvia und Connie, fahre zum Wal-Mart, um dort ein paar Sachen zu besorgen, und falle dann einmal mehr reichlich müde in mein Bett im „Blue Shelter“.

Am Montagmorgen bin ich etwa um 7.45 Uhr vor der Polunsky Unit. Im Auto vor mir erkenne ich Irene Wilcox, die Kevins geistlicher Beistand war. Nach den üblichen Formalitäten werden wir auf den Parkplatz gelassen. Es sind keine zehn Minuten mehr bis 8 Uhr, ich wechsle im Vorraum der Anmeldung Dollar-Scheine in Münzen um und lege schon meine Sachen auf dem Tisch ab, um durch die Sicherheitskontrolle zu gehen – da erkennt man in mir eine Besucherin und weist mich an, draußen in meinem Fahrzeug zu warten, man sei noch nicht so weit... Na toll, da geht dann wieder kostbare Zeit verloren, und ich befürchte, dass am Ende jemand anders noch vor mir reinkommt, obwohl ich früher da war – ich habe zwei Special Visits von vier Stunden auf dem Programm heute, und das ist ohnehin kaum zu schaffen. Zehn Minuten später geht aber alles seinen gewohnten Gang.

Ich besuche zunächst Willie für vier Stunden. Heute bin ich munterer als am Samstag und rede auch mehr. Wir sprechen über viele verschiedene Dinge. Schon ziemlich zu Anfang sagt Willie, er habe darüber nachgedacht – er habe doch nach August noch einmal Besuch gehabt, nämlich von Myriam aus Belgien. Er möchte es gleich korrigieren, damit ich nicht denke, er habe mich belogen. Aber mir war bereits klar, dass er – ebenso wie ich – nur daran nicht gedacht hatte. Von seiner Familie jedoch war es tatsächlich der letzte Besuch im vergangenen August.

Nachdem Willie am Samstag nur wenig essen wollte, weil es schon so spät abends war, will ich ihn jetzt gern zu etwas mehr einladen. Am Samstag kamen wir zu spät darauf, dass wir beide gern Milch trinken – da hatte ich ihm schon etwas anderes zu trinken besorgt. Jetzt wollen wir aber die Chance nutzen! Ich sage also der Aufsicht – eine Ms. Ford, wie ich später von Greg erfahre, die ich noch nicht kenne –, dass ich gern jetzt für Willie einkaufen möchte. Ich hole als erstes eine Flasche Milch aus der Food-Machine, in der auch die Sandwiches, Salate, Obst usw. enthalten sind, – und dann ist die Maschine kaputt und nichts geht mehr! Ms. Ford telefoniert zwar gleich, aber es kommt den ganzen Tag niemand. Die Maschinen werden von einer Firma ganz in der Nähe des Gefängnisses betreut. Willie muss sich schließlich doch mit dem ungesunden Junk-Food begnügen. Wenigstens hat er seine Milch bekommen.

Am Samstag fiel es mir nicht auf, aber heute bemerke ich immer wieder Ähnlichkeiten, die Willie mit Kevin hat. Nur äußerlich, vom Wesen her sind sie sicher verschieden. Aber sein Gesichtsausdruck, wenn er ernst schaut, die Augen und manche Gesten erinnern mich immer wieder an Kevin. Aber das tut mir nicht weh, und ich sehe in Willie auch zweifellos keinen Kevin-Ersatz. Ich beobachte es nur, schmunzele innerlich, sage aber nichts dazu. Obwohl Willie mir einmal geschrieben hat, dass er Kevin nicht erst im Todestrakt kennen gelernt hat, sondern ihm schon vorher in Houston begegnet ist, weil sie in denselben Clubs verkehrten.

Willie hatte am Samstag in irgendeinem Zusammenhang gesagt, dass es schlimmer sei, wenn man das Opfer gekannt habe, weil sich das Verbrechen in der Familie abgespielt hat. Ich frage ihn nun, ob er mehr davon erzählen möchte, was denn in seinem Fall eigentlich passiert ist. Er erzählt mir seine Geschichte in aller Ausführlichkeit. Es ist nicht der typische Fall von Raubmord oder etwas Ähnlichem. Die Familie seiner Freundin, mit der er einen kleinen Sohn hatte, war gegen ihn und hatte eine Verfügung erwirkt, die ihm den Kontakt zu Frau und Kind verbot. Die Freundin hatte den Kontakt trotzdem zugelassen; als Willie dann einmal vor dem Haus der Familie seiner Freundin auftauchte, habe sein Schwager einfach ohne Vorwarnung das Feuer eröffnet und durch die geschlossene Tür fünfmal auf ihn geschossen. Darauf habe Willie seine eigene Waffe gezogen und sei ins Haus gestürmt. Seine Freundin habe auf dem Boden gelegen, er versuchte sie aufzuheben, die Schwester der Freundin zerrte an seinem Arm, in deren Hand er die Waffe hielt, und dabei löste sich ein Schuss, der die Mutter seines Sohnes tötete. Willie habe außer sich vor Wut auf den Schwager geschossen, der so das zweite Opfer wurde. Willie ist dann mit seinen Verletzungen ins Krankenhaus gefahren, wo er später verhaftet wurde. Er zeigt mir die Narben der Schüsse, die ihn getroffen haben. Willies Sohn ist heute 15 Jahre alt und wohnt bei Willies Vater in Louisiana.

Der Staatsanwalt hat den Hergang der Geschichte so dargestellt, dass Willie aus Rache für die Verfügung gegen ihn seine Freundin getötet habe. Willie meint dazu, es hätten zwischen der Verfügung, die im März ergangen sei, und der Tat Anfang Mai Wochen dazwischen gelegen – wenn er die Tat aus Wut begangen habe, hätte er es doch gleich getan. Die Staatsanwaltschaft behauptet allerdings, Willie habe seiner Freundin oder der Familie ein Ultimatum bis zum 1. Mai gesetzt gehabt, die Verfügung rückgängig zu machen bzw. seiner Freundin diese Frist gesetzt, zu ihm zurückzukehren – und nach Ablauf dieser Frist sei die Tat erfolgt. Ich kann natürlich nicht beurteilen, was stimmt. Willies Version klingt schlüssig, aber er sagt selbst, dass er sich erst nach und nach an Einzelheiten des Geschehens erinnern konnte und alles so rasend schnell ablief.

Sein Prozessanwalt jedenfalls wollte Willie nicht selbst aussagen lassen, sodass das Gericht und die Geschworenen seine Geschichte gar nicht hörten. Derzeit ist er in der zweiten Stufe der drei Berufungsverfahren – obwohl er schon länger im Todestrakt ist als beispielsweise Kevin, der schon nicht mehr lebt. Willie meint, es hinge einerseits vom eigenen Engagement, aber auch von der Art des Verbrechens ab, wie lange sich die Zeit ausdehne, bis alle Verfahren durch sind und ein Hinrichtungstermin gesetzt wird. – Ich möchte noch wissen, weshalb Willie denn überhaupt eine Waffe bei sich trug. Okay, das ist bei den Amis ja nicht einmal so außergewöhnlich, aber eine Pistole im Hosenbund? Willie sagt, er habe als Security-Mensch für verschiedene Clubs gearbeitet; bei uns würde man vielleicht Türsteher sagen. Dafür hatte er die Waffe dabei.

Willie erwähnt, dass er als kleines Kind eine Zeitlang in einem Waisenhaus war – und dass aus mangelnder Mutterliebe wohl resultierte, dass er seine Freundin so sehr geliebt hat, dass er nicht loslassen konnte. Ich erzähle Willie, dass ich das bestens nachvollziehen kann, weil ich in dieser Hinsicht psychisch ähnlich gebaut war. Sicher ist das etwas, worüber wir irgendwann nochmals ausführlicher reden oder schreiben werden. Gedanken, die mir erst später kommen: Wenn er sich so sehr an seine Freundin geklammert hat – kann es dann sein, dass er wirklich aus verletzter Rache heraus ihr Leben nahm und es kein Unfall war? Dass er sich vielleicht mit seiner Version selbst etwas in die Tasche lügt? Zumal in den Akten der Justizbehörden etwas von sechs Schüssen steht, von der seine Freundin getroffen war, wie ich später feststelle – aber möglicherweise lag sie am Boden, weil sie zunächst von den Schüssen ihres Bruders getroffen wurde? Ich weiß es nicht. Es ändert aber auch nicht im Geringsten etwas daran, dass ich meine Gespräche mit Willie gern fortsetzen will. Und genau das sage ich ihm zum Abschied auch – dass ich ihn wiedersehen möchte.

Nach Ablauf der vier Stunden gehe ich hinaus, kurz ans Auto und checke dann für meinen nächsten Besuch wieder ein. Bis sie Greg bringen, ist es 14 Uhr, sodass uns statt vier nur drei Stunden bleiben. Dafür entschuldige ich mich bei Greg zunächst, aber er ist in keiner Weise schlecht gestimmt darüber, sondern freundlich und fröhlich und nimmt es, wie es kommt, freut sich einfach, dass wir uns jetzt sehen. Vom Typ her ist Greg deutlich anders als Willie, ruhiger, aber trotzdem haben wir genug zu reden, und humorvoll ist er auch – das hat Connie mir schon verraten, dass man mit Greg viel lachen kann. Und essen würde er für die kompletten 20 Dollar; Connie hatte mir deshalb 20 Dollar geben wollen, aber die habe ich nicht angenommen. Obwohl es mir wirklich nichts ausgemacht hätte, ist er aber so höflich, nicht eine Riesenbestellung aufzugeben – leider ist die beste Maschine auch immer noch defekt.

Wir reden über viele verschiedene Dinge – meine Arbeit bei ALIVE ist ebenso ein Thema wie einmal mehr die Haustiere, die sich immer als Gesprächsstoff eignen, sowie Gregs juristische Studien, die er per Fernkurs absolviert. Seinen Fall kenne ich bereits aus dem Internet; Connie hatte schon am Abend vorher erzählt, dass sie ein paar wichtige Leute auftun konnten, die sich für Gregs Fall interessieren, weil er wirklich unschuldig sein könnte. Ich fühle mich an den Fall von James Beathard erinnert, in dem derselbe Staatsanwalt in zwei verschiedenen Prozessen gegen die beiden der Tat Verdächtigen widersprüchliche Versionen des Tathergangs behauptete, sodass beide ein Todesurteil erhielten. Greg erklärt mir, so sei es in seinem Fall auch gewesen, der wirkliche Täter sitzt ebenfalls im Todestrakt. Aus unserer Sicht ist es völlig undenkbar, dass es möglich sein soll, dass ein Staatsanwalt im einen Prozess sagt, Täter X hat geschossen, und im anderen Prozess, Täter Y sei es gewesen, wenn eines das andere ausschließt. Gut, da gibt es die Komplizenhaftung in Texas, aber trotzdem: Es zeigt, dass Staatsanwälte in USA nicht unbedingt an der Wahrheitsfindung interessiert sind, wie das bei uns der Fall ist, sondern dass der Prozess-Gewinn oftmals das einzige Ziel ist – ob es nun der richtige Täter ist oder der falsche...

Um 17 Uhr schließt das Gefängnis seine Pforten für die Besucher und wir vertagen uns auf den nächsten Morgen. Obwohl ich insgesamt sieben Stunden Besuche hinter mir habe, fühle ich mich noch ganz gut und nicht besonders ausgelaugt. Am „Blue Shelter“ treffe ich Christa, die mir die Money Orders bringt. Es war gar nicht so einfach, die zu bekommen, berichtet sie mir. Was ich nicht wusste: Ab einem Betrag von 3000 Dollar geht der Papierkrieg los, man muss Ausweise vorlegen, erklären, wozu man Money Orders in der Höhe braucht usw.! Christa erzählt, sie musste wieder nach Hause und Ausweis, Visum und Aufenthaltsgenehmigung vorlegen – ich hätte das gar nicht bekommen. Gut zu wissen: Also entweder nächstes Mal unter 3000 Dollar bleiben oder zu zwei verschiedenen Postämtern gehen und die Dinger in zwei Etappen holen...

Ich mache mich über den Käsekuchen von KDOL her – mein Gott, ist der fett! Aber lecker... Dann fährt Christa mich in einen Club, in dem wir uns in eine Ecke setzen, eine Cola trinken und ein paar Stunden mit Reden über alles Mögliche zubringen. Es ist schön, dass wir mal wieder richtig Zeit dafür haben, nachdem ich Christa letztes Mal nur so kurz und vorletztes Mal gar nicht gesehen habe.

Meine dritte und letzte Nacht im „Blue Shelter“ geht zu Ende, ich packe schon alles ins Auto, kratze wie am Tag zuvor die Scheiben mit einer Scheckkarte frei – ich hatte noch an den Eiskratzer gedacht, aber dann doch darauf verzichtet ihn mitzunehmen... Dann komme ich als drittes Auto an der Polunsky Unit an. Es dauert diesmal bis fast 8 Uhr, bis sie uns überhaupt auf den Parkplatz lassen. Ich bin heute nur Besucher Nummer 3, das heißt, Greg müsste als dritter in den

Besucherraum gebracht werden. Weiß der Kuckuck, wieso da was durcheinander läuft, aber sie bringen nach Nummer 1 zuerst Nummer 4, dann 2 und dann erst Greg. Da ist es bereits 9.15 Uhr, und ich muss doch um 12.30 Uhr Richtung Flughafen! Also sind auch heute keine vier Stunden für Greg drin. Er nimmt es aber auch heute gelassen. Als ich sage, es würde auch 12.45 Uhr reichen, empfiehlt er mir sogar, nicht zu spät zu fahren, damit ich nicht in einen mittäglichen Verkehrsstau komme.

Greg erzählt mir heute einige Geschichten aus seinem Leben. Er ist auf dem rechten Ohr taub – Resultat einer Schussverletzung, die ihn im Gesicht getroffen hat. Er erzählt mir die Story und wie es dazu kam in aller Ausführlichkeit. Greg ist früher Trucks gefahren von einer Küste zur andern. Er spricht über solche Themen wie Prügeleien oder auch die Schussverletzung in einer Leichtigkeit und mit einem Lächeln, dass mich das so ein bisschen an Cowboy-Mentalität erinnert: Das ist alles ganz normal und die Jungs sind hart im Nehmen. Dabei macht Greg auf mich keineswegs den Eindruck, dass er Gewalt verherrlicht oder gutheißt oder ein Macho wäre. Man hat einfach nur das Gefühl, dass das, was er einstecken musste, für ihn gar nicht so schlimm war. Der Schuss, der ihn im Gesicht getroffen hat, verursachte – wie er sagt – keine Schmerzen, die habe er erst nach der Operation gehabt.

Greg erzählt, früher sei er für die Todesstrafe gewesen, jedenfalls für Serienmörder oder Kinderschänder. Aber seitdem er am eigenen Leib erfahren hat, wie schlecht und fehlerhaft das System arbeitet und wie schnell man als Unschuldiger in eine solche Lage geraten kann, ist er nicht mehr für die Todesstrafe. Ich will wissen, ob er denn aus heutiger Sicht immer noch für die Todesstrafe wäre, wenn denn das System besser funktionieren würde. Ist seine Kritik an der Todesstrafe nur eine am fehlerhaften System oder doch grundsätzlicherer Natur? Greg versichert mir, er sei heute auch grundsätzlich gegen die Todesstrafe, und zwar aufgrund seiner religiösen Überzeugung.

Wir sprechen über ernste Themen wie die Frage, ob man bei der bei Hinrichtungen verwendeten Giftspritze etwas spürt, aber ebenso über so erfreuliche Dinge, wie er z.B. Connie gefunden und ihr den Heiratsantrag gemacht hat. Ich sage ihm, dass ich froh bin, dass er sie hat, was er selbstverständlich genauso sieht. Connie ist mir gleich sympathisch gewesen; sie liebt Greg sehr und steht doch mit beiden Beinen auf dem Boden. Greg hat einen Bibel-Kurs absolviert, den Connies Mutter betreut hat – so kam dann der Kontakt zu Connie irgendwann zustande. Obwohl Greg sehr gläubig ist, trägt er das nicht missionierend vor sich her, das ist sehr angenehm.

Greg ist kürzlich in der dritten Berufung abgelehnt worden. Für ihn sieht die Lage daher ernster bzw. akuter aus als in Willies Fall. Trotzdem hoffe ich, dass ich ihn wiedersehen werde. Connie hatte mich am Sonntagabend beim Abschied im Auto gefragt, ob ich kommen würde, wenn Greg sein Date bekäme. Ich musste ihr sagen, dass ich das nur innerhalb der Ferien kann, denn mein Chef wird mich nicht erneut für eine Woche freistellen.

Ms. Ford, die auch heute Dienst tut, hat nochmals telefoniert, damit jemand kommt, die Food-Machine zu reparieren. Nachdem es sich hinzieht und Greg Durst hat, entschließt er sich, dass ich ihm dann eben erneut Junk-Food aus den anderen Maschinen besorgen soll. Greg ist mitten beim Essen, als ich mitbekomme, dass die defekte Maschine gerade repariert wurde... So ein Mist! Naja, da schulde ich Willie und Greg eben nochmals ein besseres Mahl beim nächsten Besuch. Immerhin ist beiden der Besuch an sich wichtiger als das Essen...

Um 12.40 Uhr verabschiede ich mich von Greg, bedanke mich bei Ms. Ford, werde noch von einer jungen Frau angesprochen, die mich fragt, ob ich aus London sei – „I like that accent!“ Wow, dann kann mein Englisch ja nicht so schlecht sein, wenn man mich für eine Engländerin hält! – Eine Stunde später finde ich mich am Rental Car Center ein, gebe mein Auto zurück, lasse mich zum Check-In fahren und bin genau zwei Stunden vor Abflug dort – wie sich das gehört. Hier gibt es keine Quick-Check-In-Automaten, aber das macht nichts. Der Flug hat eine Dreiviertelstunde Verspätung beim Abflug – trotzdem kommen wir noch fast zu früh in Frankfurt an: Ein Rückenwind von 400 km/h hat uns ganz hübsch geschoben. Es war aber vergleichsweise harmlos – mein erster Rückflug von Texas damals im Dezember 1997 war auch wegen Rückenwinds eine Stunde zu früh, aber damals war mir kotzschlecht vor lauter Geschaukel...

Summa summarum: Es war ein sehr kurzer, mit Terminen randvoller Texas-Aufenthalt, der erfreulich angenehm und unspektakulär war – eine Erholung im Vergleich zum letzten Mal. Und er hat mir gezeigt, dass ich die traumatischen Erlebnisse der letzten Reise nicht einfach verdrängt, sondern offenbar gut verarbeitet habe.

- DER ACHTE BESUCH -

(Mittwoch, 18. Juli 2007, bis Dienstag, 24. Juli 2007)

Zum ersten Mal fliege ich heute, am 18. Juli 2007, mit KLM nach Texas. In Amsterdam wartet eine riesige Menschenmenge auf die Passabfertigung – wenn ich nicht gelesen hätte, dass mein Weiterflug eine Stunde Verspätung hat, hätte ich diese Dreiviertelstunde sicher wie auf glühenden Kohlen gestanden. Aber so funktioniert letztlich alles reibungslos. Am Flughafen in Houston geht es bei der Einreise einigermaßen schnell, allerdings stellt mir der Beamte mehr Fragen als sonst, neben den üblichen nach Grund und Dauer des Aufenthalts z.B., wie viel Geld ich dabeihabe und ob ich eine Kreditkarte besitze, welchen Beruf ich ausübe, ob meine Freunde, die ich besuche, unter der von mir als Quartier angegebenen Adresse wohnen, wann und für wie lange ich das letzte Mal da war. Offenbar fallen meine vielen Stempel im Pass doch langsam auf.

In der Halle mit den Gepäckbändern steht erneut eine riesige Menschenmasse und wartet auf die Zollabfertigung. Doch das geht vergleichsweise ziemlich schnell. Ich rufe zu Hause an, dass ich gut gelandet bin – dann geht's zur Mietwagenstation. Dass ich nicht den gebuchten Kleinwagen, sondern ein größeres Fahrzeug bekomme, ist ja normal – einen Midsize bekomme ich zugewiesen, aber: Hilfe! Der hat eine Lenkradschaltung! Statt mir zu zeigen, wie man die bedient, gibt der Angestellte mir einfach einen anderen Wagen – einen Chevrolet Monte Carlo, das ist eine Fullsize-Limousine, drei Klassen größer als bezahlt, und ich brauche ein Kissen, um überhaupt übers Lenkrad gucken zu können!

Um 17 Uhr Ortszeit komme ich im „Blue Shelter“ in Livingston an, wo Christa H. bereits auf mich wartet. Das Haus ist renoviert und zum Teil neu eingerichtet, seit ich vor einem halben Jahr zuletzt dort war. Ich bekomme, wie mittlerweile gewohnt, das Zwei-Bett-Zimmer und habe das Haus für mich allein, da die wenigsten in der Monatsmitte für Besuche kommen, wo sie nicht die Special Visits für zwei Monate mitnehmen können. Nach der langen Reise bin ich natürlich hinreichend müde und falle bald ins Bett.

Um 8 Uhr am Donnerstagmorgen fahre ich ins Gefängnis – ich habe alles dabei oder im Kopf, was man laut den neuen Regeln angeblich braucht: Adresse und Telefonnummer vom Quartier, Auto-Typ und Kennzeichen, Ausweis-Nummer – aber das einzige, das neu ist, ist die Tatsache, dass man einen konkreten nummerierten Platz auf dem Parkplatz zugewiesen bekommt und ein Schild, das man vorne ins Auto legt.

Ich treffe im Besucherraum zunächst Kathryn Cox von der Heilsarmee, und sie erzählt mir gleich eine ausführliche Geschichte von einer Gerichtsverhandlung, der sie beigewohnt hat. Nach einer knappen Stunde Wartezeit bringen sie Willie, mit dem ich heute und morgen jeweils einen vierstündigen Special Visit habe. Im Besucherraum ist angenehm wenig los – auch hier merkt man, dass nicht Monatsende oder -anfang ist.

Ich besorge für Willie schon ziemlich am Anfang des Besuchs etwas zu essen und zu trinken – er wollte so gerne Obst, das hatte er mir bereits geschrieben, aber nur ein einsamer Apfel ist noch zu bekommen. Dafür spare ich dann aber nicht an Sandwiches, Milch/Joghurt, Käsekuchen und Süßigkeiten, sodass mein Geld am Ende für mich selbst gerade noch für ein Getränk reicht. Aber das macht nichts – ich kann später essen, und Willie genießt es. Wir sprechen über alles Mögliche, wie beispielsweise meinen Beruf, wenig über besonders ernste oder tiefer gehende Themen. Irgendwann muss ich daran denken, wie Willie mich vom Aussehen her letztes Mal immer wieder an Kevin erinnert hat, und ich merke, dass ich das heute gar nicht so empfinde – zufrieden stelle ich fest, dass Willie für mich offenbar wirklich ganz und gar Willie ist.

Als das Gespräch auf David kommt, den ich am Wochenende in der Wynne Unit besuchen werde, fragt Willie mich, ob ich ihn auch besuchen würde, wenn er nicht mehr im Todestrakt wäre. Es wirkt nicht wie eine ängstlich motivierte Frage wie bei David damals, der sich immer wieder vergewissert hatte, dass ich ihn nicht im Stich lassen würde, wenn sein Urteil umgewandelt wäre. Aber Willie macht deutlich, dass es tatsächlich Leute/Frauen gibt, die eine Brieffreundschaft beenden, wenn der Gefangene aus dem Todestrakt entlassen ist. Natürlich halten nicht alle Freundschaften im Leben bis in die Ewigkeit, aber – so signalisiere ich Willie – wenn jemand die Freundschaft beendet, WEIL der Häftling jetzt nicht mehr zum Tod verurteilt ist, dann sollte man wirklich die Motivation hinterfragen, weshalb so jemand überhaupt einen solchen Briefkontakt eingeht. Um etwas Besonderes zu sein?

Nach dem Besuch bei Willie nehme ich den ersten Teil des Besorgens von Money Orders in Angriff. Viermal fahre ich beim Geldautomaten der Bank vor, um 500-Dollar-weise Geld zu ziehen. Immer wenn hinter mir wieder ein Auto steht, belasse ich es bei einmal Geld ziehen, damit nicht auffällt, was für eine große Summe ich insgesamt abhebe. Dann fahre ich zum Postamt und kaufe 50 Money Orders, mit deren Bearbeitung die Dame am Schalter eine ganze Weile beschäftigt ist. Es ist schon ein komisches Gefühl, mit so viel Geld bzw. Wertpapieren herumzulaufen, und ich vergewissere mich immer wieder, dass mir niemand folgt. Solange keiner weiß, was ich an Wertsachen bei mir habe, bin ich kein ängstlicher Mensch, aber an der Bank und vor allem im Postamt lässt sich nicht vermeiden, dass Leute sehen, mit welchen Werten ich hier hantiere. Und obwohl alles ganz legal ist, komme ich mir selbst vor, als täte ich etwas Unrechtes.

Als die Besorgungen erledigt sind, treffe ich mich mit Christa, und wir verbringen einen netten Abend in einem Restaurant. Wir reden viel – was mir nur verständnisloses Kopfschütteln entlockt, sind wieder einmal die Zickenkriege zwischen Frauen, die zu ein und demselben Häftling ein romantisches

Verhältnis haben. Natürlich sind nicht alle so, aber ich bin einmal mehr froh, dass ich in diese emotionalen Achterbahnen nicht verstrickt bin.

Auch am Freitag habe ich einen vierstündigen Besuch bei Willie und bin kurz nach 8 Uhr am Gefängnis. Diesmal funktioniert der Geldwechselautomat nicht – es steht nur noch einer da –, aber glücklicherweise habe ich für diesen Fall meine eiserne Reserve an Dollar-Münzen im Auto. Noch bevor Willie gebracht wird, besorge ich diesmal Essen und Getränke für ihn. Die Aufsicht im Besucherraum, Ms. Ford, ist hilfsbereit: Sie macht mich darauf aufmerksam, welche Sorte Sandwich Willie gestern wollte, aber nicht bekommen konnte – heute ist es vorrätig. Leider kein frisches Obst, aber zumindest Obst in konservierter Form ist im Angebot. Willie ist sich nachher beim Öffnen der Packung nicht sicher, ob das Obst verdorben ist, doch es ist alles okay. Willie vermutet, dass ihm der Geruch nur so fremd war, weil er schon ewig keine Obstkonserve mehr bekommen hat...

Willie erzählt mit heute eine ganze Menge aus seinem Gefängnisalltag, z.B. wie er vergeblich versucht, Rasierklingen für seinen Rasierapparat zu bekommen. Den Apparat durfte er 2001 im Gefängnisladen kaufen – die Ersatzteile verweigert die Gefängnisleitung nun. Er könnte sich mit den Rasierklingen ja etwas antun – das könnte er aber genauso mit der defekten Klinge seines Apparates.

Heute sprechen wir mehr über persönliche Dinge. Ich erzähle eine Menge aus meiner Kindheit und den daraus resultierenden Problemen und wie ich sie überwunden habe. Letztlich geht es um Fragen wie Beziehungssucht und ob das etwas Negatives ist. Es fällt mir schwer, Willie den Unterschied zwischen Liebe und Abhängigkeit zu erklären – ich verspreche ihm, für ihn ein Buch zu bestellen, das mir viele Dinge in dem Zusammenhang klargemacht hat – und das Willie selbst, wie sich später herausstellen wird, als sehr hilfreich erlebt. Auch um Theologie geht es in unserem Gespräch heute – um Fragen nach Gottes Existenz, Schöpfung oder Evolution etc. Gemessen an der Komplexität der Themen komme ich sprachlich heute besser zurecht – gestern hatte ich das Gefühl, in einem fort zu stottern.

Am Nachmittag besorge ich nochmals eine größere Menge Geld und kaufe einen weiteren Schwung Money Orders – diesmal im Postamt von Onalaska, um zu vermeiden, dass die Menge auffällt. Nach Christas Erfahrungen während meines letzten Aufenthalts weiß ich ja nun, dass man ohne weiteren großen Aufwand nur für insgesamt 3000 Dollar Money Orders bekommt. Die Dame im Postamt von Onalaska ist sehr nett – angesichts der großen Zahl an Money Orders fragt sie mich, ob ich die für Christa besorge! Nein, erkläre ich ihr schmunzelnd, die hat Christa letztes Mal für mich besorgt... Die Schalterbeamtin spricht sehr nett von Christa – sie erinnert sich bestens daran, wie sie ihr die Money Orders verkauft hat.

Ich erledige noch ein paar Kleinigkeiten, dann mache ich mir einen gemütlichen Abend im „Blue Shelter“. An sich wollte ich mich mit Gregs Frau Connie zum Dinner treffen, doch sie ist verhindert, und so haben wir das auf morgen verschoben. Ich bin nicht böse drum – etwas Ausruhen tut mir gut. Ich bin überhaupt froh, dass mein Zeitplan nicht so eng gedrängt ist und ich ohne Hektik die geplanten Termine wahrnehmen kann.

Am Samstag geht die Fahrt gleich am Morgen nach Huntsville in die Wynne Unit, um David zu sehen. Ob es wieder ein Kontaktbesuch sein wird? Anders als bisher wird mein Wagen bereits vor dem Parkplatz angehalten, untersucht und registriert. Ich bekomme ein Schild, das ich am Eingang abgeben soll. Davids Nummer weiß ich nicht auswendig, habe sie mir auch nicht aufgeschrieben, denn sonst haben sie nie danach gefragt – aber sein Name tut's auch. Und ich frage diesmal nicht nach, ob es ein Kontaktbesuch ist, denn ich kann auf dem Zettel lesen: „Contact“! David erzählt, er habe in den letzten acht Wochen jeden Freitag an entsprechender Stelle vorgesprochen und habe nach dem Contact Visit gefragt. Vier Stunden lang unterhalten wir uns und essen und trinken zusammen von dem Junk-Food, das die Snackmaschinen dort bereithalten.

David berichtet, dass man hinsichtlich seiner noch zu verbüßenden Strafe seine Zeit im Todestrakt auf einmal nicht mehr anerkennen will und er sich dagegen zur Wehr setzt. Gesundheitlich geht es ihm besser – er sieht auch gut aus. Obwohl David und ich keine übersprudelnden Redner sind, vergeht die Zeit doch relativ schnell. Zeitweilig ist es sehr laut im Besucherraum – das habe ich vom letzten Mal gar nicht so in Erinnerung. Aber vielleicht ist es an Samstagen voller als an Sonntagen. Zum Abschied gibt es – wie schon zur Begrüßung – eine Umarmung. Morgen werden wir uns für weitere vier Stunden sehen.

Ich nutze die Gelegenheit und gehe in Huntsville in die Public Library, wo man kostenfrei für max. zwei Stunden ins Internet kann, und checke E-Mails etc. – Am frühen Abend bin ich mit Connie zum Dinner in Florida's Kitchen verabredet. Zwei junge Frauen, Zwillinge aus San Antonio, sind auch dabei – beide sind mit je einem Death-Row-Inmate verheiratet.

Connie und ich besuchen Greg dann am Abend gemeinsam zu einem Regular Visit. Greg war auf Level 2 gekommen, sodass Special Visits nicht möglich gewesen wären. Er ist inzwischen vom Supreme Court abgelehnt worden, ein Richter hatte jedoch einen Lügendetektor- und einen DNA-Test genehmigt. Ersteren hat Greg bestanden; das Ergebnis des DNA-Tests kann gut und gern ein Jahr auf sich warten lassen. Greg versucht seine Unschuld zu beweisen. Die Hose, die anerkanntermaßen die des Täters ist, wird nun auf DNA-Spuren untersucht. Leider hat der eigentliche Täter unter der Hose noch eine Leggins o.Ä. getragen und Greg die Hose anprobiert – gut möglich, dass sich daher Gregs DNA finden lässt und die des anderen nicht. Dass die Hose Greg aber damals schon viel zu klein war, hat nie jemanden interessiert...

Der Besuch bei Greg ist recht kurzweilig – ich rede nicht viel, höre aber gern zu. Es geht um ernste Dinge, wie Gregs Fall, aber Connie und Greg ziehen sich auch oft gegenseitig auf und haben viel Spaß miteinander.

Am Sonntagmorgen fahre ich bereits um 7 Uhr erneut nach Huntsville – es ist kaum etwas los auf den Straßen, also NOCH weniger als sonst, sodass es angenehm ruhig, fast einsam ist. Mit David habe ich wieder einen vierstündigen Kontaktbesuch. Mittlerweile kommt mir mein Englisch auch endlich etwas flüssiger vor. Der Besucherraum ist tatsächlich nicht ganz so voll wie am Vortag, sodass der Geräuschpegel nicht ohrenbetäubend ist – auch sitzen keine anderen direkt in unserer Nähe.

Nach dem Abschied von David fahre ich kurz beim nahe gelegenen Gefängnismuseum vorbei – das Museum kenne ich gut genug, ich möchte mich nur bei den Souvenirs umsehen. Ich finde die 2. Edition des voyeuristischen Texas-Death-Row-Buches, das ich so gar nicht „educational" finden kann. Da es in meine Sammlung gehört und jetzt auch Kevin drinsteht, kaufe ich es – eigentlich eher widerwillig. Die junge Frau an der Kasse erklärt mir, sie besitze das Buch selbst und: „I really like it!" – Naja, ich nicht, aber das würde sie wohl kaum verstehen. Immerhin kann ich es mir nicht verkneifen zu fragen, ob sie denn „Within These Walls" von Carroll Pickett und „Living Next Door To The Death House" von dem Owens-Ehepaar nicht (mehr) verkaufen – diese m.E. für Texas bedeutenden Bücher gegen die Todesstrafe habe ich nämlich nicht im Regal gesehen.

Ich mache erst einmal im „Blue Shelter" eine Pause, da kommt Christa überraschend vorbei, und wir setzen uns ein bisschen auf die Veranda und reden. Deshalb komme ich später als geplant zur KDOL-Radio-Station, wo Connie, Sylvia, Joy und eine Frau aus England Shout Outs lesen. Ich sage allen: "Hello!", und richte übers Radio Grüße von David an alle aus, die ihn kennen. Nach der Show bleibe ich noch ein bisschen da

– Joy und Sylvia überreden mich, auf einem uralten Klavier zu spielen und sind von meinen bescheidenen Künsten geradezu begeistert. Wir sitzen noch eine Weile auf der Veranda, unterhalten uns über alles Mögliche, z.B. unsere Haustiere, ich fange mir schnellstens vier Moskito-Stiche ein und habe ansonsten Spaß an Hündin Hannah, einer Katze und einem riesigen schwarzen vier Monate alten Welpen, der aussieht wie ein knuddeliger Teddybär. Das einzige, was – neben den Moskitos – unangenehm ist, ist die Tatsache, dass Joy mir gegenüber mehrfach zu predigen anfängt. Das kann ich wirklich überhaupt nicht leiden, und das hat sie auch sonst nicht so penetrant gemacht.

Am nächsten Morgen packe ich schon alle Sachen und räume im „Blue Shelter“ auf. Punkt 8 Uhr bin ich am Gefängnis, wo heute noch weniger Andrang ist – ich bin die Nummer 1! Und Willie wird schon vor 8.30 Uhr gebracht. Die zwei Stunden Regular Visit vergehen wieder wie im Flug, nämlich viel zu schnell. Ich erzähle viel von meiner Freundin Christiane, wir sprechen über Freundschaft im Allgemeinen, er lässt sich von meinen Besuchen bei David erzählen. David hatte mir gesagt, Willie hätte etwas gegen ihn – das kann ich gar nicht bestätigen, aber ich sage nichts darüber, weil David mir signalisierte, ich solle es für mich behalten.

Willie hatte mir über Greg ausrichten lassen, dass ich heute mit dem Essen-Besorgen warten solle – das muss ich ohnehin, denn die Maschinen werden gerade erst gefüllt. Willie möchte nicht, dass ich wieder mein ganzes Geld für ihn ausgebe und will nur einen Softdrink und ein Honey Bun. Ich besorge aber noch ein paar Dinge mehr, vor allem Äpfel und Orangen, weil er doch in seinen Briefen schon schrieb, dass er so gern Obst haben wollte. Hinzu kommt, dass wir um die Monatsmitte keine Fotos machen können, die uns also auch kein Geld kosten. Ich kaufe mir diesmal ebenfalls zu essen und zu trinken – und es bleibt noch Geld übrig, sodass wir einfach schön zusammen frühstücken, ohne dass Willie ein schlechtes Gewissen haben muss. – Ich würde mich liebend gern noch eine weitere Stunde mit Willie unterhalten, aber die Zeit ist abgelaufen – vielleicht im Januar wieder?

Ich fahre nochmals zum Postamt in Livingston und kaufe zehn weitere Money Orders – jetzt ist der ALIVE-Shop wieder gut bestückt. Fast gleichzeitig mit Christa treffe ich am „Blue Shelter“ ein – wir erledigen das Geschäftliche und reden noch ein bisschen. Die Fahrt zum Flughafen dauert wegen Baustellen etwas länger als sonst; zwei Stunden vor Abflug bin ich erst in der Mietwagenstation, statt am Flughafen, aber dort ist die Schlange beim Check-In und an der Sicherheitskontrolle ziemlich kurz, sodass es letztlich keinerlei Hektik gibt.

- DER NEUNTE BESUCH -

(Freitag, 4. Januar 2008, bis Mittwoch, 9. Januar 2008)

Am 4. Januar 2008 ist es wieder so weit: Lufthansa-Direktflug nach Texas. Ich komme mit der S-Bahn in Frankfurt am Flughafen an, checke in Null-Komma-Nichts am Automaten ein, habe nur Handgepäck und muss mich an keine langen Schlangen anstellen. Problemlos treffe ich dort auf Renate und Silke, die beide Mitglieder von ALIVE e.V. sind, zum ersten Mal nach Texas reisen und sich mir anschließen wollten. Wir gehen durch eine eher schlampige Sicherheitskontrolle, wo man nicht einmal wie sonst üblich nach meiner Rolle Münzen fragt, die ja auf dem Bildschirm wie ein massives Stück Metall aussieht. Ich erwarte die gewohnte viel strengere Sicherheitskontrolle vor dem Abfluggate – aber zu meiner Überraschung kommt keine weitere mehr. Wir könnten alles Mögliche an Bord schmuggeln!

Der Flug ist lang, aber ganz angenehm. Renate und Silke sitzen hinter mir, sodass wir uns unterhalten können. Kurzweilig auch der Film „Ratatouille“, der zu meiner Freude auf dem Bordprogramm steht und den ich im Kino verpasst habe. Immerhin kann ich ihn hier auf Englisch sehen und verstehe fast jedes Wort.

Da wir unsere Plätze ziemlich weit vorne im Flieger hatten, sind wir unter den ersten am Einreiseschalter, und die Formalitäten sind sehr schnell erledigt. Während Renate und Silke auf ihre Koffer warten, gehe ich schon durch den Zoll und rufe dann zu Hause an.

Mit dem Shuttle-Bus geht es zur Mietwagenstation. Den Mann am Schalter kann ich wie üblich kaum verstehen. Erst am Abend stelle ich fest, dass ich mit meinen sieben Unterschriften offenbar auch einer Zusatzversicherung zugestimmt habe, die ich gar nicht wollte – naja. Weil wir zu dritt sind, habe ich zum ersten Mal nicht das kleinste Auto gebucht – trotzdem und obwohl draußen, anders als letzten Sommer, jede Menge Autos stehen, bekommen wir einen „free upgrade“ und erhalten einen Midsize-Wagen statt eines Compact. Es ist ein Chevrolet Malibu, und heute habe ich auch keine Probleme mit der Bedienung desselben...

Bei der Fahrt in Richtung Highway verfahre ich mich vor lauter Quatschen an einer Stelle – oh Schreck! Aber ich finde problemlos zurück, Gott sei Dank. Um alles in der Welt möchte ich mich in Houston nicht verfahren! Wir haben eine kurzweilige Fahrt nach Livingston. Bevor wir ins Gästehaus „Blue Shelter“ fahren, in dem wir die drei Zimmer für uns gebucht haben – ich mein inzwischen gewohntes Zwei-Bett-Zimmer –, fahre ich mit Renate und Silke an der Polunsky Unit vorbei. Mir fällt auf, dass ich den Anblick mittlerweile so gewöhnt bin, dass ich dabei schlicht gar nichts empfinde, aber ich erinnere mich sehr wohl daran, dass das auch schon ganz anders war.

Christa H. erwartet uns im Gästehaus, und es ist schön sie wiederzusehen. Leider hat sie schlechte Nachrichten für Renate – ihr Brieffreund habe im Lauf der Woche einen Regular Visit bekommen und akzeptiert, sodass Renate den für den morgigen Samstag geplanten und angemeldeten Besuch nicht bekommen kann! Die Enttäuschung ist riesig – und das Unverständnis auch, weil der Brieffreund Renate zuvor noch beruhigt hatte, das würde nicht passieren, weil er einen solchen Besuch ja ablehnen könne. Wir fahren daraufhin erst einmal zu Wal-Mart, Frust-Kauf sozusagen, aber wir brauchen ohnehin ein paar Lebensmittel. Wir sitzen dann noch ein bisschen zusammen, essen was, z.B. von dem Kuchen, den Christa für uns gebacken hat, unterhalten uns und fallen dann hundemüde in unsere Betten.

Am Samstag lassen wir es gemütlich angehen. Wir fahren nach Huntsville, ich zeige Renate und Silke die Walls Unit und setze die beiden dann bei McDonald's ab, während ich zur Post fahre, um fast 100 Money Orders zu besorgen („Oh, my God!“) – Vorrat für den ALIVE-Shop. Das dauert eine geschlagene Stunde und verursacht eine lange Warteschlange, weil ich einen der beiden Schalter blockiere, aber die Leute nehmen es gelassen. Nachdem ich Renate und Silke wieder abgeholt habe, fahren wir zum Gefängnisfriedhof – wir verbringen dort einige Zeit, weil wir über sehr ernste Themen ins Gespräch kommen und z.B. unsere persönlichen Erfahrungen mit Tod und Sterben austauschen.

Zurück in Livingston, ruhen wir uns noch etwas aus, bis Silke und ich zu unseren ersten Besuchen aufbrechen. Christa kümmert sich inzwischen um Renate – wie Silke von ihrem Brieffreund erfährt, hat Renates Brieffreund den Besuch tatsächlich verweigert und geht davon aus, dass sie kommt! Aber offenbar hat die Besucherin es irgendwie geschafft, dass der verweigerte Besuch dennoch gezählt wurde: Zickenkrieg einer eifersüchtigen Frau mal wieder? Für solch ein Verhalten habe ich kein Verständnis.

Gut, dass Gregs Ehefrau überhaupt kein Problem damit hat, dass ich ihn besuche – wir haben zwei kurzweilige und angenehme Stunden miteinander. Ich wollte Gregs Frau den wöchentlichen Besuch nicht wegnehmen und ihn zusammen mit ihr besuchen, aber sie muss dieses Wochenende arbeiten, sodass ich ihn allein besuche. Immerhin bin ich dadurch diesmal nicht so schweigsam wie letztes Mal. Wir lachen viel und herzhaft, z.B. darüber, wie der Officer am Parkplatz sich amüsiert hat, als ich an meinem mir fremden Mietwagen erst die Motorhaube und dann den Kofferraum nicht aufbekommen habe... Oder darüber, dass Greg vorschlägt, wir sollten unserem Kater eine Glocke umhängen, um damit die Mäuse zu warnen, die er sonst mit nach Hause bringt.

Greg berichtet mir aber auch vom aktuellen Stand seines Falles. Während er im Sommer noch die Festsetzung eines Hinrichtungstermins befürchtete, hat ein erster DNA-Test keine Belastung ergeben, ein zweiter DNA-Test ist am Laufen und soll vom Ergebnis her enthüllen, dass ein anderer Insasse des Todestrakts der wahre Täter ist. Greg hat Hoffnung, dass er im Idealfall in etwa einem Jahr freikommen könnte, und wir verabreden schon mal für nächstes Jahr einen gemeinsamen Besuch bei „Wendy's“, seiner favorisierten Restaurant-Kette. Immerhin konnte ich diesmal Gregs sehr konkrete Essenswünsche komplett erfüllen, und es bleibt auch noch Geld für ein Foto.

Schließlich beginnt mein Besuch mit Willie, der mir tausend Fragen stellt, sodass auch mit ihm die Zeit schnell vergeht – obgleich ich gegen Ende der Zeit merke, wie ich langsam müde werde. Vor lauter Reden über alles Mögliche vergesse ich glatt, Willie über meine Pläne für morgen zu informieren. Bestimmt hätte er mir sonst Grüße an David aufgetragen, vor allem wurmt mich aber, dass er mich eventuell bei KDOL verpasst. Zwei Fotos lassen wir machen, und ich kann Willie mit frischem Obst und Milch aus den Snackmaschinen erfreuen. Dabei sehe ich erst, dass es jetzt eine zweite Maschine für die frischen Sachen wie Obst, Sandwiches, Salat etc. gibt – da hat man ja zukünftig bessere Chancen, etwas Gutes zu bekommen.

Da die Besuchsrunden heute recht spät gestartet sind, ist es bereits 22.15 Uhr, als wir das Gefängnis verlassen. Mit einer Riesenüberraschung sehe ich auf dem Weg vom Hauptgebäude zum Ausgang – mitten auf dem Gefängnisgelände – ein wunderhübsches, noch ganz junges Kätzchen!

Am Sonntagmorgen fahre ich bereits um 7 Uhr, während Renate und Silke noch schlafen, nach Huntsville, um in der Wynne Unit David zu besuchen. Bei der Fahrzeugkontrolle bin ich heute quasi ganz routinemäßig in der Lage, Motorhaube und Kofferraum zu öffnen – aber hier muss man auch selbst die Motorhaube anheben! Prompt der nächste Flop, und der nette Officer muss mir erst helfen, wie meine Hand den Nippel zur Entriegelung findet, der gerade anders herum als bei meinem eigenen Pkw angebracht ist. Mein Besuch bei David ist heute kein Contact Visit, leider, aber das hatte ich nach meinem Anruf in der Unit schon so erwartet. Offenbar hat der Warden gewechselt...

Diesmal habe ich noch schneller als sonst bei David das Gefühl, dass mir der Gesprächsstoff ausgeht, aber tapfer stehe ich die vier Stunden durch – im wahrsten Sinne des Wortes, denn um David durch das Gitter besser zu hören, stehen wir beide fast die ganze Zeit. Durch das Plexiglas weiter unten klappt die Verständigung nur sehr schlecht. Immerhin ist es die ersten drei Stunden relativ ruhig um uns herum, weil bis dahin wenig Betrieb ist.

Nach einer kurzen Pause im „Blue Shelter“ fahren Renate, Silke und ich zur KDOL-Radio-Station. Kaum sitzen wir im Auto und haben den Sender eingeschaltet, hört Renate eine für sie bestimmte Message. Um das Haus von Joy und Jim herum, in dem die Radio-Station untergebracht ist, befindet sich jetzt ein hoher Zaun – fehlt eigentlich nur noch der Stacheldraht oben dran. Deshalb müssen wir uns erst bemerkbar machen. Joy und Sylvia empfangen uns herzlich. Joy ist heute nicht so unangenehm wie letztes Mal – dafür ist ein völlig fanatischer älterer Herr dort, der jeden gewöhnlichen Satz mit „Amen!“ beendet, sodass ich irgendwann die Assoziation eines englischen Diktats habe: „Full-Stopp!“ – Joy spielt heute in der Sendung zwei meiner Songs von CD – ob meine Brieffreunde mich jetzt endlich mal singen gehört haben? Im Übrigen stelle ich fest, dass ich viel gelassener als früher ins Mikro spreche... – Renate, Silke und ich reden im Gästehaus noch über viele Dinge – dann gehe ich reichlich müde ins Bett. War ein langer Tag heute.

Um schon für den Tag der Abreise zu testen, wie früh man am Gefängnis sein muss, um als erste(r) da zu sein, fahren wir am Montag um 7.45 Uhr vor der Polunsky Unit vor. Wir sind tatsächlich die ersten und zunächst einzigen – wenn sie Willie morgen so wie heute um 8.30 Uhr bringen, schaffen wir die vier Besuchsstunden, bevor wir zum Flughafen aufbrechen müssen. Die Stunden mit Willie vergehen wie im Flug und sind sehr angenehm – und mein Englisch flutscht heute ziemlich gut; das Reden macht richtig Spaß. Wir reden ausführlich über unsere Haustiere, wir philosophieren über verschiedene Aspekte von Liebe (romantische Gefühle, Verantwortlichkeit, Abhängigkeit, Freiheit) – das Buch, das ich ihm dazu hatte schicken lassen, hat ihm offenbar wirklich viel gegeben.

Auch über den Gefängnisalltag sprechen wir – Willie hält sich zum Glück von illegalen Machenschaften fern, die ihm nur Ärger einbringen würden. Er berichtet mir, dass ein halbes Dutzend teure Handys bei Gefangenen entdeckt wurden – sieht so aus, als hätten Brieffreunde oder Angehörige einen oder mehrere Wärter bestochen, bestimmten Gefangenen ein Handy zu besorgen. Ein deutsches ALIVE-Mitglied hatte mich vor einigen Wochen gefragt, ob das sein könne, dass ihr Brieffreund sie angerufen habe – sie hatte es erst für einen Scherz gehalten, aber dann habe sich herausgestellt, dass dieser ein Handy hätte. Es ist schon unglaublich, auf was für Ideen die Leute kommen.

Willie hat mich leider nicht singen gehört, da ich vergessen hatte ihm zu sagen, er solle am Sonntag KDOL einschalten. (Immerhin erfahre ich später im nächsten Brief von Greg, dass er mich gehört hat – als erster aller meiner Brieffreunde! Er ist ganz begeistert von der Professionalität und meint, ich hätte doch locker bei American Idol mitmachen können...) Nach vier Stunden, zwei Fotos und einem guten Essen für Willie verabschieden wir uns – ich hätte nichts dagegen, wenn die supernette schwarze Ms. Williams auch morgen noch Dienst haben sollte. Die weiße Ms. Williams, so hat mir Willie erzählt, ist zum Supervisor aufgestiegen. Silkes Besuch ist auch zu Ende, Renate darf noch zwei zusätzliche Stunden bleiben, weil das Gefängnis den Fehler gemacht hat – auf mein Anraten hat Renate vor ihrem Besuch im Warden's Office nachgefragt und das klären können. Möglicherweise war doch keine Zickerei dahinter.

In der Post besorge ich die letzten Money Orders, treffe dort Sylvia noch einmal, dann holen wir Renate wieder ab. Am Parkplatz wird heute das Auto kein einziges Mal durchsucht. Christa entführt Renate dann wohin auch immer, und Silke und ich treffen uns mit Gregs Frau Connie zum Dinner im City Grille. Das ist sehr schön, denn Connie ist so sympathisch und witzig zugleich, besonders wenn sie von Greg erzählt. Zum Beispiel vom Tag ihrer Hochzeit, bei der Greg ja nicht persönlich anwesend sein konnte – Connie hat ihn danach sofort im Gefängnis besucht, und er habe voller Spannung gefragt: „Are we married?“ – „Und? Sind wir tatsächlich verheiratet?“ Da wird mir dann doch das Absurde der Situation bewusst, dass der Gefangene bei seiner eigenen Eheschließung nicht anwesend sein kann... Als ich Connie zum Abschied etwas Geld für Gregs Verteidigung in die Hand drücke, ist sie total gerührt.

Silke und ich bummeln dann noch durch den Wal-Mart, Renate und Christa sind schon zurück, als wir zum Gästehaus kommen. Ich unterhalte mich mit Christa noch länger am Auto – die Luft und die Temperatur sind dabei herrlich.

Am Dienstag verlassen wir gleich morgens zeitig mit allem Gepäck das Gästehaus. Am Gefängnis steht bereits ein Auto vor uns an der Fahrzeugkontrolle, hinter uns erkenne ich Irene Wilcox, die am Frontgate mehrfach versucht vorzudrängeln, aber wir lassen sie nicht. Obwohl ich heute nur Nummer 2 bin, wird Willie zu meiner Überraschung als erster gebracht, und zwar schon um 8.20 Uhr! Auch Silke und Renate bekommen „ihre“ Gefangenen recht bald, sodass wir die Besuche nicht oder kaum abkürzen müssen, um rechtzeitig zum Flughafen zu kommen.

Die Zeit mit Willie ist wieder recht kurzweilig – wir frühstücken ausgiebig gemeinsam: Da heute keine Fotos mehr gemacht werden können, reicht das Geld für allerlei leckere Sachen. Als wir uns nach vier Stunden erst von unseren Brieffreunden und auch von der netten schwarzen Ms.

Williams verabschieden, merkt man Renate und Silke eine gewisse Traurigkeit über den Abschied an, während ich einfach nur rundum zufrieden bin über die guten Besuche, mich auch schon auf mein Zuhause freue, wo ich sicher die Planung der nächsten Texas-Reise in Angriff nehmen werde.

Nach einer Stunde Fahrt zum Flughafen checken wir am Lufthansa-Schalter ein. Automaten gibt es hier nicht. Weil mein kleiner Koffer zu schwer ist, muss er zu meinem Missfallen doch aufgegeben werden, statt als Handgepäck durchzugehen. Ich brauche zwar nichts aus dem Koffer während des Fluges, aber dummerweise sind die Money Orders da ganz unten drin, was mir gar nicht schmeckt – schließlich war auch schon mal meine Reiseapotheke nach einem Flug weg. Aber da ist jetzt nichts mehr dran zu ändern. Der Rückflug vergeht verhältnismäßig schnell und ist ganz angenehm. Diesmal sitzt Silke neben mir und Renate hinter uns. Das erste Mal erlebe ich in einem Airbus, was ich aus der Boeing schon kenne, nämlich individuelle Bildschirme für jeden einzelnen Sitz, sodass man sein Unterhaltungsprogramm selbst gestalten kann. Ich nutze die Gelegenheit, „Ratatouille" noch einmal zu sehen.

Am Frankfurter Flughafen trennen sich unsere Wege, und ich verabschiede mich von Silke und Renate – gut möglich, dass wir uns nicht zum letzten Mal begegnet sind. Da Christiane zurzeit Nachtschicht arbeiten muss und mich nicht abholen kann, fahre ich komplett allein mit S-Bahn und Bus nach Hause, aber das ist kein Problem...

- DER ZEHNTE BESUCH -

(Freitag, 27. Juni 2008, bis Mittwoch, 2. Juli 2008)

Weil die Sommerferien dieses Jahr in Hessen schon sehr früh beginnen, fliege ich bereits am Freitag, dem 27. Juni – zum ersten Mal mit British Airways über London, weil dies für die Sommerverhältnisse das deutlich günstigste Ticket im Angebot war. Einchecken konnte ich bereits 24 Stunden vorher am eigenen Computer und mir dort die Bordkarten selbst ausdrucken, sodass ich nun in Frankfurt direkt durch die Sicherheitskontrollen zum Abfluggate laufen kann. In London Heathrow habe ich gut zwei Stunden Zeit zum Umsteigen – mit einem Shuttle-Bus, der fast 20 Minuten unterwegs ist, wechsele ich von Terminal 5 zu Terminal 4; der Anschlussflug nach Houston hat eine halbe Stunde Verspätung. Aber lieber ein bisschen Zeit totschlagen, als herumhetzen und fürchten, den Flieger zu verpassen. Der Flug ist ruhig, wenn auch recht lang, und könnte fast angenehm sein, wären da nicht hinter mir die ca. 4-jährigen verzogenen Zwillingsmädels, die immer wieder an meinen Sitz stoßen. Schließlich ist auch das vorbei, und wir landen kurz nach 15 Uhr Ortszeit in Houston. Dort geht alles so schnell und problemlos wie nie zuvor: Keine Schlangen bei der Einreise, beim Zoll, bei der Autovermietung – überall sofortige Abfertigung bzw. Bedienung, sodass ich mit meinem Handköfferchen schon bald in einem dunkelgrünen Jeep-Compass von der Auto-Vermietung „Dollar“ auf dem Weg nach Livingston bin.

Dann der erste Schreck: Vom Wal-Mart in Livingston aus versuche ich, wie abgesprochen, mit meinem Handy Christa H. anzurufen, damit sie zum „Blue Shelter“ kommt, doch unter der eingespeicherten Nummer meldet sich jemand ganz anderes, spricht allerdings Deutsch – um Gottes willen, wo hab ich da jetzt hin telefoniert und vielleicht noch mitten in der Nacht gestört?? Ich traue mich nicht, es noch einmal zu versuchen, und fahre weiter zum „Blue Shelter“ – zum Glück ist dort ein Gast, der mich einlässt, und ich rufe mit dem hauseigenen Handy erneut bei Christa an, die wenige Minuten später kommt und mir die Schlüssel aushändigt. Nur zum Test wähle ich nochmals mit meinem Handy Christas einprogrammierte Nummer – bereit, sofort aufzulegen, bevor sich wieder „Goldstein“ oder so meldet. Christas Handy klingelt... Das soll einer verstehen!

Ich fahre noch einmal zurück nach Livingston – erst durch den Drive-Thru-Geldautomaten der First National Bank, um wieder eine größere Summe für Money Orders abzuheben, dann zum Wal-Mart für eine Kleinigkeit an Verpflegung. Gegen 22 Uhr falle ich schließlich müde ins Bett, zumal ich die Nacht vor der Reise vor Aufregung kein Auge zugemacht habe – wieso eigentlich?

Am Samstagmorgen werde ich früher als geplant aus dem Schlaf gerissen; Silke, die ich um ca. 9 Uhr am Rental Car Center des Houstoner Intercontinental Airport abholen soll, versucht mich anzurufen. Leider ist die Verbindung so schlecht, dass ich sie gar nicht hören kann. Kommt sie später? Oder was ist los? Da ich es nicht weiß, fahre ich wie verabredet los und bin um 9.20 Uhr auf dem Besucherparkplatz der Mietwagenstation. Im gut gekühlten Gebäude stelle ich schnell fest: keine Silke da. Ich versuche sie anzurufen – beim Handy geht nur die Mailbox dran. Na, dann warte ich halt mal... Und warte. Und warte. Inzwischen freundet sich ein Angestellter mit mir an, der sich als sehr hilfsbereit erweist. Gegen 13 Uhr kommt ein Anruf von Christa – Silkes Flieger käme erst um 14 Uhr – na, dann kann ich wenigstens noch etwas essen gehen, tanken, telefonieren (nach Haus). Als ich um 14.20 Uhr zurück ins Rental Car Center komme, ist Silke schon ca. eine Stunde da – Pech aber auch!

Silke erzählt mir dann ihre Odyssee. Sie war einen Tag früher geflogen, um von Houston aus erst noch für einen Besuch nach Alabama zu fliegen. Well, der Flieger konnte in Houston wegen eines Gewitters nicht landen und wurde nach Dallas umgeleitet – woher kenne ich das bloß? Endlich Flug nach

Houston, aber der Anschluss nach Alabama ist weg. Daraufhin Nachtfahrt mit einem Greyhound-Bus nach Alabama. Taxi-Fahrt mit geplatztem Reifen überspringe ich mal. Samstagmorgen Flug von Alabama nach Houston gestrichen, deshalb Flug nach Dallas mit Weiterflug nach Houston. In Dallas Flug nach Houston gestrichen, deshalb auf späteren Flug umgebucht. Hätte noch etwas schiefgehen können? Ach ja, Stau auf der Fahrt nach Livingston...

Nach 16 Uhr kommen wir endlich im „Blue Shelter“ an. Auf Silkes Programm stehen zwei Besuche, während ich nur einen mit Willie habe – erst um 20 Uhr. Nach der Erschöpfung durch das lange Nichts-tun-außer-warten lege ich mich noch für eine Stunde aufs Ohr, bevor ich um 19.30 Uhr am Parkplatz des Gefängnisses vorfahre. Nach den peinlichen Vorfällen letztes Mal, wo ich mal Probleme mit dem Öffnen des Kofferraums hatte, mal mit der Motorhaube, habe ich diesmal heimlich geübt – und muss doch grinsen, als der (wirklich nette) Officer die Motorhaube nicht aufbekommt und ich ihm stolz zeigen muss, wie's geht... Das mit den Nummern der Besucherparkplätze nehmen sie jetzt lockerer, die sind aber auch kaum noch lesbar, und ein Schild bekommt man auch nicht mehr. Hinter mir reiht sich Sylvia ein – es ist schön sie zu treffen; sie hat heute ihren Sohn dabei, der gerade die High School beendet hat.

Der Besuch bei Willie ist sehr angenehm – wir reden über alles Mögliche ganz locker, und die Zeit vergeht wie im Flug. Da Willie mir schon im letzten Brief mitgeteilt hat, was er gerne essen und trinken würde, bin ich in der Hinsicht bereits vorbereitet und wir vergeuden keine Zeit mit langen Erklärungen. Willie hat ein Geschenk für mich – die Aufsicht bringt einen der roten Plastiksäcke mit „property“. Da Willie möchte, dass ich gleich reinschaue, und das offenbar erlaubt ist, mache ich das natürlich: Es ist eine ca. 20 x 30 cm große Zeichnung einer Ratte in einer Blumenwiese, die er von einem Mitgefangenen, der bereits 27 Jahre im Todestrakt sitzt, hat anfertigen lassen! Als Vorlage hat Willie dem Künstler ein Foto gegeben, auf dem ich mit meinen Haustieren drauf bin. Ich freue mich wirklich über das Bild, das zwar im Stil etwas naiv ist – aber ich könnte nicht einmal das. Nach zwei Stunden müssen wir uns verabschieden, freuen uns beide auf die Stunden, die wir Montag und Dienstag noch vor uns haben.

Sylvia erkläre ich, dass ich morgen nicht zu KDOL käme wegen anderer Pläne, und bestelle Grüße an Joy. Ich habe verschiedene Gründe, mal einen KDOL-Besuch auszusetzen. Gern möchte ich nächstes Mal mit einer neuen CD zurückkommen, damit sie nicht immer denselben Titel von mir hören/senden. Silke und ich gehen noch zu Wal-Mart einkaufen, wo wir erneut auf Sylvia treffen; im „Blue Shelter“ reden wir dann bis 1 Uhr nachts, u.a. auch über die Vereine, in denen wir Mitglieder sind.

Am Sonntag steht für mich ein vierstündiger Besuch bei David in der Wynne Unit auf dem Programm - ich fahre also um 8 Uhr nach Huntsville. Alles problemlos, bin ja schon ein Routinier dort. Auch diesmal ist es erwartungsgemäß kein Kontaktbesuch, nachdem der Warden gewechselt hat. David berichtet aber von Gerüchten, dass man zukünftig vielleicht Kontaktbesuche für Gefangene auf entsprechender Sicherheitsstufe erlauben wolle. Wir reden vier Stunden fast dauernd im Stehen, weil man sich sonst schlecht versteht durch die untere Glasscheibe. Dafür sieht man sich bekanntlich durch das Gitter nicht gut. David erzählt mir von einem Computerkurs, den er gern machen würde, der aber 200 Dollar für 6 Monate kostet. Nach deutlichen finanziellen Verlusten meinerseits bei einem geplatzten Hausverkauf möchte ich ihm nicht versichern, ihm dabei zu helfen, verspreche ihm aber, ein Paar neue Sportschuhe zu bezahlen, zumal er schon die letzten von mir bekommen hat, die jedoch nun kaputtgehen. David stellt mir einen Mitgefangenen als guten Freund vor, der seinerseits erzählt, er wäre in Darmstadt gewesen und in dieser Gegend Deutschlands viel herumgekommen.

Nach dem Besuch rufe ich von Huntsville aus erst Gregs Frau Connie an – wir verabreden uns für Montagabend. Dann rufe ich zu Hause an – meine Stimmung passt sich dem Gewitterregen an, als ich höre, dass mein alter Ratterich namens Seppl im Sterben liegt. Auf der Rückfahrt zum „Blue Shelter“ erreicht mich eine halbe Stunde später die Nachricht, dass die Tierärztin ihn gerade erlöst hat. Armer Seppl – das ist traurig, denn er war so ein Lieber. Schon sehr alt und das Ende absehbar, aber ich hätte mich doch gern selbst von ihm verabschiedet. So ist meine Stimmung etwas gedrückt, als ich im „Blue Shelter“ Silke treffe. KDOL entrinne ich doch nicht ganz – Silke hat den Sender im Radio eingestellt.

Nachdem ich in der Wynne Unit nur Süßes bekommen habe, ist heute unbedingt noch etwas Deftiges oder Herzhaftes angesagt. Silke und ich nehmen den belgischen Gast aus dem „Blue Shelter“ mit. City Grille und Florida's Kitchen haben geschlossen, und so stranden wir in dem mexikanischen Restaurant, in dem ich vor gut zwei Jahren meinen ersten und einzigen Zug an einer Zigarette getan habe. Es ist ziemlich voll und laut, aber das Essen ist gut. Im „Blue Shelter“ schauen wir uns gemeinsam auf Video einen Ausschnitt aus einer Fernsehdokumentation über Tommy Lynn Sells an, der ein absolut pathologischer Fall auf Texas Death Row ist.

Am Montagmorgen besuche ich zuerst Willie für vier Stunden – die Gefangenen werden heute sehr schnell gebracht. Es ist ein sehr schöner Besuch, bei dem wir uns beide wohl fühlen. Wir reden zuerst über meine berufliche Arbeit, dann über Musik. Ich singe ihm „Heaven Is A Wonderful Place“ vor, dessen Melodie er nach dem dritten Mal ansatzweise mitsingt. Außerdem den Refrain von „Only An Ocean Away“, dessen Text ich ihm geschickt hatte – einer der Titel, die ich demnächst für die neue CD aufnehmen will. Wir sprechen auch ausführlich über einen Entwurf für einen Flyer über ihn und die damit verbundenen Fragen und Probleme. Vier Stunden mit Willie kommen mir vor wie zwei – vier mit David eher wie sechs... Gut, dass wir morgen noch einmal einen Besuch haben.

Ein zweistündiger Besuch bei Greg schließt sich an – Greg hat einen Hinrichtungstermin für den 9. September, obwohl sein Fall mehr wie fragwürdig ist. Ihm ist der Ernst der Situation bewusst, aber er ist dennoch zuversichtlich und scherzt und lacht. Der tatsächliche Täter – auch im Todestrakt von Texas – erklärt nun, dass er ihn fälschlicherweise belastet habe, und wenn Texas Greg hinrichte, man einen Unschuldigen exekutieren würde. Außerdem hat sich herausgestellt, dass der „Experte", der am Tatort seinerzeit die Beweise gesichert hat, ein Betrüger war, der weder Ausbildung noch Lizenz besaß.

Wie schon Willie Samstag und heute, bekommt auch Greg reichlich zu essen und zu trinken aus den Snackmaschinen. Im Besucherraum arbeitet heute Ms. Tucker, eine ältere weiße Lady, die ich noch nicht kenne, die aber sehr nett ist. Als sie versehentlich das falsche Dressing beim Salat erwischt, will sie selbst auf eigene Kosten noch einen Salat kaufen, um zu tauschen. Total lieb – aber ich nehme den überzähligen Salat schon selbst. Außerdem sammelt sie die Quarters mit den Bundesstaaten – wie ich für einen Freund von mir. Greg erzählt mir, Ms. Tucker sei seit etwa 3 oder 4 Monaten da. Die weiße Ms. Williams ist Sergeant geworden und arbeite jetzt als Supervisor in der General Population der Polunsky Unit – das hatte ich wieder vergessen. Die schwarze Ms. Williams, aber da ist Greg nicht sicher, sei krank und unterziehe sich einer Chemotherapie – warum trifft es immer die Netten/Guten!?

Obwohl ich im Kopf weiß, dass ich Greg vielleicht niemals wiedersehe, wird es kein rührseliger Abschied. Ich bin wohl einfach nicht bereit zu glauben, das könnte unsere letzte Begegnung sein; ich will mich diesem Gefühl nicht ausliefern. „See you!"

Etwa zwei Stunden später treffe ich mich mit Connie. Ich bringe Silke mit, sie ebenfalls noch jemand. Wir essen wie letztes Mal im City Grille, das heute offen ist. Connie erzählt, wer alles Greg unterstützt (Innocence Project, TCADP, Texas Defender Service, Rick Halperin). Ihre eigene Tochter, Polizistin, habe einen sehr bewegenden Brief für den Gnadenausschuss geschrieben. Sie sei zuerst völlig „angepisst" gewesen, dass ihre Mutter sich mit Greg eingelassen habe, hätte ihn sehr misstrauisch-skeptisch besucht – und nennt ihn heute ihren Stiefvater. Und Connie erzählt von einer Wärterin in der Polunsky Unit, die erst gar nicht glauben wollte, dass Greg ein Date bekommen hat, und die ihm erklärt habe, sie würde sich, wenn sie Greg wirklich hinrichten, in voller Uniform neben seine Frau vor die Walls Unit stellen und protestieren, auch wenn es sie den Job koste!

Connie nimmt mir das Versprechen ab, sie auf jeden Fall anzurufen, wenn ich nächstes Mal in Texas bin – auch wenn es am 9. September zum Schlimmsten kommen sollte. Der Abschied von Connie, die einfach unglaublich sympathisch ist, ist dann doch bewegend. Wer würde es ihr und Greg nicht wünschen, dass sein Fall gut ausgeht? Und doch diskutieren Silke und ich im Anschluss darüber, ob es richtig ist, dass im Gegensatz zu Greg die klar Schuldigen von den Anti-Todesstrafen-Gruppen kaum Unterstützung erhalten, weil die Chancen auf Erfolg gegen Null tendieren...

Am nächsten Morgen habe ich einen weiteren vierstündigen Besuch bei Willie – ich bin nicht so fit wie gestern, offenbar brüte ich eine Erkältung aus. Trotzdem ist auch dies ein guter Besuch. Wir singen nochmals gemeinsam "Heaven Is A Wonderful Place" und versuchen es auch zweistimmig: Willie gelingt es im zweiten Anlauf wirklich seine Stimme zu halten, während ich eine Oberstimme zur Melodie singe. Ich habe ihm gestern schon versprochen, ihm etwas über die Grundlagen des Notenlesens zu schicken, weil es ihn tatsächlich interessiert.

Ich ergreife die Gelegenheit, Willie eine Frage zu stellen, die ich schon längere Zeit habe – obwohl sie mir weder unter den

Nägeln brennt, noch für mich Anlass war, ihm gegenüber misstrauisch zu sein. Es ist wirklich nur Interesse, weil ich etwas aus seiner Schilderung des Tathergangs mit der Aktenlage nicht zusammenbringe – ich hatte Willies letzte Briefe und zwei juristische Dokumente über seinen Fall am Samstag nochmals gelesen, als ich auf Silke gewartet habe. Willie hatte mir ja – wenn ich ihn richtig verstanden habe – seinerzeit erzählt, die Waffe, die seine Freundin getötet hat, sei versehentlich im Kampf um dieselbe losgegangen. Die juristischen Unterlagen sprechen allerdings von sechs Schusswunden. Willie erklärt mir ohne zu zögern, die Art von Waffe, die er damals in der Hand hatte, sei eine Halbautomatik gewesen, die bei entsprechender Einstellung bei geringstem Druck des Auslösers gleich eine Serie von Kugeln abfeuere. Das passt, und der vermeintliche Widerspruch ist damit überzeugend vom Tisch. Da Willies Fall noch immer im State Court ist, von dem er allerdings nichts in Richtung Entlastung erwartet, rechnet er mit noch weiteren fünf oder sechs Jahren im Todestrakt. Wesentlicher Kritikpunkt an seinem Verteidiger damals ist die Tatsache, dass er selbst nicht als Zeuge vernommen wurde, obwohl er hatte aussagen wollen, um seine Version des Tathergangs darzustellen. Und auch eine ganze Reihe weiterer Zeugen, die zu seinen Gunsten hätten aussagen können, seien nicht vernommen worden.

Heute können wir Fotos machen lassen und nutzen die Gelegenheit. Es gab schon ein Gerücht, es würden keine Bilder mehr gemacht. Was aber tatsächlich stimmt: Polaroid wird bald die Produktion der Sofortbild-Filme einstellen – was die Polunsky Unit dann macht, bleibt abzuwarten... Nach vier Stunden müssen wir uns für das nächste halbe Jahr wieder verabschieden – aber schließlich sind wir ja „Only An Ocean Away“...

Silke und ich fahren nach den Besuchen zur Public Library in Livingston, um uns per Internet für unseren Flug einzuchecken. Wir bekommen problemlos ein Kärtchen für Gäste ausgestellt und einen Computer für 30 Minuten zugewiesen. Jedoch: Was bei uns zu Hause so problemlos funktionierte, klappt hier nicht – der Computer sagt schließlich, das Online-Einchecken für diese Flüge sei nicht möglich. Nachdem ich am Samstag nicht dazu gekommen bin, muss ich heute auch endlich die Money Orders im Postamt besorgen, was natürlich wieder längere Zeit beansprucht und wofür ich mich bei der Dame auf der Post in Livingston, die eigentlich in ihre Mittagspause will, aber dennoch sehr freundlich ist, entsprechend entschuldige. Ich verkneife mir den Hinweis, dass ich nur zweimal im Jahr komme, weil ich nicht weiß, ob sie das wirklich beruhigt oder ob das als Drohung ankäme...

Dann sehen wir Christa noch kurz im Gästehaus, um uns von ihr zu verabschieden. Bis zum nächsten Mal... Denke und sage ich jedenfalls. Wenige Tage später erfahre ich, dass Christas fünfjähriges Visum nicht verlängert wird und sie zurück nach Deutschland muss. Sieht leider so aus, als war's das dann mit dem schönen „Blue Shelter"...

Silke und ich fahren nun zum Flughafen – zum ersten Mal habe ich einen Flug, der erst abends um 20 Uhr geht, deshalb gibt es heute nicht die übliche Hetzerei. Wir stehen erst recht lange in der Schlange zum Einchecken, um dann zu erfahren, dass es mit gemeinsamen Sitzplätzen schlecht aussieht. Gefragt, ob wir denn nicht vorher Plätze reserviert haben, sage ich dann schon, dass wir das mehrfach versucht hätten, aber ohne Erfolg. Aber umso besser: Wir bekommen einen kostenlosen Upgrade in die nächsthöhere Klasse. Das ist zwar immer noch Economy-Class, aber mit bequemeren Sitzen, außerdem bekommen wir zwei Plätze vor der Wand, die normalerweise für Eltern mit Säuglingen gedacht sind. Da haben wir wirklich Platz, um die Beine auszustrecken oder sogar hochzulegen. Zum ersten Mal schaffe ich es, auf einem Langstreckenflug doch mal längere Zeit am Stück zu schlafen.

In London Heathrow haben wir dann noch einige Zeit, bis mein Flieger mit einer Stunde Verspätung nach Frankfurt geht; Silke fliegt noch später mit einer Maschine nach Berlin. Christiane holt mich am Flughafen ab, und am frühen Abend hat mich dann die Heimat wieder – mit 34°C ist es der bis dahin heißeste Tag des Jahres in Deutschland. Dagegen war es in Texas direkt angenehm...

- DER ELFTE BESUCH -

(Samstag, 3. Januar 2009, bis Mittwoch, 7. Januar 2009)

Das letzte halbe Jahr scheint wie im Flug vergangen zu sein – und schon sitze ich am Samstag, dem 3. Januar 2009, wieder im Flieger: Direktflug mit der Lufthansa nach Houston. Da man auch bei der Lufthansa mittlerweile am Vortag am heimischen Computer online einchecken und die Bordkarte selbst ausdrucken kann, laufe ich am Flughafen mit meinem Handgepäck direkt zum Abfluggate. Der Flug ist problemlos, und wir kommen überpünktlich in Texas an. Weil ich im Flieger ganz hinten gesessen habe, ist die Schlange am Einreiseschalter vor mir allerdings wahnsinnig lang, aber nach „nur" einer Stunde ist es dann doch geschafft. Statt nur den Zeigefinger nehmen sie jetzt Abdrücke von allen Fingern und stellen auch mehr Fragen als sonst: Grund des Aufenthalts, Dauer, wann ich das letzte Mal da war, ob ich da denselben Freund besucht habe, welchen Beruf ich ausübe – das Übliche eben, nur ausführlicher. Danach geht es schnell durch den Zoll und zur Autovermietung – und dann bin ich in meinem orangefarbenen Dodge Caliber von der Autovermietung „Dollar" auf dem Weg nach Livingston.

Weil es das Gästehaus „Blue Shelter" von Christa H. nicht mehr gibt – sie musste kurz nach meinem letzten Aufenthalt zurück nach Deutschland, weil ihr Visum nach fünf Jahren nicht verlängert wurde –, musste ich mich nach einer neuen Unterkunft umsehen. Und da mein diesmal wieder sehr kurzer Aufenthalt nur drei Nächte umfasst, dachte ich, ich gönne mir mal etwas und nehme das beste Hotel am Ort, das erst vor wenigen Jahren erbaute „Hampton Inn" für die Kleinigkeit von gut 100 Dollar pro Tag. Ich finde den Weg dorthin relativ problemlos, allerdings probiere ich im Laufe der nächsten Tage mehrfach herum, bis ich fahrtechnisch die geschicktesten Wege gefunden habe, wie man ohne überflüssige Umwege von und nach dort kommt – da das Hotel in der Nähe des Highway liegt und man sich irgendwie immer auf der falschen Seite befindet für die Richtung, in die man als nächstes möchte…

Nach den fast -10°C zu Hause sind schwüle 27°C im Januar selbst für texanische Verhältnisse ein bisschen übertrieben, und deshalb ist es gut, sich im Hotelzimmer erst einmal erfrischen zu können. Das Hotel ist wirklich sehr schön – alles neu und sehr sauber, nur die Einrichtung im doch eher altmodischen dunkel-holzigen Stil des Mobiliars ist nicht so wirklich mein Geschmack. Auch wäre mir ein kleiner Kühlschrank lieber als eine Kaffeemaschine, aber zum Glück ist das Wetter am nächsten Tag schon deutlich weniger sommerlich. Ansonsten alles da: Riesenbett mit großem Fernseher davor, Telefon natürlich und Internet-Anschluss – ich habe diesmal erstmals einen Laptop mitgenommen, um das zu nutzen.

Nach einer Stunde geht es schon wieder weiter – es steht bereits ein abendlicher zweistündiger Besuch bei Willie auf dem Programm. Der Beamte am Parkplatz ist sehr freundlich, aber auch gründlich – meine Laptop-Tasche, die ich nicht im Hotel lassen wollte, muss ich öffnen, um zu zeigen, dass sich keine Waffe darin befindet. Keine peinlichen Probleme mit dem Öffnen von Motorhaube und Kofferraum diesmal – ich habe auf dem Hotelparkplatz eben noch geübt… Nachdem vor wenigen Monaten das Handy-Problem der Gefängnisse groß durch die Medien ging – ein Gefangener hatte mit einem illegalen Mobiltelefon einen Senator angerufen, und darauf wurden in Texas alle Gefängnisse in großem Stil mit Erfolg nach Handys durchsucht –, sind die Sicherheitsvorkehrungen für das Betreten der Gefängnisse deutlich erhöht worden. Zusätzlich zu den bekannten Kontrollen muss man am Eingang nun auch die Schuhe ausziehen und wie ein Pferd die Füße heben, und man wird von einem Beamten gleichen Geschlechts abgetastet – als Frau auch zwischen und unter den Brüsten, wo man sich etwas hingeklemmt haben könnte bei entsprechender Oberweite.

Wie erwartet, ist Willie schon da, als ich den Besucherraum betrete – nur habe ich irgendwie noch nicht das Gefühl, richtig angekommen zu sein, konnte mich gar nicht innerlich auf Besuch einstellen, weil ich keine Möglichkeit hatte, irgendwo zur Ruhe zu kommen. Aber das macht nichts, bei Willie kann man sich ohnehin einfach so geben, wie man ist. Wir reden in den zwei Stunden vor allem über meinen gerade aktuellen Austritt und dessen Hintergründe aus dem Verein ALIVE e.V., in dem ich lange Jahre aktives Mitglied gewesen bin – sowie über meine zukünftigen Pläne: Ich werde mich künftig stärker in der Initiative gegen die Todesstrafe e.V. engagieren, in der ich bislang eher passives Mitglied war. Dass ich selbst viel rede in unserem Gespräch, verhindert sicher, dass mich die Müdigkeit überkommt nach der langen Reise – da hilft eben nur aktiv bleiben. Im Hotelzimmer dauert es dann aber nicht mehr lange, bis ich, wie von daheim gewohnt, vor dem Fernseher einschlafe...

Am Sonntagmorgen genieße ich ein für amerikanische Verhältnisse wirklich gutes Frühstück im Hotel – nicht nur Süßpapp wie Muffins und Donuts, hier gibt es auch Eier und Speck und frische Milch. Dann fahre ich etwa eine Stunde nach Huntsville zur Wynne Unit zu einem vierstündigen Besuch mit David. Die Stunden vergehen diesmal nicht so quälend langsam, wie ich es in der Vergangenheit schon empfunden habe. Es mag auch daran liegen, dass ich dieses Mal einen alten Holzstuhl erwischt habe, der deutlich höher ist als die übrigen Stühle dort. So muss ich nicht die ganze Zeit stehen, um David zu verstehen, sondern reiche auch sitzend weit genug herauf David allerdings steht fast die ganze Zeit, denn wenn er nicht durch das Gitter oberhalb der Scheibe mit mir spricht, verstehe ich ihn kaum. David hofft, dass wir nächstes Mal wieder einen Kontaktbesuch bekommen – der Gefängnisdirektor hat erneut gewechselt.

Mein Zeitplan für die wenigen Tage ist recht voll, und so genieße ich es, zumindest für diesen Sonntag nichts Weiteres mehr geplant zu haben. Die Shout-Out-Shows bei dem lokalen

Livingstoner Radio-Sender KDOL gibt es nicht mehr, sodass diese Option, die sonst meistens für den Sonntagnachmittag auf dem Programm stand, ohnehin ausfällt. So verbringe ich eine längere Zeit im Hotel, telefoniere ausgiebig und gemütlich mit Christiane, von der ich mich billigerweise im Hotel anrufen lasse, erledige Schreibkram und Ähnliches – und nutze den Luxus, mich mit meinem Laptop ins Internet einloggen zu können, sodass ich auch einige Dinge am Computer erledigen kann. Nach zwei Nächten mit im Grunde zu wenig Schlaf bin ich schließlich relativ früh müde und deshalb um 20 Uhr im Bett.

Am Montagmorgen fahre ich nach einem guten Frühstück im Hotel zur Polunsky Unit. Vier Stunden Besuch mit Willie liegen vor mir. Er erzählt mir einiges über den Gefängnisalltag der vergangenen Monate, über den langen Lockdown und die mehrfachen Durchsuchungen, bei denen viele Handys gefunden wurden. Über den Gefangenen, der den Skandal durch seine Anrufe bei dem Senator ausgelöst hat, berichtet Willie eine andere Version als die durch die Medien bekannte – der Mann habe nicht die Töchter des Senators bedroht. Vielmehr habe er den Senator um Hilfe in seinem Fall gebeten, weil sein Rechtsanwalt nichts tue. Er habe den Senator gefragt, was er denn tun würde, wenn es um eine seiner Töchter ginge – lediglich in dem Zusammenhang sei von dessen Töchtern die Rede gewesen. Es mag also durchaus einen Unterschied geben zwischen „er hat den Senator bedroht“ und „der Senator hat sich bedroht gefühlt“... Auch eine andere schreckliche Geschichte von einem Mitgefangenen erzählt Willie mir – Tage später ist es auch in unseren Zeitungen zu lesen: Der Mann hat sich mit bloßen Händen ein Auge ausgerissen und gegessen, und das bereits zum zweiten Mal, sodass er nun blind ist. Im Grunde muss man sich ja fast wundern, dass es nicht noch mehr psychisch Gestörte in den Gefängnissen gibt – ich glaube, ich wäre längstens durchgedreht.

Die heutige Aufsicht im Besucherraum kenne ich nicht – die Übersicht und den Weitblick einer Ms. Williams hat sie nicht, ist aber durchaus freundlich und hilfsbereit, wenn man sie anspricht. Am Samstag fehlten mir 25 Cent zu einem Foto – heute habe ich genug Geld dabei, da mich eine Bekannte heute morgen noch per E-Mail daran erinnert hat, dass man an Fototagen statt 20 sogar 26 Dollar mitbringen darf. Die Polaroid-Sofortbildkamera ist nunmehr Geschichte – das Gefängnis hat auf Digitalkamera umgestellt und druckt die Fotos auf Hochglanz-Fotopapier aus. Die Damen müssen aber wohl noch ein bisschen üben – die Fotos sind zum Teil nicht scharf, weil sie nicht genug Abstand einhalten. Ansonsten ist die Qualität der Bilder an sich aber durchaus ein Gewinn.

Irgendwann treffe ich im Besucherraum erwartungsgemäß auf die Vorsitzende von ALIVE - Koalition gegen die Todesstrafe e.V. – sie ist überrascht, mich zu sehen, ich selbst wusste, dass zwei Vorstandsmitglieder gerade hier sind. Am Ende haben Willie und ich Glück – die Aufsicht scheint uns vergessen zu haben. Kein Hinweis, dass unsere Zeit um ist. Nach 20 Minuten über der Zeit gehe ich schließlich, um keinen Ärger zu riskieren, denn irgendwann wird es ja unglaubwürdig, dass ich die abgelaufene Zeit nicht bemerkt haben könnte... Draußen regnet es in Strömen und das Wasser steht zentimetertief auf dem Parkplatz. Meine Schuhe sind nicht dicht, und ich hole mir nasse Füße – also kommt es gelegen, dass ich ohnehin erst einmal ins Hotel will. Nachdem ich in der Zwischenzeit begriffen habe, wie das Kombi-Gerät aus Klima-Anlage und Heizung in meinem Zimmer bedient wird, stelle ich es zunächst auf bullig-warm – nicht nur, um meine Strümpfe und Schuhe darauf zu trocknen, sondern auch, um mich selber aufzutauen. Es war schweine-kalt im Besucherraum – so schlimm wie selten zuvor. Irene Wilcox erzählte mir, es hätten schon letzte Woche einige Leute etwas gesagt, aber offenbar habe es nichts genutzt.

Nach einer kurzen Zeit im Hotel und Telefonat mit Christiane daheim, fahre ich zur Post in Livingston – und treffe als erstes auf das andere Vorstandsmitglied von ALIVE. Dann halte ich dort wie gewohnt wieder den ganzen Betrieb auf, um mein übliches Pensum zu absolvieren. Obwohl – es sind nur etwa halb so viele Money Orders wie sonst. Trotzdem geht es nicht schneller, weil die Maschine meine Money Orders nicht drucken möchte und die Dame, die mich bedient, schließlich die Chefin rufen muss, die sich dann selbst an die Maschine stellt. Da ich die Money Orders nach meinem Ausscheiden aus dem Verein zukünftig auf anderem Wege vertreiben werde, nämlich über die Initiative gegen die Todesstrafe e.V., und wir darüber hinaus noch Briefmarken anbieten wollen, kommen auch die noch dazu.

Als ich in der Post endlich fertig bin, sind es noch 24 Stunden bis zu meinem Rückflug, und ich fahre zur Public Library, um online einzuchecken – morgen mit der Bordkarte in der Hand zum Flughafen zu kommen, wäre doch sehr entlastend. Da ich mit meinem Laptop zwar ins Internet, aber nichts ausdrucken kann, bin ich in dem Punkt auf Hilfe angewiesen – jedoch der Versuch schlägt fehl: Das Online-Einchecken ist frühestens 23 Stunden vor Abflug möglich. Und dann genau schließt die Bücherei. Ich fahre zurück zum Hampton Inn und frage dort an der Rezeption nach – die Dame ist sehr hilfsbereit. Ich darf mich im Büro des Hotels an einem Computer einloggen, und schließlich habe ich meine ersehnte Bordkarte!

Um 18 Uhr bin mit Connie am City Grille verabredet. Ich habe ihr das letzte Mal ja versprochen, sie auf jeden Fall zu treffen – auch wenn Greg nicht mehr da sein sollte. Leider ist er tatsächlich vor etwa acht Wochen hingerichtet worden. Nachdem sein Hinrichtungstermin Anfang September aufgehoben und auf Ende Oktober verschoben worden war, um weitere DNA-Tests zu ermöglichen, war das natürlich Grund zur Hoffnung, Greg könnte tatsächlich seine Unschuld beweisen. Connie berichtet, dass kurz nach der Anhörung des mit Greg zusammen verurteilten Komplizen dessen DNA in der untersuchten Hose gefunden wurde – und die der andere nie getragen haben will. Jedoch ist es nur einmal mehr ein Fall in Texas, in dem die Wahrheit letztlich nicht wirklich von Interesse ist.

Connie hat Nadine mitgebracht – sie kommt aus Italien, und auch wenn ich sie noch nicht persönlich kenne, so habe ich doch über Susanne schon von ihr gehört. Von ihrem Brieffreund habe ich selbst auch schon wunderschöne Origami-Figuren bekommen. In diesem Thema ist die Welt ein Dorf... Wir essen also gemeinsam zusammen unser Dinner. Dann nimmt Connie mich mit zu sich nach Hause. Greg ist auf ihrem Grundstück beerdigt, und so stehe ich – im Dunkeln zwar – kurze Zeit später vor seinem Grab. Connie erzählt, dass Greg eigentlich zu Hause in Kentucky beerdigt sein wollte, und wie sie ihn gefragt hat, ob er sich stattdessen vorstellen könnte, bei ihr zu Hause begraben zu sein. Ich kann nicht anders – ich muss Connie ganz fest in den Arm nehmen.

Im Haus zeigt Connie mir auf ihrem Laptop jede Menge Fotos vom Tag der Hinrichtung, vor allem aus dem Funeral Home und von der Beerdigung. Carroll Pickett, der mittlerweile als Gegner der Todesstrafe bekannt gewordene ehemalige Gefängnispfarrer der Walls Unit, war vor der Hinrichtung im Hospitality House und Greg konnte auch mit ihm telefonieren. Connie berichtet, dass Greg sich sehr bald nicht mehr bewegt habe, sodass sie davon überzeugt ist, dass er nicht leiden musste. Wenn ich es richtig verstehe, haben sie und Nadine bereits 2006 eine Hinrichtung miterlebt, die anders ausgesehen haben muss – Nadine erzählt, dass sie danach zwei Monate lang immer denselben Alptraum davon hatte.

Neben diesen ernsten Themen haben wir danach auch wieder eine Menge Spaß – das muss wohl einfach sein, sonst könnte man dieses Thema gar nicht ertragen. Und zwar Spaß an Connies beiden kleinen Hunden – der eine ist erst drei Monate alt. Da kommt meine kleine neue Kamera natürlich gleich zum Einsatz. Connie schenkt mir schließlich eine Tüte Bonbons – sie sind von Greg aus seinen Sachen.

Connie hat es verständlicherweise bislang nicht über sich gebracht, wieder jemanden in der Polunsky Unit zu besuchen – das ist noch zu früh. Aber sie will sich auf jeden Fall gegen die Todesstrafe engagieren, von ihren Erfahrungen berichten, in welcher Form auch immer. Sie würde gern das Haus gegenüber ihrem eigenen, das leer steht, als Gästehaus nutzen, um für diejenigen ein kostengünstiges Quartier zu bieten, die wie Nadine und ich und viele andere von weit her zu Besuchen nach Livingston kommen. Der Eigentümer würde das Haus für 500 Dollar vermieten oder für schätzungsweise 30-35.000 Dollar verkaufen. Ich deute Connie nur vorsichtig etwas an – aber mich springt der Gedanke an, dass ich mich da vielleicht in finanzieller Hinsicht engagieren könnte!? Da muss ich mal länger drüber nachdenken.

Am Dienstag stehe ich früh auf – Sachen packen usw. – und nach einem weiteren guten Frühstück bin ich heute sehr früh vor der Polunsky Unit. Trotzdem bin ich nicht die erste – Irene Wilcox ist wieder unschlagbar. Letzten Sommer war sie krank, nun geht es ihr wieder besser, obgleich sie zum Laufen jetzt einen Rollator benutzt. Sie ist mittlerweile über 80, auch wenn sie so alt nicht aussieht. Außerdem stehen die beiden Vorstandsmitglieder von ALIVE vor mir – sie fliegen ebenfalls heute Nachmittag zurück. Aber da ich meine Bordkarte bereits habe, macht mir das alles keinen Stress. Willie wird wie gestern um etwa 8.45 Uhr gebracht – als vierter der Gefangenen –, das ist recht schnell, da kann man nicht meckern. Ich bekomme einen Platz genau zwischen den beiden ALIVE-Vorständen zugewiesen – nun ja... Aber ich habe mich ja bewusst aus taktischen Gründen entschlossen, nicht im Krach aus dem Verein auszuscheiden.

Wie immer verbringen Willie und ich vier kurzweilige Stunden miteinander – nächstes Mal vielleicht wieder über den Monatswechsel? Das würde sich zumindest für Juli/August anbieten, weil der 1. August auf einen Samstag fällt. Dann hätten wir 16 oder vielleicht sogar 18 Stunden miteinander! – Ich traue mich, während unseres Besuchs die Schuhe auszuziehen – meine Füße sind schon wieder nass geworden, wenn auch nicht so sehr wie gestern. Es sagt auch niemand was, dass ich meine dick bestrumpften Füße zum Trocknen lüfte. Im Besucherraum ist es heute direkt angenehm. Anscheinend haben die Klagen einiger Leute doch geholfen – jedenfalls muss man heute nicht frieren: Für Besucherraum-Verhältnisse ist es direkt warm!

Diesmal endet unser Besuch pünktlich, und ich mache mich ohne besondere Eile auf den Weg in Richtung Flughafen – nach der Abgabe des Autos treffe ich die beiden von ALIVE im selben Shuttle-Bus, der uns zum Terminal bringt. Die Abflughalle ist brechend voll, aber ich kann mich mit meiner Bordkarte – Hampton Inn sei nochmals Dank – direkt an der Sicherheitskontrolle anstellen. Alles kein Problem, daher habe ich danach noch Zeit für ein längeres Telefonat mit Christiane – sie will mich auf jeden Fall am Flughafen abholen: Ich soll nicht mit der S-Bahn von Frankfurt nach Wiesbaden fahren; sie bringt vielmehr meinen dicksten Mantel, Schal, Handschuhe und Mütze mit! In Deutschland soll es diese Nacht stellenweise bis zu -20°C haben! Na dann – anscheinend komme ich dauernd zu irgendwelchen Rekordtemperaturen wieder heim...

Der Abflug hat etwa anderthalb Stunden Verspätung. Die Maschine war schon in Frankfurt wegen Enteisens eine halbe Stunde zu spät gestartet, und hier haben die Sicherheitskontrollen heute besonders lang gedauert, erklärt uns der Pilot in der Maschine. Die Hälfte der Verspätung holen wir wieder auf. Irgendwie geht die Zeit herum – zum Teil kann ich etwas schlafen oder dösen, und ich kann mit dem Laptop einen Teil meines Reiseberichts schreiben; das ist auch ganz praktisch. Ich habe den gleichen Platz wie auf dem Hinflug – ganz hinten in der Maschine. Weil aufgrund der Verspätung der Flieger nicht direkt am Terminal parken kann, müssen wir mit Bussen gefahren werden – immerhin kann ich dafür hinten aus dem Flugzeug aussteigen, sodass es nicht mehr lange dauert, bis Christiane mich in Empfang nimmt – am späten Vormittag bin ich wieder zu Hause und hole erst einmal Schlaf nach...

- DER ZWÖLFTE BESUCH -

(Mittwoch, 29. Juli 2009, bis Mittwoch, 5. August 2009)

Weil der Monatswechsel Juli-August diesen Sommer günstigerweise auf ein Wochenende fällt, nehme ich nach längerer Zeit wieder einmal die Besuche für zwei Monate mit. Am Mittwoch, 29. Juli, startet meine Reise mit einem Lufthansa-Flug nach London und Weiterflug mit Continental Airlines nach Houston. Es ist für mich das erste Mal, dass sich der Flug auf zwei verschiedene Fluglinien aufteilt, und prompt hat es am Vortag Probleme beim Einchecken am Computer gegeben: Ich kann nur die Bordkarte für den Lufthansa-Flug ausdrucken. Da ich in London drei Stunden Aufenthalt habe, macht mir das allerdings nicht wirklich Sorgen, und tatsächlich bekomme ich meine Bordkarte ohne Probleme und ohne langes Warten vor Ort. Der Flug ist durchaus einer von der angenehmeren Sorte, zumal Boeing ein sehr vielfältig und individuell zu gestaltendes Unterhaltungsprogramm an Bord hat, für das jeder Passagier einen eigenen Bildschirm vor sich hat. Allein an die 300 Spielfilme sind abrufbar – ich schaue mir die Musical-Verfilmung „Das Phantom der Oper“ an, außerdem mehrere Folgen von „Die Simpsons“ – alles auf Englisch, quasi zum Üben. Mit meinem Noise-Reduction-Kopfhörer, der das Dröhnen des Flugzeugs rausfiltert, ist auch Musik durchaus ein Genuss.

Etwas verspätet, weil die Crew in London zu lange auf irgendwelche Papiere hatte warten müssen, erreichen wir schließlich Houston. Die Einreiseformalitäten sind einigermaßen schnell erledigt, und dann bin ich mit meinem neuen Köfferchen Handgepäck und meiner Laptop-Umhängetasche in einem nagelneuen weißen Hyundai Accent von der Autovermietung „Dollar“ unterwegs nach... nein, nicht Livingston, sondern nach Huntsville. Auf dem Weg zur Interstate 45 und auch in Huntsville verfahre ich mich zwar, aber das liegt tatsächlich mal nicht an mir, sondern an mangelnder Beschilderung. Und letztlich – mit Hilfe des

Stadtplans – komme ich dann doch nach 20 Uhr in dem von mir gebuchten Hotel an. Es ist das Super 8 in Huntsville, und es ist offenbar eine gute Wahl: Das Zimmer ist richtig groß, schön eingerichtet mit einem Kingsize-Bett (ca. 2 x 2m) sowie einer Sitzecke und einem kleinen Schreibtisch, außerdem einem großen Fernseher. Es ist sauber und hat vor allem Kühlschrank und Internet-Anschluss – und genau diese Punkte waren mein Kriterium bei der Auswahl. Das Hampton Inn in Livingston, das ich mir letztes Mal für drei Nächte gegönnt hatte, ist sicher exklusiver im Vergleich dazu, aber eben auch deutlich teurer; diesmal bin ich schließlich sechs Nächte hier. Und weil mein Zeitplan nicht gar so gedrängt ist, kann ich die Fahrtzeit zwischen Huntsville und Livingston durchaus erübrigen.

Genau mit dieser geht es am Donnerstag dann also los. Eine Stunde Fahrt in gemütlichem Tempo – auch wieder mit ein paar kleinen „Verfahrern", weil die Verkehrsführung bei Kreuzungen von Highways für Europäer einfach ungewohnt ist –, bis ich an der Polunsky Unit ankomme. Auf dem Weg höre ich diesmal nicht meinen gewohnten Sender mit den Country-Legends, sondern meine eigene neue CD, die gerade noch rechtzeitig vor der Reise fertig geworden ist. Am Parkplatz der Polunsky Unit die üblichen Formalitäten – aber neu ist, dass ich, wie in der Wynne Unit schon länger üblich, die Motorhaube selbst öffnen muss. Der Wärter erklärt mir, dass man nicht mehr will, dass sie die anfassen, weil es Beschwerden gab, dass dabei etwas kaputt gemacht wurde. An einem der folgenden Tage sagt einer der Officer sogar zu mir, er selbst habe schon eine Motorhaube beschädigt und könne sich das zukünftig nicht mehr leisten. Naja, macht nichts: Ich habe mich nach diversen Peinlichkeiten in der Vergangenheit natürlich wieder vor der Abfahrt heute Morgen als erstes in der Hinsicht mit dem Auto vertraut gemacht.

Vier Stunden lang besuche ich Willie, und die Zeit vergeht sehr schnell. Wir sprechen über alles Mögliche, belanglose Plauderei ist ebenso dabei wie Gespräche z.B. über verschiedene Anti-Todesstrafen-Organisationen. Willie hat meine letzten beiden Briefe nicht erhalten, die ich über den Service von VFI (Voice For Inmates) geschickt habe; auch ist seine Nachricht an mich bei mir nicht angekommen. Das enttäuscht mich dann schon etwas. Ich hatte Willie überredet, sich von mir dort als Mitglied eintragen zu lassen, und habe die 70 Dollar Jahresgebühr dafür bezahlt, nachdem eine Bekannte diesen Service so hoch gelobt hat – und nun funktioniert es nicht. Das ist schon ärgerlich, weil man sich doch darauf verlassen können muss, dass Briefe auch ankommen. VFI soll so funktionieren, dass man dem Gefangenen eine E-Mail oder eine Nachricht über ein Webseiten-Formular schicken kann, das dann in Amerika ausgedruckt und von dort mit der Post verschickt wird. Umgekehrt kann der Gefangene, statt seinen Brief nach Europa zu schicken, ihn zu VFI senden, wo er dann eingescannt wird, sodass der Empfänger ihn per Computer erhält. Klingt gut und würde Zeit und Porto sparen – wenn es denn funktionierte. (Erst nach meiner Rückkehr hat VFI den Fehler schließlich gefunden, sodass es nun keine Probleme mehr hätte geben sollen – die Realität sah jedoch anders aus.)

Willie erzählt mir seine Odyssee hinsichtlich seiner Schreibmaschine. Er hatte sie mit entsprechendem Aufwand in Huntsville reparieren lassen, und kaum hatte er sie zurück, wurde sie bei einer Zellendurchsuchung erneut beschädigt. Ich hatte Willie das Geld für eine neue Maschine geschickt, allerdings bevorzugt er seine alte, weil die qualitativ wesentlich besser sei. So kaufte Willie sich zwar eine neue Maschine, reichte aber gleichzeitig eine Beschwerde ein wegen der beschädigten alten, für die eine Brieffreundin aus der Schweiz gerade die teure Reparatur bezahlt hatte. Die Antwort, die er mündlich bekam, ist schon eine Frechheit: Es ließe sich nicht feststellen, wer für den neuen Schaden verantwortlich sei, und wenn er die letzte Reparatur schließlich nicht selbst bezahlt habe, dann sollten doch seine reichen europäischen Brieffreunde erneut dafür bezahlen! Zu allem Überfluss war die neue Maschine auch nicht in Ordnung, sodass er sie nach wenigen Tagen zurückgeben musste. Zurzeit hat er daher gar keine Schreibmaschine zur Verfügung. Und dabei muss er so dringend an seinem Fall arbeiten; sein Anwalt sagt, er habe Probleme, Willies Handschrift zu lesen, sodass die Maschine für ihn jetzt wirklich überlebenswichtig ist.

Aber es gibt noch mehr Dinge, die einen nur kopfschüttelnd zurücklassen. Willie ist verfahrenstechnisch jetzt durch den State Court durch und kommt in den Federal Court. Dazu wurden ihm von der zuständigen Richterin zwei Anwälte zugeteilt, einer aus Texas und eine Anwältin aus New York. Willie schrieb der New Yorker Anwältin also einen Brief, der anderntags aus dem Mailroom der Polunsky Unit an ihn zurückgegeben wurde: Die Anwältin sei für Texas nicht zugelassen. Willie versuchte es erneut und erklärte, die Anwältin sei ihm aber doch zugewiesen. Nach mehreren Tagen bekam Willie den Brief zurück mit derselben Begründung. Daraufhin steckte Willie den Brief in einen größeren Umschlag, schickte ihn an die Richterin und teilte ihr mit, dass man ihm verweigere seine Anwältin zu kontaktieren. Die Richterin muss darüber recht ärgerlich gewesen sein und erließ einen entsprechenden Gerichtsbeschluss. Letztlich ist es schon unglaublich, in welcher Weise ein Gefangener in Texas an der Wahrnehmung seiner Interessen in einem ihm rechtlich zustehenden Berufungsverfahren gehindert werden kann. Nun ist Willie zum Glück jemand, der sich dahingehend nichts gefallen lässt und für seine Rechte eintritt und immer wieder schriftliche Beschwerden einlegt. Er legt Wert darauf, dabei immer den korrekt legalen Weg zu gehen. Willie hat sich in all den Jahren immer an die Regeln gehalten, war nie auf Level 2 oder 3, lehnt erst recht Gewalt ab. Aber den einzigen legalen Weg, den er hat, nämlich schriftliche Beschwerden einzureichen, den geht er konsequent. Obgleich ihm das vermutlich nicht nur Vorteile einbringt. In einem Brief hatte er darüber geschrieben, dass er zwei Beschwerden hinsichtlich seiner Zelle eingereicht hatte, weil diverse Dinge defekt waren. Eines Tages wurde das in Ordnung gebracht – und am selben Abend wurde er in eine andere Zelle verlegt, die schlechter war als die vorherige...

Nach vier Stunden mit Willie wird er direkt abgeholt und in seine Zelle zurückgebracht. Ich bekomme noch „property“ von Willie mit, gebrauchte Briefmarken, die er gesammelt hat, und vor allem rund 50 große Blätter, Vorder- und Rückseite von ihm handgeschrieben mit Zeugenaussagen aus seinen Prozessakten. Damit ich selbst lesen kann, was ihn beschäftigt hat, seitdem er endlich vor wenigen Monaten seine Akten bekommen hat, wie er erklärt. Es muss ihn Ewigkeiten gekostet haben, diese Blätter zu beschreiben. Auch wenn es eine von vielleicht drei oder vier Kopien ist, weil er Kohlepapier verwendet hat: Um besonders leserlich zu schreiben und keine Fehler in der Abschrift zu machen, hat er pro Seite etwa vier Stunden benötigt! Ob ich in diesen Tagen bereits dazu komme, mich damit zu beschäftigen, ist zweifelhaft, aber zu Hause ist das sicher eine Lektüre, die mich in Anspruch nehmen wird.

Nun habe ich für Susanne etwas bei der Bank in Livingston zu erledigen. Das dauert eine gute Stunde, weil es für die arme Bankangestellte nicht gerade alltägliche Formalitäten sind, um die es in dem Fall geht. Aber schließlich ist das geschafft. Mit Hilfe von drei Scheckkarten hebe ich am Automaten eine entsprechend große Summe an Dollars ab und fahre als nächstes zur Post in Livingston, um Money Orders und Briefmarken für den jetzt bei der Initiative gegen die Todesstrafe e.V. angesiedelten Money-Order-Service zu besorgen.

Zurück in Huntsville zieht es mich zunächst zu Hastings, einem größeren Buchladen, weil ich einen Roman suche, dessen Verfilmung ich kürzlich erneut im Fernsehen gesehen habe. Obwohl es unwahrscheinlich ist, finde ich ein gebrauchtes Exemplar des Buches für 5 Dollar. Danach will ich mir noch etwas zu essen besorgen und komme dabei in eines der heftigsten Gewitter, die ich je erlebt habe. Ich bleibe zunächst auf dem Parkplatz eines Supermarktes im Auto sitzen und fange schon an mein Buch zu lesen. Denn über mir schüttet es wie aus Eimern, grelle Blitze und direkt folgender

Donner signalisieren, dass das Gewitter genau über mir ist. Naja, in einem Auto ist man sicher, sodass es mich nicht ängstigt, sondern eher fasziniert. Aber Ewigkeiten will ich trotz guter Lektüre natürlich nicht im Auto auf dem Supermarkt-Parkplatz verbringen, und so mache ich etwas, was ich sonst nicht tue, und stelle meinen Wagen auf einen der zahlreichen Behindertenparkplätze direkt am Eingang. Es sind kaum drei Meter von der Autotür bis zur Überdachung, und trotzdem bin ich gut nass, als ich im Supermarkt ankomme...

Am Freitagmorgen fahre ich erneut nach Livingston. Ich mache zunächst einen Schlenker und fahre am ehemaligen „Blue Shelter“ von Christa H. vorbei, einfach um es noch einmal zu sehen. Im Vorgarten steht ein Schild „For Sale“. Es ist also noch immer nicht verkauft, aber das ist in der heutigen Zeit auch kaum verwunderlich. Ich würde sicher weiterhin meine Zelte dort aufschlagen, wenn Christa nicht nach Deutschland zurückgemusst und ihr Gästehaus geschlossen hätte. Andererseits ist es auch sehr angenehm, mit Hilfe meines Notebooks vom Hotel aus ins Internet zu können. Auch dass Christiane mich im Hotel anrufen kann, anstatt dass ich mich an ein öffentliches Telefon klemmen muss, ist deutlich bequemer.

Beim Einchecken in der Polunsky Unit piept der Metalldetektor, durch den ich gehe. Es ist der Gürtel, den ich ablegen muss. Am Tag zuvor hat er auch gepiept, aber da hat dieselbe Aufseherin gar nicht drauf reagiert. Zwar wird immer noch der Pat-Search gemacht und man muss die Schuhe ausziehen und die Füße heben, dennoch scheint mir die ganze Prozedur weniger gründlich, als ich das von Januar in Erinnerung habe.

Vier Stunden verbringen Willie und ich wieder zusammen, und sie vergehen kaum langsamer als gestern. Nachdem die Snackmaschinen gestern nicht viel an frischen Sachen aufzuweisen hatten, bekommt Willie heute u.a. eine doppelte Ration Salat, die er mit einem solchen Genuss vertilgt, dass er glatt vergisst, einen Teil davon für das Sandwich aufzuheben, wie er es sonst immer macht. Und eine Flasche Orangensaft ist wie ein Festmahl für ihn. Willie ist nicht so sehr ein Fan von Junk-Food, von Sandwiches und Burgern oder Chips, er mag am liebsten die gesunden Sachen, wie Salat und Obst. Leider gibt es nur Wassermelone als frisches Obst, keine Äpfel oder Bananen. Von den 20 Dollar, die ich mit ins Gefängnis nehmen darf, bleiben nach dem Einkauf für Willie nur gerade 2 Dollar übrig, von denen ich mir eine Milch kaufe. Das finde ich nicht schlimm, denn ich kann später draußen was zu essen für mich besorgen. Aber angesichts der Tatsache, dass die frischen Sachen immer teurer geworden sind mit den Jahren – ein Sandwich oder ein Salat kosten 3,25 Dollar – und man seit über einem Jahrzehnt nach wie vor nur 20 Dollar mitbringen darf, schränkt das schon gewaltig ein.

Wieder reden wir über ganz verschiedene Dinge. Ich erzähle von meiner neuen CD-Aufnahme und von den Liedern. Willie würde zu gern etwas davon hören. Leider gibt es die Shout-Out-Show von KDOL-Radio nicht mehr, in der meine Songs gespielt wurden. Greg, der im vergangenen Oktober hingerichtet wurde, war bislang der einzige meiner Freunde in Texas, die mich jemals mit einem meiner Songs von CD im Radio gehört haben. Willie meint, ich solle es bei KPFT versuchen. Dort gibt es ja seit Jahren schon jeweils am Freitagabend die Prison-Show von Ray Hill, aber in der Regel spielen sie dort keine Musik. Ich kann es von zu Hause aus mindestens mal probieren. Selbst die Show vor Ort aufzusuchen, habe ich bislang nicht die Courage gehabt, denn das Studio ist irgendwo in Houston.

Willie berichtet mir, dass er davon gehört habe, man wolle zukünftig staatlicherseits ausstehende Gerichtskosten von den Gefangenenkonten bezahlen, jedenfalls 10 bis 20 Prozent der Guthaben könnten dafür verwendet werden. Das habe ich zu Hause bereits in einem Artikel gelesen, dessen Text ich Willie am Abend noch über L-Mail schicke. (Bei L-Mail schreibe ich den Text im Computer und er wird in USA gedruckt und verschickt.) Wenn die Gefangenen arbeiten und damit Geld verdienen würden, wäre das vielleicht noch einzusehen. Aber gerade die zum Tod Verurteilten, die überhaupt nur Geld haben, wenn Familie oder Freunde ihnen etwas schicken – die Vorstellung, dass meine „Spende“ an Willie zukünftig bis zu 20 Prozent für Prozesskosten verwendet werden kann, während ich beabsichtige ihm Geld für Schreibmaterial, Briefmarken oder Dinge in der Art zu schicken, das ist schon wieder einmal mehr eine Frechheit.

Bis zur Mittagszeit hin ist der Besucherraum ganz hübsch gefüllt. Eine herzliche Begrüßung habe ich mit Kathryn Cox von der Heilsarmee, die ich auch gestern schon gesehen habe. Ich würde überhaupt nicht älter, meint sie zu mir. Und das, wo mir gerade letzte Woche erst zweimal bescheinigt wurde, dass ich immer mehr graue Haare kriege! Gestern habe ich im Besucherraum auch Irene Wilcox gesehen und außerdem Jim von KDOL-Radio, allerdings mit keinem von beiden gesprochen. Heute sitzt Anthony H. im Käfig neben Willie, mit dem ich vor gut fünf Jahren mal ein paar Worte hatte sprechen und ihm Grüße von seiner Brieffreundin hatte ausrichten dürfen.

Nach dem Besuch fahre ich wieder zur Bank nach Livingston, um dort am Automaten die nächste Runde Geld abzuheben. Das geht problemlos und schnell, und dann fahre ich zurück nach Huntsville. Im dortigen Postamt kaufe ich den nächsten Stapel Money Orders und Briefmarken für den Money-Order-Service. Bei dieser Texas-Reise kann ich den Einkauf zum Glück auf mehrere Male aufteilen, sodass die Menge pro Postamt-Besuch nicht ganz so heftig ist. Dennoch – auch „nur“ 60 Money Orders auf einmal sind schon eine stolze Summe – habe ich das Empfinden, ich entwickele mich zum Schreckgespenst der Postbeamt(inn)en, die mich zum Teil nun wirklich schon kennen... Aber im Grunde sind sie alle sehr freundlich und geduldig.

Zurück im Hotel, lege ich mich für eine Weile aufs Ohr. Als ich wieder aufwache, sind fünf Stunden vergangen und es ist 23 Uhr! Ich setze mich für drei Stunden an den Computer und beginne meinen Reisebericht. Dann schlafe ich weitere fast fünf Stunden. Offenbar habe ich das gebraucht.

Am Samstagmorgen habe ich nur einen relativ kurzen Fahrtweg zur Wynne Unit in Huntsville, um David zu besuchen. An der Zufahrt zum Parkplatz steht eine Schlange von einem Dutzend Autos, sodass es etwas dauert, bis ich dran bin. Ich hoffe auf einen Kontaktbesuch, sehe aber auf dem Blatt an der Anmeldung, dass „Contact Visit" durchgestrichen und „NO" an den Rand geschrieben ist. Das ist ein bisschen enttäuschend, denn am Telefon hatte mir der Beamte gesagt, er nähme an, es sei ein Kontaktbesuch, denn der Warden hätte das Blatt unterschrieben. David erklärt mir, zur (möglichen) Genehmigung des Contact Visit hätte er am Donnerstag eine Klassifizierungsanhörung absolvieren sollen. An dem Tag sei aber sein regulärer Arztbesuch in Galveston gewesen. Er habe die Anhörung dann am Freitag haben wollen, aber das war offenbar so kurzfristig nicht machbar. Eine solche Classification, erklärt David mir auf meine Nachfrage, finde vor vier Personen statt, die Fragen stellen z.B. zur Dauer und Art der Freundschaft.

Bin ich mit dem Gefühl gekommen, wieder eher mühsame und lange vier Stunden mit David vor mir zu haben, muss ich sagen, dass diese doch angenehmer verlaufen als gedacht. Ich greife mir vom leeren Nachbarplatz als erstes einen der großen Holzstühle, sodass ich nicht die ganze Zeit stehen muss, sondern auch mal sitzen und dennoch mit David durch das Gitter oberhalb der Scheibe reden kann. David allerdings verbringt einen Großteil der Zeit wieder im Stehen. Er erzählt, dass sein Antrag, die Zeit, die er im Todestrakt verbracht hat, auf seine Strafe anzurechnen, (erneut) abgelehnt wurde, er dagegen aber in Berufung gehen wolle. Bekäme er die fast 20 Jahre im Todestrakt angerechnet, könnte er bereits auf Bewährung entlassen sein.

Nach dem Besuch fahre ich zunächst an der Touristeninformation in Huntsville vorbei, um mich mit aktuellen Prospekten bzw. Stadtplänen einzudecken. Zwei ältere Damen fragen mich, ob ich von hier sei. Da muss ich sie enttäuschen und erkläre, ich sei aus Deutschland und nur zu Besuch hier. Die beiden kommen aus Houston und suchen einen Wal-Mart. Na, da kann ich ihnen ja doch helfen und erkläre ihnen, wo in Huntsville der Wal-Mart-Supermarkt zu finden ist. Zurück im Hotel, bekomme ich dort den verabredeten Anruf von daheim und telefoniere mit Christiane für eine Weile. Wir machen immer entsprechende Zeiten aus, die für uns beide passen müssen. Entweder ruft Christiane mich um 6 Uhr morgens texanischer Zeit an oder es ist für sie am Abend vor dem Schlafengehen. Dann fahre ich zu dem Büroartikelmarkt Office Depot. Eine Bekannte hat mich gebeten, für ihren Brieffreund ein paar Sachen zu bestellen, und Willie hätte gern einen großen Stapel Schreibblöcke. Das klappt problemlos, es geht aber leider nicht mehr übers Internet von Deutschland aus, da Office Depot nur noch Kreditkarten akzeptiert, die in USA ausgestellt sind. Am Abend arbeite ich wieder ein paar Stunden an meinem Computer: Fortsetzung des Reiseberichts und Aktualisierung meiner Website „Todessstrafe-Nachrichten“.

Am Sonntagmorgen geht es erneut zur Wynne Unit. Diesmal steht keine lange Schlange Autos an der Zufahrt zum Parkplatz, sodass mein Besuch mit David 10 Minuten früher beginnt als gestern, obwohl ich 20 Minuten später am Gefängnis war. Ich habe zwar nach dem gestrigen Tag keine Vorstellung, worüber ich heute noch mit David reden könnte, aber dann funktioniert es doch ganz gut und die Zeit vergeht unerwartet rasch. Wir haben denselben Platz wie gestern, sodass ich mir nicht einmal einen großen Stuhl „klauen“ muss, weil der von gestern noch da steht. David und ich reden über seinen Gefängnisalltag. Die Arbeit, die er tut, besteht aus Kopien anfertigen, Reinigungsarbeiten und ähnlichen Dingen. Untergebracht ist er nicht in einer Einzel- oder Doppelzelle, sondern in einem großen Raum, in dem jeder Gefangene einen kleinen abgeteilten Bereich hat.

Wir sprechen über meinen Beruf, z.B. über meinen Umgang mit Copyright und Raubkopieren. Ich erzähle von unseren Haustieren – zum Teil haarsträubende Geschichten. Nächstes Mal wird es hoffentlich wirklich ein Kontaktbesuch werden, David wird jedenfalls daran arbeiten. Im Januar wird es aber vermutlich wieder nur ein Besuch am Sonntag sein, keine zwei Tage. Rein aus Neugier will ich von David wissen, was er wählen würde, wenn er sich entscheiden müsste zwischen einem Tag Contact Visit und zwei Tagen Non-Contact. Immerhin hatten die Beamten bei unserem ersten Kontaktbesuch damals ja zwei Zettel vorliegen, auf denen einmal zwei Stunden Contact Visit und einmal vier Stunden Non-Contact stand, sodass ich damals auch überlegt hatte, wie ich mich entschieden hätte, wenn ich hätte wählen müssen. Ich stelle fest, wir sind uns einig: In dem Fall nähmen wir beide die halbe Zeit, aber dafür den Kontaktbesuch...

Um 13 Uhr, als gerade Schichtwechsel ist und viele Wärter nach getaner Arbeit nach Hause fahren, verlasse auch ich nach den vier Stunden mit David die Wynne Unit. Der junge schwarze Officer, der jeweils mein Auto durchsucht hat und schon gestern sehr nett war, lächelt breit, als er mich erkennt, und sagt: „Oh! Germany!“ Er hatte mich heute Morgen schon annähernd akzentfrei begrüßt mit: „Guten Abend! Wie geht es Ihnen?“ Worauf ich artig auf Deutsch sagte: „Sehr gut! Danke schön!“

Weil das Gefängnismuseum ganz in der Nähe der Wynne Unit ist und ich dort schon länger nicht mehr war, fahre ich nach dem Besuch bei David erst einmal dort vorbei. Ich bezahle meine vier Dollar Eintritt und schaue mich um, inwieweit es Neues zu entdecken gibt. Und tatsächlich: Da ist eine Ausstellung mit Schwarz-Weiß-Fotos der Fotografin Barbara Sloan, die zusammen mit Kelly Prew, einem Reporter des Huntsville Item, ein Projekt gestartet hat, das die Angehörigen sowohl der Opfer als auch der Täter in den Blick nimmt. Acht Fotos sind auf der einen Seite des Museums auf Staffeleien aufgestellt. Es sind Angehörige von Opfern. Unter den Bildern steht, um welchen in der Zwischenzeit hingerichteten Täter es sich handelt, dann ggf. ein Zitat aus den letzten Worten des Täters und anschließend eine Stellungnahme eben der Angehörigen auf dem Foto. Zwei fallen dabei aus dem Rahmen, die erklären, dass ihnen die Hinrichtung keinen Frieden bringt und Vergebung befreit. Trotz dieser Ausnahmen wirkt das recht einseitig auf mich, jedoch sind auf der anderen Seite des Raumes acht weitere Fotos ausgestellt, diesmal von den Angehörigen von Tätern, und hier wandelt sich dann das Bild. Als ich ein Foto sehe von den Eltern von James A. und seine letzten Worte lese: „To the moon and back - I love you all", da muss ich schon gewaltig schlucken. Zwar habe ich mit ihm keinen sehr intensiven Briefkontakt gehabt, aber gerade letzte Woche noch habe ich das Lied „To The Moon And Back" aufgenommen, das von der neuseeländischen Songwriterin Monique Rhodes geschrieben wurde und dessen Text aus der Sicht von James formuliert ist – sie hatte ebenfalls Briefkontakt zu ihm. Fast fünf Jahre ist es nun schon her, dass die Eltern auf dem Foto auch ihren zweiten Sohn durch die Todesstrafe verloren haben...

Ich stöbere noch in dem Souvenir-Shop des Museums im Bücherregal, aber da gibt es nichts wirklich Neues oder Interessantes für mich. Ich frage die Dame an der Kasse, ob ein Buch mit den Bildern von Barbara Sloan geplant ist. Sie ist sich nicht sicher – ich werde es bestimmt im Auge behalten und mitbekommen, wenn etwas veröffentlicht wird. Zurück im Auto höre ich mir gleich noch einmal den Song „To The Moon And Back" von meiner CD an, den Rest der Fahrt ins Hotel verbringe ich bewusst in Stille. Im Hotel telefoniere ich wieder eine Weile mit Christiane, danach ist Lesen und weitere Arbeit am Computer angesagt. Ich lasse den Rest des Tages jedenfalls gemütlich angehen, die nächsten beiden sind mit Terminen noch gefüllt genug.

Am Montagmorgen führt mich mein Weg wieder nach Livingston, weitere vier Stunden Besuch mit Willie stehen auf dem Programm. Im Besucherraum treffe ich nach langer Zeit, wie mir scheint, wieder die schwarze Ms. Williams an, die – als sie mich erkennt – mich sehr freundlich begrüßt. Als sie mich später mit einer Flasche Milch sieht, fragt sie mich, wie lange ich schon Milch trinke, und ich erwidere schmunzelnd, dass ich das wohl schon seit meiner Geburt täte. Sie erklärt mir, sie könne sich gut daran erinnern, dass ich immer Milch trinken würde. Das täte von den Besuchern sonst keiner. Willie hat heute weniger Glück: Obwohl die Snackmaschinen heute Morgen aufgefüllt wurden, gibt es keine Salate und nicht die Sorten Sandwich, die er gerne hätte. Der Versuch, ihm ein oder zwei Äpfel zukommen zu lassen, scheitert auch – die Klappe in dem Teil der Maschine lässt sich nicht öffnen. Dafür bekomme ich später eine Milch sogar umsonst, weil eine Klappe nicht richtig schließt. Ich könnte noch mehr rausholen, belasse es aber dabei. Diese eine Milch nehme ich jedoch ohne schlechtes Gewissen, weil oft genug schon eine der Maschinen kein Wechselgeld oder keine Ware ausgespuckt hat in der Vergangenheit.

Umso mehr Geld bleibt für Fotos übrig. Da ich bereits gehört hatte, dass sie jetzt nicht mehr erlaubten, an Foto-Tagen 26 statt 20 Dollar ins Gefängnis mitzunehmen, hatte ich am Eingang gefragt und tatsächlich die Antwort erhalten: nur 20 Dollar. Das reicht im Grunde kaum für ein anständiges Essen UND wenigstens zwei Fotos. Weil für Willie nichts wirklich Gutes zum Essen im Angebot ist heute, bleibt sogar Geld für vier Fotos. Aber auch hier haben wir Pech. Die Bilder werden ja mittlerweile mit Digital-Kamera gemacht, und Ms. Williams hat erst ein Foto vergessen abzuziehen und dann das falsche ein zweites Mal kopiert. Immerhin haben wir am Schluss ungefähr eine Viertelstunde mehr Zeit, bis Willie abgeholt wird, weil niemand uns sagt, die Besuchszeit sei zu Ende.

Ich hole nochmals eine nicht gar so große Summe Geldes aus dem Automaten der Bank und kaufe ein drittes Mal eine diesmal kleinere Menge von Briefmarken und Money Orders. Um 16 Uhr bin ich mit Connie verabredet – ich halte weiterhin mein Versprechen, sie auch nach Gregs Tod zu treffen, wann immer ich in Texas bin. Wir fahren zunächst zur Public Library, damit ich für meinen Flug einchecken kann. Connie wartet derweil im Auto auf mich und hört meine neue CD, von der ich ihr ein Exemplar mitgebracht habe. Zunächst geht mit dem Einchecken am Computer alles bestens, schließlich noch ein letzter Klick, um den Vorgang abzuschließen – und dann steht dort: „This is not a boarding pass!“ Ich müsse doch an den Schalter der Airline am Flughafen. Die Zeit hätte ich mir also sparen können. Connie und ich essen dann wie gewohnt im City Grille, ich bestelle das Reuben-Sandwich. Sehr lecker, das muss ich mir merken und nächstes Mal wieder nehmen. Connie und ich reden ungefähr drei Stunden lang. Sie sucht nach wie vor nach Möglichkeiten sich zu engagieren, ist aber noch zu keinem Ergebnis gekommen. Sie denkt jedoch, dass sie Fortschritte macht, Gregs Tod zu verarbeiten – das ist gut zu hören. Letztes Mal hatte Connie mir eine Packung Butter-Scotch-Bonbons von Greg mitgegeben. Sie erzählt mir, dass sie mittlerweile weiß, weshalb Greg Unmengen dieser Bonbons und auch Mengen von Orangensaft in seiner Zelle hatte. Ich ahne, was nun kommt, denn Willie hat mir gerade heute davon berichtet: Einige Gefangene tun große Mengen Bonbons in den Saft, um daraus Alkohol zu machen. Der Abschied von Connie ist wieder äußerst herzlich. Bestimmt werden wir uns wiedersehen. Und Connie hat ihr Versprechen nun auch gehalten und mich heute endlich einmal für das Essen bezahlen lassen...

Im Hotel in Huntsville packe ich schon weitestgehend meine Sachen, Christiane ruft mich am frühen Morgen an, und ich checke um etwa 6.15 Uhr aus dem Hotel aus. Weil ich nach dem Besuch gleich zum Flughafen muss, will ich heute die Nummer 1 sein. Also bin ich bereits um 7.30 Uhr am Parkplatz der Polunsky Unit, werde auch schon registriert, muss aber noch bis 8 Uhr dort warten. Etwa eine Viertelstunde nach mir reiht sich Irene Wilcox hinter mir ein. Oh weh, damit ist die Nummer 1 wohl vorbei, denn Irene hat einen Behindertenausweis und darf weiter vorne parken. Als wir auf den Parkplatz fahren dürfen, gelingt es mir doch noch, schneller als sie den Eingang zu erreichen, obgleich wir uns auf dem Weg auch unterhalten und ich ihr berichte, dass ich nach dem Besuch zum Flughafen muss. Aber: Ich muss noch Geld wechseln am Automaten und sie nicht, also ist Irene doch vor mir beim Sicherheits-Check. Das war's dann endgültig mit der Nummer 1. Irene versucht mich danach sogar noch vorzulassen, aber die Sicherheitsbeamtin ist mit mir heute besonders gründlich, will meine Hosentaschen von innen nach außen gekehrt haben, was gar nicht geht, und begnügt sich schließlich damit hineinzusehen. Nachdem Irene ihren Besuch angemeldet hat, bittet sie die Beamtin meinen Gefangenen zuerst durchzugeben, weil ich vor ihr gewesen sei. Das weiß ich zu schätzen, auch wenn wir beide nicht wissen, ob es funktionieren wird. Ms. Williams, die auch heute Dienst hat, signalisiert uns auch schon, sie hätten heute viele Transporte zu medizinischen Untersuchungen gehabt und es könne dauern. Jedoch: Der Gefangene für Irene und Willie werden überraschenderweise sogar gleichzeitig gebracht, und zwar schon um 8.30 Uhr, sodass es für mich keinen zeitlichen Druck gibt.

Willie und ich reden u.a. nochmals über die Entscheidung des Staates Texas, die Gefangenenkonten für Gerichtskosten heranzuziehen. Auch darüber, für welche Dinge ansonsten Geld ausgegeben wird, aber beispielsweise nicht dafür, das Dach des Todestraktes zu erneuern, sodass Gefangene immer wieder in Zellen leben müssen, in denen das Wasser durch die Decke tropft. Entweder läge man in diesen Zellen im Nassen oder man trete beim Aufstehen in eine Pfütze. Auch unterhalten wir uns über die Frage, inwieweit Mann und Frau einfach nur Freunde sein können, und ich erzähle von dem Film „Harry und Sally“. Ich denke, Willie und ich sehen es beide so, dass wir durchaus nur Freunde können. Ich erkläre ihm, dass ich es sehr zu schätzen weiß, dass er mich immer respektvoll behandelt und nie mit irgendetwas in Verlegenheit gebracht hat, und er bedeutet mir, dass er bewusst in der Hinsicht vorsichtig sei. Heute wird Willie sehr pünktlich abgeholt, und wir verabschieden uns für die nächsten fünf Monate. Beim Verlassen des Besucherraumes verabschiede ich mich noch kurz von Ms. Williams, die gerade Fotos von einem

Gefangenen und einer Besucherin macht. Ich weiß, wer die beiden sind, sehe gerade, wie beide für das Foto posieren, in eindeutig romantischer Küsschenhaltung – und ich weiß, wer in Deutschland die Freundin des Gefangenen ist. Wieder einmal Drama pur. In mir mischen sich Betroffenheit und Ekel...

Nach einer guten Stunde Fahrt erreiche ich den Flughafen und gebe meinen Wagen am Rental Car Center ab. Dann geht es zum ersten Mal in meinem Leben zum Terminal E zum Abflug. Sonst ging mein Flug immer von Terminal D aus. Im ersten Stock des Terminal kann man an einer Reihe von Schaltern selbständig am Bildschirm für Continental Airlines einchecken, sogar auf Deutsch. Doch plötzlich sagt der Computer, ich bräuchte die Hilfe eines Angestellten. Die Dame, die rasch zur Stelle ist, klickt sich so schnell durch das Menü, dass ich nicht einmal begreife, wo der Fehler lag. Aber dann habe ich sehr schnell meine Bordkarte und kann durch die Sicherheitskontrolle. Hier erlebe ich wieder eine Neuerung. Statt des üblichen Metalldetektors, durch den man sonst geht, stellt man sich in einem kleinen Glaskasten mit den Füßen auf zwei Fußspuren, muss dann die Arme über den Kopf heben wie ein Balletttänzer und nach oben schauen. Die Türen des Glaskastens schließen sich und gehen wieder auf – das war's – später lerne ich, dass dies „Nacktscanner“ sind... Ich habe noch Gelegenheit zu Hause anzurufen, bevor es Zeit wird an Bord zu gehen. Der Flug nach London ist anfangs etwas von Turbulenzen geschüttelt, aber dann doch sehr ruhig. 20 Minuten zu früh landen wir in London, Terminalwechsel mit dem Bus, Sicherheitskontrolle, 2. Bordkarte abholen und dann mit Lufthansa von London-Heathrow nach Frankfurt. Dort bin ich in Rekordzeit aus dem Flieger draußen und noch vor Christiane am vereinbarten Treffpunkt.

- DER DREIZEHNTE BESUCH -

(Freitag, 1. Januar 2010, bis Mittwoch, 6. Januar 2010)

Am 1. Januar 2010 beginnt meine nächste Reise nach Texas – Direktflug mit Lufthansa. Da einerseits glatte Straßen zu befürchten sind und andererseits die Sicherheitsvorkehrungen nach dem Zwischenfall in Detroit an Weihnachten erhöht worden sein sollen, fährt Christiane mich schon recht zeitig zum Flughafen. Dort angekommen, höre ich zuerst eine Lautsprecherdurchsage, USA-Reisende sollten die Bestimmungen hinsichtlich des reduzierten Handgepäcks beachten. Keine Ahnung, was das meint, steht auch nirgends zu lesen. Statt irgendwo zu fragen, ignoriere ich die Ansage einfach – und es passiert auch im weiteren Verlauf nichts: Mein Köfferchen und die Tasche mit meinem Laptop sind offenbar in Ordnung. Die strengere Sicherheitskontrolle bleibt aus: Entgegen meiner Erwartung gibt es nur eine einzige Kontrolle, und die ist nicht anders als sonst. Lediglich der Metalldetektor scheint empfindlicher eingestellt zu sein, denn es piepst, als ich hindurchgehe, obwohl ich außer den Verschlüssen an der Kleidung alles Metall abgelegt habe. Nach bereits einer halben Stunde sitze ich am Gate und habe jetzt noch über zwei Stunden Zeit bis zum Abflug. Egal, besser als Stress und Hektik.

Im Flugzeug habe ich einen Platz genau hinter der Business Class, sodass vor mir kein Sitzplatz ist, sondern eine Wand. Das gibt etwas mehr Freiraum nach vorne, allerdings kann man den Fernseher oben unter der Decke nur unter Inkaufnahme einer Genickstarre sehen. Ich verzichte also weitgehend darauf und widme mich mehr den Radio-Programmen oder lese ein bisschen. Obwohl wir mit etwas Verspätung abgeflogen sind, kommen wir nach einem sehr ruhigen Flug überpünktlich in Houston an. Da ich im Flugzeug meinen Platz ziemlich weit vorne in der Maschine hatte, dauert es auch bei der Einreise nicht allzu lange – hinter mir wird die Schlange allerdings immer länger. Während ich die Leute vor mir beobachte, wie sie nacheinander rechte und linke Hand sowie die Daumen für die Registrierung der Fingerabdrücke auf die Glasplatte des Scanners pressen müssen, geht mir so durch den Kopf, dass das natürlich nicht gerade eine Praxis ist, die die Schweinegrippe einzudämmen hilft. Naja, ich bin geimpft und werde mir nachher in der Autovermietstation erst einmal auf der Toilette die Hände waschen. Als ich an der Reihe bin, fragt der Beamte mich nach der Quittung meiner Hotelreservierung – mal ganz was Neues. Aber der Grund ist mir klar: Ich habe in der Anmeldung bei meiner Aufenthaltsadresse nur den Straßennamen, aber keine Hausnummer angegeben. Der Beamte sieht schnell, dass in der Reservierung tatsächlich nur der Straßenname angegeben ist – aber das ist der Highway 59, und der reicht natürlich Hunderte von Kilometern weit. Aber offenbar sind die Beamten auf solche Fälle vorbereitet. In kürzester Zeit hat er die Hausnummer meines Hotels im Computer nachgeschaut und ergänzt sie auf meinem Einreiseformular.

In der Autovermietstation lasse ich mir wieder mal eine Versicherung aufschwatzen: Road Safe, eine Art Pannenhilfe für nur 6 Dollar... Pro Tag, wie ich im Nachhinein feststelle, nicht einmalig. Na egal, dafür bekomme ich ein größeres Auto als gebucht und suche mir auch noch das buchstäblich schönste aus: einen silbernen Chevrolet Aveo, Modell 2010(!), mit nicht einmal 2000 Meilen auf dem Tacho und äußerlich ohne jeden Kratzer. Mit dem fahre ich also jetzt, völlig ohne „Verfahrer“ dieses Mal, bei strahlendem Sonnenschein nach Livingston. Ich fühle mich sogar durchaus fit und nicht müde. Ich habe zwar weder in der Nacht vor dem Flug, noch im Flugzeug viel geschlafen, bin aber in den Tagen vorher jeweils erst morgens ins Bett gegangen und habe bis mittags geschlafen, sodass meine innere Uhr bereits im Vorfeld auf Texas umgestellt ist – das sollte ich vielleicht in der Zukunft beibehalten.

Ich habe diesmal mein Quartier im Best Western Livingston Inn gewählt, das - ebenso wie ein La Quinta Inn - erst vor einem Jahr neu gebaut und eröffnet wurde. Qualitativ und preislich liegen beide zwischen dem teuren Hampton Inn und dem Super 8 in Huntsville, in denen ich die letzten beiden Male war. Da das Best Western aufgrund eines Rabatts für Mehrfachübernachtungen günstiger war, habe ich es dem La Quinta Inn vorgezogen. Jedenfalls bin ich mit meinem Zimmer sehr zufrieden, es ist groß und sauber und hat alles, was man braucht, vom Kühlschrank bis zum Riesen-Flachbildschirm-Fernseher und Internetzugang, der auch sofort problemlos funktioniert. Die junge Dame am Empfang ist sehr nett und fragt mich im Gespräch, ob ich Livingston oder das Gefängnis besuche. Normalerweise halte ich mich mit dem Grund meines Aufenthalts in Texas eher zurück. Ich habe nie das Bedürfnis gehabt, vor Ort mit meiner Einstellung zur Todesstrafe missionieren zu sollen, und fange daher grundsätzlich nicht mit Amerikanern eine Diskussion darüber an. Ich weiß wohl, dass andere Europäer das anders handhaben und verurteile das nicht, im Gegenteil, ich bewundere sogar zum Teil deren Courage. Aber mein Ding ist es einfach nicht. Wenn mich allerdings konkret jemand fragt, dann bin ich natürlich schon ehrlich, und so erzähle ich der jungen Frau, weshalb ich hier bin und wie ich überhaupt dazu gekommen bin. Sie erzählt mir, dass sie einen Bruder hat, der in Kalifornien im Gefängnis sitzt, nicht im Todestrakt allerdings, und dass sie es zu schätzen weiß, wenn Menschen sich dafür interessieren und sich kümmern. Fünf von zehn Gästen hier im Hotel, so meint sie, kämen im Schnitt für Gefangenenbesuche.

Nachdem ich mich in meinem Zimmer eingerichtet habe, fahre ich zu Wal-Mart, Getränke holen, und dann vor allem zur Bank. Mit drei verschiedenen Scheckkarten hebe ich Geld ab für das Money-Order-Business, das morgen früh auf dem Programm steht. Die Karte von Christiane wird von dem Automaten, an dem ich üblicherweise Geld ziehe, nicht akzeptiert, obwohl sie von derselben Bank ist wie meine eigene. Immerhin geht es dann bei einer anderen Bank, sodass ich am Ende genug Geld habe, um den ganzen Einkauf in einem Mal zu erledigen. Wie immer achte ich darauf, dass mich keiner beobachtet oder mir folgt. Es sind schließlich schon Leute für viel weniger Geld überfallen worden...

Am Samstagmorgen habe ich Zeit und kann in aller Ruhe frühstücken. Das Büffet im Best Western ist das zweitbeste Frühstück, das ich bislang in Texas erlebt habe, und wird nur vom Hampton Inn übertroffen. Nun bin ich eigentlich kein Frühstücksmensch und dessen Qualität ist für mich bei der Hotel-Wahl nicht wirklich wichtig. Aber wenn es nun schon mal da und bezahlt ist, dann lasse ich es mir auch schmecken und sehe darin eher so etwas wie ein Mittagessen – von der Uhrzeit in Deutschland her kommt das auch fast hin.

Ich „überfalle" also nun wieder einmal die Post in Livingston. Der arme Mann muss fast 200 Geldscheine einzeln auf ihre Echtheit prüfen und 100 Money Orders für mich drucken. Außerdem sucht er die letzten 98-Cent-Briefmarken für mich zusammen – 500 will ich haben und er findet nur 496... Und dann liegt der Gesamtbetrag, weil entgegen meiner Erwartung die Gebühren auch dazu zählen, auch noch gerade 10 Dollar über der Grenze, bis zu der man ohne Vorlage eines Ausweises und Ausfüllen eines Formulars Money Orders kaufen kann – also erlebe ich den Papierkrieg nun auch einmal... Ich habe nicht auf die Uhr geschaut, aber so ein bis anderthalb Stunden habe ich in der Post wohl den Verkehr aufgehalten und einen der beiden geöffneten Schalter blockiert. Am Ende sehe ich mit einem etwas schlechten Gewissen, dass die Schlange wieder einmal bis zur Tür hinausreicht. Nachdem es in der Post natürlich nicht zu verhindern ist, dass die wartenden Leute mitbekommen, dass ich hier mit größeren Summen hantiere, versuche ich ansonsten in der Hinsicht selbstverständlich so wenig wie möglich an Aufsehen zu erregen. Doch als ich dann im Auto sitze, passiert es: Im Autoschlüssel integriert sind verschiedene Knöpfe für die Funk-Fernsteuerung, irgendwie komme ich auf einen falschen Schalter und aktiviere die Diebstahlsicherung! Da sitze ich nun in meinem laut hupenden Auto und versuche verzweifelt schwitzend diesen Lärm abzustellen! Ob ich den richtigen Schalter erwischt habe oder der Alarm nach 30 Sekunden von selbst aufhört, weiß ich nicht, jedenfalls bin ich erleichtert, dass die Huperei nach einer endlos scheinenden halben Minute wieder aufhört. So viel dazu, nicht auffallen zu wollen... Immerhin ist nichts passiert und ich nehme den Zwischenfall mit Humor – das ist die Kehrseite von zu viel moderner Technik im nagelneuen Auto.

Den Nachmittag verbringe ich gemütlich in meinem Hotelzimmer, telefoniere ausgiebig mit Christiane und beginne dann meinen Reisebericht. Vergeblich habe ich versucht Connie zu erreichen. Anfang Dezember hatte sie mir per E-Mail mitgeteilt, dass sie dieses Wochenende frei habe, sodass wir uns wieder treffen könnten. Jedoch hat sie auf meine Mail vor meinem Abflug nicht reagiert und unter ihren beiden Telefonnummern erreiche ich nur Anrufbeantworter. Ich hinterlasse ihr also eine Nachricht, wie sie mich telefonisch im Hotel erreichen kann, und dann bleibt nur abzuwarten, ob sie sich meldet.

Am Abend mache ich mich auf den Weg zur Polunsky Unit für den ersten Besuch bei Willie, der von 20 bis 22 Uhr dauern soll. Der Dienst habende Beamte am Parkplatz untersucht mein Auto gar nicht, sondern nimmt nur die Personalien auf bzw. bittet mich, den eigenen und den Namen des Gefangenen selbst einzutragen. Als ich in den Eingangsbereich des Gefängnisses komme, in dem die Anmeldung erfolgt, sehe ich zu meiner freudigen Überraschung Connie dort sitzen! Da erst fällt mir auf, dass mir ihr Name auf der Liste eben eigentlich hätte auffallen müssen, aber ich habe einfach nicht geschaltet. Ich durchlaufe erst die Sicherheitsvorkehrungen – neuerdings steht da nun ein Röntgengerät wie am Flughafen, auf dessen Laufband ich meine Jacke, Schuhe, Uhr, Geld usw. ablegen muss, bevor ich durch den Metalldetektor gehe und dann noch (sehr zart, wie ich finde) abgetastet werde. Dann kann ich Connie richtig begrüßen und mich gut 20 Minuten mit ihr unterhalten, weil sie offenbar mit der ersten Besuchsrunde

Verspätung haben. Connie erzählt mir z.B., dass Irene Wilcox ihr heute mitgeteilt habe, sie werde mit ihrem an Alzheimer und Parkinson leidenden Mann nach Dallas ziehen. Damit geht eine Ära zu Ende, denn die beiden haben über Jahrzehnte hinweg als geistlicher Beistand Gefangene besucht, und Irene hat Dutzende Gefangene auf ihrem letzten Weg begleitet – in der Zwischenzeit sind die beiden deutlich über 80 Jahre alt.

Bei einer Besucherin, die nach mir eincheckt, raunt Connie mir zu, das sei E., die ein Gästehaus betreibe, in dem ich mit Sicherheit nicht würde wohnen wollen. Bei Nennung des Vornamens schalte ich noch nicht, aber dann habe ich es kapiert und signalisiere Connie, dass ich weiß, wovon sie spricht: Ich habe selbst – neben ein paar Berichten, die es okay oder mit Abstrichen in Ordnung fanden – so viel Negatives darüber gehört, dass ich es nie selbst ausprobieren wollte. Was Connie ergänzt, klingt nicht besser: Sie habe E. eigentlich fast immer nur betrunken gesehen und sich manchmal gewundert, dass man sie überhaupt zu Besuchen ins Gefängnis gelassen habe. Und in dem Gepäck ihrer Gäste soll sie auch gestöbert haben – naja, das passt alles ins Bild.

Im Besucherraum warten „unsere" Gefangenen bereits – nur fünf Besucher sind wir, sodass es angenehm ruhig ist. Ich verbringe, wie erwartet, zwei angenehme Stunden mit Willie, in denen überwiegend Small Talk angesagt ist und keine ernsten Themen auf dem Programm stehen. Die Snackmaschinen haben neuerdings einen Meeresfrüchte-Salat mit Shrimps im Angebot, den Willie probieren will, aber leider ist der doch nicht so das Wahre. Immerhin gibt es Äpfel und Orangen und Milch, die er gerne mag. Der Ausklang ist aus mehreren Gründen etwas enttäuschend: Die 6 Dollar für zwei Fotos sind rausgeworfenes Geld, weil die Aufsicht – die mir bislang unbekannt ist und nach Aussage von Willie keinen guten Ruf genießt – offenbar die Kamera nicht bedienen kann. Sie macht Fotos ohne Blitz, die dann natürlich gelbstichig sind bei den Lichtverhältnissen, und verwackelt das dritte Bild völlig. Ich wähle daher die Bilder Nr. 1 und 2 für die Abzüge, aber sie bringt mir schließlich Nr. 2 und 3. Ich fange keine Debatte mit ihr an, weil sie auf mich ohnehin einen eher genervten und ungeduldigen Eindruck macht.

Dann sagt sie schließlich um 22.05 Uhr, die Zeit sei vorüber, obgleich ich 20.05 Uhr noch mit Connie draußen im Eingangsbereich saß und wir uns wunderten, dass es schon so spät ist. Und dann hat es immer noch gedauert. Mit anderen Worten: 10 Minuten stehen uns eigentlich noch zu, das sagt sogar die Wärterin, die sich auf Willies Seite des Besucherraums befindet. Willie überlässt es mir, ob ich mich fügen oder etwas sagen will, aber ich habe keine Lust auf Debatten. Wir hatten schließlich auch öfter schon mehr Zeit, als uns zustand. Immerhin beeile ich mich nicht gerade mit dem Abschied und dem Zusammenpacken meiner Habseligkeiten. Fast vergesse ich noch, die für mich bestimmte „property" von Willie mitzunehmen, Abschriften aus seinen Prozessakten, die ich an seine Brieffreundin in der Schweiz weiterleiten soll. Ich gehe davon aus, dass Connie draußen auf mich wartet, doch sie ist schon weg, was mich in dem Moment auch enttäuscht, denn ich dachte, wir würden noch ein Treffen zum Essen ausmachen.

Am Sonntagmorgen fahre ich nach dem Frühstück nach Huntsville, um David für vier Stunden in der Wynne Unit zu besuchen. Wie ich vor drei Tagen bereits am Telefon erfahren habe, ist es diesmal wieder ein Kontaktbesuch, also ohne Drahtgitter und Scheibe zwischen uns. David hat dem Head Warden, also dem leitenden Gefängnisdirektor, einen Brief geschrieben und darum gebeten, dass ich Kontaktbesuche bekomme. Ich bin zwar nicht generell auf diesen Status gesetzt, aber dieses Mal bekommen wir die Erlaubnis. Als der Head Warden im Besucherraum auftaucht, stellt David mich ihm vor, und ich bedanke mich ganz artig, weil ich die Erlaubnis ehrlich zu schätzen weiß. David erzählt mir, dass er einen Kurs in Psychologie besucht und die Kursleiterin ihnen beigebracht hat, dass man im Gespräch aufrecht sitzen und das Gegenüber anschauen soll, und wie er das alles in der

Anhörung für die Genehmigung unseres Kontaktbesuches beachtet habe. Auch der Kursleiterin habe er davon erzählt, die sich gleich erkundigt hat, ob er denn erfolgreich war – eindeutig: Ja!

Leider kann ich David nicht viele seiner Wünsche, was die Snackmaschinen betrifft, erfüllen. Mindestens ein Drittel der Maschinen ist gut gefüllt, aber außer Betrieb, sodass sich umso weniger in den anderen Maschinen befindet. Aber das kann uns beiden die gute Laune nicht verderben. David vergisst natürlich nicht, mich wie bei jedem Besuch im Januar an seinen Geburtstag am 15. des Monats zu erinnern, aber das ist auch gut so, denn er wäre sicher sehr enttäuscht, wenn ich ihn vergessen würde. David erzählt mir von einem Gefängnisausbruch in Texas, der vor ungefähr drei Wochen passiert ist, wovon ich gar nichts gehört habe. Der Ausbrecher saß im Rollstuhl und soll über zehn Jahre hinweg vorgetäuscht haben, dass er nicht laufen könne. Darüber hinaus war er an eine Schusswaffe gelangt und konnte während eines Transports den Fahrer überwältigen und mit dessen Uniform fliehen. Eine Woche später wurde er gefasst. Es sind offenbar nicht nur Mobiltelefone, die man im Gefängnis bekommen kann...

Zurück in meinem Hotel rufe ich Connie an. Ich war erst sehr unsicher, wie ich mich verhalten sollte, nachdem sie gestern so plötzlich weg war, aber weil ich sie wirklich gerne noch einmal sehen möchte, bin ich jetzt einfach mal couragiert und frage, ob ich sie vor meiner Abreise noch sehe, und wir verabreden uns spontan zum Abendessen im City Grille. Das ist, wie immer, sehr schön und wir unterhalten zwei Stunden lang. Nicht nur über die Todesstrafe, sondern auch über meine Haustiere und ihren Beruf. Aber selbstverständlich kommen wir immer wieder auf das Thema zurück, das uns besonders verbindet. Connie erzählt mir, dass sie bei einer Veranstaltung in Austin zum ersten Mal vor einer größeren Menge von Menschen darüber gesprochen hat, und schickt mir später den Link zu einem Video-Mitschnitt. Der Abschied ist wieder sehr herzlich, und ich kann Connie schon jetzt mitteilen, wann ich im Sommer wieder in Texas sein werde, weil ich das Flugticket bereits gekauft habe.

Auch am Montagmorgen lasse ich die Dinge langsam angehen, weil es keinen Zeitdruck gibt. Erst um 9 Uhr fahre ich zur Polunsky Unit für den ersten meiner beiden vierstündigen Besuche mit Willie. Es ist richtig unangenehm kalt heute Morgen; bis einschließlich gestern Abend habe ich es durch den Vergleich mit Deutschland immer noch als mild empfunden, obwohl es für die Texaner ungewohnt niedrige Temperaturen sind. Den mitgebrachten Eiskratzer habe ich allerdings bis jetzt nur fast gebraucht. Immerhin ist es im Besucherraum der Polunsky Unit zum vielleicht ersten Mal nicht kalt, sondern richtiggehend angenehm. Heute klappt es mit den Fotos besser, und als endlich die leeren Snackmaschinen aufgefüllt werden, kann ich dort den Rest des verbleibenden Geldes loswerden. Willie hat keine konkreten Wünsche, nur den Meeresfrüchte-Salat will er nicht noch einmal haben.

Wir haben eine sehr gute Zeit miteinander. Ich habe den Eindruck, ich habe selten oder nie bei einem Besuch so viel selbst geredet, nämlich wie ein Wasserfall. Und das macht auch Spaß, nachdem das übliche Gefühl der ersten zwei Tage, dass ich mir einen abstottere, verschwunden ist und ich über meinen eigenen aktiven Wortschatz staune. Dass ich so viel zu sagen habe, hat allerdings einen eher ernsten Hintergrund. Ich habe mir am Vorabend die Prozess-Unterlagen, von denen ich einen großen Teil bereits kenne, angeschaut. Willie möchte, dass seine Brieffreundin in der Schweiz die 60 Seiten kopiert und an Amnesty International und an Organisationen, die sich für zu Unrecht Verurteilte einsetzen, verschickt. Ich erkläre Willie anhand mehrerer Beispiele, wie wichtig es ist, dass er den Sachverhalt auf wenigen Seiten zusammenfasst, weil ansonsten kaum jemand die Mühe aufwenden wird, sich durch seine Prozessakten zu quälen, um die Widersprüche in den Zeugenaussagen selbst zu suchen. Auch denke ich, er sollte für den Leser mit seiner Version des Tathergangs beginnen und nicht mit den verwirrenden Zeugenaussagen – es dürfte taktisch klüger sein. Wir sprechen also recht ausgiebig über diese Dinge und damit auch über seinen Fall und über die Problematik von Zeugenaussagen.

Nur zwei Tage hat sein Prozess gedauert. Willie wusste nicht, dass sein Pflichtverteidiger nicht daran glaubte, dass er in Selbstverteidigung gehandelt habe. Nun gibt es sicher kein Gesetz in Texas, das von einem Anwalt verlangt, dass dieser seinem Mandanten glauben muss, aber letztlich hat dies natürlich Auswirkungen auf dessen Strategie. Willie wollte in seinem Prozess selbst aussagen und seine Version des Tathergangs berichten, wartete also darauf, in den Zeugenstand gerufen zu werden. Und dann war der Prozess auf einmal vorbei, Willie schuldig gesprochen, und er hatte sich nicht äußern können, weil sein Anwalt eine andere Strategie als den Nachweis der Selbstverteidigung verfolgte.

Am Nachmittag – nach dem wie immer ausführlichen Telefonat mit Christiane – schreibe ich an meinem Reisebericht weiter, dann kommt der Versuch, vom Hotel aus online einzuchecken. Das Best Western hat einen Büroraum für Gäste, in dem ein Computer zur Verfügung steht – ich kann mit meinem Laptop die Bordkarte ja nicht ausdrucken. Das Einchecken an sich klappt auch problemlos, aber dann streikt der Hotelcomputer beim Versuch, die pdf-Datei mit der Bordkarte herunterzuladen. Der Computer ist zur Sicherheit so eingestellt, dass Downloads nicht möglich sind. Die junge Frau von der Rezeption, die heute Dienst hat, ist sehr nett und hilfsbereit, kann das Problem aber auch nicht lösen. Aber ich habe noch eine andere Idee: Ich rufe die Datei mit meinem Laptop auf und speichere sie dort. Vom Wal-Mart, wo ich ohnehin noch ein paar Dinge besorgen will, bringe ich einen USB-Stick mit, speichere die Datei darauf, und nun bekomme ich über den Hotelcomputer den Ausdruck meiner Bordkarte.

Nach dem Einkauf im Wal-Mart fahre ich noch bei meiner gewohnten Tankstelle vor, mit der ich mich am besten auskenne. Allerdings stehe ich etwas dumm da, als ich die Klappe für den Tankdeckel nicht aufbekomme und auch keinen Knopf oder Hebel dafür finde. Zum Glück ist das mein erster Mietwagen, in dessen Handschuhfach eine Bedienungsanleitung liegt, sodass ich den Hebel schließlich links unten vorne an meinem Sitz finde. Nun stecke ich also wie gewohnt meine Kreditkarte in die Zapfsäule, aber die will einen fünfstelligen Code von mir und ich habe doch nur eine vierstellige Geheimzahl. Ich gebe es auf und fahre zur nächsten Tankstelle, wo das Benzin billiger ist und meine Kreditkarte ohne weitere Nachfragen ausreicht. Zum Glück bin ich nicht in Eile und daher eher amüsiert als verärgert: So dämlich habe ich mich beim Tanken aber lange nicht mehr angestellt...

Am relativ frühen Dienstagmorgen kommt mein Eiskratzer dann doch noch zum Einsatz: Das ganze Auto ist rundum von einer Schicht Raureif bedeckt. Etwa zehn Minuten vor 8 Uhr fahre ich am Parkplatz des Gefängnisses vor und bin heute die Nummer 1. Wenige Minuten nach mir kommt eine Frau aus Belgien. Wir unterhalten uns ein bisschen. Sie hat Quartier bei E. und ist zufrieden. E. kümmere sich sehr um ihre Gäste, aber es sei schon richtig, dass sie etwas eigen sei.

Schon um 8.20 Uhr wird Willie gebracht, sodass ich exzellent in meinem Zeitplan liege. Fotos gibt es auch wieder – sie werden von Tag zu Tag besser. Das Gespräch reicht von unseren Haustieren bis hin zum sehr ernsten Thema von Willies möglicher Exekution. Es ist mir ein Bedürfnis ihm zu sagen, dass ich ihn – sofern er das möchte – im Falle, dass es zum Äußersten kommt, begleiten werde. Ich muss ihm aber auch mitteilen, dass ich dabei ein Terminproblem habe, da mir mein Chef damals, als er mich für Kevins Hinrichtung freigestellt hat, signalisierte, dass ich eine solche Erlaubnis nur einmalig von ihm erhalte. Ich wäre also auf die Ferienzeit angewiesen. Willie müsste daher ggf. Terminwünsche äußern, wenn sein Richter irgendwann die Hinrichtung festsetzt.

Immerhin sind mir zwei Fälle bekannt, in denen jeweils ein texanischer Richter auf Terminwünsche eingegangen ist. Ich habe den Eindruck, dass Willie zu schätzen weiß, dass ich mit ihm darüber spreche. Sein Vater weiche der Frage aus, ob er der Hinrichtung beiwohnen würde, frage aber andererseits nach Willies Wünschen bezüglich der Beisetzung.

Unsere Besuchszeit geht nach vier Stunden pünktlich zu Ende. Auf dem Parkplatz draußen spricht mich ein Holländer an, der auf seine Frau wartet, die eine Viertelstunde nach mir gekommen sein muss, und wir unterhalten uns ein paar Minuten. Dann fahre ich relativ gemütlich, jedenfalls ohne das Gefühl von Zeitdruck, zum Flughafen, gebe mein Auto ab und finde mich an Terminal D direkt an der Sicherheitskontrolle ein. Sie haben dort etwas umgebaut, sodass sie längere Schlangen von Leuten unterbringen können. Die Wartezeit bleibt im Rahmen und auch die Kontrolle selbst unterscheidet sich nicht von dem Gewohnten. Ich bin im Gegenteil überrascht, dass ich nach Durchgang durch den Metalldetektor keinem Body Check unterzogen werde – allerdings hat der Detektor auch nicht gepiepst. Nacktscanner, die zur Zeit in Deutschland so heftig diskutiert werden, gibt es jedenfalls noch nicht. Zumindest an Terminal D – als ich letztes Mal von Terminal E abgeflogen bin, habe ich das ja erlebt, ohne dass ich damals eine Ahnung hatte, um was es sich handelt.

Der Flug ist, von wenigen Turbulenzen abgesehen, sehr ruhig, und wir kommen auf die Minute pünktlich in Frankfurt an, wo Christiane mich vom Flughafen abholt. Hoffentlich klappt auch im Sommer wieder alles so gut...

- DER VIERZEHNTE BESUCH -

(Mittwoch, 28. Juli 2010, bis Mittwoch, 4. August 2010)

Meine nächste Reise startet am Mittwoch, dem 28. Juli 2010, Direktflug mit Lufthansa. Weil Christiane mich auf ihrem Weg zur Arbeit nach Offenbach am Flughafen absetzt, bin ich dort eine gute Stunde früher als nötig und kann mir in einer Buchhandlung noch in aller Ruhe ein Buch für die Reise aussuchen – „Cleo“ von Helen Brown über eine kleine schwarze Katze. Es verläuft alles planmäßig und die Maschine landet sogar auf die Minute pünktlich in Houston. Meine Befürchtungen aufgrund des Wetterberichtes, der für den heutigen Tag mit 70 Prozent Wahrscheinlichkeit Gewitter über Houston prophezeit hat, treffen zum Glück nicht ein – kein Umweg über Dallas, weil wir in Houston nicht landen können. Allerdings hat es im Sinkflug mal recht ordentlich geschaukelt und wir haben deutlich schneller an Höhe verloren als üblich – jemand schrie sogar verängstigt –, aber sonst war der Flug sehr ruhig und die Landung problemlos.

Recht bald nach dem Aussteigen aus der Maschine stehe ich an einem der Einreiseschalter und habe nur so etwa ein halbes Dutzend Leute vor mir. Dafür dauert es mit ungefähr einer halben Stunde aber relativ lang, bis ich dran bin. Hinter mir füllt sich die Halle mit Unmengen von Passagieren – habe ich ein Glück, dass ich einen Platz relativ weit vorne im Flieger hatte! Die Einreiseformalitäten sind das Übliche, allerdings gibt es seit diesem Monat das grüne Papier zum Ausfüllen nicht mehr, weil man sich seit fast anderthalb Jahren bereits bei ESTA online registrieren muss als USA-Reisender.

Nach der Zollkontrolle, durch die ich mit meinem Handköfferchen und meiner Laptop-Umhängetasche wie üblich einfach durchgewunken werde, und Anruf zu Hause hole ich mir im Rental Car Center meinen Mietwagen ab. Weil ich nun endlich Flugmeilen sammle – mit dem Ziel, einmal für einen Flug ein Upgrade in die Business Class zu bekommen – und der Autovermieter Avis ein Lufthansa-Partner ist, bei dem man Meilen gutgeschrieben bekommt, habe ich erstmals dort meinen Wagen gebucht. Die Dame am Schalter der Autovermietung erklärt mir, sie habe einen viertürigen Mercury für mich – ob das in Ordnung sei? Da mir das Auto ziemlich egal ist, sage ich ja – und merke gerade noch rechtzeitig vor dem Unterschreiben, dass ich damit einem Upgrade zugestimmt habe, der die Kleinigkeit von 186 Dollar kostet. Nein, ich möchte nur eine Tankfüllung vorab bezahlen, kein teureres Auto und auch keine weiteren Versicherungen, und so muss die Dame den Vertrag noch einmal neu ausdrucken.

Schließlich sitze ich am Steuer eines ziemlich neuen silbernen viertürigen Ford Focus, der sich leicht und angenehm bedienen lässt – dass der Wagen vorn kein Nummernschild hat, verunsichert mich diesmal nicht. Ich weiß inzwischen, dass in manchen Staaten keine zwei Schilder vorgeschrieben sind. Mein aktueller Mietwagen ist in North Carolina zugelassen. – Ich fahre also nach Livingston: Während ich letzten Sommer mein Quartier bewusst in Huntsville genommen hatte, sagte mein Gefühl mir diesmal, dass ich wieder nach Livingston in das Best Western Inn & Suites möchte, wo ich im Januar sehr zufrieden war. Dort angekommen, erhalte ich von der Dame am Empfang gleich eine Nachricht, die für mich abgegeben wurde. Eine Frau von der Organisation Lifespark in der Schweiz ist zusammen mit ihrem Mann gerade in Texas. Ich habe Ines beim Weltkongress in Genf im Februar bereits getroffen, nachdem wir schon länger Kontakt per E-Mail hatten. Ein bisschen müde von der Reise bin ich schon, aber es hält sich in Grenzen, und so verabreden wir uns für den Abend zum gemeinsamen Essen. Die beiden werden Montag und Dienstag Besuche in der Polunsky Unit machen, sodass wir uns dann wiedersehen werden.

Am Donnerstagmorgen lasse ich es geruhsam angehen und bin erst gegen 9 Uhr an der Polunsky Unit zu meinem ersten Besuch mit Willie. Im Besucherraum hat die schwarze Ms. Williams Dienst, die mich freudig-freundlich begrüßt und mir erklärt, sie habe Willie schon mitgeteilt, dass es heute keinen Salat in den Snackmaschinen gebe. Tatsächlich sind die Maschinen ziemlich leer. Im Besucherraum sind nur drei Leute, die alle noch auf „ihre" Gefangenen warten. Kathryn Cox von der Heilsarmee sieht mich und kommt spontan auf mich zu, um mich freudig zu begrüßen. Schmal ist sie geworden und wirkt auf mich noch kleiner als sonst. Willie wird nach ca. 30 Minuten gebracht, und wir verbringen vier angenehme Stunden miteinander. Er erzählt von den jüngsten Entwicklungen im Gefängnisalltag. Überall in den Gängen und auch im Besucherraum wurden Kameras installiert. Offenbar fühlen sich dadurch nicht nur die Gefangenen beobachtet, sondern auch das Personal, das jetzt gewissenhaft jeden vorgesehenen Strip-Search durchführt, während das in der Praxis früher zum Teil nur stichprobenartig gemacht wurde. Und das Fishing, bei dem Gefangene mittels „Angelschnüren" gegenseitig Sachen austauschen konnten, wird damit wohl unterbunden.

Die Zeit vergeht wie gewöhnlich rasch. Schließlich füllt sich auch der Besucherraum zusehends und ich bekomme direkte „Nachbarn". Als die sich, während sie auf ihre Gefangenen warten, buchstäblich hinter meinem Rücken laut auf Spanisch unterhalten, nervt das ziemlich, aber sonst geht es. Nach vier Stunden müssen wir uns verabschieden und freuen uns bereits auf morgen. – Nach einem Einkauf bei Wal-Mart verbringe ich den größten Teil des Nachmittags in meinem Hotelzimmer. Nach Kampf mit meinem Notebook, den ich allerdings gewinne, kann ich z.B. meine Nachrichtenseite aktualisieren und nach Flügen für die nächsten Texas-Reisen schauen. Am Abend mache ich noch einen Ausflug zur Bank und hebe mit meiner und mit Christianes EC-Karte bei zwei verschiedenen Banken eine größere Summe ab, damit ich den Vorrat von Money Orders für den Service der Initiative gegen die Todesstrafe e.V. wieder aufstocken kann.

Auch am Freitagmorgen bin ich erst gegen 9 Uhr an der Polunsky Unit, weil heute die Snackmaschinen aufgefüllt werden und es deshalb nicht viel Sinn macht, zu früh da zu sein. Als am Eingang zum Parkplatz mein Auto durchsucht und die Daten aufgenommen werden, muss ich an Karl, ein Mitglied unseres Vereins, denken. Er hatte kürzlich erzählt, dass er eben an dieser Stelle darauf wartete, wie gewöhnlich seine Unterschrift in die entsprechende Spalte auf der Liste des Beamten zu setzen, als dieser wissen wollte, worauf er noch warte. Er müsse doch noch unterschreiben – Antwort des Beamten: „Man, I already did that for you!“ – Heute habe ich anscheinend denselben Aufseher vor mir: „I'll sign that for you“, sagt er mir und schreibt meinen Namen in Druckbuchstaben unter bereits fünf andere Unterschriften, die er ebenso „gefälscht“ hat. Texas!

Als ich am Eingang des Gefängnisses meine Geldscheine in Münzen wechseln will, ist der Wechselautomat leer. Also noch einmal zurück zum Wagen, wo ich meine „eiserne Reserve“ habe. Inzwischen darf man übrigens ganz offiziell 25 Dollar mit in die texanischen Gefängnisse bringen. So wird in diesen Tagen erstmals das Geld nicht knapp. Diesmal warte ich im Besucherraum kaum zehn Minuten, als Willie bereits gebracht wird. Die Snackmaschinen werden gerade aufgefüllt – dennoch gestaltet sich die Sache schwierig. Eine andere Aufseherin hat heute Dienst, die sehr nett ist, aber im Gegensatz zu Ms. Williams die Besucher nicht der Reihe nach bedient, sodass ich selbst dafür sorgen muss, dass wir nicht zu kurz kommen. Dann gibt ein Automat kein Wechselgeld heraus, ein anderer spuckt statt Gatorade eine Flasche Wasser aus, Willies gewünschte Sandwich-Sorten gibt es auch nicht. Immerhin gibt es heute Salat und Orangen, auf die er gestern verzichten musste. Milch haben sie offenbar gar nicht mehr – schade. Dabei haben sie jetzt sogar eine dritte Maschine für gekühlte Lebensmittel. Und wo ich Ms. Williams doch gerade so im Gedächtnis geblieben bin: mit einer Milchflasche in der Hand...

Während unseres Besuches geht hinter Willie eine Aufseherin vorbei, die eine in die Stirn geschobene Gasmaske trägt. Auf Willies Frage erklärt sie, es sei eine Vorsichtsmaßnahme. Ein bestimmter Gefangener, der für Ärger bekannt ist, hat einen Anwaltsbesuch, und das Aufseher-Team ist gerüstet, gegen den Mann Tränengas einzusetzen, falls es zu einem Zwischenfall kommen sollte. – Auch heute verbringen wir angenehme Stunden miteinander, in denen uns der Gesprächsstoff nicht ausgeht. Irgendwie habe ich bei dieser Reise auch gar nicht das Gefühl, mich erst „warmreden“ zu müssen, was die englische Sprache betrifft – es flutscht eigentlich von Anfang an ganz gut...

Gerade als Willie über die aktuelle Entwicklung in seinem Fall spricht, geht unsere Besuchszeit zu Ende. Aber wir haben Montag und Dienstag ja nochmals je vier Stunden Zeit. Immerhin habe ich so viel verstanden, dass Willie im Alleingang ohne seinen Anwalt seiner Richterin einen Schriftsatz geschickt hat, in dem er seine Version des Tathergangs erläutert. Nun hat die Richterin zwar erwartungsgemäß abgelehnt, dass dieser Schriftsatz Berücksichtigung findet, weil er ihn an seinem Anwalt vorbei eingereicht hat. Aber Willie hat dennoch damit sein Ziel erreicht, dass seine Version zumindest gelesen wird. Es erinnert mich an Gerichtsverhandlungen aus amerikanischen Fernsehfilmen, wenn Anwälte absichtlich Aussagen provozieren, die nach Einspruch von der Gegenseite von den Geschworenen nicht berücksichtigt werden dürfen, aber dennoch haben sie diese gehört. Die Entscheidung der Richterin ist für mich nachvollziehbar: Ein Gefangener, der im Alleingang gegen seinen Anwalt handelt, kann sich und seinem Fall schaden. Allerdings kann ich Willie auch verstehen, der sich als intelligenter Mensch sagt: Egal, wie es ausgeht, ich will, dass meine Version der Tat geschildert wird – etwas, das ihm seine Anwälte in den letzten 17 Jahren immer verwehrt haben.

Die Rückfahrt zum Hotel dauert etwas länger, weil die Straße der Polunsky Unit neu geteert wird und daher nur einspurig befahrbar ist. Ich lerne die amerikanische Variante der Baustellenampel kennen: Es gibt keine. Stattdessen fährt ein Pilotauto immer abwechselnd von einer Richtung in die andere der Autoschlange voran, „Pilot Car - Follow Me“, steht hinten drauf. – Nach einem Telefonat mit Christiane mache ich am Nachmittag meinen üblichen Gang zur Post. Die Dame, die mich bedient, kann sich sicher glücklich schätzen, dass sie in der Vergangenheit noch nicht von mir belästigt wurde. Jedenfalls hat sie noch nie 80 Money Orders am Stück gedruckt und fragt mich deshalb, wofür ich so viele einzelne Money Orders brauche. Es dauert natürlich rund eine Stunde, aber zum Glück sind alle drei Schalter besetzt, sodass die beiden anderen ausreichen, damit die Schlange der wartenden Kunden nicht wieder bis zur Tür hinausreicht. Ich hole mir im Wal-Mart noch etwas zu essen und fahre dann zurück zum Hotel. Eigentlich will ich den Anfang meines Reiseberichtes schreiben, aber ich bin so müde, dass beschließe, erst ein paar Stunden zu schlafen und den Bericht am späten Abend zu beginnen. Daraus wird dann früher Morgen – ich schlafe zehn Stunden fast ununterbrochen am Stück...

Dafür bin ich am Samstag dann früh wach und hole meine Arbeit zu dieser Zeit nach. Bei schönstem Wetter und strahlendem Sonnenschein fahre ich – nach erneutem kurzen Halt am Geldautomaten – anschließend nach Huntsville. Die Temperaturen waren im Übrigen bei meiner Ankunft eher gnädig mit wenig über 30°C, allerdings war es ziemlich schwül und drückend. In der Zwischenzeit sind die Temperaturen gestiegen und das Außenthermometer des Autos zeigt im Lauf des Samstags 38°C an. Außerdem ist es im Sonnenlicht so hell, dass ich meistens meine alte Brille trage, deren Gläser selbsttönend sind. In Huntsville führt mein Weg zuerst ins Postamt. Ich gebe zwei Briefe mit Fotos an meine Brieffreunde auf und kaufe Briefmarken für den Service des Vereins. 600 Stück von den 98er-Marken hätte ich gern, aber sie haben nur 200 vorrätig. Hoffentlich haben sie am Montag in Livingston noch genug. Auch versuche ich eine falsch ausgefüllte Money

Order für ein Vereinsmitglied umzutauschen. Leider, so lerne ich, kann das nur die Person selbst, die als Absender eingetragen ist.

Nach diesen Besorgungen ist es schon relativ spät, nämlich nach 10 Uhr, als ich an der Wynne Unit ankomme. Mehrere Autos sind vor mir und werden untersucht. Als ich durch den Kontrollpunkt durch bin und mich auf dem Weg zu dem Häuschen befinde, in dem die nächste Kontrolle stattfindet, sehe ich etwas abseits im Schatten ein Zelt, in dem Tische und Bänke stehen und Leute sitzen. Es sieht aus wie eine Feier und ich beziehe dieses Bild gar nicht auf mich. Doch die Leute sind alles wartende Besucher, die einzeln aufgerufen werden! Also finde ich mich bald selbst dort wieder und warte eine gute halbe Stunde, bis ich an der Reihe bin. Als ich das Kontrollhäuschen betrete, verstehe ich, warum die Leute draußen warten müssen: Sie haben dort nun wie in der Polunsky Unit einen Metalldetektor und ein Röntgengerät, und damit ist in dem kleinen Raum kein Platz mehr für wartende Leute.

Bis mein Besuch mit David endlich beginnt, ist es inzwischen ungefähr 11.30 Uhr – so spät war ich noch nie. Aber letztlich ist es egal, denn wir bekommen unsere vier Stunden. Ein Kontaktbesuch ist es diesmal aber nicht. Ich hatte auf Anweisung von David dem Warden einen Brief geschrieben und um einen Kontaktbesuch gebeten. David hat sich, wie er erzählt, am Mittwoch der „Classification“ unterzogen, einer Befragung vor einer Kommission von drei Leuten, die dann entscheiden, ob der Kontaktbesuch genehmigt wird. Der Warden hat für ihn gestimmt, aber zwei Frauen, die dem Gremium angehörten, waren dagegen. So sind wir also wieder durch Glas und Gitter getrennt, was die Kommunikation erschwert. Die hohen Holzstühle, von denen es sonst ein paar gab, sind nicht mehr da. Ich mache es daher einer anderen Besucherin nach und setze zwei von den niedrigen Stapelstühlen übereinander – so bin ich etwas größer. Man versteht sich durch das Gitter oberhalb der Scheibe ja besser, allerdings dürfen die Gefangenen neuerdings nicht mehr stehen, sondern müssen auf ihrem Stuhl sitzen bleiben. David bekommt wegen Schmerzen im Bein die Sondererlaubnis, zeitweise stehen zu dürfen. Jedoch bei jedem Wechsel der Aufsicht muss er sich neu rechtfertigen und erklären. Besonders eine noch recht junge Aufseherin fährt David in sehr autoritärem, fast feindseligem Ton an, als sie ihm zweimal „Sit down!" befiehlt. David regt sich auf, als die Aufseherin fort ist, sie sei jung und dumm. Ich versuche ihn zu beruhigen mit der Vorstellung, dass sie eines Tages alt und weise sein – und ein schmerzendes Bein haben werde...

Nach dem Besuch mit David fahre ich zu dem Büromarkt Office Depot. Willie möchte seit Jahren schon selbstdurchschreibendes Papier haben, das aber nicht erlaubt ist, weil es sich um so ein Endlospapier handelt, das die Sicherheitsleute nicht durchblättern können zur Kontrolle. Die Idee ist, dass ich die Blätter an der Perforation alle trenne und das Papier dann von einem kleineren Buchladen o.Ä. schicken lasse. Jedoch hat Office Depot dieses Papier nicht vorrätig, es kann nur über das Internet bestellt werden. – Zurück im Hotel und nach ausführlichem Telefonat mit Christiane gibt es dann nur noch einen gemütlichen Abend im Hotelzimmer – und den festen Vorsatz, morgen früher an der Wynne Unit zu sein.

Offenbar wird das frühmorgendliche Fortsetzen meines Reiseberichtes zur Gewohnheit – auch am Sonntag beginne ich den Tag um kurz nach 5 Uhr morgens damit. Solch unchristliche Zeiten am frühen Morgen passen eigentlich gar nicht zu mir, aber in Deutschland ist es ja schon Mittagszeit und ich war am Abend viel früher im Bett als für mich üblich. – Nach wieder einer Stunde Fahrt nach Huntsville bei herrlichem Wetter – am Morgen ist es auch noch nicht gar so heiß –, komme ich heute schon um 9 Uhr an der Wynne Unit an. Es ist zwar erneut ein gutes halbes Dutzend Autos vor mir, aber insgesamt ist der Andrang offenbar nicht so groß, denn das „Festzelt" ist leer und bei der Personenkontrolle komme ich sofort dran. Mein Besuch mit David beginnt daher deutlich früher als gestern, nämlich eine Dreiviertelstunde nach meiner Ankunft am Gefängnis.

Naturgemäß haben wir heute weniger zu erzählen und ich knabbere deshalb umso mehr Erdnüsse und Chips. David überredet mich zu einem Erdbeereis, das er sehr mag – und ich muss ihm Recht geben! Als ich auf der Verpackung lese, dass 45 Prozent echte Erdbeeren drin sind, wundert es mich allerdings nicht mehr, dass das Eis so erdbeerig gut schmeckt – und das bei nur 70 Kalorien...

Die Aufseherin von gestern erlebe ich nochmals in Aktion, wenn auch diesmal nicht David ihr Ziel ist. Der Ton, in dem sie einen Gefangenen auf Sitzplatz Nummer 7 mit „Number Seven" anbrüllt, als der nicht gleich mitbekommt, dass er seine Snacks bei ihr abholen soll, ist sowas von oben herab autoritär – offensichtlich selbst dann, wenn ein Gefangener gar nicht gegen eine Regel verstößt und aufmüpfig ist. Und einen anderen Gefangenen, der einer höheren Sicherheitsstufe angehört und deshalb in einem der Käfige sitzt – oder vielmehr gerade nicht SITZT, herrscht sie im Vorbeigehen mit „Sit down!" an und bollert dabei gegen das Gitter. Irgendwie, so habe ich den Eindruck, kann diese junge Frau mit ihrem Leben nicht glücklich sein. David bringt sie seine Snacks heute an seinen Platz – wortlos. Aber David sagt auch nichts, bedankt sich nicht, weil er sie nicht leiden kann. Wie anders habe ich gerade letztes Wochenende den Umgang zwischen Gefangenen und Personal in der JVA erlebt, in der zwei unserer Vereinsmitglieder arbeiten, als wir eine Führung durch die Anstalt erhielten. Sicher ist offener Strafvollzug in Deutschland nicht mit Gefängnissen in Texas zu vergleichen. Aber man kann bestimmt nicht erwarten, dass Gefangene respektvolles Verhalten lernen, wenn man ihnen geradezu das Gegenteil von solchem vorlebt.

Nach vier Stunden verabschiede ich mich von David und fahre zurück nach Livingston. Ich mache einen Umweg und schaue beim ehemaligen „Blue Shelter" vorbei. Es ist immer noch nicht verkauft, wie es scheint. Ein bisschen zugewachsener drum herum, aber sonst sieht es aus wie immer. Christa H. geht es gut in Deutschland, wie ich gerade aus zweiter Hand erfahren habe, aber aus der „Szene“ rund um die Todesstrafe hat sie sich offenbar ganz zurückgezogen und dieses Kapitel ihres Lebens abgeschlossen. Für mich durchaus verständlich und nachvollziehbar.

Im Hotel telefoniere ich wieder länger mit Christiane und treffe mich dann mit Connie am üblichen Treffpunkt City Grille. Das ist jetzt schon Tradition und wir haben nur noch den Termin per E-Mail ausgemacht. Als ich komme, ist Connie schon da, steigt aus dem Auto und hat ihr Handy am Ohr, sagt aber nichts und hört nur zu – offenbar wird sie von jemandem zugequatscht. Sie begrüßt mich mit einer Umarmung, zeigt mir dann das Display ihres Telefons und ich lese: Irene Wilcox. Ja, das kann ich mir vorstellen... Connie unterbricht sie schließlich und verspricht ihr, später zurückzurufen. Dann entschuldigt sie sich bei mir, dass sie etwas durch den Wind sei wegen schlechter Nachrichten: Der vermeintliche Komplize ihres Mannes Greg, der mit ziemlicher Sicherheit der eigentliche Täter war und seine Version des Tathergangs immer wieder geändert hat – mal gestanden und Greg entlastet, dann widerrufen usw. –, hat in einer Berufung nun statt des Todesurteils eine 40-jährige Haftstrafe erhalten, könnte also in 27 Jahren entlassen werden. Dass dies für Connie wie eine Ohrfeige ist, kann ich nachvollziehen – Greg stattdessen wurde vor knapp zwei Jahren hingerichtet.

Es erinnert mich einmal mehr an den Fall von James Beathard, Cliffs bestem Freund. Auch er war vermutlich unschuldig, auch in seinem Fall hat der Staatsanwalt widersprüchliche Anklagen gegen die beiden mutmaßlichen Täter erhoben. Auch James Beathard wurde hingerichtet und sein vermeintlicher Komplize, der wohl der eigentliche Täter war, ist zwischenzeitlich aus dem Todestrakt entlassen worden. Ich verstehe Connies Betroffenheit, versuche es aber von einer anderen Seite zu sehen. 27 Jahre sind eine lange

Zeit, und da der Mann schon 47 Jahre alt ist, fragt sich noch, ob er seine Entlassung erleben wird. Und Jahrzehnte in einem texanischen Gefängnis sind vielleicht doch eine größere Strafe als ein Todesurteil. Connie gibt mir dahingehend Recht, dass Greg selbst alternativ zu seinem Todesurteil keine lebenslange Haftstrafe wollte, sondern nur den Freispruch wegen erwiesener Unschuld akzeptiert hätte.

Connie und ich verbringen zwei kurzweilige Stunden miteinander. Wir werden uns beide im Oktober an einem Wochenende in London sehen und samstags an der Konferenz von „Human Writes“ teilnehmen. Sonntags sind wir beide unter den eingeladenen Rednern bei einer Protestaktion vor der US-Botschaft in London. Connie hat sich bereits darauf vorbereitet und will ihren Schwerpunkt auf den Aspekt der Angehörigen der Täter legen. Ich habe noch gar nichts entschieden, denn auf meinen Vorschlag, ich könnte dort auch etwas singen, habe ich immer noch keine Antwort. Ich könnte mir aber vorstellen, einen Schwerpunkt darauf zu setzen, dass schuldige Täter wie Cliff sich ändern können.

Ich erzähle Connie, dass ich eine Anfrage für ein Interview im Rahmen einer amerikanischen Dokumentation der Reihe „Taboo“ erhalten habe. Es geht mal wieder um Beziehungen zu Gefangenen. Meine Skepsis scheint berechtigt: Connie hat schon „Taboo“-Dokus gesehen und nach ihrer Beschreibung scheint das nicht sonderlich seriös zu sein. Also werde ich dort absagen, das war mir jetzt eine klare Entscheidungshilfe. Wir unterhalten uns über das Medienphänomen, dass immer wieder die Beziehungen von Frauen zu Gefangenen bzw. Mördern in den Fokus der Medien geraten, und inwiefern das der Bewegung zur Abschaffung der Todesstrafe eher schadet. Ich erzähle von der kürzlich in Deutschland gesendeten Doku über die Vorsitzende von ALIVE – Koalition gegen die Todesstrafe e.V. über ihre Beziehung zu einem Gefangenen im Todestrakt von Texas. Connie fragt mich, ob sie immer noch Besuchsverbot im Gefängnis habe. Seit der Doku kenne ich den Grund – Connie fragt sofort interessiert nach, hält einen

Moment inne und überlegt offenbar, ob das indiskret ist. Aber was öffentlich im Fernsehen ausgestrahlt wurde, kann ich ruhig erzählen. Offenbar wird ausgerechnet ihr vorgeworfen, etwas mit den illegalen Handys im Todestrakt zu tun haben. Ich glaube das nicht, aber es ist schon eigenartig, wo doch gerade der ALIVE-Vorstand seinerzeit derart streng auf die illegalen Handys reagiert und Brieffreundschaftsgesuche der betroffenen Gefangenen gelöscht hat. Ob es da einen Zusammenhang gibt und ein Gefangener die Vorsitzende aus Ärger darüber beschuldigt hat?

Die Zeit mit Connie vergeht viel zu schnell. Wir könnten noch so viel erzählen. Ich habe auch prompt vergessen, dass ich Connie wegen dem Endlospapier für Willie ansprechen wollte. Das muss ich dann eben per E-Mail nachholen. Und nach Irene Wilcox' Mann habe ich nicht gefragt – hatte mir doch jemand das Gerücht erzählt, er sei verstorben... Immerhin habe ich daran gedacht, die Grüße von Christiane auszurichten. Connie fragt spontan, ob Christiane mit nach London kommt, und ist ehrlich enttäuscht, dass sie Christiane dort nicht treffen wird. Aber vielleicht ist ja eines Tages mal ein Besuch von ihr in Deutschland drin?

Am Abend lese ich am Computer in meinen alten Reiseberichten – speziell über die Reise im Rahmen von Kevins Hinrichtung 2006 –, um zu schauen, ob sich da Teile für meine Rede in London eignen. Ich stelle fest, dass ich viele Details nicht mehr in Erinnerung habe. Es scheint alles sehr weit weg zu sein... Es ist ein bisschen so, als lese ich den Bericht einer mir zwar nicht fremden, aber anderen Person.

Die Fortsetzung meines aktuellen Reiseberichts findet wieder am nächsten Morgen statt. Danach fahre ich zur Polunsky Unit und denke, ich bin so etwa um 9 Uhr dort. Allerdings habe ich meine Rechnung ohne die Baustelle mit dem Pilotauto gemacht: Gut zehn Minuten Wartezeit kostet mich die Straßenerneuerung. Weitere Wartezeit beschert die Tatsache, dass gerade Post angeliefert wurde, die durch den

Röntgenapparat geschoben wird. Allerdings ist es ein kurzweiliges Warten, denn Ines' Mann ist annähernd zusammen mit mir eingetroffen und wir unterhalten uns, bis wir schließlich für die Kontrolle dran sind. Die ist heute besonders gründlich: Die Aufseherin nimmt sogar die Einlagen aus meinen Schuhen und knackt die Rollen mit Quarters von Ines' Mann. Die hat er gerade bei der Bank geholt, nachdem er Ines bereits an der Unit abgesetzt hatte. Als er eben zurückkam, wurde er am Parkplatz einfach durchgewunken, sein Wagen sei ja bereits untersucht worden – dabei hätte er nun alles mögliche Verbotene mitbringen können! Logisch ist das nicht, aber am Parkplatz hat wieder der Unterschriftenfälscher Dienst...

Im Besucherraum dauert es nochmals eine ganze Weile, bis Willie gebracht wird, aber ich habe ja einen Gesprächspartner und bin auch nicht in Eile. Unser Besuch beginnt schließlich um etwa 10.30 Uhr. Willie erzählt mir Geschichten von Gefangenen und ihren Frauen, die mit wirklich dümmlichen Aktionen Besuchsverbot provoziert haben: Eine Frau geht auf die Toilette, schmiert Fotos mit Intimflüssigkeit ein und will sie dann dem Gefangenen geben lassen. Eine andere holt mit dem Gefangenen drei Tage nach der Heirat die Hochzeitsnacht im Besucherraum nach – der Mann bearbeitet sein bestes Stück und wird dabei erwischt... Willie versteht nicht, wie seine Mitgefangenen durch solch einen Mist ihre Besuche oder sonstigen Privilegien aufs Spiel setzen können.

Nach dem Besuch fahre ich in Livingston beim Postamt vorbei, weil mir noch 400 von den 98-Cent-Briefmarken fehlen. Die haben sie diesmal dort gar nicht! Die Dame am Schalter bietet mir eine Stückelung an, aber das hilft mir nicht. Die Alternative, für die ich mich entscheide: Ich nehme stattdessen 1-Dollar-Marken. Das kostet mich 8 Dollar mehr als ich an Geld für den Verein abgehoben habe, sodass es wieder ein Aufwand werden wird, das entsprechend zu verbuchen, aber was soll ich machen...

Dann rufe ich vom Hotel aus Christiane an und wir telefonieren wieder ausführlich. Schließlich ist es so weit: 23 Stunden vor meinem Abflug kann ich online einchecken, was auch problemlos funktioniert. Ich speichere die Datei auf einem USB-Stick und bitte die Dame an der Rezeption, meinen Boarding Pass auszudrucken. Sie meint allerdings, die Sicherheitseinstellungen des Computers im Gäste-Büroraum müssten das im Gegensatz zu letztem Mal zulassen, und so ist es auch. Trotzdem muss sie mir dann helfen, weil ich erst das Passwort nicht weiß und dann die Druckerpatrone leer ist. Aber schließlich halte ich meine Bordkarte glücklich in Händen. Mit Ines und ihrem Mann gehe ich am Abend wieder essen, diesmal in einer Pizzeria zum Selbstbedienen, und natürlich haben wir viel zu erzählen.

Am Dienstagmorgen checke ich rechtzeitig aus dem Hotel aus und fahre auf dem Weg zur Polunsky Unit noch an einer Tankstelle vorbei – extra an der, wo ich letztes Mal keine Geheimnummer bei der Kreditkarte eingeben musste. Doch das haben sie anscheinend jetzt geändert. Ich werde nach dem KEY ZIP gefragt. Also gebe ich meine vierstellige Geheimzahl ein – funktioniert nicht. Ich erinnere mich, dass an der anderen Tankstelle im Januar nach einer fünfstelligen ZIP gefragt wurde und ich mich im Nachhinein gefragt hatte, ob damit tatsächlich die Postleitzahl meiner Heimatadresse gefordert sein könnte. Ich glaube es ja nicht wirklich, tippe aber dann versuchsweise wirklich diese Zahl ein und – tatsächlich – jetzt geht es! Komische Sitten haben die hier!

Am Eingang des Parkplatzes bin ich um 7.40 Uhr die erste wie geplant, werde gleich registriert und soll dann auf dem Parkplatz bis 8 Uhr warten. Kurz nach mir kommt auch Ines und um 8 Uhr gehen wir zum Eingang. Dort lässt man uns aber noch vor der Tür warten. Ich darf nicht einmal schon mein Geld wechseln. Als wir endlich hineingebeten werden, mache ich mich sofort an den Geldwechselautomaten und füttere ihn mit einem 20-Dollar-Schein. Dann will ich 5 Dollar nachschieben, aber – oh Schreck – jetzt ist der Apparat leer.

Dadurch verliere ich wertvolle Zeit, muss noch einmal zurück zum Auto und die 5 Dollar dort in Münzen wechseln. Inzwischen hat Ines eingecheckt, sodass ihr Gefangener als erstes kommen wird... Bei der Sicherheitskontrolle wird erstmals mein Reinigungstüchlein beanstandet: Ich dürfe es zwar mitnehmen, aber nicht die Verpackung. Also nehme ich es raus und laufe dann mit einem nassen Tüchlein in der Hand zum Besucherraum. In der anderen Hand halte ich meinen blauen Zettel und das gelbe Schild, das ich mir eigentlich um den Hals hängen müsste. Aber dazu ist die Kette in diesem Fall viel zu kurz und das Schild außerdem am Loch oben ausgerissen... Wir müssen sehr lange warten. Ines' Gefangener wird erst nach 9 Uhr gebracht und Willie erst um 9.20 Uhr! Das ist schlecht, denn ich habe geplant, um 13 Uhr zum Flughafen aufzubrechen.

Bei unserem heutigen Besuch bestreitet Willie den größten Teil der Unterhaltung. Irgendwie bin ich nicht so redselig. Aber das macht nichts. Ich höre ihm gern zu, wenn er erzählt. Sein 17-jähriger Sohn lebt jetzt nicht mehr bei Willies Vater in Louisiana, sondern bei seiner Tante in Houston, also im Prinzip bei der Opferfamilie. Willie hat eine leise Hoffnung, dass über den Weg eine Aussöhnung möglich sein könnte. Wir machen, ebenso wie gestern, wieder zwei Fotos. Die Erhöhung des mitzunehmenden Geldbetrages auf 25 Dollar zeigt sich als sehr positiv, denn trotz der Bilder reicht das Geld gut für das Essen. Beim „Einkauf" fällt mir eine Dollarmünze unter eine der Maschinen und rollt weit nach hinten. Wahrscheinlich zur Erheiterung aller lege ich mich lang rücklings auf den Boden, um sie wieder herauszufischen – immerhin mit Erfolg! Willie hat heute Obsttag: Äpfel, Orangen, Wassermelone schnippelt er sich zu einem Obstsalat zusammen. Dazu hat er ein kleines Stück Metall mitgebracht, das er zum Schneiden benutzt. Vermutlich auch nicht gerade erlaubt, das in den Besucherraum mitzunehmen, aber Willie weiß in der Regel, was er tut, und riskiert nichts.

Bevor ich nach dem „Einkauf" an meinen Platz zurückkehre, fragt ein anderer Besucher die Aufseherin, ob der Gefangene – nämlich „meiner" – Willie sei. Ob er ihn begrüßen dürfe. Nein, den Telefonhörer darf er nicht abheben. Ich schalte mich ein und frage ihn, wer er ist – ich würde seine Grüße dann gern übermitteln. Er sei der „Fireman from El Paso" soll ich Willie sagen, und die beiden begrüßen sich wortlos durch die Glasscheibe. Willie freut sich sichtlich – die beiden schreiben sich, aber Willie hat bislang kein Foto von ihm und hätte ihn daher natürlich nicht erkannt. Der „Fireman" seinerseits besucht Tony M., für den ich vor Jahren einmal ein Konzert gemacht habe und für dessen Brieffreundin ich schon oft Geld oder Bücher an ihn geschickt habe. Als der „Fireman" seinen Einkauf macht, bitte ich Willie, dem nur zwei Käfige von uns entfernt sitzenden Tony zu sagen, wer ich bin, und dann winke ich Tony durch die Glasscheibe zu. Es ist schön, wenn man so zufällig jemanden sieht, mit dem man nicht gerechnet hat.

Ich bespreche mit Willie noch einmal die möglichen Besuchstermine für meinen Winterbesuch. Er ist mit allem einverstanden – ich habe Priorität. Er möchte schließlich wissen, weshalb ich das mit ihm abstimme und nicht einfach selbst entscheide. Mir fällt erst gar keine Erklärung ein, weil mir das so selbstverständlich erscheint, ihn zu fragen, ob er mit meinen Plänen einverstanden ist. Das ist doch einfach eine Sache des Respekts und er hat ja noch andere Leute, die ihn besuchen, da muss ich doch zumindest fragen, besonders wenn ich an der bisher üblichen Terminplanung etwas ändern will. Es sieht nämlich so aus, als wären meine nächsten Besuche bereits früher als sonst. Nächsten Sommer habe ich früher Ferien, sodass sich ein Besuch zum Monatswechsel Juni-Juli anbietet. Und weil im kommenden Winter sowohl Weihnachten als auch Neujahr auf einen Samstag fallen und diese für Besuche ausfallen könnten, fliege ich eventuell schon Mitte Dezember.

Um 13 Uhr verabschiede ich mich von Willie, obwohl uns noch 20 Minuten zustehen. Aber ich will nicht zu viel riskieren, was meinen Rückflug betrifft. Als ich bei der Ausfahrt vom Parkplatz ankomme, steht da keine Aufsicht. Was mache ich jetzt? Ich darf nicht einfach wegfahren – ein Brieffreund von Willie, der das nicht wusste, hat dafür zwei Jahre Besuchsverbot bekommen! Ich muss aber doch los zum Flughafen – da kommt glücklicherweise der Beamte aus dem Wachhäuschen und winkt mich durch. Tatsächlich stehe ich exakt zwei Stunden später fertig am Abfluggate, nachdem ich immer knapp über dem Tempolimit zum Flughafen gedüst bin, dort ohne jegliche Wartezeiten meinen Mietwagen abgegeben, mit dem Shuttle-Bus zum Terminal gefahren und durch die Sicherheitskontrolle gekommen bin. Ich hätte also schon die 20 Minuten noch bleiben können, aber es ist nicht selbstverständlich, dass alles derart reibungslos verläuft. Irgendwelche Staus oder Wartezeiten und es hätte knapp werden können. Willie hatte dafür auch vollstes Verständnis. Ich rufe noch einmal zu Hause an, quetsche mich in meine Reisestrümpfe und bald ist dann auch schon Boarding Time. Erfreulicherweise habe ich neben mir einen freien Platz im Flugzeug – eine echte Seltenheit bei den Langstreckenflügen. Das macht die Sache gleich bequemer.

Unterwegs schreibe ich meinen Reisebericht weiter, nachdem ich überraschenderweise so etwa zwei Stunden geschlafen habe; und nach pünktlicher Landung am Frankfurter Flughafen nimmt Christiane mich dort in Empfang...

- DER FÜNFZEHNTE BESUCH -

(Freitag, 17. Dezember 2010, bis Mittwoch, 22. Dezember 2010)

Nach längerem Überlegen habe ich mich wegen der Lage der Feiertage entschieden, meine nächste Texas-Reise bereits am letzten Schultag vor den Weihnachtsferien zu beginnen. Glücklicherweise habe ich an dem Tag keinen Unterricht mehr und mache mich am Freitag, dem 17. Dezember 2010, auf den Weg zum Flughafen. Tags zuvor hat es heftig geschneit, sodass ich vorsichtshalber früher starte, als es nötig wäre. Aber als der schwierigste Part stellt sich der Weg von zu Hause zur Bushaltestelle heraus, weil ich zum Teil auf nicht geräumten Bürgersteigen mit meinem Gepäck durch den tiefen Schnee waten muss. Der Bus nach Wiesbaden und die S-Bahn nach Frankfurt haben nicht mehr als etwa 10 Minuten Verspätung, sodass ich am Flughafen noch viel Zeit habe. Gekleidet bin ich im Zwiebelprinzip: T-Shirt, Pulli, Hemd, Jacke und Windsschutzjacke – alles übereinander. Für draußen gerade richtig und drinnen nach Bedarf zu variieren...

Ich habe einen Direktflug nach Houston mit Continental Airlines gebucht, der erst um 14.00 Uhr abhebt. Obwohl ich schon online eingecheckt habe, besitze ich noch keine Bordkarte – die bekommt man als „Ausländer“ bei Continental erst am Schalter, nachdem der Pass geprüft wurde. Da ich so früh bin, ist am Schalter noch gar nichts los, und ich habe meine Bordkarte umgehend. Ich mache mich auf den Weg zum Abfluggate. Extrem lange Schlangen von Passagieren ziehen sich durch den Flughafen; es sind all die armen Teufel, die wegen der über 200 gestern ausgefallenen Flüge umbuchen müssen.

Ich komme an der Buchhandlung vorbei, in der ich im Sommer die schöne Katzengeschichte gefunden habe – die habe ich Willie im September zum Geburtstag schicken lassen.

Diesmal fällt meine Wahl auf einen brandneuen Psychothriller – Copyright 2011(!) – mit Aufkleber „Krimi des Monats“. Es war die richtige Wahl, wie sich herausstellen soll, denn ich verschlinge das Buch geradezu. Gut 200 Seiten lese ich während des Flugs und den Rest am anderen Morgen...

Am Gate telefoniere ich mit Christiane, die schon früh zur Arbeit musste und mich deshalb nicht zum Flughafen oder zur S-Bahn bringen konnte. Dann muss ich alle Sicherheitsfragen bezüglich meines Gepäcks ein zweites Mal beantworten, weil von meinem Pass offenbar der Aufkleber abgefallen ist, der bestätigt, dass ich das Interview bereits absolviert habe. Mir ist bereits im Wartebereich aufgefallen, dass sich dort nur vergleichsweise wenig Leute befinden. Es stellt sich heraus, dass der Flieger – eine Boeing 767 – nur zu vielleicht einem Drittel besetzt ist, weil ein Großteil der Passagiere wetterbedingt nicht erschienen ist. So habe ich fast die ganze Reihe für mich allein, was natürlich sehr angenehm ist. Jenseits dessen ist der Sitzabstand zum Vordersitz aber ohnehin etwas größer als von Lufthansa gewohnt.

Der Flug ist mit elfeinhalb Stunden lang, aber angenehm, und wir landen pünktlich kurz nach 18 Uhr Ortszeit am Terminal E in Houston. Die Einreiseformalitäten sind nach einer halben Stunde Wartezeit schnell erledigt, dann hole ich mir bei Avis meinen Mietwagen ab – diesmal ohne Upgrade oder zusätzliche Versicherungen. Der Wagen ist ein roter Chevrolet Aveo: Ich habe also tatsächlich mal das kleinste Auto bekommen, dessen Kofferraum man bestenfalls als ein „Handschuhfach hinten“ bezeichnen kann. Aber mehr brauche ich nicht, und der Wagen ist nagelneu mit nicht einmal 2500 Meilen auf dem Tacho.

Während ich früher ängstlich darauf bedacht war, möglichst noch im Hellen meine Fahrt zu beginnen, um ja nicht den Weg zum Highway zur verpassen, fahre ich heute sehr gelassen bei Dunkelheit los – den Weg kenne ich schließlich inzwischen fast im Schlaf. Gegen 21 Uhr komme ich in meinem Hotel an, im

Best Western in Livingston, wie schon die letzten beiden Male. Ich rufe Christiane an, obwohl es bei ihr jetzt 4 Uhr morgens ist, und dann steht nur noch eine Fahrt zur Bank bzw. dessen Geldautomaten an, damit ich für mein Business bei der Post morgen früh das nötige „Kleingeld“ habe. Das lässt sich ohne Zeugen besser jetzt am späten Abend erledigen. Auf dem Weg dorthin sehe ich erstaunt, dass es das Restaurant City Grille nicht mehr gibt, in dem ich mich immer mit Connie getroffen habe. Sieht so aus, als wäre da jetzt eine Auto-Werkstatt: „Car Care Corner“ steht auf dem Schild.

Am Samstagvormittag mache ich mich nach dem Frühstück auf den Weg zum Postamt, um 100 Money Orders sowie Briefmarken zu besorgen. Immerhin habe ich nicht das übliche schlechte Gewissen, da man für mich extra einen dritten Schalter öffnet, statt dass ich einen der besetzten belege, und mir die Dame während der fast anderthalb Stunden, die ich dort zubringe, erklärt, dass diese Arbeit angenehmer sei als „hinten“ beschäftigt zu sein, wo vermutlich Post zu sortieren ist oder so etwas in der Art.

Zurück im Hotel rufe ich Connie an und spreche eine Weile mit ihr. Sie hatte vor etwa drei Wochen eine Knie-Operation und ist deshalb nur eingeschränkt mobil. Wir hatten uns im Oktober in London anlässlich der Human Writes Conference und einer Protestdemonstration vor der US-Botschaft am Tag gegen die Todesstrafe gesehen, und da war sie bereits mit einem Stock gegangen. Sie will sich nochmals melden, wann wir uns sehen können die Tage. Weil die letzten zwei Nächte recht kurz waren, gönne ich mir danach erst einmal einen Nachmittagsschlaf.

Am Abend steht dann der erste Besuch auf dem Programm, zwei Stunden mit Willie in der zweiten Samstagsschicht von 20 bis 22 Uhr. Bei der Autokontrolle bekomme ich zunächst den Kofferraum nicht auf, obwohl ich am Morgen extra „geübt“ habe. Anscheinend habe ich das Prinzip doch nicht durchschaut. Auf dem Postamt-Parkplatz heute Morgen habe ich auch wieder schlauerweise versehentlich die Alarmanlage in Betrieb gesetzt, weil von innen verriegeln und dann den Motor starten wollen offenbar einfach nicht tut, sondern stattdessen „tutut“...

Beim „Einchecken“ für den Besuch bin ich zunächst die einzige, obwohl es schon fast 20 Uhr ist, sodass ich schon befürchte, das Personal müsse nur meinetwegen bleiben, doch schließlich kommen noch ein paar wenige weitere Besucher. Die Sicherheitskontrolle ist weniger streng als zuletzt. Ich darf anstandslos mein Sagrotan-Tüchlein samt Verpackung mitnehmen und muss nicht meine Hosentaschen umkrempeln. Bei der Autokontrolle musste ich auch nicht selbst die Motorhaube öffnen – es ist fast so wie in früheren Zeiten.

Als ich im Besucherraum ankomme und von der Aufsicht – einer Frau, die ich noch nicht kenne – meinen Platz zugewiesen bekomme, ist Willie gerade gebracht worden und die Wärter nehmen ihm die Handschellen ab. So putzen wir also gleichzeitig unsere Telefonhörer, er mit einem trockenen Waschlappen und ich mit meinem Sagrotan-Papiertuch, bevor wir uns begrüßen. Wir sind vielleicht 10 Minuten ins Gespräch vertieft, als die Aufsicht zu mir kommt, weil ich die erste Besucherin bin in dieser Schicht, damit ich für Willie etwas zu essen und zu trinken besorge. So kann Willie mir nicht lange seine Wünsche mitteilen, sondern überlässt mir größtenteils die Auswahl. Aber ich kenne seinen Geschmack ja in etwa, und so gibt es vor allem Salat und Obst für ihn.

Die zwei Stunden vergehen wie im Flug. Wir sprechen ausführlich über die neuesten Entwicklungen in meinem ehemaligen Verein. Er weiß schon das meiste, weil er auf einer Fahrt nach Galveston von einem Mitgefangenen davon erzählt bekam. Fahrten nach Galveston, das weiß ich von David, haben in der Regel einen medizinischen Hintergrund. Zum Glück war es bei Willie nichts Schlimmes, nur eine Untersuchung hinsichtlich seiner Weisheitszähne. Dafür berichtet er mir aber ganz begeistert, dass er auf der Fahrt das Best Western Hotel gesehen hat und sich nun ein Bild machen kann, wo ich mein Quartier habe.

Als ich nach meinem Besuch am Eingang meinen Pass zurückbekomme, fängt der – durchaus sehr freundliche – Beamte dort ein Gespräch mit mir an. Wo ich herkomme, ob ich einen Verwandten besuche, ob mir Texas gefalle… Und auf einmal wird es fast politisch: Offenbar denkt er, die Gefängnisse in Deutschland seien strenger und härter als in den USA, so in der Art von Boot-Camps. Deshalb wären bei uns wohl nicht so viele Leute kriminell bzw. gebe es bei uns weniger Gefängnisse. Sie haben rund 200 Gefängnisse in Texas und bei ihnen dürfen die Gefangenen ja draußen arbeiten. Ob wir die Todesstrafe haben? – Nein, die hat mit einer Ausnahme ganz Europa abgeschafft. – Er habe keine konkrete Meinung zur Todesstrafe, erklärt er mir noch ungefragt, denn ich lasse mich gar nicht auf eine Diskussion ein. Es sei eben das Gesetz und das ließe sich nicht ändern…

Am Sonntagmorgen mache ich mich bereits kurz nach 7 Uhr auf den einstündigen Weg zur Wynne Unit nach Huntsville. Dort angekommen, wird vor mir etwa ein halbes Dutzend Autos gecheckt, bevor ich an der Reihe bin, dann stehe ich in der Schlange vor der Tür zu dem Häuschen, in dem die Sicherheitskontrolle erfolgt. Obwohl die Sonne scheint, ist es für texanische Verhältnisse ziemlich kalt. Mehrfach werden die Besucher nach Handys gefragt. Es ist offenbar ein bleibendes Thema, das Problem der illegalen Mobiltelefone.

Nach kurzer Wartezeit in dem angenehm warmen Besucherraum beginnt schließlich mein vierstündiger Besuch mit David, der mir bei der Umarmung zur Begrüßung einen dicken Kuss auf die Wange schmatzt – jaaa, richtig! Es ist diesmal wieder ein Kontaktbesuch, der uns erlaubt wurde. Ich weiß es schon seit letzten Dienstag, als ich in der Wynne Unit angerufen und nachgefragt habe, ob mein angemeldeter Besuch genehmigt sei. Von daher ist es natürlich keine

Überraschung, aber das wird durch die Vorfreude der letzten Tage aufgewogen. David fragt mich, wann ich angekommen bin und wie lange ich bleibe. Offenbar hat er gehofft, ich wäre auch am Samstag schon gekommen. Aber bei einem Aufenthalt von nur dreieinhalb Tagen ist einfach nicht mehr drin.

Wir reden kurz über einen Freund von ihm, der mir über David einen Brief geschrieben hat, weil er Brieffreunde sucht. Er ist 38 Jahre alt und seit 20 Jahren im Gefängnis, muss noch fünf Jahre absitzen. Ich hatte seine Frage nach Brieffreunden den Mitgliedern der Initiative gegen die Todesstrafe e.V. weitergegeben, jedoch hatte sich niemand gemeldet, auch eine Bitte an den Vorstand meines früheren Vereins um Weitergabe an deren Mitglieder war ohne Antwort geblieben. Ich bitte David, seinen Freund von mir zu grüßen und ihm zu erklären, dass ich es versucht hätte, aber ohne Erfolg. Gegen Ende unserer Besuchszeit taucht schließlich Davids Freund selbst im Besucherraum auf! David winkt ihn zu uns und stellt mich kurz vor. Er reicht mir die Hand und ist sehr freundlich und sympathisch. Er bekommt Besuch von einer jungen Frau mit einem Säugling – vielleicht seine Schwester.

Nun sind es schon zwei Säuglinge, denn neben uns hat bereits ein stolzer Großvater seinen höchstens ein paar Wochen alten Enkel auf dem Arm und beschäftigt sich rührend mit ihm. Zwei kleine Säuglinge nebeneinander, einer weiß, der andere schwarz – und einer so süß wie der andere. Und zwei Schwerverbrecher, denen das Herz aufgeht, als sie die Handvoll Leben in den Armen halten...

Zweimal kam während unserer Besuchszeit jeweils eine Aufsicht und signalisierte uns fälschlicherweise, die Besuchszeit sei zu Ende. Beim ersten Mal war es der Irrtum, dass man übersehen hatte, dass wir einen vierstündigen Besuch haben. Beim zweiten Mal verwechselt die Aufsicht David mit jemand anderem. Als unsere Zeit tatsächlich abgelaufen ist, vergisst man uns dann. Nachdem wir gut 10

Minuten über die Zeit sind, verabschieden wir uns freiwillig, denn ich möchte weder für David noch für mich Ärger riskieren.

Bevor ich nach Livingston zurückfahre, suche ich in Huntsville noch die Buchhandlung Hastings auf. Denn nachdem der Psychothriller so spannend war, ist mir der Lesestoff schon wieder ausgegangen. Zurück im Hotel telefoniere ich erst mit Christiane und mache dann wieder ein Nachmittagsschläfchen, bevor ich mir noch etwas zu essen besorge und anfange, meinen Reisebericht zu schreiben.

Am Montagmorgen mache ich mich nach dem Frühstück auf den Weg zur Polunsky Unit für meinen ersten vierstündigen Besuch mit Willie. Die Frau an der Sicherheitskontrolle sagt zu mir: „I love your T-Shirt!" Ich habe mein Beatles-Shirt an, das ich im Oktober aus London mitgebracht habe. Es stellt sich heraus, dass sie ein Beatles-Fan ist, das Weiße Album habe sie zweimal, ein Exemplar davon noch versiegelt. Während ich im Besucherraum auf Willie warte, sagt die liebe Ms. Williams, die heute Dienst hat, zu mir: „I like your tennis shoes!" Ei, was ist denn heute los?

Willie und ich haben wie immer vier kurzweilige Stunden. Er kommt noch einmal ausführlich auf seinen Trip nach Galveston zurück und was er alles gesehen hat auf der Fahrt. Seit 2001 war er nicht mehr außerhalb des Gefängnisses und seit 1993 nicht mehr in Houston. So erlebte er staunend, was sich seit dieser Zeit alles verändert hat. Wir sprechen ausführlich über Musik und er bedankt sich ausdrücklich, dass ich ihm quasi eine Unterrichtsstunde erteile – tja, einmal Lehrer, immer Lehrer... Auch die Haftbedingungen sind einmal mehr Thema – und das passt so gar nicht zu der Auffassung des Beamten von Samstag, der den Strafvollzug in Texas doch eher als (zu) human beschrieben hat.

Gleich zu Anfang unserer Besuchszeit gebe ich fast die ganzen 25 Dollar für Willies Frühstück aus – Fotos sind diesmal keine drin, weil es die nur vom 1. bis 7. eines Monats gibt. Es gibt zum Glück viele frische Sachen, die Maschinen sind gerade aufgefüllt worden. Außer zwei Salaten und Apfel, Orange, Joghurt, die es auch schon am Samstag gab, hat es noch in Fruchtsaft eingelegte rote Grapefruit und einen Brombeer-Heidelbeer-Mix, sein Spicy-Chicken-Lieblingssandwich, Chips und vor allem Milch. Es bleiben nur fünf Quarters übrig, sodass ich mir eine Dose Pepsi gönnen kann – aber ich habe ja alle Möglichkeiten draußen.

Ich berichte Willie die Neuigkeit, dass – so die Information aus dem Internet – das „Blue Shelter“ ab Januar wieder als Gästehaus öffne. Natürlich ist Christa H. nicht wieder zurück, aber ich vermute, dass sie das Haus immer noch nicht verkaufen konnte und deshalb zum ursprünglichen Zweck verpachtet oder jedenfalls zur Verfügung stellt. „Pastor Sylvia“ hat zukünftig die Leitung. Willie lacht und ich frage ihn, warum. Offenbar hat er nicht die beste Meinung dazu, was sich nicht mit meinem Eindruck deckt. Allerdings habe ich so oder so nicht vor, zukünftig wieder ins „Blue Shelter“ zurückzukehren. Ich bin zwischenzeitlich einfach verwöhnt und möchte im Best Western bleiben.

Als wir uns eigentlich schon verabschiedet haben, will Willie mir noch etwas sagen und ich nehme den Telefonhörer nochmals kurz auf: Ich solle ihn daran erinnern, dass wir morgen über meine Schuhe sprechen – was haben denn alle damit? Es sind meine schwarzen „Schaukel-Schuhe“ mit der runden Sohle. Ich plaudere noch ein bisschen mit Ms. Williams darüber. Sie hatte selbst welche, habe sie aber ihrer Nichte geschenkt, weil sich das Laufen damit so komisch angefühlt hat. Naja, ein bisschen Gewöhnungszeit und etwas mehr als nur zweimal anziehen braucht es schon. Bei mir fühlt sich das Laufen mit normalen Schuhen inzwischen komisch an...

Auf der Rückfahrt halte ich bei der Bank, um meinen Vorrat an Münzen aufzubessern. Sie haben tatsächlich Dollar-Münzen da und ich frage nach zwei Rollen. Wenn ich gewusst hätte, dass sie die erst von Hand stopfen müssen, hätte ich die Münzen auch lose genommen. Dazu noch drei Rollen Quarters und meine buchstäblich eiserne Reserve reicht für die nächsten Jahre.

Vom Hotel aus rufe ich Christiane an. Das Schnee-Chaos in Europa muss fürchterlich sein. Allerdings ist mein Flug als planmäßig angekündigt und ich kann am Abend problemlos online einchecken. Sogar die Bordkarte könnte ich diesmal ausdrucken – wenn ich einen Drucker hätte. Aber ich verzichte darauf, es diesmal über die Rezeption oder den Büroraum zu versuchen. Ich werde ohnehin meinen Koffer diesmal aufgeben müssen, weil ich für einen Freund zwei Gläser Peanutbutter-Jelly mit nach Hause bringe, was nicht ins Handgepäck darf. Allerdings geht mein Flieger morgen auch erst am frühen Abend, sodass Zeit genug bleibt für die Kofferaufgabe und das Abholen der Bordkarte am Schalter.

Am Nachmittag überfalle ich ein weiteres Mal die Post und lande bei derselben Postbeamtin wie Samstag – die ich jedoch gleich beruhige, dass ich diesmal keine 100 Money Orders brauche, sondern nur zehn und noch einiges an Briefmarken. Sie schenkt mir schließlich noch einen schönen Texas-Kalender, der einen Platz in unserer Küche finden wird.

Anschließend ringe ich mit mir, ob ich den Bookstore in der Washington Avenue aufsuchen soll. Willie wünscht sich ja seit Jahren das kohlepapierfreie Schreibpapier zum Durchschreiben. Das gibt es beim Online-Versand von Office Depot, aber nur als Endlospapier. Das wieder ist nicht erlaubt ins Gefängnis zu schicken, weil die Sicherheitskontrolle es nicht per Durchblättern prüfen und man zu leicht etwas zwischen den Seiten verstecken kann. Die 1200 Seiten dieses Dreifach-Papiers müssten also zuvor von jemand getrennt sowie die Lochstreifen an den Seiten entfernt werden. Ich würde das ja machen, aber als Privatperson darf ich keine Pakete ins Gefängnis schicken.

Die Inhaberin von dem Buchladen „The Bookstore“, so hat mir Willie mitgeteilt, besorgt auch mal Schreibwaren und schickt sie an Gefangene. Ich ringe deshalb so sehr mit mir, ob ich sie mit meinem Anliegen behelligen soll, weil es bedeuten würde, dass sie sich diese immense Arbeit machen müsste, das Papier zu trennen. Denn irgendwo habe ich gelesen, dass sie nach neuer Regel nur noch verschicken darf, was sie selbst besorgt hat – ich kann ihr also nicht das Papier schon fertig bearbeitet bringen. Ich bin noch unentschlossen, als ich das Haus erreiche – aber das sieht so klein und liebevoll und eher privat als geschäftsmäßig aus, dass ich allen Mut zusammennehme und mich hineintraue. Ich merke es sofort: Die Inhaberin ist eine Seele von Mensch, superlieb. Letztlich kann sie mir zwar nicht wirklich helfen, denn eine neue Regel besagt, dass die Sachen, die sie von woanders besorgt, in der Originalverpackung und ungeöffnet verschickt werden müssen. Jedoch ist sie so nett und versucht telefonisch bei einem Büromarkt-Anbieter in Erfahrung zu bringen, ob es vergleichbares Papier anders als in der Endlosfassung gibt. Der Büromarkt hatte diese Anfrage offenbar schon öfter und teilt mit, dass sie bereits überall erfolglos selbst so etwas gesucht haben. Schade zwar, aber ich bin doch froh, dass ich es versucht habe, und die Inhaberin dieses kleinen Buchladens, der vor allem gebrauchte Bücher verkauft, wird mir in Erinnerung bleiben als eine ganz liebe, herzensgute Person.

Am Abend bin ich einfach nur müde und gehe nach einem kurzen Abendessen mit Sachen aus dem Supermarkt recht früh ins Bett. Dafür bin ich am andern Morgen schon etwa um 4.30 Uhr wach und schreibe an meinem Reisebericht weiter. Connie hat sich leider weder per E-Mail noch telefonisch gemeldet. So wird aus dem Treffen diesmal wohl nichts werden. Aber der Termin meiner nächsten Reise im Juni steht bereits fest und der Flug ist gebucht... (Wieder zu Hause, finde ich später eine E-Mail von Connie, die sich vielmals entschuldigt. Es ging ihr gesundheitlich einfach noch nicht gut genug, und dann kam noch die Nachricht von einem Todesfall in der Familie...) Das Wetter ist im Übrigen wirklich so verrückt, wie Connie und auch Willie es angedeutet haben:

Während es am Sonntagmorgen nur wenige Grad über Null hatte, komme ich am Montagnachmittag an einer Anzeige vorbei, die mich darüber informiert, dass es jetzt 22°C sind – jetzt weiß ich wenigstens, warum mir heute so warm ist!

Am Dienstagmorgen packe ich meine Sachen – gleich schön getrennt: in den Koffer, was aufgegeben werden kann, und in meine Laptop-Tasche, was ich auf der Reise brauche oder zu wertvoll ist, um im Koffer untergebracht zu werden. Am Gefängnis werde ich beim Check des Autos von dem Beamten gefragt, ob ich Waffen bei mir hätte. Er entschuldigt sich gleich danach quasi für die Frage, die er zu stellen verpflichtet sei. Ich sage ihm, dass in Deutschland das Mitführen von Waffen nicht so üblich sei. Das ist ihm bekannt: Er sei drei Jahre in Deutschland stationiert gewesen, und zwar in Bad Kreuznach. Es ist eine nette Unterhaltung. Irgendwie habe ich auf dieser Reise im Übrigen gar nicht das übliche Gefühl, dass ich erst herumstottere und dann ins Englischsprechen hineinwachse. Im Grunde flutscht es die ganze Zeit recht gut und ich habe auch kaum Probleme mit dem Verständnis. Vielleicht macht sich die Routine durch Fortschritte bemerkbar.

Mein zweiter vierstündiger Besuch mit Willie ist natürlich erneut kurzweilig. Am Anfang habe ich zwar bei gelegentlichen Blicken auf die Uhr das Gefühl, dass die Zeit nicht ganz so schnell vergeht – aber nicht im Sinne von „langweilig“, sondern im Sinne von „schön, dass wir noch so viel Zeit haben". Aber dann sind die vier Stunden doch wieder recht schnell vorbei. Zwischendurch bekommt Willie Post gebracht, was ihn selbst überrascht, da das im Besucherraum nicht üblich ist. Eine der beiden Wärterinnen entschuldigt sich in meine Richtung für die Störung. Das ist echt nett, denn das müsste sie natürlich nicht. Beim Essen-Besorgen ist Ms. Williams wieder einmal eine unschätzbare Hilfe, weil ich mir nur schwer alles merken kann.

Wir sprechen über alles Mögliche: Computer, Internet und Cyber-Mobbing z.B., aber auch über meine Schuhe. Willie erklärt mir, dass er wegen seiner Schussverletzung bei dem einen Bein den Fuß nicht mehr anheben kann. Beim Laufen muss er also das Bein so weit heben, dass der Fuß vom Boden „abhebt". Dementsprechend kann er auch nicht die Ferse zuerst aufsetzen, sondern immer nur die Zehen. Deshalb bekommt er spezielle medizinische Schuhe. Eine gute halbe Stunde vor Ende des Besuches kündigt Ms. Williams an, dass Willie nach unserem Besuch einen Anwaltsbesuch habe und deshalb nicht zurück in seine Zelle, sondern in eine Kabine für Anwaltsbesuche gebracht würde. Allerdings geht es nicht um seinen Fall, sondern um eine Anwältin, die ihn zu Fragen über Haftbedingungen interviewen will.

Willie bittet mich noch um einen Gefallen. Das wiederverwendbare Farbband seiner Schreibmaschine ist mittlerweile recht blass, was mir auch schon bei seinen Briefen aufgefallen ist. Das Gefängnis verkauft sie nicht mehr, aber ein Mitgefangener von ihm hat noch welche. Allerdings will er 30 Dollar dafür; gekostet haben die Dinger mal 10 Dollar. Willie flüstert mir den Namen zu und teilt mir den Preis nur per Zeichensprache mit. Ich verspreche ihm, dem Mitgefangenen das Geld zu schicken, damit er das Farbband bekommt. Ganz legal ist das offenbar nicht. Aber mich kann schließlich niemand hindern, einem Gefangenen Geld auf dessen Konto zu überweisen. Den Rest wird Willie schon schaukeln. Er ist ja ausdrücklich kein Trouble-Maker, sodass ich ihm vertraue, dass er weiß, was geht.

Schließlich ist unsere Zeit vorbei und wir verabschieden uns. Ich bedanke mich ausdrücklich bei Ms. Williams für ihre Hilfe und wünsche ihr noch „Merry Christmas". Dann habe ich in Livingston nichts mehr zu tun und fahre in aller Gemütsruhe zum Flughafen. Bevor ich das Auto zurückgebe, ist noch Volltanken angesagt – ich habe zum ersten Mal das Benzin nicht vorausbezahlt, weil ich diesmal Zeit habe, vor dem Abflug selbst zu tanken.

Am Flughafen bekomme ich im Terminal E meine Bordkarte und gebe den Koffer auf, dann geht es durch die Sicherheitskontrolle. Die Nacktscanner sind nicht in Betrieb. Dafür werde ich wegen der Münzen gefragt, ob ich aus Las Vegas komme und im Spielcasino war. Wofür ich die Münzen brauche? Ich bringe sie nächstes Mal wieder mit. Das ist zwar keine Antwort auf die Frage, aber damit gibt sich der Beamte zufrieden. Ich habe noch viel Zeit, rufe Christiane an und schreibe dann meinen Reisebericht weiter. Wie die Verhältnisse am Frankfurter Flughafen sein werden morgen Vormittag, bleibt abzuwarten. Christiane erzählt mir, gestern früh – oder heute? – war der Flughafen wegen Neuschnees für zwei Stunden ganz geschlossen und Transatlantikflüge wurden nach München oder Halle oder so umgeleitet. Na, wir werden sehen. Der Lufthansa-Flug jedenfalls, der zwei Stunden vor meinem Continental-Flug gehen soll, steht zum Teil auf den Anzeigetafeln als gestrichen verzeichnet. Auf anderen steht wiederum „on time“. So ganz schlau werde ich daraus nicht...

Während des Wartens am Abfluggate bekomme ich schließlich durch Gespräche anderer Passagiere mit, dass der Lufthansa-Flug tatsächlich gestrichen ist. Ein deutsches Ehepaar, das jetzt auf der Warteliste für meinen Flug steht, beklagt sich bitter über die schlechte Informationspolitik der Lufthansa, die sie auf einen Flug für übermorgen umgebucht hat. Sie haben schließlich Glück und können mit „meiner“ Continental fliegen. Ein anderer Deutscher erzählt, er warte schon seit Samstag auf einen Rückflug!

So ist die Maschine diesmal natürlich voll, aber der Flug ist dennoch nicht unangenehm. Ich kann sogar gut zwei Stunden schlafen. Zwanzig Minuten vor der Zeit kommt unsere Maschine in Frankfurt an – wir können problemlos landen. Der Lufthansa-Flug in Houston wurde ganz offensichtlich nicht deshalb gestrichen, weil sie befürchteten, in Frankfurt nicht landen zu können, sondern weil sie von dort aus gar nicht hatten starten können. Die Continental-Maschine stattdessen fliegt nicht pendelweise nur zwischen Frankfurt und Houston, sondern macht einen viel größeren Bogen mit mehr Stationen und kam gerade aus Los Angeles.

Auf meinen Koffer muss ich nicht lange warten. Dass er geöffnet wurde, sehe ich gleich. Offensichtlich ist – wie schon auf dem Hinflug – das Metall meines Sonnenbrillenaufsatzes im Etui meiner Ersatzbrille aufgefallen. Nächstes Mal packe ich das Teil jedenfalls nicht wieder ganz nach unten. Aber es fehlt nichts, und jetzt muss ich nur noch warten, bis Christiane kommt und mich abholt. Das dauert aber nicht mehr lange. Immer noch ist der Flughafen voll mit gestrandeten Leuten und Schlangen von Umbuchern. Fazit meiner Reise: Ich bin ein echter Glückpilz! Um mich herum nur Chaos, aber ich war davon nicht betroffen, sondern bei mir lief alles planmäßig. Thanks!

- DER SECHZEHNTE BESUCH -

(Freitag, 24. Juni 2011, bis Mittwoch, 29. Juni 2011)

Christiane nimmt mich auf dem Weg zur Arbeit mit zum Flughafen: Am Freitag, dem 24. Juni 2011, geht es wieder auf die Reise. Da die Sommerferien dieses Jahr sehr früh beginnen und weder der Monatswechsel Juni-Juli noch Juli-August günstig liegen, habe ich mich für einen Kurztrip im preislich deutlich günstigeren Juni entschieden. Ich bin für den Hinflug auf die Lufthansa-Maschine gebucht, die kurz nach 10 Uhr morgens Frankfurt verlässt. Mein geplanter Upgrade in die Business Class mit Hilfe meiner Flugmeilen hat nicht funktioniert – das geht in den billigsten Buchungsklassen gar nicht. Na, dann warte ich eben, bis ich einen ganzen Flug umsonst bekomme, und sammle weiter. Logisch ist es zwar nicht, weil Flugprämien kaum mehr Meilen kosten als ein Upgrade, aber was ist im Leben schon logisch...

Ich bin eine gute Stunde zu früh am Flughafen und lasse alles in Ruhe angehen. Das Online-Einchecken hat gestern aus technischen Gründen nicht geklappt, weshalb ich es telefonisch gemacht habe, muss mir also meine Bordkarte noch am Automaten ausdrucken. An der Sicherheitskontrolle ist nichts los – vielleicht deshalb wird es der gründlichste Body Check, an den ich mich erinnern kann, wo die Dame mir sogar in den Hosenbund greift. Nun ja, der Scanner hatte gepiepst, weil er offenbar sehr empfindlich eingestellt ist, denn ich habe Metall nur in Form von Knöpfen oder Reißverschlüssen an mir. Natürlich muss ich meine Münzen wieder vorzeigen, diesmal ist es eine doppelte Rolle, bestehend aus Quarters und Dollar-Coins, und eine Dame vom Personal meint scherzhaft, ob ich nach Las Vegas wolle. Hatte den Witz nicht schon einer bei der Ausreise letztes Mal in Houston gemacht, als ich mit derselben Menge Hartgeld raus wollte aus den USA?

Auf dem Weg zum Abfluggate merke ich, dass ich diesmal nicht an meiner Buchhandlung vorbeikomme. Immerhin gibt es einen Laden, der eine kleine Auswahl an deutschen und englischen Büchern hat, und ich gönne mir einen brandneuen Thriller, der das Datum Juli 2011 (!) trägt: „Blutige Stille“ von Linda Castillo, der zweite Band einer in der Originalsprache bislang dreiteiligen Reihe. Was reizt den Menschen eigentlich so sehr an Krimis? Jedenfalls beginne ich schon beim Warten aufs Boarding zu lesen und setze das den ganzen Flug über fort – am Ende habe ich 250 Seiten des knapp 400-Seiten-Bandes gelesen, als wir nach 10 Stunden und 20 Minuten in Houston landen. Der Flug war angenehm, obwohl recht bald der Ton nicht mehr funktionierte, sodass Musik hören oder Film schauen ausfielen, aber ich hatte ja mein Buch – und Augentropfen, sodass mir die Guckerchen trotz des langen Lesens nicht brennen.

Obwohl ich relativ weit vorn im Flugzeug war und deshalb auch keine ewig langen Schlangen am Einreiseschalter vor mir habe, dauert es doch eine Dreiviertelstunde, bis ich dran bin. Eine deutsche Familie hinter mir, die einen Anschlussflug hat, lasse ich noch vor und unterhalte mich ganz nett mit ihnen. Bei der Einreise gibt es neben der Frage nach der Dauer und dem Grund des Aufenthalts ganz neue Fragen, auf die ich nicht gefasst bin. Ob die Freunde, die ich besuche, Deutsche sind? Nein. Wie ich sie dann kennen gelernt habe? Ich hole etwas weiter aus: Früher habe ich eine Frau besucht, die aus Deutschland war und fünf Jahre in Texas gelebt hat – ich habe Christa im Kopf –, und über die habe ich weitere Leute kennen gelernt – ich denke an Connie – alles nicht so ganz wahr, aber damit ist der Beamte zufrieden. Wie viel Geld ich mitbringe? Dollars und andere Währungen? Er will es nur ungefähr wissen, weil man nicht mehr als 10.000 Dollar einführen darf, aber davon komme ich ja nur auf vielleicht ein Zehntel. Immerhin keine Frage, wann ich zuletzt da war – ist auch mein erster Stempel in einem neuen Pass, weil der alte abgelaufen war.

Bei der Zollkontrolle geht es viel schneller, die deutsche Familie habe ich wieder eingeholt, die noch ihre Koffer hatte holen müssen, während ich nur mein bewährtes rotes Handköfferchen dabeihabe, in dem ich sogar nach der Sicherheitskontrolle in Frankfurt bequem noch meinen Laptop unterbringen konnte. Ich rufe erst einmal Christiane an, dann lasse ich mich zur Autovermietung fahren. Wieder Avis, wegen der Flugmeilen, und wieder die Frage nach bestimmten Modellen: Er hätte einen Ford Focus oder einen Nissan „Weiß-nicht-mehr“ für mich. Ich denke, das ist vergleichbar mit der gebuchten Klasse Chevrolet Aveo oder so, und entscheide mich für den Ford Focus. Erst als ich vor dem Auto stehe, sehe ich, dass es kein Kleinwagen ist – ein Chevy Aveo steht genau daneben... Ich lese den Vertrag nochmals: Doch, da steht Gruppe A, wie ich gebucht habe, und 180 Dollar ist nicht viel mehr als die 120 Euro, die in meiner Reservierung stehen. Da ich noch nichts bezahlt und deshalb keinen Voucher, sondern nur eine Reservierung habe, ist das ja wohl auch kein Aufpreis, sondern der Gesamtpreis. Am Ende war vor einem Jahr der Upgrade auch gar kein Aufpreis, sondern der Gesamtpreis? Ich weiß es nicht, denke nur erneut, dass die bei Avis schon verdammt geschickt fragen, sodass man ohne Kenntnis von Automodellen echt nicht merkt, dass sie einem ein Upgrade unterjubeln. Aber der Preis ist für vier Tage echt okay und das Auto fährt sich sehr angenehm – auch der spätere Check, wie man Kofferraum und Motorhaube öffnet, erweist sich als einfach – wenn man die beiden Knöpfe bzw. Hebel nicht irgendwann verwechselt...

Ich fahre gemütlich nach Livingston – von den über 30°C merkt man im klimatisierten Auto nicht viel. Ich stelle meinen gewohnten Radio-Sender „Country Legends 97.1“ ein und eines der ersten Lieder, das ich höre, ist Reba McEntires „The Night When The Lights Went Out In Georgia“, das ich seinerzeit hier in Texas kennen gelernt und selber auf meiner letzten CD veröffentlicht habe. Gegen 17.30 Uhr komme ich am Hotel an, natürlich wieder das Best Western und sogar dasselbe Zimmer wie letztes Mal. Ich brauche erst einmal etwas zu trinken und ziehe mir im Hotel eine Dose Diet Dr.

Pepper aus dem Automaten, packe meine wenigen Sachen aus und werfe meinen Laptop an – ich komme nicht nur problemlos ins Internet, sondern die alte Kiste läuft zu meiner Überraschung auch gar nicht sooo langsam, wie ich das sonst von ihr kenne. Vielleicht haben Betriebssystem-Update, Viren-Check und Defragmentierung am Tag vor der Abreise doch etwas genützt...

Ich zappe mich durch die Programme auf dem riesigen Flachbildfernseher – und finde die amerikanische Mentalität wieder einmal höchst fragwürdig. Ich habe bei den Recherchen zu meiner Nachrichtenseite mitbekommen, dass in den Zeitungen der Fall Casey Anthony momentan Schlagzeilen macht. Die Frau hat es sogar bis in die Bild-Zeitung bei uns geschafft. Sie steht zurzeit in Florida vor Gericht, weil sie ihre kleine Tochter Caylee getötet haben soll. Bei uns wurde ja bereits als fragwürdig angesehen, wie die Medien mit dem Fall Kachelmann umgegangen sind, aber was ich hier beim Zappen mitbekomme, schlägt das um Längen. Auf mindestens drei verschiedenen Sendern wird der Fall Casey Anthony gleichzeitig diskutiert. „Justice for Caylee“ heißt das Schlagwort, und es werden immer wieder Szenen aus dem Gerichtssaal gezeigt, in dem offenbar gefilmt werden darf. Die Mutter und der Bruder der Angeklagten haben heute ausgesagt und beide – sowie auch die Angeklagte – haben geweint. Immer wieder werden dieselben Szenen gezeigt. Und vermeintliche Experten diskutieren die Details des Falles und die Strategien von Staatsanwaltschaft bzw. Verteidigung – hier ein ehemaliger Staatsanwalt, hier ein Verteidiger usw. Alles Leute, die mit dem Fall nichts zu tun haben, aber zum Teil sehr emotional ihre Meinungen äußern. Ich frage mich allen Ernstes, wofür es überhaupt das Verfahren in Florida gibt – man könnte die ganze Verhandlung doch gleich ins Fernsehen verlegen und die Nation per Tele-Voting über Schuld und Strafmaß abstimmen lassen! Es ist einfach unglaublich...

Etwa um 21 Uhr mache ich mich auf den Weg, um zunächst im Wal-Mart Getränke zu kaufen und dann meinen

„Banküberfall“ zu erledigen – wenn es schon dunkel wird und nur noch wenig Betrieb ist. Mit drei verschiedenen EC-Karten hebe ich ohne Probleme genug Geld ab. Sogar Christianes Karte wird diesmal sofort beim ersten Versuch akzeptiert. Das muss ich nicht verstehen, Hauptsache, es geht. Ich fahre einen Umweg zum Hotel, um sicherzugehen, dass mir niemand folgt, mache dort noch ein bisschen im Internet herum und gehe dann endlich schlafen – in Deutschland ist längst früher Morgen. Als auch in Texas früher Morgen ist – so um 5.20 Uhr – bin ich wach, lese noch, bis ich zwei Stunden später Christiane anrufe und dann frühstücken gehe.

Zur Post fahre ich heute extra früh. Vielleicht ist weniger Betrieb und ich halte nicht so viele Leute auf wie sonst. Das funktioniert tatsächlich. Die Post macht erst um 9 Uhr auf, sodass ich noch fünf Minuten warten muss. 98-Cent-Briefmarken haben sie wieder keine – die hat das Gefängnis alle gekauft. Kein Problem, nehme ich eben wieder die 1-Dollar-Marken. Und dann 100 Money Orders – diesmal trifft es die Dame, die auf mich immer einen eher langsamen und überforderten Eindruck gemacht und den Job sonst einer Kollegin überlassen hat. Aber sie kriegt es doch gut hin – ich habe meine Kalkulation schlauerweise wieder so aufgestellt, dass ich alle Zwischensummen schon weiß und damit überprüfen kann. Da alle Money Orders einzeln eingegeben werden müssen, verliert man leicht den Überblick bezüglich der Anzahl bei diesen Mengen. Die Kollegin, die mich letztes Mal bedient hat, öffnet nun den Nachbarschalter für die anderen Kunden. Sie erkennt mich natürlich als die „Dame mit den Money Orders“, bescheinigt ihrer Kollegin, dass sie einen guten Job gemacht hat, als diese nach einer Stunde fertig ist, und mir, dass ich eine sehr geduldige Kundin sei. Na, ist ja meine eigene Schuld bei der Bestellmenge, dass es so lange dauert.

Auch diesmal fahre ich zunächst einen Umweg über das Zentrum von Livingston, damit mir niemand folgt, fahre dann wieder zum Wal-Mart für einen Einkaufsbummel – ich habe jetzt Zeit. Dann schaue ich, ob die Bank am Samstag geöffnet ist – ja. Das trifft sich gut, denn ich soll für Susanne 300 Dollar auf ihr Konto dort einzahlen. Eine Überweisung von Deutschland aus würde rund 50 Euro Gebühren kosten. Das ist rasch erledigt. Ich hatte mir von Susanne glücklicherweise noch sagen lassen, was „einzahlen" auf Englisch heißt – „to deposit", hätte ich ja auch drauf kommen können. Bislang brauchte ich – am Automaten – immer nur das Wort für „Geld abheben"...

Gegen Mittag bin ich zurück im Hotel. Jetzt habe ich noch viel Zeit bis zu meinem ersten Besuch bei Willie heute Abend. Nach einem Mittagsschlaf, denn die Nacht war doch eher kurz nach der langen Reise, beginne ich meinen Reisebericht zu schreiben. Kurz nach 19.30 Uhr komme ich an der Polunsky Unit an. Die Sicherheitskontrolle ist sehr oberflächlich. Bei der Anmeldung bekomme ich erst einen Schrecken, weil die Dame etwas von einem Besuch diese Woche bei Willie sagt – wenn er schon einen Besuch hatte, würde ich keinen bekommen. Doch die Dame beruhigt mich sehr nett und sagt, es sei alles okay. Auf dem blauen Zettel streicht sie bei „Besucher" den Namen durch und schreibt handschriftlich meinen hin. Ich sehe, dass dort vorher der Name von Willies Sohn stand. Verstehe ich nicht, aber egal – wenn alles okay ist, muss ich es nicht verstehen.

Willie ist, wie an Samstagen üblich, schon da und ich habe ausnahmsweise nicht, wie sonst oft bei meinen Samstagen, das Sagrotan-Tüchlein vergessen, um den Telefonhörer zu putzen. Dann begrüßen wir uns und genießen zwei kurzweilige Stunden. Wir sprechen über Alltägliches, meine beruflichen Aktivitäten, unsere Haustiere, über meinen Chor und die Veränderung von Stimmen im Lauf der Jahre. Der Besucherraum ist sehr ruhig, denn wir sind nur zu dritt. Als die Aufsicht kommt wegen des Essens, sind wir noch gar nicht vorbereitet, aber Willie ist ja unkompliziert und äußert nur wenige Wünsche, um den Rest mir zu überlassen. So gibt es Chicken Burger, Salat, Apfel, Orange, Joghurt, Chips und

Milch. Eine Milch gönne ich mir auch. Sie haben eine neue Sorte, aber oh weh, die schmeckt mir nicht wirklich gut. Willie meint, es sei einfach Milch, aber ich bin da ja sozusagen ein Feinschmecker...

Willie sagt mir, drei Käfige den Gang hinunter warte Duane B. darauf, nach seinem Besuch in seine Zelle gebracht zu werden. Ich hatte mit ihm früher schon kurzzeitig Briefkontakt, vermutlich im Rahmen der vielen Geburtstagskarten, die ich damals für ALIVE geschrieben habe, als ich dort noch Mitglied war. Ich weiß, dass er einen Hinrichtungstermin hat im September. Ich gehe die drei Schritte nach links und nehme die Gelegenheit wahr, ihm rasch zu winken. Er hat bereits die Handschellen auf dem Rücken angelegt bekommen, aber er lächelt breit und freundlich. Ich nehme mir vor, ihm eine JPay-Nachricht zu schreiben, wenn ich wieder zu Hause bin. (Über JPay kann man seit einiger Zeit den Häftlingen per Computer schreiben. Diese Briefe werden im Gefängnis ausgedruckt und den Gefangenen in die Zelle gebracht.)

Willie erzählt mir, dass er kürzlich einen Backenzahn gezogen bekam, und ich berichte meine Erfahrungen diesbezüglich. Wir sprechen von Anthony Graves, der letztes Jahr nach 18 Jahren unschuldig im texanischen Todestrakt freigelassen wurde und kürzlich in Europa war. Willie bittet mich, David morgen zu fragen, ob in der Wynne Unit Tennisschuhe verkauft werden. In der Polunsky Unit gebe es keine, angeblich habe man einen neuen Vertrag mit einer anderen Firma und wegen des Wechsels sei zurzeit nichts lieferbar. Willie hat den Verdacht, dass sie lügen – was dadurch bestätigt würde, wenn es an der Wynne Unit anders wäre. David erzählt mir am nächsten Tag auf meine Frage hin allerdings dieselbe Geschichte, die also wohl doch der Wahrheit entspricht.

Um 22 Uhr ist unser Besuch zu Ende und ich fahre zurück ins Hotel. An der Rezeption frage ich nach einem Brief, den Willie mir an das Hotel geschickt hat. Der müsse im Büro der Chefin liegen, die erst am Montag wieder im Haus sei. Im Fernsehen läuft den ganzen Abend wieder „Justice for Caylee“ mit jeder Menge von Ausschnitten aus den Verhandlungstagen der vergangenen Woche.

Am Sonntagmorgen telefoniere ich eine Stunde mit Christiane, sodass ich doch später dran bin als geplant. Erst um 9 Uhr komme ich nach einer Stunde Fahrt bei herrlichem Wetter in Huntsville an. Gegenüber der Walls Unit, in der die Hinrichtungen vollzogen werden, sehe ich ein mir bekanntes Clownsgesicht in neuem Style – das Firmenlogo eines Burger-Ladens, das mir letztes Mal mit seinem Hinweis auf Wiedereröffnung bereits auffiel. Es gab diesen Laden bereits vor Jahren gegenüber der Walls Unit und dann war er irgendwann abgerissen und verschwunden. Jetzt haben sie wenige hundert Meter weiter neu gebaut. Ich werfe im Vorbeifahren einen Blick in den Laden – tatsächlich! Das alte Schild mit der Aufschrift „Try the Killer-Burger“ haben sie noch. Das habe ich schon immer geschmacklos gefunden.

Offenbar ist mein Zeitpunkt für die Wynne Unit gut gewählt. Es ist nur ein Auto vor mir, sodass der Check schnell geht. Der junge Officer scheint neu zu sein. Er muss sich erst erkundigen, ob mein Reisepass akzeptiert wird – üblich ist als Ausweis hier in USA der Führerschein. Und auch mit dem Baujahr des Autos nimmt er es genau, aber das ist nicht feststellbar, ob es von diesem oder letztem Jahr sein muss. Letztlich ist das aber alles kein Problem. Das Anmeldehäuschen haben sie innen umgebaut, der Eingang ist jetzt auf der Rückseite. Innen ist nun deutlich mehr Platz. Nach Einführung der verschärften Sicherheitsbestimmungen mit Durchleuchtung, Metalldetektor usw. wie am Flughafen war es in dem vorher kleinen Räumchen ja sehr eng geworden. Auch hier bin ich schnell durch und halte dann meinen Zettel für den Besuch in der Hand. Es ist ein „Regular“, kein Kontaktbesuch mit David diesmal, wie mir schon am Telefon gesagt worden war – nur den Grund habe ich nicht verstanden.

So sehen David und ich uns also wieder einmal mit Glas und Gitter dazwischen. Immerhin ist anfangs noch wenig los auf dieser Seite des Besucherraums, sodass ich ihn akustisch besser verstehe als befürchtet. Ich setze schließlich wieder einmal zwei der Plastikstühle übereinander, sodass ich höher sitze – das geht auch besser. Pech haben wir diesmal mit den Snackmaschinen. So schlimm war es noch nie. Von fünf Maschinen sind vier kaputt und schlucken nur Geld, sodass sich eine lange Schlange vor einer Maschine gebildet hat und die Auswahl natürlich sehr begrenzt ist. Auch die Eis-Automaten gehen nicht, sind offenbar leer. So kann ich von den 20 Dollar, die ich in Quarters mitgebracht habe, kaum etwas ausgeben.

Die Gespräche mit David sprudeln ja bekanntermaßen nicht so sehr, dennoch ziehen sich die Stunden nicht ewig hin, sondern sind ganz angenehm. Er erzählt, dass er wieder abgelehnt wurde mit seiner Eingabe, auf Bewährung entlassen zu werden. Erst in fünf Jahren gibt es eine Chance. Aber er kämpfe weiter dafür, würde niemals aufgeben. Gesundheitlich gebe es Ups and Downs, jedenfalls sieht er gut aus. Sein Antrag für einen Kontaktbesuch wurde offenbar nicht weitergeleitet. Das erklärt, weshalb man mir am Telefon gesagt hat, er hätte keinen Antrag gestellt, was ich mir gar nicht vorstellen konnte. Immerhin akzeptiert er es ohne Groll. Ich freue mich auch mehr, dass seine Brieffreundin aus der Schweiz letztes Mal endlich einen Kontaktbesuch mit ihm hatte. Diese habe ich, so erzähle ich David, letztens online im Regionalfernsehen der Schweiz gesehen. Es war ein Bericht anlässlich des Aufenthalts von Anthony Graves in der Schweiz. David fragt mich, ob mir Randall Dayle Adams bekannt sei – ja, auch er war ein Unschuldiger im Todestrakt von Texas, der schon vor langer Zeit die Freiheit wiedergewann. Was ich nicht wusste und David mir erzählt, ist die Tatsache, dass Adams inzwischen an einem Hirntumor gestorben ist.

Wir reden über verschiedene Dinge, auch darüber, dass Texas nach dem Lieferstopp des Narkosemittels Thiopental keineswegs seine Hinrichtungen reduziert, sondern auf das Mittel Pentobarbital umgestellt hat. David spricht davon, wie viele Zeitungen auch, dass das Mittel sonst zum Einschläfern von Tieren verwendet wird. Ich erläutere ihm meine Meinung dazu. Denn auf den Zug springe ich nicht auf, diese Tatsache mit Empörung im Sinne des Vergleichs zu sehen: Seht her, die Gefangenen werden eingeschläfert wie Tiere! Immerhin schläfern wir Tiere auf „humane“ Weise ein und wollen sie nicht leiden lassen. Abgesehen davon wird das Mittel auch bei begleitetem Suizid verwendet – es kann also als Methode nicht grausamer sein als das Narkosemittel, was vorher verwendet wurde, nur weil es in der Tiermedizin Anwendung findet.

Als unsere Besuchszeit eigentlich schon zu Ende ist, teilt uns die Aufsicht mit, wir hätten noch zehn Minuten. Danach verlasse ich die Wynne Unit. Draußen ist es in der Mittagszeit nun brüllend heiß. Texas erlebt eine ungewöhnliche Hitze und Dürre, mit der auch Waldbrände verbunden sind. Ich fahre mal wieder zu dem Gefängnismuseum, weil ich gelesen habe, dass es neue Motive von der Fotografin Barbara Sloan dort gibt, die Angehörige von Tätern und Opfern zusammen mit Statements portraitiert. Zu Anfang schaue ich mir aber ein kurzes Video über die Geschichte des Gefängniswesens in Texas an. Es klingt alles ziemlich stolz, auch wenn Zahlen genannt werden – wie kann man bloß stolz darauf sein, wie viele Häftlinge in den Gefängnissen sitzen und dass die Zahl steigend ist?? Merken die eigentlich nicht, dass da was schiefläuft?

Neben dem elektrischen Stuhl gibt es ein großes neues Bild, in dem collagenartig der Tag einer Hinrichtung dargestellt ist – am Beispiel von Willie Pondexter, der ein Freund von „meinem“ Willie war und 2009 hingerichtet wurde. Ich kenne auch die TV-Dokumentation, die immer wieder bei N24 ausgestrahlt wird, in der es neben zwei anderen Fällen auch um ihn geht. Hier ist nun sogar ein Foto dabei, als er auf der Liege festgeschnallt ist. Sonst gibt es nicht viel Neues in dem

Museum, auch nicht bei den Büchern, sodass ich mich nicht lange dort aufhalte.

Ich fahre weiter zu Office Depot und bestelle für David „Legal Pads“, Schreibpapier, worum er mich gebeten hat. Jemand hat ihm welches schicken lassen, das er zurücksenden musste, weil es geheftet war. Das ist verboten, und das hätte die absendende Firma eigentlich wissen müssen. Hier bekomme ich automatisch das richtige Papier und das Paket wird gleich vor meinen Augen gepackt. Es kostet mich knapp 20 Dollar – die Versandkosten sind höher als das Papier. Ob sich das letztlich lohnt und es nicht doch billiger ist, wenn der Gefangene das Papier im Gefängnisladen bestellt? Naja, jetzt auch nicht zu ändern.

Ich fahre weiter zu Wal-Mart hier in Huntsville und kaufe mir nach einigem Zögern schließlich einen eBook-Reader, den Kindle von Amazon, worüber ich schon nachgedacht habe. Statt mir für den Rückflug noch ein weiteres Buch kaufen zu müssen, lese ich dann auf diese Platz sparende Weise, und das eben auch in Zukunft. Deshalb fahre ich nicht mehr bei dem großen Buchladen Hastings vorbei, sondern gleich nach Livingston zurück, wo ich für den Rest des Abends mit meinem neuen Spielzeug beschäftigt bin... Dann bin ich zu müde, um noch an meinem Reisebericht zu schreiben und verschiebe das auf den nächsten Morgen – 5 Uhr aufstehen ist aufgrund der Zeitverschiebung hier ja kein Problem für mich.

Beim Frühstück spricht mich die Hotelmanagerin wegen des Briefes an, nach dem ich gefragt habe. Jedoch sei keiner angekommen, wohl einer für eine andere Besucherin – Willie hat zwei Briefe an verschiedene Empfänger im Best Western geschickt. Außerdem habe sie Briefe und ein Paket für eine Dame aus der Schweiz, die sie gar nicht kennt. Ich aber schon, und deshalb sende ich ihr eine Mail, um zu fragen, ob ich die Sachen mitnehmen und von Deutschland aus in die Schweiz schicken soll.

Als ich in der Polunsky Unit für meinen vierstündigen Besuch mit Willie einchecken will, gibt es ein Problem: Der Computer akzeptiert die Eingabe nicht. Die Aufseherin am Eingang telefoniert mehrmals. Anfangs mache ich mir noch keine Sorgen, denn meine Besuche sind angemeldet und genehmigt. Als sie beim Telefonieren jedoch sagt: „So he can't have special visits“, da wird mir langsam mulmig. Ich warte jedoch geduldig weiter ab, und schließlich füllt sie per Hand den blauen Zettel aus. Von daher: Alles in Ordnung. Ich frage jedoch, wieso der Computer streikt. Er erkläre, Willie habe zu viele Besuche. Ich solle ihrer Kollegin morgen auf jeden Fall sagen, dass sie den Zettel per Hand ausfüllen müsse.

Nach den anfänglichen Schwierigkeiten wird Willie recht schnell gebracht. Ich erzähle ihm natürlich gleich, was eben passiert ist. Er hatte definitiv nicht zu viele Besuche, den letzten vor etwa zwei Wochen und die letzten Special Visits Anfang Mai. Das wissen sie im Sekretariat offenbar auch, sonst hätten sie mich gar nicht reingelassen bzw. es hätte Diskussionen gegeben. Vermutlich hängt das irgendwie damit zusammen, dass am Samstag schon der falsche Name auf dem Zettel stand, aber ein Rätsel ist es mir immer noch.

Willie lässt sich von mir ausführlich erzählen, was ich gestern gemacht habe. Auch er hat die falschen Legal Pads bekommen. David und Willie haben außer mir noch eine gemeinsame Brieffreundin in der Schweiz, die Anfang Mai zuletzt hier war. Sie hat bei Office Depot das Papier bestellt – das hätten die echt wissen müssen, dass das geheftete Papier nicht geht. Ich erzähle Willie von dem eBook-Reader, den ich mir gekauft habe, und erkläre ihm, wie das funktioniert. Da er seit 18 Jahren im Gefängnis sitzt, kennt er all die technischen Neuerungen nicht aus eigener Anschauung. Es sei also etwa so wie eine kleine Bücherei, meint er. Nein, eher wie eine Buchhandlung, widerspreche ich. Willie ist überrascht, dass man die elektronischen Bücher kaufen muss und nicht umsonst auf das Gerät herunterladen kann. Ich sage, er solle sich vorstellen, er sei der Autor – der will doch seine Bücher verkaufen und nicht verschenken, auch wenn es in elektronischer Form ist...

Ich erzähle von der großen Bild-Collage im Gefängnismuseum über Willie Pondexters letzten Tag. Da ich es fotografiert habe, verspreche ich Willie, ihm eine Kopie des Fotos zu schicken. Nach seinem eigenen Fall befragt: Es laufen Schriftsätze im Federal Court. Wenn zu seinen Gunsten entschieden würde, geht die Sache zurück an den State Court. Im anderen Fall geht es in die Berufung beim Fifth Circuit Court. Für den Moment habe ich mal wieder den Durchblick durch das komplizierte System. Willie kann gut erklären. Das tut er wohl auch oft seinen Mitgefangenen gegenüber. Es sei zwar frustrierend, ihnen immer wieder dasselbe zu erklären, aber er gibt trotzdem sein Bestes. Er hat den Eindruck, dass man ihn gezielt dort unterbringt, wo er Mitgefangene um ihn herum beeinflussen kann, auf Gewalt zu verzichten und sich an die Regeln zu halten. Er diskutiert oft mit ihnen, hinterfragt ihre Aktionen und Motivationen im Hinblick darauf, was es bringen soll.

Nachdem die Maschinen aufgefüllt sind, besorge ich etwas zu essen. Erdbeeren – die soll es vor kurzem gegeben haben – sind aber nur in Form von Joghurt drin. Dann plaudern wir weiter. Wir kommen von den eBooks auf Hörbücher und sprechen über die unterschiedliche Qualität des Vorlesens im Hinblick auf Spannung halten, auch im Vergleich zum musikalischen Vortrag. Dadurch kommen wir auf das Dirigieren und ich zeige ihm, was ein Dirigent mit seinen Händen zum Ausdruck bringt. Die Zeit vergeht schnell – als sie bereits abgelaufen ist, bekommen wir gesagt, wir haben noch fünf Minuten: ein kleines Geschenk...

Zurück im Hotel rufe ich zunächst Christiane an. Dann nochmals Geld holen und zur Post, um den Rest Money Orders und Briefmarken zu besorgen, was diesmal deutlich schneller geht, weil es nicht so viele Money Orders sind. Ich habe noch etwas Zeit und lese mein Buch zu Ende. Um 18 Uhr holt

Connie mich ab, wir haben uns per E-Mail für heute verabredet. Da es das City Grille nicht mehr gibt, fahren wir in ein texanisches Restaurant, das auf dem Weg Richtung Huntsville liegt. Der Name sagt mir nichts, aber als wir ankommen, sehe ich doch, dass ich dort schon war: letzten Sommer mit dem Ehepaar aus der Schweiz. Sie haben Steak im Angebot, und ich muss an Christiane denken, die damals auf der Suche nach einem texanischen Steak war. Also bestellen wir beide ein Rib-Eye, ich nehme Naturreis und Zwiebelringe dazu. Nun ja, everything's bigger in Texas – das Steak ist ordentlich groß, aber die frittierten Zwiebelringe sind so riesig, die könnte ich mir als Armreifen ums Handgelenk hängen! Schmecken tut's jedenfalls gut. Am Ende ist Connie mit dem Bezahlen schneller als ich gucken kann und meint, sie wäre diesmal dran. Ich weiß es nicht mehr, sie aber – wie sie mir gesteht – auch nicht, und deshalb habe sie schlicht beschlossen, dass sie diesmal dran sei.

Connie erzählt, dass sie überlegt, nach Norwegen zu gehen und dort ein neues Leben anzufangen. Gregs langjährige Brieffreundin aus Norwegen ist Englischlehrerin dort und will versuchen, Connie als Assistent Teacher unterzubringen. Ich bin gespannt, wie sie sich entscheiden wird. Zum einen ist es gar nicht so einfach, nach Norwegen auszuwandern, zum anderen kann sie auch erst einmal für drei Monate gehen und schauen, wie es ihr damit geht. Von den Organisationen in Texas, die sich gegen die Todesstrafe engagieren, hat sie sich jedenfalls zurückgezogen, weil dort zu viele Grabenkämpfe ausgetragen würden, statt dass man gemeinsam an einem Strang zieht. Es ist offenbar überall dasselbe und ich berichte von meinen Erfahrungen in Deutschland. Seit Gregs Hinrichtung besucht Connie Mark Stroman in der Polunsky Unit, der in knapp vier Wochen hingerichtet werden soll. Danach wolle sie nie wieder in das Gefängnis gehen.

Ein Hoffnungsschimmer bleibt für Stroman – er hatte nach dem 11. September 2001 quasi durchgedreht und aus Rache gezielt arabisch aussehende Opfer getötet. Ein Mann überlebte

– und setzt sich jetzt dafür ein, dass Stroman nicht hingerichtet wird. Doch es wird vergeblich sein… Außerdem erzählt Connie, dass Stromans heute 17-jährige Tochter ihn morgen besuchen wird – ein erstes Wiedersehen nach fast 10 Jahren.

Der Abschied von Connie, als sie mich wieder am Best Western absetzt, ist sehr herzlich. Eine lange und feste Umarmung – und nächstes Mal sehen wir uns entweder in Texas oder Europa? Aber im Dezember oder Januar doch eher in Texas. Connie erzählt mir noch, dass Pastor Sylvia von Christa H. das „Blue Shelter“ übernommen hat. Das weiß ich zwar schon, aber es gibt im Internet noch kaum Informationen. Connie will eine Website entwerfen, und ich will natürlich meinen Internet-Leitfaden für Texas-Besuche entsprechend aktualisieren.

Am Abend bin ich zu müde und schreibe daher wieder am nächsten Morgen an meinem Reisebericht weiter. Währenddessen tausche ich ein paar Mails mit einer Bekannten aus der Schweiz aus, die gerade online ist. Das Paket für sie im Best Western enthält einmal mehr die gehefteten Legal Pads aus derselben Quelle. Ich gebe an das Hotel weiter, dass sie das Paket aufheben sollen, bis es in zwei Monaten abgeholt und hoffentlich umgetauscht werden kann.

Ich packe schließlich meine Sachen und checke nach dem Frühstück aus dem Hotel aus. Am Parkplatz der Polunsky Unit ist der heute Dienst habende Aufseher ein sehr netter. Der Sicherheits-Check am Eingang ist heute strenger, aber es gibt keine Probleme. Immerhin muss ich sogar mein Haargummi vom Handgelenk abnehmen. Es ist aber tatsächlich ein so breites, dass man darunter was verstecken könnte. Nun bin ich gespannt, wie es heute bei der Anmeldung läuft. Ich sage zu meinem üblichen Sprüchlein noch dazu, dass der Computer den Besuch gestern nicht akzeptiert hat und der Zettel mit Hand ausgefüllt werden musste. Doch das hätte ich mir sparen können. Die Aufseherin schlägt einen Block auf, in dem ein Besucherpass mit meinem Namen bereits fertig ausgefüllt ist.

Auf dem Weg in den Besucherraum sehe ich, dass das Datum nicht stimmt, es ist das von gestern. Aber das fällt offenbar niemandem auf.

Heute hat die sehr nette Ms. Williams Dienst im Besucherraum. Sie wundert sich quasi, mich schon wieder zu sehen, und stellt fest, die Zeit seit meinem letzten Texas-Besuch sei wie im Flug vergangen. Willie wird nach relativ kurzer Wartezeit gebracht. Wie gewohnt vergeht die Zeit schnell, weil wir immer etwas zu reden haben. Essensmäßig ist heute Obsttag für ihn, zumal es keinen Salat mehr gibt und keine Sandwiches, die er mag. Also rote Grapefruit, Pfirsiche und Ananas in Bechern eingelegt, frische Orangen, Erdbeeren wieder in Form von Joghurt, aber auch ein Cherry Cake und Chips sind dabei sowie heute eine Milch, die auch mir schmeckt.

Willie erzählt von verschiedenen Leuten, denen er schreibt, dabei auch von einer Frau aus Deutschland, mit der er ständig Missverständnisse klären müsse. So habe sie z.B. nur aus der Tatsache seiner Lieblingsfarbe geschlossen, dass er zu der Prison-Gang gehöre, die diese Farbe als Erkennungszeichen nutzt. Eine solche Äußerung in einem Brief hätte ihn ernsthaft in Schwierigkeiten bringen können, wenn er nicht dafür bekannt wäre, dass er gerade kein Gang-Mitglied ist. Als er dann – ohne dass ich danach gefragt habe – mühsam den Namen nennt und schließlich buchstabiert, falle ich überrascht fast vom Stuhl. Ich kenne die Dame als Kundin für Money Orders bei der IgT – und hatte in dem Zusammenhang schon einigen unnötigen... naja, sagen wir nicht Ärger, aber Aufwand.

Als unsere Besuchszeit dem Ende zugeht, ist Ms. Williams gerade in der Mittagspause und eine Vertretung sagt mir, wir hätten noch zehn Minuten. Willie und ich schauen auf die Uhr – wir haben noch fünfzehn. Willie schaut mich an und fragt, ob ich etwas sagen will, aber ich signalisiere ihm, dass ich nicht um fünf Minuten feilschen werde, zumal wir gerade gestern fünf Minuten mehr hatten. Er nickt zustimmend und sieht es genauso. Ich muss kurz daran denken, wie Kevin seinerzeit um jede Minute gekämpft hat. Aber so verschieden sind Willie und Kevin eben, und Willie ist meiner Mentalität doch deutlich näher. Bis zum endgültigen Good-bye für dieses Mal ziehe ich es dann ohnehin noch drei Minuten in die Länge, ohne dass die Aufsicht etwas sagt – also, was hätte eine Beschwerde gebracht? Willie wünscht mir eine gute Heimreise und ich verspreche, ihm so schnell wie möglich mitzuteilen, wann ich das nächste Mal komme...

Da mein Rückflug wie letztes Mal erst um 18:30 Uhr mit Continental Airlines geht, fahre ich in aller Ruhe in Richtung Flughafen. Kurz davor tanke ich den Wagen voll – es ist mein erster Halt an einer Tankstelle überhaupt diesmal. Entweder ist der Ford Focus so sparsam oder er hat einen so großen Tank, dass ich alle Wege locker mit nur einer Tankfüllung geschafft habe. Weil ich kein Benzin vorausbezahlt habe, muss ich den Wagen aber voll betankt wieder abgeben. Am Flughafen alles wie bekannt vom letzten Mal: Ich checke am Terminal E ein und gebe mein Handköfferchen auf, weil ich nun Sachen dabeihabe, die als Flüssigkeit gelten und nicht ins Handgepäck dürfen. Nach der Sicherheitskontrolle – diesmal wieder mit Nacktscanner, aber wegen meiner Münzenrollen sagt gar keiner etwas – habe ich noch genug Zeit für ein ausführliches Telefonat mit Christiane von einem Münzfernsprecher aus. Mit meiner Calling Card, die ich jeweils benutze – auch vom Hotel aus – ist es mit drei US-Cent pro Minute immer noch am günstigsten.

Am Gate habe ich dann noch eine Stunde Zeit, schreibe an meinem Reisebericht weiter und lese mit meinem neuen eBook-Reader, bis das Einsteigen beginnt. Nachdem ich meinen Platz gefunden habe, dauert es noch relativ lange, bis der Sitz neben mir belegt ist. Aber dann kommt tatsächlich ein richtiger Fettklops, der sich in den Sitz fallen lässt und dabei sichtlich die Armlehnen auseinanderdrückt. Ich hasse das, mit fremden Leuten derart auf Tuchfühlung zu sein, aber ich bin auch nicht bereit zu weichen und halte es eben aus. Neben seiner Körperfülle hat er dann noch die unangenehme Eigenschaft, bei einem Film, den er sich anschaut, dauernd laut zu lachen. Das passt grad gar nicht zu dem ernsten Krimi, den ich als eBook lese – den ersten Band der dreiteiligen Reihe von Linda Castillo in Originalsprache. Immerhin beruhigt sich mein Nachbar schließlich, und ich verbringe den zehnstündigen Flug abwechselnd mit Lesen und Schlafen – wobei ich aber immer wieder mit schmerzendem Genick aufwache, sodass ich zwei Stunden vor Ankunft zwei Tabletten nehme.

Wir landen relativ pünktlich in Frankfurt, werden aber wieder einmal mit Bussen zum Flughafengebäude gebracht. An der Passkontrolle gibt es zum Glück einen Schalter nur für EU-Bürger, an dem nur wenige Leute stehen. Die anderen Schalter sind deutlich stärker frequentiert. Auf meinen Koffer muss ich nicht allzu lange warten. Er ist wieder geöffnet worden, und offenbar war es wieder meine Ersatzbrille mit Sonnenbrillenaufsatz, die sie von unten rausgewühlt haben. Wollte ich eigentlich nicht wieder nach unten in den Koffer legen, nachdem es letztes Mal auf dem Hinflug damit ein Problem gab. Aber die Brillenhülle passt so gut unten im Koffer zwischen die Teleskop-Stangen, und da bei diesem Hinflug nicht nachgeforscht wurde, was das sei, habe ich es nochmals probiert. Es ist nichts weggekommen und auch keine große Unordnung in meinem Koffer entstanden, sodass es letztlich echt egal ist. Christiane erwartet mich am Ausgang, und so endet mein diesjähriger Texas-Sommer-Aufenthalt...

-DER SIEBZEHNTE BESUCH-

(Samstag, 31. Dezember 2011, bis Mittwoch, 4. Januar 2012)

Meine nächste Reise startet am Silvestermorgen – Samstag, 31.12.2011. Es geht mit der Air France über Paris. Ursprünglich hatte ich British Airways über London gebucht, aber die hatten vor Wochen eine Umbuchung auf einen Nachmittagsflug vorgenommen und den gebuchten Flug gestrichen. Da das für mich gar nicht ginge wegen meinem geplanten Samstagabend-Besuch bei Willie, haben sie das Ticket kostenlos storniert, obwohl sie das erst bei einer Zeitdifferenz von 12 Stunden müssten. Christiane bringt mich schon um 5 Uhr morgens zum Flughafen, weil es gerade in diesen Morgenstunden für einen halben Tag zu schneien beginnt, bevor das Tauwetter einsetzen soll. Schließlich brauche ich die Zeit dort auch, weil ich noch keine Bordkarte für den Weiterflug nach Paris habe und mich trotz Reise nur mit Handgepäck in die Schlange der Wartenden für die Kofferaufgabe einreihen muss und die Sicherheitskontrolle danach auch länger dauert als erwartet. Ich lerne, dass mein Kindle-eBook-Reader als Computer zählt und wie das Notebook extra ausgepackt werden muss. Der Beamte nimmt meinen eBook-Reader mit zu einer Sprengstoff-Kontrolle, und später sehe ich, dass der Kontakt an der Hülle verbogen ist. Vor einem halben Jahr wussten sie offenbar nicht, was ein eBook-Reader ist, und jetzt ruinieren sie einem fast die Hülle – ggrmmmppff! Ich komme also gerade rechtzeitig zur Boarding Time am Gate an, und dann heben wir ab nach Paris. Ich habe neben mir einen freien Platz, aber ansonsten ist der Flieger sehr voll – ob die alle in Paris Silvester feiern wollen?

In Paris habe ich genug Zeit, um ohne Hektik den Terminal zu wechseln. Die Angabe des Gates ändert sich zweimal, bis ich dort bin, dann allerdings ändert sich auch noch zweimal die Abflugzeit: Wegen verspäteter Ankunft fliegen wir am Ende mit 50 Minuten Verspätung. Irgendwie scheine ich zum ersten Mal in meinem Leben die Startphase verschlafen zu haben: Als ich im Flieger sitzend um 12.15 Uhr auf die Uhr schaue und denke, wir führen immer noch über die Rollbahn in Richtung Landebahn, sind wir schon längst in der Luft über England! Der Flug ist zwar lang, aber nicht unangenehm. Nicht nur bei Continental, sondern auch bei Air France ist die Beinfreiheit größer, als ich sie bei der Lufthansa in Erinnerung habe. Und das Unterhaltungsprogramm mit eigenem Bildschirm im Vordersitz bei der Boeing ist sowieso besser als im Airbus der Lufthansa.

Die Stunde Verspätung, mit der wir in Houston landen, macht mich nicht wirklich nervös – die Zeit sollte auf jeden Fall dicke reichen für meinen Abendbesuch. Und dann: Oh Wunder! So schnell war ich noch nie an der Reihe beim Einreiseschalter. Denn von wegen „Reihe“ – ich komme sofort dran und habe kaum Zeit, meinen Pass und die ausgefüllte Zollerklärung aus der Tasche zu ziehen. Der Beamte ist nett – die meisten sind zwar nicht direkt unfreundlich, aber irgendwie komme ich mir sonst mehr wie ein Bittsteller vor, der nur gnädigerweise ins Land gelassen wird. Die Fragen sind die üblichen, nach Grund und Länge der Reise, wann und wie lange ich zuletzt da war, was ich beruflich mache. Ich lasse mich dann vom Shuttle-Bus zur Rental Car Station bringen und bekomme bei Avis mein Auto, einen roten Kia Rio ohne großen Schnickschnack wie Zentralverriegelung, elektrische Fensterheber oder Speedometer. Bevor die Dame fragen kann, habe ich ihr bereits allen Wind aus den Segeln genommen: Nein, ich möchte kein Upgrade, keine zusätzlichen Versicherungen, nur die Tankfüllung vorausbezahlen. Ich stelle meinen Radio-Sender wie gewohnt auf die „Countrylegends 97.1“ ein und werde gleich zu Beginn der Fahrt mit einem meiner Lieblingssongs belohnt: „If You're Gonna Play In Texas, You Gotta Have A Fiddle In The Band“ – von Alabama. Und bald folgt Reba McEntires „The Night When The Lights Went Out In Georgia”. Da fühl ich mich doch gleich wie zu Hause! Während der einstündigen Fahrt proste ich in Gedanken den Daheimgebliebenen zu – zu Hause ist jetzt Mitternacht und das neue Jahr beginnt. Kurz danach komme ich an meinem Hotel in Livingston an – wieder mein bevorzugtes Best Western. Ich checke noch gerade, wie man am Auto Kofferraum und Haube öffnet, damit ich für nachher vorbereitet bin, und dann beziehe ich mein Hotelzimmer, rufe zu Hause an, mache mich frisch.

Erst um 19.35 Uhr mache ich mich auf den Weg zur Polunsky Unit – oops, jetzt wird es aber auch Zeit. Doch bei der Anmeldung am Parkplatz ist nichts los und bei der Sicherheitskontrolle am Eingang auch nicht, geht alles schnell und problemlos. Um Punkt 20 Uhr begrüße ich Willie, der – wie an Samstagen üblich – schon auf mich wartet. Und schon überlegt hat, ob mein Flieger Verspätung hatte, weil die anderen Besucher bereits vor einer Viertelstunde eingelassen wurden. Nachdem es die letzten Male am Samstag immer bis nach 20 Uhr gedauert hat, bis wir Besucher der zweiten Schicht eingelassen wurden, habe ich mir diesmal schlicht Zeit gelassen... Willie und ich verbringen zwei kurzweilige Stunden. Obwohl ich seit fast 30 Stunden auf den Beinen bin und im Flugzeug – bis auf die Startphase – kaum geschlafen habe, fühle ich mich gar nicht müde, sondern bin eher ein bisschen aufgekratzt. Wir reden über alles Mögliche, über meine Reise, das Haus, das ich im Sommer gekauft habe, die Haustiere, das Weihnachtskonzert unserer Schule, bei dem wir sieben Musiklehrer fünfstimmig a cappella gesungen haben usw. Die Zeit vergeht schnell. Als die Aufsicht kommt und uns wegen Essen fragt, überlasst Willie mir die Auswahl, und ich eile mich durch den Einkauf – ich weiß ja, was er mag: Apfel, Orange, Salat, Lunchables, Milch, Joghurt. Ich spreche mit Willie auch schon meinen nächsten Reisetermin ab. Es wird wohl 29. oder 30. Juni werden, bis 4. Juli. Ich dachte, ich könnte mir einen Freiflug für meine Lufthansa-Meilen gönnen im Sommer – nach dem Hauskauf habe ich mich von dem Traum, einmal Business Class zu fliegen, verabschiedet und nehme lieber eine Flugprämie in der Economy Class. Aber für den gesamten Juli und August stehen keine Tickets zur Verfügung. Dann ist die Reise am letzten Schultag oder am Tag danach, also Ende Juni, am günstigsten. Ich hätte schon fast gebucht letzte Woche, aber das hat ein technisches Problem verhindert, weil zwei verschiedene Fluggesellschaften unterschiedliche Ankunftszeiten für ein und denselben Flug angegeben haben und deshalb der Computer die Buchung nicht akzeptiert hat.

Acht Minuten vor 22 Uhr bin ich die letzte im Besucherraum und die Aufsicht zeigt Willie gegenüber schon auf ihre Armbanduhr. Mir sagt sie nichts, und acht Minuten möchte ich mir doch nicht stehlen lassen. Trotzdem verabschieden wir uns wenige Minuten vor 22 Uhr. Nächstes Mal bin ich wieder früher da zum Samstagsbesuch, nehme ich mir vor, etwas unzufrieden mit mir selbst, dass ich mich heute nicht eher auf den Weg gemacht habe. Ich fahre noch hinten bei der Bank am Geldautomaten vorbei und hole ohne Probleme mit drei verschiedenen Karten die Summe, die ich am Montag für den Einkauf bei der Post brauche. Im Hotel bin ich immer noch nicht müde, lege mich mit meinem eBook-Reader ins Bett – und erwache am anderen Morgen, aus dem Schlaf gerissen von meinem Handy-Wecker, um festzustellen, dass ich gestern Abend nicht einmal zwei Sätze mehr gelesen habe...

Nach dem Frühstück fahre ich am Sonntagmorgen nach Huntsville, um David zu besuchen. Das Wetter ist angenehm, herrlicher Sonnenschein, wenn auch etwas frisch, aber davon merkt man im Auto nichts. Einzig die Tatsache, dass ich heute an überdurchschnittlich vielen überfahrenen Tieren vorbeikomme, trübt ein bisschen die Laune. Ein süßer toter Waschbär liegt am Straßenrand und irgendwo mitten auf der Straße ein riesiger Vogel, ein Truthahn vielleicht. Im Autoradio kommt wieder der Reba-McEntire-Song, und jetzt will ich meine eigene Version im Vergleich hören, lege meine eigene CD ein. Bei wiederholtem Hören knistert die allerdings wie ein schlechter Radio-Sender. Später stelle ich fest, dass dieses blöde Gerät meine CD zerkratzt hat!

Ich bin um 8.30 Uhr an der Wynne Unit in Huntsville, habe an der Pkw-Kontrolle zwar ein halbes Dutzend Autos vor mir, doch das dauert nicht lang. An der Anmeldung und

Sicherheitskontrolle komme ich gleich dran und alles verläuft problemlos. Telefonisch habe ich bereits die Auskunft erhalten, dass es diesmal ein Kontaktbesuch ist. David begrüßt mich mit einer Umarmung und drückt mir einen dicken Kuss auf die Wange. Auch wenn die Zeit mit David nie wie im Flug vergeht, sind es vier angenehme Stunden. Es ist schlicht schöner und einfacher, wenn man sich direkt gegenübersitzen kann. David erzählt mir, dass es ihm in der Wynne Unit nicht mehr so gut gefällt wie früher. Seine Erklärung der Hintergründe verstehe ich nicht wirklich. Jedenfalls meint er, ich hätte mal gesagt, ich möge die Walls Unit nicht. Daran kann ich mich nicht erinnern. Natürlich hat die Walls Unit für mich die besondere Bedeutung, dass dort die Todesurteile vollstreckt werden, aber sonst... Ich erkläre David, ich hätte kein Problem damit, ihn dort zu besuchen, falls er dorthin verlegt würde. Er meint, er kenne den Warden dort gut. Aber offenbar hat er noch keine Entscheidung gefällt, ob er um eine Verlegung bitten soll. Ich erzähle David u.a. von meinem Hauskauf, aber wir sprechen auch über politische Dinge, dass die USA Nr. 1 in der Welt sind, Menschen ins Gefängnis zu setzen, aber offenbar nicht begreifen, dass ihr System nicht den gewünschten Erfolg bringt. Wie abartig es erscheint, dass man offenbar noch stolz darauf ist, wie viele Menschen in den Gefängnissen sitzen – ich erinnere mich an den Film im Gefängnismuseum letztes Mal.

Die Snackmaschinen in der Wynne Unit sind auch dieses Mal zum Teil kaputt oder zu einem großen Teil fast leer. Aber eine andere Neuerung ist interessanter. Schon während ich vorne auf David gewartet habe, beobachtete ich, wie andere Besucher ihre Chips etc. auspackten und auf zur Verfügung gestellte Plastik-Tabletts mit diversen Fächern drapierten. Ich dachte, das sei ein Angebot, aber von David erfahre ich, dass man jetzt diese Tabletts benutzen muss und keine Verpackungen mehr mit in den Besucherraum nehmen darf. Ich war doch tatsächlich für einen Moment naiv genug gewesen zu glauben, man habe die Tabletts zur Verbesserung der Atmosphäre eingeführt. Wir werfen zu Hause unserem Besuch ja auch keine Chips-Tüten auf den Tisch, wenn wir Gäste haben, sondern füllen die Snacks in Schüsseln oder Teller. Nein, es sind wieder mal Sicherheitsgründe. David erzählt mir, dass Besucher Geld in die Verpackungen gesteckt haben – deshalb sind Verpackungen jetzt also verboten, mit Ausnahme von Getränkeflaschen bzw. -dosen. Einzeln verpackte Kaubonbons muss ich zwar nicht auswickeln, wohl aber das leckere Erdbeereis am Stiel von Blue Bell, das dann in eine kleine Plastikschüssel gelegt wird. Letztlich ist die Änderung aber wirklich eine Verbesserung, auch wenn die Motive dahinter andere sind.

Am Ende des Besuchs verabschieden wir uns wieder mit einer Umarmung. Diesmal drückt David mir auf jede Wange einen dicken Kuss. In exakt einem halben Jahr werden wir uns wiedersehen, wenn es bei meiner Planung bleibt. Ob es wieder ein Kontaktbesuch wird, bleibt abzuwarten. Am Telefon wurde mir signalisiert, es gebe zukünftig einen Kontaktbesuch im Jahr – heute ist der 1. Januar. Aber letztes Jahr war ich nur im Juni dort und hatte keinen Kontaktbesuch. Das werde ich dann bei der nächsten Anmeldung vorbringen. Für mich ist David kein so wichtiger Mensch in meinem Leben, dass mir die Umarmung bei Begrüßung und Abschied so wichtig ist. Aber die Kommunikation ist ohne Draht und Gitter zwischen uns doch erheblich einfacher.

Nach dem Besuch bei David gehe ich schnell bei Hastings rein, den großen Buchladen. Christiane hatte mich gebeten, ein Buch von Fannie Flagg mitzubringen, und schnell habe ich eines ausgesucht. Danach treffe ich mich am Golden Corral mit Andrea und Maria, zwei Mitgliedern der Initiative gegen die Todesstrafe e.V.; wir alle sind zufällig zur selben Zeit hier, wie wir im Online-Forum des Vereins vorab festgestellt hatten. Obwohl ich noch satt bin vom Frühstück und den Snacks bei David, geht noch ein „All-you-can-eat" rein. Aber wir lassen uns auch dreieinhalb Stunden Zeit dort, in denen wir uns sehr angeregt unterhalten. Stoff haben wir genug, bei den gleichen Interessen, was Texas und die Todesstrafe betrifft. Wir lachen aber auch viel, als jede von uns so ihre Anekdoten erzählt.

Auch mein früherer Verein ist ein Thema, nachdem die Vorsitzende kürzlich mehrfach im Fernsehen war anlässlich ihrer Heirat. Als es schließlich dunkel wird, verabschieden wir uns. Andrea wohnt in Livingston im Super 8, hat also denselben Weg wie ich, aber wir sind mit zwei Autos da. Wir werden uns morgen wieder treffen. Maria wohnt privat eine halbe Stunde von Huntsville entfernt. Sie kommt am Dienstag das nächste Mal in die Polunsky Unit, hat die Planung ihres Besuchs um eine halbe Stunde verschoben, damit ich Nummer 1 sein kann, weil ich am Dienstag nach dem Besuch schnell zum Flughafen muss. Das ist wirklich lieb!

Zurück im Best Western telefoniere ich ausführlich mit Christiane, dann mache ich mich daran auszurechnen, was genau ich an Money Orders und Briefmarken einkaufen will – es muss eine runde Summe sein, damit das Geldabheben und der Einkauf exakt übereinstimmen. Schließlich habe ich eine gute Lösung gefunden. Jetzt müssen die entsprechenden Marken nur noch in ausreichender Zahl vorhanden sein, ggf. auch gestückelt. Ich habe mich schon per Internet schlau gemacht: Ab 22. Januar steigen die Preise, das muss berücksichtigt werden. Doch etwas müde gehe ich dann ins Bett, stelle den Wecker auf 5 Uhr und schlafe – bis mich eine Stunde vor dem Wecker das Handy aus dem Schlaf reißt. Nein, ich gehe nicht dran und beantworte die Nachricht auf der Mailbox später mit einer SMS. Zum Glück kann ich nochmals einschlafen, bis der Wecker wirklich geht. Ich mache mich daran, den ersten Teil meines Reiseberichtes zu schreiben, dann mache ich mich fertig, gehe frühstücken und fahre zur Polunsky Unit für meinen Montagsbesuch. Um 8.30 Uhr komme ich dort am Parkplatz an, um 8.40 Uhr bin ich durch Anmeldung und Sicherheitskontrolle am Eingang durch und gehe mit meinem blauen Zettel zum Besucherraum. Die Packung mit meinem Desinfektionstüchlein für den Telefonhörer musste ich diesmal öffnen, das einzige Mal, dass davon Notiz genommen wird bei dieser Reise. Ich bin offenbar der sechste Besucher an diesem Morgen, einer ist direkt vor mir gekommen. Trotzdem wird Willie bereits um 8.52 Uhr gebracht - wow, das war schnell, ich hatte mich ja kaum hingesetzt. Hoffentlich geht das morgen auch so, wenn es wirklich drauf ankommt, damit ich pünktlich und ohne Zeitverlust fort kann.

Ich erzähle Willie ausführlich von meinen Erlebnissen gestern mit den Tabletts in der Wynne Unit und komme letztlich zu dem Ergebis: It's nice that they changed it, but they didn't change it to be nice. Willie möchte auch sonst genau wissen, was ich gestern noch getan habe, und ich erzähle ihm von meinem Treffen mit den anderen Vereinsmitgliedern. Als Andrea später kommt, verabreden wir uns für den Abend. Wie schon am Samstag, gibt es für Willie u.a. Früchte und Salat, diesmal möchte er keine Milch, sondern Fruchtsaft. Ein Foto haben wir im Budget eingeplant, sodass noch drei Dollar bleiben, dass ich mir ebenfalls einen Fruchtsaft und eine Packung M&Ms gönnen kann. So stoßen wir mit leckerem Traubensaft auf das neue Jahr an...

Ich frage Willie nach dem aktuellen Stand in seinem Fall. Ich weiß bereits aus seinen Briefen, dass er im Federal District Court gescheitert ist und nun der Fifth Circuit ansteht – im Grunde die letzte Station, denn der Supreme Court ist cher Glücksache wie ein Sechser im Lotto. Willie hatte sich in seinem Brief so ausgedrückt: Er habe bislang seinen Angehörigen immer gesagt, er stehe mit einem Bein in der Hinrichtungskammer, aber nun sehe es so aus, dass er schon ein Bein auf der Liege habe. Gleichzeitig machte er in dem Brief deutlich, dass er keine Angst habe, ich mir keine Sorgen seinetwegen machen soll – das erinnert ein bisschen an Cliff damals, dessen größte Sorge nicht ihm selbst, sondern seinen Freunden galt. Willie hat inzwischen verschiedene Informationen eingeholt. Es werde wenigstens sechs bis zwölf Monate dauern, bis mit einer Entscheidung des Fifth Circuit zu rechnen sei, es könne aber auch zwei bis drei Jahre dauern. Die Erfahrungen der anderen Gefangenen zeigen, dass es sehr unterschiedlich ist. Danach allerdings ist mit einem Hinrichtungstermin zu rechnen.

Ich erinnere Willie an das, was ich ihm vor einiger Zeit gesagt habe – dass ich, sofern er das möchte, den Weg mit ihm bis zum Ende gehen und als Zeugin bei seiner Hinrichtung dabei sein würde. (Vorausgesetzt, der Termin liegt in meinen Ferien oder mein Chef lässt mich entgegen seiner Aussage damals doch noch einmal ziehen.) Willie hat meine „Absichtserklärung" damals zur Kenntnis genommen, aber nichts weiter dazu gesagt. Darüber sprechen wir heute. Natürlich muss er jetzt keine Entscheidung treffen, dennoch interessiert mich, ob er dazu eine Meinung hat und ggf. welche. Ich habe den Eindruck, dass er eher zu einem Ja als zu einem Nein tendiert. Auf jeden Fall stellt sich heraus, dass Willie deshalb nichts gesagt hat, weil er vorsichtig ist, sich auf eine solche Zusage zu verlassen. Er hat bei vielen seiner Mitgefangenen gesehen, wie vermeintliche Freunde aus deren Leben einfach wieder verschwunden sind. Es ist offenbar eine Art Selbstschutz für ihn, um vor tieferen Enttäuschungen bewahrt zu werden. Ich kann ihn verstehen und nehme es nicht persönlich. Es ist kein spezielles Misstrauen mir gegenüber, sondern eher eine generelle Lebenseinstellung von ihm.

Was Willie sich für 2012 wünscht und wofür ich ihm von ganzem Herzen Glück wünsche und die Daumen drücke, ist tatsächlich ein ganz besonderes Anliegen. Er möchte gern mit den inzwischen erwachsenen Kindern seiner Opfer sprechen, ihnen sagen, wie sehr er bedauert, was geschehen ist. Sicher möchte er auch seine Version des Tathergangs mitteilen, aber er möchte ihnen auch einfach Gelegenheit geben, ihren Emotionen Ausdruck zu geben – auch ihrer Wut. Willie hat den ersten Schritt getan und sie auf seine Besucherliste gesetzt. Über seinen Sohn will er versuchen, vor allem zu dessen Stiefschwester Kontakt aufzunehmen. Willie schätzt die Chancen als positiv ein, dass sie tatsächlich einem Besuch zustimmen könnte. Er wäre sehr glücklich, wenn sie ihn kennen lernen wollten.

Die Zeit rennt. Schon kommt Ms. Scott, die heute im Besucherraum Dienst tut, und teilt uns mit, wir hätten noch zehn Minuten. Eigentlich haben wir nur noch fünf – so bekommen wir die Minuten wieder, die man uns am Samstag geklaut hat... Immerhin können wir uns noch auf einen weiteren Besuch morgen freuen!

Zurück im Hotel mache ich zwei Briefe für die Post fertig, den Human-Writes-Newsletter für Willie und eine Money Order für David zum Geburtstag. Dann fahre ich zur Post, vor allem für den Kauf der Money Orders und Briefmarken für den Service der Initiative gegen die Todesstrafe e.V. – jedoch zu meinem Entsetzen stehe ich vor einem geschlossenen Postamt! Nirgends steht ein Schild und ich kann mir keinen Reim darauf machen, fahre erst einmal zurück ins Hotel und frage dort, ob wir heute einen Feiertag haben. Der jungen Frau an der Rezeption ist davon nichts bekannt, sie habe sich aber auch schon gewundert, dass keine Post zugestellt worden sei. Ich gehe auf mein Zimmer und stöbere im Internet. Es ist definitiv kein Feiertag heute, weder in den USA allgemein, noch in Texas. In der Zwischenzeit hat die Frau an der Rezeption telefoniert und herausgefunden, dass alle Postämter überall heute geschlossen haben, weil der Neujahrsfeiertag aufs Wochenende gefallen ist, sozusagen als Kompensation für den entgangenen Feiertag. Das sollte uns in Deutschland mal einfallen! Das Problem ist und bleibt aber, dass der Montagnachmittag meine einzige Chance war diesmal, zur Post zu gehen. Das heißt, ich habe das Geld umsonst abgehoben, und die IgT hat für das nächste halbe Jahr so gut wie keine Briefmarken und nur sehr begrenzt noch Reste von Money Orders übrig.

Ich rufe nun zunächst Christiane an und muss meinen Frust loswerden. Danach suche ich im Hotel den Büroraum auf und checke online für meinen Flug ein. Jedoch: Obwohl es diesmal nicht an einer fehlenden Aufenthaltsadresse liegen kann wie beim Hinflug, wo die einfach nicht einzugeben war, bekomme ich wieder keine Bordkarten ausgedruckt, sondern nur ein

Provisorium. Immerhin konnte ich den Sitzplatz ändern auf einen weiter vorne im Flieger. Aber für morgen heißt es, ich muss doch zum Check-In-Schalter, statt dass ich gleich durch die Sicherheitskontrolle kann. Ich frag mich echt, was das Online-Einchecken unter diesen Umständen eigentlich bringen soll!

Ich schreibe dann zunächst an meinem Reisebericht weiter, bis Andrea mich um 18 Uhr abholt. Da Connie, die ich sonst immer treffe, dieses Wochenende nicht in Livingston war und heute wieder arbeiten musste, bleibt Zeit für ein weiteres „deutsches" Treffen. Wir verbringen drei Stunden in einem Pizza-Hut downtown Livingston. Ich bestelle nicht die kleinste Pizza, sondern mittlere Größe. Oje, das war ein Fehler! Wie konnte ich das vergessen: Everything's big(ger) in Texas! Ich schaffe beim besten Willen nur drei Viertel von dem Riesenteil. Bekomme dann eine Pappschachtel, um den Rest mitzunehmen, lasse die aber aus Versehen am Ende auf dem Tisch stehen. Aber ich hätte eh nicht gewusst, wo die noch unterbringen... Jedenfalls haben wir wieder viel erzählt, diesmal nicht nur über die Todesstrafe, sondern auch über berufliche Dinge, denn auch da haben wir Gemeinsamkeiten. Wieder schreibe ich an meinem Reisebericht, dann bin ich hinreichend müde...

Am Dienstagmorgen geht mein Wecker schon um 5.30 Uhr, denn ich will früh los und muss noch packen. Ich verbummele ein bisschen die Zeit, sodass ich mir nur ein fünfminütiges Frühstück gönne, checke aus dem Hotel aus und muss dann zunächst die Scheiben von meinem Auto frei kratzen, die mit einer dicken Reifschicht bedeckt sind. Wie gut, dass ich meinen Eiskratzer dabeihabe! Etwa um 7.40 Uhr erreiche ich den Parkplatz der Polunsky Unit, erledige dort die Formalitäten und bekomme die Anweisung, auf dem Parkplatz bis 7.55 Uhr zu warten und dann in die Anmeldung zu gehen. Ich stelle meinen Wagen so ab, dass ich sehen kann, wann der nächste Besucher kommt. Es würde mir ja nichts nützen, wenn ich zwar am Parkplatz die Nummer 1 war, aber dann jemand vor mir das Anmeldegebäude erreicht. Und tatsächlich, der Mann, der gestern genau vor mir war, kommt heute auch sehr früh. Als er auf den Parkplatz fährt, steige ich aus und gehe in Richtung Anmeldung. Ich soll vor der Tür noch warten, aber jedenfalls bin ich zuerst da. Der Mann kommt aus Belgien, wie er mir erzählt, und muss ebenfalls direkt nach dem Besuch zum Flieger.

Es geht zwar nicht ganz so schnell wie gestern, aber Willie wird bereits vor 8.30 Uhr gebracht, und das genau gleichzeitig mit dem Gefangenen für den Belgier, was mich für ihn freut. Ich habe auf Willies Vorschlag hin das Essen für ihn schon vorab besorgt, sodass wir diese Zeit gespart haben. Für ein weiteres Foto später sind noch drei Dollar übrig. Willie ist etwas verschnupft und erzählt mir, dass die Beamten in der Nacht gegen einen Gefangenen in seiner Nähe Pfefferspray eingesetzt haben. Ich selber habe auch ein bisschen eine Schnief-Nase seit letzter Nacht, wo ich etliche Mal niesen musste. So müssen wir uns immer abwechselnd mal die Nase putzen, er mit einem mitgebrachten Waschlappen, ich mit Klopapier aus der Toilette. Aber das tut unserer gemeinsamen Zeit keinen Abbruch.

Wir sprechen nochmals über Freundschaft, aber auch über das Strafsystem in Deutschland, das nicht zulässt, dass jemand völlig ohne Hoffnung auf eine Begnadigung verbleibt. Willie erzählt mir, dass Dorothy M.E. verstorben ist, allerdings war sie von ihrem Mann getrennt. Thomas M.E. war früher im Todestrakt, bevor das Urteil umgewandelt wurde, und Dorothy hatte Zimmer an Besucher des Todestrakts vermietet sowie Fahrdienst angeboten, war nur nicht so super-zuverlässig. Willie berichtet über die neuesten Entwicklungen innerhalb der Polunsky Unit. Was mir schon von anderer Seite zu Ohren gekommen ist, hat er selbst erlebt: Sie haben ihn, nur in Boxer-Shorts bekleidet, bei winterlichen Temperaturen für zwei Stunden in „Erholung“ ins Freie geschickt. Natürlich hat Willie darauf wie für ihn üblich reagiert und einen Beschwerdebrief geschrieben.

Als Willie hört, dass ich gestern kein Glück mit dem Postamt hatte, tut es ihm leid, dass er daran nicht dachte – er kennt die Regel. Jedoch hätte das ja nichts genützt. Ich hätte höchstens bei der Flugumbuchung vor zwei Monaten auf Freitag umbuchen können, wenn ich es dann gewusst hätte. Willie bietet ernsthaft an, dass wir unseren Besuch um eine Stunde verkürzen, damit ich noch Zeit habe zur Post zu fahren. Aber das lehne ich ab. Abgesehen davon, dass ich die Ruhe gar nicht hätte auf der Post, ist Willie der Hauptgrund meiner Reise und der Rest geht nebenher. Und was nicht geht, ist schlicht nicht zu ändern.

Willie erklärt mir, ein paar Plätze weiter säße ein Freund von ihm mit dessen langjähriger Freundin aus der Schweiz. Ich signalisiere ihm, dass mir der Name der Schweizerin bekannt sei. Ich hatte mit ihr vor etlichen Jahren kurzzeitig per E-Mail Kontakt, als ihr Brieffreund mir damals enthüllt hatte, er schreibe die Briefe für David, weil dieser nicht lesen und schreiben könne. Dieser Gefangene hatte mich damals zweifelsfrei und nachweislich angelogen, behauptete er doch in einem zweiten Brief, dass der erste nicht von ihm gewesen sei. Die Schweizerin machte seinerzeit jedoch auf mich den Eindruck, dass sie die Wahrheit nicht wirklich wissen wollte. Nachdem ich mit Willie eine Freundschaft begonnen hatte, gab der Gefangene nach Jahren endlich zu, dass er damals gelogen hatte, und entschuldigte sich. Willie hatte mir das ausgerichtet, aber ich habe ihm aus Diskretion nie die Details erzählt. Das sollte der Gefangene selbst tun. Auch heute lasse ich nur durchblicken, dass es um eine Unehrlichkeit ging in der damaligen Zeit.

Das bringt uns dann auf das Thema „Ehrlichkeit“. Ich erzähle, dass Christiane neulich im Supermarkt für rund 18 Euro zu wenig Katzenfutter auf dem Kassenzettel hatte, weil sich die Kassiererin zu ihren Gunsten vertan hatte. Ich hatte das zu Hause entdeckt, und Christiane ging umgehend zurück in das Geschäft, um den Betrag zu bezahlen. Willie erzählt mir, dass auch er, wenn er von dem Gefängnisladen etwas bestellt und die Anzahl nicht stimmt, nicht nur dann etwas sagt, wenn er zu wenig bekommt, sondern auch dann, wenn es zu viel ist. Ich weiß nicht, ob ich da so ehrlich wäre und es nicht vielmehr als ausgleichende Gerechtigkeit für mich verbuchen würde... Als unsere Zeit nach meiner Uhr gerade abgelaufen ist, sagt die Aufsicht, wir hätten noch drei Minuten. Das genügt, um uns zu verabschieden. Wie immer, war es eine schöne Zeit und wir freuen uns auf ein Wiedersehen in einem halben Jahr.

Ich liege gut in der Zeit und fahre in Richtung Flughafen. Zum dritten Mal in diesen Tagen höre ich den Reba-McEntire-Song im Radio und dann folgt doch glatt noch der Texas-Fiddle-Song von Alabama. Genau umgekehrt wie bei meiner Ankunft. Ich gebe mein Auto in der Mietwagenstation ab, vergesse allerdings, von meiner zerkratzten CD zu berichten. Im Flughafen angekommen, frage ich mich durch, an welche Schlange bei der Air France ich mich denn jetzt anstellen muss – „Baggage Drop Off“ wird mir gesagt. Eigentlich für die Leute, die eingecheckt haben, aber ihr Gepäck loswerden wollen. Da stehe ich dann 25 Minuten in der Schlange, bis ich meine Bordkarte bekomme. Jetzt zur Sicherheitskontrolle – aber dort werde ich nicht durchgelassen! Auf meiner Bordkarte steht nur „Uhl/G“ statt der gesamte Vorname. Na toll! Langsam bin ich echt sauer. Zurück zum Air-France-Schalter, wo die Dame handschriftlich (!) meinen Vornamen ergänzt und abstempelt. Zweiter Versuch zur Sicherheitskontrolle, diesmal werde ich zugelassen, dann durch den Nacktscanner ohne Beanstandung, aber natürlich wird meine Laptop-Tasche wieder untersucht. Als ich oben vor dem Gate bin, rufe ich Christiane an und muss erst einmal meinen Frust über Air France loswerden. Christiane erzählt mir, dass für morgen schlechtes Wetter in Frankfurt erwartet wird. Sie will schon mal nach Zugverbindungen schauen, falls aus meinem Weiterflug von Paris nach Frankfurt nichts wird. Na, das kann ja heiter werden.

Mit etwa einer halben Stunde Verspätung starten wir in Houston. Nach einer Dreiviertelstunde – noch hatte die Crew nicht mit dem Service begonnen – kommt auf einmal die Durchsage, wir würden umkehren und nach Houston zurückfliegen! Ich habe den Grund nicht verstanden, sehe aber auf dem Bildschirm vor mir, auf dem man mitverfolgen kann, wo wir uns befinden, dass wir tatsächlich einen U-Turn gemacht haben und dahin fliegen, wo wir hergekommen sind. Statt dass sich die Passagiere darüber unterhalten, was da los sein könnte, verhalten sich alle, als hätten sie gar nichts mitbekommen. Irgendwann höre ich, der Rückflug erfolge wegen eines „technischen Problems“. Ich habe zwar keine Panik, aber das kann im Grunde alles heißen. Und das Personal würde einem immer nur beruhigende Auskünfte geben, egal wie ernst die Lage wäre – logisch. Da ist es wieder, das Thema Ehrlichkeit. Im Grunde sind Auskünfte dieser Art aber dann eben doch nicht beruhigend, wenn man nicht weiß, ob sie der Wahrheit entsprechen. Wir fliegen langsamer und tiefer zurück als üblich. Nachdem die Stewardess einem Passagier, der am Notausgang sitzt, ein paar Anweisungen erteilt hat – was natürlich reine Routine sein kann –, überlege ich mir, dass es Gründe geben könnte, dass wir das Flugzeug nach der Landung schnell verlassen und unser Gepäck zurücklassen müssten. Ich ziehe meine Jacke an, weil die zwei Taschen hat, und stopfe mein Portemonnaie mit den Kreditkarten und Papieren sowie das Täschchen mit meinem Bargeld links und rechts hinein. Nur für alle Fälle... Im Übrigen denke ich, dass ich nicht böse wäre, wenn sich der Rückflug um einen Tag verzögern würde. Dann hätte ich noch eine Chance, bei einem Postamt meine Einkäufe zu machen. Aber dazu soll es doch nicht kommen.

Gut anderthalb Stunden nach unserem Abflug landen wir sicher – zurück in Houston. Die Passagiere applaudieren nach der Landung. Das kenne ich nur von Charterflügen und ist bei Linienflügen ganz unüblich. Aber offenbar sind die Leute doch erleichtert, dass sie wieder festen Boden unter den Füßen haben. Ein Team von Sicherheitsbeamten kommt an Bord, mit Spürhunden. Offenbar geht es darum, einen verdächtigen Gegenstand zu untersuchen. Wir dürfen die Handys benutzen und ich rufe Christiane an, die natürlich gar nicht damit rechnet, dass ich um diese Zeit anrufe, wo sie mich über dem Atlantik glaubt. Schließlich kommt eine Durchsage, von der ich kein Wort verstehe, weil die Leute so laut sind. Mein Sitznachbar klärt mich netterweise auf. Wir müssen das Flugzeug verlassen, dürfen unser Gepäck dort lassen oder auch mitnehmen. Ich nehme es mit – wer weiß, was als nächstes kommt. Wir werden durch den halben Flughafen geführt, bis wir in einem großen Konferenzraum Platz nehmen dürfen. Handys sind dort nicht erlaubt – ich glaube, die Sicherheitsbeamten befürchten, dass man damit fotografieren könnte. Besonders einer der Uniformierten scheint sich unglaublich wichtig vorzukommen, wie er mit seinem Waffengürtel so breitbeinig da steht wie sonst ein Mann beim Pinkeln – so viel dazu, wie es auf mich wirkt… Wir verbringen die Zeit mit Warten, etwa eine halbe Stunde. Niemand kommt auf die Idee, für etwas zu trinken zu sorgen. Seit Stunden gab es weder Essen noch Getränke. Echt schlechter Notfall-Service, wie ich finde. Dann werden wir wieder zurück zu unserer Maschine gebracht. Dort frage ich erst einmal nach einem Glas Wasser, weil ich fürchterlich durstig bin. Die hätten doch bestimmt einen Platz für uns finden können zum Warten, ohne dass wir so weit durch den Flughafen hätten laufen müssen. Jedenfalls bringt meine Bitte die Crew offenbar auf den Gedanken, überhaupt mal Getränke für die Passagiere bereitzustellen.

Mittlerweile habe ich eine Idee, was den Hintergrund dieser ganzen Aktion betrifft, die mir mein Sitznachbar bestätigt – er hatte jemanden gefragt. Eine offizielle Information haben wir bis jetzt nicht erhalten. Ich telefoniere nochmals mit Christiane, die im Internet gefunden hat, dass unser nächster Start um 20.30 Uhr erfolgen soll. Das soll sich dann allerdings noch bis 21.15 Uhr hinziehen. Ich verabrede mit Christiane, dass ich mich von Paris aus melde. Und ich berichte ihr noch, was jetzt eigentlich Sache war: In der ersten halben Stunde nach unserem Start hatte das Personal zwei Durchsagen gemacht, dass ein Nokia-Handy gefunden worden sei, und der Besitzer werde gebeten, sich beim Personal zu melden. Nun, es hat sich niemand gemeldet. Gut möglich, dass das Handy jemandem unbemerkt beim vorherigen Flug aus der Tasche gerutscht ist, aber dem Piloten war das Risiko zu groß, weil ein Handy auch als Auslöser für eine Bombe genutzt werden kann. Deshalb entschloss er sich zur Umkehr. Mit fünf Stunden Verspätung starten wir also erneut in Houston. Das alles ärgert mich jetzt nicht wirklich – vermutlich sind wir alle froh, dass die ganze Geschichte am Ende harmlos war.

Mein Anschlussflug in Paris ist natürlich schon seit Stunden weg. Immerhin bleibt mir damit möglicher weiterer Ärger erspart, denn auf meiner zweiten Bordkarte steht auch nur „Uhl/G", aber die Dame in Houston meinte ja, das sei egal, denn in Paris wäre es ein anderes Sicherheitsteam (?!). Wir werden von einem Beamten empfangen, der uns entsprechend unserer weiteren Reise berät. Mir sagt er, ich soll mich nicht hier anstellen, wo es sicher eine Stunde dauern würde, sondern zu dem Terminal gehen, von wo aus mein nächster Flug geht. Ich frage dort erst am Ticketing-Schalter, werde in den Abflugbereich geschickt. Der Sicherheitsbeamte schaut überhaupt nicht auf meine Bordkarte – die ja nicht gültig ist, weil der Flug längst in Frankfurt gelandet ist. Ich frage ihn, er erklärt mir unwirsch, er sei hier für die Sicherheit und nicht für die Flugbuchungen da, aber ich will doch nur wissen, ob ich hier überhaupt richtig bin! Schließlich finde ich den Schalter, wo mein Flug umgebucht wird. Es geht eine Maschine um 15.30 Uhr – das passt gut. Nach der Sicherheitskontrolle suche ich mein Gate und rufe nun Christiane an. Erst denke ich, mein Handy geht nicht, aber ich habe nur vergessen, es von USA-Standard auf Europa zurückzustellen. Ich teile Christiane also mit, wann sie mich in Frankfurt abholen kann, und der letzte Teil der Reise verläuft dann problemlos. Vom Wetter her gibt es keine Probleme. (Wie ich später höre, hatte Andrea die allerdings am Tag nach mir, ebenfalls von Paris nach Frankfurt – mit erst dem O-Saft und dann dem Steward auf dem Schoß aufgrund heftiger Turbulenzen...) Am Ende bin ich mit sechs Stunden Verspätung wieder zu Hause von einer Reise, bei der diesmal nicht alles so ideal geklappt hat wie im letzten Winter, als ich mich wie ein Glückspilz fühlte.

- DER ACHTZEHNTE BESUCH -

(Samstag, 30. Juni 2012, bis Mittwoch, 4. Juli 2012)

Der Monatswechsel Juni auf Juli wäre ideal gewesen für die Inanspruchnahme der Special Visits beider Monate, aber leider kann ich nicht schon am Mittwoch fliegen, sondern muss bis einschließlich Donnerstag arbeiten, und am Freitag singen wir Musiklehrer noch einem Kollegen bei seiner Abschiedsfeier, sodass ich meinen Flug für Samstag, den 30. Juni, gebucht habe. Immerhin ist der aber noch deutlich billiger als in der Hauptsaison Juli und August. Ich fliege mit der Lufthansa zunächst nach London und von dort mit United Airlines nach Houston, auf dem Rückflug wird es ein Direktflug mit United Airlines von Houston nach Frankfurt sein.

Christiane bringt mich – weil wegen des Ferienbeginns mit mehr Betrieb zu rechnen ist – sicherheitshalber schon um 5 Uhr morgens zum Flughafen. Es schlängelt sich wirklich eine endlose Reihe durch die Abflughalle, aber da ich am Vortag im zweiten Anlauf dann doch beide Bordkarten für heute beim Lufthansa-Online-Check-In habe ausdrucken können, betrifft mich das nicht und ich gehe gleich in Richtung Abfluggate zur Sicherheitskontrolle. Der Zufallsgenerator wählt mich für einen gründlichen Body Check aus, aber ansonsten alles kein Problem. Ich habe noch eine halbe Stunde Zeit bis zum Einsteigen, die ich mit Lesen verbringe. Der Flug nach London ist angenehm, ich habe einen Platz am Notausgang und eine solche Beinfreiheit, dass ich noch Stelzen auf dem Platz unterbringen könnte.

Allerdings kommen wir mit fast einer halben Stunde Verspätung in London an und die geplanten zwei Stunden Aufenthalt werden auf einmal bedrohlich kurz. Ich muss zunächst mit dem Bus von Terminal 1 zu Terminal 4, dann lande ich am Ende einer Schlange vor der Sicherheitskontrolle, deren Anfang nicht zu sehen ist. Zum Glück gibt es eine Abkürzung für Leute, deren Flieger innerhalb der nächsten 60 Minuten geht. Es sind noch 65 Minuten bis zum Abflug, aber in 15 Minuten schon ist Boarding Time – ich darf also die Abkürzung nehmen. Ich merke zu spät, dass ich vergessen habe die Münzenrolle aus der schwarzen Laptop-Tasche zu nehmen, rechne also damit, dass ich die öffnen muss. Jedoch, mein roter kleiner Koffer ist der Übeltäter. Was ich darin habe? Sunglasses, schlage ich vor, weil die schon mal auf dem Bildschirm Verdacht erregt haben. Was noch? Kleidung, sage ich. Was noch? Ich zucke die Achseln, weil mir gerade nichts mehr einfällt. Ich müsse doch wissen, was ich eingepackt habe! Ja, aber nicht auf Englisch, rede ich mich raus. Der Koffer landet an 4. Stelle in der Reihe der genauer zu untersuchenden Gepäckstücke. Die Reisende, deren Rucksack als nächstes untersucht wird, muss den Inhalt desselben komplett ausleeren. Ich werde sauer bei der Vorstellung, dass mir das gleich genauso gehen wird, wo ich es doch so eilig habe. Dann aber wird mein Koffer noch einmal in das Röntgengerät geschoben – und, oh Wunder, nun ist nichts mehr zu beanstanden...

In aller Eile packe ich nun um – Laptop und Flüssigkeitsbeutel in den Koffer, Kopfhörer, Lesebrille und was ich sonst noch während des Fluges brauche, in die Laptop-Tasche. Und dann ab zum Gate. Ich komme rechtzeitig zur vorgesehenen Zeit dort an und werde gleich beim Personal vorstellig, weil ich noch nirgends meine USA-Adresse losgeworden bin. Ich halte der Dame die Visitenkarte des Best Western in Livingston hin und sie füttert den Computer mit den Daten. Kurz vor dem Einsteigen werden mir, weil sich auf meinem Pass noch kein Aufkleber befindet, noch einige Sicherheitsfragen bezüglich meines Gepäcks gestellt, ob ich selbst gepackt habe usw. Auch die eigentlich erst bei der Einreise üblichen Fragen nach dem Grund und der Dauer des Aufenthalts kommen vor. Ich sage: Freunde besuchen, etwa eine Woche. Dann muss ich meine Unterlagen vorzeigen, aus denen der Rückflug abzulesen ist. Upps, Mist, von wegen eine Woche, nun sieht der Mann, dass ich schon in drei Tagen wieder die Heimreise antrete. Aber er ist zufrieden, sagt nichts dazu. Im Flieger habe ich diesmal keinen Gangplatz, sondern den mittleren von drei Plätzen in der Mitte – selbst so gewählt, weil alles andere nur viel weiter hinten im Flugzeug zu haben war. Es ist in Ordnung, die Leute neben mir sind nett und der lange Flug ist nicht unangenehm. Ich kann sogar etwas schlafen, da mir meine Nase nicht so weh tut wie sonst immer in der trockenen Luft. Ansonsten vertreibe ich mir die Zeit mit zwei alten Spielfilmen, die ich mir auf dem Bildschirm im Sitz vor mir anschaue, und anderem aus dem Unterhaltungsprogramm. Wir kommen mit ungefähr einer Viertelstunde Verspätung in Houston an, weil der Pilot einen Bogen um eine Schlechtwetterlage fliegt. Der Landeanflug ist jedoch nicht so „bumpy“, wie er uns angekündigt hat, sondern eigentlich ganz normal.

Am Einreiseschalter ist zum Glück gar nichts los und die Abfertigung geht problemlos und schnell. Ich habe mir schon überlegt, dass ich nicht wieder behaupten werde, die Aufenthaltsdauer sei eine Woche, ich sage: fünf Tage. Das stimmt immerhin mit An- und Abreise. Und wenn ich gefragt werden sollte, warum nur so kurz, dann musste ich eben bis gestern arbeiten (stimmt) und muss für einen runden Geburtstag in der Familie am Donnerstag wieder zurück sein (stimmt nicht, ist aber nicht nachprüfbar). Darüber hinaus habe ich mir so meine Gedanken gemacht, wie ich die Geldmenge erklären sollte, die ich bei mir habe. Nachdem letztes Mal der Einkauf für den Verein ausgefallen ist, habe ich jetzt das ganze damals schon abgehobene Geld bei mir. Die Menge ist zwar erlaubt, aber für so wenige Tage doch ungewöhnlich. Ich beschließe, in dem Fall die Wahrheit zu sagen. Es bringt einen sonst doch nur in Schwierigkeiten, wenn man sich in Widersprüche verstrickt. Und ich tue schließlich definitiv nichts Verbotenes. Aber dazu kommt es nicht. Keine Frage nach Geld dieses Mal und fünf Tage Aufenthalt ist auch kein Problem – als ich einmal „just three days“ sagte, habe ich mich damit ja verdächtig gemacht...

Bei der Autovermietung Hertz hole ich mir dieses Mal meinen Wagen ab. Ich habe erstmals das Auto zusammen mit dem Flug gebucht, weil das günstiger war. Ich habe also keinen Voucher, sondern nur ein Blatt mit einer Buchungsnummer, aber die Dame fragt nur nach meinem Namen und hat mich schon auf dem Schirm. Da ich kein Upgrade haben möchte, bekomme ich tatsächlich ein kleines Auto, einen weißen Nissan Versa mit einem Kennzeichen aus Missouri, nicht mehr neu mit 34.000 Meilen auf dem Tacho und einigen heftigen Kratzern auf der Stoßstange hinten, die ich bei der Abfertigung an der Ausfahrt dokumentieren lasse, damit es nachher nicht heißt, ich sei das gewesen. Ich mache mich also auf den Weg nach Livingston, es regnet zunächst, aber das gibt sich im Lauf der Fahrt, und es ist dann nur noch bewölkt. Die Temperaturen sind auszuhalten – eine Hitzewelle mit rund 40°C hat Texas zu meinem Glück gerade hinter sich. Ich komme um 16.30 Uhr am Best Western in Livingston an, telefoniere mit Christiane und erhole mich von der Reise.

Nachdem ich letztes Mal nur gerade noch so pünktlich zu meinem Abendbesuch gekommen bin, mache ich mich diesmal rechtzeitig auf den Weg zur Polunsky Unit. Der Beamte am Parkplatz ist, wie meistens an Samstagen, sehr nett. Bei der Anmeldung gebe ich meinen Pass ab und wechsle meine Geldscheine an dem Automaten in Münzen, muss dann aber noch draußen warten, bis die Besucher der vorigen Schicht das Gefängnis verlassen. Ich treffe auf Sylvia, die ich länger nicht gesehen habe. Sie bestätigt mir, dass sie jetzt das früher von Christa H. geführte Gästehaus „Blue Shelter“ betreut. Im Moment sei es leer, aber im August habe sie wieder Gäste. Nach den üblichen Sicherheitsvorkehrungen kommen wir schließlich um 20.10 Uhr im Besucherraum an.

Dort treffe ich auf eine Aufsicht, die mir unbekannt ist. Die junge Frau nimmt mir den blauen Zettel ab, den ich bei der Anmeldung als Besucherpass bekommen habe, gibt mir aber nicht wie üblich die Nummer des „Käfigs“ bekannt, in dem Willie sich befindet. Sie wisse nicht, wer wo sei, ich solle die

Reihe abgehen und selber schauen... Willie befindet sich gleich an erster Stelle, ich putze schnell den Telefonhörer noch mit meinem Sagrotan-Tüchlein, dann begrüßen wir uns. Ich erzähle von der Reise, von unserem neuen Zuhause, von den Haustieren – es ist ein angenehmes und ungezwungenes Geplauder. Ich frage Willie, ob er das Buch „The Shack" kennt – nein. Ich möchte es ihm als Geburtstagsgeschenk schicken lassen. Er hat erst im September, aber das ist egal – und Zeit ist letztlich kostbar. Ein Schüler meines Religionskurses in der 8. Klasse hat mich auf das Buch „Die Hütte" aufmerksam gemacht, weil es gerade zu unserem Thema passte, und ich habe es im Original gelesen. Eben dieser Schüler hatte mir vor einigen Wochen Grüße an Willie aufgetragen. Ich habe mit dem Kurs auf deren Wunsch sehr ausführlich über viele Wochen hin das Thema „Todesstrafe" im Unterricht behandelt und Willie hatte den Schülern einen Brief geschrieben.

In seinem letzten Brief hat Willie mir davon erzählt, er habe von Mitgefangenen gehört, es gebe jetzt frische Bananen in den Snackmaschinen des Besucherraums. Und tatsächlich hat er Glück: Ich kann für ihn zwei Bananen, eine Orange, einen Salat, sein bevorzugtes Sandwich, von dem gerade noch ein einziges da ist, einen Traubensaft und Chips erstehen. Ach ja, und einen Heidelbeer-Joghurt. Ich erzähle, dass ich Joghurt liebe, und er überredet mich zu einem Erdbeer-Joghurt und einer Packung Lunchables. Dann muss ich heute Abend auch nicht mehr zu Wal-Mart – das reicht als kleines Abendessen. Als Willie fertig ist, bedankt er sich für das Essen und den Besuch, und weil das so nach Verabschiedung klingt, sage ich, wir hätten noch 20 Minuten: Es ist erst 21.50 Uhr. Aber dann die böse Überraschung: Nur acht Minuten später erklärt die Aufsicht, die Zeit sei um! Wenn wir sonst erst nach 20 Uhr eingelassen wurden, konnten wir immer nach 22 Uhr entsprechend länger bleiben. Niemand auf der Besucherseite fängt deswegen an zu meutern, sondern alle beginnen sich zu verabschieden, deswegen machen auch wir dasselbe. Ich kann die Aufsicht auch irgendwie verstehen. Die junge Frau hatte mir während des Einkaufs für Willie erzählt, sie arbeite schon seit dem frühen Morgen – also 14 Stunden am Stück – und müsse morgen schon wieder um 8 Uhr hier sein. Andererseits stehen den Besuchern zwei Stunden zu und nicht weniger. Willie hatte mir gerade noch erzählt, dass er mit dieser Wärterin schon Probleme hatte, als er während seiner Erholungszeit nach einem Basketball gefragt hatte und sie ihm den nicht geben wollte. Er schiebt es aber darauf, dass sie noch jung und unerfahren sei.

Wir verabschieden uns also bis zum nächsten Besuch am Montag und ich falle im Hotel müde ins Bett. Am nächsten Morgen geht um 6 Uhr der Wecker, weil ich zeitig in Huntsville sein möchte. Nach dem Frühstück fahre ich los und komme um 8 Uhr an der Wynne Unit an. Mit acht Autos vor mir und ungefähr einem Dutzend Besuchern dauert die Wartezeit entsprechend. Immerhin haben sie ein Dach angebracht über dem Eingang des Anmeldehäuschens, damit man nicht im Regen oder in der Sonne stehen muss. Allerdings gibt es im Moment beides nicht. Der Himmel ist bewölkt. Bei der Sicherheitskontrolle wird meine „Jacke" – eigentlich mehr eine Art Flanellhemd – nicht akzeptiert. Warum ich die mitnehmen wolle. Falls es drinnen kühl ist. Ist es nicht, ist warm drin. Ich muss das Hemd dortlassen und kann es nach dem Besuch wieder abholen. Ansonsten: Nein, ich habe kein Mobiltelefon, auch keine Geldscheine und keine Papiertaschentücher dabei – letzteres stimmt nicht ganz, denn ich habe mir ein Tissue-Tüchlein in die Unterhose gesteckt. So ganz ohne was, falls man mal die Nase schneuzen muss o.Ä., fühle ich mich halt doch nackig.

Nach weiterer Wartezeit ist David schließlich um 9.10 Uhr im Besucherraum. Wir haben diesmal keinen Kontaktbesuch. Ich habe in den letzten Wochen mehrmals deswegen in der Wynne Unit angerufen und bin am Telefon weitergereicht worden, aber niemand wusste etwas darüber, dass David einen Kontaktbesuch beantragt hätte. Schließlich habe ich mich vor drei Tagen für einen „normalen" Besuch für heute registrieren lassen. David empfängt mich mit der Frage, wo ich gestern gewesen sei. Ich überlege kurz und sage: „Über dem

Atlantik…“ Offenbar hat David mich schon gestern erwartet und meint, das so in meinem Brief gelesen zu haben. Ich habe jedoch geschrieben, dass mein Flug am Samstag geht und ich ihn am Sonntag besuchen werde. Den Samstag hatte ich nur erwähnt, um zu signalisieren, dass und warum ich gerade nicht am Samstag kann. Offenbar hat er nur „Saturday“ gelesen und daraus die falschen Schlüsse gezogen – und sich Sorgen gemacht, weil ich nicht gekommen bin. Er fragt dann noch, wann ich angekommen bin, offenbar will er abchecken, ob ich ihn trotz Fluges am Samstag nicht doch noch hätte besuchen können. Als er hört, dass ich um 16.30 Uhr im Hotel war, sagt er nichts mehr dazu und akzeptiert anscheinend, dass es tatsächlich nicht gegangen wäre.

Da der Besucherraum vor allem am Beginn und am Ende unserer vierstündigen Besuchszeit nicht sehr voll ist, geht es ganz passabel mit der Verständigung durch Glas und Gitter hindurch. Bevor ich David etwas zu essen und zu trinken hole, frage ich mich, wie das denn hier jetzt mit den Tabletts funktioniert. Beim Kontaktbesuch müssen ja mittlerweile alle Chips-Tüten etc. geöffnet und der Inhalt muss auf ein Tablett gelegt werden. Auch beim Nicht-Kontaktbesuch ist das so, lerne ich, aber das macht dann der Beamte oder der Gefangene selbst unter dessen Aufsicht auf der anderen Seite des Raumes – ich reiche die Packungen wie gewohnt durch die Öffnung am Ende des Ganges.

David berichtet, er habe sehr wohl den Kontaktbesuch beantragt und sei am Freitag in die „Classification“, die dafür nötige Befragung, gerufen worden, jedoch habe man ihn abgelehnt. Diesmal nicht. Vielleicht nächstes Mal. Nach ungefähr zwei Stunden beginne ich meine „Jacke“ zu vermissen. Ich friere zwar nicht, aber es ist kühl, und wenn ich das Hemd jetzt da hätte, würde ich es anziehen. Irgendwann sehe ich eine andere Besucherin – mit einer dünnen Strickweste. Na toll, inkonsequent sind sie auch noch. Ich frage David, was denn eigentlich an einem Papiertaschentuch das Sicherheitsrisiko sei, weil mir das nicht in den Kopf geht.

David erzählt mir, dass man ein solches Tuch mit Säure o.ä. tränken könne... Immer wieder kommt David auch auf Geld zu sprechen. Ich habe zuletzt selbst das Schicken kleiner Beträge abgelehnt, weil ich nach dem Hauskauf letztes Jahr jeden Euro zweimal umdrehe. David hat bereits in seinem letzten Brief gezeigt, mit welchen Tricks er einen moralisch um den Finger zu wickeln versucht – sein Freund (!) sei es leid, David dauernd den Wasserkocher leihen zu müssen... Aber ich lasse mich diesmal nicht weichklopfen. Eine sechsstellige Schuldensumme sollte wohl ein mehr als akzeptabler Grund sein.

Ehrlichkeit ist ebenfalls eines unserer Gesprächsthemen, nachdem ich davon erzählt habe, dass die IgT bei ihrer Jahreshauptversammlung beschlossen hat, die Fotos aus den Brieffreundschaftsgesuchen zu entfernen, um mehr Chancengleichheit herzustellen. David gibt zu bedenken, dass Gefangene auch ein Foto zur Verfügung stellen könnten, das gar nicht sie selbst zeigt. Ich warte dann mit dem Beispiel auf, dass mich eine Frau einmal fragte, ob sie bei den Daten für die Besucherliste ihr genaues Geburtsdatum angeben müsste. Sie habe sich ihrem Brieffreund gegenüber ein paar Jahre jünger gemacht und fürchte jetzt, dass er das entweder erführe oder man sie nicht zum Besuch einließe, wenn das Datum nicht stimme.

Nach vier Stunden verabschieden wir uns. Während unseres Besuches hat es – von uns durch die Fenster zu sehen – mal heftig geregnet, einmal geblitzt und gedonnert. Draußen ist der Boden jetzt bereits wieder trocken. Ich hole mein Hemd ab, das über dem Rand eines Schirmständers hängt, und fahre von der Wynne Unit zum Gefängnismuseum, das dort in der Nähe ist. Ich will nur kurz bei den Büchern schauen, ob es etwas Neues gibt. Sie haben tatsächlich ein neues Buch da, oder besser gesagt: eine Neuauflage eines alten Buches über die Ellis Unit von Anfang der 80er Jahre, mit DVD – das Buch hatte ich gerade zu Hause bei Amazon entdeckt und bestellt. Immerhin kann ich jetzt schon mal einen Blick hineinwerfen, während das bestellte Exemplar auf dem Weg nach Deutschland ist.

Ich fahre nach Livingston zurück, kaufe im Wal-Mart noch etwas zu essen und rufe vom Hotel aus Christiane an. Nachdem ich den Einkauf quasi vernichtet habe, bin ich müde genug, erst einmal ein paar Stündchen schlafen zu wollen. Ich wache drei Stunden später so gegen 21 Uhr auf, aber eigentlich bin ich immer noch müde und beschließe weiterzuschlafen. Den Wecker stelle ich auf 4 Uhr morgens – zehn Stunden Schlaf sollen wohl reichen. Tatsächlich bin ich dann munter, berechne meinen geplanten Einkauf von Money Orders und Briefmarken und mache mich schließlich an den Beginn meines Reiseberichtes. Dann Frühstück und Fahrt zur Polunsky Unit. Auch heute steht ein netter Officer am Parkplatz. Nachdem ich die Motorhaube geöffnet habe, meint er: „Looks like an engine to me.“ Er hat einen durchaus nicht schmierigen, sondern einfach nur sympathischen und freundlichen Humor.

Als ich den Anmelderaum betreten habe und meine 25 Dollar in Münzen umwechseln will, signalisiert mir die Aufsicht, ich müsse das Geld zum Auto zurückbringen – die Wechselmaschine ist leer. Na dann, ich habe ja meine eiserne Reserve im Wagen. Die Packung mit dem Sagrotan-Tüchlein muss ich wieder einmal öffnen, ansonsten wundert die Aufsicht sich nur, dass ich so viele Münzen im Auto hatte – tja, gelernt ist gelernt... Nach der Sicherheitskontrolle gebe ich bei der Anmeldung meinen Pass ab, werde aber gar nicht wie sonst nach dem Namen „meines“ Gefangenen gefragt. Mein Name im Computer und schon ist offenbar alles klar. Ich schaue auf den blauen Zettel – doch, stimmt alles. Im Besucherraum angekommen, freue ich mich, die nette Ms. Williams als Aufsicht anzutreffen. Da weiß man eigentlich, dass nichts schiefgehen kann. Oder doch? Obwohl erst eine einzige Familie vor mir drin ist, deren Gefangener bereits gebracht wurde, und nach mir zunächst niemand mehr kommt, warte ich relativ lange, ohne dass Willie gebracht wird.

Ms. Williams kommt das merkwürdig vor und sie telefoniert. Offenbar war mit der Weiterleitung des Anrufes von der Anmeldung wirklich etwas schiefgelaufen, weil da gerade noch vieles andere anlag – man entschuldige sich ausdrücklich dafür. Und Ms. Williams – nachdem sie sich vergewissert hat, dass ich keinen weiteren Gefangenen mehr besuche heute – verspricht mir als Entschädigung etwas Extra-Zeit. Das finde ich ja mal supernett – dafür warte ich gern 40 Minuten.

Ich lasse mir von Willie ausführlich über sein „Lawsuit" erzählen: Er hat, wie zwei oder drei andere Gefangene, einen Prozess angestrengt wegen den Haftbedingungen im Todestrakt der Polunsky Unit. Dabei geht es ebenso um ihn persönlich betreffende Dinge wie die Gesundheitsschuhe, die er aufgrund seiner Behinderung braucht, aber nicht bekommt, aber vor allem auch um die allgemeinen Umstände, besonders die Einzelhaft, die verfassungswidrig oder ungesetzlich ist. Willie erzählt anschaulich, wie es um das Essen bestellt ist, wenn das Gefängnis auf Lockdown ist. Mit Hilfe einer Papiertüte von seinem Essen und seinem Sandwich zeigt er mir, in welchem Zustand ein sogenannter „Johnny" ankommt. Immerhin ist die Mahlzeit heute ein Festessen – nur leider ohne Salat, worüber Willie schon enttäuscht ist. Dafür gibt es dann gleich zwei seiner Lieblingssandwiches, wieder zwei Bananen, allerdings liegen heute nur einzelne in einem Fach, während es die am Samstag im Doppelpack gab. Apfelsaft, Traubensaft, Joghurt gibt's auch – am Ende sind 20 Dollar weg und es bleiben noch zwei für mich und drei für ein Foto. Irgendwann später sieht Willie eine Besucherin mit einer riesigen eingelegten Gurke in der Hand, und nicht nur er ist darüber überrascht. Ich gehe zu der Snackmaschine und sehe da tatsächlich eine Plastikpackung „Sour Pickle". Aber das Geld ist alle – Ms. Williams verspricht, mich morgen daran zu erinnern, aber ich bin sicher, Willie wird das ebenfalls nicht vergessen.

Wir sprechen über verschiedene Gefangene. So sitzt Anthony H. neben uns im Besucherraum. Ich erzähle Willie, dass ich ihm vor langer Zeit einen Brief geschrieben, er aber eine Brieffreundschaft abgelehnt habe, weil ich noch anderen schreibe. Willie meint, Anthony würde sowieso keinen Frauen schreiben, die älter sind als er. Ich frage Willie, ob Anthony immer noch so viel jünger aussieht – als ich ihn vor Jahren einmal im Besucherraum gesehen und ihm Grüße seiner Brieffreundin aus der Schweiz ausgerichtet habe, war ja mein erster Gedanke gewesen: Die stecken sogar Kinder in den Todestrakt! Ja, er sehe immer noch so aus, meint Willie dazu. Ich erzähle von einem Gefangenen, der ein sehr attraktives Bild in der Website der IgT hat und deshalb mehr Post bekommt, als er beantworten kann, und einige damit enttäuscht hat, dass sie keine Antwort von ihm erhielten oder er die Adressen einfach weitergegeben hat. Willie erzählt, dass wieder mehrere Handys im Todestrakt gefunden wurden, und eben dieser attraktive junge Mann habe mehrere gehabt, sogar ganz neue und attraktive Modelle aktueller Smartphones. Willie erzählt mir auch, was er mir schon per Brief mitgeteilt hat, dass er nach langer Zeit endlich von dem Gefangenen das Farbband für die Schreibmaschine bekommen hat, für das ich dessen eigentlich unverschämte Forderung eines dreifachen Preises bezahlt hatte. Und dann ist da noch John B., den Willie als seinen Zwillingsbruder bezeichnet, weil die beiden sich so ähnlich sehen, dass sie immer wieder verwechselt werden.

Schließlich berichtet Willie mir auf meine Bitte hin ausführlich über den aktuellen Stand seines Falles. Er ist jetzt im Fifth Circuit Court, was bedeutet, dass es nun endgültig ernst wird, wenn dieser ihn ablehnt. Willie ist jedoch zuversichtlich, dass er einige gute Argumente hat, die von seinem Anwalt eingebracht wurden, und erzählt mir detailliert, welche das sind. Ich höre z.B., dass sein Schwager laut Autopsie-Bericht bereits tot gewesen sein soll, als Willie ihn am Schluss in den Kopf schoss, was den Notwehrstatus unterstützen würde, wenn er diesen denn glaubhaft machen könnte. Ansonsten sei ein Angriffspunkt, dass der neue Staatsanwalt sein früherer Richter aus dem Prozess war, der davor auch schon als Staatsanwalt gearbeitet habe, was ihn als Richter nicht frei von Vorurteilen erscheinen lasse. Unzureichende anwaltliche

Vertretung ist ein weiterer Punkt: Sein Anwalt habe in der Strafzumessungsphase, in der es darum geht, ob der Verurteilte eine zukünftige Gefahr für die Gesellschaft darstellt, keine Zeugen aufgerufen, die für ihn hätten sprechen und belegen können, dass er keinesfalls zu Gewalt neige. Die Staatsanwaltschaft habe nur einen einzigen Zeugen gehabt, nämlich den Ex-Freund seiner Frau, dessen Aussage natürlich fragwürdig ist. Eine Bewährungshelferin dagegen habe ihn als vorbildlich mitarbeitend beschrieben, aber das wiederum habe die Jury nicht erfahren. So ganz blicke ich nicht durch, was vorgefallen ist, dass Willie überhaupt auf Bewährung war. Aber irgendwie ist mit dem Gesetz in Konflikt zu kommen in den USA ohnehin etwas reichlich Normales.

Wir bekommen von Ms. Williams tatsächlich 20 Minuten Extra-Zeit und ich finde, es war ein rundum gelungener Besuch. Weil sie gerade beschäftigt ist, gehe ich ohne mich von ihr zu verabschieden und ihr nochmals zu danken. Das kann ich morgen noch nachholen – denke ich. Ich fahre von der Polunsky Unit zur Bank, wo ich mir Dollar-Münzen und Quarters sowie 5-Dollar-Scheine geben lasse. Mit den Münzen frische ich meinen eigenen Vorrat auf, der durch den morgendlichen Streik der Maschine und den Besuch in der Wynne Unit wieder gelitten hat. Zum anderen habe ich einem IgT-Mitglied, das in zwei Wochen hier ist, versprochen Münzen im Best Western für sie zu hinterlegen, weil sie wie ich erst am Samstag anreisen wird und befürchtet, sie könnte am Abend ohne Geld im Besucherraum stehen, falls die Wechselmaschine leer ist. Die 5-Dollar-Scheine brauche ich, weil man seit einiger Zeit 25 Dollar mitnehmen darf. Also brauche ich zum Wechseln immer einen 20er und einen 5er-Schein.

Vom Hotel aus rufe ich zunächst zu Hause an, dann mache ich mich auf zur Post. Mich bedient wieder die nette Frau, die mir damals den Kalender geschenkt hat. Sie erinnert sich noch daran und gibt mir noch weitere Kalender mit. Ansonsten ist sie eine gute Stunde mit meinen Anliegen beschäftigt und beweist eine Engelsgeduld, obwohl die Maschine immer wieder streikt und sie die MO-Nummern per Hand eingeben oder die Maschine öffnen und das Farbband zurechtrücken muss. Die Gebühr für die MOs hat sich um 5 Cent erhöht, was meine Rechnung etwas durcheinander bringt, aber das ist jetzt egal. Und ich lerne, dass die 3000-Dollar-Grenze, ab der man den großen Papierkram ausfüllen muss, nicht für die Briefmarken, sondern nur für die Money Orders, allerdings inklusive der Gebühren, gilt.

Um 18 Uhr bin ich mit Connie verabredet und soll in ihr neues Haus kommen, zu dem sie mir den Weg exzellent beschrieben hat. Ich bin 10 Minuten zu spät, weil ich kurzfristig noch unter die Dusche gesprungen bin. Connie öffnet mir, aber o weh: Sie ist krank, hat überhaupt keine Stimme und kann nur flüstern. Sie ist heute Morgen so aufgewacht, hat mir um 8 Uhr eine E-Mail geschrieben, dass ich sie anrufen solle, aber ich habe den Computer um 7 Uhr runtergefahren und danach nicht mehr eingeschaltet. Sie wollte mich aber offenbar nicht abbestellen, sondern nur fragen, ob ich das Risiko eingehen wolle, mich bei ihr anzustecken. Naja, dieser Entscheidung bin ich ja nun enthoben. Wir verzichten nur auf Umarmungen, verbringen aber ansonsten zwei nette Stunden, wenn Connie das Reden auch schwerfällt. Drei Enkel sind zu Besuch bei ihr, zwei süße kleine Hunde sorgen für Abwechslung und dann sind da noch zwei goldige Kätzchen, erst so acht Wochen alt. Connie berichtet, sie habe das andere Haus ihrer Tochter verkauft, die jetzt dort mit ihren Kindern wohne. Es bliebe auf jeden Fall Familienbesitz – schließlich liegen Greg und ihre Mutter dort beerdigt. Da das neue Haus deutlich größer sei, lädt Connie mich ausdrücklich ein, ich könne zukünftig bei ihr wohnen, statt im Hotel, und so das Geld sparen. Ich bekäme einen Schlüssel, sollte mich wie zu Hause fühlen, es gebe auch Internet-Anschluss – und Hunde und Katzen, ergänze ich. Schließlich liebe ich Haustiere. Ich werde es mir überlegen – sollte jemals Christiane wieder mit nach Texas kommen, wäre es allerdings die Lösung eines Problems: Christiane ist allergisch gegen Lufterfrischer, und weil in den Zimmern im

Best Western solche installiert sind, könnte ich sie nicht mit ins Hotel nehmen.

Als ich wieder zurück bin, setze ich mich im Business Room des Hotels an den Computer, um online einzuchecken – es funktioniert problemlos und ich habe meinen Boarding Pass ausgedruckt in der Hand. Ich schreibe noch etwas an meinem Reisebericht weiter, bin dann aber zu müde und gehe lieber schlafen. Am anderen Morgen mache ich eine neue Rechnung auf für einen zweiten Besuch bei der Post. Ich habe nach dem Besuch noch Zeit, und mit einem zweiten Einkauf kann ich die Differenz aus der Money-Order-Gebühr wieder ausgleichen, nachdem ich jetzt den neuen Preis kenne. Ich packe dann meine Sachen, und nach dem Frühstück checke ich aus dem Hotel aus. Eigentlich bin ich etwas früh dran, aber die nette Dame am Empfang verwickelt mich noch in ein Gespräch, sodass der Zeitplan am Ende perfekt ist.

Am Parkplatz der Polunsky Unit steht derselbe freundliche Officer wie gestern: „Looks like the same engine as yesterday to me“, meint er beim Blick unter die Motorhaube. Nach der Sicherheitskontrolle hält mir die Beamtin am Eingang diesmal schon den blauen Zettel und das gelbe Schild mit meiner Besuchernummer entgegen, bevor ich den Pass abgegeben habe – das wird ja immer professioneller hier. Ich freue mich gerade, dass alles so glattläuft, da sehe ich im Besucherraum, dass heute eine andere Aufsicht Dienst tut – keine Ms. Williams, wie schade. „She's a bitch“, meint Willie, noch bevor irgendwas vorgefallen ist. Ich bin immer vorsichtig mit solchen Urteilen. Als ich für Willie das Essen hole, zeigt sie sich zwar nicht als ausgesprochen unfreundlich, aber hilfsbereit ist sie auch nicht, als ich etwas suche und nicht finde. Andererseits macht sie mich darauf aufmerksam, dass ich in einer Maschine mein Wechselgeld vergessen habe. Willie erzählt, Ms. Smith – so heißt die „Dame“ – sei früher Property Officer gewesen und immerhin sei sie hinsichtlich ihres Jobs ziemlich korrekt. Unter dem jetzigen Property Officer gebe es nur noch Chaos. Während Ms. Williams die Essensbesorgungen und Fotos allerdings selbst organisiert, also ihrerseits initiativ wird, scheint Ms. Smith sich darauf auszuruhen nur dann etwas zu tun, wenn man mit einer entsprechenden Frage auf sie zugeht. Das merkt man natürlich erst nach einer gewissen Zeit. Unser Besuch ist etwas über die Hälfte vorbei, als ich Ms. Smith wegen Fotos anspreche. Sie schaut mich mit großen Augen wenig freundlich an und meint dann vorwurfsvoll, warum ich damit nicht schon früher gekommen bin, anstatt wo der Besuch fast vorbei sei. Ich habe doch einen vierstündigen Besuch, sage ich – es sind noch fast zwei Stunden. Ich denke, sie hat das verwechselt, aber offenbar hat sie das nicht und bleibt dabei. Ich gehe auf meinen Platz zurück und sage zu Willie: „Okay, du hast Recht – ich mag sie auch nicht." Und erzähle ihm, was vorgefallen ist. Sie kommt schließlich, um die beiden gewünschten Fotos zu machen, die qualitativ zu wünschen übrig lassen, weil sie zu dunkel sind. Während Willie das für Absicht hält, weil immer alles getan werde, um die Gefangenen zu entmenschlichen, halte ich das schlicht für mangelndes Können, und vermutlich ist es ihr auch einfach egal.

Ich mag mich über die Frau nicht ärgern, weil die Zeit mit Willie zu kostbar ist, als dass ich sie mir durch schlechte Laune verderben lassen will. Weil Willie meint, er sei noch satt von gestern, hat er heute nur bescheidene Wünsche, was das Essen betrifft, aber eine Banane und ein Sandwich sind wieder dabei und vor allem die eingelegte Gurke! Ich gönne mir auch ein bisschen was, u.a. einen leckeren Traubensaft. Neben uns sitzt derselbe Gefangene wie gestern – auch heute war die Familie als einzige vor mir da. Willie erzählt mir, dass es sich um den Häftling handelt, der seinerzeit in seinem Auftrag das Bild einer meiner Ratten für mich gemalt hat. Ich frage Willie, ob der sich wohl daran erinnere? Sicher, meint Willie – worauf ich Willie bitte, ihn von mir zu grüßen, was er gleich erledigt. Heute ist der Besucherraum voller als gestern, es scheint auch einige Anwaltsbesuche zu geben. Ms. Smith sehe ich, lange nachdem sie uns die Kopien unserer Bilder gebracht hat, tatenlos an ihrem Tisch sitzen. So viel dazu, dass ich erst kurz vor Ende meines Besuches nach Fotos gefragt und sie damit in

Zeitnöte gebracht hätte. Aber sie hat ihre Rolle noch nicht zu Ende gespielt. Eine Viertelstunde vor Ende unseres Besuches kommt sie und verkündet, wir hätten noch fünf Minuten. Damit wird es aufs Ganze gesehen zu einem Nullsummenspiel: Heute und Samstag 10 Minuten zu wenig, gestern 20 mehr bekommen. Nein, ich lege mich nicht mit ihr an und lasse uns die letzten Minuten nicht vermiesen. Ich dehne die fünf Minuten auf sieben aus, bis sie kommt und „Zeit vorbei“ erklärt. Dann verabschiede ich mich von Willie und hänge den Telefonhörer auf die Gabel. Damit ist der Besuch offiziell beendet. Da meine Saftflasche noch nicht leer ist, trinke ich in aller Ruhe den Rest aus, packe dann demonstrativ langsam meine Sachen, werfe den Abfall weg und winke Willie noch einmal zu, bevor ich gehe – das kann ich mir dann doch nicht verkneifen. Schade, eine so unangenehme Aufsicht habe ich im Besucherraum noch nie erlebt.

Ich fahre nun zur Post, um noch einen kleineren Einkauf zu erledigen. Diesmal erwischt es den Kollegen von der netten Postbeamtin, die mich aber dennoch sieht und grüßt und dann auch ganz nett verabschiedet. Ich mache mich auf den Weg zum Flughafen, tanke den Wagen noch voll, bevor ich ihn abgebe. In dem Rental Car Center frage ich nach, von welchem Terminal mein Flug geht. Es sollte eigentlich Terminal E sein, weil von dort aus die internationalen Flüge von United Airlines gehen. Aber auf meinem Reiseplan steht Terminal C – der ist jedoch für Inlandsflüge von United vorgesehen. Der nette Beamte schaut im Computer und findet E-18 als mein Abfluggate, also doch Terminal E, wie vermutet. Nachdem der Shuttle-Bus mich dort abgesetzt hat, gehe ich gleich durch die Sicherheitskontrolle. Das Gepäck erregt diesmal überhaupt keinen Anstoß. Ich rufe Christiane an und habe dann noch etwa zwei Stunden Zeit, die ich dazu nutze, meinen Reisebericht weiterzuschreiben. Schließlich kann ich es nicht lassen und kaufe mir in einem Souvenir-Shop noch zwei T-Shirts, eines mit dem Aufdruck: „Everything's bigger in Texas“...

Beim Einchecken hatte ich am Vorabend meine Sitzplatzreservierung nochmals geändert. Offenbar habe ich dabei ein glückliches Händchen gehabt. Ich habe einen Gangplatz und neben mir bleibt der Sitz frei, was natürlich sehr angenehm ist. Im Flieger steht auf dem Bildschirm „Continental Airlines“ und die Maschine sieht innen auch aus wie bei meinem Continental-Flug seinerzeit. Das passt auch zu der Startzeit nach 18 Uhr. Trotzdem spricht die Besatzung immer von United – hat United Airlines die Fluggesellschaft Continental geschluckt? Möglich, dass ich davon gehört, es aber wieder vergessen habe. Ich kann über längere Strecken tatsächlich schlafen. Es gibt nur wenige Turbulenzen, meist ist der Flug ruhig, und wir kommen trotz 20 Minuten verspätetem Abflug sogar 10 Minuten zu früh in Frankfurt an, wo Christiane mich bereits erwartet.

- DER NEUNZEHNTE BESUCH -

(Samstag, 5. Januar 2013, bis Mittwoch, 9. Januar 2013)

Am Samstagmorgen des 5. Januar 2013 bringt Christiane mich wieder zum Flughafen: Es ist zwar der Lufthansa-Direktflug, den ich schon häufig genommen habe, aber zum ersten Mal mit einer A380, dem größten Flieger, den es gibt. Da ich die Bordkarte nach Online-Einchecken am Vortag bereits habe, bin ich schon eine halbe Stunde nach Ankunft am Flughafen abgefertigt und sicherheitsgecheckt am Abfluggate und warte auf das Einsteigen. Abgesehen davon, dass nicht weniger als drei Gangways zu den beiden Stockwerken des Fliegers führen, sieht er von außen gar nicht sooo riesig aus, wie ich mir das vorher vorgestellt habe. Auch innen ist die Breite nicht anders als gewohnt mit 10 Sitzplätzen in jeweils einer Reihe und zwei Gängen.

Ich habe den mittleren Platz von drei Sitzen auf der rechten Seite. Eigentlich wollte ich wie üblich einen Gangplatz, hatte das bei der Buchung bei Expedia bestimmt so angeklickt. Beim Online-Einchecken habe ich erst gesehen, dass es sich um einen Mittelplatz handelt. Da Gangplätze nur noch sehr viel weiter hinten im Flugzeug im Angebot waren, beließ ich es dabei. Und habe auch Glück, weil ich zwischen zwei durchaus schlanken und angenehmen Nachbarn sitze. Die neue Technik des Fliegers ist – anders als seine Größe – spürbar: Modernstes Unterhaltungsprogramm mit größerem Monitor direkt vor einem in der Rückenlehne des Vordersitzes – mit einer Klangqualität, die zusammen mit meinem guten Noise-Reduction-Kopfhörer sogar bei Klassik und Cecilia Bartoli ein Genuss ist... Aber auch Start und Landung fühlen sich so butterweich an, dass man gar keinen älteren Flieger mehr betreten möchte.

Die Besatzung muss nur noch mal die Kapazität des A380 überprüfen – haben die doch glatt nicht genügend Formulare für die Zollerklärung an Bord. Die muss ich dann also kurz vor dem Einreiseschalter in aller Eile ausfüllen. Zum Glück hält mich das nicht wirklich auf und die üblichen Formalitäten sind mit nur geringen Wartezeiten doch schnell erledigt; ich habe sogar eine sehr freundliche Beamtin erwischt – im Vergleich zu sonst. Nach dem üblichen Anruf zu Hause, um zu berichten, dass ich gut gelandet bin, geht's zum Mietwagenzentrum, wo ich mir wieder von Hertz mein Auto abhole. Diesmal ist es ein roter Nissan Versa mit Kennzeichen aus Oklahoma, nachdem ich alle Angebote hinsichtlich Upgrade, Zusatzversicherungen, Prepaid-Tankfüllung ausgeschlagen habe.

Dann mache ich mich bei bewölktem Himmel und etwas Regen auf den Weg nach Livingston – nein, diesmal nicht zum Best Western, sondern zu Connie nach Hause, die mich letztes Mal so ausdrücklich eingeladen hatte, bei ihr Quartier zu nehmen. Dort angekommen, begrüßt mich erstmal ein süßes Eichhörnchen, das im Baum neben der Einfahrt sitzt und futtert. Connies Wagen steht in der Einfahrt, sodass sie doch daheim ist – es war nicht klar, ob sie am Samstag würde arbeiten müssen, und sie hatte mir daher gesagt, wo sie in dem Fall den Schlüssel deponieren werde. Aber gerade wenn man zum ersten Mal zu Gast ist, ist es doch angenehmer, wenn man alles gezeigt bekommt, anstatt sich selbst zurechtfinden zu sollen.

Statt mich auszuruhen, quassele ich natürlich lieber erst einmal mit Connie, bis es Zeit ist, mich für meinen Abendbesuch fertigzumachen. Internet habe ich auch gleich ausprobiert; Connie hat WLAN und das funktioniert mit meinem alten Laptop sofort. Festnetztelefon hat Connie keines mehr, sodass die regelmäßigen Telefonate mit Christiane entfallen werden, aber dafür gibt es stattdessen eben mehr E-Mails. Anders als im Best Western habe ich natürlich auch keinen Fernseher vorm Bett bei Connie, sodass ich der Unart, die halbe Nacht vor dem Fernseher zu verschlafen, nicht nachkommen kann – dabei meinte Connie doch, ich solle mich wie zu Hause fühlen, hihi...

Kurz vor 19.30 Uhr mache ich mich auf den Weg zur Polunsky Unit. Am Parkplatz dort wird mein Auto wieder von einem netten Beamten untersucht. „Sieht für mich wie ein Motor aus“, den Satz bei Blick unter die Motorhaube kenne ich doch noch... Auf dem Besucherparkplatz stehen wieder Nummern an den einzelnen Parkplätzen, aber ich habe keine konkret genannt bekommen, also stelle ich mich einfach auf irgendeinen Platz. Dafür hat der Beamte per Walkie-Talkie meine Ankunft gleich weitergegeben. Ob das neu ist oder sonst nur immer erst erfolgte, wenn ich schon weg war, oder nur an Samstagen so gehandhabt wird, kann ich nicht sagen – das wird abzuwarten sein. Obwohl ich schon wieder knapp dran bin, macht das heute nichts, die Besucher der vorigen Schicht verlassen gerade erst das Gebäude. Ich dachte, ich bin mal wieder die letzte, doch das Gegenteil ist der Fall: Ich bin die erste für die zweite Schicht und nach mir kommen noch ein paar. Nach der Sicherheitskontrolle darf ich in den Besucherraum, wo Willie schon auf mich wartet.

Ich wische zuerst den Telefonhörer mit dem Sagrotan-Tüchlein ab – das kann allerdings nicht verhindern, dass die Telefonverbindung heute keine gute Klangqualität hat, sodass ich Willie immer wieder bitten muss zu wiederholen, was er gerade gesagt hat. Ansonsten ist alles okay. Schon bald nach Beginn unseres Besuches steht ein Wärter hinter uns wegen des Einkaufs an den Snackmaschinen. Himmel! Wir haben doch noch gar nicht Willies Bestellung besprochen! Er sagt mir schnell ein paar Dinge – zwei Salate, einen roten Apfel und eine Orange, Traubensaft, die Chips-Sorte Potato Skins... Ich nehme noch einen Joghurt dazu, aber wir sehen beide die Bananen zu spät und die Lunchables wären auch noch eine Option gewesen. Also: Hoffentlich gibt es Montag/Dienstag auch noch Bananen.

Kurze Zeit später werden uns Fotos angedient. Da noch genug Geld übrig ist, machen wir zwei Bilder, dann hole auch ich mir ein kleines Abendessen... Wir sprechen über verschiedene Dinge; ich gebe diverse Grüße weiter, u.a. von einem jungen Mann aus Österreich, mit dem ich per Mail in Kontakt bin, nachdem er vor wenigen Monaten meine ganzen Reiseberichte gelesen hat. Ein Thema ist auch die Terminierung meiner nächsten Texas-Reise. Willie hat seine Special Visits bis Mai bereits verplant und Anfragen für Besuche im Juni/Juli, für die ich seiner Aussage nach aber Priorität habe. Juni geht dieses Jahr hinsichtlich der Ferien nicht, die erst im Juli beginnen. Es kommen also nur Juli und bzw. oder August in Frage. Ich hatte schon nach Flügen geschaut zu Hause und zu meinem Entsetzen gesehen, dass der Direktflug 1300 Euro kosten soll und unter 1200 Euro auch nichts anderes zu bekommen ist! Freiflüge für meine Lufthansa-Meilen sind in der Economy-Class so gut wie ausgebucht. Ich könnte allenfalls für 105.000 statt 60.000 Meilen einen Business-Class-Flug buchen, müsste dann für rund 200 Euro fehlende Meilen nachkaufen und die Steuern bezahlen, käme dann aber auf 565 Euro für den Flug, und das in der Business Class...

Ich sollte es bald entscheiden, bevor man nichts mehr bekommt. Die Unsicherheit besteht allerdings auch darin, dass unklar bleibt, wann der Fifth Circuit Court in Willies Fall entscheidet und wie schnell im schlechtesten Fall dann mit einem Hinrichtungstermin zu rechnen ist. Willie geht jedoch davon aus, dass es nicht so bald passieren werde, sodass der Sommerbesuch doch geplant werden kann.

Am Ende der zwei Besuchsstunden bin ich doch einigermaßen müde, obwohl ich anfangs noch ganz fit war – meine innere Uhr war wieder zu Hause schon auf texanische Verhältnisse eingestellt. Aber die letzte Nacht war mit ca. drei Stunden eben doch sehr kurz und im Flieger habe vielleicht zwei Stunden geschlafen – alles nicht viel, und wenn ich jetzt (5 Uhr morgens) in Deutschland wäre, würde ich auch bereits an die zwei Stunden an der Matratze horchen... Wir verabschieden uns also bis Montag; ich fahre auf dem Weg zu Connie noch bei der Bank vorbei und hole erstes Geld für die Geschäfte in der Post am Montag. Im Flugzeug habe ich die Zeit genutzt und überschlagen, was ich für den Einkauf brauche – habe ich sonst erst irgendwann im Hotel gemacht, aber bei privater Unterbringung ist die Zeit am Ende kürzer, wenn man mit dem Gastgeber plauschen möchte.

Connie ist, wie von ihr angekündigt, schon im Bett, und mich hält es nach kurzer Konsultation des Laptops auch nicht mehr lange auf den Füßen. Schneller als ich eine komplette Seite auf meinem eBook-Reader lesen kann, bin ich auch schon eingeschlafen. Als ich in der Nacht mal höchstens halb wach werde, merke ich, dass das Licht aus ist – komisch, ich bin sicher, ich habe es nicht ausgemacht. Vielleicht ist Connie in meinem Zimmer gewesen, hat mich schlafend gefunden und die Lampe ausgemacht? Oder die Birne ist kaputt? Oder das Ding hat eine Zeitschaltuhr? Aber mit diesen Gedanken schlafe ich schon wieder...

Als um 6.10 Uhr mein Handy-Wecker geht, ist es immer noch dunkel im Zimmer und die Nachttischlampe bleibt tot beim Versuch sie einzuschalten. Mit notdürftiger Beleuchtung durch mein Handy-Display finde ich bis zur Zimmertür und zum Schalter fürs Deckenlicht – auch das geht nicht. Nein, das erinnert mich nicht an einen früher regelmäßig wiederkehrenden Alptraum, in dem das auch so war. Ich öffne die Tür und sehe im gegenüberliegenden Badezimmer eine in einem Glas brennende Kerze stehen – also: Stromausfall, und Connie weiß Bescheid und hat die Kerze ins Bad gestellt. Eine halbe Stunde später ist der Strom wieder da. Wie Connie mir erzählt, war der Strom seit 2 Uhr morgens weg, und zwar in der ganzen Straße. Sie sei durch das Piepsen ihres Handys aufgeweckt worden.

Ich mache mich kurz nach 7 Uhr auf den Weg nach Huntsville, um David zu besuchen. (Es ist neblich bei 3°C – wo ist denn der von der Wettervorhersage für Livingston versprochene

Sonnenschein?) Ich bin also früh dort. Es gibt keine lange Schlange beim Sicherheits-Check für das Auto, ich stelle es aber an der falschen Stelle ab, sodass mich die Wärterin vom Wachtturm aus auffordert, meinen Wagen umzuparken, und zwar in die erste Reihe – wo sonst für ranghöhere Offiziere reserviert ist und man sich nicht traut, sein Auto hinzustellen. Eine Neuerung offenbar und ich vermute deswegen, weil die erste Parkplatzreihe von dem Wachtturm aus besser zu beobachten ist. Obwohl ich letztes Mal mein Hemd nicht mit in den Besucherraum nehmen durfte, gehe ich heute mit Hemd und Jacke zur Anmeldung. Bei den Temperaturen sagt wirklich niemand etwas dazu bei der Sicherheitskontrolle. Zum Glück wurde ich vor der Abreise schon darauf hingewiesen, ich solle warme Kleidung mitbringen, es sei kalt. Daraufhin habe ich mir Christianes Schafwolljacke ausgeliehen – kann man echt brauchen; es ist ja fast kälter als zu Hause.

Nach vielleicht einer Viertelstunde Wartezeit kann ich meinen Besuch mit David beginnen. Auch im Besucherraum ist es kalt, David selbst hat einen Anorak an und ich behalte Hemd UND Jacke die ganzen vier Stunden an. Ein Kontaktbesuch ist es wieder nicht, aber diesmal war es im Vorfeld auch keine Frage. David, der noch kein einziges Disziplinarverfahren in all den langen Jahren hatte, ist vor wenigen Monaten nach dem Besuch seiner Brieffreundin aus der Schweiz in Schwierigkeiten geraten. Beim Strip-Search habe er dem Wärter nicht schnell genug gemacht und dieser habe daraufhin behauptet, David habe ihn angefasst oder bedroht. Resultat jedenfalls ist, dass David ein halbes Jahr lang keine Kontaktbesuche bekommt, auch nicht mit seiner Schwester, sowie andere Restriktionen. David hat Widerspruch gegen die Entscheidung eingelegt, aber das Ergebnis lässt auf sich warten.

Andererseits ist es ohnehin äußerst zweifelhaft, ob wir ohne den Zwischenfall einen Kontaktbesuch erhalten hätten. Denn der Chef der Wynne Unit heißt jetzt Warden Hirsh. Das ist derjenige, der damals vor Kevins Hinrichtung, obwohl ich auf der Zeugenliste für die Exekution stand, nur Familienangehörigen Besuche erlauben wollte und die Kaltschnäuzigkeit besaß zu erklären, ich würde Kevin ja dann bei der Hinrichtung sehen...

Es befinden sich nur wenige Besucher im Besucherraum für Non-Contact Visits heute, sodass die Verständigung ganz gut klappt. Auch die Snackmaschinen sind heute mal kein Problem – offenbar gibt es neben zwei alten drei neue Geräte, die gut funktionieren, und sie sind auch einigermaßen gut gefüllt. Wir sprechen über verschiedenste Dinge. David macht z.B. eine Bemerkung über die neue Chemikalie für die Hinrichtungen, womit normalerweise Hunde eingeschläfert würden – diese Tatsache hört man immer wieder als Kritik an der Praxis der Todesstrafe. Ich berichte ihm, was ich schon Willie in einem Brief dazu schrieb: Wir schläfern einen geliebten Hund, der todkrank ist, doch deshalb ein, weil wir ihm weiteres Leiden ersparen wollen, und natürlich tun wir das dann auch auf eine Art und Weise, die den Hund möglichst wenig leiden lässt. Ich habe selbst unsere Tierärztin gefragt, die mir erklärt hat, dass sie – müsste sie einen Menschen einschläfern – nichts anderes nehmen würde als die Substanz, mit denen sie einen Hund oder ein Pferd einschläfert, nämlich Pentobarbital. Ich bin zwar grundsätzlich gegen die Todesstrafe, aber ich springe nicht auf jeden Zug auf, wenn es um die Argumente diesbezüglich geht.

Kurz vor 13 Uhr ist unsere Besuchszeit zu Ende. Als ich das Gebäude verlasse und zum Parkplatz komme, fliegt da ein Schwarm krähenähnlicher Vögel gerade um die Autos herum. Offenbar wurden sie aufgescheucht und setzen sich gerade wieder – auf die Autodächer und auf den Boden. Es ist ein Bild wie in Hitchcocks „Die Vögel“! Aber nicht so unheimlich; die Flattermänner sind eigentlich ganz nett. Überhaupt sind viele Tiere unterwegs in diesen Tagen. Ich habe schon diverse Eichhörnchen noch nach dem ersten bei Connie gesehen – eines auf der Herfahrt mitten auf der Straße! Zum Glück habe ich es nicht erwischt. Tote Tiere gibt es an Texas' Straßenrändern eh genug.

Ich fahre zurück nach Livingston – inzwischen scheint die Sonne, was den Tag doch erheblich freundlicher wirken lässt. Connie ist arbeiten und ich setze mich an meinen Laptop und schreibe ein paar Mails sowie den Beginn meines Reiseberichts. Irgendwann kommt Connies Tochter vorbei und versorgt die Hunde. Connie müsse länger arbeiten als erwartet und käme später.

Ich versuche Andrea, die wie letzten Winter auch wieder hier ist, per Handy, SMS und E-Mail zu erreichen – per Mail klappt es schließlich. Wir verabreden uns für 19 Uhr und gehen wieder zum Pizza-Hut wie letztes Jahr. Ich habe mein neues T-Shirt an, das ich mir letztes Mal am Flughafen gekauft habe: „Everything's bigger in Texas!“ Das soll mich daran erinnern, dass die kleinste Pizza auf jeden Fall groß genug für mich ist – aber selbst die schaffe ich nicht ganz, nehme den Rest (diesmal wirklich) mit. Andrea und ich unterhalten uns ausgiebig drei Stunden lang und haben riesig Spaß dabei – schallendes Gelächter ist keine Seltenheit.

Als ich um etwa 22.30 Uhr zu Connies Haus zurückkomme, ist sie bereits im Bett. Ich bringe mittels Systemwiederherstellung meinen Laptop wieder zum Laufen. Der hatte sich kurz vor dem Treffen mit Andrea aufgehängt und dann war das WLAN-Symbol weg, sodass ich nicht mehr online kam. Erleichterung, als es wieder geht... Mails und Reisebericht weiterschreiben, und dann bin ich kurz nach Mitternacht hinreichend müde für die eher kurze Nacht, die mir bevorsteht.

Als um 7 Uhr mein Wecker geht, würde ich am liebsten noch weiterschlafen. Connie ist schon auf, weil sie um 8 Uhr mit der Arbeit beginnt. Wir reden ein bisschen. Sie gibt mir eine Kopie ihres Hausschlüssels und erklärt mir, den könne ich mit nach Deutschland nehmen, damit ich jederzeit – auch wenn sie nicht in der Stadt sei – hier Quartier nehmen kann. Sie vertraue nur wenigen Leuten diesbezüglich, nennt mich zusammen mit zwei anderen Namen – das ist wirklich toll! Nachdem Connie das Haus verlassen hat, mache ich mich fertig und dann auf den Weg zur Polunsky Unit.

Am Parkplatz ist alles wie immer. Obwohl Andrea gestern erzählt hat, man dürfe keine Schals mehr ins Gefängnis mitnehmen, trage ich ein Halstuch – mal sehen, was passiert. An der Sicherheitskontrolle ziehe ich Jacke und Schuhe aus, die zusammen mit den wenigen Dingen, die man mitnehmen darf – 25 Dollar in Münzen, Pass, Autoschlüssel – durch den Röntgenapparat geschoben werden. Ich gehe durch den für mich vorgesehenen Metalldetektor und eine weibliche Aufsichtsperson kommt für den Pat-Search, tastet mich also ab. Sie ist diejenige, die mich auffordert, das Halstuch – das am Samstag übrigens nicht beanstandet wurde – abzunehmen. Ich werfe es auf den Tisch mir gegenüber, auf dem bereits meine anderen Sachen liegen, nachdem sie durch den Röntgenapparat durch sind. In dem Moment erst erklärt mir der durchaus freundliche männliche Wärter, ich dürfe den Schal ohnehin nicht mit hineinnehmen. Anders als bei Andrea, die ihn zurück zum Auto bringen musste, legt er mein Halstuch aber einfach auf den Röntgenapparat oben drauf, damit ich ihn später wieder dort abhole – hoffentlich denke ich daran!

Im Besucherraum bin ich die vierte, aber erst ein Gefangener wurde bereits gebracht. Dementsprechend lange dauert es, bis Willie kommt – eine gute Stunde nach meiner Ankunft vorne am Parkplatz. Unser Besuch startet also erst um 9.45 Uhr, aber das macht nichts. Ich erzähle Willie von der Sache mit dem Halstuch. Muslimische Frauen dürften ein solches aber als Kopftuch tragen, meint er. Für mich ist das kein Problem, über das ich mich aufregen könnte, es amüsiert mich eher. Vor allem bitte ich Willie, mich später daran zu erinnern, dass ich es nicht vergesse. Was ihn wirklich stört, ist allerdings auch mehr die Unklarheit, weil die Regeln nicht konsequent angewendet werden. Als Grund für das Schalverbot kann ich mir nur vorstellen, dass man einen solchen natürlich als Waffe verwenden könnte, um jemanden zu strangulieren. Allerdings sind Gürtel auch erlaubt, die dazu noch besser geeignet wären...

Willie bekommt heute wieder zwei Salate, Apfel, Orange, Grapefruit, Lunchables, Joghurt, Potato Skins, Fruchtsaft – aber leider gibt es keine Bananen mehr, die er sich gewünscht und auf die er sich gefreut hat. Die Zeit vergeht wie immer schnell. Beim Nachrechnen stellen wir fest, dass es bereits mein 13. Texas-Aufenthalt ist mit Besuchen bei ihm – vor sechs Jahren sahen wir uns das erste Mal – und meine 22. Reise nach Texas insgesamt. Vor 15 Jahren hat alles angefangen... Wir lassen wieder ein Foto machen, das recht gut ausfällt. Andrea kommt irgendwann nach mir für ihren Besuch und wir verabreden uns für den Nachmittag.

Haftbedingungen und die Mentalität vieler Gefangener sind wie so oft auch wieder Gesprächsthemen zwischen uns. Willie erzählt, dass neuen Häftlingen im Todestrakt von alten oft gesagt wird, man müsse drei Ziele erreichen: ein Buch schreiben, eine Organisation oder einen Verein gründen und heiraten. Letztlich laufe das alles darauf hinaus, an Geld zu kommen. Auf die Minute genau pünktlich kommt um 13.45 Uhr die Aufsicht zu uns und erklärt, die Zeit sei vorbei. Wir verabschieden uns also bis morgen. Als ich schon an der Tür bin, winkt Willie mir noch und gestikuliert, um mich an mein Halstuch zu erinnern. Aber sogar vorne im Anmeldungsraum macht mich die weibliche Aufsicht sofort darauf aufmerksam – sind doch alle sehr besorgt um mein Tuch, das wie meine Jacke Christiane gehört.

Ich fahre zunächst bei der Bank vorbei und hole aus dem Geldautomaten den Rest der Summe, die ich für den Einkauf bei der Post brauche, dann zu Connies Haus, um das andere Geld dort zu holen und schnell noch einen „Einkaufszettel“ zu schreiben. In der Post ist bei meiner Ankunft nur ein Schalter geöffnet und gerade viel Betrieb, sodass ein zweiter aufgemacht wird. Als ich an der Reihe bin, frage ich vorsichtig nach, ob das mit den vielen Money Orders jetzt überhaupt geht, und ich werde gebeten zu warten, bis der dritte Mitarbeiter wieder da ist. Eine gute halbe Stunde später geht es für mich dann los mit Briefmarken – 1.05er gibt es wieder nicht genug, diesmal stückeln wir mit 85ern und 20ern, kein Problem. Mich bedient wieder die freundliche Dame namens Debbie bzw. Deborah, die mir seinerzeit den Kalender geschenkt hat und die Menge meiner Bestellung kompetent bearbeitet. Da sie offenbar „hinter den Kulissen“ noch Post sortieren muss oder Ähnliches, druckt den Rest meiner 100 MOs schließlich der Chef der Postfiliale selbst, der auch sehr nett ist und erzählt, dass er in Deutschland im Rhein-Main-Gebiet stationiert war. Insgesamt verbringe ich heute zwei Stunden in der Post, aber dann ist alles erledigt.

Eine Stunde später als geplant treffe ich mich mit Andrea, aber wir haben kurz telefoniert und sie war auch zwischendurch im Post Office, um Briefe abzuschicken. Also kein Problem. Wir gönnen uns bei Whataburger einen solchen und erzählen viel. Auf einmal spricht uns jemand auf Deutsch an, weil er uns reden hört. Es ist ein älterer Mann aus Hamburg, der 1956 nach Ohio ausgewandert und mit seiner Frau gerade hier unterwegs ist... Gegen 19 Uhr mache ich mich zu Connie auf, die gesagt hatte, sie käme nach 18 Uhr von Arbeit und Einkaufen. Connie ist noch nicht da und ich checke schon online für meinen Flug morgen ein. Bordkarte kann, wie in der Vergangenheit auch manchmal, nicht ausgedruckt werden, sodass Connie später ihren Drucker gar nicht anwerfen muss. Weil ich morgen aber erst um 18.35 Uhr fliege und so keinen Zeitdruck habe, sehe ich das ganz gelassen.

Connie hat einen harten Tag hinter sich und ich bin auch müde, sodass wir beide schon um 22 Uhr herum ins Bett gehen. Meinen Reisebericht mag ich jetzt auch nicht mehr weiterschreiben, stelle mir lieber den Wecker eine Stunde früher. Um 6 Uhr weckt dieser mich zwar, aber kurz danach hätte heftiger Regen mit Gewitter mich ohnehin aus dem

Schlaf gerissen. Ich schreibe also meinen Bericht weiter. Der Abschied von Connie, die zur Arbeit muss, ist herzlich. Sie gibt mir noch einen Schirm mit – im Moment regnet es sintflutartig. Im Internet-Wetterbericht steht für Livingston als aktueller Stand gerade „leichter Regen". Da möchte ich eigentlich gar nicht wissen, was hier dann wohl „starker Regen" ist! Aber wie war das? „Everything's bigger in Texas!"

Ich packe schon meine Sachen zusammen, lasse sie aber noch bei Connie, bevor ich mich auf den etwa 15-minütigen Weg zur Polunsky Unit mache. Zum Glück hat der Regen ein bisschen nachgelassen. Aber das Wetter macht offenbar trotzdem alle etwas konfus. Der Wärter, der meinen Wagen untersucht, vergisst mich auf seiner Liste unterschreiben zu lassen. Dafür nennt er mir heute aber eine Parkplatznummer – Andrea meint später, er habe ihr gesagt, ich hätte mich auf den falschen gestellt, Nr.5 statt Nr.4. Ich selbst denke am Eingang vor lauter „Schirm und was mache ich mit dem" nicht daran, mein Papiergeld in Münzen zu wechseln, sodass mein Plastikbeutel mit den nicht erlaubten Geldscheinen durch das Röntgengerät läuft. Doch auch der Wärter merkt es nicht, weil er nicht aufpasst. Schließlich bin ich es selbst, die nach der Sicherheitskontrolle, bevor ich meinen Besucherpass erhalte, das Versäumnis bemerke und schnell noch das Geld wechsle.

Heute muss ich nicht so lange auf Willie warten. Obwohl ich ziemlich zur selben Zeit angekommen bin am Gefängnis wie gestern, wird Willie bereits um 9.20 Uhr gebracht. Die Schicht hat gewechselt, sodass eine andere Aufsicht heute Dienst tut als gestern – leider weder heute noch gestern das Goldstück Ms. Williams. Sie macht einen netten Eindruck, pfeift aber ziemlich scharf eine andere Besucherin an, dass diese auf ihrem Platz sitzen bleiben solle. Als ich sie frage, ob ich sofort schon das Essen für Willie bekommen kann, ist sie aber weiterhin sehr nett. Willie meinte gestern, ich solle heute einfach noch einmal das Gleiche für ihn holen, und zwar bevor er komme, damit wir die Zeit nicht verlieren. Das klappt also, wenn man davon absieht, dass ich den Joghurt vergesse, ich

Schaf. Da heute keine Fotos gemacht werden, bleibt auch noch genug Geld, dass ich mir selbst ein kleines Frühstück zusammenstellen kann. Natürlich vergeht die Zeit wieder wie im Flug. Nachdem wir gestern über Jonathan Nobles – einen Freund von Cliff – sprachen, von dem ich eine bewegende Doku besitze und einen Ausschnitt davon vor ein paar Wochen Schülern zeigte, wie er die Mutter seines Opfers traf, frage ich Willie heute nach seinen „Vorsätzen" vom letzten Jahr, seiner Hoffnung auf eine Aussprache mit den Familienangehörigen seiner Opfer. Doch diesbezüglich hat es keine Fortschritte gegeben. Sein Sohn habe ihm signalisiert, von dem Wunsch solle er sich verabschieden. Es sei chancenlos. Willies Familie nimmt einen größeren Raum unserer Gespräche ein heute. Andrea kommt schließlich für ihren Besuch und erzählt mir, dass sie Willies Bruder auf Facebook gefunden und angeschrieben habe. Willie erzählt mir daraufhin einiges über ihn – „he's a character"! Hat mal wegen Drogen sieben oder acht Jahre im Gefängnis gesessen in den 90ern, habe unzählige Strafzettel, weil er gar keinen Führerschein besitze, und sitze die Strafzettel dann von Zeit zu Zeit mit zwei Wochen Gefängnis ab...

Ich frage nochmals nach – Willie hat vier Geschwister. Er hat mir das alles früher schon mal erzählt, aber ich vergesse leider viele Details... Nach einer Weile sitzt Duane B. uns gegenüber – Willie winkt enthusiastisch, schafft es per Zeichensprache ihm zu signalisieren, dass ich diejenige bin, die David besucht hat; ich signalisiere, dass es David gut geht. Duane strahlt übers ganze Gesicht – er ist ein Sonnenschein, dass es sogar Andrea auffällt, die in meiner Nähe sitzt. Ich habe mit Duane B. vor ein paar Jahren nach einer Geburtstagskartenaktion mal kurz ein paar Briefe gewechselt. Im September 2011 hatte er einen Hinrichtungstermin, den erst der Supreme Court 90 Minuten nach der geplanten Zeit stoppte. Dass Duane statt einer lebenslänglichen Freiheitsstrafe das Todesurteil erhielt, kann auf die Aussage eines Psychologen im ursprünglichen Prozess zurückgeführt werden, der erklärte, dass bei ihm eine höhere Wahrscheinlichkeit bestünde rückfällig zu werden, weil er ein Schwarzer sei...

Schließlich kommen Willie und ich in der letzten Besuchsstunde noch richtig ins Diskutieren – ausgehend von dem aktuellen Amoklauf in Newtown reden wir über die Waffengesetze etc. in USA und Europa. Ich äußere mich entsetzt über den Republikaner, der bedauert hat, dass die Schulleiterin und die Lehrer nicht mit Waffen ausgestattet waren, um ihre Schüler zu beschützen. Ich zitiere Statistiken, die deutlich machen, dass dort, wo es viele Schusswaffen gibt, sie auch entsprechend häufig benutzt werden – das zeigen die Zahlen hinsichtlich der Anzahl der Tötungsdelikte mit Schusswaffen sehr deutlich: Auf die entsprechende Einwohnerzahl umgerechnet, sind es für USA 35, für europäische Länder um 5 herum! Außer der Schweiz, die bei 13 liegt. Zuerst wusste ich nicht, warum – doch dann erfuhr ich, dass jeder Angehörige der Schweizer Armee seine Schusswaffe zu Hause hat. Aber im Gespräch mit Willie wird deutlich, dass man gegen die Mentalität der Amerikaner hinsichtlich ihrer Waffen so leicht nicht ankommt. Dabei wäre vermutlich nicht einmal das passiert, was Willie in den Todestrakt gebracht hat, wenn es in den USA die Waffengesetze gäbe, die wir haben. Das fällt mir aber erst später ein, sodass ich das so nicht sage. Immerhin gestehe ich zu, dass ich – ob es um die Todesstrafe oder um Waffengesetze geht – nicht so überheblich bin zu behaupten, ich wüsste, wie ich denken würde, wenn ich in den USA statt in Deutschland aufgewachsen wäre.

Dann sind unsere vier Stunden vorbei und wir müssen Abschied nehmen. Ich verabschiede mich auch von Andrea und winke Duane nochmals zu. Schirm nicht vergessen! Den durfte ich im Übrigen bis ins Hauptgebäude mitnehmen und dort am Eingang in den Schirmständer stellen. Ich fahre ein letztes Mal zu Connies Haus, checke meine Mails, nutze das WC, verabschiede mich von Connies Hunden und fahre anschließend nach Houston zum Flughafen – die Fahrt allerdings ist streckenweise heftig. Auch im Radio ist von „serious thunderstorms“ weiträumig über Houston die Rede, aber eine Stunde nach Abfahrt bei Connie bin ich doch heil dort angekommen, tanke das Auto voll und bringe es zum Mietwagenzentrum zurück. Mein Rückflug ist wieder der

United-Airlines-Flug um 18.35 Uhr – der früher mal von Continental Airlines war. Bordkarte ausdrucken und auch die Sicherheitskontrolle in Terminal E, doch der Flug geht von Gate C-14, das man mit der Shuttle-Bahn erreicht – ist also doch kein Fehler auf meinen Unterlagen, dass dort Terminal C als Abflug steht. Das hatte mich doch letztes Mal schon gewundert...

Während ich auf das Einsteigen warte, schreibe ich meinen Reisebericht weiter – bis jetzt ist alles noch „on time", trotz Gewittern über Houston. Man darf gespannt sein, ob es dabei bleibt... Das Einsteigen verzögert sich deutlich. Bei einem Blick auf die Bordkarten anderer Fluggäste sehe ich, dass ursprünglich Gate E-18 vorgesehen war, wie letztes Mal. Schließlich dürfen wir einsteigen. Die Crew achtet – im Gegensatz zum Hinflug – peinlich genau darauf, dass nach Gruppen eingestiegen wird. Das gefällt mir gut, denn wenn man sich selbst an die Regel hält und andere es nicht tun, sind die Gepäckfächer über dem eigenen Sitz manchmal schon so voll, dass man Schwierigkeiten hat, seinen Koffer unterzubringen. In dem Teil des Flugzeugs, das meiner Gruppennummer entspricht, ist noch nicht viel los. Das bleibt auch eine Weile so und wundert mich bereits, als eine Durchsage erfolgt: Es gibt ein technisches Problem mit dem Unterhaltungsprogramm – overheating entertainment system – und die Reparatur wird etwa zwei Stunden in Anspruch nehmen! Wir sollen wieder aussteigen, können das Gepäck aber drin lassen.

Anders als vor einem Jahr lasse ich meinen Koffer wirklich im Flugzeug, schließe ihn aber jetzt ab. Die Money Orders und Briefmarken sind da drin, aber das weiß niemand. Wir bekommen einen Gutschein über 10 Dollar, damit wir uns etwas zu essen kaufen können. Besonders weit kommt man damit nicht, denn hier im Flughafen kostet ein Sandwich schon so viel, aber etwas zu trinken kann ich mir selber noch leisten. Schließlich geht es ein zweites Mal ans Einsteigen. Ich tausche meinen Sitzplatz mit dem Herrn vor mir, damit er neben seiner Frau sitzen kann – Gangplatz gegen Gangplatz zu tauschen, macht mir natürlich nichts aus. Mit drei Stunden Verspätung heben wir schließlich ab, der Flug hat hin und wieder ein paar Turbulenzen, ist aber okay. Jedenfalls hätte ich eher wegen der „serious thunderstorms“ mit einer Verspätung o.Ä. gerechnet als wegen eines überhitzten Unterhaltungsprogramms! Von dem nehme ich diesmal ohnehin nicht allzuviel wahr, weil ich doch für meine Verhältnisse relativ viel schlafe.

Mit zweieinhalb Stunden Verspätung landen wir in Frankfurt; Christiane holt mich ab – ich hatte sie per SMS über die Verspätung auf dem Laufenden gehalten, bevor wir abgeflogen sind. Wenige Tage nach meiner Heimkehr treffe ich die Entscheidung für den nächsten Flug: Weil es keine Freiflüge mehr in der Economy Class gibt für den Sommer und auch definitiv keine unter 1200+ Euro – 1100+ mit 2x Umsteigen kommt auch nicht in Frage –, buche ich tatsächlich für meine komplette Flugmeilensammlung ein Ticket in der Business Class. Obwohl ich das Meilensammeln dafür begonnen hatte – nach Hauskauf und anderen finanziellen Verhältnissen wollte ich die Meilen ja lieber für einen Freiflug in der Economy –, nun werde ich also nächstes Mal im Juli 2013 in der Business Class einen Fensterplatz in der A380 belegen... Bis dahin dann...

- DER ZWANZIGSTE BESUCH -

(Mittwoch, 10. Juli 2013, bis Dienstag, 16. Juli 2013)

Am Mittwoch, dem 10. Juli 2013, fliege ich erstmals per Business Class mit der A380 der Lufthansa nach Houston/Texas – einzige Möglichkeit unter Einsatz meiner gesammelten Flugmeilen in der sommerlichen Hauptsaison günstig über den großen Teich zu kommen. Ich bin frühzeitig am Flughafen und lasse mir Zeit. Bordkarte habe ich schon nach Einchecken per Computer am Vortag selber ausgedruckt. Es geht überall ganz flott, wobei es schon ein merkwürdiges Gefühl ist, sich bei den bevorzugten Business-Class-Schaltern anstellen zu dürfen, sei es bei der Sicherheitskontrolle oder beim Einsteigen ins Flugzeug.

Da habe ich dann auch viel Zeit, um mich an meinem Platz quasi häuslich einzurichten. Weil man in der Business Class zwei Stücke Handgepäck mitnehmen darf, habe ich neben meinem kleinen Köfferchen diesmal noch eine Reisetasche dabei, wo neben dem Laptop und dem durchsichtigen Beutel für die Flüssigkeiten noch eine andere Tasche darin steht, in der sich alles befindet, was ich während des Fluges brauchen könnte, und die ich auch in Texas als Umhängetasche für unterwegs nutzen kann. So komme ich mit weniger Umpacken aus und habe in meinem Gepäck auch noch etwas Luft, falls ich irgendetwas in Texas kaufen sollte zur Mitnahme nach Hause.

Ich habe mich getraut, diesmal einen Fensterplatz zu nehmen – sonst möchte ich auf Langstreckenflügen immer einen Gangplatz, damit ich mich nicht so eingesperrt fühle – und bereue das auch nicht. Links von mir unter dem Fenster ist eine Art Gepäckablagefach, da quetsche ich meine Umhängetasche hinein und kann dann bequem jederzeit an alles dran. Rechts neben mir auf dem Gangplatz sitzt ein junger Mann, dem Dialekt nach aus Österreich – sehr höflich mit exzellenten Manieren. Offenbar ein echter Business-Typ, der gewohnt ist, in dieser Form zu reisen. Da komme ich mir direkt „neu-reich“ vor. Da wir uns bis auf Austausch höflicher Floskeln nicht weiter unterhalten, behalte ich es für mich, dass es mein erster Flug in der Business Class ist.

Das merkt er aber vielleicht sowieo, weil ich dennoch ungeniert das Blatt mit der Bedienungsanleitung für den Sitz studiere. Ansonsten schaue ich mir einfach heimlich ab, was er so macht, nachdem er als erstes die Schuhe ausgezogen und in dem dafür zwischen den Sitzen vorgesehenen Fach verstaut hat. Der Sitzplatz ist schon wirklich der Oberhammer, denn man hat richtig viel Platz, besonders auch nach vorne hin. Der Monitor im Sitz vor mir ist daher auch relativ weit entfernt, dass ich mit meiner Computer-Arbeitsplatzbrille die Schrift gar nicht richtig lesen kann. Ich kann die Beine ausstrecken und stoße doch nirgends an.

Dann aber der Sitz selbst: Den kann man elektronisch von der aufrechten Sitzposition in einen zum Entspannen geeigneten Sessel umwandeln und sogar fast flach in eine Liegeposition bringen – obgleich letztere für mich dann doch eher unbequem ist, weil mir da eine Unterstützung im Kreuz fehlt. Weil aber jeder Teil des Sitzes – Rücken, Sitzfläche und der Teil für die Beine – auch separat geregelt werden kann, findet man schon eine bequeme Lage und kann sie auch jederzeit verändern. Und dann noch dies: Der Sitz hat sogar eine Massagefunktion und massiert einem dann sanft den unteren Teil des Rückens. Ist schon genial...

Meinen Noise-Reduction-Kopfhörer von Sennheiser hätte ich zu Hause lassen können. Hier in der Business Class gehören entsprechende Sennheiser-Kopfhörer zum Standard. Er rutscht nur ein bisschen zu sehr und hält nicht richtig auf den Ohren. Auf andere Standards der Business Class könnte ich gut verzichten, angefangen von weißen Tischtüchern, als es Essen gibt, über die ausgeteilten Speisekarten bis zum

Champagner – auf letzteren verzichte ich aber sowieso freiwillig. Dass es weitgehend statt Plastik richtige Gläser und richtiges Porzellan gibt, mag immerhin umweltfreundlicher sein.

Das Essen ist schon eine Nummer leckerer, auch besonders gut gewürzt, damit es nicht fade schmeckt, aber für mich müssten es nicht diese exotisch vornehmen Dinge sein wie Glasnudelsalat, gegrillte Ananas usw. und überhaupt diese ganzen exklusiven Beschreibungen, mit denen ein normaler Mensch kaum etwas anfangen kann. Immerhin ist es ein Drei-Gänge-Menü, was einem jedenfalls die Zeit vertreibt...

Ich schlafe ein bisschen, höre Musik, schaue einen leicht verdaulichen Film (Fünf Freunde 2 – was habe ich die Bücher von Enid Blyton früher geliebt!), lese ein bisschen – von allem etwas, und schließlich landen wir nach einem überwiegend sehr ruhigen Flug 20 Minuten vor der geplanten Zeit in Houston. Ich komme kaum dazu, meine Umhängetasche etc. wieder in der Reisetasche zu verstauen, da verlassen wir schon die Maschine – auch ganz ungewohnt schnell. Natürlich sind die Schlangen an den Einreiseschaltern noch nicht überfüllt, sodass auch die Formalitäten dort rasch über die Bühne gehen. Obwohl ich diesmal eine Tasche mehr dabeihabe als sonst, werde ich auf dem Weg zur Zollkontrolle und dort selbst zweimal gefragt, ob ich sonst kein Gepäck habe – nein, ich bleibe nur eine Woche und habe alles bei mir, was ich brauche.

Dann geht es mit dem Shuttle-Bus zur Mietwagenstation, und ich bin speziell bei Avis vorsichtig genug, als mir wieder verschiedene Modelle vorgeschlagen werden, „the smallest“ zu verlangen. Nun, den bekomme ich dann auch. Es ist das kleinste Auto, das ich je in Texas hatte – „cute“, sagt Connie später dazu –, ein feuer(wehr)roter Chevy Spark mit zwar vier Sitzen und Türen, aber einem Kofferraum in Handschuhfach-Größe. Es passen mit Ach und Krach genau mein Köfferchen und meine kleine Reisetasche hinein. (Dafür ist der Autoschlüssel umso größer – dass er funktioniert wie ein

Klappmesser, das erklärt mir Willie am nächsten Tag – ausgerechnet er, der seit 20 Jahren im Gefängnis von der aktuellen Technik nicht wirklich viel mitbekommen hat!) Dem Nummernschild nach ist mein Auto wieder einmal ein „Ausländer“ – der Wagen kommt aus Kalifornien. Da ich früh dran bin, fahre ich ganz gemütlich nach Livingston, mit dem Gefühl, dass mich mit dem Nummernschild ohnehin jeder für einen Fremden hält und ich guten Gewissens langsam fahren kann. Der Highway ist ja mindestens zweispurig, sodass mich jeder locker überholen kann.

Mein Quartier habe ich wieder privat bei Connie in Livingston, wo ich nach knapp anderthalb Stunden Fahrt ankomme. Wir unterhalten uns zunächst, dann beziehe ich mein Zimmer. Connie hat in der Zwischenzeit einen kleinen Fernseher gekauft, der gegenüber von dem Bett steht – ich hatte ihr doch gar nicht erzählt, dass ich zu Hause immer vor laufendem Fernseher einschlafe, oder?

Ich lasse es am nächsten Morgen ruhig angehen. Vor dem ersten Besuch in der Polunsky Unit will ich von einem öffentlichen Telefon aus in der Wynne Unit anrufen, doch Connie stellt mir ihr Zweit-Handy für die Zeit meines Aufenthalts zur Verfügung, mit dem ich in den USA kostenfrei telefonieren und mich auch anrufen lassen kann. Oops, ein Smartphone, damit habe ich noch gar keine Erfahrung, aber Connie zeigt mir alles Nötige, und wenn man sich mit Computern auskennt, ist es wirklich nicht schwer. Ich rufe also mit dem Smartphone in der Wynne Unit an wegen dem Besuch mit David am Sonntag. Ich hatte es schon letzte Woche probiert, aber dasselbe Spiel wie vor einem halben Jahr: Einen Kontaktbesuch muss der Gefangene beantragen und davon ist nichts bekannt, aber ich kann nächste Woche – also jetzt – immer noch einen Non-Contact Visit beantragen.

Nach 9 Uhr fahre ich zur Polunsky Unit zu meinem ersten Besuch – alles wie immer bei der Sicherheitskontrolle und bei der Anmeldung. Ich muss kaum warten im Besucherraum,

Willie wird so schnell gebracht wie selten. Überhaupt ist kaum etwas los, was natürlich auch angenehm, weil so schön ruhig ist. Kathryn Cox ist da und begrüßt mich herzlich, als sie mich erkennt. Ich weiß nicht, wann ich sie zuletzt gesehen habe – sie wirkt kleiner und älter, aber immer noch so lieb, wie ich sie kenne. Hoffentlich bleibt sie den Gefangenen noch lange erhalten – Irene Wilcox, Kevins geistlicher Beistand in 2006 und früher zusammen mit ihrem Mann eine Institution in Sachen Besuche im Todestrakt, ist wenige Tage nach meinem letzten Besuch im Januar verstorben.

Die Snackmaschinen sind allerdings ziemlich leer, sodass für Willie seinen Wünschen entsprechend nur ein „light meal" bei rauskommt: Joghurt, Grapefruit, ein BBQ-Burger, Lunchables – leider kein Salat und keine Bananen. Dafür gibt's dann ein Problem mit der Getränkemaschine – die spuckt zwei Flaschen einfach nicht aus. 3,50 Dollar sind weg, aber die Aufsicht verspricht für den nächsten Tag, wenn die Maschinen wieder gefüllt werden, für Ersatz zu sorgen.

Wir haben eine ganze Menge zu reden. Ich möchte natürlich wissen, wie es Willie geht, nachdem der Fifth Circuit Court ihn vor knapp vier Wochen in allen Punkten abgelehnt hat mit seinen Berufungen. Vor allem, weil er zunächst so hoffnungsfroh war über eine Anhörung Anfang Juni, was eine Seltenheit sei. Gehört wurde da allerdings nicht er selbst, sondern seine Anwälte und natürlich die Gegenseite. Meine letzte JPay-Nachricht hat er nicht bekommen – der JPay-Drucker sei (erneut) für eine Woche kaputt gewesen. So teile ich Willie jetzt mündlich mit, dass sein Anwalt um eine Fristverlängerung bis Ende Juli für die Abgabe seines Antrags auf ein Re-Hearing gebeten, aber nur eine solche bis 12. Juli erhalten hat. Morgen muss der Anwalt also den Antrag auf Re-Hearing einreichen. Ich werde es verfolgen – ich habe seit einiger Zeit einen Online-Account bei PACER, wo man alle Unterlagen der Gerichte einsehen kann.

Jedenfalls: Willie geht es trotz des Ernstes der Lage gut. Er habe zwar Hoffnung gehabt und habe sie immer noch, aber er ist doch zu sehr Realist, als dass er nicht ernsthaft mit der Ablehnung des Gerichts gerechnet hätte. Je nachdem, wie es weiter verläuft, rechnet er mit etwa einem Jahr, das er noch habe bis zu einem Hinrichtungstermin. Ich habe Schlimmeres befürchtet und tue das immer noch – aber letztlich ist Willie derjenige mit 20 Jahren Erfahrung im Todestrakt.

Nach mehr als einem Jahrzehnt, erzählt Willie, habe sein Bruder ihn kürzlich besucht. Er schüttelt den Kopf darüber, dass sein Bruder alles naiv glaube, was im Internet geschrieben steht. Er habe recht vorwurfsvoll Willie nach den Details der Tat befragt. Auch habe er das mit dem Hearing nicht verstanden und geglaubt und verbreitet, Willie hätte einen neuen Prozess zuerkannt bekommen. Willie wolle neben seiner Frau beerdigt werden, was er dementiert, weil er eingeäschert werden wolle und ihm letztlich egal sei, was mit seiner Asche passiert.

Ich richte Willie Grüße von diversen Leuten aus, mit denen ich per Mail in Kontakt bin. Wir reden ausführlich über aktuelle Dinge im Rahmen der GCADP (Initiative gegen die Todesstrafe e.V.), aber auch über meine aktuellen persönlichen privaten Probleme. Bei Connie lagert seit geraumer Zeit ein Beutel mit Sachen von Willie – ich frage ihn, was damit passieren soll. Sie sind für seinen Sohn gedacht. Ob ich die Sachen an einen Freund von ihm, der in Livingston wohnt, weitergeben kann. Ich werde versuchen ihn per Mail zu erreichen. In dem Property-Sack habe ich von außen das Buch „The Shack“ entdeckt, das ich Willie letzten Sommer geschenkt hatte, und es Connie gezeigt, der der Titel nichts sagte. Beim Blättern in dem Buch zeigte sich, dass Willie es richtiggehend durchgearbeitet und viele Stellen markiert hat.

Nach vier kurzweiligen Besuchsstunden verabschiede ich mich. Ich fahre zu Wal-Mart ein bisschen was einkaufen und dann zu Connie, die heute ebenso wie gestern frei hat, aber im

Moment unterwegs ist, denn ihr Auto ist weg. Aber ich habe ja ihren Schlüssel. Ich erledige ein paar Sachen am Computer und am frühen Abend gehen Connie und ich dann zum Essen in ein neues mexikanisches Restaurant und reden über alles Mögliche. Aus ihrem Büro-Job ist nichts geworden, sie arbeitet immer noch Schichtdienst in der Notaufnahme im Krankenhaus. Aber im Moment hat sie Hoffnung, nächstes Jahr im Sommer für zunächst ein Jahr nach England zu gehen und dort zu arbeiten, falls sie ein Visum bekommt. Das wäre natürlich schön, wenn sie nur eine Flugstunde entfernt von allen ihren Freunden in Europa wäre. Ich drücke ihr die Daumen, dass es klappt.

Nach dem Essen bin ich so satt und träge, dass ich ziemlich bald ins Bett falle, obwohl es noch nicht einmal 20 Uhr ist. Aber das kenne ich ja alles schon. Dafür bin ich dann um 4 Uhr morgens wach und beginne mit meinem Reisebericht, bis es Zeit ist aufzustehen...

Da ich am gestrigen Abend ganz vergessen habe, an einem Automaten Geld zu holen für den Money-Order-Kauf – ich teile das meistens auf mehrere Tage auf, wegen dem Limit, was man an einem Tag abheben kann –, will ich das heute vor dem Besuch bei Willie erledigen. Jedoch: Böse Überraschung - erst ist bei meiner „Hausbank“ der Automat außer Betrieb, dann fahre ich zwei andere Banken an und schließlich wieder die erste, wo der Automat dann wieder in Betrieb ist, aber ich kann mit zwei verschiedenen EC-Karten nicht einen Cent aus den Automaten herausbekommen. Ich geb's erstmal auf und verschiebe die Lösung dieses Problems auf später.

Am Parkplatz der Polunsky Unit tut heute ein besonders netter und gut gelaunter Wärter seinen Dienst. Er redet unglaublich viel, aber ich verstehe nur einen Teil davon – macht aber nichts. Wie schon gestern bin ich „Nummer 5“ und parke korrekt auf dem mir zugewiesenen Parkplatz. Bei der Sicherheitskontrolle schaut der Beamte heute nicht in das Tütchen mit dem Sagrotan-Tüchlein – vermutlich kennt er das noch von gestern –, aber der Body Check fällt heute besonders gründlich aus. Zum ersten Mal muss ich nicht nur die Füße heben, sondern die Wärterin streift auch noch mit den Fingern über die Fußsohlen – huh, ich bin doch kitzlig! Und dann will sie in ALLE Taschen meiner Hose sehen – naja, und das sind bei einer Trekking-Hose natürlich auch genügend...

Auch heute wird Willie zu unserem vierstündigen Besuch schnell gebracht und ich muss nicht lange warten. Die Aufsicht hat bereits meine Getränke besorgt als Ersatz für die bei dem Streik der Maschine entgangenen Flaschen gestern. Die Snackmaschinen wurden soeben aufgefüllt, und so gibt es heute für Willie zwei Salate, zwei Bananen, zwei Joghurts, einen Pecan Pie, und für mich bleibt auch noch genug Geld übrig für ein Frühstück.

Ich habe schon die ganze Zeit Ausschau gehalten nach Maria – sie ist Mitglied der Initiative gegen die Todesstrafe e.V. und ich kenne sie schon länger. Ihr Brieffreund hat am kommenden Dienstag seinen Hinrichtungstermin und heute müsste sie ihn den ganzen Tag besuchen können. Schließlich ist sie es, die mich auf ihrem Weg zur Toilette an einer der Snackmaschinen sieht. Wir machen, wie vor ein paar Tagen schon per E-Mail angedacht, einen Termin für ein Treffen aus: Sonntag, 17 Uhr, am Golden Corral in Huntsville. Ich verstehe dann auch, weshalb ich sie die ganze Zeit nicht gesehen habe – ihr Besuch findet in einem Nebenraum zum eigentlichen Besucherraum statt, der sonst für Anwaltsbesuche genutzt wird. Ich habe schlicht vergessen, dass sie die letzten Besuche kurz nach Kevin 2006 dorthin verlegt haben.

Willie und ich setzen manche Themen von gestern heute fort. Jedenfalls sprechen wir wie gewohnt ausführlich und kurzweilig über alles Mögliche. Seinem Freund aus Livingston habe ich eine Mail wegen des Property-Beutels geschickt, jedoch keine Antwort bekommen. Wann ich meine nächste Texas-Reise plane? Dezember oder Januar – ich weiß es noch nicht, habe mich um geeignete Termine noch gar nicht gekümmert, aus der Befürchtung heraus, dass es schon vorher zu einem Hinrichtungstermin kommt.

Kathryn Cox ist auch heute wieder da, begrüßt mich im Vorbeigehen mit einer lieben Geste. Ansonsten ist der Besucherraum heute deutlich stärker gefüllt als gestern. Trotzdem bleiben die direkten Plätze neben uns frei, sodass es nicht wirklich unangenehm laut und eng wird. Nach auf die Minute genau vier Stunden beenden wir unseren Besuch – die Aufsicht (Ms. Adams) ist diesbezüglich sehr genau. Sie kann wohl auch recht streng sein und unangenehm werden, aber zu mir ist sie freundlich. Nun sind die zwei vierstündigen Besuche also schon vorbei und es bleibt nur noch ein zweistündiger Besuch am nächsten Montag. Ein bisschen komisches Gefühl, weil ich es anders herum gewohnt bin.

Draußen auf dem Parkplatz spricht mich plötzlich jemand an, ob ich Gabi sei. Sie stellt sich als Begleitung von Maria vor, die ihr den Auftrag gegeben habe, mir den Termin für das Treffen auszurichten, den ich nun schon weiß. Außerdem tauschen wir Handy-Nummern aus, damit Maria und ich uns bei Bedarf erreichen können. Schließlich kommt noch eine andere Frau dazu, die sich aus KDOL-Zeiten an mich erinnert. Wir schwatzen ein bisschen, ich erwähne allerdings nicht, dass ich bei Connie Quartier habe, denn Connie hat durchblicken lassen, dass diese beiden nicht gut auf sie zu sprechen seien. Die eine sei sogar verhaftet worden wegen Handy-Schmuggels. Was genau war, weiß ich nicht, aber offenbar gab es wieder einmal unterschiedliche Vorstellungen über die Art der Unterstützung von Gefangenen.

Ich fahre nun wieder zur Bank, für den nächsten Geldabheben-Versuch. Meine Idee ist in der Zwischenzeit, dass meine Bank vergessen hat, das Limit wie telefonisch beauftragt hochzusetzen, und der Betrag für die andere Karte einfach zu hoch war. Aber auch mit niedrigerem Betrag geht's nicht. Und auch nicht mit meinen zwei Kreditkarten. Ich probiere wieder vier Banken aus mit jetzt vier verschiedenen Karten -

schließlich bekomme ich bei einem Versuch 400 Dollar. Ich fahre kurz entschlossen die rund 20 Kilometer nach Onalaska und versuche es dort bei der Bank. Mittlerweile habe ich die Idee, man kann vielleicht nur noch 400 Dollar maximal abheben pro Aktion – das hatte ich bei einer anderen Bank in der Vergangenheit einmal. So schaffe ich es mit der zweiten Kreditkarte schließlich, noch dreimal diese Summe abzuheben – aber mit den EC-Karten geht weiterhin gar nichts.

Jetzt habe ich zwar nicht so viel Geld wie sonst, andererseits muss der Einkauf diesmal auch nicht so groß ausfallen, da ich vom letzten Mal noch viele Money Orders übrig habe. Zurück in Connies Haus rechne ich aus, was genau ich bei der Post von der Summe einkaufen will – es sollte ja der Buchführung wegen centgenau aufgehen. Ein bisschen im Internet surfen, fernsehen usw., dann bin ich bald so müde, dass ich nicht warte, bis Connie nach 22 Uhr von der Arbeit kommt, sondern bereits schlafe.

Am Samstagmorgen lümmele ich erst ein bisschen herum, unterhalte mich etwas mit Connie, bis sie zur Arbeit muss. Dann mache ich mich in aller Ruhe für den Besuch bei der Post fertig. Obwohl es schon 10.30 Uhr ist, ist in der Post zum Glück nicht viel Betrieb. Die nette Angestellte namens Debbie, die mich schon häufiger bedient hat und gerade hinten in der Post arbeitet, sieht mich und kommt, um mir auch heute zu Diensten zu sein. Zum Glück sind es nur knapp halb so viele Money Orders wie sonst immer, sodass es nicht zu stressig wird.

Ich hole mir danach bei Wal-Mart etwas zu essen für den Tag – ooohh, ich finde einen einsamen Strawberry Cheese-Cake im Kühlregal von der Sorte, die ich früher so gern gegessen und schon so lange nicht mehr gesehen habe. Ich fürchte, der hat gerade einen neuen Besitzer gefunden und wird den Tag nicht überleben...

Für heute habe ich nicht viel mehr geplant – ein Tag zum Relaxen ist aber auch durchaus angenehm. Ich schlafe am Nachmittag fast drei Stunden, Maria ruft an und fragt mich nach der Telefonnummer von Pastor Sylvia, die in der Zwischenzeit das Blue Shelter Guesthouse vermietet, weil die Mutter ihres Brieffreundes sich nicht einmal um ein Quartier gekümmert habe. Ich verspreche, ich versuche über Connie etwas rauszubekommen. Die Telefonnummern, die ich von Sylvia habe, sind von 2006 und vermutlich nicht mehr aktuell. Was Maria über die Mutter ihres Brieffreundes beschreibt, erinnert mich sehr an Kevins Mutter, die damals auch absolut nichts geregelt bekommen hat.

Ich schreibe dann an meinem Reisebericht weiter, will danach noch meine Nachrichtenseite auf den neuesten Stand bringen – das hätte schon vor ein paar Tagen passieren sollen... Diesmal bin ich vermutlich noch auf, denke ich, wenn Connie nach Hause kommt. Morgen habe ich dann volles Programm in Huntsville.

Am Sonntagmorgen mache ich mich also auf den Weg nach Huntsville, um David zu besuchen. Nach bislang sonnigen Tagen ist der Himmel heute erstmals bewölkt, was die Temperaturen angenehmer macht – allerdings ist es meinem Gefühl nach für die Jahreszeit in Texas auch in den vergangenen Tagen noch vergleichsweise erträglich gewesen.

Ich bin kaum losgefahren, sehe ich auf dem Display in meinem Auto eine Warnlampe, die wohl eher nicht brennen sollte. Vor allem kenne ich dieses Symbol auch gar nicht. Es sieht aus wie der Querschnitt eines Autoreifens mit einem Ausrufungszeichen darin. Das soll doch nicht wirklich heißen, dass die modernen Autos jetzt sogar schon signalisieren, wenn man zu wenig Luft auf dem Reifen hat, oder?? Im Handschuhfach liegt keine Bedienungsanleitung für das Auto, und weil ein Gang ums Auto zeigt, dass ich jedenfalls keinen Platten habe, und man auch sonst nichts merkt beim Fahren, ist es mir jetzt erst einmal egal und ich fahre weiter. (Wie war das in dem Film „Life of David Gale“? Da brannte am Anfang des Films auch eine Kontrollleuchte, und der Typ sagte zu der Reporterin: „Ignore it! It's a rental car.“ Als das Auto später tatsächlich liegen bleibt, hat es allerdings fatale Folgen...)

Ich komme ungefähr um 9.30 Uhr an der Wynne Unit an. Bis David kommt, muss ich relativ lange warten, aber schließlich wird sein Name aufgerufen und mir Platz Nummer 11 mitgeteilt. Erstmals ist er noch nicht da, als ich den Platz erreiche. Ich setze mich schon mal, und ein sympathisch-freundlicher anderer Gefangener, der in der Nähe sitzt, signalisiert mir, David sei auf dem Weg und käme gleich. Als er kommt, geht er fast an mir vorbei, aber derselbe Mitgefangene hält ihn auf und zeigt ihm, wo er hin muss und ich bin. Irgendwie kommt mir das Gesicht dieses freundlichen Menschen bekannt vor. Ich habe ihn bestimmt schon früher hier gesehen.

Wieder einmal hat es mit dem Kontaktbesuch nicht geklappt. David sagt mir zwar als erstes, dass der Major einen solchen genehmigt hätte, aber davon habe ich am Telefon nichts erfahren. Er habe mit dem Major am Donnerstag gesprochen, der ihm erklärt habe, er sei am Wochenende in der Unit und David solle einfach nach ihm fragen; er würde sich dann darum kümmern. Er spricht während unseres Besuchs mehrfach verschiedene im Besucherraum Dienst habende Wärter an, jedoch ohne Erfolg. Der Major lässt sich die ganzen vier Stunden über nicht blicken, sodass es bei dem Non-Contact Visit bleibt und wir nicht etwa umziehen können.

Die Snackmaschinen sind auch wieder eine Enttäuschung. Vier Maschinen schmückt ein „Out-of-Order“-Schild und in den restlichen ist nicht mehr viel drin. Die Sache mit dem Auspacken der Sachen, die dann auf ein Tablett zu verteilen waren, haben sie wieder abgeschafft, wie mir schon im Wartebereich aufgefallen ist. Ich frage David nach dem Hintergrund dafür, aber er kann nur mutmaßen, dass sie das ganze Geschirr nicht spülen wollten...

Wie immer, schleppt sich die Zeit mit David ein bisschen dahin. Er will, wie üblich, wissen, was ich am Samstag gemacht habe, ob ich wieder erst gestern angereist bin. Ich sage wahrheitsgemäß, dass ich ausnahmsweise schon seit Mittwoch da bin, und nur halb wahrheitsgemäß, dass ich gestern andere Pläne hatte und auch ein bisschen ausruhen wollte. Er akzeptiert es aber und macht keinen Stress, weil ich ihn wieder nur an einem Tag besuche. Gesundheitlich geht es ihm, bis auf Schmerzen im rechten Bein, ganz gut. Er arbeite immer noch daran, eines Tages aus dem Gefängnis freizukommen, habe diesbezüglich einen neuen Anwalt konsultiert.

Ich erzähle David von der Signallampe in meinem Mietwagen und bin auch hier wieder überrascht. David ist bekannt, dass moderne Autos tatsächlich anzeigen, wenn ein Reifen „low air“ habe. Na, dann werde ich das nachher mal checken. David fragt nach Texas-Sue und – wie immer – nach Tina, mit der ich vor vielen Jahren gemeinsam in Texas war und ihn besucht habe. Die Themen sind vor allem alltäglich, aber rasend viel haben wir uns einfach nicht zu sagen. Trotzdem habe ich nicht das Gefühl, dass wir uns als Fremde gegenübersitzen – von daher vergeht die Zeit zwar langsam, aber es ist auch nicht unangenehm. Zum Glück haben wir die meiste Zeit viel Platz um uns herum, sodass es einigermaßen ruhig ist.

Nach Ablauf unserer Besuchszeit verabschieden wir uns – läuft alles planmäßig, sehen wir uns im Winter wieder. Ich fahre dann als nächstes erst einmal zu einer Tankstelle und lerne, dass es die Luft in Texas nicht umsonst gibt. Anders als bei uns, nehmen sie in Texas Geld für Luft und Wasser an den Tankstellen. Aber das ist letztlich kein Problem und Münzen habe ich auch genug. Ich komme jedoch mit diesem Automaten nicht zurecht – da ist doch gar kein Messgerät dran, das einem den Reifendruck anzeigt! Ich gehe in den Shop der Tankstelle und erkläre mein Problem, aber nicht ein Angestellter, sondern ein Kunde erklärt sich spontan bereit zu helfen, zeigt mir, wie die Sache funktioniert, und prüft gleich alle vier Reifen, von denen zwei tatsächlich zu wenig Luft haben. Des Rätsels Lösung: Wenn man das dafür vorgesehene Teil auf das Ventil setzt, kommt daneben ein ganz altmodischer Metallstift mit Messskala hervor, den man sonst nicht sieht – kein Wunder, dass ich das nicht entdecken konnte. Ich bedanke mich und möchte dem Mann noch zwei Dollar zustecken, aber die lehnt er ausdrücklich ab. Ich hoffe, ich habe ihn damit zumindest nicht beleidigt, wollte andererseits aber meine Wertschätzung zeigen. Aber wie war das noch? Am besten ist ja: „Pass it forward!"

Ich fahre also weiter – die Kontrollleuchte ist aus – und schaue beim Wal-Mart in Huntsville rein, suche die Buchabteilung, denn ich möchte Connie gern das Buch „The Shack" mitbringen – und ich habe mit einer ziemlichen Enttäuschung im Vorbeifahren bereits gesehen, dass es den großen Buch- und Musikladen „Hastings" nicht mehr gibt. Aber bei Wal-Mart in Huntsville gibt es das gesuchte Buch genauso wenig wie in Livingston. Ich fahre noch ein bisschen herum, auch direkt beim ehemaligen Hastings vorbei, denn mich interessiert natürlich schon, ob sie einfach zugemacht haben oder nur umgezogen sind. Doch die Schilder an den Fenstern sind eindeutig: „We are closed" und einmal sogar „We are closed forever" – das war's dann also. Auch die ganzen benachbarten Geschäfte sind zu und die Gebäude leer. Es wirkt so, als ob das alles abgerissen und was Neues gebaut werden soll.

In der Tourist-Information greife ich zwei Telefonbücher ab, aber einen vergleichbaren anderen Buchladen scheint es nicht zu geben. Bei einem Bankautomaten mache ich ebenfalls Zwischenstation – wenn ich noch etwas Geld abheben kann, will ich morgen in der Post noch 200 Global Forever Stamps kaufen. Ich probiere jetzt doch noch einmal meine EC-Karte und – oh Wunder – diesmal bekomme ich auch damit Geld. Das verstehe, wer will – ich kann kein System dahinter entdecken!

Ich schlage bei Office Depot noch ein bisschen Zeit tot und treffe mich dann um 17 Uhr mit Maria am Golden Corral, wo wir uns vor anderthalb Jahren zu dritt mit Andrea getroffen haben, die heute noch von dem grandiosen Schokoladenbrunnen schwärmt. Dreieinhalb Stunden sitzen wir beisammen, essen uns durch das Büffet, reden aber vor allem ganz viel. Von Haustieren, Müttern und Familie, vor allem aber über die aktuelle Situation mit ihrem Brieffreund, der am kommenden Dienstag seinen Hinrichtungstermin hat. Maria erzählt, wie schwer es war, ein Bestattungsinstitut zu finden, das bereit ist, die Einäscherung eines Hingerichteten zu übernehmen. Und dann eben die Mutter, bei der ich schon vorher dauernd an Kevins Mutter denken musste.

Wir reden auch über einige echt persönliche Dinge, u.a. religiöse Standpunkte, die nicht dazu führen sollten, die Hände in den Schoß zu legen, und sogar über „Limburger Käse". Ich hoffe, es hat Maria gut getan, ein anderes Gesicht zu sehen und auch mal wieder Deutsch zu reden nach den ganzen letzten Tagen – wir verabreden, dass ich mich morgen auf jeden Fall nach Ende meines Besuchs verabschieden soll. Mir tut es leid, dass mein Flug schon morgen geht und ich Dienstagabend nicht mehr hier bin, aber ich werde sicher zu Hause mit meinem Herzen dabei sein und am Computer alles verfolgen. Maria sagt, ihr Brieffreund habe sehr engagierte Anwälte und nachdem kürzlich im sogenannten Trevino-Fall der Supreme Court eingegriffen hat, müsste er es in diesem Fall eigentlich auch tun. Ich hoffe es sehr für die beiden – aber was ist in Texas schon logisch...

Im Dunkeln fahre ich die Stunde von Huntsville nach Livingston zurück. Connie ist noch nicht da, kommt auch deutlich später von der Arbeit zurück. Ich habe in der Zwischenzeit online meinen Rückflug eingecheckt; sie wird mir morgen den Boarding Pass ausdrucken. Meine Sachen habe ich weitgehend auch schon zusammengepackt, sodass am nächsten Morgen nicht mehr viel zu tun bleibt.

Als ich am Montag ungefähr um 8 Uhr das Haus verlasse, schläft Connie noch, aber ich werde ja noch einmal zurückkommen. Obwohl ich heute eine gute Stunde früher bin als Donnerstag und Freitag, bin ich wieder die Nummer 5 auf dem Parkplatz. Auch diesmal erwische ich wieder einen richtig netten Beamten, der mir erzählt, dass er mal in Deutschland stationiert war vor langer Zeit. Bei der Sicherheitskontrolle ist alles wie gewohnt und nach Betreten des Besucherraums läuft mir als erstes Maria über den Weg. Sie sei gut zurück in ihr Quartier gekommen, habe gut geschlafen, ihr Brieffreund sei heute, anders als Freitag, pünktlich gebracht worden – das sei schon mal ein vielversprechender Start in den Tag.

Dann warte ich auf Willie für unseren letzten Besuch. Den Einkauf erledige ich schon vorher, wie mit ihm abgesprochen – der Speiseplan sieht die gleichen Sachen vor wie letztes Mal, und das klappt auch alles. Den Rest des Geldes gebe ich für mich aus; diesmal bleibt kein Cent übrig. Willie möchte im Detail wissen, was ich seit unserem letzten Treffen gemacht habe, und ich erzähle entsprechend.

Zur Änderung der Tablett-Geschichte in der Wynne Unit meint er, es könne dadurch ein neues Sicherheitsproblem aufgetreten sein, falls jemand eines der Plastiktabletts dazu missbraucht habe, um es seinem Besuch oder einem Wärter an den Kopf zu werfen.

Willies Freund aus Livingston ist auch im Besucherraum und Willie macht uns bekannt. Ich erkläre ihm, dass Willie seine Sachen gern zu ihm übermittelt hätte, damit sein Sohn sie erhält. Doch Willies Freund begreift nicht gleich, wie das gehen soll, und als Willie sieht, dass die Aufsicht bereits auf dem Weg ist, um uns zurechtzuweisen, beendet er ganz schnell unser Dreier-Gespräch. Auch wenn Willies Freund nicht persönlich mit ihm über den Telefonhörer gesprochen hat, sondern ich die vermittelnde Person war – das ist offenbar nicht (mehr) erlaubt, was mir gar nicht so bewusst war.

Ich frage Willie, ob ich das Buch „The Shack“ aus seinen Sachen und ein weiteres Buch „How to read Music“, das ich ihm vor Jahren einmal bestellt hatte, erstmal behalten dürfe. Er ist sofort einverstanden. „The Shack“ möchte ich ohnehin gern selbst noch einmal lesen, und dann gern sein Exemplar mit seinen Markierungen und Randnotizen.

Es ist ein schöner Besuch – nur: zu kurz. Zwei Stunden für einen abschließenden Besuch sind einfach ungewohnt und gehen viel zu schnell vorbei. „Ich will dich wiedersehen“, erkläre ich Willie, und er weiß, wie ich das meine. Dass ich hoffe, dass er wirklich noch ein Jahr hat, und dass ich hoffe, er wird im Falle eines Hinrichtungstermins diesen dahingehend zu beeinflussen versuchen, dass er in meinen Ferien liegt, damit ich kommen kann.

Nach meinem Abschied von Willie komme ich an dem Raum vorbei, in dem Maria sitzt – ihr Brieffreund sieht mich durch die Scheibe, macht Maria darauf aufmerksam und sie kommt kurz heraus. Sie ist gerade alleine mit ihm, ohne dessen Mutter, sodass sie nicht – wie gestern von ihr angedacht – mitkommen will zum Parkplatz. Wir verabschieden uns also hier und die Umarmung ist deutlich mehr als nur eine nette Geste. Als ich über den Parkplatz laufe, geht mir die unwahrscheinliche Möglichkeit durch den Kopf, mein Flug könnte aus irgendeinem Grund storniert werden – ich würde sofort eine Umbuchung auf den übernächsten statt den nächsten Tag veranlassen, um am Dienstagabend in Huntsville zu sein...

Ich halte bei der Post kurz an, um die Briefmarken zu kaufen, dann fahre ich ein letztes Mal für diese Reise zu Connie – wir reden natürlich noch, und obwohl ich erzähle, dass ich lieber rechtzeitig am Flughafen bin als hetzen zu müssen, verquatsche ich mich doch und fahre später los, als ich eigentlich wollte. Also bummle ich diesmal nicht, sondern fahre ziemlich forsch, immer am Limit des Erlaubten. Dann steht die Tankanzeige auf einmal nur noch auf einem Strich und ich plane, die nächste Tankstelle anzufahren – doch da kommt dann keine mehr vor dem Flughafen. Ist aber egal, also tanke ich dort und gebe danach den Wagen an der Mietwagenstation ab.

Im Shuttle-Bus stelle ich fest, dass ich dennoch gut in der Zeit liege. Bei der Sicherheitskontrolle geht es auch ganz schnell, weil ich für Business Class bevorzugt drankomme. Eine Wasserflasche, die ich mir noch für teures Geld auf dem Frankfurter Flughafen hinter der dortigen Sicherheitskontrolle gekauft hatte, habe ich leer gemacht auf der Fahrt hierher, die leere Flasche aber behalten. Die fülle ich nun am Gate mit Wasser aus einem der Getränkespender – muss ich wenigstens hier nicht nochmals bezahlen.

Auf der anderen Seite mache ich von dem Wasser wenig Gebrauch. In der Business Class wird einem, anders als in der Economy Class, bereits vor dem Start ein Getränk gereicht. Ich komme mir schon routinierter vor, was die Gepflogenheiten in dieser Klasse betrifft. Wieder habe ich einen Fensterplatz, in derselben Reihe, aber auf der rechten Seite. Links neben mir sitzt wieder ein Geschäftsmann-Typ und auch mit österreichischem Akzent, nur nicht ganz so übertrieben höflich wie der auf dem Hinflug. Offenbar aber ein HON-Circle-Member oder so etwas Ähnliches, denn er wird bevorzugt begrüßt und nach seiner Essenswahl befragt.

Nach dem Drei-Gänge-Menü schreibe ich an meinem Reisebericht weiter, später schlafe ich ein bisschen, lese und höre Musik – u.a. Bearbeitungen von Schubert-Liedern für Klavier solo von Franz Liszt, muss ich mir merken und mal als CD besorgen. Obwohl wir in Houston mit etwas Verspätung gestartet sind – meinem Sitznachbarn wurde exklusiv erklärt, dass man in Houston für das Unterdeck nur eine Gangway habe, die über 400 Leute passieren müssen –, kommen wir in Frankfurt pünktlich an, und Aussteigen sowie Passkontrolle geht sehr schnell, sodass ich mit der frühestmöglichen S-Bahn, die ich mir als Verbindung notiert hatte, nach Wiesbaden fahre, wo Christiane mich am Bahnhof abholt.

Nach ein paar Stunden Schlaf verbringe ich den Rest des Tages zu Hause in Reichweite meines Computers. Irgendwann lese ich, dass der Supreme Court Marias Brieffreund abgelehnt hat. Zur angesetzten Hinrichtungszeit höre ich per Internet die Radio-Sondersendung von Ray Hill bei KPFT Houston, die jeweils über die Exekutionen in Texas und die betroffenen Gefangenen berichtet. Die Zeugen haben das Gebäude noch nicht betreten; es sei noch ein weiterer Antrag beim Obersten Gerichtshof der USA anhängig. Die einstündige Sendung endet, ohne dass der Ausgang bekannt ist. Doch eine knappe Stunde später steht es in den ersten Ausgaben der Internet-Zeitungen: Der Supreme Court hat ein weiteres Mal abgelehnt und Marias Brieffreund lebt nicht mehr...

- DER EINUNDZWANZIGSTE BESUCH -

(Freitag, 3. Januar 2014, bis Mittwoch, 8. Januar 2014)

Am Freitag, dem 3. Januar 2014, mache ich mich das nächste Mal auf die Reise. Christiane bringt mich zur S-Bahn nach Wiesbaden und knapp zwei Stunden vor Abflug bin ich am Flughafen. Bordkarte habe ich schon und wie immer nur Handgepäck, also sollte die Zeit reichen und das tut sie auch locker. Die Sicherheitskontrolle läuft völlig problemlos und so sitze ich 35 Minuten nach Ankunft der S-Bahn am Gate und warte aufs Einsteigen. Ich fliege wieder Direktflug mit Lufthansa, aber heute natürlich nicht in der Business Class wie letztes Mal. Ich bin früh genug an meinem Platz, sodass ich noch bequem Platz für mein Gepäck in der Nähe meines Sitzplatzes finde. Überhaupt ist der Sitzplatz ganz angenehm – Gangplatz noch im vorderen Teil der A380, aber hinter mir eine Wand. Neben mir ein älteres Ehepaar aus Oklahoma, die beide öfter mal raus müssen, aber das macht mir nichts aus.

Der Bildschirm vor mir für das Unterhaltungsprogramm ist ein Touchscreen. Begrabbeln lässt er sich auch, nur passieren tut nichts. Über die Bedienkonsole in der Armlehne lässt sich nur die Flugschau aufrufen, die einem immer aktuell zeigt, wo wir gerade sind etc. Das ist zwar blöd, aber letztlich auch egal. Die Radio-Sender gehen und ich verbringe die meiste Zeit mit Musik hören, Lesen (Kindle-eBook: „Sentenced to Die in Texas“) oder auch Schlafen. Die Luft ist okay, so wenig Probleme wegen trockener Nase hatte ich, glaube ich, noch nie bei einem Langstreckenflug. Habe vor wenigen Wochen allerdings auch etwas im Fernsehen gesehen, dass daran geforscht und gearbeitet wird im Flugzeugbau.

Dafür ist der vorhandene Platz allerdings schon sehr begrenzt, und dieser Eindruck kommt nicht nur durch den Vergleich mit der Business Class. Ich habe den Abstand zum Vordersitz mit der Länge meiner Hand ja schon in verschiedenen Maschinen ausgemessen: Hier scheinen es ca. 5 cm weniger zu sein als in Maschinen von Continental bzw. United Airlines. Unangenehmer ist aber eigentlich die Sitzbreite. Ich bin zwar nicht schlank, aber doch weit entfernt von der Klasse eines Ottfried Fischer. Trotzdem muss ich meine beiden Ellbogen auf die Sitzlehnen links und rechts auflegen – sie an den Körper zu pressen oder mit verschränkten Armen zu sitzen, ist nicht wirklich bequem. Das wäre auch kein Problem, wenn ich mir mit meinem Nachbarn, dem es genauso geht, nicht eine Lehne teilen müsste. Also bin ich ständig mit dem Herrn neben mir, der mir völlig fremd ist, auf Tuchfühlung, und das finde ich nicht wirklich angenehm.

Hinzu kommt noch, dass die Bedienkonsole für das Unterhaltungsprogramm fest in die Oberfläche der Lehne eingebaut ist. Resultat: Mein Nachbar verstellt mir während des Fluges immer wieder mein Programm oder die Lautstärke oder knipst mein Leselicht an und aus, indem er versehentlich mit seinem Ellbogen auf meiner Konsole herumrutscht. Das ist natürlich letztlich nicht wirklich schlimm, aber ich frage mich schon, wie den Konstrukteuren eines so modernen Fliegers solche vermeidbaren Patzer passieren können. Der Flug ist ansonsten ziemlich ruhig und wir landen sogar gut 20 Minuten vor der geplanten Zeit in Houston.

Obwohl ich vergleichsweise schnell aus dem Flugzeug komme wegen meines Sitzplatzes im vorderen Bereich, ist die Ankunftshalle, wo die Einreiseformalitäten abgewickelt werden, bereits reichlich voll. So viel Betrieb hatte ich da schon lange nicht mehr. Es dauert eine Stunde, bis ich dran bin. Immerhin: Es hat auch schon doppelt so lange gedauert. Die Beamtin am Schalter will nicht viel wissen, fragt aber u.a., wo ich hin will. Nach Livingston. Livingston in Texas? Ja, antworte ich, Freunde besuchen. Interessant, dass Livingston hier nicht einmal ein Begriff ist. Jede Wette, sie weiß nicht, dass sich der Todestrakt von Texas in Livingston befindet.

Ich lasse mich von dem entsprechenden Bus zum Rental Car Center bringen und hole mir bei Avis mein Auto ab. Zu meiner Überraschung fragt mich die Dame weder wegen zusätzlicher Versicherungen noch wegen Vorausbezahlung des Benzins. Auch nicht wegen eines Upgrades, jedenfalls nicht direkt. Sie bietet mir zwei verschiedene Automodelle zur Auswahl an, einen Chevy und einen Mazda, und weil mir die Typen nichts sagen, sage ich nur, ich möchte den kleinsten. Sie beschließt daher, dass ich den Chevy bekomme. Es ist ein roter Chevrolet Sonic mit vier Türen und einem richtigen Kofferraum – also schon ein deutlich größerer Wagen als der Chevy Spark letztes Mal. Und zwar ohne Aufpreis. Auch hat er noch keinen Kratzer, ist offenbar ziemlich neu mit nur ca. 3700 Meilen auf dem Tacho. Sehr schön!

Ich fahre also gemütlich nach Livingston, die Sonne scheint und es ist so etwa 11°C warm – bis Sonntag sollen es laut Vorhersage 20°C werden. Das Autoradio stelle ich wie immer auf die Countrylegends 97.1 ein, und schon bald erklingt das für diesen Sender unvermeidliche, weil jeden Tag bestimmt mehrfach gespielte „Ring of Fire“ von Johnny Cash. Ich drehe dic Lautstärkc auf und singe mit... Punkt 17 Uhr erreiche ich das Best Western in Livingston, ziemlich genau vor 17 Stunden habe ich in Taunusstein das Haus verlassen.

Während ich die letzten beiden Male privat bei Connie Quartier haben konnte, geht das diesmal nicht, weil ihre Tochter und die Enkelkinder zurzeit bei ihr wohnen und damit alle Zimmer belegt sind. Es hat gedauert, bis Connie sich gemeldet hat, die nur noch selten ihre Mails checkt, weil sie meistens über Facebook kommuniziert – was aber wieder nicht mein Ding ist. Mit Hilfe eines Freundes von ihr in England haben wir den Kontakt dann doch noch rechtzeitig hergestellt. Ob wir uns zumindest zum Essen treffen werden, bleibt abzuwarten, hängt von Connics Arbeitszeiten ab. Ich habe ihr nochmals gemailt und eine SMS geschickt – aufdrängen will ich mich aber auch nicht.

Ich beziehe im Best Western mein Zimmer und fahre danach kurz zu Wal-Mart, ein paar Sachen einkaufen, bevor ich mir einen gemütlichen Abend mache, noch etwas esse und schließlich vor dem Fernseher einschlafe. Ich finde es gerade ganz angenehm, bereits am Freitag angekommen zu sein und nicht schon am Abend den ersten Besuch zu haben. Das ist doch stressfreier...

Am nächsten Morgen gibt es erst einmal ausgiebig Frühstück. Bei Connie wollte ich immer nichts, weil ich an sich kein Frühstücksmensch bin. Aber hier ist es bezahlt, also wird es gegessen. Im Grunde esse ich zu viel, aber dafür gibt's dann den Rest des Tages nur noch wenig. Für den Vormittag habe ich den Besuch in der Post geplant – Money Orders und Briefmarken, wie üblich. Nach dem Drama von über 20 vergeblichen Versuchen letztes Mal beim Geldabheben aus den Automaten – ich habe die ganzen Quittungen der Fehlbuchungen zu Hause nochmals in der Hand gehabt –, habe ich mich dieses Mal für eine andere Lösung entschieden. Weil Reiseschecks nur einen Tag zu spät zu bekommen gewesen wären wegen der Feiertage, habe ich das erforderliche Geld in Euro vom Money-Order-Konto abgehoben und bei der Reisebank am Wiesbadener Bahnhof am Tag vor meiner Abreise in Dollars umgetauscht.

Ich komme kurz nach Öffnung der Post um 9 Uhr dort an, und zum Glück ist noch nicht viel Betrieb, allerdings auch nur ein Schalter geöffnet. Dort arbeitet gerade eine Dame namens Cynthia, die diese Mengen Money Orders ungern macht, aber sie ruft eine Kollegin, die mich stattdessen bedient – nicht Debbie diesmal, die mich im Vorbeigehen aber dann doch sieht und freundlich grüßt, aber auch eine sehr nette. Ich habe alles bestens vorbereitet, inklusive aller Zwischensummen zur Kontrolle, wenn der Betrag der Money Orders wechselt. Es muss ja jede MO einzeln eingegeben werden, und da ist dann nicht mehr zu überblicken, wenn über 20 Stück denselben Betrag haben sollen, wie viele schon eingegeben sind. Damit man sich nicht verzählt, ist es hilfreich, wenn man jeweils weiß, bei welcher Geldsumme man ankommen muss. Die Dame, die mich bedient, ist jedenfalls ganz begeistert, dass ich ihr die Sache so einfach gemacht habe... Eine Stunde dauert es natürlich trotzdem, weil die 100 MOs alle einzeln ausgedruckt werden müssen, aber es gibt keinerlei Probleme, selbst die Druckmaschine streikt kein einziges Mal. Das Geldzählen ist auch einfacher als sonst, weil ich viele 100er und 50er habe von der Reisebank – aus den Automaten kommen ja nur 20-Dollar-Scheine heraus.

Zwei Stunden später fahre ich nach Onalaska zur dortigen Post, die ab 12 Uhr zwei Stunden geöffnet hat am Samstag, um weitere 25 Money Orders zu besorgen. Wenn der Betrag 3000 Dollar übersteigt an einem Tag, gibt es bekanntlich Papierkrieg, deshalb hole ich den Rest in einem anderen Post Office. Der Beamte dort wundert sich wohl schon etwas über die Menge – er kann schließlich nicht wissen, dass 25 vergleichsweise wenig ist für meine Verhältnisse – und prüft dann noch jeden Geldschein, indem er ihn vors Licht hält. In Livingston kennen sie mich, aber in diesem verschlafenen Nest Onalaska kommt, seit Christa nicht mehr hier ist, wohl kaum je eine Europäerin mit neuen 50-Dollar-Scheinen hier rein und will einen Stapel MOs kaufen... So habe ich dann aber diese ganzen Sachen heute schon erledigt und muss am Montag nicht noch einmal los deswegen.

Auf dem Weg zurück fahre ich einen Umweg – am Lake Livingston, der Polunsky Unit und dem „Blue Shelter“ vorbei. Und dann verbringe ich den Nachmittag mit dem Schreiben von Mails und dem Beginn meines Reiseberichts. Ich mache noch ein Nickerchen, aber mit gestelltem Wecker, damit ich ja nicht verschlafe, und fahre um 19.20 Uhr zur Polunsky Unit, um meinen ersten zweistündigen Besuch bei Willie anzutreten.

Am Parkplatz erledigt ein netter älterer Beamter die üblichen Formalitäten, bittet mich, meinen und Willies Namen selbst in die Liste einzutragen, wirft einen flüchtigen Blick in den Kofferraum und das war's schon. Dabei habe ich das Öffnen der Motorhaube extra auf dem Parkplatz des Best Western geübt – wie immer musste ich ein bisschen suchen, bis ich den Hebel zum Entriegeln gefunden hatte. Am Eingang des Anmeldebereiches werde ich angewiesen, noch zu warten; bald gesellt sich eine weitere Besucherin zu mir, mit der ich mich ein bisschen unterhalte – typischerweise übers Wetter... Die Ausweise wurden uns bereits abgenommen und dafür die blauen Zettel und die gelben Schilder zum Umhängen gereicht. Schließlich dürfen wir hinein, wechseln noch unser Geld in Münzen und dann kommt die bekannte Sicherheitskontrolle.

Ich vergesse fast, meine Schuhe auszuziehen, denn da kommt noch eine weitere Besucherin in den Anmelderaum, die mich herzlich begrüßt. Es ist Pastor Sylvia, mit der ich dann den Weg zum Besucherraum gemeinsam zurücklege. Ich frage sie, ob sie noch immer das „Blue Shelter" als Gästehaus betreut – jawohl, das tue sie. Sie sagt, dass sie sich immer mal wieder an unsere Zeit mit Kevin zurückerinnere. Wie wir ihn damals nach seiner Hinrichtung gemeinsam umgekleidet haben. Dass ihm das gefallen haben dürfte, von so vielen Mädels...

Willie ist, wie an Samstagen üblich, schon da und sitzt genau gegenüber von den Snackmaschinen, was für das Aussuchen des Essens sehr praktisch ist, weil er sieht, was vorhanden ist, und mir genau zeigen kann, wo sich die gewünschten Dinge befinden. Fotos werden auch angeboten; wir nehmen nur eines, das sich am Ende als verschwommen erweist, obwohl der Blitz funktionierte. Willie meint, er hätte das geahnt, deshalb nur ein Bild gewollt. Ist halt blöd, wenn man die Qualität des Bildes erst nach dem Ausdrucken erkennt. Dann sind Reklamationen zwecklos und ich fange auch gar keine Diskussion darüber an.

Wir reden die beiden Stunden lang pausenlos. Ich erzähle, dass ich eben Pastor Sylvia getroffen habe. Willie fragt mich, warum ich nicht mehr im „Blue Shelter" wohne. Ich denke kurz nach: Irgendwie waren das andere Zeiten, habe ich das Gefühl, die einfach vorbei sind. Auch wenn ich den Vorteil des

Hotels, was das Telefonieren nach Deutschland angeht, nicht mehr nutze, der Internetzugang ist doch sehr angenehm – keine Ahnung, ob das „Blue Shelter“ den inzwischen anbietet – und auch sonst ist es einfach komfortabler im Best Western.

Wir sprechen auch über den Stand seines Falles. Willie ist jetzt beim Supreme Court angelangt, wo seine Anwälte den letzten Berufungsantrag eingereicht haben. Die Gegenseite hat bis 16. Januar Zeit darauf zu antworten. Willie erzählt mir von einem Buch namens „Murder in the Supreme Court“, aus dem er viel über dieses System gelernt habe. Mir ist bereits bekannt, dass der Supreme Court nur wenige Fälle überhaupt akzeptiert, um sie genauer anzuschauen. Zum ersten Mal fällt mir auf, dass ich gar nicht verstehe, wie das funktioniert: Wie kann ein Supreme Court entscheiden, welche Fälle er genauer anschaut und welche nicht, ohne sie sich anzuschauen? Immerhin ist so ein Berufungsschriftsatz locker über 100 Seiten lang. Willie erklärt mir, dass zunächst „Clerks“ sie anschauen würden, also Justizbeamte, die dem neunköpfigen Richtergremium zuarbeiten und entscheiden, was sie an die obersten Richter der Vereinigten Staaten weitergeben.

Zu diesen Richtern gehört auch der berüchtigte Scalia, der ein notorischer und extremer Befürworter der Todesstrafe ist – obgleich Katholik. Im Grunde schämt man sich katholisch zu sein, erkläre ich Willie, wenn man Scalias Haltung kennt. Denn offenbar kennt er nicht die Auffassung seiner eigenen Kirche zur Todesstrafe oder zumindest ignoriert er sie geflissentlich. Auch wenn die katholische Kirche lange genug dazu gebraucht hat: Durch den Einfluss von Sister Helen Prejean gibt es in der katholischen Kirche in Äußerungen von Papst Johannes Paul II. und dem Weltkatechismus klare Aussagen, die die Todesstrafe nur noch in dem einzigen Fall zulassen, dass die Gesellschaft nicht anders geschützt werden könne – der aber, so wird auch betont, in der Praxis im Grunde nicht mehr gegeben sei.

Auch wenn Willie Hoffnungen auf den Supreme Court legt, weil sein Fall ähnlich dem Trevino-Case sei, ist er sich dessen bewusst, dass bei dem Obersten Gerichtshof immer wieder gleiche Fälle doch unterschiedlich behandelt werden. Und es auch keine verlässlichen Wahrscheinlichkeiten gibt, dass er bei einem ersten Hinrichtungstermin einen Aufschub bekommen wird. Wir reden nochmals über meine Schwierigkeiten terminlicher Natur, wenn er einen Hinrichtungstermin während meiner Schulzeit bekäme. Er sagt, er verfolge schon dauernd die Fälle anderer Insassen, wie lange welche Phase bei ihnen dauere, aber es sei kaum eine Struktur zu entdecken.

Er hat auch Mitgefangene gefragt, auf welche Weise sie den Termin ihrer Hinrichtung erfahren haben – auf dem Postweg sei es mitgeteilt worden. Willie hat bereits eine Beschwerde vorbereitet, mit der verlangen will, was einem Gefangenen zustehe, nämlich von einem Richter in dessen Gerichtssaal persönlich den Termin zu erfahren und zuvor gefragt zu werden, ob aus seiner Sicht etwas dagegen spreche. Willie will an der Stelle sagen, dass er fälschlicherweise zum Tod verurteilt sei, dass er einen schlechten Anwalt hatte, der ihn gegen seinen Willen im ursprünglichen Prozess nicht aussagen ließ usw. Willie ist sich sicher dessen bewusst, dass das nichts bringen wird, aber ich kann ihn verstehen, dass er das alles offiziell vor einem Richter wenigstens einmal loswerden will.

So vergehen unsere zwei Stunden rasch, aber wir reden auch über banalere Dinge wie darüber, dass man ihm falsche Briefumschläge geschickt hat. Er habe selbstklebende gewollt und so seien sie auch bestellt gewesen. Ich frage nach, weil ich nicht glaube, dass er keine normalen haben darf. Das ist auch so, aber durch die Luftfeuchtigkeit in seiner Zelle würden die normalen immer zusammenkleben und deshalb seien ihm die anderen lieber. Ab April wird es nicht mehr erlaubt sein, Schreibwaren von Firmen außerhalb des Gefängnisses schicken zu lassen. Willie sagt, er habe ein Transcript von der Entscheidung, es seien wieder mal Security Reasons angeführt worden. Willie fragt sich aber, was da den Unterschied macht zu Büchern, die z.B. von Amazon geschickt werden dürfen; am Ende würden sie die vielleicht auch bald verbieten.

Den Weg nach draußen gehen Sylvia und ich wieder zusammen und verabschieden uns am Parkplatz. Der nette Beamte von vorhin winkt mich quasi durch ohne den Kofferraum zu checken – das war echt harmlos heute. Zurück im Best Western gehe ich bald ins Bett.

Am nächsten Morgen bin ich um 6 Uhr (13 Uhr deutscher Zeit!) wach, obwohl ich den Wecker erst auf 7 Uhr gestellt habe. Merke dann aber auch, dass ich mich da vertan habe, ich wollte doch um 7 Uhr frühstücken und danach nach Huntsville fahren. Als ich zum Frühstück gehe, regnet es heftig – na toll! Aber eine halbe Stunde später hat es schon wieder aufgehört. Es ist immer noch teilweise bedrohlich bewölkt, und während es bei der Abfahrt in Livingston 15°C hat, sind es in Huntsville nur noch 6°C, aber es geht. Mit dem Check meines Autos komme ich sofort dran; der junge Beamte spricht ein paar Brocken Deutsch, die er sichtlich gern anwendet. Vor dem Gate House, wo man sich anmelden muss, steht ein Dutzend Leute und wartet auf die Sicherheitskontrolle, und da stehe ich nun auch und warte und friere. An der Tür ist ein neues großes Stoppschild mit dem Hinweis „Check yourself" befestigt; wenn man das Anmeldehäuschen betreten habe, dürfe man ohne Sicherheitskontrolle nicht wieder hinaus. Dass man ohne Sicherheitskontrolle nicht hinein darf, ist ja klar, aber auch nicht rückwärts wieder raus? Merkwürdig.

Ansonsten gibt es da noch eine riesige Tafel, auf der verzeichnet ist, was Bedienstete oder Besucher des Gefängnisses alles mit hineinnehmen dürfen und ggf. unter welchen Bedingungen – vor lauter Langeweile zähle ich nach: Es sind exakt 40 einzelne Punkte, die da aufgezählt sind. Darunter steht zu lesen, was Besucher der Gefängnisinsassen mitnehmen dürfen. Die Liste ist denkbar kurz und besteht aus genau drei Punkten: 25 Dollar in Münzen, einen durchsichtigen Plastikbeutel, um das Geld hineinzutun, und eine bestimmte Anzahl von Windeln und Babyfläschchen, falls man mit einem Säugling das Gefängnis betritt. Da haben sie allerdings glatt den Autoschlüssel vergessen, den man zwangsläufig bei sich tragen muss.

Schließlich bin ich an der Reihe und werde schon hineingelassen, damit ich nicht länger draußen frieren muss, obwohl die zuständige Beamtin noch ein Telefonat zu erledigen hat. Ich hatte von David vor 10 Tagen einen Brief bekommen, dass sie die Regeln wieder geändert haben und ich diejenige sei, die nach einem Kontaktbesuch fragen müsse. Ich habe vor 10 Tagen also gleich angerufen, um den Besuch als vierstündigen Special Visit anzumelden, wurde von einer sehr netten Dame auch, bevor ich selber dazu kam, schon auf das Thema Kontaktbesuch angesprochen, weil ich von so weit her käme. Sie konnte mir natürlich nichts zusagen, versprach mir aber, meine Anfrage weiterzugeben. Ich hatte nicht noch einmal angerufen, um nachzufragen, ob der Besuch genehmigt und ob es ein Kontaktbesuch sei, mir auch nicht mehr viel Gedanken darüber gemacht. Im Grunde bin ich heute früh eher lustlos nach Huntsville gefahren und habe nicht wirklich damit gerechnet, aber jetzt lese ich es in großen Buchstaben mit einem lila Stift handschriftlich ergänzt auf meinem Zettel, den ich bekomme: vier Stunden Kontaktbesuch!

Das hebt meine Laune nun doch ganz gewaltig. Denn das hatten wir eine ganze Weile nicht mehr. Ich sitze nicht lange im Wartebereich des Besucherraums, da wird Davids Name aufgerufen und ich betrete den langgestreckten Raum für Kontaktbesuche. David kommt an das Raumende, wo wir uns per Umarmung begrüßen dürfen und er knutscht mir einen dicken Kuss auf die Wange. Es ist wirklich schön, dass wir uns so problemlos ohne Glas und Gitter zwischen uns unterhalten können – das ist eben doch die angenehmere Variante. So reden wir die ersten zweieinhalb Stunden eine ganze Menge, bis es dann weniger wird. Trotzdem zieht sich die Zeit nicht so kaugummi-mäßig wie sonst.

Nach drei Stunden wird es kurzzeitig voller im Besucherraum, sodass man sich wegen des steigenden Geräuschpegels fast anschreien muss, aber das lässt wieder nach. Ich habe ja schon die Erfahrung gemacht, dass es an Sonntagen angenehmer ist als an Samstagen. Die Snackmaschinen sind überraschend gut gefüllt, sodass ich diesmal die knapp 20 Dollar ausgebe, die ich in Quarters mitgebracht habe. David meint, man würde uns vielleicht für verrückt halten, dass wir im Winter Blue Bell Erdbeereis essen, aber das schmeckt schließlich so gut, weshalb ich den Vorschlag gemacht habe. Das mit den Tabletts haben sie ja wieder abgeschafft – ich kann wie früher alles in der Verpackung mit in den Raum nehmen.

Als ich das erste Mal von den Snackmaschinen komme, spricht eine Gefängniswärterin gerade mit David – fragt ihn offensichtlich, als ich mich nähere, ob ich diejenige sei, die ihn besucht. Sie gibt mir dann – aber durchaus freundlich – zu verstehen, dass ich meine Autoschlüssel nicht auf dem Tisch liegen lassen dürfe, wenn ich den Platz verlasse, weil ihn jemand wegnehmen könne. David erklärt, er habe vergessen, mich darauf hinzuweisen. Ich verspreche, mich beim nächsten Mal daran zu halten, habe es wirklich nicht gewusst. Ich muss allerdings gestehen und sage das David auch, dass ich den Schlüssel absichtlich habe liegen lassen, weil es ihm gegenüber sonst den Eindruck erweckt hätte, ich würde ihm misstrauen. Und dass er ja auf meinen Schlüssel aufgepasst hat, dass ihn kein Fremder wegnimmt. Allerdings ist das Gefängnis vielleicht eher besorgt, dass David den Schlüssel wegnehmen könnte. Beim nächsten Mal nehme ich also Schlüssel und Armbanduhr, die ich abgelegt habe, artig mit.

David erzählt mir, dass es in seinem Fall nichts Neues gibt. Der liege in Beaumont und nichts passiere oder gehe weiter. David möchte ja seine Zeit im Todestrakt anerkannt haben und eines Tages auf Bewährung entlassen werden. Nachhaken wäre aber mit einem Risiko verbunden, meint er, denn sie könnten auch etwas entscheiden, was nicht in seinem Sinn sei. David erzählt mir etwas von einem katholischen Kardinal, der das Gefängnis besucht habe, und so kommen wir auch auf den Papst zu sprechen. Ich erzähle ihm schließlich von „meinem“ Limburger Bischof und den drei Dingen, die ihm vorgeworfen werden: 1. autoritärer Umgang mit den Gläubigen, 2. Meineid im Zusammenhang mit seinem Flug erster Klasse nach Indien, 3. die Kostenexplosion beim Ausbau seines Bischofssitzes. Als ich beim dritten Punkt angekommen bin, signalisiert David mir: „Das weiß ich, das habe ich in den Nachrichten gehört!“ Ich bin baff: Das ist also nicht nur durch die deutschen und vielleicht noch europäischen Medien gegangen, sondern sogar in USA bekannt?! Als ich am Freitagabend im US-Fernsehen gehört habe, dass in Deutschland ein Baggerfahrer getötet wurde, weil eine Bombe aus dem 2. Weltkrieg explodiert ist, hat mich das weit weniger überrascht in den US-Nachrichten zu hören.

Als unser Besuch nach vier Stunden endet, verabschieden wir uns wieder mit einer Umarmung. Draußen scheint inzwischen die Sonne, aber es ist ziemlich windig. Auf dem Parkplatz tummeln sich wieder jede Menge rabenähnlicher Vögel, die einen entsprechenden Lärm machen. Ich erinnere mich, dass ich schon letztes Mal an Hitchcocks Film „Die Vögel“ denken musste. Kurzer Check meines Kofferraumes bei der Ausfahrt, dann bin ich entlassen.

Ich fahre beim Gefängnismuseum vorbei und frage, ob ich mich im Souvenirbereich bei den Büchern umsehen darf. Dort gibt es aber nicht wirklich etwas Neues. Immerhin haben sie Buch und DVDs von Pfarrer Pickett im Angebot, also auch Publikationen von ausdrücklichen Todesstrafe-Gegnern – das war nicht immer so. Danach fahre ich nach langer Zeit mal wieder zum Gefängnisfriedhof von Huntsville, will wissen, wie es dort inzwischen aussieht. Weil ich mich beim Versuch, den Weg auswendig zu finden, schon verfahren habe in der Vergangenheit, schaue ich mir den Weg zunächst auf der Karte an und finde den Friedhof diesmal ohne Umwege.

Vor wenigen Tagen noch habe ich in einer deutschen Zeitung einen Artikel über die Todesstrafe in Texas und über Huntsville gelesen, und dort war wieder einmal dieser Friedhof fälschlicherweise als der Friedhof der Hingerichteten bezeichnet worden. Dabei liegen dort nur wenige Häftlinge, die dieses unnatürlichen Todes gestorben „wurden“. Die meisten sind normale Gefangene – schließlich ist Huntsville die Gefängnisstadt von Texas mit einer fünfstelligen Zahl an Gefangenen in den diversen Haftanstalten. Die Grabsteine erstreckten sich schon letztes Mal den ganzen Hügel hinunter, jetzt ist auch die Fläche dahinter übersät von ihnen. Ich laufe bei strahlendem Sonnenschein und einem heftigen eiskalten Wind über die weite Fläche, finde hier und da tatsächlich – an der Nummer erkennbar – den Namen eines Hingerichteten, aber das ist wirklich die Ausnahme.

Ich fahre zurück nach Livingston, bin schon eine ganze Weile unterwegs, bis ich endlich das Radio einschalte, das bei mir sonst meistens läuft. Und gerate mitten in den Titel: „I'm proud to be an American ... God bless the USA“, in dem das Land der Freiheit mit seinen Helden, die für diese gekämpft haben, besungen wird. Obwohl es in meinem Auto warm ist, überläuft mich eine fröstelnde Gänsehaut. Ich bin keinesfalls amerikafeindlich eingestellt und viele Amerikaner halte ich für vernünftig und nicht unter diese Kategorie fallend, aber dieser verdammte Stolz, den manche sich auf ihre Fahnen schreiben, gepaart mit einer Uneinsichtigkeit und Überheblichkeit in Fragen von Todesstrafe, Gefängniswesen – der Stolz auf dieses ist jedes Mal im Gefängnismuseum zu spüren – oder Waffenbesitz, der ist übel und davon wird mir übel. Christiane hatte mir zu Hause gerade die Tage noch von einem Zeitungsartikel erzählt, in dem sie gelesen habe, dass man in Amerika nach den entsprechenden Amokläufen in Schulen jetzt wirklich das Personal waffentechnisch aufrüste, und David hat mir das eben noch im Gespräch bestätigt und ich habe kopfschüttelnd mein Unverständnis gezeigt, dass man in Amerika einfach nicht begreife, dass umso mehr Menschen ums Leben kommen, desto mehr legale Waffen man hat.

Ich fahre noch bei Wal-Mart vorbei, um etwas zu essen zu kaufen – DEN Strawberry Cheese-Cake, aber meine Geflügelsalat-Croissants scheint es nicht mehr zu geben, habe ich schon vorgestern vermisst. Nach dem Essen in meinem Hotelzimmer bin ich ziemlich müde und verschlafe den ganzen Abend, bin um Mitternacht herum eine Stunde wach und schlafe dann weitere gut vier Stunden. Um 5 Uhr morgens bin ich schließlich ausgeschlafen und mache mich an die Fortsetzung meines Reiseberichts.

Nach dem Frühstück mache ich mich auf den Weg zur Polunsky Unit für den ersten der beiden vierstündigen Besuche mit Willie – draußen scheint die Sonne, aber es ist empfindlich kalt. 23° – Fahrenheit! – lese ich an einer Anzeigetafel; das sind 5° unter Null nach unserer Rechnung. Langsam glaube ich, ich habe das von den für gestern angekündigten 20°C nur geträumt. Im Wetterbericht zeigt sich allerdings, dass gerade eine arktische Kaltfront die USA von Norden nach Süden überzieht, mit Temperaturen, die man seit Mitte des letzten Jahrhunderts nicht mehr gemessen hat – das erklärt jedenfalls den Temperatursturz gestern.

Am Parkplatzeingang steht ein Beamter mit dicker Skimaske vermummt und sieht aus, als wolle er eine Bank überfallen. Aber das ist natürlich nur wegen der Kälte. Er sei in Deutschland stationiert gewesen, erzählt er. Er bedeutet mir, im Wagen sitzen zu bleiben, sodass ich nicht aussteigen muss, um die Motorhaube zu öffnen – das macht er alles selbst. Ich sei Nummer 3, sagt er mir noch, und ich stelle meinen Wagen ganz artig auf dem Parkplatz „Visitor 3“ ab. Die Sicherheitskontrolle ist wie am Samstag problemlos, auch mein Sagrotan-Tüchlein findet keine weitere Beachtung.

Willie wird schon eine knappe Viertelstunde nach meiner Ankunft gebracht. In der Zwischenzeit habe ich den Telefonhörer geputzt und einen Blick in die Snackmaschinen geworfen. Für Willie gibt es einen Salat- und Obsttag, aber auch Joghurt und Schoko-Cupcakes sind dabei. Wir lassen erneut ein Foto machen – diesmal fällt das Ergebnis besser aus als am Samstag. Natürlich reden wir wieder viel, allerdings kaum über besonders ernste Themen. Willie möchte wissen, was ich in der Zwischenzeit gemacht habe. Ich berichte ihm also von dem Kontaktbesuch gestern. Und ich erzähle ihm von der mobilen Faltwand, die wir zu Hause einbauen lassen, und mit Hilfe eines Papierhandtuchs und diverser Münzen skizziere ich für ihn den Grundriss unserer Wohnung.

Anfangs war der Besucherraum fast leer, später kommen mehr Leute, aber es ist immer noch angenehm. Eine ältere Dame setzt sich rechts neben mich, die Willie als eine seiner Brieffreundinnen erkennt, sie sei aus Austin und schreibe ihm seit etwa einem Jahr, eine engagierte Aktivistin gegen die Todesstrafe. Willie bittet mich, sie anzusprechen und zu grüßen – mache ich. Sie überlegt einen Moment: Willie ... T. ?? Fragt sie dann mit großen Augen, schaut ihn an und beide winken. Sie freut sich riesig, dass sie ihn sehen kann. Sie hatte noch keine Gelegenheit ihn zu besuchen, zumal Willie seine Besucherliste voll hat.

Willie erzählt viel von diversen Leuten, die er kennt bzw. zu denen er Kontakt hat. Das ist schon eine kunterbunte Gesellschaft. Hier oder da bricht er auch Kontakte ab, wenn er das Gefühl hat, dass die Leute mehr von ihm erwarten als er zu geben bereit ist – Willie möchte ausdrücklich keine romantische Beziehung. Außerdem lege er Wert auf Ehrlichkeit, was ich ihm absolut glaube. Wir kommen im Zusammenhang mit seinen vielen Briefkontakten auch auf eine Frau aus England zu sprechen, die kürzlich – kaum älter als ich – verstorben ist. Sie hat für viele Gefangene deren Webseiten betreut, auch für Willie, dessen Hauptsorge – anders als die einiger seiner Mitgefangenen – aber nicht einfach nur dahin ging, wer jetzt seine Website betreut.

Ich glaube wirklich, dass Willie in einiger Hinsicht anders ist als viele seiner Mitgefangenen. Ich sage ihm an einer Stelle, dass ich es zu schätzen weiß, dass er so ist, wie er ist. Er erzählt, was er schon in einem seiner Briefe kürzlich schrieb, wie deprimierend er es fand, dass vor kurzem anlässlich der Hinrichtung eines Häftlings einige seiner Mitgefangenen applaudiert und gejubelt hätten, als der Betroffene abgeholt wurde, nur weil sie ihn nicht leiden konnten. Und das, wo sie doch alle im selben Boot säßen und kein bisschen besser seien.

Kurz nach 12 Uhr gibt es eine kurze Unterbrechung, aber Willie weiß Bescheid: Andrea aus Deutschland, die ich die letzten beiden Winter auch hier getroffen habe, begrüßt mich wie verabredet und geplant. Wir werden nachher gemeinsam essen gehen und verabreden uns. Da sie diesmal auch im Best Western ist, genügt dazu der Austausch der Zimmernummer. Ich habe Andrea zuletzt im Juli gesehen, am Tag vor ihrem Abflug nach Texas – sie war rund zwei Wochen nach mir drüben und da haben wir uns kurzerhand in Frankfurt getroffen.

Mein Besuch mit Willie endet nach genau vier Stunden. Ich habe noch nicht alle meine Sachen zusammengepackt, da kommt bereits das Wärter-Team und holt ihn ab – er kann kaum seinen Saft austrinken, den er sich immer bis zuletzt aufhebt, damit er nicht etwa zur Toilette muss und noch etwas hat für die Zeit, die er wartend allein in dem Käfig verbringt. Häufig dauert es eine Stunde, bis er zurück in seine Zelle gebracht wird, aber heute geht es so schnell, dass es noch vor meinen Augen passiert.

Ich gehe zusammen mit seiner Brieffreundin aus Austin nach draußen, die allerdings für einen weiteren Besuch wieder eincheckt, während ich das Gefängnisgelände verlasse. An der Parkplatzein- und ausfahrt tut immer noch derselbe Beamte Dienst, scheint trotz der Kälte aber gut gelaunt. Jedenfalls singt er, dass man es über den halben Parkplatz hört. Ich sage ihm, dass ich bei dem Wetter heute seinen Job wirklich nicht machen möchte. Morgen solle es noch kälter werden – 21°F –, meint er, aber seine Schicht am Tor sei dann vermutlich vorbei. Zurück im Best Western schreibe ich meinen Reisebericht weiter und warte dann auf Andrea.

Andrea und ich gehen wieder traditionsgemäß zum Pizza-Hut in Livingston – alles wie immer: Wir unterhalten uns prima, schaffen die Pizza nicht und lassen uns die Reste einpacken. Wir reden über die verschiedensten Dinge. Andrea berichtet von ihrer Erfahrung, dass sie letzte Woche an der Polunsky Unit nur die Nase beim Anmeldegebäude hereingestreckt habe, um zu erfahren, dass die Geldwechselautomaten außer Betrieb waren. Sie wollte zum Auto zurück und Münzen holen, musste jedoch vorher durch die Sicherheitskontrolle, dann raus auf den Parkplatz – und danach natürlich wieder durch die Sicherheitskontrolle! Das passt zu dem Schild an der Wynne Unit, von dem ich ihr erzähle. Der Sinn ist so schon fragwürdig, aber wenn man nicht einmal das Gebäude betreten, sondern nur den Kopf reingestreckt hat?? Wieder mal eine neue Regel, die kein Mensch versteht...

Und von ihrem Mietwagen, mit dem wir zum Pizza-Hut gefahren sind, erzählt Andrea noch: Wie sie vergeblich versucht habe, die Motorhaube zu öffnen – des Rätsels Lösung schließlich war, dass man das Nummernschild herunterklappen muss und dann dahinter ein Schloss findet, Schlüssel rein und aufschließen. Nicht wirklich schwierig, aber wer soll denn darauf kommen, dass sich die Vorrichtung wie ein geheimer Tresor in der Wand verbirgt?

Wir sprechen u.a. auch über die manchmal seltsame Frömmigkeit der Amerikaner, die sich zum Teil auf Gebete und Gottvertrauen beschränkt, ohne dass die Gläubigen aktiv werden. Andrea erzählt von einem Geistlichen, der ihren Brieffreund besucht, ihm erklärt, dass er für ihn bete, aber es nicht fertigbringe, einfach mal den kleinen Sohn ihres Brieffreundes zu einem Besuch mitzunehmen, obwohl der ganz in seiner Nähe wohne. Ich erinnere mich an Maria, die mir im Sommer von „Freunden“ ihres Brieffreundes erzählte, die auch für ihn gebetet, aber nicht einmal eine Postkarte geschickt hätten. Dass die Glaubwürdigkeit da auf der Strecke bleibt, verwundert nicht. Andrea ist allerdings ebenso überrascht wie ich es war, dass der Limburger Bischof sogar hier in USA bekannt ist.

Da wir im selben Hotel übernachten, verabreden wir uns fürs Frühstück am nächsten Morgen. Natürlich habe ich Andrea gefragt, weshalb sie nicht wie sonst im Super 8 Quartier genommen hat. Nein, sie sei nicht enttäuscht oder habe schlechte Erfahrungen gemacht mit dem Super 8, sich einfach nur etwas gönnen wollen für nur jeweils eine Nacht, die sie zwischen den Special Visits hier verbracht hat bzw. verbringt; die übrige Zeit war sie in Houston. Nachdem wir uns also für die Nacht verabschiedet haben, checke ich in dem für die Hotelgäste zur Verfügung stehenden Büroraum für meinen Flug morgen ein. Nur: Der Drucker funktioniert nicht, sodass ich meine Bordkarte nicht ausdrucken kann. Ich frage an der Rezeption nach, an der gerade die Chefin des Best Western Dienst tut. Sie lässt sich von mir Airline und Buchungscode geben und ruft die Seite vom Geschäftscomputer des Best Western auf und kommt wenige Minuten später mit meiner Bordkarte zurück. Das ist also auch erledigt.

Nun bleibt abzuwarten, wann der Flug morgen tatsächlich starten wird – weil es in USA aufgrund der Kältewelle (bis -40°C!) vielerorts Verspätungen und Flugausfälle gibt, könnte auch Houston indirekt betroffen sein. Bei FlightAware.com schaue ich nach, wie es mit demselben Flug, den ich morgen habe, heute aussieht: Er ist in der Luft, aber drei Stunden zu spät abgehoben. Na dann, mal sehen, wie das morgen wird.

Am Dienstagmorgen bin ich schon kurz nach 5 Uhr wach, obwohl ich den Wecker auf 6.30 Uhr gestellt habe. Also lasse ich es langsam angehen und mache mich in aller Ruhe fertig. Der Online-Blick in den Wetterbericht zeigt für Livingston 18°F, umgerechnet -8°C! Beim Blick aus dem Fenster sieht es ganz danach aus, als käme heute mein Eiskratzer zum Einsatz.

Andrea braucht noch etwas Zeit, wie sie mir am Telefon – Zimmer zu Zimmer – sagt.

Ich checke an der Rezeption also schon aus und rücke meinem Auto mit dem aus Deutschland mitgebrachten Eiskratzer zu Leibe, auf den ich so stolz bin. Jedoch: Die Schicht Reif ist so massiv-trocken, dass mein Werkzeug kaum etwas nutzt. Etwas kleinlaut mache nun das, was ich noch nie getan habe und abgrundtief hasse: Ich stelle den Motor an und Heizung und Gebläse auf volle Pulle und gehe mit Andrea frühstücken.

Mir ist nicht wohl dabei, aber weniger wegen der Umweltverschmutzung als wegen der Tatsache, dass ich den Schlüssel stecken lassen musste und jeder mit dem Wagen wegfahren könnte! Ich habe zwar zwei Schlüssel, aber die sind untrennbar mit einem Schlüsselring verbunden, sodass ich nicht mit dem Zweitschlüssel die Tür abschließen konnte. Nach der Hälfte des Frühstücks lässt es mir keine Ruhe und ich gehe draußen gucken. Das Auto sieht aus, als wäre es durch einen sommerlichen Schauer gekommen – alles Eis ist weg. Also kann ich die Aktion beenden und in Ruhe weiter mit Andrea frühstücken.

Merkwürdig ist es ohnehin: Kälter als gestern laut Thermometer, das Auto vereist, was gestern überhaupt nicht der Fall war, aber die berühmte „gefühlte Temperatur“? Es fühlt sich deutlich weniger kalt an als gestern, ist fast angenehm im strahlenden Sonnenschein, den es gestern aber auch gab.

An der Polunsky Unit für meinen zweiten und letzten vierstündigen Besuch mit Willie angekommen, steht heute ein recht korpulenter schwarzer Beamter am Eingang zum Parkplatz. Ich befürchte sogleich, das könnte derjenige sein, von dem Andrea gestern erzählte, der hätte mal ihren ganzen Koffer, den sie bereits für die Abreise im Wagen hatte, inklusive der Schmutzwäsche durchgewühlt. Obwohl ich mein Gepäck auch schon im Kofferraum habe, genügt ihm jedoch ein einziger Blick, ebenso unter die Motorhaube und bei den Türen. Vielleicht war er das auch gar nicht, gibt ja sicher noch andere korpulente Afro-Amerikaner, die dort arbeiten.

Auf dem Weg von meinem Auto zum Anmeldegebäude fällt mir gerade noch auf, dass ich mein Halstuch nicht abgelegt habe. Das riskiere ich lieber nicht, wenn man jetzt bei jedem Weg zurück zum Auto erst durch die Sicherheitskontrolle muss. Und der Schal kann ja, wie ich von Andrea gelernt habe, als Waffe benutzt werden. Fragt sich natürlich, ob sie besorgt sind, dass ich jemand damit erdrossele oder mit meinem eigenen Schal erdrosselt werde. Gürtel allerdings sind nicht verboten – logisch!??

Die Sicherheitskontrolle ist erneut problemlos – bei dieser Reise hat mein Sagrotan-Tüchlein kein einziges Mal Fragen aufgeworfen. Im Besucherraum spricht mich gleich eine junge Frau aus Deutschland an, die mich erkannt hat. Sie stellt sich vor und erklärt mir, wir hätten bereits per E-Mail Kontakt gehabt. Ja, der Name sagt mir etwas, wenn ich mich auch nicht mehr an Details erinnere. Wir sprechen ein paar Takte, dann gehe ich zu meinem Platz. Es ist derselbe wie gestern. Willie wird auch heute sehr schnell gebracht, sodass wir schon um 9.20 Uhr unseren Special Visit beginnen.

Willie fühlt sich noch von gestern satt und hat deshalb keine großen Wünsche ans Essen, aber wie gestern sind zwei Salate ein Muss und dazu noch ein Sub-Sandwich, Grapefruit im Becher und – weil es Ananasgeschmack nicht gibt – eine Erdbeerlimonade. Ich hole mir auch eine und wir stoßen mit der Erdbeerlimo auf das neue Jahr an. Schmeckt nicht schlecht, aber sowohl das Aussehen als auch der Geschmack als auch die Liste der Zutaten bestätigt, dass dieser Drink im Leben auch nicht eine richtige Erdbeere gesehen hat – alles reine Chemie!

Ein Foto machen wir auch heute wieder. Wir sind beide gut getroffen, aber leider ist das Bild auch dieses Mal etwas

„blurry“. Die sollten wirklich eine bessere Kamera anschaffen, wenn sie Bilder für 3 Dollar das Stück verkaufen. Das Ding ist so ein Miniteil, wie man es für eine zweistellige Summe im Supermarkt bekommt und wo es Glücksache ist, ob die Bilder etwas werden, und man es auf dem Display nicht wirklich beurteilen kann. Vielleicht sollte ich da was „sagen“, denn vor dem Besucherraum hängt ein Schild, mit dem Besucher aufgefordert werden, auf der Website des TDCJ an einer Umfrage teilzunehmen – vielleicht kann man da etwas loswerden in der Richtung.

Willie erzählt mir die aktuelle Geschichte im Zusammenhang mit seinen Tennisschuhen – er hatte sie in einer ganz konkreten Größe (Länge und Breite) bestellt, weil er bereits zwei Paar hatte, die nicht passten. Länge 8,5 ist zu lang, er braucht 8, und Breite D ist zu eng, er benötigt E. Also 8E. Als die neu bestellten Schuhe kamen, wollte er sie anprobieren, die Wärterin gab ihm aber nur den linken Schuh, obwohl Willie beide probieren wollte. Später stellte sich dann heraus, dass der rechte Schuh tatsächlich zu eng ist und nur der linke richtig passt. Also hat Willie wieder einmal ein Beschwerdeformular ausgefüllt.

Ich erzähle, dass ich schon etwas ähnlich gestrickt bin und dass es in der freien Welt auch viel solchen Mist gibt. Spontan fällt mir mein Ärger mit dem Weltbild-Verlag ein, der von mir eine eidesstattliche Erklärung wollte, dass ich zurückgeschickte Ware, die nachweislich dem Verlag zugestellt wurde, nicht in meinem Besitz hätte. Und dann ist da noch aktuell O2, die mir mit SCHUFA-Eintrag drohen, weil sie selbst einen Rechnungsbetrag nicht rechtzeitig abgebucht haben. Und die Techniker Krankenkasse, die der Meinung ist, wenn ich einmal ganz knapp über die Beitragsbemessungsgrenze rutsche, dann würde ich bei Erhöhung derselben automatisch immer weiter den Höchstbeitrag zahlen, statt dass sie das überprüfen.

Im Besucherraum gibt es neue Regeln. Ich habe schon das Schild gelesen, dass man kein Essen mit auf die Toilette nehmen darf – wer möchte das eigentlich? Willie weist mich darauf hin, auf dem Schild stünde seines Wissens auch, dass man keine Lebensmittel aus den Snackmaschinen mehr mit nach draußen bzw. mit nach Hause nehmen darf. Auch hier verstehe ich nicht wirklich, wo das Problem liegt. Früher habe ich für Christiane ohne Probleme ein Teilchen aus den Snackmaschinen bis nach Deutschland mitgenommen.

Willie und ich unterhalten uns auch wieder einmal über das Weitergeben von Gegenständen unter den Gefangenen. Er beteiligt sich nicht mehr daran, seit es überall Kameras gibt, weil er seine Besuche nicht riskieren will. Ich frage, warum es nicht einen offiziellen erlaubten Weg gibt, wenn ein Häftling einem anderen z.B. ein Buch weitergeben will. Das würde doch die illegale Methode mit Sicherheit einschränken. Willies Antwort ist – leider – auch logisch: Weil die Wärter dann damit Missbrauch treiben. Sch...ße auch, dass deswegen das ganze System darunter leiden muss!

Als unsere Besuchszeit vorbei ist und wir uns verabschiedet haben, räume ich sehr langsam meine wenigen Sachen zusammen, hänge das gelbe Schild wieder um, ziehe meine Jacke an. Irgendwie habe ich das Gefühl, mich nicht trennen zu wollen, und ich weiß auch, warum: Ich weiß nicht, ob wir uns noch einmal wiedersehen. Ich möchte Willie gern nächsten August und September zu vier vierstündigen Besuchen sehen, aber die Wahrscheinlichkeit, dass er vorher einen Hinrichtungstermin bekommt, und die Unsicherheit, ob ich dann kommen kann, lassen es offen, ob dieser Besuch vielleicht der letzte war.

Ich verabschiede mich im Besucherraum noch von Andrea, die erst morgen zurückfliegt, fahre bei der Bank vorbei und hole zwei Rollen Quarters – bin also doch optimistisch genug, dass ich sie wieder für einen Besuch bei David in der Zukunft brauchen werde. Dann noch kurz bei Wal-Mart eine

Erdbeermilch holen. Ich hatte so eine schon am Wochenende und wollte die stabile Plastikflasche behalten. Jedoch: Obwohl ich sie nicht in den Mülleimer geworfen, sondern auf den Tisch gestellt hatte, war sie nach dem Zimmerservice weg gewesen.

Die Fahrt nach Houston geht zügig, ebenso das Tanken und die Rückgabe des Autos. Am Flughafen gehe ich gleich durch die Sicherheitskontrolle und von dort zu Gate E-20, was diesmal ohne Änderungen bleibt. Ich fliege wieder mit United Airlines nach 18 Uhr. Hinter der Sicherheitskontrolle fülle ich meine inzwischen leere Erdbeermilch-Flasche mit Wasser aus dem Trinkwasserspender und warte dann auf den Abflug. Am Gate steht für meinen Flug „on time", anders als es wohl gestern war. Am Nachbar-Gate kommt eine Durchsage für den Flug nach Las Vegas, man habe eine gute und eine schlechte Nachricht. Die gute zuerst: Man fliege heute noch nach Las Vegas. Die schlechte: Aber mit drei Stunden Verspätung, oder so ähnlich.

Bei uns steht immer noch „on time". Ich spiele ein bisschen mit meinem Smartphone herum – seit Connie mir damals eines ausgeliehen hat, habe ich mir selbst eines zugelegt. Ich lade eine Handvoll Mails herunter – was ich auch schon am Freitag nach der Ankunft am Flughafen getan habe. Und dann rufe ich eine einzige Website auf, nämlich FlightAware.com – um sie ganz schnell wieder zu schließen und den Datenverkehr auszuschalten! Denn kaum habe ich die Website aufgerufen, erhalte ich eine SMS, dass die Kosten für den Datenverkehr bei knapp 60 Euro angelangt seien! Okay, ich wurde zuvor gewarnt, dass Datenroaming sehr teuer sein könne, aber über 50 Euro für eine einzige Website??? Hallo, tickt ihr noch richtig??? Das ist teures Lehrgeld, das ich gerade zahle, und das vermiest mir die Laune jetzt ganz gewaltig.

Aber es hilft nichts, und ich schreibe erstmal an meinem Reisebericht weiter, bis wir zur Boarding Time das Flugzeug betreten dürfen. Die Leute mit Gangplatz werden zuletzt an Bord gelassen – Ergebnis: Es gibt keinen Platz mehr für meinen Koffer. Immerhin dauert es nicht lange, bis eine Stewardess hilft, und meinen Koffer und den eines anderen Reisenden mit demselben Problem vor uns in der Business Class unterbringt. Wie dürfen nur während des Fluges nicht an das Gepäck, um die Business-Leute nicht zu stören, sagt sie uns. Na, das macht ja nichts, ich habe ohnehin alles Nötige in der anderen Tasche. Und beim Aussteigen später wird es eher von Vorteil sein.

Die Freude über einen Flug „on time“ hält allerdings nicht lange an. Die Abflugzeit vergeht und wir stehen immer noch am Gate. Schließlich erfahren wir, dass es Probleme mit der Gepäckzuladung gebe, irgendetwas mit dem Frachtgut. Da sei etwas falsch geplant oder falsch berechnet, und der Pilot erklärt, er werde erst starten, wenn hinsichtlich der Beladung alles in Ordnung sei, sodass die Maschine ohne Sicherheitsrisiko fliegen könne. Das ist sicher lobenswert, allerdings stehen wir noch rund zweieinhalb Stunden dort, bis der Abflug tatsächlich erfolgt – zu den fast zehn Flugstunden also noch entsprechend mehr Zeit auf dem engen Sitzplatz verbringen, das ist kein Vergnügen. Da hätte mich die Verspätung doch lieber schon auf dem Flughafen erwischt, wo man sich noch frei bewegen kann.

Aber die Zeit geht auch vorbei, schließlich starten wir. Etwa eine Flugstunde holen wir sogar wieder auf, weil es relativ viel Rückenwind hat, verbunden mit einigen Turbulenzen, aber nichts Gravierendes. Nach der Ankunft in Frankfurt fahre ich mit der nächsten S-Bahn nach Wiesbaden, wo Christiane mich am Bahnhof abholt.

- DER ZWEIUNDZWANZIGSTE BESUCH -

(Mittwoch, 27. August 2014, bis Freitag, 12. September 2014)

Als wir uns das letzte Mal verabschiedeten, wusste ich nicht, ob ich Willie noch einmal wiedersehen würde, konnte nur hoffen, dass er zum Zeitpunkt der für Ende August und Anfang September geplanten Special Visits noch am Leben sein würde. Denn nach Ablauf der letzten Berufungsverfahren war ein baldiger Hinrichtungstermin nicht unwahrscheinlich.

Tatsächlich kam die Nachricht Anfang Mai, er sei auf Death Watch verlegt worden, und wenige Tage später wurde das Datum bekannt: Hinrichtungstermin 10. September. Ich nahm das Datum mit gemischten Gefühlen auf – einerseits würde es bedeuten, dass wir die geplanten Besuche noch zusammen haben würden, andererseits liegt der 10. September in der ersten Schulwoche nach den Sommerferien, und mein Chef hatte mir doch vor fast 10 Jahren, als ich ihn wegen Kevins Hinrichtung gefragt hatte, die Erlaubnis nur für ein einziges Mal gegeben.

Ich wartete zunächst vielleicht drei Wochen auf Willies nächsten Brief und eine klare Ansage, ob er a) bei unseren Besuchsplänen bleiben oder sie verändern und b) ob er mich auf seinem letzten Weg – auch als Zeugin – dabeihaben wolle. Immerhin hatte er mein Angebot zwar immer offenbar wohlwollend zur Kenntnis genommen, jedoch nie klipp und klar ja gesagt. Als mit seinem nächsten Brief die Dinge vorläufig geklärt waren, erbat ich einen Termin bei meinem Schulleiter und erklärte ihm den Sachverhalt. Das Gespräch verlief deutlich anders als vor rund 10 Jahren – mein Chef half sogar selbst Argumente für eine Freistellung zu sammeln, bevor er sich mit seinem Stellvertreter absprach und mir zwei

Tage später die Erlaubnis erteilte, meine geplante Texas-Reise um eine Woche zu verlängern, bis nach Willies Hinrichtungstermin.

Ich buchte also den Hinflug für den schon ursprünglich dafür vorgesehenen Mittwoch, den 27. August, den Rückflug für Donnerstag, den 11. September. Zum allerersten Mal fliege ich mit American Airlines, und zwar von Frankfurt nach Dallas mit Anschlussflug nach Houston. Ich wollte Umsteigen in USA immer vermeiden wegen dem Umstand mit dem Gepäck-Abholen für den Zoll und Gepäck-Wiederaufgeben, aber diese Flugverbindung war doch die mit Abstand günstigste von den Kosten her. Ich bin wild entschlossen, auch für zwei (Sommer)wochen mit Handgepäck auszukommen, und dann soll das wohl klappen...

Christiane bringt mich am Morgen des 27. August nach Wiesbaden zur S-Bahn, am Flughafen geht's mit der Skyline zum Terminal 2, und ich stelle mich in die nicht allzu lange Schlange derer, die traditionell einchecken und Gepäck aufgeben wollen, obwohl ich schon am Vortag online eingecheckt und außerdem neben meiner Laptop-Tasche nur Christianes großen Rucksack auf dem Buckel habe. Der Rucksack hat genau die bei American Airlines erlaubten Handgepäck-Maße und ist etwas größer als mein Köfferchen, mit dem ich sonst immer unterwegs war. Beim Online-Einchecken gestern habe ich keine Bordkarte für den Anschlussflug ausdrucken können. Der Fehler wird hier am Schalter rasch behoben, und der Flieger startet erstaunlich pünktlich in Richtung Texas.

Eine Kontrolle der AA-Flüge dieser Strecke im Archiv von Flightaware.com hatte nämlich gezeigt, dass der Flieger häufig deutlich verspätet war, und ich habe für das Erreichen meines Anschlussfluges nur zwei Stunden Zeit, in denen ich einreisen und durch die Zollabfertigung, den Terminal wechseln und ein weiteres Mal durch die Sicherheitskontrolle muss – das kann unter Umständen eng werden. Aber „today's a lucky day", wie es scheint, wir sind nicht nur ausgesprochen pünktlich, ich habe neben mir auch einen freien Sitzplatz, was den überwiegend sehr ruhigen Flug zusätzlich bequem macht. Auch hinter mir sind vereinzelt Sitzplätze frei – sollte American Airlines weniger ausgebucht sein als andere Fluglinien? Das könnte man im Auge behalten. Wobei: Es ist ja ohnehin wahrscheinlich für längere Zeit meine letzte Reise...

Wir landen eine Viertelstunde vor der Zeit in Dallas. Ich muss an diverse frühere Erfahrungen denken, den allerersten Flug nach Texas mit regulärer Zwischenlandung in Dallas und Weiterflug in derselben Maschine, den Flug zu Cliffs Hinrichtung überhaupt nur nach Dallas und von dort mehrstündige Autofahrt, den Umweg über Dallas wegen Gewitter über Houston und die Flugangst meiner damaligen Begleitung...

Bei den Einreiseformalitäten erwartet mich eine Überraschung. Nachdem ich in Frankfurt vor dem Abflug gerade ganz neu eine elektronische Passkontrolle erlebt habe, gibt es hier in Dallas als Option eine automatisierte elektronische Einreise. Man legt seinen Reisepass in eine computergesteuerte Maschine, beantwortet die Fragen auf dem Bildschirm, lässt sich fotografieren und drückt seine Fingerabdrücke ab. Am Ende spuckt die Maschine ein Papier im Bordkartenformat aus, das schließlich doch noch kurz von einem Beamten in Augenschein genommen wird, aber das geht ebenfalls schnell, sodass die Einreiseformalitäten in kürzester Zeit erledigt sind.

Dafür ist die Schlange an der Sicherheitskontrolle etwas länger – nach Frankfurt ein weiteres Mal die Sachen umsortieren nach dem Gesichtspunkt: Flüssigkeiten und Computer separat sowie verdächtige Münzrollen, Jacke und Schuhe aus, versus: Was brauche ich während des Fluges und was ist mir – wie der Laptop – nur im Weg? Aber ich liege bestens in der Zeit, sodass mich Wartezeit nicht nervös macht. Nun noch mit

„Skylink“ von Terminal D nach Terminal A fahren und am Gate auf den Abflug warten.

Für den knapp einstündigen Flug nach Houston habe ich mir einen Fensterplatz mit der entsprechenden Aussicht gegönnt – auf Langstreckenflügen will ich ja immer die Freiheit eines Gangplatzes. Auch der zweite Flug landet pünktlich um 17.30 Uhr und ich werde, wie ausgemacht und von Dallas aus per SMS bestätigt, von einer Reporterin des Spiegel und einem Kameramann erwartet, die gerade heute Nachmittag ein Interview mit Willie gemacht haben und mich nun ein bisschen im Flughafen hin- und herlaufen lassen, um meine Ankunft zu filmen, aber auch ein Interview ist dabei.

Ohne dass ich mich irgendwie selber angeboten habe, sind in den letzten Wochen und Monaten zahlreiche Medien an mir dran gewesen. Es begann alles mit einem von Ines organisierten Treffen von deutschen Lifespark-Mitgliedern in Frankfurt Ende April, zu dem ich als Gast eingeladen war und zu dem eine Journalistin der Frankfurter Rundschau kam. Drei Freiwillige wurden von ihr in einem sehr guten Artikel über Briefkontakte in den Todestrakt porträtiert, ein „Familienvater“, eine „Studentin“ und eine „Aktivistin“; Letzteres bezog sich auf mich. Nachdem den Rundschau-Artikel jemand von Spiegel Online gelesen hatte, interviewte mich von dort jemand, und nach dem daraus folgenden Spiegel-Artikel ging es richtig rund.

Da kam meine lokale Zeitung Wiesbadener Kurier auf mich zu, RTL Hessen für einen Kurzbeitrag sowie der NDR; die katholische Kirchenzeitung „Der Sonntag“ bezog sich wieder auf die Rundschau und Sat 1 für einen Kurzbeitrag wiederum auf RTL. Der Spiegel meldete noch ein weiteres Mal: Eine junge deutsche Video-Journalistin in den USA will mich in den letzten Tagen von Willie mit der Kamera begleiten, im Vorfeld bereits Willie interviewen und mich schon von Kollegen in Deutschland vorab interviewen lassen – das Ganze für einen Online-Videobeitrag und ebenso für „Spiegel TV“ bei RTL.

Weil sie ihren Interview-Termin mit Willie genau für den Tag meiner Anreise bekommen hat, nehmen wir die Gelegenheit wahr, uns heute schon zu treffen.

Abgesehen von den Filmaufnahmen sprechen wir eine ganze Weile auch ohne Kamera miteinander. Sie erzählt mir von dem Gespräch mit Willie, wie positiv und sympathisch er wirke, und ich erfahre an der Stelle erstmals und definitiv, dass er mich auf die Liste seiner fünf Zeugen für die Hinrichtung gesetzt hat. Auch wenn das immer meine Vermutung war, hatte ich noch keine Bestätigung bis jetzt und wusste andererseits, dass theoretisch mehr als fünf Leute dafür in Frage kämen, sodass ich mir nicht hundertprozentig sicher war, ob er mich auf die Liste setzen würde.

Ungefähr zwei Stunden verbringen wir am Flughafen und ich bin froh, dass ich die Journalistin bereits heute kennen lerne; es ist einfach gut, jetzt schon zu wissen, wer in dem Ausnahmezustand der letzten zwei Tage an meiner Seite sein wird, und demjenigen nicht erst dann zum ersten Mal zu begegnen. Dann verabschieden wir uns und ich finde ohne langes Suchen den Shuttle-Bus, der mich zum Mietwagen-Zentrum bringt – ich bin mit dem Inlandsflug aus Houston an dem mir gänzlich unbekannten Terminal A angekommen. Ich bekomme ein Auto von Alamo, das ich zusammen mit dem Flug gebucht habe, und ich bekomme dieses Mal wieder einen größeren Wagen, einen aus der Kompaktklasse, nämlich einen fast nagelneuen silbernen Hyundai Accent.

Es ist schon dunkel draußen, als ich nach 20 Uhr losfahre, aber ich kenne den Weg ja, sodass mir das nichts ausmacht, und ich komme gegen 21.30 Uhr im Best Western in Livingston an. Ich hatte diesmal direkt bei der Hotelmanagerin reserviert zu einem etwas günstigeren Sonderpreis für 15 Nächte, habe allerdings vergessen, die Mail auszudrucken mit der Reservierungsnummer, aber die Dame an der Rezeption hat keine Probleme, die Buchung unter meinem Namen zu finden. Ich bekomme ein Zimmer – anders als sonst – mit sogar zwei von den großen Doppelbetten drin. Das hätte ich nicht gebraucht, aber gut – vielleicht ist so viel Platz für zwei Wochen auch nicht verkehrt. Ich packe aus, schaue noch in meine E-Mails und gehe dann um etwa 23 Uhr reichlich müde nach einer fast 24-stündigen Reise ins Bett.

Ich habe Willie schon per JPay Anfang dieser Woche mitgeteilt, dass ich am Donnerstag nicht sooo früh kommen würde. Ich lasse es bewusst langsam angehen nach der langen Reise, frühstücke erst gegen 9 Uhr und bin um 10 Uhr an der Polunsky Unit für meinen ersten Besuch mit Willie. An der Sicherheitskontrolle will der Officer mein Sagrotan-Tüchlein nicht akzeptieren, ich solle es auf dem Rückweg wieder mitnehmen. Weil der Mann durchaus einen netten Eindruck macht, starte ich noch einen Versuch und sage, dass es bisher nie ein Problem war, ich die Verpackung aber auch schon öffnen musste. Dass man nicht hineinsehen kann, war sein Punkt, und er macht tatsächlich von der Option Gebrauch, die Packung aufzureißen und hineinzuschauen – und dann darf ich es doch mitnehmen.

Ich komme in den Besucherraum und will mich gerade auf den mir zugewiesenen Platz setzen, als mich die ältere Dame rechts neben mir anspricht. Da erkenne ich sie erst und begrüße sie natürlich herzlich; es ist Kathryn Cox von der Heilsarmee. Willie wird schon nach wenigen Minuten gebracht und wir beginnen um 10.15 Uhr unseren vierstündigen Besuch. Ich kann mich sehr schnell von dem überzeugen, was ich schon mehrfach erzählt bekam, angefangen von dem ZDF-Auslandskorrespondenten Ulf Röller, der Willie vor einigen Wochen für das Auslandsjournal interviewt hat und mit dem ich anschließend telefoniert habe, bis zu der Spiegel-Journalistin gestern Nachmittag: Willie strahlt eine positive Ruhe und Gelassenheit aus, die beeindruckend ist. Auf mich wirkt er wie immer. Er sagt selbst, er habe keine Angst vor dem Tod. Einerseits glaubt er fest daran, dass sein Hinrichtungstermin der Plan der Menschen sei, in Wirklichkeit aber einfach passieren werde, was Gottes Plan ist, sei es, dass es zu seiner Hinrichtung komme oder zu einem Aufschub. Er akzeptiere schlicht, was Gott für ihn bestimmt habe. Außerdem sei er bei und nach der Tat 1993 mit seinen zahlreichen eigenen Schussverletzungen bereits dem Tod näher gewesen als dem Leben und im Grunde sei er mit dem Tod seiner über alles geliebten Frau damals ohnehin selbst gestorben oder mindestens ein Teil von ihm.

Ich richte Willie von neun verschiedenen Leuten Grüße und gute Wünsche aus, mit denen ich in diesen Tagen in Kontakt war. Umgekehrt bittet er mich, per E-Mail eine Nachricht an die Brieffreundin eines Mitgefangenen zu übermitteln, mit der ich bereits in Kontakt war. Außerdem möchte Willie, dass jemand von seiner Familie einen Regular Visit für Samstag anmeldet. Ich dachte immer, in einer Woche mit Special Visits ist kein weiterer Besuch möglich, aber Willie spricht aus Erfahrung, dass sie einen Regular NACH einem Special Visit zuließen, nur nicht umgekehrt – warum auch immer das so ist.

Willie erzählt ausführlich von seinen zahlreichen Kontakten mit den Medien in den letzten Wochen. Abgesehen vom ZDF war der amerikanische Sender FOX zweimal da, Journalisten von Großbritannien, Norwegen, Schweden, eine Psychologin, von der wir erst den Verdacht hatten, sie wolle Willie in ihre Fernseh-Show über Stalking einbauen, Mike Graczyk, DER Reporter, der für AP regelmäßig über die Hinrichtungen in Huntsville berichtet und schon so viele Hinrichtungen im dreistelligen Bereich gesehen hat, dass er sie selbst nicht mehr zählen kann. Mir ist er nicht sympathisch, weil er sich vor ein paar Monaten scheinheilig mit einer Frage wegen des Verbots der Proxy-Eheschließungen, bei denen ein Stellvertreter für den nicht anwesenden Gefangenen einspringen konnte, an mich gewandt hat, um ganz offensichtlich einen Kommentar der „crazy European women“ von mir zu provozieren – worauf ich aber nicht reingefallen bin.

Ich erfahre von Willie auch, dass seine Anwälte ihn am 1. August besucht hätten. Mein letzter Stand der Dinge war immer noch, dass die Anwälte nichts mehr von sich hatten hören lassen, sodass Willie sich bereits bei ihnen nachzufragen veranlasst sah, ob sie denn noch seine Anwälte seien. Ja, sie arbeiteten an letzten Berufungseingaben, z.B. an dem Problem mit dem in Texas eingesetzten Gift bzw. der Frage der Offenlegung der Herkunft desselben. Ich frage, ob es noch andere „Issues", also Argumente, gebe – dieselben wie bisher, die jetzt nochmals eingebracht würden.

Wir sprechen auch kurz über den Gnadenausschuss. Ich habe einen Brief dorthin geschickt, obgleich ich davon überzeugt bin, dass es GAR NICHTS nützt. 515 Hinrichtungen in Texas stehen genau zwei Begnadigungsempfehlungen gegenüber, bei denen in beiden Fällen der begnadigte Täter nicht der Schütze war, was auf Willie nicht zutrifft. Gnade, weil sich jemand in zwei Jahrzehnten im Gefängnis verändert hat, gibt es in Texas schlicht nicht. Ich habe meinen Brief nur geschrieben aus dem Bedürfnis heraus, bestimmte Punkte loswerden zu wollen: Dass man Willies Version vor Gericht nie gehört hat, dass er in 20 Jahren im Gefängnis gezeigt hat, dass keine Gefahr von ihm ausgeht, und dass sein Sohn bereits seine Mutter verloren hat und man ihm nicht noch seinen Vater nehmen soll.

Willie war mit mir nicht zufrieden, weil ich meinen Brief – nach einer längeren Wartezeit allerdings, in der er die Chance gehabt hätte, sich noch vorher zu melden – in der Zwischenzeit abgeschickt hatte. Er habe vorher noch Empfehlungen geben wollen und meint, ich hätte übereilt gehandelt. Jedoch kannte ich diese Empfehlungen eines ehemaligen Mitglieds des Gnadenausschusses bereits und halte sie für Häftlinge mit Aussicht auf Entlassung geschrieben, nicht für Todestraktinsassen. Ich hätte meinen Brief kaum anders verfasst.

Wir arbeiten auch die Besuchsplanung von nächster Woche noch einmal auf. Ich hatte den Vorschlag gemacht, wir könnten die Besuche auf Donnerstag und Freitag legen und ich könnte am Freitag nächster Woche den Besuch mit seiner langjährigen Schweizer Brieffreundin Rosi teilen, damit sie nicht zu kurz kommt. Er hatte das Empfinden, wir hätten über seinen Kopf hinweg entschieden, obwohl das in keiner Weise unsere Absicht war. Wir warteten nur ewig auf eine Antwort von ihm, die wochenlang nicht kam, sodass ich am 1. August schließlich die Besuche ohne seine Rückmeldung angemeldet hatte, um kein Risiko einzugehen hinsichtlich der begrenzten Special Visits, die für jeweils einen Tag genehmigt werden. Wenige Tage später dann seine Nachricht, dass er die Besuche Dienstag und Mittwoch haben möchte, um noch Optionen für einen zweistündigen Besuch danach in der Woche zu haben, und ich habe im Gefängnis nochmals angerufen und seinem Wunsch gemäß „umgebucht".

Ich habe Willie mehrfach zu verstehen gegeben, dass ich es akzeptieren und verstehen würde, wenn er angesichts seines Hinrichtungstermins die Pläne für unsere Special Visits für August und September nochmals ändern wolle. Aber es ist sein ausdrücklicher Wunsch, das Geplante und Zugesagte nicht zu verändern. Insofern bin ich privilegiert, dass ich mit Willie noch 15 oder 16 Stunden allein verbringen kann, bevor sich seine Familie und seine anderen Freunde in die zweieinhalb Tage der letzten Besuche drängen müssen. Aber mehr als anbieten, nicht alle Stunden egoistisch für mich haben zu wollen, kann ich nicht. Wenn es Willies Wunsch ist, seine Loyalität so zu zeigen und zu leben, dass er das Zugesagte einhält und ich die „Glückliche" bin – dann nehme ich es jetzt einfach ohne weiteres schlechtes Gewissen und freue mich darüber.

Mir kommt es vor, als verfliege die Zeit noch schneller als sonst. Es ist wohl das Bewusstsein, dass sie jetzt dermaßen begrenzt ist. Die Snackmaschinen sind relativ leer; es gibt leider keine Salate, sodass Willie nur zwei Sub-Sandwiches möchte, mehrere Sorten Chips, Cupcakes und etwas zu trinken. Ich nehme auch nur ein Diet Dr. Pepper – irgendwie ist das Essen heute einfach nicht wirklich wichtig. Nach Ablauf unserer regulären vier Stunden sagt die Aufsicht: „Noch fünf

Minuten!“, und wir nehmen die geschenkten fünf Minuten gerne an. Dann wird Willie aber auch sofort aus dem Käfig heraus abgeführt, dass er schneller draußen ist, als ich meine wenigen Sachen zusammenpacken und selber gehen kann.

Ich fahre erstmal zu Wal-Mart, um in aller Ruhe ein paar Sachen einzukaufen. Als ich zum Hotel zurückkomme, geht gerade ein heftiger Gewitterregen nieder, und so bleibe ich zunächst im Auto sitzen. Obwohl der Regen nach 10 Minuten etwas nachlässt, werde ich auf dem kurzen Weg zum Hoteleingang noch reichlich nass. „Everything's bigger in Texas“ eben, auch der Regen...

Ich setze mich an den Computer und erledige diverse Aufträge und beantworte E-Mails. Ich wechsle ein paar kurze Mails mit Willies inzwischen 22-jährigem Sohn, mit dem ich bisher noch nicht in Kontakt war, weil Facebook nicht mein Ding ist und ich keine Mail-Adresse von ihm hatte, bevor er mich heute angeschrieben hat. Ich bin mit einer Reihe von Willies Freunden per Mail in Kontakt und auch mit einer Reihe von Mitgliedern der IgT, die an der Reise und ihrem besonderen Hintergrund Anteil nehmen. Das ist ein gutes Gefühl. Ich beginne schließlich meinen Reisebericht zu schreiben, bis ich zu müde werde, und schreibe am anderen Morgen weiter.

Mit Willie habe ich vereinbart, dass ich am Freitag etwa um dieselbe Zeit komme wie gestern. Er ist flexibel, möchte es nur gern wissen, um bereit zu sein, wenn sie ihn zum Besuch holen. Als ich gerade den Laptop zuklappen und gehen will, sehe ich noch eine neue E-Mail von dem britischen Sender BBC. Sie haben am Mittwoch einen Termin mit Willie, kommen schon morgen in Livingston an und fragen, ob sie mit mir sprechen können. Ja, sicher. Wenn Willie alle Anfragen akzeptiert, sehe ich es irgendwie als meinen Auftrag an, es ebenso zu machen.

Für die Sicherheitskontrolle am Gefängnis reiße ich heute gleich selbst die Packung mit dem Sagrotan-Tüchlein auf. Aber heute sagt niemand etwas. Dafür hat die Dame an der Anmeldung ein Problem mit meiner Reisepassnummer. Ob ich früher einen anderen Pass hatte. Naja, schon – 2011 war mein Pass abgelaufen und seitdem habe ich diesen. Wann ich das letzte Mal hier war? Letzten Januar. Ob ich gestern einen anderen Pass oder eine andere ID vorgelegt hätte? Nein, genau diesen Reisepass. Mir war bislang gar nicht bewusst, dass sie die Reisepassnummer auf das blaue Blatt, also den Besucherausweis, notieren. Anscheinend stimmt die Nummer nicht mit dem überein, was von gestern im Computer steht. Aber schließlich tippt die Dame die richtige Nummer ein und gibt sich damit zufrieden.

Willie wird heute noch schneller gebracht als gestern, er ist schon nach 10 Minuten da. Die ersten beiden unserer vier Stunden sprechen wir so angeregt, dass keiner von uns bis dahin an sein Essen denkt. Ich berichte zunächst von dem, was ich für ihn an Informationen weitergeben sollte, und überbringe die entsprechenden Antworten, u.a. von seinem Sohn. Er sagt mir, wie er seine Besucherliste geändert hat, sodass ich jetzt einen Überblick habe, welche 10 Leute da draufstehen. Er habe das Formular gestern Abend zurückbekommen, aber die Adresse seines Vaters sei falsch gewesen – sein Vater und sein Sohn haben dieselben Vor- und Nachnamen wie er, was das Ganze auch etwas schwierig macht. Willie hat es sofort moniert, erzählt er, damit es nicht in den letzten Tagen irgendein Problem gibt, wenn auf der ID-Karte seines Vaters eine andere Adresse steht. Überhaupt möchte er allen Stress und Ärger für die letzten Tage vermeiden, deshalb auch die Verteilung der Besuchszeit planen, damit es zu keinen Streitigkeiten um die Besuche kommt.

Schon gestern haben wir darüber gesprochen, dass er eine sehr große Verwandtschaft hat und 100 Plätze auf seiner Besucherliste vergeben könnte, wenn er nicht nur 10 Plätze hätte. Viele hätten ihn jetzt kurzfristig aufgefordert, sie noch auf die Liste zu setzen, aber Willie hat abgelehnt. Zum Beispiel seine ältere Schwester: Sie sei „too emotional". Vor allem bekommen aber diejenigen von ihm den Vorzug, die sich all die Jahre um ihn gekümmert haben, und so sind vier von 10 Namen auf der Besucherliste eben keine Verwandten, sondern seine Freunde aus Europa.

Wir sprechen im Zusammenhang mit unseren Interviews mit den Medien und den Fragen, die wir immer wieder gestellt bekommen, auch noch einmal über die Tat. Ich wurde schon gefragt, ob sein Sohn ihm vergeben habe bzw. glaube, dass er dessen Mutter nicht absichtlich getötet habe – ja, allerdings. Willie habe es seinem Sohn auch freigestellt, in den Zeugenraum für die Angehörigen der Opfer zu gehen, statt in den der Täterangehörigen. Es sei für ihn in Ordnung, er kenne seines Sohnes Einstellung und sein Herz, nur das sei entscheidend. Sein Sohn jedoch setzt ein klares Zeichen damit, dass er für seinen Vater bei uns im Zeugenraum sein wird.

Willie erzählt auch von seinem Gespräch mit einem Reporter des Houston Chronicle. Er habe diesem anhand der Tatortskizzen den Hergang im Detail geschildert und ihn gebeten, sich selbst mittels der Dokumente zu überzeugen. Wenn sein Schwager hier gestanden habe und die Schüsse durch ihn hindurchgingen, warum sind dann in der Wand dort keine Einschusslöcher? Fragen dieser Art habe er mit dem Reporter besprochen, der ihn immer wieder so ungläubig angeschaut habe, als könne er es nicht fassen, dass das System so korrupt sei und solche Fehler zulasse. Vielleicht hat er aber auch einfach Willie nur nicht geglaubt...

Ich habe auch heute das Gefühl, dass die Zeit noch schneller rennt als schon sonst immer bei unseren Besuchen. Endlich frage ich ihn doch nach der Mahlzeit. Heute gibt es die zwei gewünschten Salate, aber dafür nicht die richtigen Sandwiches... Die zweite Hälfte unseres Besuches sprechen wir über banalere Sachen. Er fragt nach meiner Schule und wann bei uns die Autos winterfest gemacht werden. Ich erzähle, dass ich Räder selbst wechsle und mein Vater mir das schon vor über 30 Jahren beigebracht hat.

Irgendwann signalisiert Willie mir, dass der Häftling, der gerade gegenüber von ihm, also hinter mir, in einen Käfig für einen Attorney-Visit bzw. ein Telefonat mit seinem Anwalt geführt wird, der Häftling sei, der vor Jahren mit seinem illegalen Handy den Senator angerufen hat, der sich daraufhin bedroht fühlte und wodurch die Sache mit den Handys zum großen Skandal wurde. Willie sagt, er würde schon mit ihm reden, aber die meisten Mitgefangenen hätten etwas gegen ihn, weil seine Senator-Aktion dazu geführt hat, dass alle Sicherheitsmaßnahmen drastisch verschärft wurden, um die illegalen Telefone zu unterbinden. Der Senator-Anrufer habe sich mit seiner dummen Aktion selbst in eine Position gebracht, dass er für den Rest seines Lebens im Gefängnis vor den Mitgefangenen geschützt werden müsse, die bis heute auf ihn sauer seien.

Ich frage noch einmal genauer nach etwas, was er mir gestern erzählt hat: Sowohl der Captain als auch der neue Death Row Warden hätten ihm gesagt, er hätte nicht zwei, sondern nur einen All-Day-Visit vor seiner Hinrichtung – obgleich sie sich nicht sicher gewesen seien. Andere Wärter wiederum sagten ihm – wie auch die Sekretärin mir bestätigt hat vor ein paar Wochen –, dass es zwei Tage seien. Anscheinend haben nicht einmal die Chefs eine Ahnung über das Prozedere. Jedenfalls ist Willie nicht beunruhigt darüber und versteht gar nicht, warum ich so genau wissen will, wer das gesagt hat.

Als wir schon wieder fünf Minuten über die Zeit sind, kommt die Aufsicht und teilt uns mit, unsere vier Stunden seien vorbei. Wir verabschieden uns bis zum Dienstag. Ich fahre kurz zur Post, weil mir jemand gemailt hat, er brauche genau eine US-Briefmarke und wir die nur im 10er-Pack verkaufen. Da ich gerade hier bin, kaufe ich zwei Marken, stecke die eine in einen Umschlag, klebe die andere vorne drauf und „Ab die Post!“...

Den Rest des Nachmittags und Abends verbringe ich überwiegend schlafend und schreibe am anderen Morgen meinen Reisebericht weiter, bis es Zeit wird, mich auf den Weg nach Huntsville zu machen.

An der Wynne Unit angekommen, wird mein Auto von einem Afro-Amerikaner untersucht, der noch keinen deutschen Pass gesehen hat und deshalb danach fragt. Er ist sehr nett, redet wie ein Buch und erzählt u.a., er komme aus Nigeria. Am „Gate House", in dem Anmeldung und Sicherheitskontrolle abgewickelt werden, steht ein Dutzend Leute vor mir, sodass ich rund eine halbe Stunde warten muss, bis ich dran bin. Vor mir befindet sich ein älterer Texaner, er sei zum ersten Mal hier und fragt mich über die Beschaffenheit des Besucherraumes aus. Ich zeige ihm den Eingang, den man von hier aus sehen kann. Nein, keine Einzeltische. Ich muss schon innerlich ein bisschen schmunzeln, dass ausgerechnet ich aus Deutschland den Texaner aufkläre...

Bei der Anmeldung passiert zu meiner Überraschung dasselbe wie gestern in der Polunsky Unit: Ich werde gefragt, ob ich sonst einen anderen Reisepass bei mir hatte. Nein, diesen habe ich seit 2011... Ich berichte von gestern, dass mich diese Frage da auch schon überrascht hat. Vielleicht ist es neu, dass sie jetzt eine ID-Nummer notieren müssen. Aber wieso dabei etwas unklar ist, verstehe ich nicht. Die Aufseherin gibt mir das Blatt, das ich als Besucherausweis mitnehmen muss – ich werfe einen Blick darauf: „4 hrs - non contact". Schade, man kann nicht immer Glück haben. Besonders schade aber deshalb, weil zum allerersten Mal, seit ich David seit 2006 hier in der Wynne Unit besuche, Fotos angeboten werden, als ich da bin. Ohne Kontaktbesuch heißt es aber: kein gemeinsames Foto, sondern entweder er oder ich. Also gibt es nur ein Foto von ihm...

Nachdem die Tabletts für die ausgepackten Snacks wieder abgeschafft waren letztens, jetzt gibt es sie wieder. Das soll einer verstehen. Aber ich habe keine Zeit, darüber nachzudenken, denn ich warte keine drei Minuten, als Davids Name schon aufgerufen und mir mein Sitzplatz zugewiesen wird. Die Unterhaltung mit David verläuft gewohnt ruhig, zum Teil auch schleppend, aber so ist er eben. Ich bekomme auch nicht wirklich viel aus ihm heraus. Weil mir schon öfter durch den Kopf gegangen ist, dass ich über sein früheres Leben kaum etwas weiß und auch nicht über das, was ihn in den Todestrakt gebracht hat seinerzeit, sage ich ihm das. Aber er meint, da gebe es nicht viel zu erzählen. Er habe zwar die besten Eltern gehabt, aber sei mit den falschen Leuten zusammen gewesen – Stichworte: Drogen, Raub, Schießereien. Er habe zwar nicht selbst geschossen, ergänzt er rasch, aber er war in der Gesellschaft derer, die es getan haben. Bei diesen Allgemeinplätzen verbleibt sein Bericht.

2016, also nach 10 Jahren in der Wynne Unit, nachdem er schon rund zwei Jahrzehnte im Todestrakt verbracht hatte, kann er für eine Bewährung in Frage kommen, aber das bedeute nicht, dass er entlassen werde. Eines Tages jedoch werde er freikommen, ist er sicher. Ich muss an die Grundregel in Deutschland denken, dass kein Gefängnisinsasse ohne Hoffnung auf eine Entlassung bleiben darf.

Aufgrund dessen, dass ich morgen noch einmal komme – für den langen Aufenthalt in Texas und die Tatsache, dass es für lange Zeit die letzte Texas-Reise sein könnte, wollte ich David nicht wie sonst meistens nur an einem Tag besuchen –, bin ich nicht böse, dass David nach drei von den vier Stunden den Besuch beenden möchte, weil ihm schlicht kalt ist. Morgen will er sich wärmer anziehen. Auf meine Nachfrage bestätigt er, dass der Besucherraum für ihn der einzige klimatisierte Raum im Gefängnis ist.

An der Ausfahrt vom Parkplatz begegne ich dem netten Nigerianer wieder, der sich von mir noch schnell „Auf Wiedersehen!“ auf Deutsch beibringen lässt. Ich fahre zurück nach Livingston, weil ich der Frau von BBC mitgeteilt habe, ich sei ab etwa 14 Uhr zurück. Allerdings meldet sich den ganzen

Rest des Tages niemand. Naja, das Filmteam soll erst heute ankommen; heißt ja nicht, dass sie auf der Stelle bei mir auf der Matte stehen...

Nach dem Schreiben einiger E-Mails mache ich mich an die Aktualisierung meiner Nachrichtenseite, die überfällig ist, zumal Japan gestern wieder zwei Todesurteile vollstreckt hat. Außerdem lese ich einen sehr langen interessanten Artikel über Michelle Lyons. Sie war zunächst Reporterin für den „Huntsville Item" und berichtete dort über jede Hinrichtung und wurde danach Pressesprecherin der texanischen Gefängnisbehörde TDCJ. In beiden Positionen hat sie insgesamt 278 Exekutionen in Texas als Zeugin gesehen. Sie war mir immer mal wieder in den Medien begegnet im Laufe der Jahre und sie hatte auf mich keinen positiven Eindruck gemacht, weil sie – als junge Frau besonders abstoßend – wie ein gefühlloser harter Hund bei einem ankam. Der Artikel zeigt mir neue und andere Seiten. Auch wenn sie immer noch pro Todesstrafe ist, ihr „Job" im Zeugenraum verfolgt sie – wie ihren Vorgänger Larry Fitzgerald beim TDCJ, den ich auch aus alten Dokus kenne – in ihre Alpträume hinein, Lyons fragt sich, wie sie später einmal ihrer Tochter erklären soll, warum sie sich 278 Hinrichtungen angeschaut hat. Bin ich schadenfroh, dass sie unter ihren Erfahrungen jetzt zu leiden hat? Nein, ich hoffe nicht. Und von wegen gefühlloser harter Hund – sie muss sogar mehr Empathie entwickelt haben, sowohl mit Opferangehörigen als auch mit Häftlingen und deren Angehörigen, als sie selbst verkraften konnte. Bei der Hinrichtung des mit ihr fast gleichaltrigen Napoleon Beazley, der zur Tatzeit erst 17 war, konnte sie die Tränen nicht zurückhalten. Beazley hatte es zuvor auf den Punkt gebracht ihr gegenüber: „Du schaust dir das an!?? Das ist krank!"

Außerdem lese ich ein Interview, das Ines von Lifespark mit einem ehemaligen Mitglied gemacht und mir geschickt hat. Es sei sehr provokant und kritisch – und das ist es in der Tat. „Ich hasste mich dafür, dass ich Erleichterung empfand, als es vorbei war. Und als ich beim zweiten Mal besser damit zurechtkam, dass ein Brieffreund von mir hingerichtet wurde – bedeutet das, nach dem 30. Mal würde ich mich daran gewöhnt haben? Und was müssen die Angehörigen der Opfer darüber denken, dass ich mit einem Menschen, den ich sonst nie kennen gelernt hätte, eine Brieffreundschaft gepflegt, ja, ihn letztlich ausgesucht habe, weil er ein Mörder war?“

Während ich kritische Fragen und Gedanken dieser Art lese, fühle ich mich ähnlich erleichtert wie damals, als ich von den Glaubenszweifeln von Mutter Teresa erfahren habe. Wie tröstend, dass es anderen Menschen auch so geht! Denn zugegeben, ich habe auch Gefühle, die ich mich kaum zu äußern wage, weil ich denke, dafür müsste ich mich eher schämen. Bei der Vorstellung, Willie könnte einen Aufschub erhalten, mache ich keine Luftsprünge – müsste ich das nicht eigentlich? Darauf hoffen und mich freuen, wenn der Fall eintritt? Ich denke darüber nach, warum es sich für mich anders anfühlt. Gäbe es eine generelle Begnadigung oder einen Aufschub für Jahre, wäre es also ein echter Gewinn, ich würde es anders sehen. Jedoch bin ich davon überzeugt, wenn es jetzt für Willie einen Aufschub geben sollte, dann kommt – so, wie sein Fall gelagert ist – der nächste Hinrichtungstermin ein paar Wochen oder wenige Monate später. Und der ganze psychische und organisatorische Stress geht von vorn los. Jetzt bin ich innerlich vorbereitet und habe die Freistellung von meiner Schule regeln können. Gibt es einen Aufschub, fängt alle Ungewissheit wieder an. Muss ich mich hassen für solche Gedanken?

Ich glaube nicht. Sie sind ein Teil von mir und wichtig ist mir, sie zu verstehen. Natürlich möchte ich mich nicht von Willie für immer verabschieden müssen, aber wenn es unausweichlich ist, dann stelle ich mich dem lieber jetzt, als dass es noch ein paar Wochen einer nur schwer zu ertragenden Ungewissheit gibt. Ist das zu egoistisch gedacht? Es ist im Grunde egal, denn ich kann es ohnehin nicht beeinflussen, und selbst Willie nimmt ja, was immer passieren wird, als den Willen Gottes hin… Rosi erzählt mir später, dass Willie ihr gesagt hat, einen Aufschub für vier Wochen würde er nicht wollen.

Auch die Frage nach dem „Warum?“ überhaupt dieser Brieffreundschaften taucht natürlich immer wieder auf; seit Jahren kämpfe ich um eine rational befriedigende Antwort und habe keine. „Als ich 13 Jahre alt und von Greenpeace inspiriert war, hoffte ich insgeheim, dass es immer schlechte Menschen geben würde, gegen die ich mich engagieren könnte“, so etwa lese ich in dem Interview. Geht es mir genauso? Würde mein Leben seinen Inhalt verlieren, wenn das Ziel, die weltweite Abschaffung der Todesstrafe, eines Tages erreicht wäre? Ich müsste mir zumindest ein anderes Betätigungsfeld suchen. Und jedenfalls fühlt es sich – selbst wenn es nie so geplant war – gut an, auf einem Gebiet eine echte Expertin zu sein. Es macht einen zu etwas Besonderem, das ist ein Fakt, und es wäre einfach gelogen, wenn ich sagen würde, das sei mir völlig egal.

Dennoch: Meine Motivation und Intention für Brieffreundschaften mit Todestraktinsassen ist dies nicht. Zum ersten Mal kommt mir der Gedanke, dass die Antwort vielleicht deswegen so schwierig ist, weil sie so banal-einfach sein könnte. Ich habe viele Menschen in den letzten gut 15 Jahren kennen gelernt, mit denen mich dasselbe Thema, nämlich die Ablehnung der Todesstrafe, verbindet. Und einige davon sind eben selbst dadurch mit dem Thema verbunden, dass sie zum Tod verurteilt sind. Viele andere habe ich aber auch in der freien Welt kennen gelernt im Zusammenhang mit dieser Thematik. Und es ist wie überall: Mit manchen versteht man sich gut, mit anderen nicht. Ich möchte daher sicher auch nicht mit jedem zum Tod verurteilten Mörder befreundet sein. All diese Gedanken werden mir auch in den weiteren Tagen durch den Kopf gehen. Ob sie jemals fertig und zu Ende gedacht sein werden? Ich weiß es nicht.

Als ich nach 22 Uhr schon schlafe, weckt mich Lärm von den Zimmernachbarn – Samstagabend eben, da ist es nicht so ruhig im Hotel. Also halte ich dagegen und mache den Fernseher an: „Herr der Ringe“, und das entsprechend laut. Eine halbe Stunde später ist Ruhe. Na gut, dann überlege ich es mir noch einmal, ob ich morgen früh um 6 Uhr zur Abwechslung die Nachbarn aus dem Bett werfe... Ich genieße lieber selbst die Ruhe des frühen Morgens und schreibe den Reisebericht weiter.

Nach dem Frühstück fahre ich erneut eine knappe Stunde nach Huntsville, um David zu besuchen. Am Parkplatz ist heute gar kein Andrang und auch am Gate House keine Schlange. Dafür sind die Snackmaschinen halb leer nach dem gestrigen Tag, sodass viele Wünsche von David unerfüllt bleiben. Vier Stunden haben wir wieder Zeit und irgendwie füllen wir sie mit Gesprächsthemen. Und wenn die Zeit auch langsam vergeht, quälend wie Kaugummi ist es nicht. David bittet mich Willie auszurichten, dass er für ihn bete, ihm Kraft und nur das Beste wünsche. Auch David sieht es so, dass am 10. September der Wille Gottes und damit das Beste für Willie geschehen werde. Ich frage mich manchmal, ob man an ihrer Stelle einfach zu so einer Einstellung kommen muss, um nicht verrückt zu werden oder sich gleich den nächsten Strick zu nehmen...

Als ich das Gefängnis verlassen will, geht wieder ein heftiger texanischer Regen nieder und ich warte gut 10 Minuten, bis ich über den Parkplatz zu meinem Wagen laufe. In der Innenstadt von Huntsville fahre ich etwas herum, weil ich das Bestattungsinstitut suche, von dem ich nur noch grob weiß, wo es war. Ich finde es auch mit Hilfe des Stadtplans nicht mehr, dafür ein anderes an einer Straßenecke: Cox Funeral Home. Ob dies nun das richtige sein wird, in dem nach der Hinrichtung der Leichnam aufgebahrt wird, keine Ahnung. Aber wir werden es nächste Woche erfahren.

Am Sonntagabend ruft die Journalistin von BBC aus Houston an und wir reden länger am Telefon. Die geplante Doku gehört tatsächlich zu der Reihe „Life and Death Row“, von der es bereits drei Episoden gibt. Sie haben vor allem die

Angehörigen für diese Folge im Fokus, besonders Willies Sohn. Wir fassen ins Auge, uns am Dienstagabend in Livingston zu treffen.

Montag ist Feiertag (Labor Day) in Texas und den Vereinigten Staaten. Ich bin dankbar für einen Tag ohne jegliche Termine und mache viel am Computer, u.a. auch für die Schule. Über ein Mitglied der Initiative gegen die Todesstrafe e.V. erfahre ich, dass Connie – bei der ich mehrfach Quartier hatte in Livingston – gestern geheiratet hat, und zwar einen ehemaligen Todestraktinsassen, der vor ein paar Jahren auf Bewährung freigelassen wurde. Na, das ist ja eine Überraschung! Ich Facebook-Muffel habe wieder gar nichts mitbekommen. (Ich hatte Connie im Vorfeld meiner Reise gemailt, nicht wegen Quartier, ich hatte schon das Best Western gebucht, sondern weil ich sie gern treffen wollte. Sie hatte mir geantwortet, dass sie nach Houston gezogen sei, wir uns ggf. in Humble oder Kingwood treffen könnten, doch dann hörte ich nichts mehr von ihr.)

Wie nah Glück und Leid beieinander liegen, zeigt sich nur wenig später, als ich nach längerer Zeit wieder einmal nach Neuigkeiten über Debbie Milke schaue: Ihre Mutter, Renate Janka, ist im August verstorben. Das tut mir aufrichtig leid. Den Fall der wegen angeblichen Auftragsmordes zum Tod verurteilten Debbie Milke in Arizona verfolge ich schon so viele Jahre und habe gesehen, wie Renate Janka sich verändert hat durch die Jahre und ihre Krebserkrankung. Dass sie ihre Tochter, die vor einem Jahr auf Bewährung freikam, noch in die Arme schließen durfte, ist wenigstens ein kleiner Trost...

Als ich am Dienstag für meinen nächsten vierstündigen Besuch bei Willie nach der Sicherheitskontrolle wieder an der Anmeldung stehe, muss ich weder seinen Namen noch seine Nummer nennen – die Aufseherin weiß mich gleich richtig zuzuordnen. Willie ist müde, erklärt mir, er habe nur zwei Stunden geschlafen. Der regelmäßige dreimonatliche „Lockdown", bei dem alle Zellen durchsucht werden, fing in der Nacht an. Erst sei er gestört worden, weil sie die „Johnnies“ ausgegeben hätten. Die „Johnny-Sacks“ sind die Essenspakete mit Erdnussbutterbroten, die die Häftlinge während des Lockdowns statt der üblichen Mahlzeiten bekommen. Dann habe er alle Sachen packen müssen, und nach der Zellendurchsuchung habe er zwei Stunden gebraucht, um alles wieder zu sortieren und aufzuräumen.

Im Besucherraum tut heute Ms. Adams Dienst. Willie rechnet aus, dass sie auch nächste Woche während seiner letzten Besuche Dienst haben wird und stellt ihr die Frage nach der Anzahl der All-Day-Visits. Sie bestätigt, dass er Montag und Dienstag den ganzen Tag und Mittwoch bis 12 Uhr Besuche empfangen könne, erklärt auch das weitere Prozedere im Detail und gibt Willie freundlich zu verstehen, dass er sich keine Sorgen machen brauche, sie werde sich kümmern. Da, nun hätte ich es „from the mouth of the horse“, quasi aus erster Hand, gehört, wovon Captain und Warden selbst keine Ahnung hätten, meint Willie.

Ich erzähle Willie von Connies Hochzeit mit dem ehemaligen Todestraktinsassen, und er ist ausgesprochen überrascht, kommt auch am nächsten Tag noch darauf zurück, nachdem er es Mithäftlingen berichtet hat, und stellt fest, dass die Welt doch sehr klein ist. Ich berichte von dem Artikel über Michelle Lyons – auch darüber sprechen wir anderntags erneut und ich verspreche ihm den Artikel per JPay zu mailen. Zum Glück habe ich ihn heruntergeladen, denn online bekommt man ihn nach dem Wochenende, wie ich feststelle, nur noch als Abonnent der Zeitung.

Für ein Mitglied der IgT bitte ich Willie eine Nachricht an einen Mitgefangenen auszurichten, damit er mir morgen eine Antwort überbringen kann. Das lässt sich sogar schneller abwickeln, denn auf einmal wird genau dieser Gefangene auch in den Besucherraum gebracht.

Natürlich richte ich Willie diverse Grüße aus, von David vom Wochenende ebenso wie von seinen diversen Freunden, die sich per Mail gemeldet haben. Wir sprechen nochmals über die Besuchsplanung: Willie erwartet seinen Sohn, eventuell mit dessen Frau, für kommenden Samstag. Daher kann er aber keinen Besuch am Freitag entgegennehmen – ich werde es seinen Freunden, die am Freitag gern gekommen wären, ausrichten. Er werde Freitag aber vermutlich einen Minister-Visit haben, also einen Besuch seines geistlichen Beistands. Samstag werde er mit seinem Sohn die Details für die letzten Besuche besprechen, sodass dieser uns dann in Kenntnis setzen könne.

Eine Freundin von Willie hat mir gegenüber geäußert, ich hätte sehr viel für ihn getan, was bei ihr nicht der Fall sei. Ich erzähle Willie, dass es sich für mich genau umgekehrt anfühlt, als hätte ich viel weniger getan. Und dass es sich vielleicht deswegen so anfühlt, weil wir alle immer das Empfinden haben, wir hätten zu wenig gemacht. Willie und ich sind uns einig, dass es ohnehin nicht auf die Menge ankommt und es keinesfalls ein Wettbewerb ist. Jeder tut, was in seinen Möglichkeiten steht, und Willie weiß das immer zu schätzen. Hier wird nichts aufgerechnet. Ich bin mir aber sicher, dass die anderen Freunde von Willie das ebenso sehen. Man ist immer nur in Gefahr, sich selbst so kleinzumachen.

Fotos gibt es heute auch; Ms. Adams erklärt, es gebe für einen guten Zweck wieder den ganzen September und Oktober täglich Fotos, sodass also bei den letzten Besuchen nächste Woche auch welche möglich sind.

Während wir reden, kommen auf einmal mehrere Besucher mit roten statt gelben Besuchsschildchen in den Raum. Ich erkenne den einen sofort, es ist der Jura-Professor David Dow aus Houston. Ich teile Willie mit, dass David Dow gerade gekommen ist. Weil er ihn noch nie gesehen hat, beschreibe ich ihn: der mit dem weißen T-Shirt, und denke, er wird gleich hinter mir vorbeigehen, sodass Willie ihn sehen kann. Ich selbst bin David Dow noch nie persönlich begegnet, kenne ihn aber aus diversen Dokumentationen, in denen er als Fachmann interviewt wurde. Er gilt als DIE Kapazität hinsichtlich der Todesstrafe und der Verteidigung von Todestraktinsassen in Texas.

Jedoch, statt hinter mir vorbeizugehen, setzt David Dow sich rechts neben mich und spricht mit dem Gefangenen dort und stellt sich vor, sodass Willie ihn erst bei Verlassen des Raumes auf der anderen Seite sehen kann. Ich weiß bereits, dass Willie nichts von ihm hält, spreche ihn aber noch einmal darauf an. Er meint, Dow tauge vielleicht für seine Studenten, die ihn bewundern, aber nicht für den Gerichtssaal. Ich solle ihm einen Fall nennen, wo Dow wirklich jemand aus dem Todestrakt geholt habe. Allerdings wird er meines Wissens in der Regel erst so spät zu den Fällen hinzugezogen, dass die Fehler der vorherigen Anwälte einfach nicht mehr auszubügeln sind.

Am Nachmittag schaue ich mir online den Beitrag des NDR aus der Sendung „DAS!“ an, den ein Reporter zwei Tage vor meiner Abreise bei mir gedreht hat. Er hatte mir mitgeteilt, dass der Beitrag heute ausgestrahlt würde. Er ist in Ordnung, aber den von Sat 1 finde ich immer noch besser. Ich versuche den Beitrag auf die Festplatte meines Computers herunterzuladen, aber mein Compi kann mit dem Format nichts anfangen. Ich brauche drei Stunden, bis ich nach Recherche und Ausprobieren schließlich im Quelltext der Website eine Linkadresse zu der mp4-Datei finde – ha! Jetzt kann ich den Beitrag nicht nur ohne Ruckeln ansehen, sondern auch speichern. Man hat nicht immer Erfolg im Kampf mit der (Computer-)Technik, aber diesmal...

Am Abend ruft die Journalistin von BBC wieder an; weil sie jetzt erst aus Houston losfahren, verabreden wir uns für morgen Nachmittag. Ich schreibe noch einige Mails und gehe dann schlafen, weil ich am nächsten Morgen deutlich früher aufstehen muss.

Da das Gefängnis am Mittwoch bereits um 12 Uhr seine Pforten für die normalen Besucher schließt und für die Medien öffnet, bin ich schon um 7.30 Uhr am Parkplatz der Polunsky Unit, um erwartungsgemäß festzustellen, dass noch mehr dieselbe Idee hatten sehr früh zu kommen wegen eines vierstündigen Special Visits an dem dafür ungünstigen Mittwoch. Ursache ist der Feiertag am Montag, der uns dazu gezwungen hat, auf den Mittwoch auszuweichen. So habe ich vier Leute vor mir und nach mir kommen schließlich noch drei weitere. Ich warte etwas abseits; die Damen, die schon vor mir da waren, unterhalten sich über ihre Männer. Und ich muss unweigerlich an das Interview von Ines mit dem ehemaligen Lifespark-Mitglied denken, in dem von einem Gespräch berichtet wird: Das Vereinsmitglied hörte ungewollt ein Gespräch zweier Frauen mittleren Alters in einem Café mit und dachte, die beiden Frauen unterhielten sich beim Austausch ihrer niedlichen Geschichten über ihre Haustiere, Meerschweinchen im Käfig vielleicht, bis ihr dämmerte, dass von Todestraktinsassen die Rede war!

Wir werden immerhin einigermaßen pünktlich eingelassen, sodass wir etwa um 8 Uhr im Besucherraum sind. Ich habe diesmal sicherheitshalber kein Geld an den Automaten gewechselt, sondern die Münzen gleich aus meiner eisernen Reserve mitgebracht – haben sich ja schon Leute vorgedrängelt, während ich Geld gewechselt habe.

Von den Häftlingen ist noch keiner da. Der erste, der schließlich nach gut 10 Minuten gebracht wird, ist für die Frau, die nach mir als sechste in der Reihe stand. Tja, das Leben ist einfach nicht fair. Immerhin geht es insgesamt einigermaßen schnell und Willie wird etwa um 8.20 Uhr gebracht. Das hätte schlimmer kommen können. Auch heute lassen wir zwei Fotos machen, wie gestern eines von Willie allein und eines von uns beiden zusammen. Obwohl die Bilder sein Wunsch sind, werden sie am Ende eher für mich sein. Es wird keine Möglichkeit mehr geben, ihm Kopien zu senden. Auf Ms. Adams müssen wir heute nicht warten, bis sie Zeit hat für

Willies Essen, denn die anderen Damen haben fast alle die Zeit für den Essenskauf genutzt, bevor die Gefangenen gebracht wurden – Willie hat wie gestern nicht viel Hunger und daher nicht viele Wünsche. Es gibt Salat, ein Sub-Sandwich, Chips und etwas zu trinken.

Eine Freundin von Willie hat mir vor wenigen Wochen per Mail mitgeteilt, er wolle doch nicht verbrannt werden, sondern werde beerdigt, und zwar in Louisiana, wo sein Vater lebt. Ich hatte das in den Briefen in den letzten Monaten nicht ansprechen wollen, aber frage ihn jetzt danach. Er bestätigt, was ich schon erfahren habe, erklärt aber etwas mehr dazu. Er hat nichts gegen Kremation an sich, aber seine jüngere Schwester habe die Asche haben wollen, während Willie meint, wenn jemand die Asche bekäme, dann sein Sohn. Um Familienstreitigkeiten zu verhindern oder dass die Asche irgendwann bei einem Umzug schlicht verloren geht, verzichtet er lieber ganz darauf. An der Stelle verstehe ich, warum es bei uns für die Asche bislang einen Friedhofszwang gibt. Er hat also mit seinen Angehörigen darüber gesprochen und sein Vater will alles in die Hand nehmen und für eine Beisetzung in Louisiana sorgen. Willie meint, er stünde hier mehr in zweiter Reihe und würde über das informiert, was seine Angehörigen beschlossen hätten. Andererseits scheint es ihm nicht wirklich etwas auszumachen – auch wenn wir nicht ausdrücklich darüber sprechen, denkt er vermutlich auch, dass die Beerdigung vor allem für die Angehörigen da ist und ihm nichts mehr nützt, weshalb es ihm egal sein kann. Immerhin hat er aber zu der Formulierung, man würde ihn „nach Hause nach Louisiana bringen", doch geäußert, was heiße hier „zu Hause", er sei schließlich in Texas geboren und habe in Texas gelebt.

Es ist erst 15 Minuten vor 12 Uhr, als Ms. Adams verkündet, die Besuchszeit sei in fünf Minuten vorbei. Wir alle im Besucherraum schauen irritiert auf unsere Uhren, aber keiner traut sich ernsthaft darauf hinzuweisen, dass das nicht stimmt. Ich am allerwenigsten, muss ich gestehen, denn das

Wohlwollen von Ms. Adams brauchen wir nächste Woche noch. Das sind dann so die Momente, wo man aufzurechnen beginnt: Naja, letzte Woche haben wir zweimal 5 Minuten mehr bekommen... Und immerhin hatten wir heute dreieinhalb Stunden. Die beiden Besuchstage diese Woche waren auch nicht so hektisch; wir sind nicht durch Gesprächsthemen gehetzt mit dem Gefühl, die Zeit reicht nicht, um alles zu sagen, sondern haben uns ruhiger unterhalten. Trotzdem habe ich immer in meinem Kopf gekramt und überlegt, ob da noch etwas ist, was ich sagen will – nicht, dass ich später keine Gelegenheit mehr dazu habe.

Wir werden also 10 Minuten vor der Zeit vor die Tür geschoben; am Ausgang aus dem Besucherraum hängt eine Uhr an der Wand: Sie zeigt 12 und geht 10 Minuten vor... Ich gehe den Weg vom Besucherraum zum Parkplatz mit Sandrine aus Frankreich, die mir aus Genf noch bekannt ist, die allerdings nicht mehr weiß, wo sie mich schon gesehen hat. An Genf habe sie nur sehr verschwommene Erinnerungen, weil ihr Mann Hank S. damals genau zwischen zwei Hinrichtungsterminen schwebte, bevor es jeweils zu einem Aufschub kam. Sie fliegt heute nach Hause; ich erzähle, dass ich das eigentlich auch vorhatte und warum ich nun noch eine Woche länger bleibe. Aufgrund ihrer eigenen Erfahrungen versteht sie sehr gut, dass ein Aufschub, der nicht wirklich substanziell etwas bringt, eine fragwürdige Sache ist, wenn alle nach z.B. acht Wochen erneut durch den ganzen Stress hindurch müssten. Sie gibt mir da nicht einfach nur Recht, sondern äußert genau das sogar vor mir – einmal mehr jemand, der das versteht und wo ich offen sein kann.

Eine junge Frau spricht mich nach meiner Unterhaltung mit Sandrine noch am Parkplatz auf Deutsch an. Ich erinnere mich, dass wir uns schon einmal im Besucherraum getroffen und gesprochen haben und außerdem davor auch schon per E-Mail in Kontakt waren. Wir reden ebenfalls eine Weile und ich beantworte ihr ein paar Fragen zum „Ernstfall“, über den sie sich ebenfalls Gedanken macht – wie könnte man auch nicht? Wir vereinbaren, dass wir in Verbindung bleiben.

Willie hat jetzt seinen Media Visit mit den Leuten von der BBC. Ich sehe auch mehrere größere Pkw ankommen und Leute entsprechendes Equipment ausladen, von denen eine Frau vermutlich die Journalistin von BBC ist, aber weil ich im Gespräch bin, achte ich nur halb darauf und mich spricht niemand an. Ich fahre ins Hotel, lese und schreibe ein paar Mails und lege mich dann ein bisschen aufs Ohr. Die BBC-Journalistin allerdings ruft weder an, noch kommt sie vorbei, wie es ausgemacht war. Na dann...

Ich arbeite wieder an meiner Nachrichtenseite, fahre später zu Wal-Mart und kaufe diesmal für ein paar Tage etwas zu essen und zu trinken ein – das Frühstück im Best Western ist nur die halbe Miete für den Tag... Dann gammle ich nur noch vor dem Fernseher herum. Ray Hill, dem mittlerweile ehemaligen Gastgeber der Radio-Prison-Show, habe ich Willies Frage weitergeleitet, warum er nicht zu einem Interview mit ihm für die Execution-Watch-Sendung gekommen sei. Er antwortet, Willie solle ihn einladen, und dann würden sie nächste Woche kommen. Aber dafür ist ja gar keine Zeit mehr, die letzte Möglichkeit wäre heute gewesen.

Für den Donnerstag habe ich nicht viel vor. Ich schreibe Willie zunächst einen JPay-Brief. Zum einen habe ich Grüße auszurichten und dies und das. Aber ich möchte auch in einem der letzten Briefe, die er von mir bekommt, danke sagen für die vielen Jahre der Freundschaft, in denen er immer ein angenehmer Freund war, der Anteil genommen hat, immer unkompliziert war und mich nie in Verlegenheit gebracht hat. Es wird also doch etwas persönlicher diesmal als sonst.

Dann setze ich meinen Reisebericht fort, an dem ich seit drei Tagen nichts gemacht habe, und schließlich steht der Besuch im Postamt für heute noch auf meinem Programm. Doch aus dem wird an diesem Donnerstag nichts mehr, denn die

Journalistin von BBC ruft an, dass sie in ungefähr einer Stunde kommen wolle. Es dauert etwa zweieinhalb Stunden – Zeit ist offenbar einfach nicht ihr Ding –, bis sie und ihr Begleiter vor meiner Hotelzimmertür stehen. Sie wollten von der Lobby aus anrufen lassen, aber ein Stromausfall wegen Gewitters hat alles lahmgelegt. Wir bleiben in meinem Zimmer und ich beantworte den beiden tausend Fragen, zeige ihnen auch Bilder am Computer von der Polunsky und der Walls Unit. Der Strom kommt irgendwann wieder, sodass das Telefon wieder geht, als ein Anruf kommt, dass Tanja und Rosi, Willies Brieffreundinnen aus der Schweiz, eingetroffen sind. Rosi bin ich beim Weltkongress gegen die Todesstrafe in Genf vor ein paar Jahren begegnet, Tanja sehe ich zum ersten Mal. Wir unterhalten uns, die BBC-Leute filmen einen Teil mit unserer Erlaubnis, außerdem möchten sie Tanja und mich jeweils für fünf Minuten für ein Interview haben, das mindestens eine halbe Stunde pro Nase dauert, und ich bin rein von meinem Gefühl her nicht wirklich zufrieden mit mir, habe den Eindruck, einfach zu viel herumzustottern. Rosi möchte von den Medien unbehelligt bleiben und das wird in einer sehr angenehmen und verständnisvollen Weise von den beiden Journalisten akzeptiert.

Tanja ist mit Willies Sohn in häufigem Kontakt, bekomme ich im Gespräch mit, und sie erzählt Dinge, wo es mich nur schüttelt. Noch vor einigen Monaten habe sie den Eindruck gehabt, dass er in keiner Weise darauf vorbereitet war, seinen Vater zu verlieren. Er habe darüber nachgedacht, ob er als Zeuge dabei sein wolle und könne und in welchem Zeugenraum das sein würde – er wolle auch nicht seine Familie mütterlicherseits vor den Kopf stoßen. Willie habe ihn in keiner Weise unter Druck gesetzt, sondern seinem Sohn alle Freiheiten gelassen, und dieser habe dann seine Entscheidung getroffen. Tanja hofft, dass die Entscheidung das Verhältnis zur Familie seiner Mutter nicht stört. Sie habe ihm auch zu erklären versucht, dass Äußerungen seiner Tante in den Medien, die Willies Sohn verletzt haben, nicht diese Intention hatten, sondern aus der eigenen Verletzung resultieren. Immerhin habe Willies Sohn ein erfreulich gutes Verhältnis zu seiner Halbschwester. Gänsehaut verursacht Tanjas Äußerung, Willies Sohn habe sie gefragt, ob es denn keine Möglichkeit gebe, seinen Vater zum Abschied zu umarmen. Ob sie nicht den Gefängnisdirektor danach fragen könnten?

Nachdem sich die BBC-Leute verabschiedet haben – sie werden Willies Sohn erneut treffen, aber z.B. auch Willies Anwältin aufsuchen und die Opferangehörigen –, sitzen wir drei noch eine Weile zusammen, bevor wir so um 23 Uhr jeder unser Zimmer aufsuchen. Irgendwie war das ein langer und anstrengender Tag, der doch gar nicht so anzufangen schien.

Wir treffen uns am anderen Morgen zum Frühstück. Ich hole danach meinen schon für gestern geplanten Besuch im Postamt nach. Lange dauert das ja immer, aber heute gibt es noch ein zusätzliches Problem. Das Geld habe ich wie letztes Mal schon in Deutschland besorgt, sodass ich fast nur 100er-Scheine habe statt der vielen 20er. Das Geld ist also schnell gezählt. Aber zum einen habe ich verpeilt, dass die Gebühr für die Money Orders von 1,20 auf 1,25 Dollar angehoben wurde; das bringt schon mal meine Rechnung durcheinander. Dann will die Dame am Schalter mir die MOs in zwei Anläufen verkaufen, weil ihr Stapel nicht ausreicht. Auch das wäre kein Problem, wenn am Ende auf der ersten Quittung nicht eine MO mehr stünde als der Computer ausgedruckt hat. Ich hatte mitgerechnet und rechne es auch noch einmal mit dem Taschenrechner meines Handys nach: Ich habe eine MO mehr bezahlt und auf der Quittung stehen, als vor mir auf dem Schalter liegen. Der Chef rechnet ebenfalls nach und kommt zum selben Ergebnis und eine weitere Kollegin schafft es schließlich, den Computer zu überlisten und die fehlende MO auszudrucken. „I'm awesome“, lobt sie sich scherzhaft selbst, und ich muss lachen. Die andere Postangestellte entschuldigt sich mindestens dreimal bei mir, aber das kann ja passieren und war auch keine Absicht.

Bei der Bank hebe ich am Automaten noch rasch etwas Geld ab, weil meine persönliche Dollar-Barschaft nicht mehr groß ist, und hole außerdem noch zwei Rollen Quarters. Dann tanke ich den Wagen voll, damit ich das schon mal aus den Füßen habe. „KeyZIP“ will der Automat zu meiner Kreditkarte wissen und ich probiere es erst mit meiner Geheimzahl. Aber die will er nicht. Ich versuche es also wie schon in der Vergangenheit als nächstes mit meiner fünfstelligen Postleitzahl – das funktioniert. So richtig sicher ist das System aber nicht, überlege ich so. Meine Geheimzahl weiß nur ich. Meine Postleitzahl kann jeder leicht ermitteln, wenn er weiß, wo ich wohne...

Zurück im Hotel treffe ich Rosi, die keine guten Neuigkeiten hat. Willies Sohn hat im Gefängnis angerufen, um den für Samstag geplanten Besuch mit seinem Vater anzumelden. Er bekomme keinen Besuch, weil Willie diese Woche schon Besuch hatte – die Special Visits mit mir nämlich. Tanja habe ihrerseits den Warden angerufen und den Ombudsman, auch Rosi hat es versucht, aber keine Chance. Ich hatte also – leider – Recht, dass der Special Visit den Regular ersetzt. Ich hasse es, Recht zu behalten, wenn das Ergebnis so unerfreulich ist! Tanja hat Willie schon per JPay informiert und wird mit Willies Sohn in Kontakt bleiben, wie es nun weitergehen soll.

Ich schreibe meinen Reisebericht weiter und ruhe mich am Nachmittag aus. Um 18 Uhr fahren Rosi und ich die Straße an der Polunsky Unit vorbei zum See – Lake Livingston – und sitzen dort auf der Veranda des „Wet Deck“ und essen zu Abend: Rosi lädt mich zu einem sehr leckeren Chicken-Sandwich mit Pommes ein. Wir reden viel und erzählen uns gegenseitig, wie unsere Brieffreundschaften begonnen haben, zumal wir beide Willie und David schreiben. Rosi hat bereits einen Brieffreund durch dessen Hinrichtung verloren, am Tag genau 15 Jahre vor Willies geplanter Exekution. Es gibt einen wunderschönen Sonnenuntergang über dem See, jedoch erwischen mich drei Mückenstiche, bevor ich mir die Arme mit einem Autan-Tüchlein einreibe, die in den nächsten Tagen heftig rot werden und jucken. Als auch die zum Teil live gesungene Musik immer lauter wird, sodass man sich kaum noch unterhalten kann, fahren wir ins Hotel zurück und setzen uns in Rosis Zimmer noch zusammen und unterhalten uns weiter.

Rosi ließ schon mehrfach durchblicken, dass sie an eine geistige Welt glaubt, und fragt mich nun, ob sie mehr darüber erzählen soll. Ich stimme zu und sie berichtet mir Details. Ich bin tolerant genug, es mir anzuhören, und es interessiert mich auch, ich bleibe aber skeptisch. Mit dem Thema Parapsychologie habe ich mich schon vor langer Zeit auseinandergesetzt, zumal mein eigener Religionslehrer darüber viel erzählt hat und davon total überzeugt war. Mit dem Tonbandstimmen-Phänomen kann ich nicht wirklich etwas anfangen, aber ich diskutiere nicht darüber, weil es in meinen Augen wichtig ist, dass jeder seinen eigenen Weg findet, der ihm hilft, gerade mit den schweren Ereignissen im Leben umzugehen.

Die „Prison-Show" des Radio-Senders KPFT ist gerade vorbei, aber ich höre mir den ersten Teil davon aus dem Archiv an. Studiogast Dave Atwood, Aktivist gegen die Todesstrafe und mir durchaus namentlich bekannt, hat es übernommen, den Song „To The Moon And Back" von mir anzusagen, der für Willie gespielt wird – diesmal in voller Länge, nachdem es vor zwei Wochen ein technisches Problem gab. Hoffentlich konnte Willie ihn hören – nachdem ich es in all den Jahren geplant, aber nie gemacht hatte, habe ich vor wenigen Wochen endlich den Sender kontaktiert und darum gebeten, dass sie einen Song von mir für Willie spielen.

Als wir uns am anderen Morgen zum Frühstück treffen, bekommt Rosi zu ihrer Freude kurz Besuch von einer Frau, die sie im Flugzeug kennen gelernt hat. Sie war drei Monate in Deutschland, woher sie ursprünglich stammt, lebt aber schon Jahrzehnte in den USA. So sympathisch, wie sie auch ist, als es auf „das" Thema kommt, vertritt sie doch die typisch amerikanischen Ansichten davon, wann jemand einfach „weg" müsse – eben die durch viele Amis bekannte gnadenlose Art und „Auge-um-Auge“-Mentalität, verbunden mit dem Recht, sich mit Waffengewalt zu verteidigen. Sie lebt auf ihrer eigenen Farm mit Hund, Katze und Pferden und hat in jedem Raum ihres Hauses eine Waffe...

Ich fahre mit Rosi dann nach Huntsville, wo wir gemeinsam David besuchen wollen. Auf der Fahrt setzen wir unsere Gespräche fort; an der Zufahrt zur Polunsky Unit begrüßt uns der nette Nigerianer, der sich an mich erinnert und Rosi offenbar auch schon kennt, die im Juni zuletzt hier war. Die Wartezeit am Gate House vergeht natürlich schneller zu zweit. Ich lese auf einem Aushang, dass es auch heute Fotos gibt, und wir besprechen, dass wir eines von David machen lassen, das wir mitnehmen werden, und eines von uns beiden, das wir David dalassen wollen. Im Wartebereich des Besucherraumes sitzen wir nicht lange, da werden wir aufgerufen. Es ist auch diesmal kein Kontaktbesuch und der Besucherraum ist anfangs so voll, dass – anders als üblich – auch die Plätze direkt neben uns besetzt sind. Die Verständigung ist daher zunächst schwierig, aber es bessert sich im Verlauf der vier Stunden.

Rosi bestreitet eindeutig den größeren Teil der Unterhaltung mit David, aber ich habe mein Pulver auch letztes Wochenende schon verschossen. Rosi fragt mich, ob ich wisse, dass David einen Sohn und eine Tochter habe; die Tochter habe ihn letztes Jahr besucht, und in dem Zusammenhang habe Rosi erst von den – natürlich längst erwachsenen – Kindern erfahren, obgleich sie David schon über 20 Jahre schreibe.

Natürlich gibt es für David wieder ein anständiges Mahl – es gibt zwar immer noch kein Erdbeereis und wieder keine Erdnüsse, aber die Beef Sticks sind wieder vorrätig, von denen er gleich zweimal bekommt. David erkundigt sich bei uns beiden, wie es im Falle, dass Willie hingerichtet wird, weitergehe. Er begreift schon, dass sich für ihn dadurch Dinge ändern werden. Rosi will nach über 20 Jahren keine neue Brieffreundschaft beginnen, und ich habe auch nicht das

Bedürfnis, gleich etwas Neues anzufangen. Ich erkläre ihm, dass ich nicht weiß, wann ich wieder nach Texas kommen werde, dass wir aber weiterhin Freunde bleiben.

Die ganze Zeit warten wir darauf, dass die bezahlten Fotos gemacht werden, und fragen mehrfach nach, bis 20 Minuten vor Ablauf unserer Besuchszeit endlich ein Wärter die Bilder macht. Das von Rosi und mir gefällt mir sehr gut und wir lassen es, wie vorgesehen, David da und nehmen das von ihm mit. Als wir gehen, ist es für Rosi nur ein Abschied bis morgen, während ich nicht weiß, wann ich David wiedersehe. Ich versichere ihm nochmals, dass wir Freunde bleiben.

Bei der Ausfahrt vom Parkplatz haben wir wieder viel Spaß mit dem Nigerianer, der von Rosi das durchaus schwierigere Schweizer „Grüezi" beigebracht bekommt. Danach fahren wir zum nahe gelegenen Gefängnismuseum, in dem Rosi noch nie war und in das sie eigentlich auch nie hineinwollte. Sie überlegt es sich kurzfristig anders und wir schauen es gemeinsam an. Ich mache einige Fotos mit meiner neuen Kamera und mache Rosi auf ein Buch aufmerksam, in dem ein Artikel von Willie steht. Sie kennt es noch nicht und ist dankbar, dass sie es hier kaufen kann.

Ansonsten geht es uns beiden nicht besonders gut nach dem Besuch des Museums. Irgendwie ist uns die Atmosphäre auf den Magen geschlagen. Wir fahren noch zum Hospitality House, weil Rosi nicht mehr weiß, wo das ist, und an der Walls Unit vorbei zu dem „Cox Funeral Home", von dem ich nicht weiß, ob es das richtige ist, und dann zurück nach Livingston. Ich muss etwas essen und mich hinlegen.

Rosi klopft ein paar Stunden später und wir sitzen längere Zeit bei mir. Ich zeige ihr den Entwurf eines Videos mit Interview-Ausschnitten von Willie, das die Spiegel-Journalistin zusammengestellt und mir geschickt hat. Der vierminütige Beitrag soll Dienstag oder Mittwoch bei Spiegel Online veröffentlicht werden und auf den TV-Beitrag am darauf folgenden Sonntag hinweisen.

Wir unterhalten uns wieder ausführlich. Ich bin froh, dass Rosi es ebenso sieht, dass ein Aufschub für Willie, wenn es nur für Wochen wäre, eigentlich keine erstrebenswerte Option ist. Er selbst spricht in dem Interview-Ausschnitt davon, dass der Tod für ihn eher eine Erlösung sei und auch von seinen Freunden und Angehörigen den ständigen Druck nehme, unter dem sie ansonsten immer zu leiden haben.

Nachdem Rosi sich für die Nacht verabschiedet hat, schreibe ich meinen Reisebericht weiter, denn an Schlaf ist noch nicht zu denken. Zu laut ist es draußen auf dem Flur, wo irgendwelche Nachbarn bis fast Mitternacht nicht zur Ruhe kommen. Es ist eben wieder Samstagabend...

Ich bin – obwohl Religionslehrerin – kein regelmäßiger Kirchgänger und es zieht mich üblicherweise nicht unbedingt in eine katholische Kirche, auch wenn das meine Konfession ist. Aber jetzt habe ich das Bedürfnis, am Sonntag in einen Gottesdienst zu gehen. Die Fahrt nach Huntsville ist mir dafür zu weit, deshalb suche ich im Internet nach der katholischen Kirche von Livingston und finde sie auch – am Highway von Livingston nach Huntsville kurz nach der Abfahrt zur Polunsky Unit. So oft bin ich also schon an der St. Joseph Catholic Church vorbeigefahren und habe sie nie bewusst wahrgenommen. Mich zieht es aus zwei Gründen ausnahmsweise in die katholische Kirche und nicht in eine andere: Einerseits ist die Liturgie überall sehr ähnlich, sodass ich davon ausgehe, dass ich mich hier ein Stück zu Hause fühlen werde, andererseits glaube ich, ist hier die Gefahr am geringsten, gleich als Fremder angesprochen und ausgefragt und der ganzen Gemeinde vorgestellt zu werden. Danach ist mir einfach nicht. Und das funktioniert auch alles so, wie ich es mir vorgestellt habe. Ich setze mich in eine Bank und lasse die leise Orgelmusik auf mich wirken, die mir sehr gut gefällt, weil sie so friedvoll und ruhig ist.

Mein Blick fällt auf das Kruzifix, mit dem irgendetwas nicht zu stimmen scheint, sodass ich es erst einmal auf mich wirken lasse. Der rechte Arm von Jesus ist nicht, wie üblich, ans Kreuz genagelt, sondern die Hand ist ausgestreckt, was einfach nur einladend aussieht. Aber ich muss noch einmal genauer hinschauen: Dann entdecke ich in der ausgestreckten Hand Jesu eine weiße Taube... Ich finde diese Darstellung sehr bewegend und bedaure, dass ich keinen Fotoapparat mitgenommen habe – leider gibt es, wie ich später sehe, auch keine Postkarten davon zu kaufen. Ich hätte das Bild Willie gern als JPay-Nachricht geschickt.

Die schöne Musik, die vor der Messe von der Orgel gespielt wurde, begegnet mir im Gottesdienst noch einmal. Das zweite Lied, das gespielt und gesungen wird – eine Vertonung des 95. Psalms von David Haas: „If Today You Hear God's Voice, Harden Not Your Heart..." Besonders die harmonischen Wendungen finde ich wunderschön. Später am Abend finde ich das Lied bei Youtube und höre es noch mehrere Male, weil es mir so gut gefällt. Obwohl ich meine Gefühle meistens gut kontrollieren kann, kommen mir im Gottesdienst irgendwann die Tränen in einer Menge, dass ich auf dem Liturgieblatt, das ich in der Hand halte, nichts mehr lesen kann. Aber es ist kein schreckliches Gefühl, eher ein tröstendes, das damit verbunden ist.

Ich nehme an der Eucharistiefeier teil und freue mich, dass Brot und Wein beides für die ganze Gemeinde ausgeteilt wird – nicht allgemein üblich in einer katholischen Messe. Nach dem Gottesdienst zünde ich jeweils eine Kerze vor den Figuren von Joseph und Maria an. Ich habe es nicht mit Heiligenverehrung, aber darum geht es mir auch nicht. Ich zünde die Kerzen an für Willie und ebenso für die Angehörigen der Opfer – und denke damit gleichzeitig auch an Willies Sohn, der zu beiden Seiten gehört.

Als ich zurückkomme ins Best Western, treffen Tanja und ich uns zunächst in meinem Zimmer, damit ich ihr den Video-

Entwurf für Spiegel Online zeigen kann - da Tanja aus der französischen Schweiz stammt und kein Deutsch spricht, übersetze ich ein paar Kleinigkeiten, das meiste ist ohnehin Englisch mit Untertiteln. Tanja zeigt mir ihrerseits noch ein Video, das ich nicht kenne und zieht es für mich auf meinen Datenstick. Wir unterhalten uns ausführlich; ich zeige ihr auch noch den Video-Ausschnitt, wo Jonathan Nobles vor seiner Hinrichtung 1998 die Mutter seines Opfers trifft, und Tanja findet das ebenso beeindruckend wie ich.

Weil Tanja das Bedürfnis hat, ebenfalls eine Kerze in der Kirche anzuzünden, und ich das Kruzifix gern fotografieren möchte, fahre ich gemeinsam mit ihr nochmals zu der Kirche. Die ist jedoch abgeschlossen – etwas, das wir aus Europa von katholischen Kirchen so nicht kennen.

Wir fahren zurück ins Hotel und verbringen den Nachmittag in der Lobby und reden, erzählen uns gegenseitig viel von Willie und den Erlebnissen mit ihm. Tanja erzählt, wie sie im Besucherraum einmal einen heftigen Anpfiff bekam, als sie an ihrer Jacke, unter der sie noch ein T-Shirt hatte, einen offenen Knopf zugemacht (!) hat: Ihr wurde vorgeworfen, sie hätte ihre Brüste gezeigt, und ein Anwalt im Besucherraum hat sie schließlich in Schutz genommen und bezeugt, dass sie gar nichts gemacht hatte.

Im Laufe des Nachmittags kommen Willies Sohn und seine Frau zusammen mit den BBC-Leuten im Hotel an. Ich bin von Willies Sohn sofort fasziniert, mit welcher Warmherzigkeit er mich begrüßt und umarmt, wo er mich doch noch gar nicht kennt. Tanja hat es mir bereits erzählt, was für ein liebenswerter junger Mann er sei. Die beiden gehen auf das für sie gebuchte Zimmer, um sich auszuruhen, die BBC-Leute verabschieden sich einstweilen, und Tanja und ich setzen unser Gespräch in der Lobby fort.

Auf einmal erhält Tanja eine Nachricht auf ihr Smartphone, dass Gloria Rubac vom Texas Abolition Movement bei

Facebook gepostet habe, Willie bekäme nur einen statt zwei All-Day-Visits. Bis jetzt habe ich niemandem davon erzählt, dass es da eine Unklarheit gab, weil Willie niemanden beunruhigen wollte, nun weihe ich Tanja ein. Sie versucht Gloria zu erreichen, bekommt stattdessen einen Anruf von Pat Hartwell, ebenfalls vom Texas Abolition Movement, bevor schließlich Gloria zurückruft und die Facebook-Nachricht gelöscht wird, bevor Rosi oder Willies Sohn sich unnötig Sorgen machen. Willies Sohn hat es allerdings schon mitbekommen, doch Tanja kann ihn beruhigen. Gloria hat es von einem Häftling, den sie besucht, erfahren – es ist also wohl nur die Gerüchteküche in der Unit und wir hoffen einfach mal, dass nichts dran ist.

Am Abend gehen wir mit sieben Leuten in ein italienisches Restaurant in Livingston: Willies Sohn mit Frau, die beiden BBC-Leute, Tanja, Rosi und ich. Im Gespräch erfahre ich, dass etwas das Fass zum Überlaufen gebracht hat für die Schwester von Willies Opfern, die bereits anderen Medien gegenüber ihren Hass zum Ausdruck gebracht hat. Die BBC-Leute haben Willies Sohn in den Gottesdienst seiner Gemeinde begleitet, in dem ausdrücklich für dcn Sohn gebetet wurde, die Tante aber offenbar keine Erwähnung fand. Es wird deutlich, wie schwierig die Situation gerade für Willies Sohn ist. Die Unversöhnlichkeit der Familie seiner Mutter macht für ihn, der gleichzeitig Sohn seines Vaters ist, das Leben nicht gerade leicht.

Es wird spät an diesem Abend. Zurück im Hotel treffen wir uns in meinem Zimmer, um einen Plan für die Besuche am nächsten Tag zu machen – auch wenn es nachher anders ablaufen sollte. Irgendwie müssen wir einen Anfang finden. Weil Willies Sohn gern erst um 9 Uhr ins Gefängnis möchte, schlagen die anderen vor, ich sollte die erste Stunde übernehmen. Eigentlich dachte ich, den anderen den Vortritt zu lassen, aber schließlich stimme ich zu, versuche noch Willies Sohn und seine Frau, die nach mir kommen, zu überreden eine Viertelstunde früher zu erscheinen. Denn die

Zeit reicht irgendwie hinten und vorne nicht in unserer Planung. Willies Sohn soll aber ausreichend Zeit mit seinem Vater allein bekommen, und deshalb stehen am Ende alle anderen im Zweifelsfall zurück.

Tanja und ich sprechen noch eine Weile mit Willies Sohn und dessen Frau, um ihnen Kraft und Unterstützung zu geben. Ich biete an, dass wir uns an einem der nächsten beiden Tage zusammensetzen können und ich kann ihnen anhand meiner Erfahrungen und mit Hilfe von Fotos der Örtlichkeiten genau den Ablauf erklären, damit sie es nicht erst am Mittwochnachmittag ohne Fotos erzählt bekommen. Über einige Details sprechen wir schon jetzt. Ich beruhige Willies Schwiegertochter, dass ich davon überzeugt bin, es wird hier in Texas nicht passieren, dass das Gift nicht wirkt. Dass die Probleme in anderen Staaten mit anderen Giftmischungen aufgetreten sind. Und ich beschreibe Willies Sohn den Zeugenraum und muss ihn z.B. aufklären, dass dort keine Stühle stehen. Tanja hat erfahren, dass eine Kapelle oder kleine Kirche bzw. Baptistengemeinde, die zugestimmt hat, nach der Hinrichtung den Leichnam von Hingerichteten aufzubahren, nicht in der Nähe der Walls Unit sei – das mit dem Funeral Home ist also nichts mehr und es ist offenbar auch nicht das, was ich gefunden habe.

Ich schreibe Willie noch eine JPay-Nachricht und berichte ein bisschen vom Wochenende – das sollte er noch bekommen Montag oder Dienstag, könnte aber jetzt tatsächlich die letzte Nachricht sein, die ihn erreicht, von daher vielleicht auch die letzte, die ich schreibe.

Am Montagmorgen bin ich also die erste und damit diejenige, die herausfinden wird, ob Willie nun einen All-Day-Visit hat heute. Ich bin um 7.45 Uhr am Gefängnis und komme ohne Probleme durch bis in den Besucherraum. Ms. Adams zeigt mir, wo der Besuch stattfindet – in einem separaten Raum, aber ebenso wie sonst durch Glasscheibe getrennt und per Telefon – das leider ziemlich nervend rauscht – natürlich. Es dauert knapp 10 Minuten, bis Willie gebracht wird. Ich sage ihm als erstes ein bisschen scherzhaft, dass ich hoffe, er ist nicht enttäuscht, schon wieder mein Gesicht zu sehen, und erkläre ihm das weitere Vorhaben und weshalb er am Samstag keinen Besuch hatte – die Nachricht darüber ist offenbar nicht angekommen.

Dann aber gratuliere ich ihm zum Geburtstag und biete ihm an, das auch singend zu tun: Er ist einverstanden und ich singe ihm „Happy Birthday“. Klar, ist das fragwürdig absurd, aber es geht ihm in seiner Stärke ja gut und da soll er den Tag doch auch genießen. Tanja hatte mir gestern erzählt, dass Willies Sohn an einem der letzten Tage so liebenswert gesagt hatte: „Today I just try to be happy.“ Wir haben nicht viel Zeit zu reden. Ich richte Geburtsgrüße von seinen Freunden aus, die mir per E-Mail geschrieben haben. Willie hat den Song in der Prison-Show gehört, wenn auch die Qualität seines Radio-Empfangs zu wünschen übrig ließ. Irgendwie kann er kaum glauben, dass ich das gesungen habe – aber dafür war das Ganze doch gedacht, dass er mich singen hört... Wir können es nicht vertiefen. Er berichtet mir von dem Artikel über Michelle Lyons, den er gelesen hat. Ich erzähle ihm von dem Lied in dem Gottesdienst, das mir so gut gefallen hat. Wir lassen drei Fotos machen, auf denen wir jeweils beide sensationell gut aussehen – oft ist es so, dass einer von beiden mit seinem Aussehen nicht zufrieden ist –, nur leider ist die Bildqualität an sich mal wieder mäßig, obwohl sich Ms. Adams wirklich Mühe gegeben hat.

Obwohl ich eigentlich wollte, dass der nächste Besuch wegen des Zeitdrucks schon um 8.45 Uhr kommt, ist es bereits 9.00 Uhr, als Willies Sohn den Besucherraum betritt und sich zu uns gesellt. Ich begrüße ihn herzlich und verabschiede mich von Willie, wünsche den beiden eine gute Zeit miteinander und beeile mich, nach draußen zu kommen, denn am Eingang wartet Willies Schwiegertochter, dass sie ebenfalls hinein kann. Wir haben abgesprochen, dass erst einer kommt, denn es dürfen nur zwei gleichzeitig bei Willie drin sein. Würden sein Sohn und seine Schwiegertochter gemeinsam kommen wollen, müsste ich erst raus und Willie wäre fünf Minuten allein. Weil das nicht sein muss, haben wir es so besprochen und die Schwiegertochter betritt das Gefängnis, nachdem ich den Weg vom Besucherraum zum Frontgate zurückgelegt habe. Vor dem Gebäude wartet Tanja, weil sie die Schwiegertochter hergebracht hat und von mir natürlich gern erfahren möchte, wie es Willie geht. Ich berichte ihr und sie merkt schon, dass ich gerade ein bisschen emotionaler bin als sonst, und legt den Arm um mich. Ja, ich habe gerade einen sentimentalen Moment, denn ich gehe davon aus, dass dies der letzte Besuch gewesen sein könnte.

Ich fahre zurück ins Hotel und schreibe an meinem Reisebericht. Zwischendurch erfahre ich, dass Karl, ältestes Mitglied der Initiative gegen die Todesstrafe e.V., erwartungsgemäß eingetroffen ist. Er hat mit Willie nichts zu tun, ist aber auch zu Besuchen hier und wohnt ebenfalls im Best Western. Ich rufe ihn auf seinem Zimmer an und wir unterhalten uns ein bisschen, tauschen die aktuellen Neuigkeiten aus. Karl plant am Mittwoch vor der Walls Unit bei den „Protestanten“ zu stehen mit dem Banner der IgT in der Hand.

Gegen Mittag passiert das „drama“, vor dem Willie sich hinsichtlich der Besuche gefürchtet hat. Rosi fühlt sich verletzt, weil es mit Tanja Unstimmigkeiten gibt über die zeitliche Planung der nächsten Besuche. Während Rosi noch in meinem Zimmer steht, ruft Tanja an. Ich versuche zu klären und zu schlichten. Ich denke, niemand hat an dem Durcheinander die Schuld, denn der Zettel mit meinem ersten Entwurf gestern Abend war dort bereits überholt und wir haben den Plan einfach nicht zu Ende gedacht. Jedenfalls versuche ich es jetzt mit beiden zu klären und zu vermitteln. Einen Moment habe ich Panik, als ich es mit Tanja geklärt habe und Rosi nicht gleich finde, um ihr das Ergebnis mitzuteilen. Nicht auszudenken, wenn jetzt keiner hingeht, weil jeder mit dem späteren Termin rechnet. Doch dann kommt Rosi wieder um die Ecke. Ich hoffe nur, die beiden machen sich gegenseitig keine weiteren Vorwürfe – das wäre jetzt das Letzte, was Willie wollte. Auf jeden Fall gehen nun Rosi und Lars aus Schweden, der erst heute Morgen angekommen ist und den ich noch gar nicht kenne, für zwei Stunden hinein zu Willie und dann Tanja, ggf. zusammen mit Willies Sohn.

Ich verbringe den Nachmittag weitgehend vor dem Computer, bis sich ab 17 Uhr die einzelnen Leute nach und nach in der Hotel-Lobby einfinden. Unser IgT-Mitglied Karl kommt vom Einkauf und wird von mir herzlich begrüßt. Er ist schon 86 Jahre alt und bisher bin ich ihm immer in Deutschland begegnet, wo er auf mich eher den Eindruck machte, als müsse man aufgrund seines Alters auf ihn aufpassen. Hier wirkt er auf mich eindeutig vitaler – vielleicht gehört er quasi einfach hierher. Ich frage Willies Sohn und dessen Frau, ob sie etwas dagegen hätten, wenn Karl nachher zum Essen mitkäme. Sie sind einverstanden, aber später ist Karl doch zu müde. Jetzt lerne ich auch Willies Freund Lars endlich kennen, mit dem ich schon mehrfach per Mail in Kontakt war und der heute in Livingston angekommen ist.

Nachdem die erste Wahl des Restaurants an einem Schild „Montag geschlossen“ scheitert, enden wir schließlich in einem chinesischen Laden in der Nähe des Holiday Inn, wo man am Büffet auswählen kann. Nach dem Essen überlegen alle gemeinsam, wie die Besuchsreihenfolge am morgigen Dienstag aussehen soll. Ich halte mich zurück; ich werde morgen nicht gehen. Ich hatte ausreichend Zeit, zwischen Willie und mir ist alles Wichtige gesagt, und ich will niemand anderem Zeit wegnehmen, die so kostbar ist. Zwischen Rosi und Tanja kommt noch einmal die Unstimmigkeit vom Mittag hoch. Keiner von beiden will den anderen verletzen, es ist einfach eine schwierige Kommunikation zwischen beiden. Ich versuche zu vermitteln, aber es ist kompliziert. Ich verstehe beide, aber die beiden einander nicht richtig. Es wird deutlich, dass wir alle unter einem ungeheuren Druck stehen. Am

Nachmittag hatte Willies Schwiegertochter schon einen Heulkrampf, jetzt erwischt es Tanja, dass sie nicht mehr kann. Tanja und ich sitzen noch lange vor dem Hoteleingang und reden. Anfangs ist die Journalistin von BBC dabei – nicht zum Filmen, sondern als jemand, der mit viel gesundem Menschenverstand und Verständnis rät und tröstet.

Tanja und ich sprechen nicht nur über Willie und über den Konflikt mit Rosi, sondern auch über religiöse Fragen. Ich erzähle u.a. von dem Buch „The Shack“, das Willie gelesen hat. Es ist ein langes und intensives Gespräch, und es freut mich, dass es Tanja offenbar gut tut. Ich bitte Tanja noch, die am anderen Morgen als erste kurz zu Willie gehen möchte, weil sie kein Foto machen lassen konnte heute, dass sie ihm meine Grüße überbringt und ihm sagt, dass ich an ihn denke und er in meinem Herzen ist. In der Nacht schlafe ich etwa sechs Stunden – die letzte war mit vier deutlich kürzer – und das offenbar wie ein Stein: Ich wache auf, wie ich eingeschlafen bin, und habe mich anscheinend nicht ein einziges Mal bewegt.

Am Dienstagmorgen bin ich mit Karl zum Frühstück verabredet, Rosi sitzt bereits an einem Tisch und wir setzen uns dazu und unterhalten uns auf Deutsch. Ich bin schon so ans Englische gewöhnt, dass ich Karl gestern auf Englisch angeredet habe und dann mitten im Satz meinte: „Ach, mit dir kann ich doch Deutsch reden.“ Andererseits habe Tanja auch irgendwann die Tage auf Deutsch angeredet, bis sie irritiert geguckt hat; mit ihr muss ich doch Englisch sprechen, weil ich kein Französisch kann – das geht hin und wieder alles ein bisschen durcheinander.

Nach dem Frühstück ziehe ich mich in mein Zimmer zurück und erledige einige Dinge am Computer: Nachrichtenseite, Reisebericht, E-Mails. Ich schreibe eine Mail mit einem Update an die mir bekannten Freunde von Willie, die nicht inzwischen hier sind. Von der rechtlichen Seite her: Ein Antrag vor einem texanischen Gericht wegen des verwendeten Giftes wurde abgewiesen, stand schon Freitag im Internet zu lesen, der Gnadenausschuss hat Willie erwartungsgemäß abgelehnt, hat mir Tanja heute erzählt, und der Fifth Circuit Court hat einen Antrag auf Hinrichtungsaufschub im Zusammenhang mit Willies konkretem Fall abgelehnt, habe ich gestern Abend selbst noch im Netz gefunden.

Während ich am Computer arbeite, klopft Rosi und stellt mir Willies Vater und Willies Schwester vor, die gerade angekommen sind und Willie gleich besuchen werden. Irgendwann geht ein Höllenlärm im Hotel los – Feueralarm. Aber es ist nur eine Probe. Sie checken, ob die Anlage funktioniert. Ich würde sagen: Ja, tut sie – und wie! Willies Sohn fragt mich, ob ich seinen Großvater sowie Tante und Cousine vom Gefängnis abholen kann. Mach ich gern. Weil er und seine Frau mitfahren, machen wir den Rückweg zu sechst im Auto, mit vier Leuten – zwei übereinander – auf der Rückbank. Willies Schwester und deren Tochter sind eher klein, deshalb geht es. Ansonsten hätten wir nur im Kofferraum noch Platz gehabt, aber der wird bekanntlich kontrolliert bei der Ausfahrt, sodass wir niemanden auf diese Weise rausschmuggeln...

Den Nachmittag über wechsle ich immer wieder E-Mails mit Willies Freunden, die auf meine Rundmail reagieren und entweder noch Fragen haben oder sich nochmals mit ihren guten Wünschen melden. Um 16 Uhr schließlich kommt die Reporterin des „Spiegel" mit einem – diesmal anderen – Kameramann im Best Western in Livingston an. Wir reden erst einmal, machen dann ein Interview vor der Kamera in meinem Hotelzimmer, und die Spiegel-Reporterin lernt einige der anwesenden Freunde von Willie sowie Willies Sohn und die beiden BBC-Kollegen kennen.

Danach ist irgendwie generell unklar, wie es heute weitergeht. Ich selbst bin ziemlich unentschlossen, weiß nicht, was ich will, kann nichts mit mir anfangen. Ich weiß nicht, ob ich mitgehen will, etwas essen. Die, die gehen wollen, wissen nicht so wirklich, wohin. Es wirkt alles so ziellos, als weiß keiner wirklich, was er will. Die Spiegel-Reporterin und ihr Kameramann sind daher auch unschlüssig, was sie machen sollen. Ich entscheide mich schließlich, dass ich nicht mitgehe, nachdem Rosi das „Wet Deck“ durchgesetzt hat – was heißt: „durchgesetzt“, eine Alternative wurde gar nicht besprochen. Ich habe keinen wirklichen Hunger und auch keinen rechten Appetit, außerdem noch etwas im Kühlschrank. Und ich mag keine weiteren Mückenstiche mehr.

Die Spiegel-Leute beschließen schließlich mitzufahren, nachdem sie um Erlaubnis gefragt haben – sie wollen ein paar Bilder drehen und dann zurückkommen. Außerdem möchten sie Willies Sohn gern ein paar Fragen stellen und haben bereits gefragt, ob er dazu bereit wäre. Tanja bleibt im Hotel und schwimmt gerade eine Runde im Pool. Ich rede ein bisschen mit ihr. Sie erzählt, dass Willies Sohn heute Nachmittag in ihr Zimmer kam und seinen Gefühlen und Tränen freien Lauf ließ und dass er sich nicht bereit fühle. Tanja dagegen geht es heute psychisch besser, nachdem sie noch einmal einen guten Abschluss mit Willie hatte am Morgen.

Dann kommt auf einmal der Kameramann von BBC und will mich sprechen. Willies Sohn sei verunsichert, was die Spiegel-Reporterin von ihm wolle und warum die beiden ihm Fremden mit der Familie und Rosi und Lars mit zum Essen kämen. Ich fühle mich ganz schlecht – ich habe doch nicht gewollt, dass sich jemand belästigt fühlt. Der BBC-Mann fürchtet offenbar unprofessionelles Verhalten und signalisiert mir, dass ich die Verantwortung habe. Man würde sich rechtzeitig vorher mit den Leuten in Verbindung setzen – nicht, dass sie ihn so etwas fragen würden, wie: Ob er denke, dass es seinem Vater recht geschehe... Im Grunde will er es allerdings nur verstehen, um es Willies Sohn verständlich zu machen. Also erkläre ich die Zusammenhänge und auch, dass sie nicht mit zum Essen wollten – das hatte die Spiegel-Reporterin mir selbst schon signalisiert, dass sie das unpassend fänden –, sondern nur ein paar Filmaufnahmen machen. Und das natürlich mit Erlaubnis. Aber das Problem ist dabei wohl, dass Willies Sohn schon aus reiner Höflichkeit allem immer zustimmt, auch wenn er es vielleicht gar nicht möchte. Wie Tanja mir sagt, habe er gar nicht mit zum Essen gehen wollen, sich nur nicht getraut das zu sagen.

Obwohl der BBC-Mann sich am Ende unseres Gesprächs viel versöhnlicher verabschiedet, als dasselbe begonnen hat, fühle ich mich lausig. Jetzt bin ich wohl an der Reihe mit meinem Tiefpunkt, auch wenn der an dieser Stelle ohne Tränen abläuft. Ich rede noch etwas mit Tanja und sage auch, was vorgefallen ist. Dann verkrieche ich mich in mein Zimmer. Ich schreibe der Spiegel-Reporterin eine SMS; vielleicht kann ich da etwas auffangen. Sie schreibt mir nach einiger Zeit zurück, aus dem Essen im „Wet Deck“ sei nichts geworden, weil die Küche schon geschlossen war, und Willies Sohn habe seinerseits ein kurzes Gespräch angeboten; es sei alles in Ordnung. Das beruhigt mich zwar etwas, aber meine Stimmung ist dennoch bescheiden.

Ich sitze vor dem Computer, finde das nächste abgelehnte Berufungsverfahren – das ist jetzt die vierte Ablehnung. Plötzlich bekomme ich eine automatisch generierte E-Mail: „Thank you for contacting the Office of the Governor. Your opinion will be reviewed by the appropriate staff member.” Wie komme ich denn jetzt dazu? Ich habe den Gouverneur bzw. sein Büro doch gar nicht kontaktiert! Hat da jemand etwas in meinem Namen geschrieben und meine Adresse dazu benutzt? Das wüsste ich ja schon ganz gern! Immerhin kann man auf der Kontaktseite des Gouverneurs von Texas leicht meine Daten eingeben und dann eine Nachricht schicken, die möglicherweise überhaupt nicht meiner Auffassung entspricht.

Um 22 Uhr herum werde ich schläfrig. Sieht nicht so aus, als melde sich noch jemand, um etwas zu besprechen oder zu fragen. Nur die Spiegel-Reporterin ruft noch an und wir besprechen einerseits den morgigen Tag, andererseits den heutigen mit meinem lausigen Gefühl von vorhin. Sie beruhigt mich nochmals, dass alles in Ordnung sei. Willies Sohn sei selber auf sie zugekommen am See und habe ein paar Fragen vor der Kamera beantwortet und das richtig powerful-beeindruckend.

Ich bekomme dann noch eine Mail von mir bekannten Aktivisten gegen die Todesstrafe hier in Texas. Tanja hat mir gestern schon berichtet, dass sie versuchen, den Arzt, der den Tod feststellt, zu identifizieren. Daher die Frage an mich: Ob ich bereit sei, mir zuvor ein Foto eines Mannes anzusehen, der verdächtigt wird, eben dieser Arzt zu sein, und dann darauf zu achten, ob er es tatsächlich ist. Mein Name solle aus dem Spiel bleiben. Ich werde also schauen, ob ich darauf achten kann. Keinem der Familienmitglieder kann man das verständlicherweise zumuten.

Kurz nach Mitternacht wird in Missouri ein Häftling hingerichtet. Ich sorge dafür, dass meine Nachrichtenseite noch in der Nacht auf dem aktuellen Stand ist. Eine Stunde später bekomme ich eine Mail von einem Deutschen, der mich auf eine Amnesty-Aktion für eben diesen Häftling hinweist. Der Mann nervt, hat mir schon seit Wochen E-Mails mit Links zu Petitionen geschickt, von denen die meisten veraltet waren, und seit Tagen bombardiert er mich mit Mails wegen Willie, macht in völlig blindem Aktionismus sinnlose Vorschläge, die entweder nichts bringen oder nur von Anwälten umgesetzt werden können. Jetzt also die Krönung: Er verbreitet eine Petition für einen Mann, der schon seit einer Stunde tot ist, ignoriert meinen Hinweis darauf und mailt seine Botschaft munter weiter, z.B. an die IgT. Als er am anderen Morgen wieder wegen Willie anfängt, platzt mir der Kragen und ich schicke ihm eine ziemlich böse Nachricht, weil er in meinen Augen einfach nur peinlich ist.

Als ich am Mittwochmorgen zum Frühstück gehe, treffe ich dort Karl an. Er hat auch diese merkwürdige automatische Mail vom Büro des Gouverneurs bekommen. Ansonsten ist es vor allem Smalltalk, was wir während es Frühstücks betreiben – wohl einfach zur Ablenkung. Ich gehe danach nochmals auf mein Zimmer. Das Interview mit Willie ist bei Spiegel Online nun hochgeladen und ich versende eine weitere Rundmail an Willies Freunde mit dem Link dorthin. Es gibt viele Rückmeldungen, und ich beantworte, was noch geht, bevor ich aufbrechen muss.

Da gestern nicht mehr die Rede davon war, habe ich heute keinen auch nur kurzen Besuch bei Willie mehr. Seine Familie ist bei ihm sowie Tanja und Rosi gemeinsam für eine Stunde. Das ist für mich in Ordnung. Es ist in gewisser Hinsicht sogar eine Erleichterung, dass ich am Vormittag dieses Tages kein Programm habe, sondern noch etwas ausruhen kann.

Um 11 Uhr will ich mit den Leuten vom Spiegel nach Huntsville fahren. Wir wollen gerade mit zwei Pkw los, als das BBC-Team kommt, und ich nehme die Gelegenheit wahr, mit den beiden noch einmal wegen gestern Abend zu sprechen. Nach dem Gespräch bin ich wirklich beruhigt, dass alles in Ordnung ist, und ich verabschiede mich herzlich von den beiden – noch weiß ich nicht, dass ich die beiden nicht wiedersehen werde.

Ich fahre also mit knapp einer halben Stunde Verspätung den beiden Spiegel-Leuten nach Huntsville hinterher. Ein paar Meilen vor dem Ziel filmen sie mich zweimal im Vorbeifahren und dann kommt der Kameramann zu mir in den Wagen und filmt und interviewt mich beim Fahren. Unser Ziel ist der Gefängnisfriedhof in Huntsville, wo die beiden ein weiteres Interview mit mir drehen und auch ein paar Bilder, wie ich über den Friedhof laufe. Ich gebe den beiden schließlich gut zehn Minuten Vorsprung, bis ich zum Hospitality House fahre, damit sie meine Ankunft dort filmen können und wie ich zum Hauseingang gehe. Ich war bange im Vorfeld, ob das Ärger geben könnte, aber sie verhalten sich diskret genug, sodass nichts auffällt. Dass von all dem heute bis hier Gefilmten nichts in die Doku kommen würde, erfahre ich erst bei der Ausstrahlung des Beitrags am folgenden Sonntag, aber das ist natürlich normal, dass für einen 8- oder 9-minütigen Beitrag eine Auswahl getroffen wird.

Obwohl es erst etwa 14.20 Uhr ist, sind die anderen schon da; Rosi öffnet mir die Tür des Hospitality House und lässt mich hinein. Wie Willie es angekündigt hatte, sind sehr viele von seiner Familie anwesend. Ich durchschaue nicht völlig, um wen es sich alles handelt. Immerhin lerne ich, wer der Zwillingsbruder von Willies jüngerer Schwester ist, lerne seine Cousine kennen, die er als Spiritual Advisor ausgewählt hat, eine Tante, bei der Willie eine Zeitlang gewohnt hat, wie Rosi mir berichtet, und dann sind da noch andere Tanten, Cousins und Cousinen. Willies Vater ist nicht mit nach Huntsville gekommen, sondern in Livingston geblieben. Er will seinen Sohn lebend in Erinnerung behalten.

Wir verbringen die Zeit mit Warten. Ich sehe mich ein bisschen um. Es hat sich verändert, das Hospitality House, seit Cliffs Zeiten. Die Pinwand mit den Fotos der Hingerichteten ist nicht mehr da. Es hängen auch viel weniger Bilder – mindestens eines davon war von Cliff gemalt. Ich begrüße die Pastorin, die das Hospitality House jetzt leitet, frage sie später auch nach den Bildern. Die meisten seien archiviert, andere verkauft oder verschenkt. Ich gehe auch durch die Flure und erinnere mich an damals, als wir für Cliffs Hinrichtung nicht nur den Nachmittag hier verbrachten, sondern überhaupt hier unser Quartier hatten.

Um 15 Uhr werden wir fünf Zeugen – Willies Sohn, Willies jüngere Schwester, Rosi, Lars und ich – von drei oder vier offiziellen Herren im schwarzen Anzug, darunter Chaplain Jones, der Willie heute Nachmittag betreut, in eine Ecke des Raumes gebeten, damit man uns informieren und vorbereiten kann. Willie gehe es gut, sagt man uns zuerst, dann wird der Ablauf erklärt. Kurz nach 17 Uhr sollen wir zum Verwaltungsgebäude kommen, ID-Karte bzw. Pass mitnehmen. Im Warteraum würden wir so lange bleiben, bis die letzten Entscheidungen in den Gerichten gefallen seien.

Erst wenn definitiv feststehe, dass die Hinrichtung durchgeführt werde, hole man uns ab, dann gebe es keinen Weg mehr zurück. Das sei für 18 Uhr geplant, könne sich aber verschieben, was keinerlei Rückschlüsse zulasse auf einen Aufschub. Die Belehrung braucht wenig Zeit und unsererseits gibt es kaum Fragen. Entweder hätten sie es schlecht gemacht und wir nichts verstanden oder sie hätten es besonders gut erklärt, sodass keine Fragen blieben, meint einer von ihnen lächelnd.

Die übrigen Anwesenden waren im selben Raum und haben die Belehrung daher mitbekommen. Tanja meint danach zu mir, wie kalt das Verhalten gewesen sei. Allerdings weiß ich auch nicht recht, wie anders sie es hätten machen sollen. Der Fehler liegt wohl eher im System an sich. Ich frage einen der Männer noch, wie das mit dem Fahren sei, weil ich das nicht ganz verstanden habe. Sie hätten nur einen kleinen Wagen und könnten nicht alle fünf Zeugen mitnehmen, daher sollten wir selbst fahren und ihnen folgen. Auf einer Landkarte auf seinem Smartphone zeigt er mir schließlich, wo sich die Kirche befindet, zu der man anschließend fahre, um den Leichnam zu sehen. Auch dort würde man dann per Auto-Kolonne hinfahren.

Irgendwann esse ich lustlos einen Müsli-Riegel, der mir nicht schmeckt, und Erdnussbutter-Kekse, die ich eigentlich mag, aber doch nicht genießen kann, und trinke etwas. Eigentlich nur aus Vernunft und Vorsicht, damit ich etwas im Magen habe und später nicht zusammenklappe... Während ich dort sitze, geht mir durch den Kopf, was das Ganze in meinen Augen mit so brutal und unmenschlich macht: Es ist diese Professionalität, mit der alles abgewickelt wird, die einen das Fürchten lehrt.

Pat Hartwell und Gloria Rubac und noch ein paar Mitglieder vom Texas Abolition Movement kommen an. Sie verteilen auf dem Parkplatz des Hospitality House T-Shirts von ihrer Organisation an die Familienangehörigen, die draußen vor der

Walls Unit protestieren werden, sowie Plakate. Pat nimmt mich zur Seite und zeigt mir einen Ausdruck des Fotos, das ich schon per E-Mail bekommen habe, von dem Mann, den sie für den Arzt halten, der den Tod der Hingerichteten feststellt. Das Foto sei ein Jahr alt und bei einer Veranstaltung der rechts orientierten konservativen Tea-Party-Bewegung entstanden, bei der der Arzt eine Rede gehalten habe. Ich präge mir das Gesicht des Mannes nochmals gut ein und verspreche, dass ich darauf achten werde, ob er es sei.

Im Haus hat sich Willies Tante, bei der er eine Zeit lebte, ans Klavier gesetzt und beginnt Gospels zu singen. Es ist der Wahnsinn! Diese Frau hat eine unglaubliche Stimme. Kräftig und schwarz und mit heftig viel Gefühl – einfach so, wie man sich eine schwarze Stimme vorstellt. Und das in dieser Situation. Das geht sooo unter die Haut! Ich sehe, dass Tanja einen Teil des ersten Songs mit dem Smartphone aufnimmt. Ich habe meine gute neue Kamera draußen im Kofferraum meines Autos, aber mein Smartphone habe ich hier und schalte es ab dem zweiten Song ein – nicht so demonstrativ draufgehalten, sodass es mit Gegenlicht und vom Bildausschnitt her nicht gut wird, aber der Ton!

Schließlich beginnt Willies Tante mit einem dritten Song und ich denke, den kenne ich aber. Doch mir fällt nicht sofort ein, woher – erst im Verlauf der ersten Strophe, als es auf den Refrain zugeht, wird mir klar, wo mir der Song zuvor begegnet ist: „Because He Lives“, das ist eines der beiden Lieder, die Cliff auf einem Video in der Ellis Unit gesungen hat und die ich später mit Klavier unterlegt habe! Mein Gott, ausgerechnet dieser Song! Wenn es vorher schon bewegend war, diese Frau singen zu hören, jetzt laufen mir wirklich die Tränen. Als sie das Lied beendet und den Klavierdeckel zugeklappt hat, muss ich sie dafür umarmen und ihr danken und erklären, warum mir gerade dieses dritte Lied so viel bedeutet.

Willie hat bereits angerufen und mit einigen gesprochen, nun ist er erneut am Telefon und ich kann auch kurz ein letztes Mal mit ihm sprechen. Ich erzähle von seiner Tante und dem Lied. Wir sagen uns gegenseitig „I love you“, und er sagt mir: „Keep on!“ – ich soll nicht aufhören. Doch noch einmal jemandem schreiben? Wer weiß, eines Tages vielleicht, aber nicht jetzt direkt. Aber das sind schon nur noch meine Gedanken; das Telefon habe ich bereits weitergereicht. Schließlich wird das Telefon auf LAUT gestellt und Willie verabschiedet sich von allen gemeinschaftlich und alle antworten gemeinsam. Es hat so etwas Endgültiges...

Es fließen viele Tränen: Willies Sohn sitzt in einem Sessel und weint, Rosi, seine Frau und andere versuchen ihn zu trösten, nicht mit Worten – was sollte man schon sagen –, sondern einfach nur durch ihre Nähe. Ich sehe, wie es Tanja mitnimmt und nehme sie in den Arm und wir halten uns eine ganze Weile. Schließlich heißt es: „Five minutes to go!“ Willies Sohn ist noch nicht bereit, ich sehe ihn in einem Gang verschwinden und nehme seine Gesten wahr: Das ist nicht einfach nur Weinen, das ist die pure Verzweiflung! Es bricht einem das Herz, das anzusehen. Im Moment frage ich mich, ob er es schafft oder nicht am Ende hierbleibt.

Schließlich sitzen wir in meinem Wagen – ich werde fahren –, Willies Sohn sitzt neben mir, er hat sich wieder im Griff, Lars und Rosi sitzen hinten, aber noch fehlt Willies Schwester, die nicht aufzufinden ist. Schließlich kommt sie endlich, steigt aber immer noch nicht gleich ein. Mir rutscht für einen winzigen Moment der Fuß von der Bremse und der Wagen rollt wenige Zentimenter, während Willies Schwester noch an der Wagentür steht. Es passiert nichts, aber sie flippt verbal aus, als sie endlich einsteigt. Ich sage nur: „I'm sorry“, und bin ihr nicht weiter böse – der Druck ist so riesig, dass ihr Verhalten verständlich ist. Ich folge dem vorausfahrenden Wagen und stelle meinen Pkw auf dem Parkplatz neben dem Verwaltungsgebäude der Walls Unit ab.

Am Eingang werden unsere ID-Karten bzw. Pässe kontrolliert und mit der Liste verglichen. Fünf Zeugen durfte Willie benennen, und weil er als seinen geistlichen Beistand eine Cousine gewählt hat, hat er so sechs Angehörige und Freunde hineingebracht. Es gibt erst etwas Durcheinander, weil Willies Sohn dieselben Vornamen hat wie er und der Vater bzw. Großvater ebenfalls. Aber das ist bald geklärt. Jedoch möchte eine weitere Person mit in den Zeugenraum: David Adler, einer der beiden Anwälte von Willie. Die zuständige Beamtin telefoniert mehrmals, während wir hinter der Eingangstür warten. Es bleibt aber schließlich dabei: Der Anwalt darf nicht mit hinein, denn er steht nicht auf der Liste.

Wir werden zunächst, Männer und Frauen getrennt, in zwei verschiedene Gänge geführt und dann zu zweit in einen kleinen Raum gebracht, wo wir die Schuhe ausziehen und uns abtasten und mit einem Metalldetektor untersuchen lassen müssen. Während wir auf dem Flur warten, bis die letzten fertig sind, entschuldigt sich Willies Schwester bei mir ausdrücklich, ich sage auch nochmals, dass es mir leid tut und dass es okay ist.

Man führt uns in den Warteraum, der mir bekannt vorkommt und doch jedes Mal ein wenig anders auszusehen scheint als in meiner Erinnerung. Die Getränkeautomaten sind noch immer da. Man hatte uns gesagt, wir dürften sogar eine kleine Menge Geld mitnehmen, um uns dort etwas zu trinken zu ziehen. Aber meine Münzen hatte ich gar nicht eingesteckt, weil ich dachte, ich brauche sie nicht mehr.

Wir sechs Zeugen – Willies Sohn, seine Schwester, seine Cousine sowie seine Freunde Rosi, Lars und ich – sitzen in einer Art Halbkreis zusammen. Die Familienmitglieder reden miteinander. Sogar Willies Sohn lacht zwischendurch über irgendetwas, worüber sie reden. Es tut gut, ihn lachen zu sehen; es ist so schon alles schlimm genug. Willies Schwester fragt mich irgendwann, ob mit mir alles okay ist – ja, ich bin nur in Gedanken und Erinnerungen versunken. Finde ich nett, dass sie fragt. Die Cousine bedankt sich im Namen der Familie ausdrücklich bei uns als Freunden Willies für die Unterstützung, sie wüssten das sehr zu schätzen.

An der Wand des Raumes ist eine Uhr; sie geht ein paar Minuten vor, aber so oder so läuft die Zeit unerbittlich. Als meine eigene Armbanduhr 18 Uhr anzeigt, höre ich ein Telefon klingeln, und Sekunden später signalisiert man uns: „It's time to go!“ – Es gibt also definitiv keinen Aufschub und auch der Supreme Court der Vereinigten Staaten hat Willie abgelehnt.

Wir werden die Treppe hinauf ein Stockwerk höher geführt – bei Cliff haben wir damals den Aufzug genommen; wie es bei Kevins Hinrichtung war, weiß ich nicht mehr. Ich höre Willies Sohn sagen, dass er sein Herz sehr schnell klopfen fühle, und das kommt nicht vom Treppensteigen. Schließlich treten wir aus dem Gebäude. Ich sehe im Augenwinkel die Kameras und weiter unten auf der Straße die Demonstranten, die vor allem aus Willies Familie bestehen; auch Tanja ist dort und Karl von der IgT mit unserem Banner – aber ich erkenne niemand auf die Entfernung, weiß nur, dass sie da sind. Rosi nimmt Willies Sohn an der Hand und fordert mich auf, dasselbe zu tun. So gehen wir zu dritt über die Straße, Rosi rechts, ich links und zwischen uns Willies Sohn, an den Händen gefasst. Laute Rufe aus den Reihen der Demonstranten, die ihm Mut machen sollen: „I love you, Baby“, ruft seine Frau, andere rufen ebenfalls: „We love you!“

An der Treppe hoch zum Eingang der Walls Unit müssen wir ihn loslassen, denn die Treppe hat nur Platz für eine Person, nicht für mehrere nebeneinander. Hinter der Eingangstür der Walls Unit müssen wir noch einmal unsere Ausweise vorzeigen – als ob das nötig wäre! Schließlich sind, seit man uns am Verwaltungsgebäude in Empfang genommen hat, dauernd Offizielle bei uns gewesen.

Wir werden in einen Büroraum geführt und warten erneut. Ich weiß, es ist die letzte Station, bevor es so weit ist. Während mich bei Kevins Hinrichtung der Smalltalk in diesem Raum gestört hat, ist es heute sehr still. Außer uns Zeugen ist noch die Presse vertreten, der Geistliche, der uns den ganzen Nachmittag zur Verfügung stand, und irgendwelche Offizielle, wie der Pressesprecher der Gefängnisbehörde und damit Nachfolger von Michelle Lyons. Der weibliche Captain, der uns seit unserer Ankunft im Verwaltungsgebäude der Walls Unit dauernd geführt hat, steht an der Tür, durch die wir als Nächstes müssen – sie sieht so merkwürdig aus. Schnieft sie? Ist sie erkältet oder ist das Mitgefühl? Oder bilde ich mir das überhaupt nur ein?

Während mein Herz noch ruhig schlug, als Willies Sohn das seine spürte, merke ich meines jetzt auch: Es rast nicht, wegen der Betablocker, die ich für den Blutdruck nehme, aber es schlägt schneller als normal. Ich schaue auf die Uhr: 18.10 Uhr, dann 18.11 Uhr. Wenig später verlassen wir den Büroraum, ich bin von uns Zeugen, glaube ich, die letzte, weil ich in dem Büro am weitesten hinten gesessen habe. Wir kommen durch den Besucherraum, an den ich mich bei Kevins Hinrichtung erst wieder erinnerte und von Cliff damals vergessen hatte. Nun führt der Weg ins Freie zwischen zwei Gebäudekomplexen hindurch – zwischenzeitlich hatte ich den Weg aus der Erinnerung nicht mehr verstanden, aber nun ist er mir klar. Wir treten durch die Tür zum Zeugenraum. Am Ende des länglichen Raumes befindet sich die Scheibe mit Gittern davor und dahinter der türkis gestrichene Raum mit der Hinrichtungsliege, auf der gegenüberliegenden Seite das verspiegelte Fenster, das den Raum verbirgt, in dem sich die Henker befinden – wenn es denn überhaupt mehrere sind. Willie liegt festgeschnallt auf der Liege, den Körper bis zur Brust durch ein weißes Tuch bedeckt, die uns zugewandte rechte Hand völlig mit hellbraunen Binden umwickelt, die Infusionsnadel mit dem Schlauch im Arm.

Es ist „scary“, dies zu sehen, ich weiß gar nicht, was das beste deutsche Wort dafür ist: gruselig, schaurig, beängstigend – keine Ahnung... Gleich werden sie einen völlig gesunden Menschen in bestem Alter völlig ohne Not töten. Einen

Menschen, der von vielen geliebt und geschätzt wird. Einen Menschen, der zweifellos Leid verursacht hat, aber was man jetzt mit ihm vorhat, macht nichts davon ungeschehen und verursacht nur neues Leid.

Willies Sohn steht an der Plexiglasscheibe, von der man uns im Vorfeld zweimal gesagt hatte, wir sollten sie nicht berühren, links neben sich Willies Schwester, rechts neben sich Willies Cousine, hinter ihnen steht Rosi, ich finde rechts neben der Cousine Platz, stehe halb hinter, halb neben ihr. Irgendwo hinter uns muss sich Lars befinden sowie die anderen Offiziellen.

Willie lächelt; es ist nicht Cliffs breites Lächeln, aber doch friedvoll und mit sich und allem im Reinen. Hinter seinem Kopf steht der Warden, der Gefängnisdirektor der Walls Unit – diesmal kann ich ihn sehen, weil er nicht durch die Holzstrebe im Plexiglas verdeckt wird, wie an der Stelle, wo ich die letzten beiden Male stand. Chaplain Jones, der Gefängnisgeistliche, steht an Willies Bein, aber nicht hinter ihm von unserer Sicht aus, sondern vor ihm. Sein Gesicht zuckt immer wieder – diese Ticks sind mir schon im Hospitality House aufgefallen. Ob er die immer hat? Oder das eine Auswirkung dieser grausamen Aufgabe ist? Sterbebegleitung für einen gesunden Menschen, der absichtlich und gewollt getötet wird?

Nachdem wir unsere Plätze gefunden haben, geht es so schnell weiter, dass ich den Anfang von Willies letzten Worten fast oder vielleicht sogar wirklich verpasse. Zumal man ihn über das Mikrofon nur recht leise hört. Er wendet sich zunächst an die Menschen, die sich im Nachbarraum befinden, die Angehörigen seiner Opfer. Er erklärt, dass es ihm leidtue und dass er hoffe, dass sein Tod ihnen den erhofften Frieden bringt. Er hoffe, dass sie ihm in ihren Herzen vergeben könnten. Er spricht jede einzelne Person der Opferangehörigen mit Namen an, inklusive der Schwester seiner Opfer, die so einen immensen Hass auf ihn hat, und erklärt: „I love you!“

Mein Gott, hätte diese Frau den Mut gehabt, sich mit ihm auseinanderzusetzen und ihm zu begegnen, wie die Mutter des Opfers von Jonathan Nobles, sie hätte ihren Frieden vielleicht längst gefunden und begriffen, dass sie Willie nicht hätte hassen müssen. Immerhin ist sie doch auch die Tante seines Sohnes...

Schließlich wendet sich Willie an seine eigenen Angehörigen, nennt auch hier einige mit Namen, sagt aber vor allem zu seinem Sohn, dass er ihn liebe. Wir sollen stark sein. Er gehe heim zum Herrn Jesus. Nachdem er zunächst in den Raum neben uns und dann zu uns geschaut hat, dreht er den Kopf nach Abschluss seiner letzten Worte in Richtung der Decke des Raumes, wo das Mikrofon hängt, und schließt die Augen. Ich möchte nicht das Entsetzen in meinen Augen sehen, weil ich nicht weiß, was nun folgt. Bei Kevin sah es schrecklich aus damals, hier wird nun kein muskellähmendes Mittel mehr verwendet, sondern nur noch Pentobarbital – es könnte also sogar mehr Bewegung geben.

Jedoch: Nur Willies Mund öffnet sich leicht wie zu einem Ansatz von einem Gähnen, schließt sich dann fast wieder. Die Zeitungen sprechen später von acht Atemzügen, die ich kaum wahrnehme. Nach kurzer Zeit entweicht die Luft aus der Lunge, aber es ist nicht viel Luft und die Lippen beginnen nicht so schrecklich zu flattern wie bei Kevin damals. Es ist nicht viel zu sehen, viel eher wie bei Cliff, und dann bewegt sich nichts mehr. Gott sei Dank, genau dafür habe ich gerade in Gedanken ein Stoßgebet zum Himmel geschickt, dass seine Familie ihn nicht leiden sehen muss. Willies Sohn kämpft trotzdem hörbar, die Fassung zu behalten. Und ich selbst muss mich auch zusammenreißen, um ein Schluchzen zu unterdrücken.

Es ist eine Ewigkeit, die wir vor der Scheibe stehen, ohne dass etwas passiert, eine gefühlte halbe Stunde. Willies Cousine weist uns auf seinen friedvollen Gesichtsausdruck hin, er sei im Frieden, „Thank you, Lord!“ Sein Sohn wird ruhiger, wir alle werden ruhiger, während wir da stehen und sich nichts bewegt. In der Scheibe sehe ich, dass sich hinter uns jemand mit einem Papier Luft zufächelt, und hin und wieder sehe ich die Ticks im Gesicht des Gefängnisgeistlichen.

Nachdem mir die Wartezeit schon bestimmt fünfmal wie eine Ewigkeit vorkommt, tritt schließlich der Warden zur Seite und lässt zu einer Tür, die nicht in unserem Blickfeld liegt, den Arzt herein, der den Tod feststellen soll. Ich erinnere mich an meine Aufgabe und schaue gespannt und konzentriert hin: Ja, das ist definitiv der Mann von dem Foto! Er sieht ihm nicht bloß ähnlich oder könnte es sein; ich bin mir absolut sicher. Der Arzt überprüft die Pupillen, fühlt nach der Halsschlagader und hört schließlich mit dem Stethoskop die Brust ab. Er wirft einen Blick auf die Uhr an der Wand und erklärt Willie um 18.35 Uhr für tot. Die gefühlte halbe Stunde kann also höchstens 20 Minuten lang gewesen sein, wenn überhaupt. Sie ziehen das Tuch, mit dem Willie bis zur Brust bedeckt war, bis über seinen Kopf. Der Chaplain, der den Nachmittag über bei uns war, kondoliert Willies Sohn – sein Vater sei ein guter Mann gewesen.

Wir müssen noch einen Moment warten, bis die Angehörigen der Opfer den Nachbarraum verlassen haben, dann werden auch wir hinausgeführt. Es geht den Weg zurück, erst im Freien zwischen den Gebäuden, dann durch den Besucherraum. Ich fühle mich heute nicht so wackelig auf den Beinen wie bei Kevin letztes Mal, aber mir geht der deutliche Gedanke durch den Kopf: Dreimal ist genug!

Am Ausgang aus der Walls Unit müssen wir erneut unsere Ausweise vorzeigen, was mir noch sinnloser vorkommt als vorhin, dann werden wir über die Straße zurück zum Verwaltungsgebäude geführt, erneut an den Kameras vorbei. Die Spiegel-Journalistin macht sich bemerkbar und möchte gern ein Statement, aber ich denke nicht, dass ich hier einfach stehen bleiben darf, und schüttele daher den Kopf. Als wir im Verwaltungsgebäude die Treppe hinuntergehen, verabschiedet sich Willies Cousine, und schließlich werden wir auf der Rückseite des Verwaltungsgebäudes, wo wir vor etwa anderthalb Stunden angekommen sind, entlassen.

Es sind nur wenige Schritte bis zu dem Parkplatz, wo mein Wagen steht. Es kommen ein paar von der Familie und auch Tanja; es ist sehr emotional. Ich nehme Tanja in den Arm und versichere ihr, dass Willie nicht gelitten hat und es nicht so schrecklich war wie beim letzten Mal, das ich sah. Auch Pat und Gloria kommen schließlich zu uns und ich berichte ihnen hinsichtlich meiner Aufgabe kurz und knapp: Ja, er ist es, ich bin ganz sicher.

Ich schaue nach den Leuten vom Spiegel; hier auf dem Parkplatz könnte ich jetzt eine Stellungnahme abgeben. Aber wahrscheinlich darf hier nicht gefilmt werden und die beiden sind noch oben, wo der Pressesprecher seine Erklärung für die Medien abgibt. Gloria hat die Spiegel-Leute gesehen und ich bitte sie, ob sie ihnen sagen kann, sie sollten zu der Kirche fahren, dann könnte ich ihnen dort irgendwo diskret am Rand ein Statement geben.

Die meisten gehen zu Fuß den kurzen Weg zum Hospitality House, Rosi fährt mit mir. Es sind neun der bekannten roten Säcke mit „property“, den Habseligkeiten von Willie, in einen unserer Wagen umzuladen, weil Willies Sohn die Sachen bekommt. Dann fahren wir per Auto-Kolonne zur Grace Baptist Church den Highway 19 hinunter in Richtung der Interstate 45. Dorthin hat man Willie gebracht, damit die Angehörigen ihn sehen können. Nur die Familie darf zunächst hinein, sodass ich zu denen gehöre, die noch draußen warten müssen. Ich hoffe, die Spiegel-Leute kommen bald – jetzt wäre die Gelegenheit günstig. Als wir gerade überlegen, wie sie zu erreichen sein könnten, fährt ihr Wagen vor. Damit wir niemand stören, stellen wir uns etwas abseits vor die Kirche und ich beantworte ein paar Fragen zu dem gerade Erlebten.

In der Zwischenzeit wurden auch die Freunde Willies hineingelassen und so komme ich etwas zu spät. Ich werde sofort in den Kreis gerufen, der um Willie steht und aus Familienangehörigen und Freunden besteht. Eine Cousine spricht ein frei formuliertes Gebet. Willies Schwester unterbricht sie an einer Stelle, als sie von ihr als Cousine und nicht als Schwester spricht; sie meinte eben auf sich bezogen ihre Cousine, nicht auf Willie bezogen. Jedenfalls antwortet sie, indem sie das richtigstellt, und sagt dann: „Unterbrich mich nicht beim Beten!“ Und alle im Kreis müssen lachen...

Ich muss daran denken, wie wir bei Kevin im Funeral Home in Huntsville waren. Auch dort war es nicht eine ausschließlich traurige Stimmung. Es bleibt nicht viel Zeit, nicht nur, weil ich wegen des Interviews zu spät gekommen bin. Man will hier offenbar fertig werden, sagt uns: „Noch fünf Minuten.“ Und die Angehörigen und Freunde fragen zurück: „Kann Willies Sohn danach nicht noch zehn Minuten allein sein mit seinem Vater?“

Es ist eine merkwürdige Atmosphäre. Bei Kevin damals hatten wir alle Zeit der Welt. Niemand hat uns gehetzt. Da konnten wir uns in Ruhe verabschieden, haben ihn ja auch umgekleidet und dann noch recht lang auf seine Mutter warten müssen. Ich habe das bei Kevin auch gebraucht, weil das Bild in der Hinrichtungskammer so schrecklich war. Heute war es anders und ich brauche die Stille am Leichnam von Willie nicht so dringend. Aber ich bekomme sie eben auch nicht.

Die Grace Baptist Church von Huntsville macht keinen guten Eindruck auf mich. Zu Hause schaue ich mir später die Website dieser Kirchengemeinde an. Abgesehen davon, dass sie an die Verbalinspiration der Bibel glauben, sie also wörtlich auslegen und z.B. die Schöpfungsberichte Wort für Wort für wahr halten und die Evolutionstheorie ablehnen, findet sich im Menü ihrer Website ein Unterpunkt „Find Grace“. Es ist schon absurd, dass das – wie ich später merke – keinen religiösen Hintergrund hat, sondern die Wegbeschreibung zu der Kirche meint. Wenn man allerdings innerhalb einer der Unterseiten auf „Find Grace“ klickt, erscheint eine Error-Seite „Not Found“! Wenn das keine Symbolik ist für die Gnadenlosigkeit der Texaner und mit ihrer Todesstrafe...

Draußen spreche ich noch eine Weile mit der Spiegel-Journalistin und auch mit Pat und Gloria. Die Spiegel-Reporterin erzählt, dass eine Opferangehörige auf der Straße vor der Walls Unit kollabiert sei und man die Ambulanz holen musste – das macht mich doch betroffen. Schließlich fährt jeder mit seinem Wagen zum Best Western nach Livingston. Ich hänge mich an Tanjas Auto, andernfalls hätte ich Probleme gehabt, von dem Highway 19 auf die 190 zu kommen, weil ich die merkwürdige Verkehrsführung nie durchschaue. Aber die Konfusion zeigt sich auch noch darin, dass ich Tanja erst einmal eine ganze Strecke ohne Licht hinterherfahre, ohne es zu merken.

Am Best Western angekommen, trifft sich dort die Familie mit Willies Vater. Ich halte mich zurück, manche Familienangehörige suchen auch keinen Kontakt, was ich verständlich finde, sind sie doch mit sich selbst beschäftigt. Eine andere Cousine jedoch – nicht der geistliche Beistand – ist sehr lieb: „Come to the family!“ Ich kondoliere Willies Vater. „He's at peace now“, wiederholt er immer wieder. Eine Woche später wieder zu Hause erfahre ich, dass er einen – zum Glück nur leichten – Herzinfarkt hatte; es war für ihn zu viel. Ob die Todesstrafenbefürworter wirklich wissen, was sie alles damit anrichten und wie viel zusätzliches unnötiges Leid sie verursachen?

Ich frage Tanja, ob sie etwas davon weiß, dass eine Opferangehörige kollabiert ist? Ja, es war die Schwester der Opfer, die so einen Hass auf Willie hatte. Sie hat Willies Sohn per SMS informiert, dass sie im Krankenhaus sei. Offenbar war es zu viel für sie – was auch immer es war: die Erinnerung an das schlimme Ereignis vor über 20 Jahren oder dass Willie zu ihr sagte: „I love you“, erkennen zu müssen, dass er ihren Hass nicht erwiderte… Keiner empfindet Schadenfreude oder so etwas Ähnliches, schließlich ist sie die Tante von Willies Sohn. Aber etwas Zeichenhaftes hat es für mich schon, dass ausgerechnet diejenige, die sich am unversöhnlichsten gezeigt hat und Willie unbedingt sterben sehen wollte, es nicht aushalten konnte.

Schließlich sitzen noch ein paar zwanglos in der Lobby des Hotels, während andere auf dem Parkplatz sind. Jemand hat ein paar Pizzas von Pizza-Hut bestellt. Es ist ein friedvoller Ausklang. Ich sitze erst mit Tanja und Willies Sohn und seiner Frau zusammen am Tisch. Auch Rosi ist irgendwann dabei. Die Atmosphäre zwischen Rosi und Tanja ist ganz anders als vor zwei Tagen. Auch wenn es schwer nachvollziehbar sein sollte, irgendwie ist von uns allen eine Spannung abgefallen und hat einer Art Erleichterung Platz gemacht.

Als die anderen weg sind, setzen sich die Spiegel-Leute zu mir und wir reden noch ein bisschen, bis wir uns verabschieden – die beiden werden morgen so früh aufbrechen, dass wir uns nicht mehr sehen werden. Der Beitrag soll am Sonntag im Fernsehen bei RTL in der Sendung „Spiegel TV“ ausgestrahlt werden – ich bin im Nachhinein sehr zufrieden; sie haben eine gute Arbeit gemacht.

Bevor ich mein Zimmer aufsuche, will ich noch im Büroraum des Hotels, der für Gäste zur Verfügung steht, online einchecken und meine Bordkarte ausdrucken. Es gibt allerdings dasselbe Problem wie beim Hinflug. Ich kann nur die Bordkarte für den ersten Flug bekommen. Vermutlich liegt es daran, dass der eine der beiden Flüge bei Air Berlin gebucht ist, aber von American Airlines durchgeführt wird. Egal, das macht mich nicht nervös; ich bekomme meine Bordkarte schon noch am Flughafen, denke ich.

Tanja, Rosi und ich verabreden uns für 8.30 Uhr zum Frühstück und ich bin etwa 23 Uhr in meinem Zimmer. Ich klemme mich hinter den Computer, schreibe eine Rundmail an

Willies Freunde, die ich die ganze Zeit schon auf dem Laufenden gehalten habe. Sie sollen vor allem wissen, dass er im Frieden gegangen ist und nicht gelitten hat. Ich lese einige Mails, beantworte einen Teil davon und setze einen Text auf meine Nachrichtenseite über Willies Hinrichtung. Ines von Lifespark hat mir einen Link zu einem Video geschickt – es ist die Nachricht von Willies Exekution bei einem amerikanischen Nachrichtensender. Bis ich schlafe, ist es fast 3 Uhr morgens.

Nach vier Stunden geht mein Wecker. Ich habe tief und traumlos geschlafen, ohne dass mir alles dauernd im Kopf war, wie nach Kevins Hinrichtung damals. Ich schreibe weitere Mails, dann muss ich mich fertig machen und meine Sachen packen. Ich bringe mein Gepäck schon mit hinunter zum Frühstück. Karl sitzt schon dort, als ich komme, und wir sprechen über den Tag gestern. Rosi und Tanja kommen kurz danach und setzen sich dazu. Die Opferangehörige, die den Zusammenbruch hatte, sei wieder aus dem Krankenhaus entlassen worden, erfahre ich. Ich verabschiede mich von Karl, dann kommen Willies Sohn und seine Frau, und wir sitzen noch ein Weilchen zusammen.

Willies Sohn erzählt, er sei zweimal angerufen worden in der Nacht oder heute Morgen. Ich begreife nicht ganz, ob er einen Traum erzählt oder eine Vision. Zunächst sei ein Mann am Telefon gewesen. Auf die Frage, mit wem er spreche, habe der Mann gesagt: „Junge, du weißt, wer ich bin!“ Es gehe ihm gut. Und später habe eine Frau angerufen, die sich als seine Mutter vorgestellt habe. Ich weiß zwar nicht, was ich davon halten soll, aber es ist ergreifend, Willies Sohn so sprechen zu hören. Wir haben alle Tränen in den Augen...

Schließlich verabschiede ich mich von allen mit einer Umarmung. Ich sage Willies Sohn, dass er immer in meinem Herzen sein wird, wie es sein Vater war und ist. Tanja, mit der ich mich besonders verbunden gefühlt und gut verstanden habe in diesen Tagen, sage ich, dass Willie vielleicht doch nicht so gut daran getan hat, uns so lange nicht in Kontakt zu bringen. Wir stellen noch fest, dass wir etwa zur selben Zeit morgen früh in Frankfurt am Flughafen sein werden, aber der Zufall wäre einfach zu groß, wenn wir uns da treffen würden.

Rosi und Tanja kommen mit nach draußen und winken mir noch, als ich vom Parkplatz fahre. Auf dem Weg zum Flughafen bin ich auf einmal bange, dass ich doch wieder mal etwas zu spät gestartet bin. Aber nach genau einer Stunde habe ich mein Auto am Flughafen vollgetankt und gebe den Wagen ab. Irgendetwas funktioniert bei der Abgabe nicht, sodass ich noch zum Schalter von Alamo muss, aber dort bekomme ich den Beleg über die Abgabe ohne weiteres.

Erstmals fahre ich mit dem Shuttle-Bus zum Terminal A, denn ich habe ja jetzt einen Inlandsflug nach Dallas vor mir. Der Sicherheits-Check funktioniert wie üblich. Am Gate ist noch kein Personal; ich warte, bis jemand kommt und frage nach meiner zweiten Bordkarte, die ich dort bekomme, sodass ich sie nicht erst in Dallas besorgen muss. Bei meinem Flug nach Dallas habe ich wieder einen Fensterplatz. Ich schaue hinaus und sehe gleichzeitig alles noch einmal vor mir, was sich gestern in der Walls Unit ereignet hat. Es lässt einen eben doch so rasch nicht los.

Am Flughafen Dallas weiß ich zunächst noch keine Gate-Nummer, nur dass mein Flieger von Terminal D aus geht. Ich nehme also den Skylink zu Terminal D und erwische zufällig die richtige Richtung, wie sich zeigt, als ich die Nummer des Gates auf der Anzeigetafel finde. Zu meiner Überraschung gibt es auf dem Weg zum Gate keine Sicherheitskontrolle mehr. Ich habe noch eine gute Stunde Zeit und tippe daher meinen Reisebericht in Stichpunkten weiter, damit ich den verbleibenden Rest des Berichts zu Hause in Ruhe ausformulieren kann. Es gibt interessanterweise beim Einsteigen auch keine Passkontrolle; es wird nur geschaut, dass wir einen Pass dabeihaben. Der Flug ist pünktlich und ruhig. American Airlines hat nicht den besten Ruf, aber ich kann mich in keiner Weise beschweren.

Wir landen um 8.20 Uhr in Frankfurt; eine Stunde später sitze ich in der S-Bahn nach Wiesbaden und nehme von dort den Bus nach Taunusstein, laufe den kurzen Weg von der Bushaltestelle in meine Schule. Wie mit dem stellvertretenden Schulleiter per Mail abgesprochen, halte ich meine 5. und 6. Stunde in der Klasse 9a. Unvorbereitet und ohne Materialien und übermüdet dort anzukommen, bedarf einer Erklärung, und wir sprechen erst einmal über die Hintergründe. Die Schüler sind mucksmäuschenstill und ganz offensichtlich sehr betroffen...

Gabi + Willie (2012)

Willie war zum Zeitpunkt seiner Hinrichtung der letzte Todestraktinsasse, dem ich zu dieser Zeit geschrieben habe, nachdem ich zuvor meist mit mehreren Häftlingen parallel Kontakt hatte.

Und an diesem Punkt hatte ich das Empfinden, erstmal nicht wieder jemand Neuem schreiben zu wollen – zwei Texas-Reisen pro Jahr standen und stehen ohnehin für die Zukunft nicht mehr zur Debatte.

Wenige Monate später erhielt ich eine Nachricht von Duane Buck, einem Mithäftling von Willie, der versucht hatte, mir eine Beileidskarte zu schicken. Im Rahmen des Geburtstagskartenprojektes von ALIVE hatte ich vor Jahren schon mal zwei oder drei Briefe mit ihm gewechselt. Er schickte seinen Brief zunächst an meine alte Adresse, sodass ich ihn erst mit Verspätung bekam.

So begann ich also Duane zu schreiben. Er möchte gern, dass ich ihn besuche, und ich hoffe sehr, dass sein Wunsch eines Tages in Erfüllung geht. Noch brauche ich Abstand, sodass 2015 keine Reise geplant ist.

Allerdings hatte Duane bereits 2011 einen Hinrichtungstermin – wenn seine Hinrichtung durch den Staat Texas früher erfolgen sollte als meine nächste Reise dorthin, ist es möglich, dass das angedachte Treffen ein Wunschtraum bleibt.

Die Namen der in diesem Buch genannten Personen wurden zum Teil geändert.

Nachwort

Ich weiß, dass mein Engagement für zum Tod verurteilte Häftlinge polarisiert. Viele Leute haben Respekt und schätzen, was ich tue. Mitunter gibt es aber auch Anfeindungen und Vorwürfe, die ich zu hören bekomme.

Besonders häufig wird mir vorgehalten, weshalb ich mich nicht um die Opfer kümmere, statt um die Täter. Ich halte es für unverzichtbar, dass es Menschen und Organisationen gibt, die sich für Opfer und Opferangehörige einsetzen. Daher unterstütze ich Opferhilfsorganisationen wie den Weißen Ring e.V. in Deutschland oder die Journey of Hope in den USA.

Was meine Zeit und Arbeitskraft angeht, kann ich allerdings nicht an allen Fronten gleichzeitig kämpfen, und da habe einfach den Eindruck, das Schicksal hat mich auf diesen Platz gestellt – vielleicht gerade deshalb, weil das, was ich tue, nicht jedermanns Sache ist. Denn ich habe nicht das Gefühl, als hätte ich mir dieses Thema ausgesucht, sondern eher, dass das Thema Todesstrafe mich gefunden hat – schließlich bin ich zu Anfang ganz ungeplant hineingeschlittert.

Ich denke aber auch, dass ein zu starkes Schwarz-Weiß-Denken bezüglich Täter und Opfer der Sache nicht gerecht wird. Das konnte ich besonders eindrucksvoll erleben am Beispiel von Willies Sohn, dessen Mutter eines der Opfer und dessen Vater der Täter war. Am Ende hat er durch die vermeintliche Gerechtigkeit der Hinrichtung noch einen weiteren geliebten Menschen verloren.

Keiner der Täter schließlich wurde als Mörder geboren. Es gibt immer ein VOR und ein NACH der Tat. Täter können bereuen und sich ändern – was kein Plädoyer dafür ist, sie einfach freizulassen, aber eines dafür, auf die Todesstrafe zu verzichten. Denn die Todesstrafe bringt keinen Nutzen, der nicht auch durch eine lebenslange Haftstrafe zu erreichen wäre; sie erzeugt vielmehr neues Leid, denn auch der Täter hat

Angehörige – vom Risiko einen Unschuldigen hinzurichten gar nicht erst zu reden.

„Wenn dein Kind zum Opfer und ermordet würde, dann würdest du anders denken“, höre ich manchmal. Ja, vielleicht würde ich das, obwohl ich hoffe, dass ich meinen Prinzipien würde treu bleiben können. Ich frage mich nur immer wieder, ob vehemente Befürworter der Todesstrafe nicht ebenfalls anders denken würden, wenn das eigene Kind zum Täter geworden wäre?

Letztlich bin ich ohnehin davon überzeugt, dass jeder Mensch an irgendeinem Punkt in der Lage wäre, einen anderen zu töten, wenn der Ausnahmezustand oder die Provokation nur groß genug ist. Ich denke daher, wir machen es uns zu einfach, einen Mörder durch Begriffe wie „Monster“ und „Bestie“ zu Unmenschen abstempeln zu wollen. Ein gewisses Aggressionspotential steckt in jedem von uns – der Ruf nach der Todesstrafe ist da nichts anderes.

Aber auch von Gegnern der Todesstrafe werde ich immer wieder mal gefragt, warum ausgerechnet Briefkontakte und Freundschaften mit zum Tod verurteilten Häftlingen – man könne sich doch auch anders gegen die Todesstrafe engagieren, zumal diese Brieffreundschaften die Todesstrafe ohnehin nicht abzuschaffen imstande sind.

Seit Jahren werde ich immer wieder nach meiner Motivation diesbezüglich gefragt und ebenso lang suche ich selbst nach einer Antwort. Nein, es ist nicht die „Faszination des Bösen“, einem Mörder zu schreiben. Es ist auch nicht das Mitleid mit den „ach, so armen Tätern“. So gefühlsduselig bin ich weder in der einen noch in der anderen Hinsicht.

Es bleibt wohl bei der Antwort, die ich selbst erst während meiner letzten Texas-Reise gefunden habe – die banale Erkenntnis, dass ich durch das Thema Todesstrafe weltweit viele Menschen kennen gelernt habe, denen ich sonst nie begegnet wäre. Und ein paar davon sind eben auch Betroffene in den Todeszellen.

Schließlich muss ich auch klar feststellen: Ich würde keinesfalls mit jedem zum Tod verurteilten Häftling eine Freundschaft eingehen. Wie im normalen Leben, gibt es dort Menschen, die mir sympathisch sind, und sicher auch viele, mit denen ich nicht befreundet sein möchte. Zweifellos könnte ich beispielsweise nicht mit einem Täter befreundet sein, der am Ende noch stolz ist auf das, was er getan hat.

Aber besonders bei denen, die sich wie Cliff Boggess verändert haben, möchte ich mich selbst immer wieder an den Satz erinnern, mit dem mir Schwester Helen Prejean eines ihrer Bücher signiert hat:

„Seek justice,
practice mercy!“

Taunusstein, im August 2015

Anhang

James Beathard

James L. Beathard (23.2.1957 - 9.12.1999) war der beste und engste Freund von Cliff Boggess im Todestrakt von Huntsville. James beteuerte bis zuletzt seine Unschuld. Wenige Wochen vor seinem Tod schrieb er seine Geschichte auf, die ihn in die Todeszelle von Texas gebracht hatte:

Im Jahr 1983 ließ sich meine Frau von mir scheiden. Unser Scheidungspapier garantierte mir das Besuchsrecht für unsere Kinder (ein Sohn und eine Tochter). Aber wegen religiöser und politischer Konflikte zwischen der Familie meiner Ex-Frau und mir verweigerten sie mir meine Besuchsrechte. (Sie sind fundamentalistische Protestanten und politisch sehr konservativ. Ich bin Katholik und ein sehr liberaler Sozialist.) Meine Ex-Frau heiratete wieder – einen Mann, der mich hasste (ich vermute, er war ein Faschist), – und um eine gerichtliche Anordnung zu vermeiden, die sie zwingen würden, mich meine Kinder sehen zu lassen, zogen sie weg. Ich nahm mir einen Anwalt und einen Detektiv, um sie ausfindig zu machen, aber bevor wir einen Gerichtstermin hatten, zogen sie wieder weg. Das passierte mehrfach hintereinander: Ich machte sie ausfindig, und sie zogen weg, um einem Gerichtstermin aus dem Weg zu gehen. Wie man sich vorstellen kann, wurde das sehr teuer und brauchte meine gesamten finanziellen Rücklagen auf.

Als ich viele Jahre zuvor auf dem College war, hatte ich mir gelegentlich als kleiner Drogendealer Geld verdient, meist mit Marihuana. Ich hatte mich von der Drogenwelt zurückgezogen, während ich verheiratet war, wegen meiner Kinder, aber als meine Finanzen durch die Suche nach meinen Kindern erschöpft waren, überredeten mich ein paar alte Freunde, für sie Drogen zu schmuggeln, um Geld zu verdienen. Ich tat es nur ein paar Mal nach meiner Scheidung. Ich war wirklich verzweifelt, wollte unbedingt meine Kinder sehen, aber die Drogenwelt hatte sich zu sehr verändert seit meiner College-Zeit. Niemand trug Waffen, als ich im College war, und niemand wurde jemals verletzt wegen der Drogen. Aber als ich mich nach meiner Scheidung auf den Drogenhandel einließ, trugen die Leute Waffen. Das waren jetzt zu viel Geld, zu viele Waffen und zu viele gewalttätige Leute. Ich hatte niemals in meinem Leben eine Waffe besessen und wollte auch unter keinen Umständen eine tragen, deshalb hörte ich damit auf. Das ganze Drogengeschäft machte nicht mehr den „Spaß“ wie in den 70er Jahren. Es war hässlich und gefährlich geworden.

Wieder einmal, diesmal ziemlich schnell, war mein Geld durch die Suche nach meinen Kindern aufgebraucht. Schließlich halfen mir ein paar Computer-„Hacker“, die ich noch aus dem College kannte, meine Kinder und ihre Mutter zu finden. Zu dieser Zeit stimmte der Richter, der für meine Scheidung zuständig war, zu, mir das primäre Sorgerecht für die Kinder zuzusprechen, weil die wiederholten Ortswechsel zum Zweck der Verweigerung meines Besuchsrechts den Kindern schadete – wenn ich einen Gerichtstermin bekäme. Das bedeutete erneut, einen Anwalt zu engagieren, ein sehr teures Ziel.

Einer meiner Partner aus dem Drogengeschäft kannte meine Lage und bot mir Hilfe an, indem er mich anheuerte, ihm bei einem letzten Drogendeal zu helfen. Ich wollte es wirklich nicht tun, aber ich war fast krank vor Verzweiflung, meine Kinder nicht wiederzusehen, sodass ich zusagte. Er sagte, er bräuchte meine Hilfe, weil die Übergabe des Stoffes in einem ihm unbekannten Gebiet sein sollte, das mir aber bekannt sei. Es war nicht das erste Mal, dass ich auf solche Weise mit ihm zusammenarbeitete, deshalb hatte ich keinen Grund misstrauisch zu sein. Er wusste, dass es für mich der absolut letzte Drogendeal sein würde, und sagte mir, es sei auch sein letztes Mal. Erst viel später merkte ich, dass er mich belogen hatte.

In der Nacht des Drogendeals verließen wir meinen Heimatort im Auto meines Kumpels. Er hatte ein Gewehr auf dem Rücksitz. Das war nicht ungewöhnlich, denn viele Leute haben Waffen im Auto, um sich schützen zu können. (Ich lebe in einem sehr ländlichen Gebiet.) Tatsächlich habe ich das Gewehr niemals mit dem Drogengeschäft in Verbindung gebracht, und ich war mit meinem Partner (G.H.), meinem Bruder und ihren Freunden zusammen gewesen, als sie mit genau diesem Gewehr zur Vorbereitung auf die Jagdsaison schossen.

G.H. fuhr mit mir zu einem Platz tief im Wald, etwa 150 Kilometer von unserem Heimatort entfernt. Wiederum nicht ungewöhnlich für Plätze, wo Drogendealer leben. Als wir bei einem Haus tief im Wald ankamen, wies G.H. mich an, bei einer Art Wohnwagen in der Nähe des Hauses zu warten. Wieder: nicht ungewöhnlich. Die meisten Drogenhändler bringen ihre Sachen zu sicheren Plätzen weg von ihrem Zuhause. (Wenn die Polizei dein Haus durchsucht, aber die Drogen in einem Nebengebäude findet, ist es schwerer, den Dealer gerichtlich zu verfolgen.) Nach einer Weile kam G.H. aus dem Haus, holte das Gewehr und kam dorthin, wo ich war. Als er näher kam, konnte ich sehen, dass er äußerst ärgerlich war. Er war sehr wütend. Er sagte mir nicht, was nicht stimmte. Er sagte mir nur: „Ich wollte es nicht auf diese Weise tun, verdammt. Ich wollte es wirklich nicht auf diese Weise tun." Er sah mich an, aber es schien, als nähme er mich gar nicht wahr. Er war offensichtlich krank vor Ärger. Er ging los, aber nach ein oder zwei Schritten hob er das Gewehr und schoss auf das Haus. Das machte mir Angst; er sah mich erneut an, als ob er überrascht wäre. Ich streckte meine Hand aus, um ihm das Gewehr wegzunehmen, aber er wehrte sich zuerst, und ich wich zurück. Dann hielt er es mir hin, als wolle er es nicht in seiner Nähe haben, und ließ es fallen, bevor ich es richtig greifen konnte. Er drehte sich um und ging schnell zum Haus zurück. Ich stand, wo ich war, in einer Art Schock, versuchte zu entscheiden, was ich tun sollte. Ihm folgen? Wegrennen? Hier bleiben? Ihn packen und zurückhalten? Ich kann mich nicht erinnern, viel gedacht zu haben oder auch nur an die Person im Haus gedacht zu haben. Ich war total schockiert über die ganze Situation und versuchte zu verstehen, was eigentlich gerade passiert war. All die Jahre im Drogengeschäft war niemals jemand verletzt worden, niemals hatte jemand von Waffen Gebrauch gemacht. Vielleicht vermutete ich, ich befände mich mitten in einem Drogendeal, der schiefgelaufen war.

Dann hörte ich noch mehr Schüsse aus Richtung des Hauses, viele Schüsse. Alles, woran ich in dem Moment denken konnte, war, mich flach auf den Boden zu legen, für den Fall, dass die Kugeln durch die Wände des Hauses kämen. Ich wusste immer noch nicht, was passierte. Als das Schießen aufhörte, rannte ich in den Wald. Ich schäme mich zu sagen, dass ich solche Angst hatte, dass ich überhaupt nicht daran gedacht habe, ob G.H. in Sicherheit war oder nicht. Und wenn du in den Wäldern aufgewachsen bist (ein sicherer Ort für mich seit meiner Kindheit), dann fühlst du dich da am sichersten. Nachdem ich mich eine Weile im Unterholz versteckt hatte, begann ich mich zu beruhigen und etwas nachzudenken; in diesem Moment fing ich an, mir um G.H. Sorgen zu machen und, ja, auch um die Person im Haus. Ich kroch so leise wie möglich zum Waldrand zurück, sodass ich das Haus sehen konnte. Nichts bewegte sich draußen, und ein Fenster konnte ich von dort, wo ich war, nicht sehen; so rief ich nach G.H., um herauszufinden, ob er noch lebte. Er antwortete, sehr zu meiner Erleichterung, und sagte mir, ich solle zum Auto gehen, was ich tat. Es war verrückt: Vielleicht wollte ich mich verzweifelt selbst belügen, aber ich dachte und hoffte, gleich würde ein Haufen meiner und G.H.s Freunde lachend aus dem Haus rennen und schreien: „Überraschung! Hahahaha! Wir wollten dich nur erschrecken! Wir haben dir einen Streich gespielt!“ Ich redete mir ein, sie würden jede Sekunde in dieser Weise aus dem Haus kommen. Aber nur G.H. kam heraus. Er fragte, wo das Gewehr sei (ich hatte es vergessen und dort gelassen, wo er es fallen gelassen hatte), und dann ging er es holen. Ich dachte an die Person im Haus und wollte nach ihr sehen, ob alles in Ordnung sei, aber G.H. hielt mich zurück und sagte: „Es ist vorbei. Du kannst nicht hineingehen. Es gibt nichts, was du tun könntest." Ich vermute, ich hatte zu viel Angst, um mit ihm zu streiten. Er warf das Gewehr ins Auto und befahl mir einzusteigen. Dann stieg er ein, und ich fragte ihn: „Was, zum Teufel, ist passiert?" Jetzt fing ich an, neben meiner Angst auch sauer zu werden. Er sagte: „Beathard, du willst es gar nicht wissen. Aber ich vermute, du wirst es bald genug herausfinden. Das einzige, was du im Moment wissen musst, ist, dass – wenn die Polizei später mit dir spricht – du besser sagen solltest, dass wir den ganzen Abend zusammen waren und wir zu ... gingen." Er nannte ein paar Orte, die wir manchmal besuchten. Dann änderte sich sein Tonfall, und er wurde sehr finster und sagte mir, ich würde es später verstehen, aber das Wichtigste, das Allerwichtigste, das ich nicht vergessen dürfe, sei für mich, dass meine Familie in Gefahr wäre, wenn ich zur Polizei ginge und gegen ihn aussagen würde. Er erinnerte mich, wenn ich wüsste, wo meine Kinder sind, dass er und seine anderen Drogendealer-Kumpane sie ebenfalls finden würden. Die Frau meines Bruders erwartete jeden Tag ihr Kind, und G.H. machte mir klar, dass er oder seine Kontaktleute auch das Baby bekommen würden. Ich denke, ich war ziemlich eingeschüchtert davon, und in diesem Moment hörte ich auf zu fragen, weshalb der Drogenhandel schiefgelaufen war. In meinem Innern hoffte ich, dass – wer immer die Person im Haus gewesen war – sie bloß verwundet war. Ganz offen gesagt, hatte ich zu viel Angst vor G.H., um hineinzugehen und es herauszufinden. Mein Bruder hat mich seitdem gefragt, weshalb ich nicht das Gewehr genommen und auf G.H. geschossen habe, aber ehrlich gesagt, der Gedanke ist mir gar nicht gekommen. Ich dachte ja immer noch, es war ein Drogendeal, bei dem was schiefgegangen war, und alles, was ich wusste, war, dass irgendjemand oder irgendetwas G.H. bedroht hatte.

Wir saßen da für eine Minute, ich immer noch schockiert, während G.H. offensichtlich über etwas nachdachte. Er befahl mir, ich solle das Auto fahren und ihm in dem Lieferwagen folgen, der hinter dem Haus stand. Ich hatte wirklich keine Idee, wie ich von dem Platz, an dem wir waren, zurückfinden würde. Wir waren so tief in die Wälder von Ost-Texas gefahren, über viele verschiedene Straßen, manche waren auch nur Wege gewesen. Ich hatte keine Wahl, als ihm zu folgen. Ich dachte kurz darüber nach, ihn einfach im Stich zu lassen, bevor er den Lieferwagen verließ, aber erneut hielt mich die Angst um meine Familie davon ab. Heute zurückblickend: Vielleicht hätte ich ihn töten sollen. Aber bis zum heutigen Tag denke ich nicht, dass ich mit einer Waffe auf jemanden zielen und abdrücken könnte. Ich kann es mir einfach nicht vorstellen.

Er stellte den Lieferwagen am Straßenrand ab, nachdem ich ihm ein paar Meilen gefolgt war, stieg aus und setzte sich in das Auto. Er ließ mich den Platz wechseln, sodass er fahren konnte. Danach kann ich mich wirklich nicht mehr an viel erinnern von unserer Heimfahrt. Ich fühlte mich völlig ausgelaugt, als hätte man mir alle Energie entzogen. Ich erinnere mich, dass ich auf den Boden sah zwischen meinen Knien – nur hinunter starrte und hoffte, ich würde aufwachen aus dem allem, was nur ein schrecklicher, fürchterlicher Traum sein konnte.

Er brachte mich zurück zu meinem Haus, und bevor ich ausstieg, entschuldigte (!) er sich, mich in diesen Schlamassel hineingezogen zu haben, erinnerte mich aber noch mal an das Alibi, das ich nicht vergessen dürfe, und erinnerte mich an seine Drohung bezüglich meiner Familie. Meine Freundin bzw. Verlobte bemerkte, dass mit mir etwas nicht stimmte, als ich hereinkam, aber ich erzählte ihr, dass ich nur müde sei (ich fühlte mich völlig leer). Ich habe nicht geschlafen in dieser Nacht.

Am nächsten Tag, nach der Arbeit, kam die Polizei zu mir nach Hause, Polizei aus einer anderen Stadt etwa 150 Kilometer entfernt. Ich konnte nicht glauben, dass sie G.H. so schnell mit dem missglückten Drogendeal in Verbindung gebracht hatten. Sie brachten mich zur Polizeistation, und ich erinnere mich noch, dass ich dachte, es wäre eine gute Idee, ihnen alles zu erzählen, was passiert war, sie um Schutz für meine Familie zu bitten und die Strafe für die Drogenverschwörung auf mich zu nehmen. Aber dieser Gedanke verschwand schnell, nachdem ich auf der Polizeistation ankam und dem Texas-Ranger begegnete, der mit der Ermittlung beauftragt war. Die ersten Worte, die er sagte, waren: „Okay, du Hurensohn, ich habe drei Leichen am Hals, und ich brauche irgend ein paar Schuldige dringender als die richtigen Schuldigen. Du fängst besser an zu reden und erzählst mir, was ich hören will, denn wenn du es nicht tust, bist du ein toter Wichser. Du wirst in der Todeszelle enden, oder ich werde dich eigenhändig erschießen.“ (Ja, Texas-Ranger können Leute erschießen und kommen damit durch.) In diesem Moment wusste ich, ich war in sehr ernsten Schwierigkeiten. Aber die Wahrheit ist, dass ich mir vorstellte, mir alle Chancen zu nehmen, wenn ich den Texas-Ranger verärgern würde. Ich saß zwischen zwei Stühlen. Wenn ich den Ranger gegen mich aufbrächte, würde er mich umbringen. Aber wenn ich G.H. gegen mich aufbrächte, würden meine Kinder oder Neffen und Nichten sterben. Was würdest du unter diesen Umständen tun, wenn du nur diese Wahl hättest? Da war keine dritte Möglichkeit. Ich sah den Texas-Ranger an und sagte: „Ich weiß nicht, wovon Sie sprechen.“ Ich glaube, ich wusste, ich war so gut wie tot, als ich das sagte, aber meine Familie war in Sicherheit. Ich denke immer noch, dass ich die richtige Entscheidung getroffen habe.

Dann begann der Texas-Ranger mich zu fragen, wo ich in der Nacht zuvor gewesen war, und ich erzählte ihm, was mir G.H. als Alibi zu sagen aufgetragen hatte. Dann fragte er, ob ich vorhatte, G.H.s Eltern zu treffen. Das verwirrte mich, und ich fragte, weshalb wir dort hätten hingehen sollen. Er sagte: „Um sie zu töten.“ Ich vermute, mein schockierter Gesichtsausdruck sagte ihm deutlich genug, dass ich keine Ahnung hatte, wovon er eigentlich sprach. Dann erklärte er mir, dass G.H. gerade heute Morgen berichtet hatte, er sei zum Haus seiner Eltern gekommen und hätte sie erschossen aufgefunden. Mein Herzschlag setzte aus, und ich hörte auf zu atmen, ich geriet in Panik! In meinem Kopf schrie es: „Mein Gott! Sie haben herausgefunden, wer ihre Kumpel (die Drogendealer) getötet hat, und haben aus Rache G.H.s Familie umgebracht!“ Ich habe es nicht ausgesprochen, aber das ging mir wie ein Schrei durch den Kopf. Ich versuchte erneut logisch zu denken und zu entscheiden, ob ich ihnen die Wahrheit erzählen sollte oder nicht. In meinem Kopf drehte sich alles, aber der Ranger stellte mir weiter Fragen. Dann zeigte er mir Fotos vom Tatort, an dem G.H.s Eltern getötet worden waren. Nach ein oder zwei Minuten wurde mir klar, dass die Fotos denselben Ort zeigten, an dem G.H. und ich in der letzten Nacht gewesen waren! Und das verwirrte mich nun völlig. Zuerst dachte ich, ich hätte ihn falsch verstanden oder dass sie von dem getöteten Drogendealer wussten und der Texas-Ranger mich verwirren wollte. Aber auf einmal, ganz plötzlich, wurde mir alles klar. Sie sprachen von G.H.s Familie, und da waren keine Drogenhändler. Ich hatte das Gefühl, als hätte mir einer mit dem Schmiedehammer auf den Kopf geschlagen, als ich begriff, dass G.H. seine eigene Familie erschossen und mich da hineingezogen hatte. In diesem Moment wusste ich, mein Leben ist vorbei, so oder so, und so sehr ich den Ranger auch fürchtete, ich fürchtete G.H. mehr. Dieser Bastard hatte seinen Vater, seine Stiefmutter und seinen Halbbruder in der Nacht umgebracht, und in dem Augenblick kümmerte mich nicht, weshalb. Alles, woran ich dachte, war meine eigene Familie, und wenn dieser Bastard imstande war, seine eigene Familie kaltblütig zu erschießen, war er erst recht imstande, meine Familie zu töten. So sagte ich ihnen schließlich, ich hätte nichts zu sagen, bekräftigte noch mal G.H.s Alibi, und sie brachten mich nach Hause. Ich schwor mir selbst, ich würde niemandem jemals etwas davon erzählen, was passiert war. Ich hoffte, dass sich so vielleicht alles in „Wohlgefallen“ auflösen würde.

Ein paar Tage später kam G.H., um mich zu sehen. Ich ließ ihn nicht ins Haus, aber sprach mit ihm auf der Veranda. Er fragte, ob ich in Ordnung sei, als ob es ihn wirklich interessierte. Ich sagte ihm, dass ich nicht okay sei, und fragte ihn, ob er wahnsinnig sei oder was. Er entschuldigte sich noch mal, mich da hineingezogen zu haben, sagte aber, er hätte es tun „müssen“. Zu den Morden sagte er, das würde ich nie verstehen, selbst wenn er versuchen würde, es zu erklären. Ich erklärte ihm, dass ich weder wüsste noch wissen wollte, warum er es getan hätte. Das einzige, was ich wissen wollte, war: Warum gerade ich? Hier ist seine Antwort: Er sagte, weil ich vertrauenswürdig und mein Ruf als Pazifist bekannt sei. Deshalb würde niemand jemals glauben, ich könnte in einen Mord verwickelt sein, sodass keiner glauben würde, er hätte seine Familie getötet, wenn er behaupten konnte, er wäre mit mir zusammen gewesen. Er entschuldigte sich und sagte, er hätte Gründe gehabt, sie zu töten. Er sagte, wenn ich der Polizei nichts erzählen würde, würde mir und meiner Familie nichts passieren, und in ein paar Wochen würde er die Stadt verlassen und ich würde ihn nie wiedersehen oder etwas von ihm hören. Aber wenn ich ihn jemals belasten würde, würde er der Polizei erzählen, dass ich ihm geholfen hätte, seine Familie zu töten, und würde versuchen, auch meine Familie (meine Kinder) umzubringen.

Er verschwand zwei Wochen später, und ich hoffte, damit wäre die Sache erledigt. Aber die Polizei fahndete nach mir. Sie überwachten mein Telefon auf der Arbeit, installierten eine ferngesteuerte Abhöranlage in dem Haus gegenüber meinem auf der anderen Straßenseite, folgten meinem Auto und kamen in mein Motorradgeschäft, um die Kunden zu belästigen.

Einen Monat nach den Morden wurde G.H. von dem Texas-Ranger und anderen Polizisten verhaftet. Ich wusste es zu dieser Zeit nicht, aber er hatte mit der Person gesprochen, die ihm geholfen hatte, die Morde zu planen. Diese Person (N.S.) hatte Angst bekommen und daher zugestimmt, der Polizei zu helfen, G.H. zu verhaften. Weil N.S. G.H. geholfen hatte, die Morde zu planen, und gewusst hatte, in welcher Nacht sie geschehen würden, drohte auch ihm Verhaftung und Verurteilung. Mit anderen Worten: Wenn N.S. G.H. aufgehalten hätte, wäre ich heute nicht hier. Im Austausch für das Versprechen, der Staatsanwalt würde auf eine Anklage verzichten, half N.S. der Polizei, G.H. zu verhaften. Er stimmte zu, ein verstecktes Mikrofon zu tragen, und verwickelte G.H. in ein detailliertes Gespräch über die Morde, das die Polizei heimlich aufzeichnete. Nachdem sie hatten, was für ein Geständnis reichen würde, verhafteten sie G.H. Dann verhafteten sie mich am anderen Morgen, wobei sie mich ziemlich übel zusammenschlugen. Eigentlich hatten sie geplant, mich zu erschießen, und legten mit einer Waffe auf mich an (eine andere lange Geschichte), aber die Polizei meines Heimatortes hielt sie davon ab. Sie waren dabei, mich ziemlich übel zu schlagen, als der Anwalt, den meine Mutter beauftragt hatte, zu der Polizeistation kam; da mussten sie dann aufhören.

In den nächsten Tagen befragten sie mich ohne Unterbrechung. Und alles, was ich ihnen sagte, war: „Ich weiß nichts." An einer Stelle spielten sie das Band ab, das sie heimlich von G.H.s und N.S.s Gespräch gemacht hatten, und G.H. sagte, dass ich niemanden getötet hätte und er mich zu töten gedroht hatte, um sich meines Schweigens zu versichern. Sie spielten auch ein Band ab, das sie nach G.H.s Verhaftung gemacht hatten. Auf diesem Band erzählte er ihnen alles und wusch meinen Namen rein. Ich fragte den Staatsanwalt, warum man mich verhaftet hatte, wenn G.H. mich doch von aller Schuld freigesprochen hatte. Der Staatsanwalt (D.A.) antwortete, indem er die Cassette nahm, sie zerbrach und in den Mülleimer warf. Dann sagte er mir, dass G.H.s Geschichte nicht das war, was er „brauchte". Er erklärte, was G.H. zugegeben hatte, sei „nur" ein normaler Mord und reiche nicht für ein Todesurteil. Er sagte, er müsse einen Weg finden, die Morde in Kapitalverbrechen umzuwandeln, und dazu brauche er mich, sodass er für G.H. das Todesurteil bekäme. Ich würde für den Rest meines Lebens ins Gefängnis gehen, weil ich den D.A. und den Texas-Ranger angelogen hätte, so sagte er mir. „Niemand lügt mich an oder sagt ‚nein' zu mir", schrie er mir ins Gesicht. Er verlangte von mir zu lügen und eine falsche Aussage zu unterschreiben, dass ich G.H. geholfen hätte, seine Familie umzubringen, und dass das Motiv gewesen sei, das Geld aus einer Lebensversicherung zu kassieren. Mit dem Geld aus der Versicherung konnte er die Todesstrafe fordern. Natürlich konnte ich kein falsches Geständnis unterschreiben. Nicht nur, weil es für mich falsch war, sondern weil es eine

Todsünde wäre, eine Lüge zu erzählen, die einen anderen das Leben kostet. Das ist wie jemanden eigenhändig umbringen. Ich sagte dem D.A.: „Nein!“, und er antwortete: „Niemand sagt ‚nein’ zu mir. Dafür wirst du sterben.“

Ein paar Tage später brachte man mich erneut in sein Büro. Er sagte, das sei meine letzte Chance, mein Leben zu retten. Dann legte er das falsche Geständnis vor mir auf den Tisch. Und er erklärte, wenn ich den „Handel“ mit ihm nicht einginge und unterschreiben würde, würde es G.H. an meiner Stelle tun. Er sagte, G.H. habe Angst, ich würde mich in einen Feigling verwandeln und gegen ihn aussagen, und würde deshalb alles tun, um mich aufzuhalten, mir sozusagen den ersten Schlag verpassen. Ich weigerte mich weiter. Denn sie wollten ja, dass ich eine falsche Aussage unterschreibe, und der D.A. sprach sehr offen darüber.

Schließlich wurde er des Spiels müde, und sagte Folgendes: „Schau mal, Beathard, ich habe drei Leichen, drei Bürger meines Bezirks. Die Leute hier wollen, dass dafür jemand mit seinem Leben bezahlt. Mir ist lieber, dass das G.H. ist als du, weil ich glaube, für dich gibt es noch Hoffnung. Die Sache ist die, dein Kumpel hat drei Leute umgebracht, seine eigene Familie, und es ist mir egal, was die Gesetzbücher dazu sagen, er verdient dafür zu sterben. Und das ist nicht genug. Zur Hölle, ich würde drei Todesurteile durchsetzen, wenn ich drei Leute verhaftet hätte. Habe ich aber nicht. Alles, was ich habe, bist du und G.H. Es sieht also so aus, dass du deinem Kumpel zu helfen hast, seine Schuld zu bezahlen, aber du musst nicht selber sterben. Du gehst für den Rest deines Lebens ins Gefängnis. Wie ich dir gesagt habe: Niemand sagt ‚nein’ zu mir und lügt mich an, nicht in meinem Bezirk. Du kannst hier den ganzen Tag sitzen und erzählen, was wirklich passiert ist, aber du verschwendest deine Zeit. Das einzige, worauf es jetzt ankommt, ist nicht die Wahrheit, sondern was ich den Geschworenen erzähle. Und deshalb sage ich dir, Beathard, die Leute in diesem Bezirk, die Leute, die in der Jury sein werden, das sind rückständige Leute, die dich schon dafür aufhängen würden, dass du ein gottverdammter Kommunist und Drogenmensch bist, und sie werden keinen Pfifferling auf Beweise geben in deinem Prozess. Diese Leute haben mich gewählt, und sie werden im Prozess so entscheiden, wie ich es ihnen sage. Sie werden glauben, was ich ihnen sage, das sie glauben sollen. Wenn du drüber nachdenkst, wirst du wissen, dass ich dir die Wahrheit sage. Aber bevor du mir noch mal ‚nein' antwortest, ist da noch etwas, das du wissen solltest. G.H. sitzt im nächsten Raum gegenüber der Halle. Wenn du den Handel nicht machst und unterschreibst, nehme ich das Papier und biete ihm den Deal an. Und er wird unterschreiben. Weißt du, warum? Weil ich, wenn er es nicht tut, seine Frau verhaften werde als Teilhaberin an den Morden. Ich kann sie nicht verurteilen, aber sie wird die nächsten sechs Monate im Gefängnis verbringen. Das ist garantiert das Ende ihrer Krankenschwester-Ausbildung. Und während sie im Gefängnis ist, kommt ihr Sohn irgendwohin. Nach sechs Monaten im Pflegeheim kommt kein Kind heraus. Die Behörden werden ihn sicher nicht der Mutter zurückgeben, nicht nachdem sein Vater des Mordes angeklagt ist und seine Mutter des Mordes verdächtig war. Kennst du G.H.s Freundin? (G.H. hatte eine Geliebte.) Weißt du, dass sie auf Bewährung aus dem Gefängnis entlassen wurde in einem großen Heroin-Fall? Also, ich brauche ihr nur ein paar Fragen zu stellen, und sie geht für acht Jahre zurück ins Gefängnis. G.H.s Frau wird für sechs Monate ins Gefängnis gehen, ihre Karriere und ihren Sohn verlieren. G.H.s Sohn wird niemals seine Familie wiedersehen, und seine Freundin geht zurück ins Gefängnis für eine lange Zeit. Das ist die Situation, der G.H. ins Auge sehen wird, wenn er meinen Handel ausschlägt. Was glaubst du, wen er opfern wird? Die drei Leute, die er am meisten auf dieser Welt liebt? Oder seinen guten Kumpel Beathard? Und Beathard, du weißt, dass ich jede verdammte Kleinigkeit davon wahr machen werde, wenn ich es sage, und G.H. weiß das auch. Also mach schon. Rette dich selbst. Du schuldest G.H. nicht ein verdammtes Ding."

Ich kann mich an diese Rede sehr gut erinnern. Wer würde das nicht? Ich will wirklich nicht die genauen Worte wiedergeben, die ich gebrauchte, aber ich sagte ihm „nein“. Der D.A. sagte mir: „Du hast gerade dein eigenes Todesurteil unterschrieben“, nahm das gefälschte Geständnis und ging durch die Halle davon. Fünfzehn Minuten später kam er zurück, legte das unterschriebene Papier vor mich und sagte: „Sieht so aus, als hätte dein Kumpel G.H. dein Todesurteil ebenfalls unterzeichnet.“ Und ich wusste, dass es stimmte, und konnte nicht das Geringste dagegen tun.

Obwohl ich schlecht behandelt worden war seit meiner Verhaftung, behandelte man mich danach noch viel schlechter. G.H. andererseits wurde sehr gut behandelt. Seine Frau und seine Freundin durften ihm Essen von zu Hause oder aus dem Restaurant bringen. Wenn sie ihm kein Essen brachten, ließen sie der Polizei Geld da, damit sie etwas besorgten. Er hatte ein Cassettengerät, ein Radio und einen Fernseher in seiner Zelle. Er hatte manchmal auch private Besuche von seiner Frau und seiner Freundin in seiner Zelle. Natürlich bekam er diese Privilegien wegen seiner Bereitschaft, in meinem Prozess auszusagen. Was mich betrifft, ich hatte nichts, manchmal nicht einmal Licht. Ich lernte auf die harte Tour, dass totale Finsternis einen anfangen lassen kann zu halluzinieren. Ich habe gefrorene Mahlzeiten gegessen, manchmal zumindest kalte. Und an manchen Tagen habe ich gar nichts zu essen bekommen. An manchen Abenden saß ich hungrig in der Dunkelheit und konnte die Pizza riechen, die sie G.H. zum Essen gebracht hatten, und ich konnte seinen Fernseher hören, und ich wollte schreien, weil ich bereute, dass mich mein eigenes Verständnis von Ehre in diese Lage gebracht hatte.

Nachdem mein Prozess anfing, fütterten sie mich jeden Tag: Frühstück, Mittag- und Abendessen. Und meine Verlobte durfte mir einen Sony Walkman bringen, um Musik zu hören. Ich fühlte mich wie im Himmel nach dem Hunger, der Stille und der Dunkelheit. Außerdem durfte ich mit meiner Verlobten, meiner Stieftochter und meinen Eltern jeden Tag im Gerichtssaal sprechen.

Durch mein ganzes Verfahren hindurch erzählte ich meinem Anwalt immer wieder von G.H., über seine Falschaussage mir gegenüber, aber mein Anwalt glaubte mir nicht. Er sagte immer: „James, er wäre verrückt, so etwas zu tun. Das wäre Selbstmord für ihn." Mein Anwalt glaubte es nicht, bis sie G.H. in den Gerichtssaal brachten und in den Zeugenstand stellten. Nachdem er einen Eid geschworen hatte, die Wahrheit zu sagen, fuhr er mit seinen Lügen fort. Nach seiner Version der Geschichte hätten er und ich die Morde Wochen im Voraus geplant. Er sagte, ich hätte ihn dazu überredet, seine Familie zu töten, damit er die Versicherungssumme kassieren könnte und ich „sehen könnte, wie es ist, jemanden umzubringen". Er sagte, er hätte seinen Vater getötet und wäre dann draußen geblieben, während ich hineingegangen sei und die Mutter und den Bruder getötet hätte. Wir hatten darauf gebaut, den Richter dazu zu bringen, das Band vorzuspielen, das die Polizei heimlich gemacht hatte von dem Gespräch zwischen G.H. und dem Mann, mit dem er die Morde geplant hatte. Als er gefragt wurde, weshalb er auf dem Band gesagt hatte, dass ich niemanden getötet hätte, während er jetzt das Gegenteil behauptete, antwortete er: „Ich habe auf dem Band gelogen, aber jetzt sage ich die Wahrheit." Und er sagte auch, man habe ihm keinen Handel angeboten im Austausch für seine Zeugenaussage. (Als der D.A. mir den Deal angeboten hatte, hatte er mir gesagt, wenn ich zustimmen würde, gegen G.H. auszusagen, müsse ich schwören, dass kein Deal stattgefunden habe, damit meine Aussage nicht erzwungen erschiene. Er hatte erklärt, ich müsse ihm vertrauen, dass er sein Wort hielte. Ich bin sicher, er hat G.H. dasselbe erzählt.) Ich glaube, ich wusste an dem Punkt, dass ich so gut wie tot war, betrogen von jemandem, den ich einmal als Freund bezeichnet hatte. Natürlich wurde ich für schuldig befunden. Nach dem Prozess sagten welche von den Geschworenen, dass sie G.H. nicht geglaubt hätten, aber dass sie mich in jedem Fall verurteilt hätten, weil ich ins Drogengeschäft verwickelt gewesen war (das alles war in meinem Prozess offengelegt worden). Meine politische Zugehörigkeit hätte mir ebenfalls geschadet, sagten sie. Niemand hat es zugegeben, aber mein Katholizismus hat die Geschworenen wahrscheinlich auch gegen mich eingenommen. Die Leute in dem Gebiet hier sind nicht nur rückständig, wie der D.A. meinte, sondern auch Protestanten und heftig anti-katholisch.

Ich wurde am Morgen für schuldig befunden, nach dem Mittagessen zum Tode verurteilt und aß mein Abendbrot hier in der Todeszelle an demselben Nachmittag.

Vier Monate später hatte G.H. seinen Prozess. Bei seinem Prozess schwor der D.A., dass G.H. bei meinem Prozess gelogen hätte (!!!), aber er sagte, ich hätte den Vater und G.H. die Mutter und den Bruder erschossen. (Ich vermute, er tauschte die Rollen, weil der Vater, wie sich herausstellte, ein sehr grausamer und gewalttätiger Mann gewesen war, und man für den Mord an der Frau und dem Jungen weniger Verständnis haben würde, als für den Mord an dem Vater.) Sehr zur Überraschung aller bekam auch G.H. ein Todesurteil. Als G.H. nach dem Deal fragte, den sie gemacht hätten, hörte man den D.A. antworten: „Handel? Was für ein Handel? Du hast bei Beathards Prozess unter Eid geschworen, dass da kein Handel war.“ Als G.H. an diesem Tag den Gerichtssaal verließ, warteten da die ganzen Fernseh- und Zeitungsreporter, die mit ihm sprechen wollten. Buchstäblich als er den Gerichtssaal nach seinem eigenen Prozess verließ, erzählte er den Reportern, dass er in meinem Prozess gelogen habe, dass der D.A. ihm einen Deal versprochen habe für seine Lüge und jetzt sein Wort gebrochen hätte. Das erschien in vielen Zeitungen. Nachdem G.H. in den Todestrakt gebracht worden war, schrieb er mir, um sich für das, was er getan hatte, zu entschuldigen. Er hatte auch die Adresse meines Anwalts, die Adressen der Richter (wir hatten verschiedene Richter), die des Generalstaatsanwaltes von Texas und eine Liste von Reportern. Er schrieb ihnen allen und erklärte, er habe in meinem Prozess gelogen, dass ich unschuldig sei und nichts mit den Morden zu tun hätte. Dieser Widerruf machte Schlagzeilen in den großen Zeitungen des Staates. All das führte zu einer gerichtlichen Anhörung, bei welcher G.H. erneut die Wahrheit sagte und meinen Namen reinzuwaschen versuchte. Bei dieser Anhörung gab der D.A. zu, dass G.H. in meinem Prozess gelogen hatte, aber er argumentierte, diese Lüge sei irrelevant, weil er mich immer noch für schuldig hielt, irgendetwas getan zu haben, wenn auch vielleicht nicht das Verbrechen, dessen ich verurteilt wurde. Wir konterten, dass der D.A. sich irre, dass ich niemanden getötet hätte, dass ich aber, sogar wenn er Recht hätte, einen neuen Prozess bekommen sollte, weil es nicht mehr wie recht ist, dass jemand aufgrund der Wahrheit verurteilt wird, nicht aufgrund einer Aussage, von der sich alle einig sind, dass sie falsch ist. Der D.A. argumentierte, wenn jemand schuldig sei, aber der D.A. die Verurteilung nicht mit den vorliegenden Beweisen erreichen könne, sei es legitim, die Verurteilung mit gefälschten Beweisen und Lügen zu gewinnen. Der Richter stimmte nicht zu. Aber der Richter sagte, es gebe ein Gesetz, das die „30-Tage-Regel" genannt werde. Die „30-Tage-Regel" besagt, dass jemand, der für ein Verbrechen verurteilt wird, nach dem Urteil nur 30 Tage Zeit hat, um neue Beweise vorzulegen. Nach dieser 30-Tage-Frist können die neuen Beweise nicht zugelassen oder in Betracht gezogen werden. Weil G.H. die Wahrheit am Ende seines eigenen Prozesses sagte, vier Monate nach dem Ende meines Verfahrens, war sein Widerruf irrelevant, und das Gericht war dem enthoben, sich mit ihm auseinanderzusetzen. Mit anderen Worten, G.H.s Widerruf existiert nicht für den Zweck des Gesetzes. Rein technisch, kein Gericht kann den Widerruf anerkennen. Zu allem Überfluss hat die staatliche Gesetzgebung die 30-Tage-Regel später abgeschafft oder wenigstens modifiziert, jedenfalls aber haben die Änderungen keine rückwirkende Gültigkeit. Das heißt für mich, weil ich bereits eine Anhörung hatte, kann ich nicht noch eine weitere verlangen, um in den Vorteil der geänderten 30-Tage-Frist zu kommen.

Mein jüngster und letzter Schriftsatz ging an den Obersten Gerichtshof der Vereinigten Staaten. Unser Klagebegehren war, dass es fundamental unfair ist, wenn ein Staatsanwalt seine Gesetzestheorien willkürlich nach Gutdünken ändert, und dass ein Staatsanwalt daran gehindert werden sollte, bewusst falsche Aussagen zu verwenden. Aber der Oberste

Gerichtshof lehnte es ab, mein Anliegen auch nur zu prüfen, geschweige denn, meinen Fall erneut zu verhandeln. Und so bin ich nun hier und warte darauf, in ein paar Wochen zu sterben.

Huntsville, 14. November 1999

James Lee Beathard wurde am 9. Dezember 1999 durch den Staat Texas hingerichtet, obwohl ernste Zweifel an seiner Schuld bestanden. Das Todesurteil von G.H. wurde 2009 in eine lebenslange Freiheitsstrafe umgewandelt.

James Beathard (1999)

Was ist in dem braunen Papiersack?

Von Luis Ramirez, # 999309, Todestrakt Texas

Das ist die Geschichte meines ersten Tages im Todestrakt von Texas. Ich kam im Mai 1999 an einem Nachmittag hier an. In der Zelle war nicht mehr als eine Matratze, ein Kopfkissen, einige Laken, ein Kissenüberzug, eine Rolle Klopapier und eine Decke. Ich erinnere mich, wie ich da saß, im wahrsten Sinne des Wortes „verloren“.

Der erste Mann, den ich dort kennen lernte, war Napoleon Beazley. Sein Job war es, den Flügel zu reinigen und bei der Ausgabe der Mahlzeiten zu helfen. Er ging herum und wischte den Boden auf. Er kam zu meiner Zelle und fragte mich, ob ich neu sei. Er fragte mich auch nach meinem Namen. Dann trat er ein wenig zurück und schrie allen zu: „Es gibt einen Neuen. Er ist gerade erst gekommen. Sein Name ist Luis Ramirez.“

Ich wusste nicht, was ich davon halten sollte. Ich dachte, dass ich einen Fehler gemacht hätte. Wie die meisten glaubte ich, dass jedermann im Todestrakt böse ist. Ich dachte, dass ich hier auf Hunderte von „Hannibal Lecters“ treffen würde. Und jetzt wussten sie alle meinen Namen. Ich war sicher, dass sie bald beginnen würden mich zu belästigen.

Nach dem Abendessen wischte Napoleon noch einmal die Böden auf. Als er an meiner Zelle vorbeikam, warf er einen braunen Papiersack hinein. Ich fragte ihn: „Was ist das?“ Aber er antwortete mir nur, dass ich hineinsehen sollte, und ging weiter. Ich hatte keine Ahnung, was ich zu erwarten hatte. Ich war sicher, dass es etwas Böses oder Gemeines war. Doch schließlich siegte die Neugierde. Ganz vorsichtig öffnete ich den Sack.

Was ich fand war das Letzte, was ich im Todestrakt erwartet hatte – und alles, was ich für die ersten Tage brauchte. In dem Papiersack befanden sich einige Briefmarken, Kuverts, ein Block, ein Kugelschreiber, Seife, Shampoo, Zahnpasta, eine Zahnbürste, ein Kuchen, ein Erfrischungsgetränk und einige Nudelgerichte.

Ich fragte Napoleon später, woher das alles kam. Er sagte mir, dass alle etwas gegeben hätten. Dass sie wüssten, dass ich nichts habe und es eine Weile dauern würde, bis ich etwas besorgen könnte. Ich bat ihn darum herauszufinden, wer was gegeben hatte. Ich wollte es ihnen zurückgeben. Er erklärte mir jedoch: „So läuft das nicht. Denk einfach daran, etwas hineinzuwerfen, wenn das nächste Mal jemand wie du hierher kommt."

Ich saß da mit meinem braunen Sack voller guter Dinge auf meiner Bank und dachte über das nach, was mir gerade passiert war. Das Letzte, was ich im Todestrakt erwartet hatte, waren Freundlichkeit und Großzügigkeit. Können diese Männer die „Schlimmsten der Schlimmen" sein?

Luis Ramirez wurde am 20. Oktober 2005 durch den US-Bundesstaat Texas hingerichtet.

Was sagt die Bibel über die Todesstrafe?

I. Einführung

Wenn die Todesstrafe diskutiert wird, werden nicht selten auch Bibelzitate zur Argumentation herangezogen, interessanterweise von Gegnern und Befürwortern der Todesstrafe gleichermaßen. Jedoch kann das Herauslösen von Bibelzitaten sowohl aus dem Kontext als auch aus dem historischen Umfeld und der Entstehungszeit der Texte u.U. zu theologisch fragwürdigen Interpretationen führen.

So ist beispielsweise das in diesem Zusammenhang häufig genannte „Auge-um-Auge"-Zitat des Alten Testaments nach Auffassung der Mehrheit der Theologen keinesfalls als eine Aufforderung zu verstehen, Gleiches mit Gleichem zu vergelten. Man lebte in der Zeit der Entstehung dieses Textes vor mehreren Jahrtausenden vielmehr in einer Gesellschaft, in der eskalierende Blutrache an der Tagesordnung war und auf diese Weise ganze Sippen ausgerottet wurden.

In dieser Zeit der Gesetzlosigkeit stellte der heute oft falsch interpretierte „Auge-um-Auge"-Satz dahingehend einen Fortschritt dar, als dass der Rache eine nötige Grenze gesetzt wurde. Es gehe also nicht um eine Aufforderung zur Vergeltung, sondern um eine Begrenzung derselben auf ein „Nicht-mehr-als-das-was-dir-angetan-wurde", so die Theologen.

Doch schauen wir den Befund der alt- und neutestamentlichen Bibelstellen genauer an:

II. Das Alte Testament

Die einzelnen Schriften des Alten Testaments lassen keinen Zweifel offen: Das AT kannte und befürwortete die Todesstrafe. *„Wer Menschenblut vergießt, dessen Blut soll durch Menschen vergossen werden"*, so liest es sich bereits auf einer der ersten Seiten. Darüber vermag auch das von Gegnern der Todesstrafe gern zitierte 5. Gebot nicht hinwegzutäuschen: *„Du sollst nicht töten!"* Wenn in derselben alttestamentlichen Schrift sowohl das 5. Gebot als auch die eindeutige Forderung der Todesstrafe enthalten ist, kann es sich bei dem 5. Gebot offenbar nicht um eine allen – auch dem Staat – übergeordnete moralische Größe handeln. Das 5. Gebot ist dann vielmehr Teil eines ganz praktischen und lebensnahen Gesetzbuches, dessen Übertretung sehr wohl mit dem Tode geahndet werden kann. Befürworter der Todesstrafe weisen daher auch gern darauf hin, die korrekte Übersetzung des 5. Gebots müsse lauten: *„Du sollst nicht morden!"*

Jedoch wird von Befürwortern der Todesstrafe, die mit deren Forderung im AT argumentieren, gern die Tatsache unterschlagen, dass diese ultimative Strafe in der damaligen Zeit beileibe nicht nur für Mord angedroht und ausgesprochen wurde. Das AT stellt vielmehr ausdrücklich auch folgende Delikte unter Todesstrafe: unerlaubtes Betreten heiligen Bodens, die Eltern schlagen, Menschenraub, den Eltern fluchen, Zauberei, Sodomie, Entheiligung des Sabbat, Kindesopfer für fremde Götter, Ehebruch, Homosexualität, Inzest, Verkehr mit einer Frau während ihrer Monatsregel, Wahrsagerei, Hurerei, Gotteslästerung, Götzendienst, Falschaussage vor Gericht, nachhaltigen Ungehorsam gegen die Eltern und anderes mehr.

Bei aller Eindeutigkeit der Schriften des AT, die sich für die Todesstrafe aussprechen, gibt es allerdings auch ein paar Stellen, die aufzeigen, dass die göttliche Gerechtigkeit immer noch eine andere ist als die menschliche. So wird der Brudermörder Kain, nachdem er den Abel erschlagen hat, ins Exil geschickt und erhält das sogenannte Kains-Mal – zum

Schutz, damit ihn niemand erschlagen soll. Und der junge Mose wird nicht bestraft, nachdem er einen ägyptischen Aufseher erschlagen hat, sondern zum Befreier des Volkes Israel berufen. Jahrhunderte später dann darf eine Frau den König Israels belehren: *„Aber Gott will nicht das Leben wegnehmen, sondern er hat die Absicht, dass der Verstoßene nicht (auch) von ihm weg verstoßen bleibt.“*

Schließlich zeigt auch noch eine andere Bestimmung, dass das AT allem Anschein zum Trotz nicht leichtfertig mit der Todesstrafe umgeht. Denn gefordert sind ausdrücklich mindestens zwei bis drei Zeugen – die Aussage eines einzelnen Zeugen ist nicht ausreichend. Auch gab es die Einrichtung von Asylstätten, allerdings nur für solche, die aus Versehen einen Menschen erschlagen hatten.

III. Das Neue Testament

Im Gegensatz zum AT gibt es im Neuen Testament keinerlei Aussagen, die sich eindeutig und konkret auf die Todesstrafe beziehen lassen.

Von Befürwortern der Todesstrafe wird gern ein Zitat des Apostels Paulus aus dem Römerbrief ins Feld geführt, in dem erklärt wird, die staatliche Obrigkeit sei von Gott eingesetzt und man solle sich der staatlichen Autorität unterwerfen. Die Todesstrafe wird nicht direkt angesprochen, sie ist aber für die damalige Zeit logischerweise impliziert. Theologen bezweifeln allerdings, dass Paulus an dieser Stelle eine übergeordnete christliche Staatstheorie entwerfen wollte. Die Paulus-Briefe waren „Gelegenheitsschreiben“, das heißt, sie waren an ganz bestimmte Adressaten gerichtet und in ganz konkrete historische Situationen hinein verfasst. Die Aufforderung der Unterwerfung unter den Staat könnte daher rein pragmatischer Natur sein, und unter anderen Umständen hätte Paulus sich vermutlich anders geäußert, so die Theologen.

Von Gegnern der Todesstrafe wird gern darauf verwiesen, dass Jesus die Ehebrecherin vor der Steinigung bewahrt hat: *„Wer von euch ohne Sünde ist, werfe den ersten Stein auf sie!“* Es wäre jedoch vermessen und würde diese Erzählung überstrapazieren, wollte man hier die Aussageabsicht einer generellen Ablehnung der Todesstrafe herauslesen wollen. Nicht die Todesstrafe an sich als Strafmaß ist hier das Thema, sondern allgemein die Frage nach Sünde, Verurteilung und Vergebung sowie die Autorität Jesu gegenüber dem alttestamentlichen Gesetz.

Alle weiteren von beiden Seiten mitunter genannten neutestamentlichen Bibelstellen sind inhaltlich noch weiter von der Todesstrafe entfernt – daraus gezogene Rückschlüsse stehen daher auf noch wackeligerem Boden. Immerhin zieht sich durch die Evangelien aber eine im Vergleich mit dem AT neue Ethik des Verzeihens und des Gewaltverzichts, die besonders in der Bergpredigt Jesu zum Ausdruck kommt und in scharfem Gegensatz zum alttestamentlichen Vergeltungsdenken steht: *„Ihr habt gehört, dass gesagt ist: Auge um Auge und Zahn um Zahn. Ich aber sage euch: Widersteht nicht dem Bösen, sondern wenn jemand dich auf deine rechte Backe schlagen wird, dem biete auch die andere dar... Ihr habt gehört, dass gesagt ist: Du sollst deinen Nächsten lieben und deinen Feind hassen. Ich aber sage euch: Liebt eure Feinde, und betet für die, die euch verfolgen... Richtet nicht, damit ihr nicht gerichtet werdet! Denn mit welchem Gericht ihr richtet, werdet ihr gerichtet werden, und mit welchem Maß ihr messt, wird euch zugemessen werden.“*

IV. Wort Gottes - Vom Umgang mit der Bibel

Der Stellenwert und das Verständnis der Bibel als Wort Gottes hängt stark von der persönlichen Glaubenseinstellung ab, und ich möchte im Folgenden drei verschiedene Positionen differenzieren:

Es gibt fundamentalistisch geprägte Christen, die die biblischen Schriften gern wortwörtlich als quasi vom Himmel gefallenes Wort Gottes verstehen möchten. Da werden dann nicht selten einzelne Bibelstellen bedenkenlos aus dem Zusammenhang gerissen und verabsolutiert – häufig unter Nichtbeachtung anderer Zitate, die weniger in das eigene Konzept passen. Vor dem Hintergrund einer solchen Einstellung ist es naheliegend, Befürworter der Todesstrafe zu sein. Allerdings müssten diejenigen, die die Bibel absolut wörtlich nehmen wollen, konsequenterweise auch die Todesstrafe für Ehebruch, Prostitution, Homosexualität usw. fordern.

Im anderen Extrem gibt es Menschen, die die Bibel in keiner Weise als Wort Gottes betrachten, weil sie z.B. Atheisten oder Angehörige einer anderen Religion sind. Die biblischen Schriften sind für sie lediglich religionsgeschichtliche Zeugnisse und dabei durch und durch menschlicher Natur. Die Relevanz biblischer Aussagen für das heutige Leben liegt auf der Hand: Die Schriften sind bestenfalls interessant – eine zwingende Relevanz liegt jedoch nicht vor. Die Haltung zur Todesstrafe lässt sich für diese Menschen daher nicht biblisch begründen.

Zwischen diesen Extremen gibt es aber auch noch einen Mittelweg. Für viele gläubige Christen mit einem Minimum an zeitgemäßer theologischer Bildung sind die biblischen Schriften zunächst einmal durchaus von Menschen verfasst. Die Autoren der biblischen Schriften haben in konkreten zeitgeschichtlichen Situationen ihre Glaubenserfahrungen überliefert. Dass Gott den gläubigen Menschen dennoch auch heute durch diese Schriften konkret ansprechen kann, ist davon unbenommen. Die Theologie spricht vom „Gotteswort im Menschenwort“. Die Bibel enthält das Wort Gottes, jedoch in das Gewand des menschlichen Wortes gekleidet und mit den Augen der jeweiligen Autoren gesehen. Im Unterschied zu einer fundamentalistischen Sichtweise werden Bibelstellen nicht unreflektiert 1:1 auf die heutige Zeit übertragen, sondern zuerst werden die Aussageabsicht des jeweiligen Verfassers, der Kontext des Zitats sowie die historischen Zusammenhänge und Bedingungen hinterfragt, unter denen der Text entstanden ist, bevor man sich der Frage nähert, inwieweit eine Bibelstelle in dieser Form auf die heutige Zeit anwendbar ist. Auf dem Hintergrund dieses Bibelverständnisses ist es durchaus nicht selbstverständlich, als Christ für die Todesstrafe zu sein, eher im Gegenteil.

Das letztgenannte Bibelverständnis verbietet im Grunde das steinbruchartige Herauslösen und Verabsolutieren von einzelnen Bibelzitaten. Es fordert vielmehr dazu auf, theologische Fragen und auch biblische Aussagen in größeren Zusammenhängen zu sehen. Zweifellos ist dieser Ansatz der anspruchsvollere und gedanklich schwierigere, erfordert er doch ein ständiges Hinterfragen und Ringen um die Antworten, während es vergleichsweise einfach wäre, alles schlicht wörtlich zu nehmen und sich nicht weiter damit auseinandersetzen und sich selbst in Frage stellen zu müssen. Aber dieser anspruchsvollere Ansatz beinhaltet auch eine Entlastung – für alle diejenigen, die verständlicherweise an so mancher (alttestamentlich-)biblischen Darstellung Gottes Anstoß nehmen. Die Bibel vermittelt „nur“ ein Gottesbild, das Gottesbild seiner Verfasser zu der jeweiligen Zeit – menschliche Erkenntnis aber ist immer nur Stückwerk, und Gott bleibt letztlich während unseres irdischen Lebens doch der GANZ ANDERE.

V. Zusammenfassende Erläuterungen

Der Befund der biblischen Schriften zum Thema Todesstrafe muss differenziert betrachtet werden. Das Alte Testament – daran besteht kein Zweifel – kannte und befürwortete die Todesstrafe. Bemerkenswert ist dabei aber, dass die Todesstrafe keineswegs nur für Mord vorgesehen war, sondern auch für Missachtung der Eltern, Zauberei, Entheiligung des Sabbats, Ehebruch, Homosexualität, Prostitution und anderes mehr. Bei der Frage, inwieweit die alttestamentliche Befürwortung der Todesstrafe auch heute noch Gültigkeit beanspruchen kann, ist deren Zeitgemäßheit sicherlich angemessen zu hinterfragen, ebenso wie der Stellenwert, der dem Alten Testament im Zusammenhang mit den neutestamentlichen Schriften aus christlicher Sicht zukommt.

Das Neue Testament enthält keinerlei Aussagen, die sich klar auf die Todesstrafe beziehen. Verschiedene Zitate, die mal von der einen und mal von der anderen Seite ins Feld geführt werden, überzeugen nie restlos, weil immer andere Möglichkeiten der Interpretation oder teilweise auch der Übersetzung bestehen oder andere Bibelstellen als Gegenargument aufgeführt werden können. Es muss festgestellt werden, dass das Neue Testament sich zur Todesstrafe nirgends klar und eindeutig äußert. Das bedeutet nicht automatisch gleich eine Akzeptanz der damals praktizierten Todesstrafe, denn es ist zu bedenken, dass die neutestamentlichen Schriften zum großen Teil in einer Zeit abgefasst wurden, in der das junge Christentum noch unmittelbar mit der Wiederkunft Christi rechnete. Die Verbreitung des christlichen Glaubens war daher von Interesse, politische und soziale Fragen waren es zum damaligen Zeitpunkt nicht. So war man zunächst überhaupt nicht auf die Idee gekommen, sich politisch zu engagieren, um politische oder soziale Missstände zu ändern, sondern nahm die Verhältnisse als gegeben hin. Mit der unmittelbar bevorstehenden und erwarteten Wiederkunft Christi schien die Notwendigkeit zu politischem Engagement einfach nicht gegeben zu sein. So nimmt das Neue Testament beispielsweise auch die Sklaverei als selbstverständliche Tatsache hin, anstatt sie in Frage zu stellen. Auch das Neue Testament ist also im Kontext seiner Entstehungszeit zu lesen, und es muss im Einzelnen hinterfragt werden, was in der Gegenwart Gültigkeit beanspruchen kann und was nicht.

Immerhin fällt am Neuen Testament auf, dass sich das Gottesbild im Vergleich zum Alten Testament verschiebt. Wo das Alte Testament stärker den strafenden und rächenden Gott in den Vordergrund stellt, legt das Neue Testament einen wesentlich größeren Schwerpunkt auf den liebenden Gott, der

Vergebung verheißt und zu Vergebung aufruft. Es bleibt also zu fragen, inwieweit in der heutigen Zeit – der andere Möglichkeiten zum Schutz der Gesellschaft vor Verbrechern zur Verfügung stehen als den Menschen vor 2000 Jahren – die Todesstrafe angesichts der Botschaft Jesu aus christlicher Sicht zu rechtfertigen ist.

VI. Auflistung der Bibelstellen

Pro Todesstrafe:
AT: (Genesis 9, 5-6) (Exodus 19, 10-13) (Exodus 21, 12-17) (Exodus 21, 22-24) (Exodus 21, 28-32) (Exodus 22, 17-18) (Exodus 31, 12-15) (Exodus 35, 1-2) (Levitikus 20, 1-3) (Levitikus 20, 9-18) (Levitikus 20, 26-27) (Levitikus 21, 9) (Levitikus 22, 1-3) (Levitikus 24, 10-23) (Numeri 35, 9-34) (Deuteronomium 13, 2-19) (Deuteronomium 17, 1-13) (Deuteronomium 19, 4-21) (Deuteronomium 21, 18-23) (Deuteronomium 22, 13-27) (Deuteronomium 24, 6-22) (Hesekiel/Ezechiel 18, 1-20)
NT: (Matthäus 26, 47-54) (Lukas 23, 39-43) (Apostelgeschichte 25, 1-12) (Römer 13, 1-10) (1. Petrus 2, 13-17)

Contra Todesstrafe:
AT: (Genesis 4, 8-16) (Exodus 2, 11-15 und Exodus 3, 1-12) (Exodus 20, 1-17) (Deuteronomium 5, 6-21) (2. Samuel 14, 4-14) (Sprüche/Sprichwörter 24, 1-34) (Hesekiel/Ezechiel 18, 21-32)
NT: (Matthäus 5, 38 48) (Matthäus 6, 9-15) (Matthäus 7, 1-5) (Matthäus 18, 21-35) (Matthäus 25, 31-46) (Lukas 6, 27-38) (Lukas 15, 3-24) (Lukas 23, 33-38) (Johannes 8, 2-11) (Römer 12, 9-21)

Die Zitate sind der Revidierten Elberfelder Bibelübersetzung entnommen.

Verfahren und Problem der tödlichen Injektion in den USA

Die klassische und bis vor wenigen Jahren in den USA weit verbreitete Form der tödlichen Injektion sah die intravenöse Verabreichung von drei Chemikalien vor: 1. das Narkosemittel Natrium-Thiopental, 2. das die Muskeln lähmende Pancuroniumbromid, 3. Kaliumchlorid, das den Herzstillstand bewirkt. Erstmals wurde diese Methode 1982 in Texas benutzt.

2011 kam es nach Lieferengpässen schließlich zur Einstellung der Produktion des in der Anästhesie nicht mehr so weit verbreiteten Mittels Thiopental durch den einzigen Hersteller (Hospira) in den USA. Verschiedene Bundesstaaten versuchten zunächst das Mittel aus dem Ausland zu beziehen. Vor allem Europa schob hier rasch einen Riegel vor und untersagte die Ausfuhr zum Zweck von Exekutionen.

Einige US-Staaten ersetzten daraufhin Thiopental durch das Barbiturat Pentobarbital. Der einzige Lizenzträger für die USA zur Herstellung von Pentobarbital ist allerdings ein dänischer Pharmakonzern namens Lundbeck, der nach entsprechendem (öffentlichem) Druck den Verkauf zu Hinrichtungszwecken ebenfalls einstellte, sodass verschiedene Bundesstaaten erneut vor dem Problem der Giftbeschaffung stehen.

Florida benutzt seit jüngerer Zeit Midazolam als erstes von drei Mitteln. Arkansas hatte angekündigt, Phenobarbital verwenden zu wollen, Missouri wollte Propofol einsetzen, hat jedoch davon Abstand genommen, nachdem der größte Hersteller – Fresenius Kabi in Bad Homburg – ebenfalls die Lieferung an Gefängnisbehörden verweigerte.

Weil es auch bei den anderen Stoffen in einigen Staaten mittlerweile zu Engpässen gekommen ist, sind verschiedene Bundesstaaten dazu übergegangen, nicht mehr drei, sondern nur noch eine einzige Chemikalie für die tödliche Injektion zu verwenden, und zwar im Regelfall Pentobarbital, das zum Teil von sogenannten Compounding Pharmacies, die das Mittel selbst zusammenmischen, statt von anerkannten Herstellern stammt.

Im Januar 2014 geriet Ohio in die Schlagzeilen, weil eine Hinrichtung mit Midazolam und Hydromorphon mit rund 25 Minuten außergewöhnlich lang dauerte und der Verurteilte minutenlang nach Luft rang. Ein halbes Jahr später verwendete Arizona dieselben beiden Mittel mit dem Ergebnis, dass der Hingerichtete erst nach zwei Stunden für tot erklärt wurde.

Überhaupt stellt die Tatsache, dass Ärzte sich von ihrem Berufsstand her an Hinrichtungen nicht beteiligen dürfen, ein Problem dar. So war unzureichend geschultes Fachpersonal dafür verantwortlich, dass im April 2014 bei einem Häftling in Oklahoma die Chemikalien in das Gewebe statt in die Blutbahn gelangten, die Exekution abgebrochen werden musste und der Delinquent eine halbe Stunde später an Herzversagen starb.

Im September 2015 wurde eine in Oklahoma geplante Hinrichtung in letzter Minute aufgeschoben, weil statt der als drittes vorgesehenen Chemikalie (Kaliumchlorid) ersatzweise Kaliumacetat zum Einsatz kommen sollte. Kurz danach wurde bekannt, dass Oklahoma bereits im Januar 2015 ohne entsprechende gesetzliche Grundlage Kaliumacetat für eine Hinrichtung verwendet hat.

Aufgrund ihrer massiven Probleme, die erforderlichen Chemikalien zu beschaffen, haben mehrere US-Staaten Alternativ-Methoden als Plan B eingeführt: Oklahoma eine neue Hinrichtungsform der Exekution mit Stickstoff, Tennessee die Rückkehr zum Elektrischen Stuhl und Utah die Rückkehr zum Erschießungskommando. Noch wurden die Alternativen nicht eingesetzt.

Hinweise auf Webseiten und Projekte

www.todesstrafe-texas.de

http://todesstrafe-nachrichten.jimdo.com

http://todesstrafe-basiswissen.jimdo.com

contra Todes Strafe

www.todesstrafe-vortrag-an-der-schule.de

www.todesstrafe-vortrag-an-der-schule.de

Initiative gegen die Todesstrafe e.V.

German Coalition to Abolish the Death Penalty

Initiative gegen die Todesstrafe

www.initiative-gegen-die-todesstrafe.de

www.musik-gegen-todesstrafe.de

CDs „Alive on Death Row"

Volume 1 (2002)
Volume 2 (2003)
Volume 3 (2009)

Complete = Volume 1-3 plus Konzertmitschnitt
Einzeltitel auch als mp3-Dateien

~~~~~~

Mailen Sie ein Selfie von sich und diesem Buch an gabi20uhl@gmail.com und Sie bekommen drei Titel Ihrer Wahl aus den CDs „Alive on Death Row" kostenfrei per E-Mail-Anhang im mp3-Format.

www.musik-gegen-todesstrafe.de
~~~~~~

Grundlegende Vokabeln zum Thema „Todesstrafe"

Allgemeines

Capital Punishment	Todesstrafe
Death Penalty	Todesstrafe
abolition, to abolish	Abschaffung, abschaffen
deterrence, to deter, deterrent	Abschreckung, abschrecken, abschreckend
execution, execution warrant	Hinrichtung, Hinrichtungsbefehl
stay	Hinrichtungsaufschub
gurney	Hinrichtungsliege
lethal injection	tödliche Injektion / Giftspritze

Verbrechen

to commit a crime	ein Verbrechen begehen
to stab someone	jemanden erstechen
perpetrator	Täter
victim	Opfer
witness	Zeuge
suspect, suspected of...	Verdächtiger, verdächtigt...

Prozess

defendant	Angeklagter
(public) defender	(Pflicht-)verteidiger
district attorney (DA)	Staatsanwalt
lawyer	Anwalt
judge	Richter
juror, jury	Geschworener, die Geschworenen

court (State Court, Federal Court, Supreme Court)	Gericht, Gerichtshof (Staats-, Bundes-, Oberstes...)
trial, retrial	Prozess, Wiederaufnahmeverfahren
guilt, guilty	Schuld, schuldig
innocence, innocent	Unschuld, unschuldig
confession, to confess	Geständnis, gestehen
evidence	Beweise / Beweismittel
testimony, to testify	Zeugenaussage, als Zeuge aussagen / bezeugen
sentence, death sentence, life sentence	Urteil, Todesurteil, lebenslängliche Freiheitsstrafe
condemned	verurteilt / Verurteilter
conviction, convicted of...	Schuldspruch, schuldig gesprochen...

appeal, appeals court	Berufung, Berufungsgericht
to commute a sentence / to overturn a conviction	ein Urteil umwandeln / eine Verurteilung aufheben
life without parole (LWOP)	lebenslänglich ohne Möglichkeit der Begnadigung
Board of Pardons and Paroles	Begnadigungs-ausschuss
to release	freilassen
to exonerate, the exonerated / the exonerees	entlasten, die Entlasteten / die als unschuldig Entlassenen

Gefängnis

prison / jail / penitentiary	Gefängnis / Haftanstalt
to be incarcerated	inhaftiert sein
death row	Todestrakt / Todeszelle
warden	Gefängnisdirektor
guard	Gefängniswärter
inmate / prisoner	Häftling / Gefängnisinsasse
handcuffs, shackels	Handschellen, Fußfesseln
lockdown	Einschluss, häufig zur Durchsuchung aller Zellen
stripsearch	Leibesvisitation unter Ablegen aller Kleider

Ausführlichere Liste erhältlich bei:
webmaster@todesstrafe-texas.de

Bildnachweis

Buchcover (Vorderseite): „Views of the Past“ – Cliff Boggess
Seite 9 (oben): „Death Gurney“ – Cliff Boggess
Seite 9 (unten): „The Horror Within“ – Cliff Boggess
Seite 11: Foto Clifford Boggess (Mai 1998)
Seite 12: „Conversation with a Friend“ – Cliff Boggess
Seite 13: „Jessi’s Sunset“ – Cliff Boggess
Seite 15: „The Thief on the Cross“ – Cliff Boggess
Seite 16: „Showertime, Lockdown“ – Cliff Boggess
Seite 18: „Visiting“ – Cliff Boggess
Seite 19: „Death is a Doorway“ – Cliff Boggess
Seite 21: „The Path of Life“ – Cliff Boggess
Seite 24: Foto Clifford Boggess (1992)
Seite 160: Foto Gabi + Kevin (Januar 2004)
Seite 447: Foto Gabi + Willie (Januar 2012)
Seite 469: Foto James Beathard (1999)
Seite 471: Foto Luis Ramirez (TDCJ – o.J.)
Seite 482 + 483: Logos und Banner der betreffenden Websites
Seite 484: Cover der CD „Alive on Death Row“
Buchcover (Rückseite): Foto Gabi Uhl (November 2014)
Buchcover (Rückseite): „Escape from Death Row“ – Cliff Boggess

Notizen

2 000032 217672
www.epubli.de